Bill Bright • Ted Dekker

*Kind des Himmels*

Roman

Bill Bright • Ted Dekker

# *Kind des Himmels*

Roman

Projektion J

Titel der Originalausgabe:
*Blessed Child*


1. Auflage 2003

ISBN 3-89490-449-6

Die Bibelstellen wurden der Einheitsübersetzung entnommen.

Auf der Grundlage der neuen Rechtschreibregeln.

Übersetzung: Eva Weyandt
Umschlaggestaltung: Hanni Plato
Umschlagfoto: Getty Images
Satz: Nicole Schol, Gerth Medien
Druck und Verarbeitung: Schönbach-Druck, Erzhausen

# Vorwort der Autoren

Gott führt seine Kinder oftmals über die ungewöhnlichsten Wege zusammen, um seine Pläne zur Vollendung zu bringen. Die Art und Weise, wie er uns zusammengeführt hat, lässt uns demütig werden. Die Samen für diesen Roman wurden unabhängig voneinander in unser beider Herzen gepflanzt, und das schon über ein Jahr bevor sich unsere Wege kreuzten.

Wir wollten von Anfang an mehr, als nur eine gute Geschichte schreiben. Wenn es heutzutage gute Geschichten auch nicht wie Sand am Meer gibt, so muss das nicht unbedingt heißen, dass solche Geschichten auch die Wahrheit verkünden. Statt eine gute Erzählung zu spinnen, wollten wir vielmehr über die Geheimnisse schreiben, die sich jenseits des Sichtbaren abspielen – um den Menschen, die noch nicht daran glauben, jene Wahrheit nahe zu bringen, die uns, die wir an die Macht Christi glauben, so viel bedeutet.

Mit diesem festen Vorsatz machten wir uns ans Werk. Wir wollten dem Heiligen Geist Ehre erweisen, indem wir uns seiner Kraft völlig auslieferten, um so der gesamten Welt die Großartigkeit Gottes zu zeigen. Wir wollten in erster Linie zu seinem Wohlgefallen, nicht zu dem der Menschen, schreiben.

Um so etwas zu tun, muss man Gott und sein Wirken in dieser Welt schon selbst erlebt haben. Man braucht eine klare Botschaft, und man braucht ein Medium, über das man diese Erfahrungen und diese Botschaft vermitteln kann. Aus einem solchen Kontext heraus wurde unsere Zusammenarbeit geboren.

Die Geschichte und die Niederschrift stammen hauptsächlich von Ted; der Kern der Botschaft und das Medium sind sozusagen in erster Linie von Bill. Ein 38-jähriger Romancier und ein 80 Jahre alter Kirchenvater – eine Hand und ein Arm, beide Glieder eines Leibes, jeder Einzelne mit der Gabe, den anderen aufzubauen, die beide zusammengeführt wurden, um Gott zu verherrlichen.

Wir beten dafür, dass Ihr kurzer „Spaziergang" durch Calebs Welt Sie dazu ermutigen wird, das himmlische Königreich auf eine neue und vielleicht auch ein wenig herausfordernde Art zu betrachten. Wir beten, dass dieser „Spaziergang“ Sie dazu anspornt, Gott ernsthaft zu suchen, und wir beten vor allem darum, dass diese Reise Sie mit Hoffnung erfüllen wird. Mit Hoffnung auf die wahren Schätze dieses Lebens – mögen Sie sie suchen und bald finden. Und auch die Schätze, die uns im künftigen Leben erwarten werden. Möge dieses Leben bald kommen.

Wir möchten gern den zahllosen Freunden danken, die uns dazu ermutigt haben, nicht nur aus unserem Verstand heraus zu schreiben, sondern vielmehr aus unserem Herzen. Ihre Namen zu nennen, würde hier den Rahmen sprengen. Aber es gibt einen, dessen Einsichten, Brillanz und Fleiß nicht übergangen werden können. Einen ganz herzlichen Dank an dich, Helmut Teichert, für deine unerschütterliche Arbeit und Inspiration bei diesem Projekt. Du hast ein wunderbares Herz.

Bill Bright • Ted Dekker

Teil 1

# Die Entdeckung

*Der größte Unterschied zwischen dem heutigen Christentum*
*und jenem,*
*von dem wir in diesen Briefen (des Neuen Testaments) lesen,*
*ist der, dass es für uns in erster Linie Darstellung ist;*
*für sie war es hautnahe Erfahrung.*
*Wir können die christliche Religion zu einem Code reduzieren oder*
*bestenfalls eine Herzens- und Lebensregel daraus machen.*
*Wenn wir glaubten, was sie glaubten,*
*könnten wir vielleicht erreichen, was sie erreichten.*

J. B. Phillips
in der Einleitung zu seiner Übersetzung des Neuen Testamentes

# Prolog

## *Drei Monate vorher*

„Wir werden den Priester wohl töten müssen“, sagte Roberts.

Charles Crandal saß bewegungslos in dem unterirdischen Raum, die Beine entspannt übereinander geschlagen. Seine dunklen Augen sahen an Roberts vorbei zu den Glasvitrinen, in denen die kostbaren Artefakte standen. Der glatzköpfige Mann schwieg, was alles Mögliche bedeuten konnte. Aber der Blick in diese kalten Augen jagte Roberts einen Schauer über den Rücken, was angesichts seiner eigenen Gefühlskälte Bände sprach. Allerdings wusste er noch nicht genau, welche Bände. Mehrdeutigkeit war ein Privileg großer Macht, dachte er, und Macht war das, was durch Crandals Adern floss.

Roberts hakte nach. „Er wird reden, Sir. Falls ‚Tempest‘ auffliegt, ist das das Ende.“

Crandals Blick wanderte, aber er sprach noch immer kein Wort.

„Wenn Sie den Priester töten lassen, ist die Angelegenheit geregelt“, beharrte Roberts.

„Das ist einfach dumm“, erwiderte Crandal. „Diese Sache geht niemanden etwas an. Ich habe getan, was getan werden musste.“

„Natürlich haben Sie das. Aber in einer Hinsicht irren Sie sich: Die Welt wird es zu jedermanns Sache machen. Und wenn die Öffentlichkeit eines Morgens aufwacht und erfährt, dass Sie die Ermordung von mehreren tausend Zivilisten angeordnet haben –“

„Es war keine Anordnung.“

„Es hätte aber eine sein können. Und wie auch immer: Ich garantiere Ihnen, man wird Sie kreuzigen. Es gibt eine einfache Lösung für dieses Problem, Sir. Wir beseitigen die Wurzel des Übels, und damit ist die Sache erledigt.“

Crandal stellte die Beine nebeneinander, erhob sich aus dem Sessel und ging zum Schreibtisch. Eine grüne Lampe warf ihr ockergelbes Licht auf das glänzende Mahagoniholz. Die Wände des Arbeitszimmers waren mit einer Ausnahme mit demselben Holz verkleidet und bildeten einen wunderbaren Hintergrund für seine Sammlung von Rembrandt-Gemälden. In die andere Wand waren Glasvitrinen eingelassen, in denen die außerordentlich seltenen Artefakte ausgestellt lagen, die Crandal persönlich aus den entferntesten Teilen der Welt zusammengetragen hatte. Weitere Stücke standen in eigenen Vitrinen an verschiedenen Stellen im Arbeitszimmer verteilt. Die wenigen Auserwählten, die diesen Raum schon einmal gesehen hatten, nannten es ein Museum.

Er hatte seine private Enklave mit großem Luxus ausgestattet, was angesichts der Entscheidungen, die hier in Washington D.C., drei Stockwerke unter der Erdoberfläche, abgeschieden selbst von der *Agency*, die er acht Jahre lang geleitet hatte, schon getroffen worden waren, durchaus angemessen erschien. Die Wurzeln der Nationalen Sicherheitsbehörde reichten tief, aber der ehemalige Direktor kannte ihre Schlupflöcher, und in einem davon lebte er nun.

Zwei Jahre zuvor hatte er die *Agency* verlassen und seinen Blick auf dieses höhere Ziel gerichtet, aber seine Macht hatte er nie aufgegeben. Nicht wirklich. Er hatte nicht einmal seinen Befehlsposten verloren – von diesem Raum aus regierte er noch immer seine Welt.

Crandal griff nach einer Ausgabe des *Time Magazine,* auf dessen Titelblatt unter der Überschrift „Der Griff nach der Macht" sein lächelndes Gesicht zu sehen war. „Mord ist niemals das Ende einer Sache, Roberts. Das sollten Sie doch eigentlich mittlerweile wissen. Man löst ein Problem und schafft damit ein neues."

„Dann nennen Sie mir einen besseren Weg."

„Habe ich gesagt, dass es einen besseren Weg gibt? Ich sage Ihnen nur, dass die Ermordung eines Menschen ihn nicht immer zum Schweigen bringt. Vor allem nicht einen Priester in einem Land, das seine Priester geradezu vergöttert."

„Es ist ein Risiko, das wir eben eingehen müssen. Früher oder später wird jemand mit Einfluss dem alten Mann zuhören."

Crandal warf die Zeitschrift wieder auf den Schreibtisch. „Dann machen wir eben ganze Sache. Wir nehmen uns das Kloster vor. Wenn es uns darum geht, jemanden zum Schweigen zu bringen, dann bringen wir sie eben *alle* zum Schweigen. Und dazu das ganze Dorf."

Roberts biss sich auf die Lippen. Da sprach wieder der alte Crandal. Er schob für den Augenblick die Politik beiseite und nahm sich entschlossen des anstehenden Problems an.

„Was denken Sie?“

„Es hat schon einmal funktioniert. Warum nicht wieder?“

„Eine weitere Invasion?“

Crandal nickte. „‚Tempest‘.“ Er reckte den Hals und massierte sich mit seiner fleischigen Hand den Nacken. „Sind wir beim letzten Mal so weit in den Süden vorgestoßen?“, fragte er.

Roberts zog die rechte Augenbraue hoch. „Sie denken, wir sollten uns erneut auf die Suche machen?“

„Warum nicht? Es befindet sich irgendwo in dieser Region – darauf würde ich mein Leben verwetten.“

„Aber würden Sie dafür auch Ihre Präsidentschaft aufs Spiel setzen? Wir können auf keinen Fall ein weiteres Leck gebrauchen.“

Crandal lachte. „Leck? Wir haben unsere Lecks gestopft, wissen Sie nicht mehr? Und falls Sie sich Sorgen um bestimmte Lecks machen, Äthiopien ist das Geringste unserer Probleme.“

Da hatte er Recht.

Crandal seufzte. „Inszenieren Sie die Invasion, töten Sie jede Menschenseele im Umkreis von zehn Meilen um Debra Damarro und machen Sie es dann dem Erdboden gleich. Aber lassen Sie sie wenigstens einen letzten Blick darauf werfen. Okay, Roberts? Machen Sie mir eine Freude.“

# 1

*Drei Tage vorher*

Jason brachte den offenen Jeep des Friedenskorps zum Stehen und stellte den Motor ab. Dieser hustete einmal und erstarb. Jason zog sich am Rollbügel hoch und ließ seinen Blick über das vor ihm liegende Tal schweifen. Das orthodoxe äthiopische Kloster, das die Einheimischen Debra Damarro nannten, ragte vor sanft ansteigenden Hügeln auf – eine rechteckige Festung, die aus dem Felsen gehauen worden war. Warum dieses Kloster gerade an dieser Stelle erbaut wurde, so weit von Tigris im Norden Äthiopiens und so weit von den bekannten Pilgerpfaden der Gläubigen entfernt, konnte er nicht verstehen, aber er hatte auch kein großes Verständnis für den orthodoxen Glauben. Oder für das Christentum überhaupt.

Die Blätter der Akazienbäume im Hof raschelten leise in der Nachmittagshitze. Jason hielt den Blick fest auf das Eisentor gerichtet. Daal hatte ihm gesagt, er werde abgeholt und in aller Eile abgefertigt. Die eritreische Invasion hatte erst vor drei Tagen begonnen, aber die Eritreische Volksbefreiungsfront (EPLF) hatte den Grenzstreit bis nach Axum im Westen ausgeweitet. Es war ein Wunder, dass sie diese Berge noch nicht eingenommen hatte. Aber andererseits wurde Eritrea durch die plötzliche Invasion an der Nordgrenze nicht überwältigt. Offensichtlich hielten sie die feindlichen Truppen an anderen Orten beschäftigt, wo mehr als ein einziges abgelegenes Kloster auf dem Spiel stand.

Nicht zum ersten Mal hatte Eritrea den absurden Anspruch auf das Land hinter seinen festgelegten Grenzen erhoben. Absurd, weil sogar die Heiden wussten, dass die orthodoxen Äthiopier ihre heiligen Stätten im Norden des Landes mit ihrem Leben verteidigen würden. Die Königin von Saba hatte Salomos Weisheit als Erste dorthin gebracht, und, wie man sich erzählte, auch sein Kind in ihren Palast, der etwa 50 Meilen südwestlich von Axum lag. Das Judentum hatte sich in Windeseile in diesen Bergen ausgebreitet, und mehrere hundert Jahre später war die Bundeslade gefolgt – auch nach Axum, wie die Priester behaupteten. Eine wachsende Gruppe von Gelehrten stimmte mit der äthiopischen orthodoxen Gemeinschaft überein, dass der letzte bekannte Ruheplatz der Bundeslade tatsächlich irgendwo im Norden Äthiopiens lag.

Das Christentum war hier, entlang dieser nördlichen Grenze, zum ersten Mal nach Afrika gekommen. Und nun meldete Eritrea schon zum zweiten Mal in zehn Jahren Zweifel an der Rechtmäßigkeit dieser Grenze an. Es war, als wolle man den Amerikanern einreden, Florida würde eigentlich zu Kuba gehören.

Absurd.

Die meisten Angehörigen des Friedenskorps in den umliegenden Städten waren bereits unmittelbar nach der ersten Evakuierungsaufforderung nach Süden in die Hauptstadt des Landes, nach Addis Abeba, geflohen.

Die meisten. Aber nicht Jason Marker. Daal, sein Übersetzer, hatte ihn um diesen einen Gefallen gebeten. Er sollte dieses gestrandete Waisenkind aus dem abgelegenen Kloster in Sicherheit bringen. Und warum sollte er sein Leben aufs Spiel setzen, um ein einziges Kind aus einem Land zu retten, in dem bei der nächsten Hungersnot Hunderttausende sterben würden? Warum sollte er nach Norden fahren, den Truppen der eritreischen Befreiungsfront entgegen, anstatt sich, wie vom Korps gefordert, stehenden Fußes nach Süden aufzumachen?

Vielleicht, weil er zum Korps gehörte; weil er die Art von Mensch war, der mindestens einmal für ein höheres Ziel alle Vorsicht beiseite ließ. Oder vielleicht, um seine Schuldgefühle zu besänftigen, nachdem er beschlossen hatte, Äthiopien für immer zu verlassen.

Aber wahrscheinlicher war, dass er sein Leben gar nicht in Gefahr brachte. Die Eritreer würden einem Amerikaner vermutlich nichts tun. Daal hatte das jedenfalls geschworen, bevor er davonlief, um sich um seine Familie zu kümmern. Und so kam es, dass Jason auf dieser letzten humanitären Mission unterwegs war. Danach würde er dieses Kapitel seines Lebens schließen. Und das war auch gut so. Die Arbeit in Äthiopien war, als würde man versuchen, Wasser aus einer Mehltüte zu gewinnen.

Jason wischte sich den Schweiß von der Stirn, trocknete seine Hand an seiner Jeanshose ab und ließ sich wieder auf den Sitz fallen. Im Kloster schien alles ruhig zu sein. Er griff nach dem Schlüssel. In diesem Augenblick vernahm er das leise Brummen eines Motors.

Er erstarrte. Das war natürlich nicht der Motor seines Jeeps. Er hatte den Schlüssel noch nicht umgedreht. Rasch suchte Jason den Horizont ab. Die Straße führte an dem Kloster vorbei nach oben in die Berge zu seiner Rechten, verschwand in den Tälern und tauchte wie eine braune Schlange an einem der hinteren Berge wieder auf.

Er entdeckte die Lastwagen, kleine Punkte, die mehrere Meilen entfernt in ein Tal krochen. Ein leises Grunzen entrang sich seiner Kehle und einen schrecklichen Augenblick lang konnte er nicht mehr klar denken. Er schnappte sich sein Fernglas und sah sich die Lastwagen genauer an. Die Eritreische Befreiungsfront! Das war eine Kolonne der EPLF, auf dem Weg zum Kloster, und nicht mehr als zehn Minuten entfernt. Und was bedeutete das?

Hatte Daal sich geirrt?

Jason hatte Landwirtschaft studiert, nicht Militärstrategie, aber er brauchte wohl kaum eine Ausbildung, um zu wissen, dass das hier überhaupt nicht gut war.

Sein Herz begann, wild zu klopfen.

In Panik wirbelte er herum und schnappte sich vom Rücksitz das alte Bolzengewehr, das er gelegentlich für die Jagd benutzte. Seine verschwitzte Handfläche rutschte vom Griff ab, doch schließlich gelang es ihm, das Gewehr festzuhalten, bevor es klappernd auf den Wagenboden fiel.

Was dachte er sich eigentlich? Wollte er mit einem alten Gewehr der eritreischen Armee entgegentreten?

Jason ließ den Motor des Jeeps an, legte den Gang ein und löste die Handbremse. Das alte Fahrzeug, das noch aus dem Zweiten Weltkrieg stammte, machte einen Satz nach vorn. Er raste zum Klostertor und verdrängte den Gedanken, dass er in die falsche Richtung fuhr. Eigentlich sollte er lieber abhauen.

Ihm war nicht ganz klar, warum er weiterhin auf das geschlossene Eisentor zuhielt. Seine Arme würden sicherlich jeden Augenblick das Lenkrad herumreißen und den Wagen um 180 Grad wenden. Aber sie taten es nicht.

Eine Gestalt in einem langen Gewand rannte unvermittelt zum Tor und riss es auf. Jason raste hindurch und trat dann voll auf die Bremsen. Drei Meter von den Grundmauern des Klosters entfernt kam der Jeep zum Stehen. Breite, schwungvolle Treppen aus Sandstein führten zur Eingangstür hinauf. Durch schwere Holztüren gelangte man in das dunkle Innere. Hinter ihm rief der Torhüter etwas auf Amharisch.

Jason rutschte vom Sitz und sprang zwei Stufen auf einmal nehmend die Treppe hoch. Durch einen inneren Rundgang gelangte er in die höhlenartige Sakristei. Auf dem polierten Steinfußboden blieb er stehen. Zu sagen, der Raum sei leer, hätte die Sachlage nicht richtig wiedergegeben. Obwohl sich Jason tatsächlich allein in der riesigen gewölbten Sakristei befand, erfüllte eine imposante Stille den Raum, so schwer, dass sie in seinem Schädel widerhallte. Das Blut rauschte ihm in den Ohren.

Hoch über ihm starrte ein gelbes Gesicht ihn an, das die Hälfte der Wölbung einnahm und seinen Blick anzog.

„Sir!"

Jason wirbelte herum.

Die Stimme hallte durch die Sakristei. „Sir, Sie dürfen nicht in diesem Raum sein. Er ist für die Priester –"

„Wo ist Vater Matthew? Haben Sie einen Vater Matthew hier? Ich muss ihn unbedingt sprechen!"

Der in eine weiße Tunika gekleidete Priester starrte Jason an, als habe er gerade einen kleinen Stein verschluckt. In den Händen hielt er ein altes Buch, sehr groß und von der Zeit vergilbt.

Jason senkte die Stimme. „Bitte, Mann. Verzeihen Sie, aber ich muss Vater Matthew unbedingt sofort sprechen. Wissen Sie, da sind Soldaten –"

„Es ist in Ordnung, Phillip."

Jason wandte sich zu der Stimme um. Ein alter Priester, der dieselbe traditionelle Tunika trug, trat aus einer Tür zu Jasons Linken und kam die schmalen Stufen hinunter in die Sakristei.

„Kommen Sie, kommen Sie." Er bedeutete Jason, ihm zu folgen.

„Vater Matthew?"

„Ja, natürlich. Und Sie sind der Mann, von dem Daal gesprochen hat, nicht? Dann kommen Sie, kommen Sie nur."

Der Priester zog an seinem struppigen weißen Bart, der gut 30 Zentimeter herunterhing. Er lächelte, und seine großen, dunklen Augen blitzten wissend auf, als sei das Ganze ein Spiel, und er würde eine geheime Rolle spielen, bei der er nun sein Bestes gab. Jason sah zu dem ersten Priester hinüber, der sich vor Vater Matthew verneigt hatte.

„Wir haben nicht den ganzen Tag Zeit, junger Mann. Sie wollen doch den Jungen holen, oder?"

Jason sah Vater Matthew an. „Ja." Er ging zu dem alten Mann hinüber, der nickte und schlurfend aus dem Raum eilte.

Sie durchquerten einen Gang, der aus demselben Sandstein bestand wie das Äußere des Klosters. Das gesamte Gebäude war buchstäblich im Laufe vieler Jahre aus einem Felsen gehauen worden, wie so viele andere Gebäude im Norden Äthiopiens auch. Jason eilte hinter dem Priester her, der sich angesichts seiner kleinen Schritte überaus schnell bewegte. Sie stiegen eine Treppenflucht hinunter, die nur durch das flackernde Licht einer Fackel erhellt wurde, und folgten dann einem Tunnel weiter in die Erde hinein. Noch nie hatte er sich so tief im Innern eines Klosters befunden. Es gab viele Geschichten über die geheimen unterirdischen Höhlen, aber Jason hatte gedacht, dass es sich dabei höchstens um kleine Nischen handeln würde. Keinesfalls hatte er mit so gut erhaltenen Gängen gerechnet wie die, durch die er im Augenblick eilte.

„Willkommen beim Geheimnis unseres Glaubens", sagte der alte Mann mit einem Anflug von Sarkasmus.

„Erstaunlich."

„Und wir Priester fühlen uns als etwas ganz Besonderes, wenn wir wie die Maulwürfe unter der Erde hindurchkriechen, während die Herde über uns dahinzieht."

Dies war sicher kein gewöhnlicher Priester. Vielleicht ein Exzentriker, weil er so viele Jahre unter der Erdoberfläche verbracht hatte.

„Die Sterblichen über uns haben jetzt Gewehre dabei", erklärte Jason. „Ist Ihnen das klar, Vater? Die EPLF ist kaum fünf Minuten von hier entfernt."

„Genau. Deswegen beeilen wir uns ja auch. Denken Sie etwa, ich würde mich immer in solcher Eile fortbewegen?"

„Sie wussten, dass sie kommen würden? Davon hat Daal mir nichts gesagt. Er sagte, dies würde eine Fahrt ganz ohne Probleme werden. Ich würde das Waisenkind abholen und in Sicherheit bringen. Irgendwie scheint es doch nicht ganz so einfach zu sein."

„Ach Daal. Er war schon immer ziemlich glattzüngig. Wie viele Priester, die ich kenne. Vermutlich hat das was mit dem Menschsein zu tun. Man konzentriert sich auf einen Teil der Wahrheit, der dadurch klarer wird." Er schlurfte weiter, drehte sich halb herum und hob einen Finger. „Was man nicht mit dem Verstand vermitteln kann, schafft man mit ein wenig Lautstärke, denken Sie nicht?"

Normalerweise hätte Jason über die Schlagfertigkeit des alten Mannes gelacht, aber das Bild der Lastwagen, die über die Berge herunterkrochen, dämpfte seinen Humor. Der Priester murmelte jetzt etwas und das Echo hallte wie ein Kichern durch den Tunnel. Sie drangen noch tiefer in die Erde ein.

„Vielleicht sollten Sie das Kind einfach hinaus zum Jeep bringen", schlug Jason vor. Es fiel ihm schwer, dem alten, senilen Mann klar zu machen, wie dringend diese Angelegenheit war. „Vielleicht sollte ich zurückgehen und –"

„Glauben Sie an Gott?"

Sie erreichten einen von einer Fackel erleuchteten Raum, der nur mit einem einzigen Holztisch und zwei Stühlen ausgestattet war. Der Priester wandte sich zu ihm herum. Seine mandelförmigen Augen wirkten in dem surrealen orangefarbenen Licht bodenlos.

„Ob ich … ja, natürlich –"

„Oder sagen Sie jetzt nur, Sie würden an Gott glauben, um mich zufrieden zu stellen? Ich sehe Zweifel in Ihren Augen, junger Mann."

Jason blinzelte verwirrt. Vater Matthew war eindeutig nicht ganz bei Verstand. Draußen lauerte der Krieg und er vergeudete die kostbare Zeit mit seinem Philosophieren über Gott in den tiefen Kellergewölben irgendeines abgelegenen Klosters. Der alte Mann sprach nun noch eindringlicher.

„Glauben Sie, dass Jesus Christus ein Verrückter war?"

„Was?"

„Glauben Sie, dass er, als er sagte, seine Jünger würden größere Taten vollbringen als er, geistig nicht ganz bei sich war?"

„Was hat das mit unserer Sache zu tun? Wir müssen hier weg!"

„Das dachte ich mir", erwiderte der Priester. „Sie glauben es nicht. Und ja, wir haben nicht viel Zeit. Aber unser Leben liegt in Gottes Händen."

„Das ist ja prima, aber wenn Sie nichts dagegen haben, würde ich hier jetzt gern verschwinden, bevor mir die Kugeln um die Ohren fliegen. Ich bin nicht sicher, dass Ihr Gott meine Interessen besonders aufmerksam wahrnimmt.

„Ja, ich verstehe, dass Sie unsicher sind."

„Und warum haben Sie mich überhaupt hierher gerufen, wenn Sie so sicher sind, dass Gott Sie retten wird?"

„Sie sind doch hier, nicht wahr? Ich werde annehmen, dass er Sie geschickt hat. Also rettet er uns doch tatsächlich. Oder zumindest das Kind. Es sei denn natürlich, es ist bereits zu spät."

Jason schob die darin liegende Logik beiseite und versuchte, seine Frustration unter Kontrolle zu halten. „Dann gehen Sie Ihrem Gott bitte zur Hand und geben Sie mir das Kind."

Der Priester betrachtete Jason. „Sie müssen mir Ihr Wort geben, dass Sie lieber sterben werden, als zuzulassen, dass Caleb etwas geschieht." Jason lachte über den Wagemut des Mannes. „Schwören Sie es."

Es war ein irrealer Augenblick, und er kam der Aufforderung nur nach, um den Mann zu besänftigen. „Natürlich, ich verspreche es Ihnen. Und jetzt holen Sie ihn bitte."

„Wir haben ihn vor dem Tor gefunden, als er noch ein Baby war, wissen Sie. Von einem eritreischen Kommandeur hier zurückgelassen, der seine Mutter während des letzten Krieges getötet hatte. Sie war eine amerikanische Krankenschwester. Der Soldat ließ einen handgeschriebenen Zettel bei dem Jungen zurück, auf dem er um Absolution für seine Sünden bat."

Vater Matthew starrte Jason an, als würde diese Eröffnung einige Dinge erklären. Aber die Geschichte passte durchaus zu diesem verrückten Ort.

„Der Junge ist kein gewöhnliches Kind. Ich denke, das werden Sie bald merken. Wussten Sie, dass er noch nie vor dem Tor gewesen ist? Sie werden der vierte Mann sein, den er in seinem zehnjährigen Leben je gesehen hat. Aber er hat noch nie eine Frau zu Gesicht bekommen."

„Er hat sein ganzes Leben in diesem Kloster verbracht?"

„Ich habe ihn aufgezogen, als sei er mein eigener Sohn. Wo ich hingehe, geht er auch hin. Oder in diesem Fall, wo ich bleibe, bleibt er auch. Außer jetzt. Gott hat Sie geschickt, um den Jungen zu retten. Ich bin jedoch durch einen Eid gebunden, ich muss hier bleiben."

Er griff in seine Kutte, holte einen Umschlag hervor und reichte ihn Jason, der ihn unsicher betrachtete. „Dies sind seine Papiere, die ihm außerhalb Äthiopiens Flüchtlingsstatus garantieren."

„Außerhalb? Ich dachte, ich solle ihn nach Addis Abeba bringen."

„Solange er sich in diesem Land aufhält, ist sein Leben in Gefahr. Sie müssen ihn außerhalb unserer Grenzen in Sicherheit bringen."

Jason wollte dem alten Mann sagen, dass er wohl den Verstand verloren hatte, als plötzlich rechts von ihnen eine Tür aufgerissen wurde. Ein Junge kam über das ganze Gesicht strahlend ins Zimmer gerannt.

„Dadda!" Er sprach Amhara, aber er sah überhaupt nicht wie ein Äthiopier aus. Seine Haut war leicht gebräunt und sein dunkles Haar fiel ihm in Locken über die Schultern – ganz eindeutig war er ein Mischlingskind. Seine schmale Gestalt war unter einer einfachen Baumwolltunika verborgen, die der ähnelte, die der Priester trug.

Der Junge rannte zu dem Priester, legte ihm die Arme um die Taille und barg sein Gesicht in der Kutte des Mannes. Vater Matthew lächelte und kniete sich hin, um den Jungen zu umarmen. „Hallo, Caleb." Er küsste ihn auf die Stirn und sah dem Jungen in die Augen – die von einem so strahlenden Blaugrün waren, wie Jason es noch nie gesehen hatte.

„Caleb, die Zeit ist gekommen, mein Sohn." Liebevoll strich er dem Jungen das Haar glatt.

Der Angesprochene sah Jason mit seinen großen, runden Augen an. Der Priester hatte den Jungen bereits vorbereitet, und Jason fragte sich, was er wohl wusste.

Der Boden begann zu beben und instinktiv sah Jason nach oben. Das war eine Granate. Draußen war eine Granate explodiert!

Vater Matthew drückte Jason den Umschlag in die Hand. Im Licht der Fackel glänzten seine Augen feucht. „Versprechen Sie es mir, mein Freund, ich flehe Sie an! Bringen Sie ihn aus dem Land."

„Das werde ich, das werde ich. Schaffen Sie uns nur hier heraus!"

Der Blick des Priesters ruhte noch einen kurzen Augenblick auf ihm, als suche er nach der Wahrheit. Bei der nächsten Erschütterung wirbelte er zu dem Jungen herum, der zur Decke starrte. Er packte Calebs Hand. „Folgt mir! Lauft!"

Die kleinen, schlurfenden Schritte, mit denen er Jason hier heruntergeführt hatte, wurden nun zu langen Schritten, und Jason musste rennen, um Vater und Sohn im Blick zu behalten. Der Priester war zwar ein wenig sonderbar, aber bestimmt kein Dummkopf.

„Sie schießen auf das Dorf hinter dem Kloster", rief er, ohne innezuhalten. „Wir haben noch Zeit. Ich habe die anderen gebeten, sie, wenn nötig, abzulenken."

„Abzulenken?"

„Wir haben hinten einen Graben für Wasser. Er wird mit Öl gefüllt und dann angezündet."

Das Kind folgte seinem Vater wortlos auf den Fersen. Sie erreichten die Sakristei, die Jason bei seiner Ankunft betreten hatte und deren Zutritt ihm eigentlich nicht gestattet war. Jetzt stand eine andere Gestalt in der Mitte des Raumes. Als sie hereinstürmten, drehte sie sich herum.

Die Frau trug eine dunkelblaue Tunika, wie man sie überall in Äthiopien finden konnte, war aber ganz eindeutig keine Äthiopierin. Ihr tief gebräuntes Gesicht hatte sie unter einer Kapuze verborgen. Sie schien selbst die Aufmerksamkeit des alten Priesters für einen Augenblick zu fesseln.

„Ach ja, dich hätte ich beinahe vergessen, meine Liebe", sagte Vater Matthew. Er wandte sich an Jason. „Dies ist Schwester Leiah. Sie kam vor ein paar Stunden aus einem französisch-kanadischen Rote-Kreuz-Lager in Eritrea zu uns, das von feindlichen Truppen überrollt wurde."

„Eine Frau", sagte Jason, nicht, weil diese Entdeckung so bemerkenswert wäre, sondern weil jeder wusste, dass Frauen hinter den

Toren jedes äthiopischen orthodoxen Klosters streng verboten waren. Und doch war dies ganz zweifellos eine Frau. Eine Kanadierin.

Die Frau blickte zur Tür, die zum Hof führte, und dann wieder zu Jason. Mit schnellen Schritten kam sie auf ihn zu. „Nehmen Sie mich mit!“, sagte sie in perfektem Englisch. Und an Vater Matthew gewandt: „Vater, sagen Sie ihm, dass er mich mitnehmen soll!“

Ihre blauen Augen flehten. Sie packte ihn am Hemd und zerrte ihn zur Tür. „Schnell! Wir müssen hier weg.“

Eine laute Detonation erschütterte die Sakristei. Jason fuhr zusammen.

„Nehmen Sie sie mit“, bat der Priester. Er kniete nieder und nahm Caleb erneut in die Arme. Er zog den Jungen dicht an sich heran und flüsterte ihm etwas ins Ohr. Als er sich von ihm löste, tropften Tränen aus seinen Augen und liefen ihm über die Wangen. „Denke an das, was ich dich gelehrt habe, mein Sohn. Denke gut daran. Höre auf dein Herz, denn die Augen werden dich täuschen. Denk daran.“ Er sprach Amhara.

„Lasst uns gehen! Schnell“, drängte Jason. Das ganze Gerede davon, dass er die beiden in Sicherheit bringen sollte, wäre vergeblich, wenn sie nicht sofort aufbrachen. Dann würden sie es nicht einmal durch das Tor schaffen. Falls das Tor nicht bereits in die Hand der Feinde gefallen war.

„Dadda ...“, sagte der Junge.

„Geh mit Gott, Caleb. Seine Liebe ist besser als das Leben.“

„Dadda ...“

Jason packte den Jungen am Arm und zerrte ihn zu der Bogentür. Leiah, die Frau, stand bereits an der Tür und verrenkte sich beinahe den Hals, um zu sehen, was sie draußen erwartete. Sie wirbelte zu ihnen herum.

„Beeilt euch, beeilt euch!“

„Jason“, wandte der Priester sich an den Helfer. „Was ist weich und rund und sagt mehr, als es sollte?“

Jason fuhr zurück. „Was –?“

„Der Saum einer Tunika.“ Vater Matthew lächelte. „Ein altes äthiopisches Rätsel über Bescheidenheit, das Sie eines Tages bestimmt verstehen werden. Vergessen Sie es nicht.“

Gemeinsam rannten sie aus der Klostertür, Leiah voran, Jason und der Junge hinterher. Die Mittagssonne blendete Jason einen Augenblick lang. Er ließ die Hand des Jungen los und tastete sich weiter vor, weil er kaum etwas sehen konnte.

Hinter ihm drängte Vater Matthews Stimme den zögernden Jungen weiterzugehen. „Geh! Lauf! Lauf zum Jeep und steig ein. Alles wird gut werden. Denken Sie an mein Rätsel, Jason."

Auf dieser Seite des Klosters war von den Soldaten nichts zu sehen, aber die Detonationen, die Jasons Einschätzung nach von Granatwerfern stammen mussten, erschütterten den Boden hinter ihnen. Schwarzer Rauch stieg in den Himmel auf. Vater Matthews brennender Graben. Das Öl.

Jason drehte sich um und sah, wie der Junge auf Zehenspitzen die Treppe hinunterschlich. Seine runden Augen waren vor Schreck geweitet. Jason rannte die Treppe wieder hinauf, packte den Jungen um die Taille und rannte mit ihm zum Jeep.

„Geben Sie ihn mir!", forderte die Schwester. Sie hatte auf dem Rücksitz Platz genommen und streckte ihm die Arme entgegen. Er schob ihr den Jungen zu. Sie nahm Caleb in die Arme und setzte ihn auf den Platz neben sich. Sofort bedeckte das Kind seine Augen mit den Händen und barg seinen Kopf in ihrem Schoß.

„Schaffen Sie uns hier raus! Beeilen Sie sich, Mann!", rief Leiah.

„Das tue ich. Das tue ich ja schon! Halten Sie sich fest!"

Der Motor sprang sofort beim ersten Versuch an. Jason legte den Gang ein und trat auf das Gaspedal. Der Jeep machte einen Satz nach vorn und wirbelte eine Staubwolke auf. Jason lenkte den Wagen zum Tor.

Hinter ihnen erschütterte eine Explosion den Hof. Ihre Feinde hatten die Bombardierung ganz offensichtlich auf die Vorderseite ausgeweitet. Das Tor war geschlossen. Der Torhüter kam herausgerannt und deutet hektisch nach hinten. Als Jason einen Blick zurückwarf, sah er das erste Armeefahrzeug aus einer Staubwolke neben dem Kloster auftauchen – ein Landrover in Wüstentarnfarbe.

Jason hielt das Gaspedal durchgedrückt. Er hatte mittlerweile in den dritten Gang geschaltet und raste auf das geschlossene Tor zu.

„Aufmachen! Öffnen Sie das Tor!", schrie er und gestikulierte wild mit der Hand.

Der Torhüter rannte zum Tor. Er schob das Tor auf und rannte, Schreie ausstoßend, die jedoch von den Explosionen hinter ihnen verschluckt wurden, zum Kloster.

Der Jeep streifte eines der Tore und schoss auf die Auffahrt hinauf. Jason schaltete in den vierten Gang, und in seiner Hektik kam er kurz von der Straße ab, was er jedoch sofort korrigierte. Er hielt sich nun mitten auf der aus dem Tal heraufkommenden Straße.

„Bleiben Sie auf der Straße! Passen Sie auf die Schlaglöcher auf!"

Ihre Warnung kam zu spät und das rechte Rad holperte durch ein Loch von der Größe eines Volkswagens. Jason wurde vom Sitz hochgehoben, bevor sie wieder auf die Erde krachten. Er sah zurück. Leiahs Gesicht war totenbleich. Der Junge hatte den Kopf noch immer in ihrem Schoß vergraben.

„Passen Sie auf die Löcher auf!", schrie Leiah.

„Das tue ich doch!"

Hinter ihnen erschütterte eine laute Explosion, die wie ein Donnerschlag klang, den Boden. Jasons Herz klopfte zum Zerspringen und hallte in seinen Ohren wider. Er wurde angetrieben von einer Mischung aus Angst und Euphorie. Maschinengewehrschüsse ratterten in langen Salven. Dies war kein gewöhnlicher Angriff auf ein Dorf. Offensichtlich war es ihr Ziel, das Kloster zu zerstören – ein unausgesprochenes Tabu, selbst während einer Invasion. Auf Grund dieser geforderten Ehrfurcht hatten die Kloster eintausend Jahre überleben können. Das Niedermetzeln von Frauen und Kindern kam in diesem Land viel häufiger vor als die Zerstörung eines Heiligtums.

Sie hatten die Kuppe des Berges fast erreicht, als Jason erneut zurückblickte. Was er sah, traf ihn ins Mark. Er schnappte nach Luft. Das Kloster war nun zweifellos Geschichte. Von den Trümmern stieg Rauch auf, aus denen man kaum seine frühere Form erkennen konnte. Keine Menschenseele konnte einen solchen Beschuss überlebt haben. Und falls einer oder zwei tatsächlich lebendig das Sonnenlicht erblickt haben sollten, warteten die im Kreis aufgestellten Armeefahrzeuge mit den montierten Maschinengewehren auf sie, um dafür zu sorgen, dass sie sich nicht allzu lange darüber freuten.

Mit einem Blick erfasste Jason das Ausmaß der Zerstörung. Aber er vergaß sie beinahe sofort wieder, weil er etwas entdeckte, das ihn zu Tode erschreckte: ein einzelnes Armeefahrzeug, das ihnen hinterherjagte.

Leiah hatte den Ausdruck auf seinem Gesicht offensichtlich bemerkt, denn sie drehte sich nach hinten um. Maschinengewehrkugeln durchschnitten die Luft.

„Na los, machen Sie schon! Die holen uns ein!", schrie sie.

In Jasons Kopf machte es „Klick". Die Euphorie ihrer Flucht wurde nun von Entsetzen erstickt. Sie wurden verfolgt.

„Schneller! Fahren Sie doch schneller!"

„Halten Sie den Mund! Ich fahre, so schnell ich kann! Halten Sie einfach den Mund und lassen Sie mich fahren!"

Sie erreichten die Bergkuppe und jagten hinab in das nächste Tal. Ein paar Sekunden lang, vielleicht zehn, waren sie allein mit dem Brummen ihres Motors. Und dann kam der größere Landrover über den Berg und heftete sich wieder an ihre Fersen.

Jason spürte, wie sich Panik in ihm breit machte. Sie würden sterben. Das wusste er mit tödlicher Sicherheit. Sein Leben würde noch an diesem Tag enden.

# 2

Der Jeep schaffte es, den Vorsprung von einer halben Meile zu halten. Jason verlangte dem Motor alles ab. Die graue Staubwolke hinter ihnen verhinderte, dass sie den Landrover im Blick behielten. Aber wann immer sie über eine Bergkuppe kamen, sahen sie, dass der Wagen sich einfach nicht abschütteln ließ.

„Können Sie aus dieser Schrottkiste denn nicht mehr herausholen?", fragte Leiah.

„Wir sitzen nicht in einem Porsche!"

Jason spürte beinahe ihren brennenden Blick auf seinem Hinterkopf. Sie musste ziemlich abgebrüht sein; nur eine starke Frau konnte in diesem Land überleben. Aber im Augenblick war es nicht das Land, das ihr Leben bedrohte, sondern ein bewaffnetes Armeefahrzeug, das sich an ihre Fersen geheftet hatte. Allmählich tat es ihm Leid, dass er sie überhaupt mitgenommen hatte. Aber zumindest sorgte sie dafür, dass das Kind still blieb. Caleb kauerte immer noch neben ihr, den Kopf auf ihre Knie gelegt. Er gab keinen Ton von sich.

„Denken Sie, die haben aufgeholt?", fragte er.

„Ich sehe nichts als Staub. Woher soll ich wissen, ob sie aufgeholt haben?"

„Ich habe Sie nur gefragt, ob Sie *denken*, die hätten aufgeholt."

Sie sah kurz zurück und verkündete dann ihr Urteil. „Sie haben aufgeholt."

„Sind Sie sicher?", fragte Jason alarmiert.

„Sie haben gefragt, was ich denke. Ich denke, sie haben aufgeholt."

„Das ist nicht gut. Woher wissen Sie das?"

„Sie sind näher dran."

Auf einer Bergkuppe blickte Jason rasch nach hinten. Die Staubwolke des Landrovers war noch immer ein Stück hinter ihnen, kam aber tatsächlich näher.

Schnell drehte er sich wieder um und korrigierte die Richtung des Jeeps, der von der Straße abzukommen drohte.

„Halten Sie Ihren Blick auf die Straße gerichtet. Wir möchten nicht noch von Ihnen getötet werden", ermahnte Leiah.

Er ignorierte sie für den Augenblick.

Eine weitere halbe Stunde schafften sie es, den Abstand zu halten, und Jason begann, sich von der Panik ihrer Flucht zu erholen. In einer guten Stunde würden sie Adwa erreichen, die nächstgelegene Stadt in dieser Bergregion. Wenn sie es bis Adwa schafften, dann hatten sie eine Chance.

Sie befanden sich nun in einer Gebirgslandschaft in 1 600 Metern Höhe. Mit ein wenig Glück würde die kühle Bergluft die Leistung des Motors noch steigern. Der Himmel wusste, dass der Jeep nicht für eine solche Verfolgungsjagd geschaffen war. Zu beiden Seiten erhoben sich zerklüftete Bergwände mit tiefen Felsspalten, die von der Trockenheit, die schon seit Monaten herrschte, ganz braun waren. Sandsteinfelsen zogen sich in gezackten Linien über beide Seiten des Horizonts. Es war, als würde man auf der Leinwand durch Teile North Dakotas fahren, hatte Jason häufig gedacht. Über 100 Kilometer weiter östlich fiel die salzverkrustete Danakil-Wüste zum niedrigsten Punkt der Erde ab, etwa 125 Meter unter dem Meeresspiegel. Über 100 Kilometer westlich von ihnen ragte der Ras Dashan über 4 600 Meter in den Himmel. Es war ein Land der Extreme.

Der Junge stieß einen leisen Schrei des Erstaunens aus, und als Jason sich umdrehte, sah er, dass er endlich den Kopf gehoben hatte und auf die steilen Abhänge links von ihnen starrte.

Leiah sprach leise auf Amhara auf ihn ein. *„Ishee, ishee."*

Caleb wandte seine Aufmerksamkeit nun dem Jeep zu. In fassungslosem Schweigen betrachtete er das Fahrzeug, das ihn immer weiter von seiner eigenen Realität fortbrachte. Vermutlich hatte der Junge noch nie einen Wagen gesehen, geschweige denn war er in einem gefahren. In dem Kloster hinter ihnen war Calebs Vater gerade getötet worden, dessen war sich Jason sicher.

„Achten Sie darauf, dass er nicht hinausfällt", mahnte Jason.

„Behalten Sie die Straße im Blick. Ich kümmere mich schon um den Jungen."

Er drehte sich um und sah sie an. Ihre Augen blitzten in einem Blau, das heller war als der wolkenlose Himmel. Jason unterdrückte eine Bemerkung. Wie der Priester und das Kind war auch sie ein Rätsel.

Plötzlich stotterte der Motor einmal kurz. Ein Schauer lief Jason über den Rücken. Er trat auf das Gaspedal, doch es war bereits ganz durchgetreten. Laut Benzinanzeige war der Tank noch halb voll.

„Wir verlangen ihm zu viel ab", sagte Leiah.

Jason antwortete nicht. Falls das zutraf, hatten sie ein Problem: Noch immer waren sie gut 30 Kilometer von jeglicher Zivilisation entfernt. Vielleicht war das ein einziger …

Der Motor stotterte erneut, und Jason spürte, wie es ihn kalt überlief. Er trat immer wieder auf das Gaspedal. Die Straße war eben, keine abschüssige Stelle in Sicht, die den Motor ein wenig entlastet hätte.

„Das ist nicht gut", bemerkte Jason.

„Nein, ganz und gar nicht."

„Wir müssen von der Hauptstraße runter. Sie werden uns einholen, wenn wir langsamer werden."

„Ja, das werden sie."

„Da gibt es doch eine Straße, die ein paar Meilen in Richtung Osten führt –"

„Den Weg nach Biset? Sind Sie verrückt? Sie können auf keinen Fall mit einem Wagen durch diese Schluchten fahren!"

„Haben Sie eine bessere Idee?", fuhr er sie an. „Offensichtlich scheinen Sie sich ja hier gut auszukennen, also warum klären Sie mich nicht auf? Zumindest hätten wir die Möglichkeit, unsere Verfolger in die Irre zu führen."

„Ja, natürlich. Und wir könnten genauso gut von einer Klippe springen. Das würde sie wirklich überraschen. Auf der Straße haben wir zumindest eine Chance, auf allen vier Rädern zu bleiben. Vielleicht passt sich der Motor nur an."

Als habe er ihre Worte verstanden, machte der Jeep kurz darauf einen Satz, bevor er seine Geschwindigkeit wieder aufnahm.

„Kommt Ihnen das wie eine Anpassung vor? Vielleicht bin ich in der Kunst des Überlebens nicht so bewandert wie Sie, aber in den zwei Jahren hier im Land habe ich so einiges über Jeeps gelernt. Das war eher ein Todesrasseln als ein Kraftschöpfen."

„Und in den drei Jahren, die ich bereits in dem Land lebe, habe ich ebenfalls ein paar Dinge gelernt. Und dazu gehört, dass der Weg nach Biset, den wir auf Ihren Vorschlag hin nehmen sollen, für Kamele geeignet ist, aber nicht für Jeeps. Er ist unpassierbar."

Sie hatte nicht ganz Unrecht.

Plötzlich stockte der Wagen dreimal hintereinander. Jason warf einen raschen Blick in den Rückspiegel und sah, dass Leiah sich ebenfalls umgewandt hatte. Der Landrover hatte aufgeholt. Der Junge starrte ihn mit großen Augen an.

Da war sie. Jason umklammerte das Lenkrad mit festem Griff. Die Abzweigung war kaum mehr als eine Spalte in dem Felsen zu ihrer Rechten, hinter der nächsten Biegung.

„Haltet euch fest. Haltet euch einfach nur fest."

„Sie werden uns umbringen", stöhnte Leiah.

„Passen Sie auf den Jungen auf."

Er rechnete damit, dass der Staub ihr Ausweichmanöver tarnen würde; je mehr Staub er aufwirbelte, desto besser. Laut Tacho fuhren sie über 60 Kilometer pro Stunde, als sich der Sandstein neben ihnen auftat. Jason riss das Lenkrad herum, ohne den Fuß vom Gaspedal zu nehmen. Der Jeep holperte über einen niedrigen Graben und tauchte ein in etwas, das aussah wie ein sandiges Flussufer.

Steine von der Größe einer Kokosnuss lagen im Flussbett. Ein schmaler Pfad zog sich durch die Mitte. Leiahs Kamelpfad. Jason riss das Lenkrad von einer Seite zur anderen, als er versuchte, die Steine möglichst zu umfahren. Aber es waren einfach zu viele. Das linke Vorderrad stieß gegen ein besonders großes Exemplar und der Jeep kippte zur Seite weg. Jasons Knie krachten gegen das Lenkrad und er zuckte zusammen. Er erhaschte einen kurzen Blick von Leiah, die hinter ihm in der Luft hing. Wie sie es schaffte, sich im Jeep zu halten, überstieg Jasons Begriffsvermögen. Aber andererseits, falls es jemand schaffte, dann ein Mensch mit ihrer Entschlossenheit. Und ihr gelang es auch noch, den Jungen festzuhalten.

„Festhalten!"

Der Motor stotterte mittlerweile immer schlimmer. Sie holperten nun über den Sand, mieden die Steine und umfuhren ein Ufer, das sich links von ihnen erhob. Hier war der Pfad noch so breit, dass der Jeep hindurchpasste, aber Jason wusste, dass Leiah Recht hatte: Innerhalb der nächsten beiden Kilometer verengte sich der Pfad zu kaum mehr als einem Trampelpfad.

Aber er hatte nicht vor, noch zwei Kilometer weiterzufahren. Oder auch nur einen. Falls er den Jeep in einer der Schluchten zu ihrer Rechten verstecken konnte, hatten sie vielleicht eine Chance.

Er lenkte das Fahrzeug in die zweite Schlucht und sah zurück. Es war noch nichts von dem Landrover zu sehen. „Bleibt in Deckung."

„Sie werden uns umbringen."

„Halten Sie einfach nur Ihren hübschen Kopf unten!"

Unbeobachtet fuhren sie in die Schlucht hinein und Erleichterung machte sich in Jason breit. Welch ein herrliches Gefühl. Hohe Felswände erhoben sich zu beiden Seiten und unmittelbar vor ihnen. Eine Sackgasse – nicht unbedingt seine erste Wahl, aber mit ein wenig Glück hatte er ihr Leben gerettet.

Er fuhr den Jeep tief in die Schlucht hinein und versteckte ihn hinter mehreren Felsbrocken an ihrem Ende. Schließlich stellte er den Motor ab.

Jason zog sich am Rollbügel hoch und spähte zurück zur Öffnung, die etwa 300 Meter entfernt war. Nichts. Ein leiser Wind rauschte durch die Schlucht, aber es war das Klopfen seines Herzens, das ihm in den Ohren dröhnte. Er hielt die Luft an und lauschte auf das Brummen eines Motors.

Noch immer nichts.

Jason stieß die Luft aus und betrachtete die beiden auf dem Rücksitz. Seine rechte Hand, die auf dem Rollbügel lag, zitterte entsetzlich.

„Hören Sie was?"

Die Krankenschwester sah ihn wortlos an. Zum ersten Mal konnte er sie in Ruhe betrachten, ohne dass sie in unmittelbarer Gefahr schwebten. Ihre Erscheinung war dunkel, aber ganz eindeutig westlicher Herkunft. Die Nase war spitz und ihre Augen sehr blau. Aber jetzt entdeckte er noch etwas anderes, an ihrem Hals, am Kragen ihrer dunkelblauen Tunika. Ihre Haut am Hals war entsetzlich vernarbt. Brandwunden, die von ihrem Gewand verdeckt wurden.

Sein Blick wanderte höher und traf ihren. Sie wusste, dass er es gesehen hatte. Das zeigte ihr Gesichtsausdruck. Trotzig richtete sie sich auf.

„Hören Sie etwas?", fragte er.

Sie hielt seinem Blick einen Augenblick länger stand, dann zog sie sich hoch, sodass sie durch die Öffnung der Schlucht sehen konnte. Sie hielt sich neben ihm am Rollbügel fest, und er sah, dass ihre Arme, obwohl von der weiten Tunika verdeckt, ebenfalls vernarbt waren.

„Nein", erwiderte sie.

Caleb kletterte langsam vom Rücksitz und stieg aus. Mit zitternden Beinen stand er vor dem Jeep und betrachtete ihn ehrfürchtig. Der Anblick erinnerte Jason an einen verirrten Welpen. In all der Aufregung hatte Jason den Jungen beinahe vergessen. Und doch steckten sie nur wegen ihm in dieser Klemme. Wegen eines zehnjährigen Jungen, der als Baby in dem Kloster abgegeben worden war und in vollkommener Isolation vom Rest der Welt entfernt aufgewachsen war. Und weil der Priester, der ihn adoptiert hatte, viel Mühe auf sich genommen hatte, dafür zu sorgen, dass er am Leben blieb.

Die zitternden Knie des Jungen waren vermutlich die Folge dieser wilden Fahrt in dem metallenen Ungeheuer neben ihm – nicht der Bedrohung durch bewaffnete Soldaten, die sie verfolgten. Vermutlich würde er die Gefährlichkeit einer Waffe nicht erkennen, selbst wenn er sie in seinen Händen hielt.

Sie verhielten sich auch weiterhin still. Jason lauschte aufmerksam, hielt immer wieder die Luft an. Ein Lämmergeier schrie über ihnen und Jason wandte den Blick nach oben. Der große Vogel glitt ruhig über den blauen Himmel. Ein Kichern hallte durch die Schlucht. Mehrere Dutzend Paviane spähten neugierig von den Felsen herab und begutachteten die Eindringlinge. Aber diese Geräusche waren so gewöhnlich wie das Gras in Nordäthiopien.

„Das war wirklich knapp", sagte Jason und sprang über die Tür. Leiah folgte ihm nicht. Sie hatte den Kopf geneigt und lauschte aufmerksam. Jason verstummte.

Und jetzt hörte er es auch: ein leises Brummen, das vom Wind herangetragen wurde. Der Junge wandte sich zum Eingang der Schlucht um – er hatte es ebenfalls gehört.

Jasons Herz machte einen Satz.

Leiah duckte sich plötzlich. „Sie haben zurückgesetzt!", flüsterte sie in Panik. „Sie kommen!"

Das Motorengeräusch des Landrovers war nun deutlich zu vernehmen. Entsetzt beobachtete Jason, wie der Wagen in die Schlucht einbog und dann direkt auf sie zuhielt. Unaufhörlich arbeitete er sich über die Steine hinweg und verringerte die 300 Meter Entfernung zwischen ihnen.

Jason duckte sich und drückte sich mit dem Rücken an den Felsen, hinter dem sie sich versteckt hatten. Offensichtlich folgte der Landrover nun den Reifenspuren, nachdem der Jeep aus ihrem Blickfeld verschwunden war.

Sie saßen in der Falle!

Leiah packte den Jungen und zog ihn hinunter in den Sand. Er stieß einen erschreckten Schrei aus und Leiah hielt ihm mit der Hand den Mund zu, damit er schwieg. Mit weit aufgerissenen Augen drehte sie sich zu Jason um.

Hoch über ihnen begannen die Paviane wieder laut zu lachen, als spürten sie den bevorstehenden Showdown. Jason konnte kaum denken, geschweige denn handeln. Eine Krankenschwester, ein Kind und ein Mann saßen in einer Schlucht in der Falle, sahen ausgebildeten Mördern entgegen, die gerade unschuldige Priester abgeschlachtet hatten. Schwer bewaffnete Soldaten gegen …

Ein Gewehr.

Das Gewehr!

Jason kroch zum Jeep und suchte das Gewehr, das auf dem Boden des Fahrzeugs lag. Er schnappte sich die alte Waffe und öffnete das Handschuhfach. Eine Schachtel mit Patronen fiel heraus.

In aller Eile zog er den Bolzen zurück und steckte die Munition in die Trommel. Eine Ladung ließ er in den Sand fallen; die würde er als Letzte einsetzen, falls es nötig sein sollte. Mit weit aufgerissenen Augen beobachteten die Krankenschwester und der Junge sein Tun.

„Sie denken, mit einem Gewehr könnten Sie etwas ausrichten?", flüsterte Leiah.

„Bleiben Sie unten", befahl er. Er legte sich auf den Sand und kroch zum Rand des Felsens. Der Landrover kam immer näher und war nur noch 100 Meter von ihnen entfernt. Wenn er den Tank treffen könnte, hatten sie vielleicht eine Chance.

Jason drückte die Wange gegen den Kolben des Gewehrs und zielte auf den Landrover. Sein Atem kam stoßweise, sodass er nicht richtig zielen konnte. Darum nahm er das Gewehr herunter und atmete erst einmal tief durch.

Plötzlich zog das Fahrzeug nach links hinter eine Gruppe von großen Felsbrocken, 75 Meter von ihnen entfernt. Sie waren entdeckt worden!

Der Schweiß lief Jason in die Augen und er musste blinzeln. Reglos lag er auf dem Boden. Die Fahrerkabine ragte hinter dem Felsen hervor, und er beobachtete, wie drei Männer in grünen Tarnanzügen ausstiegen und hinter dem Felsen in Deckung gingen. Kurz darauf begann der Wahnsinn: Maschinengewehrfeuer aus ihrer Richtung donnerte zwischen den Felswänden. Die Kugeln prallten an dem Felsen ab. Querschläger zischten an ihnen vorbei.

Zum zweiten Mal an diesem Tag musste sich Jason der einfachen Erkenntnis stellen, dass er sterben würde. Diese Erkenntnis ernüchterte ihn wie ein Eimer kaltes Wasser, der ihm über den Kopf gegossen wurde. Er hielt ein Gewehr in den Händen, aber einschließlich der Munition, die er hinter sich in den Sand hatte fallen lassen, besaß er weniger Kugeln als die Feinde in einer einzigen Runde aus ihrem Maschinengewehr abgaben.

Jason zielte auf ihr Versteck und betätigte den Abzug. Ein lauter Knall.

Die Maschinengewehre verstummten. Die Paviane auf den Felsen kreischten protestierend. Jason zog den Bolzen zurück und legte eine weitere Kugel ein. *Überraschung! Ihr seid nicht die Einzigen mit einem Gewehr!*

Als Antwort darauf erfüllte eine Kakophonie von Gewehrfeuer die Luft, aber keines davon stammte von Jason. Die Kugeln prasselten wie ein Strom aus Blei auf sie herab.

In Panik und ohne nachzudenken, feuerte Jason so schnell er konnte. Erst als der letzte Rest seines Verstandes ihm einflüsterte, dass er vermutlich nur noch ein oder zwei Kugeln hatte, hörte er auf.

Leiah und den Jungen neben sich nahm er kaum wahr. Er blickte in ihre Richtung und entdeckte zu seiner Verblüffung, dass der Junge in eine Spalte geklettert war, um einen besseren Blick auf den Landrover werfen zu können. Weder er noch Leiah schienen getroffen worden zu sein. Und soweit er wusste, war er es auch nicht, aber sein Verstand arbeitete im Augenblick nicht besonders schnell.

Das Maschinengewehrfeuer brach abrupt ab und er spähte um den Felsen herum. Er hatte noch eine, vielleicht zwei Kugeln in seinem Gewehr, und die eine, die im Sand hinter ihm lag. Drei Schüsse. Für drei Männer, die mit Maschinengewehren bewaffnet waren. Drei Mörder, die dazu ausgebildet waren …

Plötzlich löste sich eine Gestalt von den Felsen und rannte geduckt zu einem Felsblock auf der anderen Seite der Schlucht. Zwei Gedanken schossen Jason mit überraschender Klarheit durch den Kopf. Der erste war, dass sie für den Soldaten in der neuen Position ein hervorragendes Ziel boten. Das war nicht gut. Der zweite Gedanke war, dass er das Gewehr noch nicht nachgeladen hatte.

Sofort riss Jason den Bolzen zurück und lud nach. Er hatte den Atem angehalten und zielte so sorgfältig wie seine gespannten Muskeln es zuließen. Er drückte ab.

Der Mann zeigte keine Reaktion.

Jason lud nach und schoss erneut.

Der Soldat gab einen Laut von sich und ging drei Meter von den Felsen entfernt zu Boden. Doch er war nicht in Deckung gegangen, sondern viel eher hingefallen. Jason nahm das Gewehr herunter, um besser sehen zu können.

Der Mann lag reglos, mit dem Gesicht nach unten im Sand. In der Schlucht rührte sich nichts. Niemand bewegte sich. Die Blicke aller schienen von dieser einen unmöglichen Entwicklung gefesselt zu sein. Selbst die Paviane waren verstummt.

Jasons Atem entwich in den weißen Sand zwei Zentimeter von seinem Mund entfernt. Schweiß lief ihm die Wangen hinunter. Er hatte den Mann erschossen. Die Lämmergeier schrien hoch über ihnen, aber über die Schlucht hatte sich eine unwirkliche Stille gelegt.

Plötzlich war ein leises Wimmern zu hören. Nicht von der Gestalt, die mit dem Gesicht nach unten 40 Meter von ihnen auf dem Boden lag, sondern links von Jason. Er wandte den Kopf. Was nun folgte, schien in Zeitlupe abzulaufen. Caleb erhob sich. Und dann setzte er sich in Bewegung.

Leiah griff nach ihm, und Jason sah, wie sich ihr Mund öffnete, hörte sogar ihren Protestschrei, aber selbst dieser Laut erschien ihm gedämpft. Vielleicht wegen der Schüsse, die er abgegeben hatte, oder wegen der tödlichen Erkenntnis, dass er nur noch einmal nachladen konnte, mit der Munition, die hinter ihm im Sand lag. Oder vielleicht auch, weil er sicher war, dass sie sterben würden.

Der Junge begann plötzlich zu rennen, geradewegs zu dem auf dem Boden liegenden Mann hin.

Jason ließ das Gewehr sinken, richtete sich auf und wartete auf die Schüsse. Aber es kamen keine. Vielleicht weil die zwei verbliebenen Soldaten über die Entwicklung genauso verblüfft waren wie er.

Caleb rannte lautlos, sein blaues Gewand flatterte im Wind. Sein lockiges Haar flog über seine Schultern. Leiah verließ ihre Deckung und sprang in den offenen Bereich, als hätte sie die Absicht, ihm zu folgen. Die Soldaten hätten sie und auch den Jungen erschießen können, aber sie hatten ihr Feuer eingestellt.

Caleb erreichte den Mann, der reglos auf dem Boden lag, und ließ sich mit dem Rücken zu Jason auf die Knie sinken. Er wimmerte erneut und beugte sich dann schweigend über den Mann. Die kreisenden Lämmergeier verstummten. In dem Tal herrschte eine Todesstille.

„Was tut er da?“, hörte Jason sich flüstern. „Was tut er da?“

Leiah antwortete nicht. Sie machte einen einzigen Schritt nach vorn und blieb dann stehen.

Mehrere Minuten, wie es schien, obwohl es höchstens 10 oder 15 Sekunden gewesen sein konnten, verharrten sie in ihrer Erstarrung, beobachteten den Jungen, der neben dem Mann kniete, wie ein Priester, der ihm die letzte Ölung erteilte.

Ein Gedanke schoss Jason durch den Sinn: der Gedanke, dass er keine Munition mehr hatte. Der Gedanke, dass er lieber ihre Situation durchdenken sollte, anstatt auf die Szene vor sich zu starren.

Der Junge erhob sich, wandte sich von dem auf dem Boden liegenden Mann ab und kam mit ruhigen Schritten zu ihnen zurück. Noch immer schossen die Soldaten nicht auf ihn – vielleicht weil er ein Kind war. Ein heißer Windstoß wehte über den Sand und zog an dem Gewand des Jungen.

Mit schwacher, verzweifelter Stimme rief Leiah: *„Fetan, fetan!"* – „Beeile dich, beeile dich!" Aber der Junge beeilte sich nicht.

Plötzlich war in der Schlucht ein Husten zu hören. Und noch einmal. Der auf dem Boden liegende Mann bewegte sich.

Jasons Herz klopfte zum Zerspringen. Instinktiv riss er an dem Bolzen, doch er hatte ja keine Munition mehr. Hinter ihm! Seine letzten Kugeln lagen hinter ihm.

Der Mann auf dem Boden setzte sich auf und Jason erstarrte.

Leiah rannte dem Jungen ein paar Schritte entgegen und hielt ihm die Hand hin. „Caleb! Caleb, fetan!"

Plötzlich rappelte sich der Mann auf und blieb in Verteidigungsstellung hocken, wie ein Ringer, der seinem Gegner gegenübersteht. In diesem Fall dem Jungen, der jetzt zehn Meter von ihm entfernt war und gelassen weiterging. Der Soldat betastete seine Brust, als suche er die Verwundung, dann wirbelte er auf der Suche nach seinem Gewehr herum. Er hob es auf und starrte dem Jungen nach. Ein letztes Mal fuhr er sich über die Brust, dann rannte er in einer fremden Sprache rufend zu dem Landrover.

Verblüfft und ungläubig beobachtete Jason, wie die Soldaten in den Landrover stiegen. Der Motor sprang an und eine Staubwolke hinter sich herziehend brauste der Wagen davon. Innerhalb von Sekunden war er aus der Schlucht verschwunden.

Jason merkte, dass ihm der Mund offen stand, und er klappte ihn zu. Der Sand knirschte zwischen den Zähnen, und er wollte ihn ausspucken, doch sein Mund war trocken. Taumelnd erhob er sich. Caleb sah dem Landrover nach. Leiah hatte ihre Hand auf den Kopf des Jungen gelegt. Tränen liefen ihre staubigen Wangen hinunter.

Lange Zeit blieben sie reglos stehen und starrten in die Schlucht. Jason begriff nicht , was gerade passiert war. Sie waren am Leben und das war gut. Das war unglaublich.

„Wir sollten losfahren", sagte er schließlich.

„Sind sie fort?", fragte Leiah.

„Im Augenblick schon. Aber sie werden wiederkommen." Er wandte sich dem Jeep zu. „Ich garantiere Ihnen, sie werden wiederkommen."

# 3

„Offenbar war er doch nicht getroffen", bemerkte Jason.

Leiah saß auf dem Beifahrersitz und blickte nach hinten, wo Caleb hockte und die zerklüftete Landschaft betrachtete. Der Junge hatte keinerlei Erklärung gegeben, zumindest keine, die sie oder Jason verstehen konnten. Er hatte ein paar Sätze auf Ge'ez gesprochen, der Sprache, die von den meisten äthiopischen Priestern bevorzugt wurde, aber sie beherrschte diese Sprache nicht besonders gut. Sie war nicht einmal sicher, ob der Junge Englisch sprach, obwohl es sie nicht überraschen würde. Wenn die Priester ihn Amhara und Ge'ez gelehrt hatten, hatten sie ihm bestimmt auch Englisch beigebracht.

Sie blickte den Amerikaner an. „Was denn sonst? Hat die Kugel den Soldaten vielleicht nur erschreckt und er ist in Ohnmacht gefallen?"

„Nein. Aber offensichtlich hat sie keinen Schaden angerichtet. Tote Männer rennen nicht zu ihrem Wagen zurück und fahren davon."

„Das tun auch Soldaten nicht, die den Feind in die Enge getrieben haben."

Mit hochgezogener Augenbraue sah er sie an. „Machen Sie sich immer über Männer lustig, die Ihnen das Leben gerettet haben?" Seine Augen waren fast so blau wie ihre. Mit seinem blonden Haar könnte er durchaus skandinavischer Herkunft sein.

„Mir das Leben gerettet? Sie meinen, Sie hätten das mit Ihrem Erbsenschießer geschafft? Verzeihen Sie, das hätte ich beinahe vergessen."

„Sie sind doch am Leben, oder etwa nicht? Als ich das letzte Mal hinsah, war das Kloster ziemlich zerstört. Sie mögen von dieser Fahrt vielleicht nicht besonders begeistert sein, aber ob es Ihnen gefällt oder nicht, sie hat Ihnen das Leben gerettet."

*Er hat Recht, Leiah. Dieser Mann hat dir tatsächlich das Leben gerettet.*

„Sie haben Recht. Es war nicht gerade ein leichter Tag."

Schweigend starrte Jason vor sich hin. Sie würden auf schnellstem

Weg nach Addis Abeba fahren, hatte er gesagt. Auf diesen Straßen würde die Fahrt dorthin acht Stunden dauern. Dort würden sie sehen, wie es weiterging.

Sie beobachtete, wie sich die Muskeln an seinen Armen spannten, als er das Lenkrad umklammerte. Man musste stark sein, wenn man in diesem Land leben wollte, und er war schon seit zwei Jahren hier, hatte er gesagt. Er trug Bluejeans und ein ziemlich ausgeleiertes Khakihemd mit hochgerollten Ärmeln. Beide Kleidungsstücke waren staubig – und typisch amerikanisch.

„Vielleicht trug der Soldat eine kugelsichere Weste oder so etwas", meinte sie. „Oder Sie haben seinen Gürtel getroffen. Vielleicht hat der Schlag ihn umgeworfen, ohne ihn zu verletzen."

Jason nickte. „Wäre möglich." Er schüttelte den Kopf. „Allerdings verstehe ich nicht, warum sie die Jagd nicht wieder aufgenommen haben. Aber sie werden wiederkommen. Auf keinen Fall wären sie so weit hinter uns hergejagt, wenn sie die Absicht gehabt hätten, uns laufen zu lassen. Irgendetwas passt da nicht richtig zusammen."

„Und warum, denken Sie, sind sie überhaupt abgehauen?"

„Sie sind geflohen, weil sie vor meinen sorgfältig platzierten Schüssen Angst hatten, das ist der Grund", erwiderte er grinsend. „Auf jeden Fall sind sie weg. Für den Augenblick zumindest."

Sie lächelte leicht amüsiert. „Sie gehören also dem Friedenskorps an? Die Truppe hat sich bereits aus Eritrea zurückgezogen."

„Und aus Nordäthiopien. Glauben Sie mir, ich bin nicht auf Sightseeingtour. Ich wollte einem alten Freund, den ich vermutlich nie wieder sehen werde, einen Gefallen tun."

„Wie lange sind Sie schon beim Korps?"

„Fast zwei Jahre in diesem Land. Vorher war ich zwei Jahre im Kongo. Dort ist es auch nicht viel besser als hier."

„Dann billigen Sie das also nicht?"

Sie hatte die Stirn in Falten gezogen. „Ich hätte nicht vier Jahre meines Lebens für diesen Ort geopfert, wenn mir die Menschen nicht am Herzen lägen. Sie laufen auch nicht gerade nach Eritrea zurück."

„Mein Lager wurde vollkommen vernichtet. Ich habe miterlebt, wie Hunderte unbewaffneter Zivilisten in weniger als einer Stunde getötet wurden. Ich laufe nicht vor dem Volk davon."

„Ich auch nicht."

Ein paar Minuten lang sprach keiner ein Wort. Leiah hatte noch nie gut mit Männern umgehen können. Schon gar nicht mit amerikanischen Männern. Das war auch ein Grund, warum sie sieben Jahre zuvor nach Kanada gegangen war. Ein Arzt – „Dr. Flannagan“ stand auf dem goldenen Schild an seiner Tür – hatte einmal einen Haufen psychologisches Gerede von sich gegeben über ihre durch ihre Brandnarben verursachte Unsicherheit, aber sie hatte nicht viel für psychologische Erklärungen übrig. Sie war doch selbstbewusst, oder?

Und wenn Dr. Flannagan doch Recht hatte?

Und wenn er tatsächlich Recht hatte? Jeder auf diesem Planet hatte im einen oder anderen Bereich mit Unsicherheiten zu kämpfen.

Bei dem Gedanken schüttelte sie den Kopf. „Es tut mir Leid. Wie ich schon sagte, es war ein schlimmer Tag. Und wovor laufen Sie davon?“ Das klang nicht gut, darum fügte sie schnell hinzu: „Man sagt, jeder, der nach Afrika kommt, würde vor irgendetwas davonlaufen.“

Jason starrte vor sich hin, ohne sich umzudrehen. Sein Kiefer war gespannt. Als sie ihn ansah, fiel ihr auf, wie gut er eigentlich aussah. Von der Sonne gebräunt und dreckig, aber ungebrochen.

„Ich habe Agrarwissenschaften studiert“, erklärte er schließlich. „Die letzten beiden Jahre habe ich im Irob an der Grenze verbracht und mich mit einer ungewöhnlichen Methode der Bodenkonservierung beschäftigt, die das Volk entwickelt hat, das dort lebt.“

„Tatsächlich? Wie das?“

Er betrachtete sie vorsichtig, wie um herauszufinden, ob ihr Interesse echt war. „Sie bauen Sandsteinmauern an den Böschungen, die zum Roten Meer herunterführen, um Boden aufzufangen, der vom Hochland heruntergespült wird.“

„Die Alitena-Gärten. Ich habe davon gehört“, erwiderte sie.

Er sah sie erstaunt an. „Tatsächlich? Und was führt Sie hierher?“

„Mich? Ich bin bloß Krankenschwester.“ Es war deutlich, dass sie nicht mehr von sich preisgeben wollte. „Also, wir sind hier, das Friedenskorps und das Rote Kreuz. Ungeachtet dessen, wie wir hierher gekommen sind, befinden wir uns jetzt auf derselben Mission. Wir können genauso gut das Beste daraus machen.“

„Und welche Mission ist das?“

„Der Junge natürlich.“

„Ihre Mission?“

„Unsere. Warum nicht?“

Ihr Blick wanderte zu einer kleinen Siedlung von Steinhütten am Außenrand von Biset. Ein junger Mann stützte sich auf seinen Stock neben einem glimmenden Feld von *tef*, Korn. Der Mann sah ihnen mit starrem Blick nach.

Leiah blickte über die Schulter zurück. Caleb hatte sich nach hinten umgedreht und beobachtete den Mann. Er musste ihren Blick gespürt haben, denn er wandte sich wieder um. Seine großen blauen Augen blickten sie fragend und durch und durch unschuldig an. Er blinzelte nicht. Was für ein Junge war das, der bis zum heutigen Tag noch nie aus dem Kloster herausgekommen war? Und was hielt er von diesen beiden Menschen, die streitend vor ihm saßen? Und konnte er ihre Worte überhaupt verstehen?

Plötzlich verspürte sie das Bedürfnis, den Jungen in die Arme zu nehmen.

Leiah räusperte sich und sprach langsam in ihrem gebrochenen Amharisch. „Geht es dir gut, Caleb?"

Er zögerte und nickte dann. „*Hara*", erwiderte er leise. Ja. Ohne dass sich sein Gesichtsausdruck änderte, wandte er den Blick ab.

Leiahs Kehle war auf einmal wie zugeschnürt. In gewisser Weise war der Junge ihr sehr ähnlich. Sie waren beide allein. So allein.

„Ich möchte den Jungen nach Kenia mitnehmen", sagte sie. Jason antwortete nicht. „An der Grenze gibt es ein Flüchtlingslager. Ich hatte daran gedacht, dorthin zu gehen. Oder ich könnte ihn zur Küste bringen. Wie auch immer, bei mir wird er in Sicherheit sein." Sie hätte gedacht, dass Jason begeistert auf ihren Vorschlag eingehen würde. Doch er mied ihren Blick und starrte auf die Straße.

„Vater Matthew wollte doch, dass er aus dem Land gebracht wird, oder? Ich werde ihn Ihnen abnehmen", bot sie an. „In gewisser Weise ist seine Evakuierung ganz eng mit meiner verknüpft. Das ist das Mindeste, was ich tun kann."

„Wir werden sehen", antwortete er.

Sie fuhren nun auf einer geteerten Straße nach Süden. Jeder hing seinen eigenen Gedanken nach.

Calebs Gedanken überschlugen sich. So viel Neues stürmte auf ihn ein. Als er in den Wagen gestiegen und den Kopf in dem Gewand der Frau versteckt hatte, hatte er sich eingeredet, es sei nur eine Vision – ein Traum. Das musste es sein, denn auch wenn Dadda ihm gesagt hatte, die Welt würde sich verändern, konnte das reale Leben keinesfalls so sein.

Doch als er die Augen geöffnet hatte, hatte sich die Welt nicht verändert. Er saß noch immer in dem Wagen (ein Auto kannte er nur, weil er ein Bild davon in einem Buch gesehen hatte, das Vater Timons ihm einmal gezeigt hatte) und er fuhr noch immer in rasender Geschwindigkeit über die felsige Straße. Was war das, ein Teil des Himmelreiches? Oder vielleicht die Hölle – ihm wurde die Hölle gezeigt. Aber es war keine Vision, oder doch?

Die Berge wirkten viel größer, als er es sich vorgestellt hatte. Dadda hatte ihm gesagt, dass die Berge um das Kloster sehr weit und sehr hoch reichten, aber als er sie jetzt zum ersten Mal mit eigenen Augen sah, dachte er, dass sie den Himmel berührten. Wenn er auf einen dieser Berge klettern könnte, würde er vielleicht sogar Gott sehen.

Er betrachtete den Mann und die Frau, die vorne im Wagen saßen. Sie nannten sich Jason und Leiah und offensichtlich waren sowohl Jason als auch Leiah sehr zornige Menschen. Sie konnten nicht freundlich reden. Kein Wunder, dass Dadda vorgeschlagen hatte, er solle das Kloster nicht verlassen, bis die Zeit gekommen war. Und nun, da er das Kloster verließ, wie Dadda es ihm angekündigt hatte, wusste er nicht, wie er mit so seltsamen Männern und Frauen umgehen sollte. Sogar die Männer in dem anderen Wagen waren zornig gewesen. Die Welt war voll von knurrenden, wütenden Menschen, die sich gegenseitig verletzen wollten.

Aber Jason wollte ihn nicht verletzen, das wusste er. Miss Leiah liebte ihn. Jason auch, glaubte er, obwohl er seine Liebe nicht besonders gut zeigen konnte. Er sollte mal ein paar Jahre mit Dadda verbringen.

Caleb hörte das Zwitschern eines Vogels und er drehte sich zu dem tiefen Tal neben der Straße. Ganz unten, über einem kleinen Fluss, schwebte ein großer Vogel. Vielleicht so groß wie er. Der Anblick ließ ihm einen Schauer über den Rücken rinnen. Was für ein liebenswertes Geschöpf! Im Kloster hatten sie Tauben und andere kleine Vögel, aber keine so großen.

Wenn er zurückkam, würde er Dadda von diesem Vogel erzählen müssen.

*Wenn ich ein Vogel sein könnte,*
*wenn ich ein Vogel sein könnte,*
*würde ich zum Himmel fliegen*
*und auf dem Haar meines Vaters landen.*

Er lächelte.

Während der Fahrt nach Süden wurde Jason zunehmend unruhig. Irgendetwas nagte an ihm. Er hatte natürlich einen Haufen Entschuldigungen: Schließlich erlebte er ja nicht jeden Tag mit, wie ein Kloster nur Sekunden, nachdem er es verlassen hatte, in Schutt und Asche gelegt wurde. Und über wie viele Bewohner dieses Planeten waren unzählige Schüsse hinweggegangen, während sie schwitzend auf dem Boden gelegen hatten? Kein Wunder, dass sein Kopf höllisch schmerzte.

Aber immerhin war er am Leben, was schon ein Wunder war.

*Es ist der Junge, Jason.*

Er brummte und prompt warf Leiah ihm einen Seitenblick zu. Die Krankenschwester mit dem wunderschönen Gesicht und dem vernarbten Körper und einem Mund, so groß, dass er Afrika verschlucken könnte. Es war ihr Angebot, den Jungen zu übernehmen, das an ihm nagte, dachte er. Was durchaus keinen Sinn ergab. Mit einem Kopfnicken könnte er sich der beiden entledigen. Und das war nicht gut?

*Nicht richtig.*

*Nein? Und warum nicht, lieber Jason? Vater Matthew würde es billigen.*

Plötzlich fiel ihm ein, dass er sich die Papiere, die Vater Matthew ihm gegeben hatte, noch gar nicht angesehen hatte. Er zog den Umschlag aus seiner Brusttasche, hielt das Lenkrad mit dem linken Knie fest und riss den Umschlag auf. Darin befanden sich zwei Blätter. Er schaffte es, sie zu entfalten, ohne von der Straße abzukommen. Ein Einwanderungsformular und ein Brief.

Schnell überflog er die Seiten. Ihr Inhalt erstaunte ihn.

„Was ist?“, fragte Leiah. Es war ihre erste Frage in mehr als einer Stunde.

„Nichts.“

Aber es war etwas. Das Formular war eine allgemeine Empfehlung des Konsulats für den *Temporary Protective Status* unter Paragraph 44 des Einwanderungs- und Einbürgerungsgesetzes, vollständig ausgefüllt und von dem Priester und einem Botschaftsangehörigen unterschrieben. Wenn Jason sich nicht irrte, war ein Beamter des Einwanderungsamtes davon überzeugt worden, dass der Junge vielleicht die amerikanische Staatsbürgerschaft als Geburtsrecht für sich in Anspruch nehmen konnte. Seine Mutter war vermutlich eine amerikanische Krankenschwester gewesen.

Der Offizier, der den Jungen vor die Tore des Klosters gelegt hatte, hatte eine amerikanische Krankenschwester getötet. So hieß es zumindest, aber die Beweise waren nicht schlüssig. Trotzdem, genügend Grund für eine Untersuchung.

Und mehr noch: Solange Caleb sich auf dem afrikanischen Kontinent aufhielt, war sein Leben in Gefahr. Vater Matthew hatte die Vormundschaft an die *World Relief Resettlement* übertragen. Benötigt wurde nur die Unterschrift eines autorisierten Vormunds im Fall des Todes des Priesters.

Vater Matthew wollte den Jungen in den Vereinigten Staaten haben.

Das war natürlich verrückt. Auf keinen Fall konnte Jason den Jungen mit sich zurück in die Staaten nehmen. Er steckte die Papiere wieder in seine Tasche.

„Die sind für den Jungen?“, fragte Leiah.

„Ja.“

„Und?“

„Und wir müssen in Woldia tanken. Vielleicht, aber nur vielleicht, vermeiden wir ja eine weitere Begegnung mit der EPLF. Ich möchte Sie nicht aufhalten. Wenn Sie wollen, können Sie dort in einen Bus steigen und fahren, wohin Sie möchten.“

„Einen Bus von Woldia? Wohin?“

„Sie haben von Kenia gesprochen.“

Sie zögerte. „Mit dem Jungen?“

„Über den Jungen denke ich noch nach. Aber Sie können ja auf jeden Fall fahren.“

„Wieso habe ich nur das Gefühl, Sie hätten nichts dagegen, wenn ich verschwinden würde?“

„Das habe ich nicht gesagt. Sie wollen nach Kenia, nicht ich.“

„Ich denke wirklich, der Junge sollte bei mir bleiben. Meine Güte, ich gehöre zum Roten Kreuz. Er ist jetzt ein Flüchtling. Überlassen Sie ihn mir.“

Er antwortete nicht.

Sie wandte sich von ihm ab und starrte auf die Berge, an denen sie vorüberfuhren. Sie versanken in ein unbehagliches Schweigen.

Jason zog in Betracht, sich zu entschuldigen. Sie hatte es nicht verdient, dass er ihr die kalte Schulter zeigte. Um ehrlich zu sein, er wusste nicht einmal, warum sie ihn so nervös machte. Sie hatte ihn und den Jungen durch nichts verletzt. Sie war eigensinnig, das stimmte, aber sie konnte es verbergen, wenn sie wollte. Doch andererseits mochte er starke Frauen eigentlich.

*Es ist der Junge, Jason.*

Sie fuhren schweigend weiter. Einmal sah Jason nach hinten und begegnete dem Blick des Jungen. Er starrte ihn aus großen, unschuldigen Augen an. Sein dunkles, lockiges Haar flatterte im Wind. Die Hände hatte er auf den Schoß gelegt, und Jason hatte den Eindruck, dass er unter Schock stand.

Jason lächelte. „*Tadius.*" Hallo, Freund.

„*Tadius*", entgegnete der Junge verlegen lächelnd.

Es war das erste Lächeln, seit sie das Kloster verlassen hatten, dachte Jason. Sein Herz war plötzlich schwer, als er in diese unschuldigen runden Augen blickte. Er drehte sich wieder um und schluckte. Vielleicht war es tatsächlich der Junge.

Leiah war auf dem Beifahrersitz eingedöst, den Kopf gegen den Überrollbügel gelegt. Ihr Haar lag in dunklen Strähnen an ihrer Wange. Ihre Gesichtshaut war glatt bis hinunter zum Halsansatz, wo die Narben begannen. Als Jason sie jetzt betrachtete, stutzte er. Nach den vernarbten Handgelenken zu urteilen, nahm er an, dass ihr gesamter Oberkörper einem Feuer ausgesetzt gewesen war. Entweder hatte das Feuer ihr Gesicht nicht angetastet, oder sie hatte durch eine Schönheitsoperation ein neues Gesicht erhalten.

Wie auch immer, das Ergebnis war hervorragend gelungen und voller Gegensätze. Wenn man sie auf einige Entfernung in ihrer Tunika sah, hielt man sie für eine wunderschöne Frau, mit einem seidig gebräunten Gesicht und Augen in der Farbe des Himmels. Aber unter ihrer Kleidung befand sich nur noch vernarbte Haut.

Jason wandte den Blick ab und richtete ihn auf den Asphalt, über den sie fuhren. Er war zu hart mit ihr gewesen. Was immer sie in dieses raue Land gebracht hatte, war den Gründen für sein eigenes Hiersein sehr ähnlich. „Wovor laufen Sie davon?", hatte sie gefragt. *Und wovor läufst du davon, Leiah?*

In einem Punkt hatte sie Recht gehabt: Sie liefen nun beide davon, zusammen mit dem rätselhaften Jungen, der bis zu diesem Tag noch nie ein Auto gesehen hatte, geschweige denn in einem um sein Leben geflohen war. Wer würde schon ohne zu zögern hinaus auf eine offene Fläche laufen, wenn auf einen geschossen wurde, nur um einen Verwundeten aus der Nähe zu sehen? Dieser Junge war entweder sehr gestört oder so vollkommen unschuldig, dass er selbst die offensichtlichste Bedrohung einfach nicht verstehen konnte. In einem Flüchtlingslager wäre er verloren.

Sie erreichten die Randbezirke von Woldia, als die Sonne gerade die westlichen Abhänge des ostafrikanischen Grabenbruchs berührte. Die staubigen Asphaltstraßen waren überfüllt von Ochsenkarren und alten Autos, die graue Rauchwolken ausstießen. Die Nachricht von den Angriffen im Norden hatten offensichtlich die Menschen selbst so weit südlich in Eile versetzt.

„Sind wir da?“ Leiah sah sich verschlafen um.

„Willkommen in der wunderschönen Metropole Woldia.“

Sie lachte. Jason bremste abrupt, weil ein mit Säcken hoch beladener Pferdekarren die Straße überquerte. Weizen. Der Fahrer funkelte sie an und fuhr unbeirrt weiter, ohne Rücksicht auf seine Sicherheit zu nehmen.

Fünf Minuten später hielten sie an einer verfallenen BP Tankstelle an. Ein Angestellter kam diensteifrig herausgerannt. Selbst hier in Woldia, im tiefen Süden, wurden Jeansträger sofort als Touristen erkannt, die Geld hatten. Jason ließ den Wagen voll tanken und nach dem Öl sehen und stieg aus. Leiah hatte den Jeep bereits verlassen. Sie streckte dem Jungen die Hand entgegen, der reglos auf seinem Rücksitz saß.

„Komm schon, Caleb“, drängte Leiah. „Vertritt dir mal die Beine.“

Der Blick des Jungen hing an einem Straßenverkäufer auf der anderen Seite des Weges, der ein hellrotes Gewand trug und von Vogelkäfigen umgeben war. Jason bemerkte das Interesse des Jungen. „Gehen Sie nur ruhig zur Toilette“, sagte er zu Leiah. „Ich sehe mir mit dem Jungen die Vögel auf der anderen Straßenseite an.“

Leiah zögerte, bevor sie den Arm sinken ließ und zu einer kleinen Blechhütte marschierte, auf der in großen Buchstaben auf einem schiefen Holzschild „Toilette“ stand.

„Komm schon, Junge. Willst du dir die Vögel anschauen?“

Der Junge sah ihn an, dann wanderte sein Blick wieder zu den Käfigen. Auf einmal erhob er sich und sprang aus dem Wagen. Ohne auf Jason zu warten, rannte er über die Straße.

„Warte!“ Jason eilte hinter dem Jungen auf die viel befahrene Straße. Ein kleiner hellgelber Fiat hupte und kam einen Meter vor dem Jungen zum Stehen.

Das Gesicht des Fahrers wurde krebsrot vor Zorn, aber das Fenster des Wagens war geschlossen, und Caleb blickte nur neugierig auf den zitternden Unterkiefer des Mannes. Dann ging er an dem Wagen vorbei. Die Vögel schienen ihn magisch anzuziehen. Jason hob entschuldigend die Hand und eilte hinter dem Jungen her. Der Zwischenfall hatte die Aufmerksamkeit der Fußgänger auf dem holperigen Bürgersteig erregt.

„Caleb … Caleb, warte.“

Aber der Junge wartete nicht. Er rannte nun sogar. In seinen Augen spiegelte sich reines Entsetzen. Er eilte zu den ungefähr 30 Käfigen des Straßenverkäufers.

Die Vögel saßen in für Äthiopien typischen röhrenförmigen Käfigen, wie man sie häufig auf den Märkten fand. Der Kaufmann hatte Caleb den Rücken zugewandt, aber mindestens ein Dutzend Zuschauer waren stehen geblieben und beobachteten den Jungen. Er war ein Mischling und damit in diesem Land ein ungewöhnlicher Anblick. Aber Jason glaubte, dass es sein Gesichtsausdruck war, der die Menschen fesselte. Darin lag eine solche Unschuld und so viel Sorge, dass selbst ein dummes Maultier vor dem Jungen stehen geblieben wäre.

Im letzten Augenblick wurde Jason klar, was Caleb vorhatte, und er begann zu rennen. Er sprach mit strenger, aber ruhiger Stimme, da er nicht noch mehr Aufmerksamkeit auf sich lenken wollte, obwohl ihm das natürlich nicht gelang.

„Caleb, hör auf! Du darfst die Vögel nicht berühren …"

Es war zu spät. Der Junge erreichte den ersten Käfig, riss das Tor auf und zog einen recht seltsam aussehenden Vogel heraus. Ein Ausdruck tiefster Freude legte sich auf Calebs Gesicht, als der Vogel sich mit eifrigem Flügelschlagen in den Himmel erhob. Er lachte.

Bei diesem Geräusch wirbelte der Straßenverkäufer herum, aber bevor er oder Jason ihn erreichen konnte, hatte Caleb eine weitere Käfigtür geöffnet und einen zweiten Vogel derselben Gattung freigelassen. Er wollte sich gerade dem dritten Käfig zuwenden, als Jason ihn erreichte und seinen ausgestreckten Arm festhielt.

Wäre Jason nicht da gewesen, hätte der Straßenverkäufer den Jungen vermutlich verprügelt. Doch so ließ er einen Schwall Schimpfwörter los und hob die Hände zum Himmel. Eine Menschenmenge sammelte sich vor den Käfigen, die sich über die Vorstellung freuten.

Jason zog Caleb zurück. „Es tut mir Leid. Ich weiß nicht, warum er das getan hat."

Der Straßenverkäufer schaltete sofort auf Englisch um. „Sie müssen bezahlen! Sie müssen bezahlen!" Er sah zum Himmel hinauf, hob die Arme, als würde er den Himmel um Gnade anflehen, und fluchte auf Amharisch. „Das sind sehr seltene Vögel, wissen Sie. Sehr selten! Abessinische Katzenvögel! Sie werden sie jetzt bezahlen!"

Jason griff bereits nach seiner Brieftasche. „Ja, natürlich. Es tut mir Leid. Ich weiß nicht, was in ihn gefahren ist. Bitte, wie viel?"

Die Zuschauermenge lachte und deutete nach oben, wo sich die beiden Vögel auf einem dreistöckigen Gebäude niedergelassen hatten.

„Sehr selten, müssen Sie wissen. Das sind sehr seltene, sehr teure Vögel." Der Straßenverkäufer starrte gebannt auf Jasons Brieftasche.

„Natürlich, und es tut mir sehr Leid. Bitte, wie viel bin ich Ihnen schuldig?"

Caleb löste sich von Jason und sah zu dem Straßenverkäufer auf. Er sprach einen amharischen Dialekt, der normalerweise nur den orthodoxen religiösen Zeremonien vorbehalten war. „Was werden Sie mit diesen Vögeln machen?"

Der Klang dieser Sprache aus dem Mund des Jungen ging wie ein Schwert durch die Menge. Ihr Gelächter wich einer unheimlichen Stille. Der Straßenverkäufer blickte von dem Jungen zu Jason und wieder zu dem Jungen.

„Bitte sagen Sie mir, was Sie mit diesen Vögeln machen wollen", wiederholte der Junge.

„Ich werde sie verkaufen."

„Und warum wollen Sie sie verkaufen?"

„Sie sind eine Delikatesse. Was geht das dich an, du kleiner diebischer Schuft?"

„Er ist wohl kaum ein diebischer Schuft", widersprach Jason. Sie sprachen nun verschiedene Sprachen: der Straßenverkäufer und der Junge Amhara, Jason Englisch. „Er ist ein unschuldiges Kind, das offensichtlich Vögel liebt. Nicht jeder ist darauf aus, jedes Stück Fleisch zu töten, das er finden kann."

Das Gesicht des Straßenverkäufers wurde krebsrot. „Und was wissen Sie schon, Sie *farenji*? Vielleicht sollte man Ihnen mal eine Lektion erteilen."

„Ich wollte Sie nicht beleidigen. Sagen Sie mir nur, was Sie für die Vögel bekommen."

„In den Käfigen kosten sie zwei Pfund pro Stück. Aber sie sind nicht in ihren Käfigen. Sie sitzen auf dem Dach. Jetzt müssen Sie fünf Pfund pro Vogel zahlen."

Zustimmendes Gemurmel ging durch die Menge, als wäre dies ein besonders cleverer Schachzug des Straßenverkäufers.

„Das ist ja Straßenraub, mein Freund", erwiderte Jason.

Ein leiser, reiner Ton drang in Jasons Bewusstsein. Jemand sang. Jason zog einige Geldscheine aus seiner Brieftasche und die Menge verstummte. Der Ton war ein reines C, und Jason hatte den Eindruck, dass nicht seine Brieftasche, sondern dieser Gesang die Menge zum Schweigen gebracht hatte. Er sah nach unten. Caleb hatte das Kinn gehoben, die Augen geschlossen und sang diesen kristallklaren Ton.

Sogar der Straßenverkäufer war verblüfft und starrte den Jungen nun an.

Aus den Augenwinkeln sah Jason, wie Leiah aus der Toilette kam und die Szene beobachtete. Er wandte sich zu ihr um und ihre Blicke trafen sich. *Es muss seltsam sein,* dachte er, *mich und den Jungen auf der anderen Straßenseite von einer Menschenmenge umgeben zu sehen, während der Junge diesen seltsamen Ton singt.* Alle Leute auf der Straße schienen ihre Aufmerksamkeit nun auf den Jungen gerichtet zu haben. Ein Esel, der 20 Meter entfernt einen Karren über die Straße zog, blieb stehen und wandte den Kopf. Sogar die Fahrer in den vorbeifahrenden Wagen verrenkten sich den Hals, um einen Blick auf die Menschenansammlung neben den Käfigen des Straßenverkäufers zu erhaschen.

Noch immer hing der Ton in der Luft, rein und leise. Die Menge starrte den Jungen nun an, als würde er vor ihren Augen eine Heldentat vollbringen. Aber es war nur ein Ton von den schmalen Lippen eines zehnjährigen Jungen.

Und dann war es mehr. Denn nun erhoben sich die beiden abessinischen Vögel, die in die Freiheit entlassen worden waren, erneut. Nur flogen sie dieses Mal zu dem Jungen. Auf Flügeln, die zu langsam für ihren Flug zu schlagen schienen, flatterten sie durch die Luft, über die Straße und die Menschenmenge hinweg, die den Blick hob und sie beobachtete. Die Vögel verharrten einen Augenblick über dem Jungen in der Luft und ließen sich dann auf seinen Schultern nieder.

Caleb öffnete die Augen und lächelte. Er nahm die Vögel von seinen Schultern und setzte sie wieder in ihre Käfige. Jetzt fand die Menge ihre Stimme wieder: Ungläubiges Gemurmel war zu hören.

Caleb sah zu ihm auf, und Jason wusste genau, was der Junge dachte. Er wollte die Vögel. Jason zog vier Pfundnoten heraus und bezahlte dem Straßenkäufer den reduzierten Kaufpreis. „Ihr Preis für die Vögel, nicht?"

Der Mann nickte.

„Jason!" Dieser durchdringende Schrei kam von der Tankstelle, und als Jason herumwirbelte, sah er, wie Leiah aufgeregt auf die Straße deutete. Er folgte ihrem Arm. Ein Armeefahrzeug schlängelte sich hupend durch den dichten Verkehr.

Jason konnte die Beschriftung deutlich erkennen. Es war ein Landrover der EPLF, der identisch mit dem war, der sie in der Schlucht gestellt hatte! Panik machte sich in ihm breit und er wirbelte zu dem Jungen herum. Caleb hatte einen Vogel herausgeholt und warf ihn in die Luft. Er lachte und ging zum zweiten Käfig, nichts ahnend von der Gefahr hinter ihnen.

„Wir müssen los, Caleb! Lass sein!" Er packte den Jungen am Arm.

Aber Caleb machte sich von ihm los, holte den zweiten Vogel aus seinem Käfig und warf ihn in die Luft.

Jason schnappte sich den Jungen und rannte zur Straße. Jemand aus der Menge hatte den Wagen der EPLF ebenfalls entdeckt und begann zu schreien. Ein Tumult brach auf der Straße los. Das auf dem Wagen installierte Maschinengewehr begann zu rattern. Schießend bahnte sich der Landrover den Weg durch den Verkehr.

Jason nahm alles auf einmal in sich auf, aber mittlerweile war es zu spät. Er hatte den Jeep auf der anderen Straßenseite stehen gelassen und der Landrover brauste mit voller Geschwindigkeit auf sie zu.

„Jason!" Sein Kopf ruckte wieder zur Straße vor sich. Leiah saß auf dem Fahrersitz des Jeep. Sie hatte den Wagen gewendet! „Beeilen Sie sich!"

In drei Sätzen hatte er den Jeep erreicht, hievte den Jungen auf den Rücksitz und sprang neben ihn. Noch bevor er richtig saß, machte der Jeep einen Satz, und Jason stürzte beinahe wieder hinaus.

Maschinengewehrfeuer durchschnitt die Luft und Jason drückte den Kopf des Jungen nach unten. Caleb schrie überrascht auf.

„Bleib unten! Los, fahren Sie schon, Leiah! Geben Sie Vollgas!"

„Ich gebe ja Vollgas!"

Sie brausten um eine Ecke, sodass sie von dem Armeefahrzeug nicht mehr gesehen werden konnten. Die letzten 30 Kilometer war Jason vorsichtig gefahren und der Jeep hatte gerade einen Ölwechsel bekommen. Zwei Faktoren, die dazu beigetragen hatten, dass er jetzt so ruhig lief.

„Ist es derselbe Wagen?", schrie Leiah.

„Ich weiß es nicht. Geben Sie weiter Vollgas!"

„Ich fahre so schnell es geht, glauben Sie mir!"

Der Wagen der EPLF kam in Sicht, als kleiner Punkt jetzt, der die Stadt hinter sich ließ. Noch immer waren Schüsse zu hören, die Soldaten schossen unvermindert weiter. Der Wagen bog scharf rechts in eine Seitenstraße ab und verschwand aus ihrem Blickfeld.

Jason ließ den Kopf des Jungen los und stieg nach vorne auf den Beifahrersitz. „Fahren Sie weiter."

„Sind wir raus?"

„Vermutlich.“

Leiah starrte auf die Straße. Ihre Knöchel traten weiß hervor. Jason sah nach Caleb, der eine alte Rostlaube am Straßenrand anstarrte, die früher vermutlich einmal ein Ford Modell T gewesen war. Seine Kapuze war heruntergerutscht und sein schulterlanges Haar flatterte im Wind. Jason musste daran denken, dass sein Sohn, wenn er noch am Leben wäre, in Calebs Alter wäre. Vielleicht hätte er ihm sogar ähnlich gesehen.

„Was ist passiert?“

Jason wandte sich der Straße zu. „Ich weiß nicht genau. Tiere scheinen ihn zu mögen. Genau wie die EPLF.“

„Oder ihn zu hassen. Ist das nicht ein bisschen weit südlich? Was machen die hier?“

*„Ein bisschen?* Meine Liebe, wir sind auf halbem Weg nach Addis Abeba. Auf keinen Fall sollten sie so weit im Süden sein.“

„Und was bedeutet das?“

Rote Streifen zeichneten die ersten Linien eines Sonnenuntergangs an den Himmel im Westen. Es passierte so viel. Jason konnte gar nicht alle Puzzleteile zusammensetzen. Was war nur mit dem Jungen? Hinter seiner einzigartigen Unschuld verbarg sich eine Freundlichkeit, der sich auch Jason nicht verschließen konnte.

„Es bedeutet, dass ich ihn mitnehme“, bestimmte er.

„Nach Addis Abeba?“

„In die Vereinigten Staaten. Nach Kalifornien. Dort wollte der Priester ihn haben.“

„Sie … wie können –“

„Die Papiere sind bereits unterzeichnet. Vater Matthew war kein Dummkopf.“

Sie schob ihr Kinn vor und sah auf die Straße. Die Reifen des Jeeps jammerten unablässig, während sie über die verlassene Straße rollten.

„Ich dachte, Sie würden ihn mir überlassen.“

„Das haben *Sie* angenommen. Und Sie haben sich geirrt.“

„Dann werde ich Sie begleiten“, sagte Leiah bestimmt.

Er sah sie überrascht an. „Machen Sie sich doch nicht lächerlich. Ich dachte, Sie wollten nach Kenia.“

„Ich sagte, ich würde darüber nachdenken. Aber eigentlich habe ich gar keinen Grund, nach Kenia oder an irgendeinen anderen Ort zu gehen. Der Junge braucht eine fürsorgliche Hand. Das soll keine Beleidigung sei, aber das traue ich Ihnen nicht unbedingt zu.“

„Danke. Und Sie sind Kanadierin, keine Amerikanerin. Was denken Sie in den Staaten tun zu können, das ich nicht kann?"

„Ich kann bei ihm sein. Soweit ich mich erinnere, ist das Rote Kreuz eine internationale Organisation. Ich werde mit Ihnen nach Kalifornien gehen und dann nach Kanada zurückkehren. Ich könnte Ihnen eine größere Hilfe sein, als Sie sich vorstellen können, Mr. Amerikaner." Sie hielt inne und sah zum Horizont. „Außerdem bin ich schon lange nicht mehr zu Hause gewesen, vielleicht ist das ja zu etwas gut."

Sie sagte dies mit einer Endgültigkeit, die ihn für den Augenblick zum Schweigen brachte. Als evakuierte Angehörige des Roten Kreuzes hatte sie sogar viel eher das Recht, einen Flug nach Los Angeles zu nehmen als einen Flug nach Nairobi. Sie war auch eine Krankenschwester, die den Jungen offensichtlich mochte. Es gab keinen Grund, darauf zu bestehen, dass sie etwas gegen ihren Willen tat, egal, wie absonderlich ihre Wünsche auch waren. Es war eine komische Welt.

„Okay", sagte er.

Sie nickte. „Gut."

# 4

## *Zwei Tage vorher*

Charles Crandal stand hoch aufgerichtet vor der Menge. Es war offensichtlich, dass er es gewohnt war, Befehle zu erteilen. Ein zuversichtliches Lächeln umspielte seine Lippen und er sonnte sich im Aufwind der politischen Gunst. Seine Arme hatte er in einem Siegeszeichen über dem Kopf erhoben. 4 000 Einwohner San Diegos hatten sich, anstatt einen Tag am Strand zu verbringen, aufgemacht, um mitzuerleben, wie dieser Mann durch seinen Ruf nach Macht die Erde zum Beben brachte. Sie standen auf dem grünen Gras im Park, die Fäuste zum Himmel gereckt, Jung und Alt, Männer und Frauen, und alle ahmten das Siegeszeichen nach. Sie alle erwiesen Charles Crandal die Ehre, der sie davon überzeugt hatte, dass er der nächste Präsident der Vereinigten Staaten werden sollte.

Blane Roberts beobachtete ihn von der Seite des Podestes und war fasziniert von der Fähigkeit dieses Mannes, sich die Zuneigung der Menge zu sichern. Crandal schenkte den Menschen sein strahlendes Lächeln. Er war nicht besonders gut aussehend, aber wenn man miterlebte, wie die Frauen sich weinend nach ihm ausstreckten, konnte man ihn für eine Rocklegende halten. Der auferstandene John Lennon. In Augenblicken wie diesem würde sogar Roberts der gewaltigen Rede am liebsten Glauben schenken. Allein in der Einheit lag eine Art der Erlösung, dachte er, ungeachtet der jeweiligen politischen Richtung. Selbst Hitler hätte hier oben stehen und mit seinem ausgestreckten Arm die Bewohner Südkaliforniens grüßen können, und sie hätten kaum den Unterschied erkannt.

Sie riefen: „Alle Macht dem Volk. Alle Macht dem Volk", ein Slogan, den Roberts sich ausgedacht hatte (ha, ha), aber er hätte genauso lauten können: „Wir werden dir in die Hölle folgen. Wir werden dir in die Hölle folgen", sie würden es nicht merken. Aber wie auch immer, es war nicht wichtig. Menschen wie Crandal waren dazu bestimmt zu herrschen. Diese Wahlkampagnen waren in Amerika der Weg zur Macht, aber wenn man einmal hinter all die Fahnen und tanzenden Mädchen sah, schufen sich wahre Herrscher ihre eigenen Wege. Und im Fall von Charles Crandal war Roberts genauso sehr Straßenbauer wie der Mann, der sich im Augenblick im Jubel des Publikums sonnte.

Crandal drehte sich herum und winkte dem Volk ein letztes Mal zu. Er breitete die Arme aus, als wolle er sagen: „Wir sind doch eine Familie", und ging auf Roberts zu, der ihm anerkennend zulächelte.

Gemeinsam verließen sie das Podest und begaben sich auf direktem Weg zu der schwarzen Limousine, die vor dem Park auf sie wartete. Die Bodyguards Bone und Carson folgten zehn Schritte hinter ihnen, wie Crandal es gefordert hatte. „Sogar ich sollte dort gehen", sagte Roberts mit einem Lachen.

„Lächeln Sie, Roberts. Ich weiß, es fällt Ihnen schwer, aber heitern Sie mich auf."

„Ich lächle doch, ich lächle. Ich habe Nachricht von Ihren Leuten in Eritrea."

Crandal drehte sich zu einer Reporterin um, die die Absperrung durchbrochen hatte und ihnen nachlief. Ein Sicherheitsbeamter wollte einschreiten, doch Crandal winkte ihn zurück. Es war Donna Blair, Korrespondentin für NBC. Ihre auffallend blauen Augen strahlten selbst auf sechs Meter Entfernung. Die blonde Korrespondentin konnte gar nicht finster blicken, dachte Roberts. Der Wind hatte ihr kurzes Haar durcheinander gewirbelt, aber das stand ihr sehr gut.

„Keine Interviews. Ich dachte, ich hätte das deutlich gemacht." Crandal sagte es mit einem Lächeln, aber seine Stimme klang scharf.

„Wer hat etwas von einem Interview gesagt?" Sie holte ihn ein und lächelte strahlend, ein Lächeln, das die meisten Männer betörte. „Was für ein Gefühl ist es, acht Wochen vor der Wahl zehn Punkte vor dem Rivalen zu liegen?"

„Für mich klingt das wie eine Frage." Crandal hielt inne und betrachtete sie. „Zehn Punkte, ja? Bei welcher Umfrage?"

„Unserer. Und das ist eine Gratulation, keine Frage. Wie wäre es mit einem Interview in Los Angeles in der kommenden Woche?"

„Wann?"

„Am Montag?"

„Nein, wann wurde die Umfrage gemacht?"

„Die Ergebnisse kamen heute Morgen herein und stammen von gestern Abend. Wie wäre es mit Montag?"

„Kommen Sie zur Pressekonferenz am Mittwoch. Ich verspreche Ihnen, ich werde Ihre Fragen vorrangig beantworten." Er wandte sich um und setzte sich in Bewegung, dann sah er noch einmal zurück. „Und wenn Sie meinen, zehn Punkte seien schon großartig, dann passen Sie nur auf, meine Liebe. Wir werden einen überwältigenden Sieg davontragen. Sie können mich ruhig zitieren."

Roberts' Blick verweilte auf der Frau. Sogar die Medien mit ihrer angeblichen Neutralität konnten Crandals Charme nicht widerstehen. Rasch folgte er dem Politker.

„Und der Bericht über ‚Tempest'?", fragte Crandal.

Sie waren nun allein, nur der Chauffeur war in Hörweite. Roberts sprach leise. „Wie ein Uhrwerk. In den Nachrichten wird es als eine weitere afrikanische Grenzauseinandersetzung dargestellt, aber die Guerillas sind bis nach Debra Damarro vorgedrungen."

„Haben sie etwas gefunden?"

„Nein."

Er hielt inne. „Und das Kloster?"

„Dem Erdboden gleichgemacht."

„Keine Überlebenden?"

„Keine."

„Gut. Sagen Sie ihnen, sie sollen es nicht übertreiben."

„Es wird wie immer noch einen Monat so weitergehen, dann werden sie langsam den Rückzug antreten."

„Gut." Crandal drehte sich ein letztes Mal um und hob die Arme in seinem ihm eigenen Siegeszeichen. „Erstaunlich, was man alles machen kann, wenn man die Macht hat, nicht wahr?" Die Musik hatte nun eingesetzt und die Menge begann zu singen und zu jubeln, und Crandal lächelte strahlend. Er könnte sich an das Gefühl gewöhnen, und wenn er ehrlich war, Roberts hasste es auch nicht gerade.

„Ja, Sir."

Auf einmal stieß Crandal seinen Kriegsruf aus. Roberts an seiner Seite fuhr zusammen. „Alle Macht dem Volk."

Ja, wirklich. Alle Macht dem Volk.

# 5

## *Der Tag X*

Am Samstag brachten sie den Jungen in einer Maschine der *American Airlines* über London in die Vereinigten Staaten. Das Internationale Einwanderungsbüro arrangierte kurzfristig die Ausreise durch reguläre Evakuierungsvereinbarungen mit dem Friedenskorps und der INS, dem Amt für Immigration.

Für Ende September war es in Südkalifornien ausgesprochen warm. In einem Taxi ließen sie sich nach Pasadena bringen, wo Jason und der Junge bis zum Montag bleiben würden. Dann würden sie weitersehen.

Seit seiner Abreise aus Äthiopien hatte Caleb kaum ein Wort gesprochen, und wenn er es tat, dann normalerweise auf Ge'ez, als Trotzreaktion. Ein paar Mal sprach er auch Amharisch, wenn Jason oder Leiah ihm in gebrochenem Amhara Fragen stellten.

Als sie am Donnerstag gegen Mitternacht in Addis Abeba eingetroffen waren, war er aus einem tiefen Schlaf erwacht. Zum ersten Mal in seinem Leben sah er eine moderne Stadt. Wiederholt hatte er den Kopf geschüttelt, als wolle er aus einem Traum erwachen. Sie waren auf direktem Weg zum internationalen Flughafen gefahren und hatten für Freitagmorgen um sechs Uhr einen Flug der *Ethiopian Airlines* nach London gebucht. Doch die wenigen Stunden in der großen Stadt – selbst wenn sie sich nur in der Dritten Welt befand – brachten Caleb vollkommen durcheinander.

Während Jason Calebs starren Blick beobachtete, fiel es ihm schwer, sich vorzustellen, wie es wohl sein mochte, zum ersten Mal solche fremden Wunderwerke zu betrachten. Sein Verhalten gab dem Begriff Kulturschock eine ganz neue Bedeutung. Leiah und er hatten sich darauf geeinigt, den Jungen diese neue Welt ganz allein entdecken zu lassen und ihm nur Erklärungen zu geben, wenn er sie erbat.

Als sie an Bord der DC-9 gingen, die sie nach London bringen sollte, war Calebs Blick ganz glasig geworden. Sein Geist hatte sich an irgendeinen ihm vertrauten Ort zurückgezogen, wo die Dinge Sinn ergaben. Er schlief während des gesamten Fluges. Der Flughafen in London war seine erste Begegnung mit der modernen Zivilisation und er bewegte sich wie in Trance. Als Jason ihn fragte, was er von dieser neuen Welt hielt, sagte er mit leiser, schwacher Stimme nur: „*Dehan*“ – „Schön“–, und er sah sich um, als würde ihn das alles langweilen.

Der Flug im Airbus über den Atlantik in die Vereinigten Staaten verlief erstaunlich ruhig und Caleb schlief die meiste Zeit. Um zehn Uhr vormittags verließen sie den Flughafen über die Schnellstraße und zehn Minuten später bogen sie in Jasons Einfahrt ein. 54 Stunden waren vergangen, seit Vater Matthew sie aus seinem Kloster gescheucht hatte.

Caleb schlief, und Jason trug ihn, ohne ihn zu wecken, ins Haus. Abgesehen von ein paar kurzen Besuchen stand Jasons Haus nun schon seit vier Jahren leer und es roch ein wenig muffig. Aber das Bettzeug war sauber – er trat nie eine Reise an, ohne die Betten frisch zu beziehen für den Fall, dass er zurückkehren würde. Er ging den Flur entlang und legte den Jungen in dasselbe Bett, in dem sein Sohn sieben Jahre zuvor geschlafen hatte.

Als er ins Wohnzimmer zurückkam, stand Leiah noch immer neben ihren Reisetaschen. Bei ihrem Aufenthalt in London hatte sie den größten Teil ihres Geldes für Kleidung für sich und den Jungen ausgegeben. Noch im Flughafen hatte sie sich umgezogen und Jason hatte sie ohne ihre Tunika kaum erkannt. Ihre neue Bluejeans unterstrich ihre schlanke Figur. Der Rollkragenpullover war vielleicht ein wenig zu warm für Los Angeles, aber er verstand, warum sie ihn gewählt hatte. Auf jeden Fall sah sie atemberaubend gut aus.

„Möchten Sie etwas zu trinken? In der Küche müsste noch was sein.“

Leiah lächelte ihn an. „Vielen Dank.“ Sie öffnete ihre Reisetasche, zog Calebs schmutzige Tunika heraus und schloss die Tasche wieder.

Sie hielt die Tunika in die Höhe. „Sein ganzer Besitz", sagte sie und warf ihm das Kleidungsstück zu. „Das ist alles, was er hat. Sie werden es vermutlich gut waschen müssen. Wir sollten ihm so bald wie möglich noch ein paar zusätzliche Kleidungsstücke kaufen."

„Vielleicht sollte ich sie verbrennen. Mir scheint es für eine Wäsche ein wenig zu spät zu sein, meinen Sie nicht?"

„Nein, verbrennen Sie sie nicht. Das ist alles, was ihm von Äthiopien noch geblieben ist. Waschen Sie sie."

Jason warf die Tunika zur schmutzigen Wäsche und ging dann in die Küche. Er stellte den Kühlschrank an und holte sich eine lauwarme Cola heraus.

„Sie können hinten im Gästehaus schlafen, bis Sie am Dienstag weiterreisen. Es ist nicht gerade luxuriös, aber mit Sicherheit eine bessere Unterkunft, als Sie von Äthiopien gewöhnt sind."

„Ich bin noch immer der Meinung, er sollte mit mir kommen", entgegnete Leiah. „Das arme Kind hat einen Schock erlitten. In einem Waisenhaus wird man auch nicht wissen, wie man mit jemandem wie ihm umgehen soll."

Jason ließ sich auf einem Küchenstuhl nieder. „Wie ich schon sagte, sein Fall wurde bereits dem ‚Garden Grove Office' von ‚World Relief' vorgelegt. Wir sind an die Einwanderungsbestimmungen gebunden, und in seinem Fall durfte er nur unter der Maßgabe ins Land einreisen, dass er unter der Obhut von ‚World Relief' bleibt. Keine Sorge, die Leute sind in Ordnung. Er wird kein zweiter Oliver Twist werden."

„Er ist kein gewöhnlicher Flüchtling und das wissen Sie. Zum einen ist er ein Waise –"

„Darum wurde er ja auch einem Waisenhaus zugewiesen. Übrigens einem von der griechisch-orthodoxen Kirche geführten. John Gardner, der Leiter des hiesigen Büros von ‚World Relief', hat mir versichert, es gäbe keinen besseren Platz für ein Waisenkind aus einem äthiopischen orthodoxen Kloster, als in einem Waisenhaus der griechisch-orthodoxen Kirche. Der orthodoxe Glaube ist sich sehr ähnlich. Der Junge wird dort gut untergebracht sein."

„Er ist auch kein gewöhnliches Waisenkind, Jason. Sie haben ihn doch gesehen. Er ist nicht ganz bei sich. Kein Waisenhaus kann mit einem solchen Fall umgehen. Können wir denn nicht das INS bitten, ihn in meine Obhut zu überstellen, bis wir seine Bedürfnisse besser verstehen?"

„Ihn nach Kanada schicken? Mit jemandem, der seit mehr als fünf

Jahren nicht mehr dort gelebt hat? Das halte ich für keine gute Idee. Außerdem durfte er nur einreisen, weil er vielleicht Anspruch auf die amerikanische Staatsbürgerschaft hat."

„Und während die Behörden über seine Rechte entscheiden, könnte es durchaus sein, dass er sich selbst verliert. Haben Sie darüber einmal nachgedacht? Wenn Sie ihn ansehen, sehen Sie einen süßen kleinen Zehnjährigen, der Ihr Mitleid erregt. Aber wenn er in falsche Hände gerät, könnte er durchdrehen. Meine Güte, bis vor ein paar Tagen hat er das Kloster nie verlassen!"

„Das weiß ich doch, Leiah!" Jason war selbst erstaunt über seinen Tonfall. „Ich weiß es. Ich mag ihn ja auch. Aber wir sind hier nicht in Äthiopien. Wir haben Gesetze. Sie können den Jungen nicht einfach mit nach Kanada nehmen und ihn adoptieren."

„Ich will ihn ja gar nicht adoptieren. Unsere Lebensaufgabe ist es, Menschen zu helfen." Sie erhob sich und lief unruhig herum. „Wir nähen ihre Wunden und versuchen zu verhindern, dass sie verhungern. Dieser Aufgabe haben wir unser Leben gewidmet. Und jetzt haben wir einen einzigen Jungen, der verzweifelt Hilfe braucht. Und wie helfen wir ihm?"

„Wir helfen ihm, indem wir sein Leben gerettet haben! Wir haben ihn gesund und unversehrt in die Vereinigten Staaten gebracht. Wir haben ihm die Gelegenheit gegeben, ein Leben zu führen, von dem in dem Land, aus dem er kommt, nur wenige auch nur träumen können. Wovon reden Sie überhaupt? Machen Sie ihn nicht zu Ihrem kleinen Haustier, Leiah. Vielleicht haben Sie das Gefühl, alles vermasselt zu haben, weil Sie jetzt wieder in die Heimat zurückkehren, aber das gibt Ihnen noch lange nicht das Recht, ihn als Trostpflaster zu missbrauchen."

„Wie können Sie es wagen, so etwas zu sagen!" Leiah war tief betroffen. „Wie können Sie es wagen? Sie kennen mich doch gar nicht. Sie denken also, das wäre er für mich? Ein Teddybär, der verhindert, dass ich nachts weine? Wie kommen Sie dazu, so etwas auch nur zu denken?"

Seine Ohren klingelten und ihm wurde plötzlich heiß. „Für wen ich Sie halte? Für jemanden, der sich vor der Welt verstecken will."

„Das ist also Ihre Meinung von mir, ja?" Ihre Worte klangen verbittert. „Sie betrachten mich als die arme, durch Brandwunden entstellte Krankenschwester, die sich vor der Welt versteckt, weil sie sich schämt? Sie dagegen sind der Retter der Welt, der sich um die weniger Glücklichen kümmert. Ist es das?"

„Das habe ich nicht gesagt.“

Sie schwiegen eine Weile. Jason schüttelte den Kopf. Ihre harten Worte ärgerten ihn. Sie war eine eigensinnige Frau, das war ihm von Anfang an klar gewesen. Aber in den drei Tagen, die er in Leiahs Gesellschaft verbracht hatte, hatte er hinter ihre harte Schale sehen können und ihr gutes Herz entdeckt. Ihr Herz war noch besser als gut. Ihr Verhältnis war seltsam. Sie stritten miteinander, als hätten sie sich ihr ganzes Leben lang gekannt und könnten sich vorbehaltlos ihre Gedanken mitteilen.

„Vielleicht, aber vielleicht hat der Junge tatsächlich etwas Besseres als einen von uns verdient“, sagte er schließlich, und er wusste, dass das keinen Sinn ergab. „Aber wie auch immer, uns sind die Hände gebunden.“

Sie antwortete nicht, wandte aber auch ihren Blick nicht ab.

„Sehen Sie, das Kind wird ins Waisenhaus kommen, und dabei bleibt's. Ich bin Agrarwissenschaftler, um Himmels willen, und kein Kindermädchen. Ich kann kaum glauben, dass wir überhaupt ein solches Gespräch führen.“

„Entschuldigung.“

Beim Klang der leisen Stimme wirbelten beide gleichzeitig herum. Caleb stand im Flur und starrte sie mit aufgerissenen Augen an. Er war aufgestanden und hatte gerade Englisch gesprochen.

„Entschuldigen Sie. Könnten Sie bitte etwas leiser sprechen?“, fragte er.

Damit drehte sich der Junge wieder um und verschwand in seinem Zimmer.

Jason starrte hinter Caleb her. Er war verblüfft, dass er ein so deutliches Englisch sprach. Dann hatte er also alles verstanden. Nicht nur hier, sondern auch im Jeep und im Flugzeug.

Er wandte sich zu Leiah um, die ihr Kinn vorgeschoben hatte. Sie blickte ihn streng an, als wolle sie sagen: *Sehen Sie? Und Sie wollen ihn den Wölfen zum Fraß vorwerfen?*

„Es ist spät und wir sind beide müde“, meinte Jason schließlich. „Wir sollten etwas schlafen.“ Er schüttelte den Kopf. „Es tut mir Leid. Ich weiß nicht, warum ich das alles gesagt habe. Ich hatte nicht das Recht dazu.“

Ihr Gesichtsausdruck wurde ein wenig weicher, aber nicht viel. „Wie Sie bereits betonten, wir sind beide müde.“ Mehr sagte sie nicht.

Jason erhob sich und nahm einen Schlüssel von der Wand. „Ich zeige Ihnen Ihr Zimmer.“

Er führte sie zu der Garage, die er zu einem kleinen Gästehaus umgebaut hatte, weil seine Schwiegermutter nach Stephens Geburt drei Monate zu Besuch kommen wollte, und für einen so langen Besuch war das Haupthaus seiner Meinung nach entschieden zu klein.

Er stieß die Tür auf und knipste das Licht an. „Wie ich sagte, es ist nicht besonders komfortabel, aber immer noch besser als –"

„Es ist prima, danke." Sie trat an ihm vorbei und warf ihre Tasche auf das Bett.

Er wollte sie ein wenig aufmuntern und ihr sagen, sie solle doch ein wenig mehr Wertschätzung zeigen, aber ihm dämmerte, dass er sich im Augenblick nicht unbedingt in der Position des Stärkeren befand. Darum verabschiedete er sich nur mit den Worten: „Bis morgen" und schloss die Tür, ohne ihr noch weitere Hilfe anzubieten. Er wusste nicht so genau, ob genügend Toilettenpapier da war. Darum würde er sich noch kümmern. So wie er sie kannte, würde sie bis morgen schmollen.

Gegen Mitternacht schlüpfte Jason zwischen die kühlen Bettlaken, mit denen er zwei Jahre zuvor das Bett bezogen hatte. Er knipste seine Nachttischlampe aus Messing aus und lächelte. Es war schön, wieder zu Hause zu sein. Er war daran gewöhnt, allein zu schlafen, um zum ersten Mal seit er sich erinnern konnte, hatten ihn beim Nachhausekommen die Erinnerungen nicht überfallen. Es gab natürlich neue Herausforderungen – Caleb und Leiah –, aber wenigstens fegte er nicht durch das Haus und war zornig auf Ailsa. Das war doch schon mal was.

Ja, es war gut, wieder zu Hause zu sein.

# 6

## *Tag 1*

Jason spürte, dass ihn jemand am Ärmel zupfte. Brummend drehte er sich um.

„Entschuldigung."

Mit einer fernen Vertrautheit drang die Stimme in sein Bewusstsein. Eine Stimme aus seinem Traum.

„Entschuldigung."

Jason öffnete ein Auge und sah den Jungen vor seinem Bett stehen. Der Junge? Er fuhr hoch und sah sich im Zimmer um. Sein Zuhause in Pasadena … und der Junge, Caleb, stand um neun Uhr morgens, wie er auf der Uhr an der Wand feststellen konnte, an seinem Bett. Er setzte sich auf und rieb sich den Schlaf aus den Augen.

Caleb stand mit herunterhängenden Armen neben dem Bett. Er trug die graue Baumwollhose und das weiße Hemd, die Leiah ihm in London gekauft hatte. Die braunen Sandalen saßen wie angegossen, wenn sie auch farblich nicht unbedingt passten. Aber er hatte sie den schwarzen Schuhen vorgezogen, die Leiah ihm gezeigt hatte. Sein Haar hing ihm wirr über die Schultern.

„Guten Morgen. Du bist ja in aller Herrgottsfrühe auf den Beinen."

„Wie bitte?"

Ja, er sprach tatsächlich Englisch. Zumindest beherrschte er die Grundlagen der Sprache. „Nur so ein Ausdruck. Hast du gut geschlafen?"

„Sir, wir müssen in die Kirche gehen." Seine Wortwahl war nun wirklich nicht kindlich zu nennen, aber immerhin war er ja auch nicht mit anderen Kindern aufgewachsen. In Äthiopien wäre das angemessenes Englisch.

„In die Kirche? Ja, natürlich. Du wirst noch viel Zeit haben, in die Kirche zu gehen."

„Dann gehen wir jetzt?"

„Jetzt? Nein, um Himmels willen, nein." Jason lachte und ließ sich in die Kissen zurücksinken. „Es ist neun Uhr morgens, nach äthiopischer Zeit mitten in der Nacht."

Der Junge blinzelte. Er sah zum Fenster hinaus und dann wieder zu Jason. „Ich würde sehr gern in die Kirche gehen."

Jason setzte sich auf. „Ja, ich bin sicher, dass du das möchtest, aber wir können nicht. Ich weiß nicht einmal, welche Kirchen geöffnet sind oder wann die Gottesdienste beginnen. Ich habe schon seit Jahren keinen Fuß mehr in eine Kirche gesetzt, mein Junge." Er warf die Decke zurück und stand auf. „Was hältst du davon, wenn wir frühstücken gehen? Hast du je von McDonald's gehört?"

Caleb schien noch nichts davon gehört zu haben. Er machte einen Schritt zurück und blinzelte. „Ich würde gern die Kirche suchen."

Das arme Kind fühlte sich verloren. Die Kirche war das einzige Heim, das er kannte. „Das werden wir, Caleb. Das werden wir. Wir werden am Montag mit dir in die orthodoxe Kirche gehen."

Caleb schien plötzlich die Fassung zu verlieren. Sein Blick wanderte zum Fenster. Mit Tränen in den Augen sah er Jason wieder an. Er legte die Hände an sein Kinn in einer flehenden Geste. „Wir müssen zur Kirche gehen! Bitte, Sir", bettelte er. Der kleine Körper des Jungen zitterte und Jason horchte alarmiert auf. Und wenn der Junge nun tatsächlich all das Neue nicht verkraftete und überschnappte, wie Leiah angedeutet hatte? Er hatte noch nie einen Zehnjährigen gesehen, der in einem solchen Zustand war wie Caleb jetzt. „Ich bitte Sie, guter Herr. Ich bitte Sie –"

„In Ordnung, Caleb." Er streckte dem Jungen die Hand entgegen, damit er sich beruhigte. „In Ordnung, wir gehen mit dir in eine Kirche. Vielleicht finden wir eine, die heute Abend geöffnet hat."

Der Junge beruhigte sich ein wenig, dann begann er, unruhig durch das Zimmer zu laufen. Verzweifelt suchte er mit den Augen den Fußboden ab.

Jason erhob sich. Das Verhalten des Jungen machte ihm Angst. „In Ordnung, Caleb, beruhige dich. Bitte beruhige dich doch. Wir holen Leiah und gehen in die Kirche, okay?"

Der Junge blieb abrupt stehen und wirbelte zu ihm herum. In seinen Augen stand Erleichterung. Er eilte vor, packte Jasons rechte Hand und begann sie zu küssen. „Ich danke Ihnen, ich danke Ihnen", sagte er.

Der Anblick machte Jason das Herz schwer. *Lieber Caleb, es tut mir so Leid.* Er legte dem Jungen eine Hand auf den Kopf und zog ihn an sich. Er wollte etwas sagen, aber seine Kehle war wie zugeschnürt. Er brachte kein Wort heraus.

Der Junge legte Jason die Arme um die Taille und klammerte sich an ihn. Dann löste er sich von ihm und packte Jason an der Hand. „Wir gehen sofort?"

„Nun, ich muss mich zuerst anziehen, Junge. Ich kann ja nicht in der Unterwäsche zu unserer Krankenschwester gehen, oder?"

Schnell zog er sich an und ging mit Caleb zum Gästehaus. Leiah öffnete bei ihrem dritten Versuch, sie aufzuwecken. Blinzelnd und mit zerzausten Haaren stand sie in ihrem blauen Nachthemd in der Tür.

„Der Junge besteht darauf, dass wir zur Kirche gehen", sagte Jason lächelnd.

„Jetzt?"

„Ja, glauben Sie mir. Sofort. Und er scheint kein Nein als Antwort zu akzeptieren."

„Du meine Güte, ich bin schon seit Urzeiten nicht mehr in der Kirche gewesen." Sie zögerte. „Also gut, geben Sie mir eine Minute, damit ich mich fertig machen kann." Sie schloss die Tür, ohne auf eine Antwort zu warten.

„Okay, Caleb. In Ordnung. Auf in die Kirche."

Jason erinnerte sich daran, dass die Messe in der griechisch-orthodoxen Kirche, die auch das Waisenhaus leitete, vermutlich bald beginnen würde. Gottesdienste begannen in der Regel um zehn oder elf Uhr, oder? Drei Monate lang, bis zum Tod seines Sohnes vor sieben Jahren, hatte er die *Greater Life Community Church* im Osten von Pasadena besucht. Nicht einmal eine Armee Engel würde ihn dazu bringen, diese Kirche noch einmal zu betreten.

15 Minuten später lenkte Jason seinen weißen Ford Bronco über den Hollywood Freeway ins Tal hinunter. Im Telefonbuch hatte er gelesen, dass der Gottesdienst in der griechisch-orthodoxen Kirche in Burbank, der Kirche, die sich um Caleb kümmern würde, um halb elf begann. Auf ihrer farbigen Anzeige war auch ein Bild von Vater Nikolous zu sehen, der in weiß-goldene Gewänder gekleidet war und eine hohe weiße Kopfbedeckung trug, die Jason an Fotos vom Papst erinnerte.

Vor dem Zubettgehen hatte Leiah noch ihre neuen Kleidungsstücke gewaschen und trug jetzt wieder den weißen Rollkragenpullover und die Jeans. Jason überlegte, ihr ein paar von seinen Sachen anzubieten, verwarf den Gedanken aber sofort wieder, weil er sie damit bestimmt in Verlegenheit bringen würde. Er war nicht sicher, ob man in Jeans eine orthodoxe Messe besuchen konnte, aber ihre war wenigstens sauber und passte sehr gut.

Caleb saß auf dem Rücksitz, das Gesicht gegen die Scheibe gepresst, und starrte auf die vorüberfliegenden Gebäude. Zum ersten Mal sah er eine westliche Stadt bei Tageslicht. Im Kloster war das Leben gemächlich verlaufen. Man war gegangen, gelegentlich vielleicht einmal gelaufen. Es war ein langsames Leben gewesen, man hatte genügend Zeit gehabt, auf den eigenen Atem zu hören und zu überlegen, woher er kam. Eine durch das Zimmer huschende Maus war vermutlich ein besonderer Höhepunkt des Tages gewesen. Und nun wurde der Junge mit einer achtspurigen Schnellstraße konfrontiert, mit riesengroßen Lastwagen und Autos, die in halsbrecherischer Geschwindigkeit vorbeirasten. Ihm musste es vorkommen, als sei er in einer ganz anderen Welt gelandet.

Leiah saß auf dem Beifahrersitz und betrachtete den Jungen mit gerunzelter Stirn. „Haben Sie jemals einen Flüchtling aus der Dritten Welt in die Staaten gebracht?“, fragte Jason.

„Nein, Sie?“

„Nein. Zumindest haben wir festgestellt, dass Caleb Englisch spricht, nicht wahr, Caleb?“, fragte Jason und sah in den Rückspiegel.

Der Junge betrachtete seinen Hinterkopf, antwortete aber nicht.

Jason klopfte an den Rückspiegel. „Caleb?“

Der Junge sah auf, entdeckte Jasons Spiegelbild und lächelte.

„Vater Matthew hat dir Englisch beigebracht, ja?“

Caleb antwortete nicht. Den Grund dafür verstand Jason nicht. Der Junge sah einfach aus dem Fenster. Vermutlich war er von dem großen Lastwagen abgelenkt, der sie links überholte. Der Junge murmelte etwas auf Ge'ez und schwieg dann wieder.

„Er wird noch tagelang unter Schock stehen“, sagte Leiah leise.

„Ich verstehe das nicht. Heute Morgen hat er so deutlich gesprochen. Ich meine, das war nicht nur gebrochenes Englisch, sondern richtiges Englisch, genau wie gestern Abend.“

„Dann spricht er also richtiges Englisch. Das bedeutet aber nicht, dass er mehr als ein paar Dutzend Wörter kennt. Wie auch immer, er ist wie ein Fisch ohne Wasser.“

Jason betrachtete den Jungen im Rückspiegel. Er gewöhnte sich allmählich an die Vorstellung, ihn um sich zu haben. Nostalgie. Vielleicht brachte Caleb etwas in ihm zum Vorschein: das Gefühl, etwas Sinnvolles zu tun, das er mit Stephen begraben hatte.

Auf den ersten Blick wirkte die große orthodoxe Kirche eher wie ein Bild aus einer Enzyklopädie zum Thema Religion als ein reales Gebäude in Burbank, Kalifornien. Die kreisförmige Auffahrt um einen kristallklaren Teich mit Fontäne führte unter einem Übergang vor dem Eingang hindurch. Die Rasenflächen waren kurz geschoren und die Palmen symmetrisch angeordnet. Die hellblauen Gaupen auf den hohen Ziegelsäulen rahmten den Eingang. Aber es war die Kuppel aus Kupfer über dem ansonsten rechteckig angeordneten Bau, die dem Ganzen einen religiösen Anstrich verlieh. Diese Jungs wussten wirklich, was es hieß, ihr Geld dort zu investieren, wo ihr Herz war.

Jason parkte den Wagen auf einem Besucherparkplatz und stieg aus. Wie es schien, waren sie spät dran. Hunderte von Wagen bevölkerten bereits den Parkplatz. Er ging um sein Auto herum, um Caleb herauszuhelfen, aber der Junge war bereits ausgestiegen und ging auf die große Kuppel zu.

„Caleb, warte." Jason blickte Leiah an. Sie eilten dem Jungen hinterher. „Nun, anscheinend kommt ihm das bekannt vor."

„Natürlich. Die Kuppel. Ich fühle mich nicht richtig angezogen."

„Das ist in Ordnung. Wir setzen uns nach hinten und gehen früh wieder."

„Sind Sie schon jemals in so einer orthodoxen Kirche gewesen?"

„Nein."

„Ich auch nicht. Ich fühle mich wirklich nicht richtig angezogen."

Das Foyer war gesäumt von Säulen, die sechs Meter in die Höhe ragten und in eine goldbemalte Decke übergingen. Leiah legte dem Jungen die Hand auf die Schulter. Sie kamen an einem großen Empfangstisch vorbei, der Jason an die Rezeption eines Hotels erinnerte, und der Mann, der sie durch seine Brillengläser beobachtete, schien genau in die Rolle eines Portiers zu passen. Vielleicht war er ein Manager. Jemand musste ja dafür sorgen, dass die Kassen gefüllt waren.

Die Tür zum Gottesdienstraum war mindestens drei Meter hoch und aus massivem Eichenholz. Jason öffnete die Tür und schob Caleb und Leiah hindurch. Er folgte ihnen und ließ die Tür leise hinter sich ins Schloss fallen.

Nichts hätte ihn auf die Atmosphäre im Innern der Kathedrale vorbereiten können. Die Kuppel spannte sich in funkelndem Gold über ihnen und war in ein Dutzend Abschnitte unterteilt. In jedem Teil waren riesige Gemälde von Männern in langen Gewändern zu sehen, mit Augen, die viel zu groß für ihre Gesichter zu sein schienen. Vermutlich Christus und seine Jünger. Die rechteckigen Wände waren mit einem burgunderfarbenen Samtstoff verhängt. Drei imposante Kristallleuchter mit Hunderten von hellen Birnen hingen über dem Gottesdienstraum. Der Anblick war so atemberaubend, dass die drei einen Augenblick innehielten.

Ein intensiver Geruch stieg Jason in die Nase – Weihrauch, möglicherweise aber auch von den vorn am Altar brennenden Kerzen. Es ging sehr geordnet zu. Niemand rührte sich an seinem Platz. Die Gottesdienstbesucher saßen wie reglose Puppen in langen Bänken zu beiden Seiten des Mittelgangs und konzentrierten sich ausschließlich auf die von Vater Nikolous durchgeführte Zeremonie. Jason erkannte ihn sofort, hatte er ihn doch bereits auf dem Bild gesehen. Hätte sich ein verirrtes Schaf der Herde umgedreht, um zu sehen, woher die Störung kam, hätte es drei vollkommen unpassend gekleidete Fremde entdeckt, die aussahen, als seien sie irrtümlicherweise in eine falsche Veranstaltung geraten.

Zum Glück verbot es die Atmosphäre in dem Raum den Gläubigen, sich umzudrehen und die Neuen anzustarren. Leider brauchte der Pater sich nicht umzudrehen, um sie zu sehen. Sein Blick blieb eine ganze Weile auf Jason gerichtet, bevor er sich wieder dem großen Buch in seinen Händen zuwandte.

Jason zupfte Leiah am Arm und setzte sich in die letzte Bank. Sie ließ sich schnell neben ihm nieder.

Aber der Junge blieb stehen und starrte wie gebannt zum Altar.

Leiah streckte die Hand aus und legte sie dem Jungen sanft auf die Schulter. „Caleb", flüsterte sie leise.

Caleb hörte nicht auf sie. Er machte einen Schritt nach vorn und Leiahs Hand fiel ihm von der Schulter. Es war nur ein kleiner, zögernder Schritt, aber fort von ihnen, den Gang entlang.

Caleb hatte drei weitere Schritte vorwärts gemacht, bis Jason klar wurde, dass der Junge tatsächlich die Absicht hatte, ganz nach vorn zu gehen. Sein Herzschlag setzte aus und einen schrecklichen Augenblick lang überließ er sich seinen Instinkten.

„Caleb!"

Sein raues Flüstern hätte genauso gut ein Schrei sein können. Ein Dutzend Gottesdienstbesucher, die hinten im Raum saßen, drehten sich um und funkelten ihn empört an.

Aber Caleb ging weiter, langsam und zögernd, mit herunterhängenden Armen. Leiah hatte sein weißes Hemd bis oben zugeknöpft und ihm einen Mittelscheitel gezogen, sodass ihm das Haar über die Schultern fiel. Er sah stur nach vorn und bewegte sich wie in Trance. Es war, als sei er in eine ganz andere Welt entrückt.

Vater Nikolous, der am Altar stand, kam zum Ende eines Verses. Einer der Priester in seiner Nähe begann mit hoher, zittriger Stimme zu singen und die Gemeinde fiel wie ein gut geübter Chor ein. Eine Kugel mit rauchendem Weihrauch hing an einer Kette in der rechten Hand des Priesters. Er schwang sie wie ein Pendel.

Caleb ging weiter, und Jason erhob sich, als könne er damit den Jungen aufhalten. Was sollte er tun? Leiah neben ihm stand langsam auf. Jason machte Anstalten, dem Jungen nachzugehen, doch Leiah legte ihm die Hand auf den Arm.

„Lassen Sie ihn", flüsterte sie.

Von den 500 Gottesdienstbesuchern hatten sich vielleicht 25 von der Liturgie ablenken lassen und beobachteten nun, wie der fremde Junge langsam den Gang heraufschritt. Er hatte fast die Hälfte des Wegs nach vorn zurückgelegt, ein verlorenes Kind, dessen Kopf kaum bis an den obersten Rand der Bänke reichte, als die Gemeinde spürte, dass etwas Ungewöhnliches passierte. Ein Schweigen legte sich über die Menge. Von den hinteren Reihen breitete es sich über die folgenden 30 Reihen aus, bis sich nur noch die hingebungsvollsten Gläubigen ganz vorn auf die Liturgie konzentrierten.

Und schließlich war es nur noch die Stimme des Priesters neben Vater Nikolous, die laut durch den Raum hallte. Er riss sich zusammen, löste den Blick von dem Buch in seinen Händen, brach abrupt ab und …

Vater Nikolous runzelte die Stirn und starrte den Jungen an, sagte aber kein Wort. Der Gottesdienst in der griechisch-orthodoxen Kirche in Burbank, Kalifornien, war zum Stillstand gekommen.

Die Blicke aller Anwesenden richteten sich auf dieses kleine Kind, das den Gang entlangmarschierte, ohne etwas von der Aufmerksamkeit zu merken, die ihm zuteil wurde. Seine großen Augen hingen wie gebannt am Altar.

Jason rutschte leise über die Bank zum äußeren Ende und weiter nach vorn. Leiah folgte ihm. Von seinem Platz aus konnte er den Jungen deutlich erkennen. Er betrachtete den Altar und wieder fing er den missbilligenden Blick von Vater Nikolous auf. Sein Blick wanderte weiter, und er erkannte, worauf der Junge starrte. Hinter dem Priester stand ein großes Holzkreuz, an dem der nackte Christus im Todeskampf hing. Caleb starrte auf diese Ikone, die sehr gut auch im Kloster in Debra Damarro hätte hängen können, so einfach war sie.

Das arme Kind suchte nach einer Verbindung zu seinem Heimatland, und er hatte sie hier gefunden, in diesem Kreuz mit dem toten Christus.

„Er starrt das Kruzifix an“, flüsterte Jason.

Leiah nickte. Sie hatte es ebenfalls gesehen.

„Soll ich ihn holen?“

„Nein, lassen Sie ihn“, erwiderte sie.

Caleb blieb vor den Stufen zum Altar stehen und starrte unverwandt das Kreuz an. Die Weihrauchkugel rechts von ihm bewegte sich kaum noch. Eine vollkommene Stille hatte sich auf die Gemeinde gelegt.

Das Gesicht des Jungen verzog sich plötzlich vor Mitleid. Eine Träne tropfte aus seinem Auge und lief ihm die Wange hinunter. Er schloss die Augen, schob das Kinn vor und öffnete den Mund zu einem langen, unterdrückten leisen Schrei.

Jason hatte das Gefühl, als würde sich ein Schraubstock um seine

Brust legen. Caleb hob langsam die Hände und weinte leise vor dem Kreuz, während die Gemeinde in betäubtem Schweigen zusah. Jason dachte, Vater Nikolous würde eingreifen, aber auch er stand reglos dabei.

Der Junge schwieg und schien auf einmal seine Umgebung wahrzunehmen. Vermutlich war es das erste Mal, dass er seinen Blick von dem Kreuz löste. Er sah den Pater an und lächelte sanft. Nikolous gab das Lächeln nicht zurück.

„Mama, was passiert da?", ertönte eine junge Stimme in das Schweigen hinein.

„Schschsch!"

Jason sah, wie sich eine Mutter in der ersten Reihe über ihr Kind beugte. Der Junge schien in Calebs Alter zu sein. Er trug eine kurze Hose mit Hosenträgern und eine Fliege. Sein Haar war zurückgekämmt und seine Augen blickten ins Nichts.

Der Junge war blind.

Darum hatte er auch diese Frage gestellt. *Mama, was passiert da?* Was für eine Krankheit hatte die Augen dieses zehnjährigen Jungen weiß werden lassen?

Caleb hatte sich zu dem Jungen umgedreht. Die Gemeinde war noch immer nicht zu sich gekommen, und jetzt hatte es den Anschein, als sei Caleb das auch noch nicht. Er ging zu der Mutter und ihrem Jungen.

Ein Raunen ging durch die Menge. Caleb näherte sich dem Jungen und blieb vor ihm stehen. Die Mutter sah ihn verständnislos an. Sorge und Staunen war in ihrem Gesichtsausdruck zu lesen. Ihr Mund öffnete sich, als Caleb die Hand des blinden Jungen fasste, aber sie sagte nichts. Caleb beugte sich vor und flüsterte etwas in das Ohr des Jungen, dann richtete er sich wieder auf und trat einen Schritt zurück.

Das Kind wandte den Kopf kurz zu seiner Mutter hinüber, dann erhob es sich. Die Mutter beobachtete ihren Sohn. Sie war wie erstarrt. Caleb lächelte und zog den Jungen vorsichtig mit sich zum Mittelgang. Wie zwei Brüder, die ein Geheimnis teilten, gingen sie weiter. Die Menge nahmen sie nicht wahr – das eine Kind, weil seine Augen blind waren, und Caleb, weil er die Menschen nicht wahrnahm.

Caleb hielt die Hand des anderen und führte ihn zu der Stelle vor dem Altar, wo er eben noch alleine gestanden hatte. Gemeinsam wandten sie sich um und blieben stumm vor dem Kreuz stehen.

Einige der Gottesdienstbesucher rutschten unbehaglich auf ihren Plätzen herum. Einen Augenblick lang rührte sich nichts.

Plötzlich war ein Keuchen zu hören. Jason dachte, es sei die Mutter des Jungen, die schließlich zu sich gekommen war. Aber sie war es nicht. Es war der blinde Junge. Und nun weinte er. Er hatte seine Hand in Calebs Hand gelegt, stand mit dem Rücken zu den Gottesdienstbesuchern, und seine Schultern bebten.

Protestschreie wurden im Gottesdienstraum laut. Ein halbes Dutzend Männer erhoben sich, und plötzlich brach das Chaos los.

„Ruhe! Seid leise!“ Vater Nikolous hatte die Hand erhoben, aber sein Blick hing an dem Jungen, der nun mit ausgebreiteten Fingern die Hände hob. Die Gemeinde wurde still.

Der immer noch weinende Junge hüpfte auf einmal auf und ab. Er hüpfte zur Seite und das Weinen wurde zu einem Jammern. Ein Schauer lief Jason über den Rücken. Caleb dagegen lächelte nur.

Und dann hörte Jason, wie der Junge rief: „Ich kann sehen!“ Er schrie es hinaus: „Ich kann sehen! Ich kann das Kreuz sehen!“

Der Junge wirbelte herum zu der Menge. Seine Augen funkelten vor Freude und nichts Weißes verschleierte sie mehr.

Die Leute im Gottesdienstraum schnappten nach Luft. Instinktiv packte Leiah Jason am Arm. Der Priester starrte die Jungen verblüfft an. Die Mutter des Jungen taumelte mit offenem Mund durch den Gottesdienstraum.

Der Junge wirbelte zu Caleb herum und warf die Arme um ihn, so ungestüm, dass Caleb beinahe das Gleichgewicht verloren hätte. Mittlerweile redete er unverständliche Dinge vor sich hin. In der Gemeinde brach das Chaos los. Einige forderten lautstark Ordnung und Respekt, andere verliehen ihrer Verwirrung Ausdruck. Etwa 20 Gläubige stürmten nach vorn, um den Jungen aus der Nähe zu sehen, den sie „Samuel“ nannten.

„Hinsetzen! Sofort alle hinsetzen!“, donnerte Vater Nikolous.

Es dauerte zehn Minuten, bis er auch nur annähernd Ordnung in seine aufgewühlte Schar gebracht hatte. Der blinde Junge, der jetzt ganz deutlich sehen konnte, hatte sich beruhigt, aber er konnte nicht aufhören, sich umzusehen. Er bewunderte die bunten Farben des Gottesdienstraums, dann betrachtete er seine Hände oder Caleb, bevor er wieder die Vorhänge oder andere bunte Gegenstände bestaunte.

Caleb saß zwischen Jason und Leiah in der ersten Bank. Mit gesenktem Kopf starrte er auf seine Hände. Nach dem Aufruhr in der Kirche hatte er sich irgendwie in sich selbst zurückgezogen. Der Weihrauch hatte zu rauchen aufgehört und der Pater stand stirnrunzelnd vor seiner Gemeinde.

Es war ein ernster Augenblick. Man rechnete beinahe mit einer großartigen Ankündigung des Paters. Was diese Ankündigung sein könnte, wusste Jason nicht, weil er nicht die geringste Ahnung hatte, was gerade passiert war. Einige würden es zweifellos ein Wunder nennen, weil sie es nicht besser wussten. Oder vielleicht irgendein psychisches Phänomen, das Caleb ausgelöst hatte. Aber auf jeden Fall verdiente die Tatsache, dass ein blinder Junge in einer Sekunde sein Augenlicht wieder gefunden hatte, ein paar Worte der Würdigung.

Doch Vater Nikolous sagte nichts dergleichen. Er stand einfach da in seinen weißen Gewänder, sah von Samuel zu Caleb und schloss den Gottesdienst mit den Worten: „Lasst uns beten."

Dies war das Ende der Liturgie in der griechisch-orthodoxen Kirche für diesen Tag.

„Sie sind also in unsere Kirche gekommen, weil der Junge dem Waisenhaus zugewiesen wurde?", fragte Vater Nikolous. Er sah von den Einwanderungsformularen auf, die Jason ihm gegeben hatte.

Jason saß neben Leiah und beobachtete Caleb, der in dem großen Sessel, in den man ihn gesetzt hatte, ganz verloren wirkte. Es hatte zehn Minuten gedauert, eine Fülle von Fragen abzuwehren, aus dem Gottesdienstraum zu fliehen und auf die Bitte des Paters hin in sein Büro zu kommen. Der Junge weigerte sich, Blickkontakt aufzunehmen. Ganz eindeutig war er von der Aufmerksamkeit erschüttert, die sich auf ihn konzentrierte.

Jason nickte. „Er wollte in die Kirche gehen."

„Und Sie sagen, sein Leben sei in Gefahr?"

„Vater Matthew schien das zu denken. Jetzt natürlich nicht, aber wir wurden in Äthiopien mehrere hundert Kilometer weit verfolgt. Sein Asylantenstatus wurde auf Grund der Tatsache gewährt, dass er vielleicht Anspruch auf die amerikanische Staatsbürgerschaft hat."

„Ja, das kann ich hier nachlesen." Er wandte sich stirnrunzelnd dem Jungen zu.

Vater Nikolous kam Jason nicht vor wie ein Mann, der mitten in der Nacht aufstehen würde, um einem schreienden Kind eine Flasche Milch zu bringen. Aber bestimmt hatte er gutes Personal, das das Waisenhaus führte. Er war sehr groß und hatte einen schwarzen Schnurrbart. Unter seinen braunen Augen lagen tiefe Tränensäcke und Jason hatte noch nie eine so große Nase wie die des Paters gesehen. Ganz sicher war er keine Mutter Teresa.

„Wir haben mehrere orthodoxe Flüchtlinge aus Äthiopien aufgenommen, allerdings noch nie ein Waisenkind. Verwaiste Flüchtlinge sind sehr selten in den Vereinigten Staaten, wissen Sie."

„Er ist kein gewöhnlicher Junge", wandte Leiah ein.

„Natürlich nicht. Er ist ein Mischling und wurde in einem äthiopischen Kloster aufgezogen."

„Es ist mehr als das. Sie haben es doch selbst gesehen."

Vater Nikolous legte den Kopf zur Seite und betrachtete sie eingehend. „Und was habe ich gesehen, meine Liebe?"

Sie antwortete nicht.

„Sagen *Sie* es uns, Pater", forderte Jason. „Was haben wir gerade dort draußen erlebt?"

Nikolous stellte sich vor den Jungen. Caleb hatte sich eine geologische Zeitschrift mit der Schlagzeile „Die Wunder im Untergrund" von dem Tisch neben seinem Sessel genommen und sich in seinen Inhalt vertieft.

„Sie sagen, er spricht Englisch?"

„Ja. Zumindest ein wenig."

Nikolous wartete einen Augenblick, als rechnete er damit, dass der Junge ihm eine Erklärung gab. „Nun, was ist, junger Mann? Was ist dort draußen passiert?"

Jason wusste, dass der Junge den Pater verstanden hatte, denn einen kurzen Augenblick löste sich sein Blick von der Seite. Aber er weigerte sich, den Priester bewusst wahrzunehmen.

„Lassen Sie ihn in Ruhe", sagte Leiah und erhob sich. Sie ging zu Caleb hinüber und stellte sich neben ihn. „Können Sie denn nicht sehen, dass er noch unter Schock steht? Ich denke nicht, dass es ihm hilft, wenn Sie ihn drängen und nach Dingen fragen, die er vermutlich selbst nicht versteht."

*Sie hat Recht*, dachte Jason. *Die liebende Mutter.*

„Wir werden ihm die Pflege geben, die er braucht", sagte Nikolous. Er nahm einen Stift und zog das Einwanderungsformular näher heran.

„Was werden Sie mit ihm tun?", fragte Leiah.

„Wir werden ihn ins Waisenhaus aufnehmen, meine Liebe. Deshalb haben Sie ihn doch hergebracht, nicht?"

„Nein. Wir haben ihn hergebracht, weil er gern einen Gottesdienst besuchen wollte. Aber wir hatten nicht die Absicht, ihn jetzt schon Ihnen zu übergeben." Sie blickte Hilfe suchend zu Jason hinüber.

„Aber, aber, junge Frau. Ich habe hier ein Formular, in dem etwas anderes gesagt wird. Dem Jungen wurde vorübergehend Asyl gewährt und er wurde von seinem früheren Vormund, diesem Vater Matthew, der ‚World Relief' übergeben. Sehen Sie, hier ist seine Unterschrift." Er deutete auf das Formular. „Und hier ist der Stempel des Einwanderungsbeamten in LA, der den Jungen, wie mit ‚World Relief' vereinbart, der Obhut des Sunnyside-Waisenhauses übergibt." Er sah auf und grinste herablassend. „Dem Sunnyside-Waisenhaus. Also mir."

„Ja, aber Sie können ihn uns nicht einfach wegnehmen!"

Mit einem falschen Lächeln wandte sich Nikolous Jason zu. Theoretisch hatte er vielleicht Recht, aber er drückte entschieden die falschen Knöpfe. Leiah blickte Jason an. Ihre Augen flehten ihn an, dem Pater irgendwie zu widersprechen.

„Etwas weniger Sarkasmus könnte nicht schaden", sagte er zu Nikolous.

„Er ist doch erst weniger als 24 Stunden im Land, um Himmels willen", sagte Leiah. „Sie können ihn uns jetzt einfach noch nicht wegnehmen."

„Aha, Sie haben Zuneigung zu ihm gefasst." Das Lächeln verschwand aus dem Gesicht des Priesters. „Nun, er ist kein Gegenstand, den wir nach unserem Gutdünken herumwerfen können wie einen Ball. Er ist ein Flüchtling und ein Waisenkind, und er gehört in eine Einrichtung, die sich um Flüchtlinge und Waisenkinder kümmert. Je früher, desto besser. Oder denken Sie etwa, es wäre gut für ihn, wenn Sie ihn noch einen weiteren Tag in Los Angeles herumschleppen?"

„Vielleicht nicht, aber bestimmt müssen wir ihn doch nicht sofort in Ihre Obhut geben. Er könnte doch den Tag mit uns verbringen", wandte Leiah ein.

Das höhnische Grinsen erschien wieder auf dem Gesicht des Paters. „Wissen Sie, Sie haben ganz Recht." Er senkte den Kopf und unterschrieb das Formular auf seinem Schreibtisch. Er knallte den Stift auf die Unterlage und sah hoch. „Und nun haben Sie ganz Unrecht. Sie werden den Jungen jetzt freundlicherweise in meiner Obhut lassen."

„Jason?"

Jason fühlte, wie Wut in ihm hochstieg. Der Pater hatte nicht das Recht, sich ihnen gegenüber so beleidigend zu verhalten. Er ignorierte Leiah und wandte sich an Nikolous.

„Sie gehen ein wenig zu weit. Wenn jemand den Jungen wie einen Ball behandelt, dann Sie. Mit einem Federstrich wollen Sie ihn uns wegnehmen. Wo ist Ihr Anstand geblieben?"

„Verzeihen Sie, vielleicht war ich ein wenig zu zynisch. Aber ich kenne mich mit Waisenkindern aus, und es gibt einen guten Grund, warum dieser Junge an uns verwiesen wurde."

„In Ordnung", gab Leiah nach, „dann möchte ich Sie nur eines fragen: Bitte können wir Caleb noch bis morgen behalten? Wir werden ihn nicht durch Los Angeles schleppen. Wir werden mit ihm nicht einmal das Haus verlassen. Wir möchten uns nur angemessen von ihm verabschieden. Er hat uns das Leben gerettet, und ja, wir haben ihn lieb gewonnen. Bestimmt wird ein wenig Liebe ihm nicht schaden."

„Er hat Ihnen das Leben gerettet?", fragte der Pater mit hochgezogener Augenbraue. „Ich hatte den Eindruck, dass Sie *ihm* das Leben gerettet haben."

Leiah sah zu Jason hinüber, der sich nun einschaltete. „Ja, wir haben ihm tatsächlich das Leben gerettet. Wie auch immer, ich finde Leiahs Bitte vernünftig. Das ist das Mindeste, was Sie tun können."

Vater Nikolous seufzte und ordnete die Papiere auf seinem Schreibtisch. „Ja, Sie mögen Recht haben. Aber ich werde Ihre Bitte trotzdem ablehnen."

Beide sahen ihn verständnislos an. Dann starrte Leiah zu Jason hinüber.

„Und wenn Sie nichts dagegen haben, ich habe viel zu tun. Ich danke Ihnen, dass Sie ihn sicher ins Land gebracht haben. Gott wird es Ihnen lohnen. Von jetzt an kümmern wir uns um den Jungen."

„Einfach so?", fragte Leiah. Der Priester sah sie nur mit hochgezogenen Augenbrauen an. „Aber –"

„Leiah, bitte", unterbrach Jason. „Er hat Recht. Vielleicht ist das nicht gerade die feine englische Art, aber er hat das Recht dazu."

„Und was ist mit den Rechten des Jungen?"

„Das reicht jetzt!", schnappte Vater Nikolous. „Sie bringen ihn ja ganz durcheinander, und ich weiß, dass das nicht gut für ihn ist. Bitte gehen Sie jetzt. Sofort!"

Jason erhob sich. „Kommen Sie, Leiah." Am liebsten hätte er den Priester an seinem Schnurrbart gepackt und ein wenig Verstand in ihn hineingeprügelt, aber er unterdrückte diesen Drang. Stattdessen ging er zu dem Jungen hinüber und legte ihm die Hand auf die Schulter.

„Pass auf dich auf, Caleb, hörst du?" Der Junge legte die Zeitschrift aus der Hand und sah ihn mit seinen runden, blauen Augen an. Eine tiefe Traurigkeit lag darin, fand Jason. *Was tun wir hier nur?*

Er kniete sich vor ihn hin und legte den Kopf des Jungen auf seine Schulter. „Alles wird gut werden", flüsterte er. „Ich habe deinem Vater versprochen, ich würde nicht zulassen, dass dir etwas geschieht. Ich werde dich nicht im Stich lassen. Ich verspreche es."

Als er sich zurückzog, glänzten Tränen in den Augen des Jungen.

Jason erhob sich und sofort beugte sich Leiah zu ihm herab. Sie drückte ihn an sich und schluckte die Tränen herunter. „Ich hab dich lieb, Caleb", flüsterte sie ihm ins Ohr. Als sie sich aufrichtete, fuhr sie sich schnell mit der Hand über die Wange.

Mit funkelnden Augen sah Leiah Vater Nikolous an. „Wenn Sie ihm auch nur ein Haar krümmen, dann werde ich Ihr schlimmster Albtraum werden, haben Sie mich verstanden?"

Nikolous blickte sie stirnrunzelnd an.

Jason nahm schließlich ihren Arm. „Kommen Sie, Leiah."

Er führte sie zur Tür und drehte sich noch einmal nach Caleb um. Der Junge starrte sie verloren und unschuldig an. Tränen rollten ihm über die Wangen. *Du liebe Güte, was haben wir getan?* Jason schluckte den Kloß in seinem Hals und blickte Nikolous an.

„Für einen Pater sind Sie ein ziemlicher Schuft, wissen Sie das? Jemand sollte Ihnen mal ein paar Manieren beibringen."

Damit zog er die Tür hinter sich zu und entfernte sich mit Leiah von dem Büro.

# 7

Die neuen Leute brachten ihn in das große Haus hinter der Kirche. Caleb wusste nicht, warum Miss Leiah und Jason gehen mussten, aber er war sicher, dass es so war. Er wusste auch, dass Vater Nikolous ganz anders war als Dadda.

Und Dadda war tot. Das hatte Jason Leiah gestern erzählt, und er wusste, dass es stimmte.

Caleb saß auf dem Boden in dem Raum und wiegte sich hin und her. Er hatte keine Ahnung, wie er mit den Gefühlen umgehen sollte, die seine Brust zu sprengen schienen, wenn er an Dadda dachte. Dadda war jetzt bei Gott, das wusste er einfach. Aber warum machte ihn das traurig?

Das braune Gesicht seines Vaters stand ihm vor Augen. „Denk daran, Caleb, Worte sind nur schwache Instrumente der Liebe. Sie können vieles tun, aber sie tragen nicht die Wahrheit wie deine Hände. Liebe muss den Menschen gezeigt werden, nicht gesagt."

„Und warum zeigen wir sie ihnen nicht, Dadda?"

„Das wirst du tun. Du wirst es. Und ich zeige sie dir, ja?"

Caleb schluckte und erhob sich. Die Frau, die die anderen Kinder „Tante Martha" nannten, hatte ihn vor langer Zeit in diesem großen Raum zurückgelassen, und jetzt war es draußen schon dunkel. Vielleicht würden sie die anderen Kinder bald zu ihm hereinbringen. Er hatte fünf in dem Garten gesehen, als sie dort spazieren gingen, und sie hatten ihn auch gesehen. Sein Herz hatte schneller zu schlagen begonnen.

*Lasst die Kinder zu mir kommen.* Das hatte Jesus gesagt, und Caleb hatte sich immer gefragt, wie es wohl wäre, zusammen mit anderen Kindern auf seinen Schoß zu springen. Er erinnerte sich an ein Lied, das Dadda ihm beigebracht hatte.

*Du musst ein Kind sein,*
*du musst immer ein Kind sein,*
*wenn du sehen willst,*
*wenn du ins Königreich eingehen willst.*

Caleb ging zum Fenster und blickte in den dunklen Garten hinaus. Auf der anderen Seite des Rasens leuchteten in einem Fenster Lichter. Eine Gestalt ging daran vorbei und Calebs Pulsschlag beschleunigte sich. Das war einer von den Jungen! Er verschwand aus seinem Blickfeld.

*Hallo, Kind. Mein Name ist Caleb.* Vielleicht war das Samuel aus der Kirche. Der Junge, der mit ihm zusammen vor dem Kreuz gestanden hatte.

Caleb stieß sich vom Fenster ab und blieb mit dem Rücken zur Wand stehen. Er schluckte. Das Kreuz in der Kirche war das erste, das er seit Verlassen des Klosters gesehen hatte, und sein Herz war beinahe stehen geblieben. An diesem Kreuz hatten sie Gott getötet. Nicht an dem, aber an einem, das ihm ähnlich war. An diesen Stämmen waren die Welten aufeinander geprallt, sagte Dadda immer, und als er an diesem Morgen dort stand, hatte er das Gefühl gehabt, als würden seine Welten aufeinander prallen.

Er hatte ein paar Dinge gesehen.

Und dann hatte er Samuel geholfen, auch ein paar Dinge zu sehen.

Auf einmal öffnete sich die Tür. Caleb fuhr zusammen. Es war Martha. „Hallo, Junge. Hast du mich vermisst?"

Sie hatte einen Teller mit Essen in der Hand. Den stellte sie auf den Tisch. „Iss auf. Du sollst nicht hungrig ins Bett gehen."

Caleb trat von einem Fuß auf den anderen. Er hatte Angst vor ihr.

„Na, komm schon, mein Kleiner. Für alle anderen magst du etwas Besonderes sein, aber nicht für mich. Für mich bist du einfach ein Junge, und je früher du das lernst, desto früher werden wir beide miteinander auskommen."

Was meinte sie damit? Ihre Stimme vermittelte ihm ein seltsames Gefühl, und obwohl sie ihm zu essen geben wollte, konnte er seine Füße nicht rühren.

Plötzlich schlug sie mit der Hand auf den Tisch und er fuhr zusammen. „Iss jetzt!"

Auf wackligen Beinen ging er zum Tisch. Sie war dunkel. Das konnte er sehen und fühlen. Dunkel nicht nur durch ihre langen, schwarzen Haare oder ihre schmutzig braunen Augen, sondern auch in ihrem Herzen.

„Und ich will nicht, dass du dich beklagst. Nikolous mag darauf bestehen, dass ich dich bevorzugt behandle, aber das bedeutet nicht, dass du eine bessere Behandlung bekommst! Hier gibt es keine Vergünstigungen. Wenn du groß und ein Mann werden willst, brauchst du keine Vergünstigungen."

Er setzte sich an den Tisch und neigte den Kopf. Das Essen sah aus wie ein Haufen Würmer, aber es roch nach Käse. Käsige Würmer. Er wollte nicht essen.

Sie schnalzte missbilligend mit der Zunge und ging zur Tür. Ihre Hüften waren sehr breit, und ihr braunes Kleid sah aus, als würde es jeden Augenblick aufreißen. Die schwarzen Schuhe an ihren Füßen schienen ihr zu klein zu sein. Ihre Riemen bohrten sich tief in ihre Knöchel. Sie klapperten laut auf dem Holzfußboden.

An der Tür drehte sie sich um und blickte ihn streng an. „In einer Stunde komme ich zurück und mache das Licht aus. Dein Zimmer ist den Flur entlang links." Sie deutete zu der schwarzen Öffnung, die zum Rest des Hauses führte. „Wenn ich zurückkomme, ist das Essen besser verschwunden. Sollte ich dich außerhalb dieses Gebäudes erwischen, wirst du die Peitsche zu spüren bekommen. Und tu nicht so, als würdest du mich nicht verstehen. Nikolous hat mir gesagt, dass du Englisch sprichst."

Sie ging hinaus und schloss die Tür.

Irgendwo sang eine Grille. Er wusste nicht, was sie mit „Peitsche“ meinte, aber das klang nicht so, als wäre es etwas Gutes. Das bedeutete doch hoffentlich nicht, dass sie ihn schlagen wollte?

Caleb starrte auf das Essen und wunderte sich über die Gefühle, die in seiner Brust schmerzten. Er bewegte den Kopf hin und her. Dann wiegte er sich und begann mit hoher, leiser Stimme zu singen. Es war ein Lied auf Ge'ez, ein Lied, das er und Dadda oft gesungen hatten und mit dem sie Gott für seine Liebe dankten.

Ein warmes Gefühl überkam ihn und er erinnerte sich an das Kreuz in der Kirche. Das Kreuz.

„Was bedeutet es zu sterben, Dadda?“

„Es bedeutet, das Leben in Fülle zu finden. Bei Gott zu sein.“

„Und wann werden wir sterben?“

„Sobald wir die Aufgabe, den Menschen hier auf dieser Erde seine Liebe zu zeigen, zu Ende gebracht haben, mein Sohn.“

Caleb nickte und lächelte. Er nahm die Gabel und stach sie ins Essen. Er war ein Kind und Dadda war tot. Beides war gut, dachte er. Beide durften ins Reich Gottes kommen.

# 8

## *Tag 2*

Der Anruf aus der griechisch-orthodoxen Kirche kam um elf Uhr am Montagmorgen. Es gab ein Problem mit dem Jungen. „Er ist ganz teilnahmslos“, erklärte Vater Nikolous.

Jason und Leiah waren am Tag zuvor schweigend von der Kirche zum Haus zurückgefahren. Da sie beide unter armen Völkern gearbeitet hatten, hatten sie gelernt, ihre Emotionen zu unterdrücken, um überleben zu können. Keine verabscheuungswürdige Reaktion, sondern einfach eine menschliche. Als Jason von der Kirche nach Hause fuhr, war ihm ganz seltsam zu Mute gewesen. Als hätten sie gerade an einer Beerdigung teilgenommen – ein recht intensives Gefühl, wenn man bedachte, dass sie Caleb gerade erst vier Tage kannten.

Am Sonntagnachmittag hatte Jason Leiah zum „Super Eight“-Motel gebracht, und nach einer kurzen, recht unbeholfenen Diskussion über ihre Zukunftspläne verabschiedeten sie sich voneinander. Leiah würde am Montag nach Montreal fliegen und kurz Urlaub nehmen, bevor sie entschied, ob sie nach Afrika zurückkehren würde. Vermutlich würde sie es tun, sagte sie. In Nordamerika war kein Platz für sie. Jason hatte noch keine Ahnung, wie es bei ihm weitergehen sollte. Vermutlich würde er in irgendein von Hungersnöten bedrohtes Land gehen, um den Menschen zu helfen, etwas gegen ihre schlechten Lebensumstände zu unternehmen.

„Was meinen Sie damit?", fragte Jason in den Hörer.

„Er reagiert einfach nicht. Ich habe ihn heute Morgen gesehen, und er hat mir mitgeteilt, er würde absolut nichts tun, bevor er Sie und die Frau nicht sehen kann. Es ist wirklich lächerlich."

„Mich und die Frau? Sie meinen Leiah?"

„Ja, natürlich!", gab Nikolous kurz zurück.

„Und was will er nicht tun?"

„Ich habe es Ihnen doch gesagt! Nichts! Alles! Er weigert sich zu essen, sich anzuziehen oder zu reden. Er sitzt am Fenster und tut so, als sei er taubstumm."

Zorn wallte in Jason auf. „Und was machen Sie mit ihm?"

„Nichts. Martha hatte ihn nur zum Essen ermutigt."

„Wir sind in einer Stunde da. Rühren Sie ihn nicht an."

Die Verbindung wurde unterbrochen und Jason legte den Hörer auf. Er wusste nicht so genau, wie gut Nikolous die Einwanderungsgesetze kannte, aber vermutlich hatte der Grieche ihm gerade den Weg geebnet, den Jungen seiner Obhut zu entziehen.

Er rief in Leiahs Motel an in der Hoffnung, dass sie auf ihrem Zimmer war. So wie er sie einschätzte, lag sie vermutlich auf dem Bett und machte sich wieder mit der westlichen Welt vertraut, indem sie durch die Fernsehkanäle zappte, anstatt durch die Straßen zu laufen.

Leiah nahm beim ersten Klingeln ab und war sofort bereit, ihn zu begleiten. Ihr Flug ging erst um vier Uhr nachmittags, und sie hatte sowieso vorgehabt, auf dem Weg zum Flughafen noch einmal nach Caleb zu sehen.

30 Minuten später wartete Leiah vor dem Hotel auf Jason. Ganz augenscheinlich war sie einkaufen gewesen, denn sie trug nun eine verblichene Jeans und eine grüne Baumwollbluse mit langen Ärmeln. Darüber hinaus hatte sie sich einen roten Schal um den Hals gebunden. Als sie in ihren braunen Lederstiefeln und dem langen schwarzen Haar auf seinen Wagen zukam, hätte man sie für ein Model halten können, dachte er. *Unsere Afrika-Lady hat ihr neues Heim gefunden.*

Allerdings war sie ein Model mit Verbrennungen dritten Grades vom Hals bis zu den Knöcheln.

Sie setzte sich in den Wagen. „Hallo." Sie lächelte.

Er nickte. „Geht es Ihnen gut?"

„Jetzt geht es besser."

Jason fädelte sich in Richtung Burbank in den Verkehr ein. „Ich dachte mir schon, dass Sie sich Sorgen um Caleb machen."

„Das war doch klar. Hatten Sie etwas anderes erwartet? Mit diesem Mistkerl musste es doch Probleme geben."

„Es könnte mehr als nur ein Besuch werden."

„Und was meinen Sie damit?"

„Falls Nikolous und seine Leute Schwierigkeiten mit Caleb haben, dann besteht die Chance, dass wir ihm ein anderes Heim suchen können."

„Ein Heim für wie lange?"

„Es wird mehrere Monate dauern, bis über seine Staatsbürgerschaft entschieden ist. Man wird beweisen müssen, dass seine Mutter Amerikanerin war. Die Tatsache, dass Vater Matthew behauptet, irgendein von Schuldgefühlen geplagter Offizier habe gestanden, die amerikanische Mutter des Jungen getötet zu haben, bedeutet nicht, dass sie auch tatsächlich Amerikanerin war. Sie hätte zum Beispiel auch Kanadierin gewesen sein können. Oder Europäerin. Auf jeden Fall wird das dauern. In der Zwischenzeit wird das Gericht einer rechtlichen Partei die Vormundschaft übertragen. Das ist der erste Schritt, irgendwann in den kommenden Tagen. Bei den meisten Flüchtlingen wird die Vormundschaft an einen Verwandten in den Vereinigten Staaten übertragen, aber bei einem Waisenkind wie Caleb hat ‚World Relief' eben das Sunnyside-Waisenhaus benannt. Der Richter würde also normalerweise die Ernennung unterschreiben und damit hätte das ‚Sunnyside' die Vormundschaft."

„Es sei denn, es gibt Probleme."

„Genau, es sei denn, wir können den Richter bei der Anhörung im Vormundschaftsgericht davon überzeugen, dass Nikolous und seine Leute nicht geeignet sind, die Pflege dieses bestimmten Kindes zu übernehmen."

Leiah legte ihm die Hand auf den Arm. „Dann sollten wir alles tun, was in unserer Macht steht, damit das geschieht, Jason. Ich sage Ihnen, sie werden ihn kaputtmachen."

Er sah auf ihre Hand. Die Narben begannen am Handgelenk. Er nickte. „Ich glaube, Sie haben Recht. Und wo soll er bleiben?"

„Bei mir."

„In Kanada? Darauf werden sie sich nie einlassen."

„Nein, hier. Ich weiß nicht. Ich werde einen Ort finden. Ich arbeite beim Roten Kreuz. Ich bin sicher, dass das arrangiert werden kann."

„Vielleicht. Wir werden sehen. Zuerst einmal müssen wir den Griechen aufhalten."

Wie am Tag zuvor stellten sie den Wagen auf dem Parkplatz der griechisch-orthodoxen Kirche ab. Der große Platz war abgesehen von einem halben Dutzend Wagen in der Nähe des Westflügels des Gebäudes leer. Ein großer, knochiger Mann mit einer auffallend kurzen Nase, der Jason an einen hochnäsigen Butler erinnerte, führte sie durch die Büros zu einer Hintertür. Sie kamen in einen Garten, der von drei identischen langen, grauen Gebäuden eingerahmt wurde. Schlafsäle. Die Anlage wirkte beinahe wie ein College-Campus. Oder ein Gefängnis. Eine hellgelbe Schaukel stand verlassen auf dem Rasen. Der Garten war so wenig einladend wie nasser Beton.

*Lass den Kopf nicht hängen, Jason. Dies ist eine gute Einrichtung.* Der Mann führte sie über gepflasterte Wege zum äußersten rechten Gebäude. Sie verließen den Garten und gingen um das Haus. Die Außenmauern zur Straße hin waren aus Zedernholz gebaut und von Blumenkästen mit blauen Nelken umgeben. Ein hoher Zaun war um das Grundstück gezogen, vermutlich um unwillkommene Besucher fernzuhalten.

Nikolous hatte ihnen am Tag zuvor erzählt, bei ihnen seien fünf bis zehn Kinder untergebracht. Von diesen war nichts zu sehen. Vermutlich saßen sie gerade beim Mittagessen.

Der Mann öffnete eine Tür und ließ sie in das Gebäude eintreten. Danach entfernte er sich. Der Raum, in dem sie sich befanden, sah aus wie ein großes Wartezimmer, mit grauen Sofas neben der Tür und einem Tisch mit einer Resopaloberfläche auf der der Tür gegenüberliegenden Seite. Der Boden war mit schwarz-weißen Fliesen ausgelegt. Der Raum war gut vier Meter hoch. Lange Leuchtstoffröhren hingen an weißen Ketten von der Decke herab. Sie waren nicht eingeschaltet.

Nikolous stand an einem Fenster in der Nähe des Esstischs. Er blickte sie an, ging hinüber zu einer Tür, die noch weiter ins Gebäude führte, und drückte einen kleinen roten Knopf an einer Gegensprechanlage. „Bringen Sie ihn herein, Martha."

In seinem schwarzen Anzug wäre Nikolous ohne weiteres für

einen Börsenmakler an der Wall Street durchgegangen. Mit hinter dem Rücken gefalteten Händen kam er auf sie zu.

„Guten Morgen", grüßte Jason.

„Wir sollten das schnell hinter uns bringen", erwiderte der Grieche. „Um eins habe ich eine Sitzung und ich habe noch nicht zu Mittag gegessen." Sein Haar war dick mit Pomade eingeschmiert, was die Tränensäcke unter seinen Augen noch hervorhob.

„Ich weiß nicht so genau, was Sie von uns erwarten, Nikolous, aber ich kann Ihnen versprechen, dass wir uns nicht beeilen werden."

Der Mann grinste. „*Vater* Nikolous, wenn ich bitten darf. Und ich erwarte von Ihnen, dass Sie dem Kind begreiflich machen, dass Sie nicht länger sein Vormund sind. Es scheint sich darauf versteift zu haben, dass Sie für es verantwortlich sind. Und wenn ich sage ‚schnell', dann meine ich auch schnell."

„Haben Sie etwas dagegen, wenn wir Platz nehmen?"

„Natürlich nicht." Nikolous ging zu der grauen Sitzgruppe und setzte sich in einen Sessel. Es roch nach Leinöl. Jason wandte sich zu Leiah um und sah, dass sie den Flur beobachtete. Er nahm sie am Ellbogen und führte sie zu dem Sofa.

„Wo ist er?", fragte Leiah.

„Bei Martha. Sie hat seine Pflege übernommen. Die beiden werden gleich da sein." Ein Blick auf Nikolous, und jeder Richter, der bei Verstand war, würde einen Beweis für seine Eignung verlangen. Jason wäre mehr als bereit auszusagen, allerdings nicht *für* ihn. Ganz im Gegenteil.

„Also, ich möchte eines ganz klarstellen", begann Nikolous. „Wenn Sie denken, Sie könnten neue Vereinbarungen für diesen Jungen treffen, dann sollten Sie sich das ganz schnell aus dem Kopf schlagen. Dieses Kind befindet sich in unserer Obhut und wird es auch bleiben." Er runzelte zuversichtlich die Stirn. „Ich bin nicht daran interessiert, dass Sie ihn wieder mitnehmen. Allerdings möchte ich, dass Sie Caleb bei der Eingewöhnung helfen. Die ersten Tage in einer neuen Umgebung sind meistens sehr schwierig, wie Sie sicher wissen. Er scheint Zuneigung zu Ihnen gefasst zu haben."

„Und zu Ihnen nicht? Warum nicht?"

Das Stirnrunzeln verstärkte sich. „Sparen Sie sich Ihre Bemerkungen. Solche Dinge brauchen Zeit. In der Zwischenzeit können Sie ihm helfen. Er wird unter unserer Obhut leben, aber es könnte ihm helfen, wenn Sie ihn besuchen, bis er sich in seinem neuen Heim eingewöhnt hat."

„Nun, um ehrlich zu sein, Pater, ich bin nicht sicher, dass dies tatsächlich sein neues Heim sein wird."

„Und mir ist es vollkommen egal, was Sie denken, Mr. Marker. Mir geht es hier nur um das Kind. Und ich brauche dabei Ihre Hilfe."

Eine füllige Frau mit langen schwarzen Haaren in einem Kleid, das ihr zwei Nummern zu klein war, kam in diesem Augenblick den Flur entlang. Caleb trat hinter ihr vor und blieb stehen. Er trug noch immer die graue Hose und das weiße Hemd, das sie ihm gestern angezogen hatten. Beim Anblick von Leiah und Jason leuchteten seine Augen auf und er ging schnell auf Leiah zu. Er setzte sich neben sie auf die Couch und sie legte ihm den Arm um die Schultern.

„Hallo, Caleb."

*„Selam"*, sagte er mit einem Lächeln.

„Und das ist auch so eine Sache", beschwerte sich Nikolous. „Er muss aufhören, in dieser unsinnigen Sprache zu reden. Sie sagten doch, er kann Englisch –"

„Ge'ez", schnappte Leiah. „Seine Muttersprache ist Ge'ez. Und warum machen Sie solche Kommentare immer in seiner Gegenwart? Er versteht Sie."

„Wenn er versteht, dann sagen Sie ihm, dass er antworten soll, wenn er angesprochen wird."

„Er steht immer noch unter Schock. Sie können nicht erwarten, dass er jede Frage beantwortet, die Sie ihm entgegenschleudern."

Nikolous wandte sich an die Frau. „Setzen Sie sich bitte, Martha."

Wortlos nahm die Angesprochene Platz.

„Dies ist die Frau, die den Jungen versorgt: Martha." Sie neigte den Kopf. „Er verhält sich Martha gegenüber ausgesprochen aufsässig. Und vielleicht haben Sie Recht. Vielleicht ist seine Insubordination tatsächlich eine Folge des Schocks. Und genau darum brauchen wir Ihre Hilfe, um ihm diese Eingewöhnungsphase zu erleichtern. Wir haben beschlossen, dass dem Kind tägliche Besuche unmittelbar nach dem Mittagessen gut tun würden."

Martha saß wie ein Frosch auf ihrem Stuhl, steif und reglos. Dieses ganze Schauspiel war einfach absurd. Es ähnelte einem Roman von Charles Dickens. Der Richter würde nur einen Blick auf die Frau werfen müssen und sicherlich die Vormundschaft verweigern.

Der Junge spielte abwesend mit seinen Fingern. Jason betrachtete Nikolous, der steif in seinem Sessel saß. „Ich denke, ich habe jetzt genug von diesem Schwachsinn. Auf keinen Fall werden wir diesen Jungen in Ihrer Obhut lassen. Er passt doch ganz eindeutig nicht hierher. Sie sind zu ungeduldig und zu herzlos, um der Vormund dieses Jungen zu sein. Ich werde dem Richter empfehlen, Ihnen die Vormundschaft zu verweigern."

„Auf welcher Grundlage?", fragte Nikolous.

Jason hatte einen Wutausbruch des Priesters erwartet. Die Ankündigung hätte zumindest einen Funken entzünden sollen. Bestimmt aber mehr als diese einfache, gleichmütige Frage. Und außerdem war es eine gute Frage. Er hatte keine greifbaren Beweise, dass diese Leute nicht geeignet waren. Der Richter bei der Anhörung müsste schon über gute Menschenkenntnis verfügen.

„Er mag Sie nicht", entgegnete Jason. „Und offen gesagt, ich glaube nicht, dass Sie ihn mögen."

Der Priester lehnte sich zurück und grinste ihn an. „Lieber Mann, Sie sind viel zu sentimental. Wir erziehen die Kinder zu guten Bürgern. Es ist nicht unsere Absicht, lebenslange Freunde zu gewinnen. Dieses Kind braucht eine gute Erziehung, nicht Umarmungen und Küsse. Stimmt das etwa nicht, Martha?"

Die Frau warf dem Jungen einen strengen Blick zu. „Ganz eindeutig ist er aufsässig und undiszipliniert."

„Und ich nehme an, Sie halten es für Ihre Aufgabe, ihm Unterwürfigkeit beizubringen, stimmt's?", fragte Leiah.

„Nicht in diesem Ton!", warnte der Pater. „Sie regen den Jungen auf. Das ist wohl kaum das, was wir brauchen."

Jason sprang auf. „Das reicht jetzt! Wir nehmen ihn mit!"

„Ihn mitnehmen? Sie können ihn nicht einfach mitnehmen. Er befindet sich in meiner Obhut. Setzen Sie sich."

„Er mag vielleicht noch in Ihrer Obhut sein. Aber zuerst muss ein Richter Ihnen die Vormundschaft zusprechen."

Der Priester lachte leise und seine Lippen verzogen sich herablassend. Martha brachte ihr erstes Lächeln zu Stande. „Ich fürchte, Sie verstehen mich nicht, junger Mann. Ich habe bereits mit dem Richter gesprochen und mir wurde die Vormundschaft zugesprochen. Ob es Ihnen nun gefällt oder nicht, er befindet sich in meiner Obhut, zumindest ein paar Monate lang, und Sie können nichts dagegen unternehmen, es sei denn, sie entführen ihn. Sie sind hier, um mir zu helfen, und nicht, um gegen mich zu kämpfen. Haben Sie verstanden?"

Jasons Gedanken überschlugen sich. Die Anhörung hatte bereits stattgefunden? Leiah hatte die Augen aufgerissen. Der Junge spielte noch immer mit seinen Fingern. „Heute Morgen …?"

„Ja, natürlich. Und jetzt setzen Sie sich bitte."

Jason setzte sich auf den Rand der Couch. Der Mann hatte Recht. Er konnte nichts tun, wenn über die Vormundschaft bereits entschieden war. Gestern hätte er in den Prozess noch eingreifen können, jetzt aber nicht mehr. Nicht ohne einen längeren Rechtsstreit. Leiah hatte den Kopf gesenkt, aber sie konnte das Spiel ihres Kiefers nicht verbergen. Sie wusste sehr gut, dass Jasons Widerstreben, den Jungen mitzunehmen, sie hierher gebracht hatte.

„Also, Sie können mir entweder helfen oder nicht. Das ist Ihre Entscheidung“, sagte Nikolous. Er erhob sich und richtete seine Krawatte. „Ich muss jetzt wirklich gehen. Wenn Sie bereit sind, Caleb zu helfen, indem Sie ihn eine Woche lang jeden Tag um ein Uhr besuchen, dann wäre ich Ihnen dankbar. Wenn Sie das nicht wollen, werden wir andere Wege finden, um ihn zu einer Kooperation zu bewegen.“

„Hören Sie doch nur, was Sie da gerade sagen!“, rief Leiah. „Sie tun so, als sei er eine Maschine, die Sie zum Funktionieren bringen wollen. Er ist ein Kind, um Himmels willen!“

Vater Nikolous blickte sie ausdruckslos an. „Ein Ja oder Nein wäre angemessen.“

*Falls Leiah in der Lage wäre, ihre Gedanken in die Tat umzusetzen, dann müssten sie jetzt die Leichenhalle anrufen,* dachte Jason.

„Ja“, antwortete er.

Leiah funkelte ihn an.

„Er hat Recht, Leiah. Ich werde ein paar Anrufe tätigen, aber das ist vermutlich alles, was wir tun können.“

Ein Schweigen legte sich über sie und Vater Nikolous seufzte zufrieden. „Keine Sorge. Martha kann sehr gut mit Kindern umgehen. Und wir hoffen, Sie werden den Jungen überreden können, ein wenig umgänglicher zu werden.“

Er nickte Martha zu, die sich erhob und zu dem Jungen hinüberging. Sie nahm seinen Arm und zog ihn hoch.

Leiah hielt ihn an der Hand fest. „Einen Augenblick! Wir sind doch gerade erst gekommen. Können wir denn nicht noch ein wenig bei ihm bleiben?“

„Nein, ich fürchte nicht. Nicht heute.“ Nikolous deutete zum Flur, und Martha zog den Jungen mit sich fort, der ihr wie ein gehorsames Hündchen folgte. Leiah starrte wie betäubt hinter ihnen her. Die Pflegerin und Caleb hatten zehn Schritte gemacht, als Nikolous sie aufhielt.

„Warten Sie, Martha. Wir wollen sicher gehen, dass sie mich verstehen.“ Er beobachtete Jason, ohne den Kopf zu bewegen. „Ich habe für morgen früh einen Termin in der parapsychologischen Abteilung der Universität von Los Angeles, aber ich fürchte, der Junge wird nicht kooperieren. Morgen wird es keinen Besuch geben. Sie können ihn um zehn Uhr in der Universität sehen. Das heißt, falls der Junge sich bereit erklärt zu kooperieren."

„Was für ein Test soll das sein?", fragte Jason.

Der Priester sah ihn noch immer an. „Er wird natürlich auf seine psychischen Reaktionen getestet."

Das war es also. Der Grieche zwang sie praktisch dazu, Caleb zu überreden, seinen Terminplan einzuhalten. *Wenn Sie den Jungen wieder sehen wollen, dann überreden Sie ihn, mir zu erlauben, seinen Geist zu untersuchen. Wenn Sie das nicht tun, werde ich Ihrem Jungen Disziplin beibringen.*

„In der Universität von Los Angeles? Dort wird so etwas gemacht?" Jason blickte Leiah an, die Nikolous mit ihrem Blick durchbohrte.

„Heute Morgen habe ich erfahren, dass sie auf diesem Gebiet sehr weit sind. Sie können es kaum erwarten, den Jungen zu testen."

„Ich nehme an, wir haben keine Wahl."

„Nein. Fragen Sie den Jungen, ob das in Ordnung ist."

„Jetzt?"

„Jetzt."

Es war, als würde man einen entfernten Cousin zur Prostitution überreden, aber Jason fiel keine Alternative ein. Er sah den Jungen an. Caleb hielt den Blickkontakt. Er lächelte. „Caleb, verstehst du mich?" Er wechselte zu seinem gebrochenen Amharisch über, um Nikolous zu ärgern. „Verstehst du?"

Caleb antwortete in derselben Sprache. „Ja."

„Und … bist du einverstanden?"

„Ja."

„Was hat er gesagt?", fragte Nikolous.

„Er hat ja gesagt."

Der Pater lächelte. „Gut. Nehmen Sie ihn mit, Martha."

Sie zog Caleb am Arm und gemeinsam gingen sie zum Flur.

Jason sprach erneut auf Amharisch mit dem Jungen. „Wir werden dich nicht verlassen, mein Kind."

Caleb blieb stehen und drehte sich um. Lange Zeit sah er Jason einfach nur an. Dann sprach er. Auf Englisch. „Ich glaube dir."

Schweigend verließen sie das Gebäude. Der Junge hatte Englisch gesprochen, um den Pater zu frustrieren, dachte Jason mit einiger Genugtuung. Und das bedeutete, dass er klug war. Das war gut. Er würde klug sein müssen, um den Griechen zu überleben. Irgendwie lagen die Tatsachen nun offen zu Tage.

Und er war es gewesen, der Caleb in die Obhut des Griechen gegeben hatte. Entgegen Leiahs Rat.

Das war eine bittere Pille.

# 9

## *Tag 3*

Es war entweder die Cola oder reiner Zufall, der Donna Blairs Leben an diesem Tag für immer veränderte. Sie verbuchte es als Zufall, weil jeder wusste, dass man, wenn man darüber nachdachte, fast alles dem Zufall zuschreiben konnte. Eine lange Reihe von Ereignissen und Entscheidungen, die Menschen dem Augenblick zuschreiben.

Wenn man richtig psychologisch werden wollte, dann konnte man zurückgehen zu ihrer Entscheidung im Jahre 1985, auf der UCLA von Psychologie auf Journalismus umzusatteln. Zehn Jahre später war sie die jüngste Reporterin, die die NBC zur besten Sendezeit jemals live vor die Kamera gestellt hatte.

Oder man konnte zurückgehen zu ihrer Entscheidung, ihren Moderatorenjob an den Nagel zu hängen und lieber als Korrespondentin zu arbeiten. Wenn sie noch immer am Nachrichtentisch säße, hätte sie niemals die Aufgabe bekommen, über Charles Crandal zu berichten. Und wenn sie nicht über den Präsidentschaftskandidaten berichten würde, hätte sie sich niemals an diesem Dienstag auf dem Campus der UCLA eingefunden, trotz ihrer schönen Erinnerungen an diesen Ort. Doch so war sie hergekommen, um über einen Vortrag von Crandals Wahl-Vizepräsidenten Moses Simon zu berichten, der gezwungen gewesen war, sein Erscheinen abzusagen, weil sein Flugzeug auf Grund von technischen Schwierigkeiten in Las Vegas aufgehalten worden war.

Doch allein ihr Aufenthalt an der UCLA wäre es noch nicht gewesen; sie musste sich im psychologischen Fachbereich aufhalten, was nicht der Fall gewesen wäre, wenn der Colaautomat im oberen Stockwerk funktioniert hätte. Also war es vermutlich doch die Cola.

Da sie das Gebäude noch aus ihrer Studienzeit kannte, lief Donna die Treppe hinunter, um zu sehen, ob der Colaautomat des Fachbereichs für Psychologie noch immer an derselben Stelle stand, an der er 15 Jahre zuvor aufgestellt worden war.

Er war es tatsächlich.

Und wie der größte aller Zufälle es so wollte, traf sie den Studenten, in den sie sich in ihrem zweiten Studienjahr Hals über Kopf verliebt hatte: Jason Marker. Er stand vor dem Colaautomaten und hielt eine Flasche 7 Up an die Lippen.

Sie erstarrte und konnte es nicht fassen. Er drehte sich um, die Flasche noch immer an den Lippen. Seine hellblauen Augen führten sie in die Vergangenheit zurück.

„Jason?"

Er nahm die Flasche von den Lippen und blickte sie verständnislos an. „Donna?"

„Du bist es. Oh mein Gott, du bist es wirklich!"

Er grinste breit. „Donna Blair. Was um Himmels willen machst du denn hier?"

Seine Stimme brachte hundert Erinnerungen zurück und auf einmal war sie sehr froh über diese Ansammlung von Zufällen. „Ich bin für NBC hier und berichte über eine Rede, die nicht gehalten wird." Sie ging zum ihm und küsste ihn sanft auf die Wange. „Wie geht es dir? Ich habe dich ja seit ewigen Zeiten nicht mehr gesehen."

„Lange Geschichte." Sie sahen sich in die Augen und lächelten. „Eine Rede, die nicht gehalten wird, ja?"

„Lange Geschichte", erklärte sie. „Also, was führt dich zurück auf den Spielplatz deiner Jugend?"

Sie bemerkte, wie er errötete, aber er fasste sich schnell. Er legte den Kopf zur Seite. „Sehr lange Geschichte."

„Nun, so wie es aussieht, habe ich gerade Zeit für eine sehr lange Geschichte."

Ein wenig beunruhigt sah er den Flur entlang. Vermutlich hatte er eine Frau und drei Kinder. „Na also, vielleicht ist der Zeitpunkt doch nicht so günstig. Ich habe nur –"

„Nein, es ist schon okay", sagte er und drehte sich um. „Wenn du nichts gegen ungewöhnliche Situationen einzuwenden hast, heißt das." Er trat unruhig von einem Fuß auf den anderen und nahm noch einen Schluck aus der Flasche. „Und? Sind wir verheiratet?"

„Um ehrlich zu sein, nein. Wir sind Korrespondentin. Das schließt sich gegenseitig aus."

Er lachte. „Nachrichten, ja? Ich wusste immer, dass du dieses hübsche Gesicht eines Tages an der richtigen Stelle einsetzen würdest."

Früher hatte sie glauben wollen, dass ihr Aufstieg beim Sender nichts mit ihrem Gesicht zu tun hatte, aber um ehrlich zu sein, niemand wollte eine hässliche Nachrichtensprecherin sehen, egal, wie eloquent sie die Nachrichten präsentierte. Erst im vergangenen Jahr hatte sich Donna Blair an die Tatsache gewöhnt, dass Schönheit, wenn auch nur oberflächlich, im Nachrichtenbereich von Vorteil war. Und mit Schönheit war sie tatsächlich gesegnet.

„Also ehrlich, was führt dich hierher, Jason?"

„Nun ... ein Junge."

„Ein Junge? Ein Junge führt dich in die psychologische Abteilung?"

„Ins parapsychologische Forschungslabor. Im Augenblick werden Tests mit ihm durchgeführt."

„Du machst Witze! Was um alles in der Welt hat denn Agrarwissenschaft mit Parapsychologie zu tun?"

„Wie ich schon sagte, es ist eine lange Geschichte."

„Ich habe den ganzen Morgen Zeit, Jason", sagte sie und nahm seinen Arm. „Zeig mir, was du hast. Ich habe früher mal Psychologie studiert, weißt du nicht mehr?" Nun kam die Journalistin in ihr zum Vorschein, dachte sie. Einmal ein Spürhund, immer ein Spürhund. Sie holte ihr Handy hervor und gab die Nummer ihres Kameramannes ein. „Hallo, Bill. Fahrt ruhig ohne mich. Wir treffen uns dann nachher im Studio. Ich habe hier eine interessante Sache." Er brummte zustimmend und sie steckte ihr Handy wieder ein.

Die Berührung ihrer Hand auf seinem Arm brachte Jason durcheinander. Er erinnerte sich an ihre Affäre, obwohl diese nur ein halbes Jahr gedauert hatte. Die Trennung war eine gemeinsame Entscheidung gewesen, aber er hatte immer gewusst, dass sie es gewesen war, deren Liebe sich zuerst abgekühlt hatte. Doch jetzt fragte er sich unwillkürlich, ob sie sich genauso schnell wieder aufheizte, wie sie sich abgekühlt hatte.

Als sie den kleinen Zuschauerraum, von dem aus man das Hauptlabor im Blick hatte, betraten, hatte sie seinen Arm losgelassen. Nikolous hatte eine Hand an das Kinn gelegt und stand vor der Scheibe, um die Vorgänge im Labor zu beobachten. Er verfolgte sie wie ein Habicht. Leiah drehte sich mit verschränkten Armen zu ihm um. Ein Dutzend leere Klappstühle standen vor der Scheibe. Die Lichter waren heruntergedreht worden.

„Das ist einfach lächerlich, Jason“, sagte Leiah, wobei sie Donna einen schnellen Blick zuwarf. „Er ist nun schon seit mehr als zwei Stunden da drin, und sie haben nichts getan, als ihn weiter in seine Schale zurückzutreiben.“

Jason erklärte Donna die Sachlage. „Dr. Patricia Caldwell führt einige Basistests bei dem Jungen durch.“ Er deutete zur Scheibe und stellte Donna Leiah und Nikolous vor. „Es tut mir Leid. Das ist Donna Blair. Sie möchte zusehen.“

„Ich wusste gar nicht, dass wir hier in einem Zoo sind“, bemerkte Leiah bissig.

Jason lachte nervös. „Sie ist eine alte Freundin aus Studienzeiten, Leiah. Und außerdem Korrespondentin für NBC.“

„Und der Junge ist ein Nachrichtenthema?“

Donna lächelte. „Leiah. Schöner Name. Ihrem Akzent entnehme ich, dass Sie vermutlich aus dem französischen Teil Kanadas kommen. Habe ich Recht?“

Leiah ignorierte sie.

„Sagen wir, Akzente interessieren mich“, erklärte Donna. „Mit einem Gesicht wie Ihrem und Ihrem französischen Akzent sollten Sie überlegen, ob Sie nicht vor einer Kamera arbeiten sollten. Keine Sorge, ich werde niemandem etwas tun.“ Donna ging zu der Scheibe und nickte Nikolous zu, der grüßend den Kopf neigte.

„Und wie heißt der Junge?“, fragte sie.

Jason trat zwischen Leiah und Donna und starrte auf den Tisch hinunter. Dr. Caldwell saß steif auf der einen Seite eines Eichentisches und betrachtete ihr Forschungsobjekt. Ihr blondes Haar trug sie zu einem Knoten zusammengesteckt, der von einer langen Holznadel gehalten wurde. Eine Brille mit dicken runden Gläsern saß auf ihrer Nase und machte ihr aufgesetztes Lächeln zunichte. Die frei stehende, sauber gewischte Tafel hinter ihr sah aus wie ein Tipi. Die Ecken füllten große, mit gelbem Stoff bezogene Sessel aus. Auf dem Tisch zwischen dem Jungen und der Ärztin stand eine Schachtel mit Buchstaben und anderen geometrischen Gegenständen. An der Wand entlang zog sich ein Sideboard mit Dutzenden von Schubladen.

„Er heißt Caleb“, erklärte Jason. Der Junge saß zusammengesunken auf einem Klappstuhl und spielte mit einem Stift. Zu sagen, er wirke gelangweilt, wäre eine Untertreibung gewesen. Leiah verfügte vielleicht nicht über besonders viel Taktgefühl, aber sie verstand Caleb besser als alle anderen, dachte Jason. „Noch nichts?“

Nikolous schnaubte.

„Ich nehme das als ein nein."

„Er ist jetzt von einsilbigen Antworten dazu übergegangen, überhaupt nicht mehr zu antworten. Das kann nicht sehr hilfreich sein", kommentierte Leiah.

„Was für Tests macht sie mit ihm?", fragte Donna.

„Verstehst du was von Psychokinese?", entgegnete Jason.

„Vielleicht ein wenig."

„Irgendwas in der Art. Offensichtlich hat sich die UCLA damit in den 70er Jahren einen Namen gemacht – irgendeine parapsychologische Forschung mit einem Heiler, den sie studiert haben."

„Dr. Thelma Ross", ergänzte Donna.

Jason sah sie mit hochgezogenen Augenbrauen an.

„Ich habe mal Psychologie studiert, weißt du nicht mehr? Sie beschäftigte sich mit einem Mann namens Jack Gray, einem vermeintlichen Heiler."

„Und?"

„Und es kommt darauf an, wie man die Forschung bewertet, aber sie behaupteten, er sei in der Lage, über eine gewisse Zeit hinweg die Heilung eines Menschen zu fördern. Ich weiß, dass viele Professoren die Sache nicht besonders ernst genommen haben, aber für die Leute im Forschungslabor war dies ein Höhepunkt. Und du denkst, der Junge hätte psychokinetischen Kräfte?", fragte sie augenzwinkernd.

Jason richtete seinen Blick auf Caleb, der gegenüber der strengen Ärztin unschuldig auf dem Klappstuhl saß. Das alles schien jetzt irgendwie dumm zu sein. Den Jungen in die Universität von Los Angeles zu bringen, um ihn auf magische Kräfte testen zu lassen. *Ja, Donna. Wir haben tatsächlich Beweise gefunden, dass auf dem Mars grüne Männchen leben, und wir sind hier, um der Welt diese Nachricht mitzuteilen.* Leiah hatte Recht, das Ganze war ausgemachter Blödsinn.

„Wir lassen nur einige Tests mit ihm machen. Ich bin sicher, es kommt nichts dabei heraus."

„Also haben sie ihn aufgefordert, Stahlrohre zu verbiegen, durch Wände zu sehen und das Geburtsdatum des Cousin dritten Grades des Präsidenten zu erraten, ja?"

Jason lächelte. Auf einmal war es ihm peinlich, überhaupt gekommen zu sein. „So ungefähr."

„Ich verstehe. Interessant."

Leiah drückte einen schwarzen Schalter an der Wand. Ein kleiner Lautsprecher in der Ecke wurde lebendig. „Wenn du mir nicht hilfst, kann ich dir nicht helfen, Caleb", ertönte Dr. Caldwells Stimme.

Es gab keinerlei Anzeichen, dass der Junge sie gehört hätte. Er saß einfach auf seinem Stuhl, ließ die Beine baumeln und starrte den Stift in seiner Hand an.

Dr. Caldwell griff in eine Schublade, zog zwei große Karten heraus und stellte sie so auf, dass nur sie die Symbole darauf erkennen konnte. „Versuchen wir noch einmal etwas Einfaches. Hast du schon einmal Ratespiele gespielt? Ja? Ich würde jetzt gern eins mit dir spielen, wenn du nichts dagegen hast. Ist das in Ordnung?“

Dieses Mal zögerte der Junge und nickte dann langsam.

„Gut. Das ist gut. Also, ich habe zwei Karten hier und du sollst mir sagen, ob Farben oder Nummern darauf sind. Kannst du das?“

Er starrte sie einen Augenblick lang an und blickte dann hinüber zu dem Spiegel, hinter dem Jason und die anderen ihn beobachteten.

„Bist du sicher, dass er uns nicht sehen kann?“, fragte Donna leise.

„Das hat uns die Ärztin versichert“, erwiderte Jason.

Dr. Caldwell sprach weiter. „Bitte, Caleb. Versuch doch, dich zu konzentrieren. Ein paar Leute sind der Meinung, du könntest besondere Dinge tun, aber wie sollen wir das je herausfinden, wenn du nicht mitmachst?“

Er sah sie an. „Ich bin doch nur ein einfacher Junge.“

„Nun, vielleicht bist du das. Aber das werden wir nie genau wissen, wenn du nicht unser kleines Spiel mitspielst.“

„Wissen Sie, warum ich in dieses Haus bei der Kirche gesteckt worden bin?“

Die Ärztin starrte den Jungen an und legte dann frustriert die Karten mit den Symbolen nach unten auf den Tisch. „Ich bin nicht hier, um mit dir über deine Unterbringung zu sprechen, Caleb. Ich bin hier, weil ich versuchen möchte, dir zu helfen.“

Jason konnte beinahe hören, wie Leiah mit den Zähnen knirschte. Sie funkelte Nikolous an, der sie jedoch vollkommen ignorierte. Dann wandte sie sich wieder der Scheibe zu. „Wie kann sie so mit ihm sprechen? Geht man so mit einem Kind um?“

„Sie ist Ärztin“, erwiderte Jason. „Sie wird schon wissen, was sie tut.“

„Sie ist ganz eindeutig keine Kinderpsychologin. Sie erschreckt ihn doch nur.“

„Wenn Sie nichts dagegen haben“, meldete sich der Grieche zu Wort. „Ich möchte zuhören.“

Leiah ließ den Schalter los und wandte sich dem Geistlichen zu. „Haben Sie noch nicht genug gehört? Sie haben zugesehen, wie sie ihm schriftliche Tests vorgelegt hat, an denen er ganz eindeutig kein Interesse gezeigt hat. Sie haben hundert Fragen gehört, die nichts anderes deutlich gemacht haben als das Bedürfnis des Kindes nach Liebe. Sie haben sogar miterlebt, wie diese Ärztin Caleb aufgefordert hat, eine Murmel über den Tisch zu bewegen, indem er sie ansieht! Und noch immer halten Sie an der Illusion fest, dies würde uns irgendwas bringen? Was um Himmels willen denken Sie denn?"

„Unsinn!", donnerte Nikolous. „Ein Junge kommt in meine Obhut, der die Fähigkeit hat, einem Menschen das Augenlicht zurückzugeben. Denken Sie, ich sei nicht dazu verpflichtet, ihn angemessen untersuchen zu lassen?"

„Sie haben ihn bereits untersuchen lassen und er scheint ganz normal zu sein. Sie haben die Pflicht, für sein Wohlergehen zu sorgen, und nicht seinen Geist zu durchforschen."

„Sie hat Recht, Nikolous", sagte Jason. „Der Junge hat genug."

„Diese Entscheidung werden wir denen überlassen, die etwas davon verstehen. Sie sind hier auf meine Bitte hin, vergessen Sie das nicht."

„Wir sind um des Jungen willen hier, vergessen Sie das nicht. Sie auch."

Donna räusperte sich. „Ich unterbreche nur ungern, aber das spielt jetzt vielleicht keine Rolle mehr." Sie nickte zur Scheibe und alle sahen hin. Dr. Caldwell in Richtung auf den Spiegel. Leiah schaltete die Lautsprecheranlage wieder ein.

„… wenn Sie also nichts dagegen haben, hereinzukommen, dann denke ich, können wir hier jetzt Schluss machen."

Offensichtlich hatte die Ärztin aufgegeben.

„Sie meint uns alle?", fragte Jason.

Ohne zu antworten, wandte sich Leiah zur Tür. Der Grieche folgte ihr schnell. Jason sah Donna an, die die Arme vor der Brust verschränkt hatte und das Schauspiel offensichtlich genoss. „Geh nur, Jason. Ich warte hier, wenn du einverstanden bist."

Er nickte. „Geh nicht weg. Ich bin gleich wieder da."

„Ich werde hier sein."

Als sie das Labor betraten, lächelte Dr. Caldwell herablassend und bat sie, am Tisch Platz zu nehmen. Jason und Leiah setzten sich neben die Ärztin und Nikolous gegenüber. Caleb beobachtete sie mit runden Augen, aber er schien gelassen zu sein.

„Es tut mir Leid, dass das so lange gedauert hat, aber Sie müssen wissen, dass ich mich der Geschwindigkeit der Testperson anpassen muss." Caldwell sah von Jason zu Vater Nikolous. Das Licht im Raum spiegelte sich in ihren Brillengläsern. *Bei dem heutigen Stand der Medizin hätte sie doch sicher ein besseres Hilfsmittel zur Korrektur ihrer Sehschwäche bekommen können,* dachte Jason. *Kontaktlinsen hätten ihr bei ihren Gesichtszügen bestimmt besser gestanden.*

Sie fuhr fort: „Leider kann ich keinerlei Hinweise auf psychische Anomalien irgendwelcher Art entdecken. Er ist vielleicht traumatisiert, aber darüber hinaus zeigt er keinerlei Anzeichen auf charakteristisches Verhalten."

„Niemand hat gesagt, dass bei ihm Anomalien vorhanden seien", wandte Leiah ein.

Die Ärztin sah sie an. „Vater Nikolous hat mir erzählt, dass ein Junge nach einer Interaktion mit Caleb sein Augenlicht wiederbekommen hat. Ich weiß nicht, was Sie davon halten, aber ich finde das recht ungewöhnlich. Natürlich unter der Maßgabe, dass Caleb irgendetwas mit diesem Ereignis zu tun hatte. Und unter der Maßgabe, dass das andere Kind tatsächlich sein Augenlicht wiederbekommen hat. Die meisten solcher Fälle sind einfach falsch interpretierte Ereignisse."

„Nein, nein", wandte Nikolous ein. „Samuel kann tatsächlich wieder sehen, und das erst nach der Interaktion des Jungen mit ihm. Ich bin auf jeden Fall nicht blind, Doktor."

„Natürlich nicht. Aber Sie müssen wissen, dass ich über zwei Stunden lang eine Reihe von Tests durchgeführt habe, die selbst die kleinste Spur paranormalen Verhaltens ans Licht bringen, und ich habe nichts feststellen können."

„Und Ihre Tests waren genau?"

Dr. Caldwell versteifte sich. „Ich versichere Ihnen, Vater, dass wir hier nicht über das Mittelalter sprechen. Die Mikro-PK-Tests haben keinerlei Ergebnisse gebracht. Die Makro-PK-Tests ebenso wenig. Sehen Sie das Gerät hinter mir?"

Auf dem Monitor war eine flache Linie zu sehen.

„Das ist ein REG-Gerät. Ein ‚Random Event Generator'. Er zeichnet ein Muster zufälliger elektrischer Strömungen auf. Durch Konzentration kann eine Testperson mit psychokinetischen Fähigkeiten das Muster variieren. Es ist nicht mehr die Frage, ob der menschliche Geist physische Ereignisse verändern kann, hier geht es darum, wie er es macht. In Blindstudien sind tragbare REGs wie das da hinter mir eingesetzt worden – zum Beispiel bei den ‚Oscar'-Verleihungen und dem ‚Super Bowl' – und die Muster in den elektrischen Strömungen haben sich mit der Reaktion des Publikums auf die Shows verändert. Mit anderen Worten: Die Menschen in einem Raum haben unbeabsichtigt das Muster eines Geräts allein durch ihre Gedanken verändert. Wir sprechen hier über Wissenschaft, Vater, nicht über den Glauben."

Sie schwiegen. Es schien ihnen unglaublich zu sein, dass ein Mensch etwas veränderte, indem er darüber nachdachte.

„Und Caleb?", fragte Nikolous.

„Es hat sich herausgestellt, dass Psychokinese unter Kindern häufiger vorkommt als unter Erwachsenen, und großer Stress kann so etwas auslösen. Das interessierte mich vor allem an ihm, als Sie mir die Situation erklärt haben. Aber ich sage Ihnen, dass ich nichts gefunden habe. Nicht die Spur."

„Wir sprechen hier von einer Heilung, nicht von dem Ausschlag an einem Gerät", beharrte Nikolous. Was wollte der Pater bezwecken? Warum war er so entschlossen, die Fähigkeiten des Jungen zu beweisen? Jason hatte schon früher darüber nachgedacht, aber als er den Griechen jetzt reden hörte, spürte er doch Sorge in sich aufwallen.

„Heilung ist allgemein als eine Form der Psychokinese anerkannt", erklärte Caldwell. „Dr. Thelma Ross hat sich vor mehr als 20 Jahren hier an der UCLA sehr intensiv mit diesem Thema beschäftigt. Aber wie auch immer, Heilung oder nicht, bei dem Jungen hier sind keinerlei Anzeichen für solche Fähigkeiten zu erkennen."

Mit gedämpftem Interesse hatte Caleb das Gerät hinter der Ärztin betrachtet. Jetzt schlug er die Beine übereinander und starrte die Wand zu seiner Rechten an. Noch immer saß er zusammengesunken auf seinem Stuhl. Sein rechtes Bein schwang in kurzen, abwesenden Bögen über das andere. Jason hatte den Eindruck, dass sein Verstand noch immer zu begreifen versuchte, was seit dem abrupten Aufbruch aus dem Kloster mit ihm geschehen war. Ihr Gespräch interessierte ihn nicht im Geringsten.

„Das ist also Ihre endgültige Analyse?", fragte der Grieche.

Patricia Caldwell seufzte. „Meine endgültige Analyse ist, dass Sie ein gestörtes Kind in Ihrer Obhut haben." Sie sah Caleb an. „Vielleicht ein Spätentwickler …"

Jason spürte, wie sich Leiah neben ihm versteifte. Calebs Bein hörte auf zu schwingen, aber er wandte den Blick nicht von der Wand ab. Eine unbehagliche Stille legte sich über sie.

„Aber ansonsten ist er normal."

Jason wäre daraufhin am liebsten gegangen – hätte sich den Jungen geschnappt und den Campus für immer verlassen. Aber Dr. Caldwell konnte ihre Gedanken nicht für sich behalten.

Ein Lächeln umspielte ihre Lippen. „So wie ich die Sache sehe, hat Ihr Caleb genauso wenig übersinnliche Kräfte wie Jesus Christus Gottes Sohn war. Aber wir machen ja alle Fehler, nicht wahr?"

Bei diesen Worten veränderte sich die Atmosphäre im Raum. Wenn eine Stecknadel heruntergefallen wäre, hätte Donna sie in dem Raum hinter ihnen wie eine laute Glocke hören können. Zwei Menschen dachten viel über Jesus Christus nach: Vater Nikolous und Caleb. Aber man hatte den Eindruck, als habe die Ärztin gerade dem Papst persönlich den Fehdehandschuh vor die Füße geworfen.

Der Junge sah langsam zuerst Leiah an, dann Jason und schließlich Dr. Caldwell mit ihrem aufgesetzten Lächeln. Er starrte sie an, als habe sie gerade vorgeschlagen, alle sollten in einen Fleischwolf springen oder so etwas Ähnliches. Die Zeit schien stehen zu bleiben. Der Junge durchbohrte Caldwell mit seinem Blick und die anderen saßen in unbehaglichem Schweigen dabei.

Das Lächeln war noch immer auf Caldwells Gesicht festgefroren, als das linke Glas in ihrer Brille auf einmal einen Sprung bekam.

Eine einzige Linie von oben nach unten. Das Geräusch klang wie ein Peitschenhieb in der Stille. *Knack!*

Die Ärztin schnappte nach Luft, und ihre lächelnden Lippen verzerrten sich, aber sie rührte sich nicht. Ein zweiter Sprung zog sich in einem Winkel von 45 Grad von dem ersten Sprung über das Glas.

Dies alles geschah so bewusst, dass alle vor Fassungslosigkeit erstarrten. Auch das zweite Glas bekam nun einen Sprung, dieses Mal horizontal.

Und dann explodierte das linke Glas nach außen, als wäre Patricia Caldwells Auge explodiert. *Plopp!* Das rechte Glas folgte nur den Bruchteil einer Sekunde später. Eins, zwei. *Plopp! Plopp!* Kleine Glassplitter verteilten sich klirrend über den Tisch.

Die Ärztin schrie auf und hielt die Hände vors Gesicht. Leiah, Jason und Nikolous sprangen auf. Ihre Stühle fielen polternd zu Boden. Caleb rührte sich nicht.

„Ich bin blind! Ich bin blind!", schrie Caldwell.

Jason merkte, dass er aufgehört hatte zu atmen. Sein Herz klopfte zum Zerspringen. Die zitternden Hände der Ärztin verdeckten ihre Augen, darum konnte er nicht sehen, was passiert war, aber er rechnete beinahe damit, Blut zwischen ihren Fingern hindurchsickern zu sehen. Vielleicht hatte er sich das mit dem splitternden Glas nur eingebildet. Doch auf der anderen Seite lagen die Splitter auf dem Tisch und die waren nicht aus der Luft gefallen.

„So helft mir doch!“ Die Ärztin begann zu hyperventilieren.

Die Tür hinter Caleb flog auf und Donna stand leichenblass im Türrahmen. „Was ist passiert?“

Genau. Jason fand seine Stimme wieder. „Dr. Caldwell …“ Er konnte die Frage nicht richtig formulieren. Irgendwie schien ihm die Frage „Sind Ihre Augen gerade aus den Höhlen gesprungen?“ nicht ganz richtig zu sein. Er wandte sich an Caleb, der leicht grinste. „Caleb? Was ist passiert?“

„Ach, du meine Güte!“, rief Caldwell. Doch dieses Mal war es ein Ausruf des Erstaunens, nicht der Panik. Jason drehte sich zu ihr um.

Sie hatte die Hände vom Gesicht genommen und starrte durch das Brillengestell. Ihre Augen waren so rund wie der Vollmond. „Ach, du meine Güte!“

Donna stand jetzt an Jasons Seite und sie packte ihn am Ellbogen. „Was? Was ist los?“

„Oh!“ Caldwell starrte ihre Hände an und drehte sie um. „Ich … ich kann sehen!“

„Was meinen Sie damit?“, fragte Donna.

Caldwell nahm das Brillengestell vom Gesicht und starrte es an. „Ich meine, ich kann sehen! Ich kann ganz deutlich sehen. Ohne meine Brille.“

Fünf Köpfe wandten sich zu Caleb um. Der Junge senkte verlegen den Blick.

Es dauerte gut zehn Minuten, bis sich die kleine Gesellschaft um Caleb wieder einigermaßen gefasst hatte. Schließlich erlebte man nicht jeden Tag mit, wie durch die Laune eines Kindes Brillengläser zersprangen und Fehlsichtigkeit wieder heilte.

Caleb hatte sich seine schüchterne Zurückhaltung bewahrt, schien die Fragen, die auf ihn herniederprasselten, nachdem die Anwesenden ihre Stimme wieder gefunden hatten, nicht zu hören. Leiah rettete den Jungen, indem sie forderte, dass alle den Mund hielten und das Kind in Ruhe ließen. Für diesen Tag hatte er genug. Und wie es ihnen wohl gefallen würde, wenn Fremde sie gefangen nähmen und stundenlang mit sinnlosen Fragen bombardieren würden? Sie hatte ihn an der Hand genommen und aus dem Raum geführt, um ihm etwas zu trinken zu kaufen.

So blieben Jason, Donna, Nikolous und Dr. Caldwell allein im Raum zurück.

Caldwell war relativ still geblieben. Immer wieder nahm sie ihr

Brillengestell zur Hand und betrachtete die leeren Öffnungen, in denen die Gläser gesessen hatten. Doch nachdem Leiah den Raum verlassen hatte, kam sie allmählich wieder zu sich.

„Er muss unbedingt untersucht werden. Das ist Ihnen doch klar, oder?“

Der Grieche sah sie an, ohne zu antworten. Sie wandte sich Hilfe suchend an Jason. „Sicherlich begreifen Sie, dass der Junge analysiert werden muss. Man kann einen Menschen wie ihn nicht ohne nähere Überprüfung gehen lassen.“

„Meines Wissens haben Sie gesagt, er sei ein ganz normaler Junge.“

„Machen Sie sich doch nicht lächerlich! Dieses Maß an psychischen Kräften kommt vielleicht einmal in tausend Jahren vor, falls die Menschheit Glück hat. Wir müssen ihn isolieren und untersuchen, wie sein Geist arbeitet.“

„Der Junge befindet sich in meiner Obhut“, wandte Vater Nikolous ein.

„Natürlich. Aber Sie werden ihn doch sicher der Universität zur Verfügung stellen oder zumindest der medizinischen Forschungsarbeit zur genaueren Analyse!“

Der Grieche antwortete nicht. Und Jason wusste nicht genau, ob das gut oder schlecht war.

„Seien Sie doch kein Narr! Können Sie sich vorstellen, was Wissen dieser Art für die menschliche Rasse bewirken könnte? Wenn wir herausfinden könnten, wie wir uns in eine Psychokinese dieser Größenordnung einschalten und sie reproduzieren könnten, würde die Welt, so wie wir sie kennen, verändert werden. Und das Wissen ist in dem Gehirn dieses kleinen Jungen verschlossen. Er muss studiert werden. Alles andere wäre Verschwendung!“

„Ich denke, Sie vergessen dabei den Jungen“, wandte Jason ein. „Er ist doch kein normales amerikanisches Kind. Immerhin befindet er sich erst seit ein paar Tagen im Land.“

„Und genau darum müssen wir ihn isolieren. Wir müssen kontrollieren, mit wem oder was er konfrontiert wird.“

„Und was soll das heißen?“

„Das soll heißen, dass seine außergewöhnlichen Kräfte aller Wahrscheinlichkeit nach auf seine Isolation zurückzuführen sind. Wenn man ein Kind mit psychischen Fähigkeiten von Geburt an vor allem abschirmt, das diese Kräfte verunreinigen könnte, und stattdessen den Glauben in diese Kräfte stärkt, bekommt man ein unverdorbenes Subjekt mit außergewöhnlichem Zugang zu seiner Psyche. Wenn man ihn der Allgemeinheit aussetzt, wird er sich selbst in einem Meer von Mittelmäßigkeit verlieren. Man kann nicht ermessen, wie viel Schaden ihm allein in den letzten Tagen zugefügt wurde."

Jason lehnte sich zurück und dachte nach. Das alles klang ausgesprochen logisch. Der Soldat, den er in der Wüste erschossen hatte: Vermutlich hatte Caleb ihn geheilt, das wurde ihm jetzt klar. Und er brachte die Vögel zurück. Der Junge hatte von Anfang an außergewöhnliche Kräfte an den Tag gelegt. Vielleicht hatte Vater Matthew deshalb so viel an seiner Rettung gelegen. Aber das erklärte nicht, warum er solche Angst um das Leben des Jungen gehabt hatte. Es sei denn, mit „Leben" hätte er seinen „Geist" gemeint. Oder sein Verständnis von geistlichem Leben. Aber es schien mehr als das gewesen zu sein. Vater Matthew hatte wirklich Angst um Calebs Leben gehabt.

Das Rätsel des Paters fiel Jason wieder ein. *Denken Sie daran, Jason. Was ist weich und rund und sagt mehr, als es sollte? Der Saum einer Tunika.* Ein Rätsel über Demut. Er wollte nicht, dass der Junge seine Demut verlor? Oder vielleicht seine Unschuld.

Und wenn die Kräfte des Jungen nun eher geistlicher als psychischer Natur waren? Die Vorstellung ließ Jason zusammenzucken. Seine Erfahrung mit seinem eigenen Sohn kam ihm wieder in den Sinn. Er verwarf den Gedanken.

„Es ist trotzdem nicht so einfach, wie Sie vielleicht denken", fuhr er fort. „Also erst einmal ist Caleb kein Objekt, das Sie mit Ihren Gedankenlesern anzapfen können. Er ist ein verängstigtes Kind, das es verdient hat, das Leben so zu entdecken, wie andere Kinder das tun."

„Und genau das ist nicht möglich. Wie Sie schon sagten, er ist eben nicht irgendein Kind", gab Caldwell zurück.

Nikolous räusperte sich. „Ist es möglich, dass seine Kräfte auf den Glauben und nicht auf seinen Geist zurückzuführen sind?"

„Verzeihen Sie mir, Pater, aber gibt es da tatsächlich einen Unterschied? Glauben? Suchen Sie sich einen aus: Christentum, Hinduismus, Islam, Scientology. Glaube ist nicht mehr als ein auf eine höhere Macht gerichtetes Vertrauen, irgendeinen Gott, weil Sie sich ihrer eigenen Unzulänglichkeiten, ihrem geistigen Mangel bewusst sind. Nennen Sie es Glaube, wenn Sie wollen, aber glauben Sie mir, die Kräfte des Jungen *kommen* aus seinem Geist – seiner Psyche –, und nicht von einem äußeren Wesen, das ihn erwählt hat, ihn der Welt zu zeigen. Umso mehr ein Grund, seinen Geist zu schützen. Er ist ein Phänomen."

Vater Nikolous nickte zustimmend, was Jason kaum überraschte.

Die Erklärung deckte sich vermutlich mit seiner eigenen Erfahrung in dem trüben Wasser des Glaubens.

„Also, wann können Sie ihn uns übergeben?", fragte Caldwell. „Ich werde natürlich einige Vorbereitungen treffen müssen. Aber ich denke, es wäre das Beste für den Jungen, in strenger Isolation zu leben, bis wir hier klarer sehen."

Wieder nickte der Grieche, und Jason wollte gerade protestieren, als Nikolous das Wort ergriff. „Leider wird Caleb das Waisenhaus aber nicht verlassen. Es tut mir Leid, doch Jason hat Recht. Er ist nicht einfach nur eine Testperson."

„Was? Das können Sie doch nicht ernst meinen!"

„Oh, ich fürchte, ich meine das sehr ernst." Die Menschlichkeit, die der Pater an den Tag legte, passte nicht in Jasons Bild von ihm, aber sie war eine willkommene Veränderung. „Caleb bleibt bei mir."

„Entschuldigen Sie." Donnas Stimme zitterte ein wenig. Sie saß auf dem Stuhl, auf dem Caleb gesessen hatte, und sah zu ihnen hoch. „Entschuldigen Sie, aber haben Sie den Jungen nicht bei dem letzten Test gefragt, ob Zahlen oder Farben auf den Karten sind?"

Caldwell sah zu den Karten, die zugedeckt vor ihr lagen. „Ja. Und?"

„Es waren Zahlen darauf, nicht?"

„Ja. Warum?"

„Und die Zahl war eine Fünf, oder?"

Dr. Caldwell sah Donna einen Augenblick lang an und hob dann eine Karte auf. Ein paar Scherben des Brillenglases knirschten auf der Tischplatte. Sie drehte die Karte um. Darauf war eine große Fünf zu sehen. „Woher wussten Sie das?"

„Der Junge wusste es", erklärte Donna. Sie deutete auf den Tisch vor sich. Jason beugte sich vor und konnte die Bleistiftstriche deutlich erkennen. Caleb hatte vier vertikale Linien mit einer anderen diagonal durchkreuzt. Eine Fünf. „Dieser Junge macht mit seinem Geist noch viel mehr, als Dinge zu bewegen."

Patricia Caldwell erhob sich und ging zu dem REG. Die gelbe Linie auf dem Schirm verlief noch immer flach. „Vater Nikolous, ich bitte Sie." Sie drehte sich um. „Bitte gestatten Sie, ihn zu testen."

„Nein. Der Junge bleibt bei mir."

„Dann machen Sie ihn doch bekannt", schlug Donna vor.

Jason blickte sie mit hochgezogenen Augenbrauen an. Prominenz? Und was sollte das dem Jungen bringen?

„Teilen Sie der Welt mit, dass Sie einen unwiderlegbaren Beweis für ein psychisches Phänomen gefunden haben. Zumindest wird dies noch nie dagewesene Mittel für das Studiengebiet bringen. In einem hat Dr. Caldwell vollkommen Recht: Dies könnte die Art und Weise verändern, wie die Menschheit sich selbst sieht. Wer weiß schon, was sonst noch in unserem Geist verschlossen ist?“

„Du erwartest tatsächlich, dass Caleb sich mit Larry King zusammensetzt und plaudert?“, fragte Jason.

„Natürlich nicht. Ihr könntet doch mich dazu nehmen. Ich bin zwar kein Larry King, aber ich habe eine große Leserschaft.“

Es war ganz offensichtlich, dass sie auf Kosten des Jungen ihre Karriere vorantreiben wollte.

„Und bevor du mich der Ausbeutung beschuldigst, solltest du dir darüber klar werden, dass Dr. Caldwells Instinkt vollkommen richtig ist. Ihr könnt den Jungen nicht einfach von allem abschotten.“

„Du hast ihn doch gesehen. Er ist nicht gerade gesprächig.“ Jason schüttelte den Kopf. „Für mich riecht das sehr stark nach Ausbeutung.“

Donnas Augen strahlten ihn an. „Wie reagiert er in der Öffentlichkeit? Du bist doch, wie lange, vier oder fünf Tage mit ihm zusammen gewesen? Hat der Junge direkten Kontakt zu anderen gehabt?“

„So wenig wie möglich. Wir sind seinetwegen hier.“

„Natürlich! Aber du hast doch gesehen, was ich gesehen habe, nicht? Wann hast du das letzte Mal erlebt, dass Brillengläser zersprungen sind, Jason? Noch nie. Und wenn er diese Fähigkeit verliert? Wenn du nicht willst, dass er von Ärzten in weißen Kitteln auseinander genommen wird, dann gib ihm doch wenigstens die Gelegenheit, mit der Welt in Kontakt zu treten, zu der er sowieso bald gehören wird. Wenn du nicht willst, dass er isoliert wird, dann bring ihn kontrolliert mit anderen zusammen und beobachte ihn aus der Ferne.“

„Und dies hat gar nichts damit zu tun, dass du Journalistin bist, richtig?“, fragte Jason provokativ.

„Okay, ich bin Journalistin. Wie ich schon sagte: Macht euch meinen Beruf zu Nutze.“

„Und was bringt mir das?“, fragte Nikolous. Seine Augen zogen sich misstrauisch zusammen. „Inwiefern soll das dem Jungen helfen?“

Diese zweite Frage hatte er offensichtlich schnell nachgeschoben, um die Bedeutung der ersten zu verschleiern. Jasons erster Eindruck des Mannes wurde dadurch nur bestätigt. Wie sich gezeigt hatte, ging es ihm nicht um Caleb. Das spürte Jason wie das Pochen seines eigenen Pulsschlages.

Donna zögerte, vielleicht hatte sie denselben Eindruck. „Was passiert, wenn die Welt eine kleine Kirche in Timbuktu mit einem blutenden Kruzifix entdeckt? Die Menschen werden davon angezogen wie die Fliegen."

„Komm schon, Donna", wandte Jason ein.

„So etwas Lächerliches habe ich noch nie gehört!", schnappte Dr. Caldwell.

Donna ignorierte sie. „Ich bin nur realistisch. Sieh mal, ihr könnt den Jungen verstecken und langsam an die Welt gewöhnen, wenn ihr wollt, aber falls Dr. Caldwell Recht hat, sind seine Fähigkeiten für die Welt vielleicht verloren. In 20 Jahren werden wir fünf unseren Enkeln erzählen, was wir einmal miterlebt haben, nämlich wie ein zehnjähriges Kind die Brillengläser einer Frau zerspringen ließ. Es wird einfach nur eine Geschichte sein, und man wird uns entweder für senil oder dumm halten, weil wir eine solche Geschichte erzählen. Aber wenn wir den Jungen an die Öffentlichkeit bringen, werden wir die Geschichte verändern. Und was schadet es Caleb, wenn seine Umgebung kontrolliert wird?"

„Und welche Garantien hast du für eine kontrollierte Umgebung?" Jason deutete auf die auf dem Tisch liegenden Glasscherben. „Das sieht mir nicht wie etwas aus, über das du oder ich die Kontrolle haben."

„Und darum läufst du davon und versteckst dich? Weil du nicht sicher bist, ob er nicht etwas tut, das deine Welt auf den Kopf stellt?"

„Das habe ich nicht gesagt."

Sie lächelte ihn an, und auf einmal sah sie wieder aus wie die Donna, die er 15 Jahre zuvor in den Armen gehalten hatte. Ihre tiefblauen Augen funkelten und er spürte ein Ziehen im Magen. Erinnerungen. Was machte sie überhaupt hier? Wegen einer Cola war sie ihm urplötzlich wieder über den Weg gelaufen. Nicht, dass er sich darüber beschwerte. Sie musste jetzt Anfang 30 sein, genau wie er. Das sah man ihr gar nicht an.

„Das weiß ich, Jason." Sie sprach seinen Namen aus und dieses Ziehen in der Magengegend erreichte sein Herz.

„Was haben Sie vor?", fragte Nikolous.

Dr. Caldwell lehnte sich auf ihrem Stuhl zurück und verschränkte die Arme. „Halten Sie das wirklich für konstruktiv? Zumindest sollten Sie ihn von einem Experten begleiten lassen."

„Ich weiß nicht", erwiderte Donna an Nikolous gewandt. „Irgendetwas Unauffälliges." Sie biss sich auf die Unterlippe und sah den

Griechen an. „Morgen Mittag findet im Frazier-Park eine Pressekonferenz mit Charles Crandal statt", erklärte sie und hob die Hände. „Ich bin dabei. Ihr könntet den Jungen doch eine halbe Stunde vorher in den Park bringen. Ich könnte in einer natürlichen Umgebung mit ihm sprechen. Wer weiß, was passiert? Er hat bereits bewiesen, dass er eine so steife Umgebung wie diese hier nicht besonders mag. Vielleicht wird er in einer natürlichen Umgebung etwas lockerer."

„Charles Crandal? Wer ist das?", fragte Jason.

„Hast du etwa die letzten Jahre in der Wüste verbracht? Charles Crandal, der Präsidentschaftskandidat, natürlich."

Jason erinnerte sich. Natürlich hatte er von dem Mann gelesen. Aber im Hochland Äthiopiens neigte man dazu, solche Nebensächlichkeiten zu vergessen.

„Die Pressekonferenz ist an sich nicht wichtig, abgesehen von der Tatsache, dass unsere Ausrüstung vor Ort sein wird", erklärte Donna. „Was sagen Sie dazu?"

„Sie wollen den Jungen dort interviewen?", fragte Nikolous.

Sie zuckte die Achseln. „Nicht unbedingt. Bringen Sie ihn hin, und wir sehen, was passiert. Betrachten Sie das doch als kleinen Test. Als einen Kompromiss zwischen dem, was Dr. Caldwell möchte, und dem, was Sie sich eventuell vorstellen."

Sie war eine Spielerin, dachte Jason. Kein Wunder, dass sie in so kurzer Zeit so viel erreicht hatte. Und um ehrlich zu sein, er war nicht sicher, ob sie wirklich versuchte, den Jungen für ihre Zwecke einzuspannen. Ihre Argumentation klang ehrlich.

„So etwas würde ich nicht als wissenschaftliche Arbeit bezeichnen", wandte Caldwell ein. „Aber ich nehme an, es ist besser, als ihn überhaupt nicht zu studieren. Um wie viel Uhr morgen?"

Nikolous erhob sich abrupt, bevor Donna antworten konnte. „Ihre Anwesenheit wird nicht nötig sein, Dr. Caldwell. Falls ich entscheide, dass dies das Beste für den Jungen ist, können Sie sich die Aufzeichnung ansehen. Und jetzt müssen wir gehen. Ich danke Ihnen dafür, dass Sie sich so viel Zeit für uns genommen haben."

Er ging zur Tür, und nachdem Jason und Donna sich überrascht angeblickt hatten, folgten sie ihm. Fassungslos blieb Dr. Caldwell sitzen.

Leiah und den Jungen fanden sie in der Halle.

Donna reichte Jason und Vater Nikolous ihre Karte. „Ruft mich an", sagte sie. Sie legte Jason die Hand auf den Arm und drückte ihn leicht. „Es war schön, dich zu sehen, Jason. Vielleicht haben wir später noch Zeit, ein wenig zu plaudern. Ich muss jetzt los." Und damit ging sie davon.

Jason fing Leiahs strengen Blick auf und zuckte die Achseln. Falls eine Erklärung nötig war, würde er sie ihr später geben. Im Augenblick beschäftigte ihn etwas anderes. Seine Sorge um Caleb. Donnas Plan mochte im Interesse des Jungen liegen oder nicht, aber auf jeden Fall würde er einen Weg finden, in der Nähe des Jungen zu bleiben. Er hatte sein Wort gegeben, Caleb zu beschützen, und er hatte die Absicht, genau das zu tun.

Leiah hatte wegen des Jungen ihren Flug nach Kanada bereits versäumt, und er vermutete, dass sie noch länger dableiben würde. Sie hielt ihn an der Hand, als sei sie seine Mutter. Caleb würde auf sie hören, dachte er.

Er hockte sich vor den Jungen und lächelte ihn an. „Caleb, hör mir zu. Hör mir gut zu."

„Was tun Sie da?", wehrte Nikolous ab. Jason ignorierte ihn.

„Du sollst mir etwas versprechen. Kannst du das?", fuhr Jason fort.

Der Junge nickte kurz.

„Treten Sie von ihm zurück", forderte der Grieche. „Was tun Sie denn da?"

Leiah hob warnend die Hand, so voller Autorität, dass der Pater zögerte.

Jason fuhr fort. „Versprich mir, dass du, was immer auch passiert, dein neues Heim nicht ohne mich oder Leiah in deiner Begleitung verlässt. Und wenn sie dich zwingen, tust du so, als würdest du es nicht begreifen. Tust du das?"

„Ja", erwiderte er, ohne zu zögern, als sei ihm die Idee nicht fremd.

„Gut." Er beugte sich vor und umarmte den Jungen fest. Caleb ließ Leiahs Hand los, legte seine Arme um Jasons Hals und drückte ihn. Eine ganze Weile wollte er nicht wieder loslassen. Als er zurücktrat, war sein Gesicht ausdruckslos. Caleb spielte die Rolle des starken Jungen, dachte Jason. Er wandte sich von ihnen ab und schluckte.

Unter einem Schwall von Einwänden und bösen Drohungen vonseiten des Griechen verließen sie den Campus.

Teil II

# Auf Leben und Tod

*„Selbst die Kranken trug man auf die Straßen hinaus und*
*legte sie auf Betten und Bahren,*
*damit, wenn Petrus vorüberkam,*
*wenigstens sein Schatten auf einen von ihnen fiel.*
*Auch aus den Nachbarstädten Jerusalems strömten die Leute*
*zusammen und brachten Kranke und*
*von unreinen Geistern Geplagte mit.*
*Und alle wurden geheilt."*

Apostelgeschichte 5,15–16

# 10

Caleb stand vor der die Stirn runzelnden Martha in dem großen Raum, den sie sein neues Zuhause nannten. Sie hatten ihm braune Shorts gegeben, die bis zu seinen Knien reichten, und ein weiches, weißes Hemd mit einem Kragen. In den schwarzen Schuhen taten ihm die Füße weh. Martha bestand darauf, dass er Kniestrümpfe trug, aber in gewisser Weise fühlte er sich in den fremden Kleidern irgendwie wohl. So waren auch die anderen Kinder gekleidet, die er vor dem Fenster hatte herumrennen sehen.

„Also, was sollen wir nun mit dir machen, hmm?"

Die Frau schien aufgebracht zu sein. Er verstand sie nicht. In den drei Tagen, die er nun schon hier war, hatte sie ihn in dem großen Essraum allein gelassen, wo er aus dem Fenster sah und im Raum herumlief. Jeden Abend hatte sie ihn zu der kleinen Kammer gebracht, in der er schlafen sollte. Jeden Abend hatte er den dunklen Raum verlassen und war in dieses Zimmer mit seiner hohen Decke und den weichen Sofas gegangen. Zweimal hatte sie ihn dort frühmorgens gefunden und ihn geschimpft.

Und jetzt sah es so aus, als wollte sie ihn wieder schimpfen.

„Vater Nikolous hat mir gesagt, du sollst die anderen Kinder nicht mehr beobachten. Hast du mich verstanden, Junge? Er sagt, das würde dich nur verderben. Aber wenn ich dich allein lasse, weiß ich, dass du trotzdem hinaussehen wirst, nicht wahr? Ich weiß das, weil du jedes Mal, wenn ich hier hereinkomme, aus dem Fenster starrst. Und das geht einfach nicht."

Sie seufzte und sah zu dem großen Fenster hinüber. „Aber ich werde dieses Fenster nicht abdecken. Es würde doch lächerlich aussehen in diesem großen Raum, nicht?" Immer wieder stellte sie eine Frage, ohne eine Antwort zu erwarten. „Was bedeutet, dass du in deinem Zimmer bleiben musst, wenn du allein bist." Sie betrachtete ihn einen Augenblick, als erwarte sie, dass er etwas sagte, aber er wusste nicht so genau, was sie meinte. „Komm mit."

Caleb starrte sie an. Noch immer wusste er nicht so genau, was sie von ihm wollte. Wohin sollte er gehen?

Ihr Gesicht verzerrte sich. „Steh doch nicht einfach so herum, als würdest du mich nicht verstehen, Junge! Na los, komm schon!"

Ihre Wut machte ihm Angst, aber er konnte sich nicht rühren. Wie konnte er gehen, wenn sie ihm nicht sagte, wohin er gehen sollte? Plötzlich wünschte er sich Jason oder Leiah herbei. Und er hatte Jason versprochen, ohne ihn nirgendwohin zu gehen.

Die Frau kam mit langen Schritten auf ihn zu, packte sein rechtes Handgelenk und zog ihn hinter sich her. Sein Arm schmerzte und er schrie auf.

„Du wirst tun, was man dir sagt, verstanden? Mir ist es egal, ob Vater Nikolous denkt, du seist ein Geschenk Gottes an die Menschen. Mich kannst du nicht zum Narren halten. Wenn ich sage: Geh, dann gehst du!"

Sie zerrte ihn über den Flur und er konnte kaum mit ihr Schritt halten. Sie betraten den kleinen Raum links von ihnen und sie stieß ihn aufs Bett. Caleb flog auf die Matratze. Ein letztes Mal funkelte sie ihn an, dann schlug sie die Tür hinter sich zu. Es war stockdunkel in dem Raum. Martha schloss die Tür zu und entfernte sich.

Er wartete einen Augenblick, dann rannte er zur Tür. Sie ließ sich nicht öffnen. Verängstigt drehte er sich um. In der Dunkelheit war das Bett mit seinen weißen Laken nur schemenhaft zu erkennen. Rechts in der Ecke stand ein großer Glaskasten. Er hatte keine Ahnung, was das sein könnte.

Eine Begebenheit aus dem Kloster fiel ihm ein.

„Dadda, Dadda, es ist dunkel! Ich habe Angst!"

„Dunkel? Unsinn, Kind. Hier drin ist es doch taghell."

„Tatsächlich?"

„Aber ja. Mach deine Augen auf."

„Meine Augen? Sind sie nicht offen?"

„Nicht, wenn du das Königreich nicht sehen kannst. Nicht, wenn du das Licht nicht sehen kannst. Mach die Augen auf."

„Aua!"

„Was ist denn?"

„Ich habe mein Auge berührt. Es ist offen, Dadda."

Er lachte leise. „Mach deine anderen Augen auf, Sohn. Die Augen deines Herzens. Du wirst sehen, dass es sehr hell hier drin ist. Im Reich Gottes ist es immer hell."

Er war noch sehr klein gewesen, als er zum ersten Mal das Licht gesehen hatte. Das Reich, wie Dadda es so gern nannte. Er hatte den Eindruck, dass dies hier nicht anders war als das.

Caleb ging zum Bett und stieg darauf. Er setzte sich mit dem Rücken zur Wand, zog die Knie bis ans Kinn, schloss die Augen und begann zu summen. Nein, das hier war überhaupt nicht anders. Das Reich Gottes war nicht auf irgendein Kloster beschränkt. Es hüllte die

Welt ein. Das hatte sein Vater immer gesagt. „Es hüllt die Erde ein, Caleb."

Ein schmaler Lichtstrahl drang in seinen Geist und er lächelte. Er begann auf Ge'ez zu singen. Worte. Worte des Königreichs. Dann trat er ein und seine Welt wurde weiß.

# 11

## *Tag 4*

Schweigend fuhren Jason und Leiah am folgenden Morgen gegen elf Uhr über die Schnellstraße. Der schwarze Mercedes des Paters war nur wenige Meter vor ihnen. Gemeinsam mit Caleb waren sie auf dem Weg zum Park, genau wie Donna vorgeschlagen hatte. Jasons Bitte, der Junge möge nichts ohne sie tun, hatte sich ausgezahlt. Wenigstens dafür konnten sie dankbar sein.

Eine Stunde zuvor waren sie bei der orthodoxen Kirche eingetroffen. Sie konnten es kaum erwarten, den Jungen zu sehen, mussten jedoch entdecken, dass der Pater seine Beschränkungen noch ausgeweitet hatte. Ihr Besuch war nicht nur auf ein Uhr jeden Tag beschränkt, sie konnten ihn auch nur in dem Besucherzimmer sehen und nur von den Fenstern entfernt. Der Junge sollte von jeglichem Kontakt mit der Außenwelt abgeschottet werden, und dazu gehörte auch, dass er die spielenden Kinder im Hof nicht beobachten durfte.

Leiah hatte ihrer Empörung darüber Ausdruck verliehen. Das war Kindesmissbrauch!

Aber Nikolous hatte nur gelacht. „Er hat zehn Jahre lang in einem Kloster gelebt, und jetzt finden Sie, es sei besser für ihn, durch die Straßen von Los Angeles zu laufen? Wir halten ihn einfach in einer Umgebung, die ihm vertrauter ist. Ich glaube nicht, dass Dr. Caldwell etwas dagegen einzuwenden hätte."

Sie hatten nur 20 Minuten mit dem Jungen zusammen sein können und selbst in dieser Zeit hatte Martha noch wie eine ausgestopfte schwarze Vogelscheuche dabeigestanden. Der Junge war wie ein Schüler einer Konfessionsschule gekleidet. Leiah kniete sich vor ihn nieder und umarmte ihn, dann ging Caleb zu Jason hinüber und umarmte ihn. Ein breites Grinsen lag auf seinem Gesicht, als er sich von ihm löste. Aber er sprach noch immer kaum ein Wort. Ein einfaches Ja mit weit aufgerissenen Augen oder ein Nein. *Bist du glücklich, Caleb? Ja. Brauchst du irgendetwas? Nein.* Mit hochgezogenen Augenbrauen betrachtete Leiah den Flur. *Ist dein Zimmer in Ordnung? Ja.*

Nikolous nahm seine Entscheidung, Caleb zu isolieren, sehr genau. Er durfte nur in dem Mercedes fahren, der entsprechend präpariert worden war. Martha hatte den Jungen zu dem wartenden Wagen gebracht, ihn auf den Rücksitz geschoben und wollte die Tür schließen, bevor Jason sie aufhalten konnte. Aber er hatte die Tür festgehalten und sie mit einem strengen Blick zur Seite geschoben. Die Fenster im Innern des Wagens waren schwarz verklebt worden, und der Fahrersitz war mit einem burgunderroten Samtvorhang abgeteilt worden, sodass Caleb komplett von der Außenwelt abgeschirmt war. Wie verloren saß der Junge auf der großen Rückbank.

„Wir fahren direkt hinter dir in meinem Wagen", versprach Jason ihm. Martha stieß einen Schwall griechischer Wörter aus und knallte die Tür zu. Beinahe hätte sie ihm die Finger eingeklemmt. Diese Frau war bösartig, und er erschauderte bei dem Gedanken, dass sie dem Jungen etwas antun könnte.

Sie bogen von der Schnellstraße ab und fädelten sich in den dichten Verkehr ein. „Ich kann es immer noch nicht glauben, dass wir zu irgendeinem Park fahren, nur weil eine Reporterin denkt, das wäre das Beste für ihn", empörte sich Leiah mit gerunzelter Stirn.

„Nikolous hat dem zugestimmt, nicht ich", gab Jason zurück.

„Ich habe von Ihrer Seite keine Einwände gehört. Und ich denke, es gibt durchaus auch andere Wege, eine alte Flamme wieder anzufachen. Das muss nicht auf Kosten eines Kindes geschehen."

„Bitte. Hier geht es doch nicht darum, alte Flammen wieder anzufachen."

„Wer's glaubt …"

Sie hielten an einer Ampel. Jason biss sich auf die Zunge und wünschte sich einen Themenwechsel herbei. Leiah kam ihm zu Hilfe.

„Denken Sie, dass er glücklich ist?", fragte sie.

„Vermutlich kann er gar nicht unglücklich sein", erwiderte Jason.

Sie biss sich auf den Fingernagel ihres Zeigefingers und starrte vor sich hin. „Das ist nicht richtig, Jason. Wir müssen ihn zurückbekommen. Wir können nicht einfach zusehen, wie man ihn vernichtet."

„Und wie sollen wir ihn Ihrer Meinung nach zurückbekommen? Mit Waffengewalt?"

„Natürlich nicht. Aber es muss doch rechtliche Mittel geben. Bestimmt gibt es in diesem Land Gesetze zum Schutz von Kindern."

„Er ist ein Flüchtling. Sie haben Nikolous doch gehört. Er behauptet, die Dinge beizubehalten, an die Caleb gewohnt sei."

„Können Sie denn nicht mit John Gardner bei ‚World Relief' sprechen und die Situation erklären?"

„Das habe ich bereits getan. Aber es gibt keinerlei Hinweis auf einen Missbrauch, oder? Ehrlich, Nikolous ist vollkommen im Recht. Wir haben nicht einmal Grund, einen Antrag auf eine neue Anhörung zu stellen."

„Und was unternehmen wir?"

„Wir bleiben in seiner Nähe, um beim kleinsten Fehler über Nikolous herzufallen."

„Er hat mehr verdient, und das wissen Sie."

Sie hatte Recht. Er hatte eine liebende Mutter verdient, und Jason fragte sich, ob Leiah entschlossen war, diese Stelle einzunehmen. Und wie würde Jasons Leben aussehen, wenn seine Ex-Frau Ailsa so loyal und treu gewesen wäre wie Leiah? Und wenn sein Stephen eine Mutter wie Leiah gehabt hätte?

Das war natürlich lächerlich. Er kannte Leiah schließlich kaum.

Jason blickte sie an. Sie war aus dem Motel ausgezogen und hatte sich ganz in seiner Nähe eine Wohnung gesucht, für die sie wöchentlich Miete zahlte. Sie würde so lange bleiben, bis sie sicher war, dass der Junge in guten Händen war. Das Rote Kreuz würde ihr über drei Monate hinweg ihr kleines Gehalt weiterzahlen, damit sie sich von ihrem Auslandsaufenthalt erholen konnte.

An diesem Tag waren ihre Narben unter einer weißen Bluse verborgen. Auf den ersten Blick sah man nichts von den Narben, aber wenn man näher hinsah, entdeckte man die Ansätze der Entstellungen. Und was würde man finden, wenn sie den obersten Knopf öffnete?

Sie sah ihn an und einen Augenblick lang hielt er ihrem Blick stand. Die Ampel sprang auf Grün. Jason folgte hinter dem Mercedes.

Die nächste Frage rutschte heraus, ohne dass er richtig darüber nachgedacht hatte. Aber sie hing im Raum. „Was ist mit Ihrem Hals passiert?" Eigentlich war es nicht nur ihr Hals, sondern ihr ganzer Körper, aber er konnte ja schlecht fragen, was mit ihrem Körper passiert war. „Ich meine, was –"

„Ich weiß, was Sie meinen. Sie meinen, warum mein Körper von Brandnarben übersät ist. Keine Sorge, sie sind nicht ansteckend."

„Eigentlich sind sie kaum zu sehen." Er wurde rot. „Sie sind wirklich wunderhübsch." Du meine Güte, was sagte er da?

„Sie brauchen mich nicht zu schonen."

„Ich schone Sie nicht. Sie scheinen sich Gedanken über Ihre Haut zu machen. Ich sage Ihnen nur, dass Sie eine hübsche Frau sind, mit oder ohne Narben. Sie sollten lernen, ein Kompliment anzunehmen."

Das ließ sie verstummen. Es stimmte natürlich. Ein Blick in den Spiegel, und sie musste wissen, dass die meisten Frauen alles dafür tun würden, ein so hübsches Gesicht zu haben wie sie. Doch wenn diese Frauen sie dann ohne Bluse sehen würden, würden sie erbleichen. Es war ein Bild, das Jason sich kaum vorstellen konnte.

„Es tut mir Leid." Sie starrte vor sich hin. „Jeder besitzt eine gewisse Schönheit. Die Hände, die Haare, die Beine. Bei mir ist es mein Gesicht. Aber der Rest meines Körpers besteht aus vernarbtem Fleisch. Aber das bin eben ich, Sie müssen mich schon nehmen, wie ich bin."

Jason hatte keine Ahnung, wie er reagieren sollte.

Sie seufzte. „Es war ein Autounfall in Ottawa. Ich war damals 20 Jahre alt. Ich gehörte zur Leichtathletik-Nationalmannschaft und war auf dem Weg zu den Olympischen Spielen in Korea – 200- und 400-Meter-Lauf. Vermutlich hätte ich sogar eine Medaille bekommen. Der Wagen fing Feuer und ich konnte mich nicht befreien. Zum Glück war das Fenster so weit heruntergelassen, dass ich meinen Kopf heraushalten konnte, sonst wäre ich vermutlich am Rauch erstickt. Als man mich aus dem Wagen zog, war meine Haut hinüber. Ich brauchte 22 Operationen, damit ich so wurde, wie ich jetzt bin."

Sie wandte sich ab und starrte aus dem Fenster. „Ich habe versucht, ins normale Leben zurückzukehren, gab aber auf, nachdem ich zu der Einsicht gelangte, dass Nordamerika für Menschen, die vom Hals an abwärts von Narben entstellt sind, kein Ort zum Leben ist. Ich meldete mich für die Arbeit beim Roten Kreuz, kam nach Afrika und schwor, niemals wieder nach Kanada zurückzukehren."

Jason lief es kalt den Rücken herunter, wenn er an die Flammen dachte, die an ihrer Haut geleckt hatten. Er schluckte. „Und jetzt sind Sie doch zurückgekehrt."

„Ja."

„Was Sie tun, würden nicht viele tun."

„Diese Leute haben ja auch nicht erlebt, was ich erlebt habe."

Jason nickte. Das stimmte. Sie war nicht an einen Rollstuhl gefesselt. Obwohl diese Narben unter ihrer Bluse sie in ihrer eigenen Welt gefangen hielten. Das wusste sie sehr gut.

„Was halten Sie denn von dem Jungen, nachdem Sie erlebt haben, was er alles kann?“, fragte er.

„Ich denke, er ist derselbe Junge, der mit uns zusammen vor einer Woche aus dem Kloster geflohen ist. Aber selbst abgesehen von seinen Kräften hat er etwas Besonderes an sich.“

Jason nickte. „Er ist wirklich unwiderstehlich, nicht wahr? Durch und durch gut. Seine Augen sind einfach unglaublich.“

Leiah wandte sich lächelnd zu ihm um. „Er kann einem das Herz stehlen, oder?“

Jason nickte. „Ich hatte einen Sohn. Stephen. Er starb mit vier Jahren an ALS – der Lou-Gehrig-Krankheit. Wenn er am Leben geblieben wäre, wäre er jetzt in Calebs Alter.“

„Das tut mir so Leid.“

„Ist schon okay.“ Jason räusperte sich. „Das Witzige ist, dass wir mit ihm zu Heilern gegangen sind. Wir waren verzweifelt und wandten uns an die Kirche. Natürlich war das alles Unsinn. Es hat ihn zu Tode geängstigt. All diese Idioten, die für ihn gebetet haben. Aber das Ganze hat auch Hoffnungen in ihm geweckt, und das war das Schlimmste. Sogar ich habe ein paar Wochen lang Hoffnung gehabt.“

„Das kann ich mir vorstellen. Mir wurde einmal vorgeschlagen, ich solle für mich beten lassen. Ich glaube nicht, dass ich das gekonnt hätte. Ich habe gelernt, mich selbst zu akzeptieren. Der Wunsch, wieder jemand anderes zu sein, könnte mich zerstören.“

„Caleb weckt den Wunsch in Ihnen, nicht wahr?“

„Ja, das tut er wirklich.“

„Es ist erstaunlich. Vor nicht allzu langer Zeit war die Welt eine Scheibe. Bis wir entdeckten, dass sie rund ist. Und was entdecken wir jetzt durch Caleb? Dass der menschliche Geist viel mächtiger ist, als man sich je vorgestellt hat.“

Sie waren bei dem Park angekommen. Jason lenkte den Bronco durch das Bogentor. Autos standen an der Straße, Fußgänger liefen über das Gras. Weiter vorne entdeckte Jason eine Menschenmenge. Dort fand vermutlich die Pressekonferenz statt.

„Sie waren verheiratet?“, fragte Leiah.

„Ja.“

„Und was ist aus Ihrer Frau geworden?“

„Ailsa? Sie hat mich einen Monat nach Stephens Tod verlassen. Lief mit einem anderen davon, der sie von ihrer Hölle ablenken konnte.“

„Und Sie haben Afrika gefunden.“

„Ja, ich denke schon.“

Er sah sie an. Ihre blauen Augen waren auf ihn gerichtet. Ihr Blick war weich. Er lächelte und schweigend fuhren sie weiter.

Sie folgten Nikolous auf den Parkplatz, auf dem neben einem weißen Übertragungswagen von NBC zwei Plätze für sie reserviert waren.

„Ich dachte, dies sollte eine ruhige, natürliche Umgebung für ihn sein", sagte Leiah, als sie die bereits versammelte Menschenmenge erblickte. „Um wie viel Uhr soll die Pressekonferenz beginnen?"

„Sie sagte zwölf Uhr und es ist bereits halb zwölf."

Leiah rümpfte missbilligend die Nase und stieg aus dem Wagen. Sie erreichte Calebs Wagentür, bevor der Grieche ausgestiegen war, und nahm den Jungen rasch unter ihre Fittiche. Dann näherten sie sich von hinten der Menschenmenge. Donna war nirgendwo zu sehen. Nikolous eilte in seinem schwarzen Maßanzug voraus, die anderen drei im Schlepptau, als bestünde kein Zweifel an ihrer Treue zu ihm. Und im Grunde hatte er gar nicht so Unrecht – obwohl sie jederzeit hätten davonlaufen können, hatte es doch keinen Zweck, vor dem Gesetz zu fliehen.

Wo steckte nur Donna? Diese Pressekonferenz schien jeden Augenblick loszugehen.

Caleb schritt in seiner üblichen Gangart neben ihnen her. Er schien zu gleiten, Oberkörper und Arme bewegten sich kaum. Sein Gürtel war zu eng geschnürt, aber nur, weil seine Shorts einige Nummern zu groß waren.

In dumpfem Schweigen betrachtete der Junge die Menge, und Jason hatte den Eindruck, dass er seit seinem Besuch in der orthodoxen Kirche zum ersten Mal wieder in der Öffentlichkeit war. Seither hatte er jede Minute in seinem neuen Gefängnis verbracht. Er war zwar in der Universität von Los Angeles gewesen, aber dort hatte er mit niemandem außer der Ärztin gesprochen. Und vor seinem ersten Kirchenbesuch hatte er nur aus dem Fenster eines schnell fahrenden Autos blicken können. Während Jason ihn beobachtete, fragte er sich, inwiefern Dr. Caldwells Prognose wohl zutraf.

Sie gingen um die Menge herum nach vorn. Es waren größtenteils Reporter, vielleicht 100 insgesamt, mit ihren Kameraleuten und Technikern. Die Gefolgsleute des Präsidentschaftskandidaten hatten auf einer kleinen Plattform eine Tribüne errichtet. Am Rand war auf einem riesigen Hintergrund aus Vinyl ein leuchtender Sonnenuntergang zu sehen. Auf dem Sonnenuntergang standen ein lebensgroßer Mann und eine Frau nebeneinander und starrten auf ihre in den Himmel gereckten Fäuste, als läge in diesen Händen ein tiefes Geheimnis. Crandals Slogan war in einem grellen Blau über ihre Taillen gemalt: *Alle Macht dem Volk*. Dieses Szenario würde eher zu einer Revolutionsversammlung passen als zu der Pressekonferenz eines Präsidentschaftskandidaten.

Ein riesengroßer Mann mit Glatze betrat die Tribüne und die Leute begannen zu klatschen. Charles Crandals Gesicht verzog sich zu einem breiten Grinsen. Er schien mit seiner Umgebung zufrieden zu sein. Trotz seiner Größe bewegte er sich leichtfüßig, und er trug seinen Anzug mit einer Lässigkeit, als sei er darin geboren worden. Crandal legte beide Hände auf das Rednerpult, ohne die Zwischenrufe seiner Anhänger in der Menge der Reporter zur Kenntnis zu nehmen. Langsam ließ er seinen Blick über die Menge gleiten und begann zu sprechen.

„Danke. Vielen Dank für Ihr Interesse. Danke, dass Sie gekommen sind." Das war also der Mann, der Donnas Meinung nach Chancen hatte, der nächste Präsident des Landes zu werden.

Ein junger Mann mit Kopfhörern kam auf Nikolous zu und führte sie von der Menge weg zu Donna, die neben einem Kameramann stand.

Sie blickte entschuldigend auf. „Es tut mir Leid, aber die Pressekonferenz wurde vorverlegt. Wenn Sie nichts dagegen haben, können wir die Aufnahmen mit dem Jungen später machen. Es wird bestimmt nicht lange dauern."

Nikolous blickte sich stirnrunzelnd um. Er nickte kurz.

Donna fing Jasons Blick auf und blinzelte ihm zu. Da Leiah neben ihm stand, lächelte er sie nur kurz an.

Donna wandte ihre Aufmerksamkeit wieder der Tribüne zu, wo Charles Crandal gerade eine Aussage zu einem Haushaltsentwurf machte, der, wie er versicherte, die amerikanische Politik revolutionieren würde.

„Das amerikanische Volk hat dieses neue Konzept schon ein Jahrhundert lang verdient, doch bisher hat es nicht den Mut gefunden, es auch durchzusetzen. Das heißt, bis jetzt nicht. Jetzt besteht es darauf, und da ich Ihre Interessen vertrete, muss ich das auch, meine Damen und Herren." Der Unterkiefer des Mannes zitterte beim Sprechen, doch das tat der Kraft seiner Worte keinen Abbruch. Seine Stimme war leise und zog Jason sofort in ihren Bann. Stille hatte sich über die versammelten Menschen gelegt. Wie gebannt hingen sie an den Lippen des Mannes.

„Die Mittelmäßigkeit hat unser Leben im Griff. Aber ich werde das Volk bitten, die Macht wieder zurückzufordern, und ich werde dem Volk geben, was es fordert."

Seine Rede war präzise, wie ein Laserstrahl, der den Geist durchdringt bis zum Mark. Seine tief liegenden Augen schweiften wissend über die Menge. Einen Augenblick lang blieben sie an Jason hängen, und als sein Blick weiterwanderte, fühlte sich Jason seltsam erleichtert. Eine unheimliche Macht ging von diesem Mann aus. Jason hatte sich nie besonders für Crandal interessiert, doch als er nun drei Meter von der Tribüne entfernt stand und diesem Mann zuhörte, der ihre Gefolgschaft forderte, konnte er nicht umhin, sich zu wünschen, sie ihm zu gewähren. Es war mehr als gesunder Menschenverstand, den er ausstrahlte, es war eine rohe Brillanz, die forderte, geehrt, wenn nicht sogar verehrt zu werden.

Ein großer Mann mit pechschwarzen Augen in einem blau gestreiften Anzug stand breitbeinig und mit hinter dem Rücken verschränkten Händen vor der Tribüne links von Crandal. Er war ein Mann, der auch in Mafiakreise gepasst hätte, und ganz eindeutig war er mehr an der Sicherheit des Präsidentschaftskandidaten interessiert als daran, alten Damen die Hände zu küssen.

Die Reporter machten sich eifrig Notizen und lauschten verzückt seinen Ausführungen, und als Crandal seine Rede nach drei Minuten zu Ende brachte, prasselten die Fragen auf ihn hernieder. Crandal ließ sie gewähren, ignorierte sie jedoch, als habe er sie überhaupt nicht gehört. Er wandte sich der Kamera von NBC zu und forderte Donna mit einer ausladenden Handbewegung auf, ihre Frage zu stellen. „Ich werde mit Ihnen beginnen, Donna."

Donna stellte ihre Frage, aber Jason hörte kaum zu. Er beobachtete, wie sie Crandal anstarrte – wie sie sich verhielt, die Bewegungen ihres Kiefers –, und er hatte den Eindruck, dass sie mit einer Autorität sprach, die der von Crandal fast ebenbürtig war. Er war Zeuge, wie ein neuer Regent an die Macht kam. So wurde es in der größten Nation gehandhabt. So kam ein Mensch zu der Macht über die größte und mächtigste Armee der Welt: indem er eine brillante junge Reporterin mit lächelnden Augen für sich einnahm. Natürlich nicht in romantischem Sinn, sondern auf eine Art, die vielleicht noch zwingender war.

„Nun denn, wir werden einfach sehen müssen, ob die Leute sich daran erinnern, was es bedeutet, Amerikaner zu sein, nicht wahr, Donna?", sagte Crandal. Ein Lachen ging durch die Menge.

„Und wenn Sie nichts dagegen haben, Sir, was genau bedeutet es denn, Amerikaner zu sein?", hakte Donna nach.

Crandals Lachen verschwand, und er sprach, als wolle er sie belehren. „Es bedeutet, dass wir unser Recht auf Freiheit fordern. Es bedeutet, dass wir für diese Freiheit sterben, falls es notwendig ist. Und für den Fall, dass einige von Ihnen es vergessen haben sollten: Freiheit ist ein Zustand eines durch Sklaverei nicht eingeschränkten Lebens, sei der Herr nun mit Hammer und Sichel bewaffnet oder mit einem Dokument, das sich Gesetz nennt." Er ließ seine Worte wirken und wandte dann den Blick von ihr ab. Ein Dutzend Fragen wurden ihm entgegengeschleudert.

Ja, hier wurde gerade ein neuer Herrscher geboren.

Jason erinnerte sich an den Jungen und sah nach rechts. Der Blick des Griechen war auf die Tribüne gerichtet. Er sah nur sein Profil, die lange Nase und das vorstehende Kinn. Leiah verfolgte den Schlagabtausch zwischen Crandal und einem anderen Reporter. Sie fing Jasons Blick auf und lächelte. Der Junge stand neben ihr und hatte die Hand in ihre gelegt. Stocksteif stand er da, sein Blick hing an dem Präsidentschaftskandidaten. Ja, natürlich, Caleb war der Grund, warum sie in erster Linie gekommen waren. Er war von Ehrfurcht ergriffen wie ein Kind, das zum ersten Mal einen Zirkus besucht.

Zehn Minuten lang beantwortete Crandal die Fragen der Reporter wie bei einem Turnier, aus dem er wiederholt als Sieger hervorging. Die Medien schienen dies ebenfalls zu spüren. Ihnen war klar, dass sie einen vom Schicksal begünstigten Mann vor sich hatten, und ihre Augen strahlten bei diesem Wissen.

„Und wie würden Sie den Vorschlag der gegenwärtigen Regierung bezeichnen, Kürzungen beim Navy-Etat durchzuführen?", fragte jemand.

„Ich würde sagen, Murdock sollte mehr Zeit darauf verwenden, seine Taille abzuspecken und weniger mit Spielzeugen herumspielen, von denen er keine Ahnung hat", erwiderte der ehemalige Direktor der *National Security Agency*. Und wieder einmal zeigte sich, dass nur ein Mann, der die Medien in die Knie gezwungen hatte, mit einer solchen Aussage davonkam. Jeder andere politische Experte wäre von der Presse für diesen Kommentar gesteinigt worden.

Diese Pressekonferenz war eine Show, wie Hollywood sie nicht besser inszenieren konnte. Donna hatte gesagt, die Show sollte 30 Minuten dauern.

Aber der Junge änderte dies.

In einem Augenblick ungewöhnlicher Stille ertönte Calebs leise Stimme rechts neben Jason. „Er ist ‚Tempest'."

Jason zog die Augenbraue in die Höhe. Die Worte waren so leise, dass selbst Jason sie kaum verstand, und Crandal konnte sie schon gar nicht hören, aber die Augen des Mannes blinzelten drei oder vier Mal schnell hintereinander. Er wandte den Kopf und starrte zur Kamera von NBC hinüber, als müsse er sich erst einmal neu orientieren. Sein Blick hing an jedem ihrer Gesichter. Caleb stand reglos, ohne mit der Wimper zu zucken, nur seine Finger zitterten.

„Dieser Mann wird einen neuen Sturm über die Erde bringen."

Mehrere Reporter, die von der kleinen Ablenkung nichts mitbekommen hatten, stellten weiter ihre Fragen, aber Jason bezweifelte, dass Crandal sie überhaupt wahrnahm. Sein Blick war nun auf den Jungen gerichtet. Sie bohrten sich regelrecht in ihn hinein. Caleb hielt seinem Blick stand, ohne auch nur zusammenzuzucken.

Donna blickte zwischen dem Staatsmann und dem Jungen hin und her. Sie hatte diese Verbindung ebenfalls bemerkt.

Crandal wandte den Blick ab und sah wieder die Menge an. „Nun, meine Damen und Herren ..." Er hielt inne, und Jason hatte den Eindruck, dass er nach Worten suchte, doch er fing sich schnell wieder. „Alles Gute muss einmal zum Ende kommen. Ihr Verständnis für die Themen, mit denen wir uns in dieser Wahl auseinander zu setzen haben, hat mich wieder einmal beeindruckt. Dafür danke ich Ihnen. Wir werden uns wieder sehen, da bin ich ganz sicher."

Damit drehte er sich auf dem Absatz um und verließ die Tribüne. Der Mann, den Jason im Stillen als Mitglied der Mafia bezeichnete, sah noch ein letztes Mal zu Caleb hinüber und verschwand dann ebenfalls. Sofort begann sich die Menge zu zerstreuen.

„Was, um Himmels willen, war das?", erkundigte sich Donna.

Leiah starrte zur leeren Tribüne hinüber. „Das fragen Sie? Dafür haben Sie ihn doch hergebracht." Sie zog den Jungen an sich und wandte sich zum Gehen. „Wir gehören nicht hierher", sagte sie und ging mit Caleb an der Hand zum Wagen zurück.

Blane Roberts setzte sich neben Crandal auf den Rücksitz der Limousine. Seine Gedanken überschlugen sich. Er verstand das Ganze nicht. Der Junge hatte doch „Tempest" gesagt, oder? Er hatte Crandal sogar als *das Tempest*, den Sturm, identifiziert, was überhaupt keinen Sinn ergab. Aber auf der anderen Seite, jede Bemerkung, die Crandal mit *Tempest* in Verbindung brachte, machte durchaus Sinn. Wenn er nicht

*Tempest* war, hatte er *Tempest* auf jeden Fall inszeniert. Und jetzt hatte ein kleines Kind das ausgesprochen. Was ein Problem war. Nicht nur, weil niemand in dieser Hemisphäre über *Tempest* Bescheid wissen konnte, sondern weil ein kleiner Junge, der scheinbar Gedanken lesen konnte, in der Öffentlichkeit darüber gesprochen hatte. Die Reporterin von NBC hatte es sicherlich gehört.

Mit einem Ruck zog Roberts die Wagentür hinter sich zu.

„Ich werde nicht einmal eine Erklärung fordern", sagte Crandal, ohne sich umzudrehen. „Aber wenn ich hier irgendetwas verpasst habe, dann haben wir ein Problem."

„Ja, Sir, das scheint so. Ich werde mich darum kümmern."

„Da bin ich sicher."

Unterstrichen wurden seine Worte durch einen hochroten Kopf und einen Schweißfaden, der dem Präsidentschaftskandidaten von der Schläfe herunterlief. Crandal brüllte nur selten. Nun zitterte seine linke Hand, und seine Kiefermuskeln mahlten, als würde er einen Brotteig kneten. Der hintere Teil der Limousine war isoliert, weil die Trennwand heruntergelassen war. Der Staatsmann konnte also Mord und Totschlag schreien, ohne dass der Fahrer etwas davon mitbekam. Und im Augenblick schrie er tatsächlich nach blutigem Mord. Roberts wandte den Blick ab.

„Geben Sie mir einen Tag oder zwei –"

„Und was werden Sie tun? Das Kind umbringen? Es entführen? Es seinen Eltern wegnehmen und ihm den Hals aufschlitzen? Natürlich werden Sie das tun, weil es das ist, was Sie am besten können, nicht wahr, Roberts?"

Der Angesprochene blinzelte. „Der Junge ist ein Problem. Ich werde mich darum kümmern."

„Tun Sie das schnell."

Der Präsidentschaftskandidat steckte einen Finger in seinen Kragen und lockerte ihn. Der Geruch von „Old Spice" drang Roberts in die Nase. Crandal atmete schwer, was für den erfahrenen Veteran dramatischer Ereignisse ungewöhnlich war. Roberts wusste, was er sagen würde, noch bevor er es aussprach.

„Ich dachte, es würde bei ‚Tempest' keine Lecks geben."

„Gibt es auch nicht."

„Und ich nehme an, Sie wollen mir erklären, der Junge hätte mich bloß zufällig angesehen und das Wort aus der Luft gegriffen."

„Ich weiß es nicht, aber das bedeutet nicht notwendigerweise, dass er über die von uns inszenierte Invasion in Äthiopien Bescheid weiß.

Das kann er gar nicht. Er ist doch nur ein Kind, um Himmels willen!“

„Und selbst wenn er nur ein Hund wäre: Er weiß mehr, als Sie denken! Er stand da, starrte mich an, und ich sage Ihnen, dieses Kind weiß etwas!“

„Und ich werde mich um ihn kümmern.“

„Wie kann ein Kind so etwas herausfinden? Er hat ein Wort wie ‚Tempest‘ nicht einfach aus der Luft gegriffen. Wer also weiß noch darüber Bescheid? Finden Sie das heraus. Ich brauche Ihnen ja nicht zu sagen, was das für unsere Mission bedeuten könnte. Wir haben dort drüben gerade einen Krieg vom Zaun gebrochen, damit niemand von ‚Tempest‘ erfährt. Und nun stolziert ein Kind in eine unserer Pressekonferenzen und deutet mit dem Finger auf uns? Es könnte aus Äthiopien kommen, geradewegs aus der Kriegszone!“

Roberts wollte Crandal darauf hinweisen, dass der Junge so äthiopisch aussah wie Micky Maus, aber der Zorn seines Arbeitgebers ließ ihn innehalten. Und die Fragen waren durchaus berechtigt. Er knirschte mit den Zähnen und atmete tief durch. „Ich werde mich darum kümmern“, sagte er.

Crandal schwieg, atmete noch einmal tief durch. „Wenn so etwas noch einmal passiert, könnte ich anfangen, an Ihren Fähigkeiten zu zweifeln.“

„Ich sagte doch, ich werde mich darum kümmern.“

# 12

## *Tag 6*

Caleb saß auf seinem Bett und strich mit der Hand über die Wolldecke. Sie war nicht glatt, was bedeutete, dass sich das Laken darunter vermutlich verzogen hatte. Er sprang vom Bett, griff unter die Decke, zog das Laken glatt und sprang wieder auf das Bett.

Angrenzend an sein Zimmer befand sich ein kleiner Raum mit einer Dusche und einer Toilette. Die Toilette hatte er häufiger benutzt als die Dusche. Neben dem Bett stand als einziges weiteres Möbelstück ein Glaskasten, den er einmal untersucht hatte, ohne jedoch dessen Sinn zu verstehen. Die zahllosen Stunden, die er hier im Dunkeln verbrachte, waren eine Art Meditation, wenn auch eine seltsame Meditation.

Im Kloster hatte seine tägliche Meditation zwei oder drei Stunden gedauert, manchmal auch vier Stunden, wenn er sich „verlor", wie einer der Priester es einmal genannt hatte. Alle meditierten, aber er vermutete, dass die anderen nicht so viel Freude daran hatten wie er. Dadda natürlich schon, aber Dadda war auch derjenige gewesen, der es ihm gezeigt hatte.

„Sei still, Caleb. Sei einfach still und warte. Wie es in der Bibel heißt: ‚Seid still und erkennt, dass ich Gott bin. Wartet auf den Herrn.'"

„Und wenn ich müde werde, still zu sein?"

„Dann bedeutet das, dass du nicht lange genug gewartet hast."

„Hat Jesus meditiert?"

„Er ging jeden Abend fort. Einmal sogar 40 Tage lang."

Damals war er vier Jahre alt gewesen und 40 Tage waren ihm wie eine Ewigkeit erschienen. Was sein Vater vermutlich nicht wusste, war, dass Caleb bereits seit über einem Jahr meditiert hatte, seit jenem ersten Mal, als er die Augen geschlossen und das Licht gesehen hatte. Er schloss einfach die Augen wie Dadda und dachte an das Himmelreich und an Jesus. Normalerweise passierte gar nichts. Abgesehen davon, dass man einschlief, denn das war ihm häufig passiert.

Obwohl das Wort so hochtrabend klang, war Meditation nichts anderes, als seinen Geist zur Ruhe bringen und dann ins Licht zu treten. Ins Reich Gottes. So zumindest sah er das. Mit fünf war Caleb zu der Erkenntnis gelangt, dass es nichts Schöneres gab, als in Gottes Reich einzutreten.

Hier in diesem dunklen Zimmer hatte er alle Zeit der Welt, an Gott zu denken, und das war gut. Schlimm war, dass er von der Hexe in diesem Raum eingeschlossen worden war.

Er schloss die Augen und begann, leise zu summen.

Dies war etwas, das Dadda ihm nicht deutlich genug erklärt hatte, fand er. Diese seltsame Welt mit all diesen seltsamen Menschen. Er kam sich vor wie in einem Märchenland, das voller Menschen war, die ihm wie Riesen erschienen. Alles, was sie taten, wirkte ungeschickt und zurückgeblieben. Zum Beispiel hatte er noch nicht erlebt, dass sie mehr als ein paar Minuten still saßen. Vielleicht meditierten sie, während er in diesem Zimmer eingeschlossen war, aber aus irgendeinem Grund glaubte er nicht daran. Mit gerunzelter Stirn und hochgezogenen Augenbrauen rannten sie herum, und sie schienen viel zu beschäftigt, um auf irgendetwas zu warten, geschweige denn an Gott zu denken.

Leiah liebte ihn. Falls Vater Nikolous es erlauben würde, würde sie bestimmt den ganzen Tag mit ihm verbringen, dachte er. Sie und Jason kamen bislang nur eine Stunde am Tag, aber es war eine wundervolle Stunde. Sie erinnerten ihn an Dadda.

Aber Dadda war tot, oder? Dadda war bei Gott. Das hatte ihn traurig gemacht, nicht, weil sein Vater bei Gott war, sondern weil er ihn vermisste.

„Pass gut auf ihn auf", flüsterte Caleb. „Ich vermisse dich, Dadda."

*Ich will dein Vater sein, Caleb. So wie ich auch Daddas Vater bin.*

Caleb blinzelte in der Dunkelheit und nickte bei der vertrauten Erfahrung. Er lächelte und räusperte sich.

„Und ich will dein Sohn sein", flüsterte er.

*Wir werden gemeinsam durch das Reich wandern.*

„Wir werden gemeinsam durch das Reich wandern."

*Mein Reich.*

„Dein Reich."

Caleb wartete einen Augenblick und legte sich dann auf die Seite. Wärme durchströmte ihn. Lange Zeit lag er einfach da und genoss den Frieden. Allmählich wanderte sein Geist durch die Welt vor seiner Tür.

Was war *Tempest*? Er war nicht sicher, aber er wusste, dass es etwas sehr Böses war. Die Art von Bösem, mit dem Saul erfüllt war, als er versucht hatte, David zu töten. Er wusste das, und er wusste, dass der große Mann, der dort draußen im Park gesprochen hatte, *Tempest* war. Er hatte keine Ahnung, wieso er dieses Wort ausgesprochen hatte, aber er hatte es getan. Sie waren beinahe in Ohnmacht gefallen, als er das gesagt hatte, das war klar.

Sie schienen auch ziemlich erstaunt gewesen zu sein, als er Dinge wieder in Ordnung gebracht hatte, so als täte er etwas, das er nicht tun sollte. Aber eigentlich tat er doch nur, was jeder tun würde, oder?

Zum Beispiel dieser Mann, der in der Schlucht gestorben war. Wie konnten sie einfach daneben stehen, während der arme Mann starb? Er hatte nicht verstanden, warum sie schrien und mit den Stöcken fuchtelten, das erschien ihm ziemlich dumm zu sein. Aber dann war der Mann gestorben und Caleb hatte nicht einfach daneben stehen und zusehen können. Er hatte Gott um das Leben des Mannes gebeten, und Gott hatte es ihm geschenkt, was gut war.

Samuel, der Junge in der Kirche, war blind gewesen, wie der blinde Mann, den Jesus mit Schlamm geheilt hatte. Noch nie zuvor hatte er einen blinden Menschen gesehen, und seine Entscheidung, Samuel würde das Kreuz sehen wollen, war richtig gewesen. Die Erinnerung daran, wie der Junge vor Freude herumgehüpft war, brachte ihn zum Lachen. Caleb wäre beinahe mit ihm herumgehüpft, genau da, wo er stand, vor dem Priester.

Und dann diese Frau, die ihn für ein Medium hielt oder so etwas, das war eine andere Sache gewesen. Ganz eindeutig musste ihr wahres Sehvermögen verbessert werden. Nicht nur die Augen. Das war zwar noch nicht geschehen, würde aber bald so sein, dachte er. Das Zerbrechen der Brillengläser war vielleicht ein wenig zu viel gewesen, aber immerhin hatte Jesus Schlamm genommen, oder etwa nicht? Und er hatte einen Feigenbaum verflucht. Er hatte auch Wasser in Wein verwandelt. Die Gläser waren zwar kein Berg, aber als er ihnen sagte, sie sollten sich bewegen, hatten sie es getan.

Caleb lächelte. Das Kissen unter seiner Wange war weich und er kuschelte sich hinein. *Danke, Vater. Du bist so gut zu mir.*

Plötzlich ertönte ein Klicken und die Tür wurde geöffnet. Ein Lichtstrahl drang ins Zimmer. Caleb setzte sich auf und schwang die Beine über das Bett. Die Hexe kam herein. Er nannte sie „die Hexe", weil sie ihn daran erinnerte, wie er Dadda gefragt hatte, was eine Hexe sei, nachdem er in der Bibel darüber gelesen hatte. Martha war die erste Person, die er kennen lernte, die zu Daddas Beschreibung solcher Menschen passte.

Die Hände in die Hüften gestützt, stand sie ihm Türrahmen und warf einen langen Schatten ins Zimmer. Falls sie außer den dunklen Kleidern, in denen sie so fett wirkte, noch andere Kleider besaß, so zog sie sie auf jeden Fall nicht an. Ihre Augen konnte er nicht sehen, weil ihr Gesicht im Schatten lag, aber er stellte es sich vor, und ein Schauer lief ihm über den Rücken.

Normalerweise kam Vater Nikolous einmal am Tag mit ihr zusammen in sein Zimmer, und wenn er bei ihr war, behandelte sie ihn immer viel freundlicher. Jetzt war er nicht dabei.

„Na, wie geht es unserem kleinen Prinzen?"

Sie stellte immer Fragen, auf die sie keine Antwort erwartete. Ob wohl alle Menschen so waren?

Martha sah sich im Zimmer um und konnte nichts Ungewöhnliches entdecken. Daraufhin ging sie zum Bad. Sie sah hinein, schnalzte missbilligend mit der Zunge und zog den Kopf wieder heraus. Unwillkürlich musste Caleb denken, dass sie ihn bestimmt ausgeschimpft hätte, wenn er auch nur einen Tropfen Wasser auf den Boden verschüttet hätte. Immerhin war dies ja kein Schweinestall.

Martha ging wieder zur Tür zurück und drehte sich um. Noch immer fiel der Schatten auf sie, sodass sie aussah wie ein schwarzer Schneemann im Türrahmen.

„Vater Nikolous möchte, dass du ihn morgen zu einem Treffen begleitest. Was bedeutet, es ist meine Aufgabe, dafür zu sorgen, dass du keine Schwierigkeiten machst."

Wieder hielt sie inne, als warte sie auf eine Bemerkung von ihm.

„Bist du taub, Junge?"

„Nein, Tante."

„Dann antworte mir, wenn ich mit dir spreche. Mich kannst du nicht zum Narren halten. Du willst Ärger machen, Junge. Und wenn es auf dieser Welt etwas gibt, das ich verabscheue, dann sind das Unruhestifter. Du denkst vielleicht, die Welt sei ein friedvoller Ort voller Menschen, die dir bei der kleinsten Bewegung zur Verfügung stehen, aber glaube mir, Junge, du wirst es schon noch lernen."

Sie kam weiter ins Zimmer hinein und das Licht fiel jetzt auf ihre Augen. Er wollte ihr sagen, dass er die Welt niemals für einen friedvollen Ort gehalten habe, aber die Worte schienen ihm im Hals stecken zu bleiben.

„Wenn es nach mir ginge, würde ich dir eine saftige Tracht Prügel verabreichen. Und wenn auch nur für deine herablassende Art. Wenn du Nikolous aufregst, hat er bestimmt nichts gegen eine Tracht Prügel einzuwenden. Also, morgen gehst du mit ihm, verstanden?"

„Ich werde mit Leiah und Jason gehen."

Sie wackelte mit dem Kopf und wiederholte spöttisch: „Ich werde mit Leiah und Jason gehen." Sie atmete tief durch. „Du wirst mitgehen, weil ich es gesagt habe, und Leiah und Jason können tot umfallen, mir ist das egal." Aber sie ließ das Thema fallen und er beharrte auch nicht weiter darauf. Jedenfalls nicht im Augenblick.

Martha blickte ihn eine Weile an, dann glitt ihr Blick durch den Raum, als suche sie nach einem Vergehen irgendeiner Art. „Du magst diese Stille, nicht wahr, Junge? Natürlich. Sie erinnert dich an dein Kloster." Sie ließ die Arme sinken und wandte sich ihm wieder zu. „Du bist wirklich ein glücklicher kleiner Narr in diesem Verlies, oder? Du bist ein krankes Kind!"

Martha ging zu dem Glaskasten in der Ecke, machte irgendetwas und trat zurück. Der Kasten leuchtete auf. Es war irgendein Licht.

Die Hexe wandte sich um, betrachtete ihn noch eine Weile und marschierte dann aus dem Zimmer. Sie ließ das Licht in dem Kasten an.

Nur war es mehr als ein Licht. Caleb versteifte sich und schnappte nach Luft, als er das Bild vor sich sah. Die Glasseite des Kastens war zu einem Gemälde geworden. Ein buntes Gemälde, das sich bewegte und Geräusche von sich gab.

Er kroch wieder in die Ecke seines Bettes. Plötzlich bekam er Angst. Aber seine Angst verschwand beinahe sofort wieder und wurde ersetzt durch Faszination über das Wunder vor seinen Augen. Er hatte etwas Ähnliches zusammen mit Leiah und Jason am Flughafen in England gesehen, aber es war weit entfernt gewesen, und er war wie im Nebel durch die Gegend gelaufen. Mit weit aufgerissenen Augen starrte er den Glaskasten an. Ein Junge mit zu Spitzen gedrehtem gelben Haar und schmalen Schlitzaugen lief über das Bild. Der Junge war nicht real, es war nur eine Zeichnung von einem Jungen. Die ganze Scheibe war mit einer Zeichnung ausgefüllt, als würde jemand im Innern des Kastens dieses Bild in Windeseile zeichnen und sich bewegen lassen.

Mit weit aufgerissenem Mund starrte Caleb das Bild an. Der Junge hielt einen roten Stock in den Händen und ging zu einem schlafenden Hund hinüber. Er ließ sich auf die Knie sinken, schob den Stock unter den Hund und rannte dann lachend und auf Zehenspitzen davon. Bei diesem Anblick standen Caleb die Haare zu Berge.

Ein lauter Knall und ein Lichtblitz zuckten plötzlich durch den Raum. Caleb fuhr zusammen. Im nächsten Augenblick sah er, was passiert war. Der rote Stock war eine Waffe und explodiert. Der Hund lag nun brennend auf dem Rücken, die vier Beine in die Luft gereckt.

Noch nie hatte Caleb ein solches Entsetzen empfunden wie bei diesem Anblick. Er schrie vor Angst auf und warf die Arme über den Kopf. Er rollte sich in der Ecke seines Bettes zusammen und kniff die Augen zu. *Oh, lieber Gott, was ist das? Was ist das?*

Er wollte zu dem Bild rennen und um das Leben des Hundes flehen, aber er wusste, das ging nicht. Es war nur ein Bild. Er wollte aus dem Zimmer rennen und den Glaskasten nie wieder sehen. Stattdessen hielt er sich die Ohren zu, rollte sich zusammen und begann zu singen.

Roberts hatte zwei Tage gebraucht, um die Wahrheit über den Jungen herauszufinden. Er hätte die Informationen innerhalb weniger Stunden gehabt, wenn Colonel Ambozia von Anfang an ehrlich gewesen wäre. Doch der eritreische Kommandeur hatte so getan, als habe er keine Ahnung davon, dass irgendeine Menschenseele lebend aus dem Kloster entkommen war. Sie hatten die Mission wie vereinbart durchgeführt und der Preis dafür war hoch gewesen. 48 seiner Soldaten hatten bei der Invasion ihr Leben verloren, und er persönlich hatte einen großen Verlust seines politischen Ansehens erlitten, der seine Zukunft in Gefahr bringen konnte.

„Dann lassen Sie mich ein wenig offener sein, Colonel. Ich kontrolliere immer noch die Waffenlieferung", hatte Roberts daraufhin erwidert. „Sie brauchen nicht so zu tun, als würden Sie um Ihre Leute trauern. Wir beide wissen, dass Sie ohne weiteres 1 000 Männer für diese Lieferung opfern würden, und praktischerweise werden diese Waffen Ihre politische Zukunft sicherstellen. Unsere Vereinbarung lautete, dass vollkommenes Stillschweigen darüber bewahrt werden würde, und ich verspreche Ihnen, dass wir die Lieferung zurückhalten werden, solange dieses Stillschweigen bedroht ist. Ob es Ihnen nun gefällt oder nicht, wir haben hier einen Jungen, der scheinbar zufällig durch unsere Straßen läuft und über ‚Tempest' redet. Zu Ihrem eigenen Besten bringen Sie in Erfahrung, ob irgendjemand weiß, wer er ist."

Colonel Ambozias Assistent, ein schräger Typ, der sich selbst Tony nannte, rief 16 Stunden später an, und seine Informationen gefielen Roberts überhaupt nicht. Er hatte diese Neuigkeiten gerade seinem Chef mitgeteilt.

Crandal blinzelte und starrte ihn an. Eine Zeit lang sagte er kein Wort. „Sie wollen mir also sagen, dass dieses Kind, das zufällig auf einer meiner Pressekonferenzen auftaucht, nicht nur aus Äthiopien kommt, sondern auch noch der Adoptivsohn unseres toten Priesters ist?"

„Ja."

Roberts trank einen Schluck Scotch und stellte das Glas auf den Tisch. Sie saßen allein in der teuersten Suite des „Hyatt Regency", 20 Stockwerke über dem nächtlichen Verkehr von Los Angeles. Nicht zum ersten Mal erlebten sie eine solche Situation, sahen sie sich einer plötzlichen Zwangslage gegenüber, doch dieses Mal war die Situation wirklich ernst.

Crandal blinzelte noch ein paarmal. Er konnte kaum glauben, was er gerade gehört hatte. Er wandte sich zum Fenster und starrte auf den Strom von Lichtern, die sich über die Schnellstraße 405 bewegten. Roberts beobachtete den Mann, das Beben seiner Nasenflügel, das langsame Schließen der Augen, das tiefe beruhigende Atmen. Und dann öffnete Crandal die Augen und sprach mit ruhiger Stimme.

„Wie alt ist er?"

Ein weniger disziplinierter Mann würde jetzt wüten und schreien. Crandal war bereits über dieses Stadium hinaus. Er war bereits zur Problemlösung übergegangen.

„Zehn. Vielleicht elf."

„Dann war er 1991 also bereits auf der Welt. Er befand sich während ‚Tempest' in Äthiopien."

„Er war noch sehr klein, aber, ja, bereits auf der Welt. Wir haben hier ein echtes Produkt unseres eigenen Krieges, das jetzt zurückkommt und uns verfolgt."

„Und der Vater?"

„Unbekannt. Vater Matthew hat das Kind als sein eigenes aufgezogen."

„Was das Wissen des Kindes erklären würde."

„Abgesehen von dem Gebrauch des Namens. ‚Tempest'. Unsere Quellen beharren darauf, dass Vater Matthew die Invasion von 1991 niemals mit Namen nannte. Er wusste nur, dass die Invasion von der NSA unterstützt wurde."

„Dann irren sich Ihre Quellen. Das Kind weiß über ‚Tempest' Bescheid."

Roberts nickte und nahm einen weiteren Schluck. Der Alkohol brannte in seiner Kehle. Er stellte das Glas zurück. „Man behauptet, dieses Kind habe psychische Fähigkeiten."

Crandal ignorierte diese Bemerkung. „Wir wissen also, wer er ist. Wie können wir uns um ihn kümmern? Und wer sind die anderen?"

„Die anderen betreuen ihn. Ihm wurde Asylantenstatus gewährt und er wurde in die Obhut eines Waisenhauses der orthodoxen Kirche gegeben. Ein Vater Nikolous leitet es. Ihre Anwesenheit im Park war reiner Zufall."

„Zufall? Wir sind 5 000 Meilen von Äthiopien entfernt, und Sie wollen mir weismachen, dass die einzige Person, der es gelang, einer von mir angeordneten Operation zu entkommen, zufällig auf einer meiner Pressekonferenzen auftaucht? Machen Sie sich doch nicht lächerlich."

„Das ist unwahrscheinlich, da stimme ich Ihnen zu. Aber ich denke, es war genau so. Darum würde ich auch vorsichtig vorgehen."

Crandal sah ihn an und einen Augenblick lang verengten sich seine Augen zu Schlitzen. Sein Gesicht dagegen blieb ausdruckslos. „Klären Sie mich auf."

„Zum Beispiel glaube ich nicht, dass er etwas erzählt hat. Und falls er es doch getan hat, so gibt es keine Hinweise darauf."

„Es gibt keine Garantie dafür, dass er nicht morgen anfängt zu reden. Vielleicht schüttet er ja gerade in diesem Augenblick jemandem sein Herz aus."

„Glauben Sie nicht, dass er nach der Pressekonferenz gefragt wurde, was er mit ‚Tempest' meint? Bestimmt haben sie ihn danach gefragt. Und er hat ihnen nichts erzählt. Was nur bedeuten kann, dass er gar nichts weiß."

„Er weiß über ‚Tempest' Bescheid. Wir haben es beide gehört."

„Nein, er kennt das Wort ‚Tempest', aber das bedeutet nicht notwendigerweise, dass er etwas über ‚Tempest' weiß. Oder er erinnert sich an nichts mehr. Vielleicht hatte der alte Priester in Äthiopien Ihr Bild an seine Schlafzimmerwand geheftet, und wenn dieses Kind gefragt hat, wer dieser Mann sei, hat er ihm gesagt, dieser Mann sei ‚Tempest'. Wer weiß? Wichtig ist, dass er sich an nichts erinnert."

„Wir können nicht riskieren, dass seine Erinnerung zurückkehrt."

„Natürlich nicht. Aber wir müssen die Risiken abwägen. Das Kind muss verschwinden, darin sind wir uns einig. Aber ich glaube nicht, dass wir es mit konventionellen Mitteln verschwinden lassen können. Donna Blair weiß nicht nur von seiner Existenz, sie hat ihn auf der Pressekonferenz gehört. Wir können ihm nicht einfach ein Loch in den Kopf schießen, ohne Fragen aufzuwerfen."

Crandal schloss die Augen und streckte sich.

Roberts fuhr fort. „Die orthodoxe Kirche, in der er lebt, ist buchstäblich eine Festung. In dieser Situation ist es beinahe unmöglich, den Jungen zu erledigen und ungesehen wieder zu verschwinden. In seiner Umgebung ist er ziemlich geschützt."

„Dann müssen wir ihn aus dieser Umgebung entfernen", wandte Crandal ein. Er hielt die Augen noch immer geschlossen.

„Entfernen? Er befindet sich auf Anweisung des Gerichts in der Obhut des Waisenhauses. Ihn dort wegzunehmen wird nicht so leicht sein. Aber ich denke, wir haben einen anderen Weg gefunden, uns seiner von innen heraus anzunehmen. Wir werden uns seiner durch natürliche Ursachen entledigen."

„Ja, natürlich. Aber in Bezug auf seine Entfernung haben Sie Unrecht."

„Inwiefern?"

„Er ist ein Flüchtling."

„Allerdings."

Und dann fiel es Roberts ein. Er rutschte unruhig auf seinem Platz herum. Natürlich! Das war brillant.

„Rufen Sie die NSA an“, forderte Crandal. „Jack soll die Sache als einen Fall der nationalen Sicherheit übernehmen. Die Invasion sollte ihm jede Menge Gründe dafür geben. Und dann soll er sich mit der Einwanderungsbehörde in Verbindung setzen. Sie waren noch nie ein Problem. Ich denke nicht, dass sie uns in diesem Fall Schwierigkeiten machen werden.“

„Wir lassen das Kind ausweisen.“

„Ja.“

Eine Welle der Erleichterung machte sich in Roberts breit. Er trank den letzten Rest seines Scotch aus. „Und sobald das Kind seinen Fuß auf fremden Boden setzt, wird es eliminiert.“

„Ja, natürlich.“

„Und wenn die Einwanderungsbehörde Schwierigkeiten macht?“

Crandal erhob sich und ging zur Bar. „In diesem Falle würden wir auf Ihre natürlichen Ursachen zurückgreifen, Roberts, aber ich glaube nicht, dass dies nötig ist.“

# 13

## *Tag 7*

Jason saß auf einer Holzbank in der Nähe des Eingangs zum Kongresszentrum von Los Angeles und beobachtete die Leute, die hineingingen und herauskamen. Leiah saß neben ihm. Sie wirkte unglücklich, dachte er. Unglücklich, weil sie gern aktiv war, und im Augenblick konnte sie nichts tun, außer herumzusitzen und zu beobachten.

Drei Tage waren seit Calebs letztem Ausflug in den Park vergangen und in dieser Zeit waren sie irgendwie in eine Sackgasse geraten. Jeden Nachmittag hatten sie ihn für eine Stunde besucht, ohne nähere Einzelheiten zu erfahren oder die Situation des Jungen ändern zu können. Leiah lebte nur auf diese eine Stunde des Tages mit Caleb hin.

Ein Junge von vielleicht zwölf Jahren fuhr in einem elektrischen Rollstuhl vorbei. Sein Kopf hing zur Seite und Speichel lief aus seinen

Mundwinkeln. Ein Taschenbuchroman lag auf seinem Schoß, Orson Scotts „Ender". Jason fragte sich, wie der Junge dieses Buch wohl in den Händen halten wollte. Eine neue Erfindung würde ihm zweifellos dabei helfen können. Eine Frau, vermutlich seine Mutter, schritt zuversichtlich neben ihm her. Ihre linke Hand lag auf der Rückenlehne des Rollstuhls. Sie gingen an ihnen vorbei, manövrierten sich problemlos um die großen Wachholderbüsche herum, die aus den Vertiefungen im Asphalt wuchsen, und verschwanden in dem Kongresszentrum.

Auf jeden sichtbar behinderten Mensch kamen mindestens zwei in Anzügen gekleidete Kongressteilnehmer, die herausfinden wollten, wie sie sich an den neuesten Fortschritten der Technik bereichern konnten. Andere kamen ebenfalls vorbei, Pfleger, aber sie waren lässiger gekleidet, und in der Regel hatten sie nicht diese gierigen Augen der Männer in den Anzügen. Diese Szenerie stand in krassem Gegensatz zu dem, was Jason in den Straßen von Addis Abeba erlebt hatte. Ganz bestimmt gab es in Äthiopien nicht weniger behinderte Menschen und sehr häufig waren sie Opfer von Lepra oder ähnlichen Erkrankungen. Aber sie wurden zusammen mit Horden von anderen Ausgestoßenen in einen Topf geworfen und nicht wie hier gepflegt. Das allein war ein Grund, diese Bastion des Kapitalismus, genannt Amerika, zu lieben, dachte Jason.

Er sah auf. Es würde wieder sehr heiß werden, obwohl es schon Oktober war. Die Sonne stand, wie man es in Südkalifornien gewohnt war, hoch am Himmel, ein wenig verschleiert von dem Dunst, der über der Stadt hing. Man könnte meinen, die ganzen Jahre in Afrika hätten ihn an die Hitze gewöhnt, aber eigentlich hatte er die meiste Zeit in einer Höhe von mehr als 1 500 Metern gelebt, wo die Luft in der Regel klar und kühl war.

„Man sollte meinen, dass der alte Geier, wenn er uns für zehn Uhr bestellt, auch um zehn Uhr hier sein sollte", sagte Jason.

Leiah sah ihn an und nickte, dann beobachtete sie ein kleines Kind, das ganz in ihrer Nähe an Krücken vorbeihumpelte.

„Sie wissen, was er vorhat, nicht wahr?"

„Ich kann es mir lebhaft vorstellen. Und wenn das nicht Ausbeutung ist, dann weiß ich es auch nicht."

„Sie haben Recht." Wenn Leiah keinen hochgeschlossenen oder einen Rollkragenpullover trug, hatte sie einen Schal oder ein Tuch um den Hals gebunden. Sie standen ihr gut, dachte er. Heute trug sie einen gelben Schal zu ihrer weißen Bluse und ihrer Jeans. Sogar ihre schwarzen Stiefel passten zu ihrem Outfit. Sie sah weniger wie ein Cowgirl, sondern eher wie eine Stahlarbeiterin aus, aber immerhin waren sie ja auch nicht in Texas. Wenn sie sich in Texas aufgehalten hätten, hätte sie bestimmt Cowboystiefel getragen und wie eine gewöhnliche Rancharbeiterin ausgesehen. Obwohl das Wort „gewöhnlich" Leiah eigentlich nicht gerecht wurde.

Sie sah ihn mit ihren strahlenden blauen Augen an. „Geht es nur mir so oder ist das nicht richtig?"

„Nein, das geht nicht nur Ihnen so. Es ist tatsächlich nicht richtig."

„Und warum sitzen wir dann hier, während dieser Verrückte Caleb mit sich herumschleppt?"

Sie konnte wirklich gut mit Worten umgehen und traf immer genau den Kern. „Wir sitzen doch nicht einfach nur herum, Leiah. Wir tun, was wir können."

„Und Sie wissen genauso gut wie ich, dass das nicht genug ist."

„Vielleicht nicht, aber Sie müssen es positiv sehen. Caleb scheint glücklich zu sein, oder nicht? Falls da Dinge vor sich gehen würden, die uns Sorge bereiten sollten, würde Caleb uns das doch erzählen, oder? Und ich weiß nicht, wie es Ihnen geht, aber bei unseren letzten beiden Besuchen schien er mir einfach nur glücklich zu sein."

„Kommen Sie, Jason. Was erwarten Sie von einem Kind in seiner Situation? Er ist verwirrt. Er weiß es nicht besser. Er kennt nur Glück, weil das in seinem Wesen begründet liegt."

„Sie wollen sagen, er sei zu dumm zu erkennen, dass es keine gute Sache ist, wenn jemand ihn schlägt?"

„Nein! Natürlich nicht. Und ich behaupte auch gar nicht, dass die alte Hexe ihn schlägt. Aber er ist durch und durch gut, und dazu gehört auch, dass er in den anderen immer nur das Beste sieht. Wenn er glücklich ist, dann nur, weil er Zufriedenheit findet, wo es den meisten anderen Menschen unmöglich wäre. Aber das bedeutet nicht, dass es gut für ihn ist. Sie halten ihn den ganzen Tag in seinem Zimmer gefangen – finden Sie das etwa gut?"

„Nein."

„Und wann soll das enden?"

„Nikolous will ihn isolieren –"

„Ich weiß, was Nikolous tut. Und heute wird er mit Caleb hier herauskommen, um zu sehen, ob er noch ein paar Tricks auf Lager hat. Er macht aus dem Kind eine Zirkusattraktion", empörte sie sich.

Jason dachte über ihre Argumente nach. Tatsache war, dass Nikolous dem Jungen keinen sichtbaren Schaden zugefügt hatte. Bis das der Fall war, waren ihnen die Hände durch die Anordnungen des Gerichts gebunden. Er verstand Leiahs Liebe zu Caleb. Er empfand ja selbst nicht anders. In dieser vergangenen Woche hatten sie kaum ein anderes Gesprächsthema gehabt. Aber das hier war nicht Afrika, um Himmels willen. Man konnte sich nicht einfach über die Gesetze hinwegsetzen, wenn man ein freier Mensch bleiben wollte.

„Sehen Sie, ich habe sowohl Caleb als auch seinem Vater geschworen, ich würde nicht zulassen, dass ihm ein Leid geschieht. Und ich habe vor, dieses Versprechen zu halten." Er sah sie an und musste auf einmal gegen den Impuls ankämpfen, ihr die Haare aus dem Gesicht zu streichen. „Ich werde tun, was vernünftig ist. Aber unüberlegtes Handeln nützt Caleb schließlich auch nichts, oder?"

Sie hielt seinem Blick stand, durchforschte seine Seele, wie es schien. Er fühlte sich ihr ausgeliefert.

„Was vernünftig ist? Wie wäre es mit dem, was notwendig ist?"

Darüber dachte er nach und nickte dann. „Was notwendig ist."

Sie lächelte sanft, und dieses Lächeln schien mehr zu besiegeln, als er versprochen hatte.

Sie warteten weitere fünf Minuten, bis Jason Donna entdeckte. Strahlend lächelnd kam sie von der Straße auf sie zu. Nikolous hatte ihnen ihr Kommen verschwiegen.

„Na, sieh mal an, wer da kommt", sagte Jason und deutete mit dem Kopf in ihre Richtung.

Leiah erblickte die Reporterin, dann sah sie Jason an. Er zuckte die Achseln. „Glauben Sie mir, ich habe sie nicht eingeladen."

Lächelnd kam Donna heran. „Hallo, Jason, Leiah. Sind sie schon da?"

Instinktiv erhob sich Jason. Leiah dagegen blieb sitzen. „Nein."

„Wir sind sowieso zu früh dran. Er sagte, er würde gegen halb elf hier sein."

„Und was führt Sie hierher?", fragte Leiah. Sie schlug die Beine übereinander und verschränkte die Arme vor der Brust. „Sind Sie hier, um Caleb berühmt zu machen? Ist es das?"

„Vielleicht. Das hängt ganz von ihm ab."

„Vielleicht hängt es mehr von Ihnen ab. Sie sind diejenige mit der Kamera."

„Welche Kamera? Ich sehe keine Kamera. Nicht heute", schoss Donna zurück. „Hören Sie, ich weiß, Sie halten nichts von der Idee, den Jungen ins Licht der Öffentlichkeit zu rücken, außerdem ist ziemlich offensichtlich, dass Sie auch mich nicht mögen. Aber ob es Ihnen nun gefällt oder nicht, das hier ist nicht Ihre private kleine Party. Sie haben keine Ahnung, wie viel Gutes der Junge der Welt tun könnte. Denken Sie doch in diesem einen Fall mal nicht an sich, ja?"

Jason war, als hätten ihre verletzenden Worte ihm gegolten. Leiah war alles andere als selbstsüchtig.

„Ich hatte eigentlich an den Jungen gedacht", erwiderte sie.

Donna sah sie an, und ihr lag eine Antwort auf der Zunge, doch stattdessen wandte sie sich mit einem Nicken zu ihr Jason zu.

„Und was hältst du von seiner Bemerkung auf der Pressekonferenz?", fragte sie. Mittlerweile betraten oder verließen nur noch wenige Menschen das Gebäude. Donna schien sie kaum wahrzunehmen.

„Ich stimme Leiah zu, Donna. Hier geht es in erster Linie um Caleb, und nicht um das, was er kann oder nicht kann. Er ist ein Kind. Und was Crandal betrifft, dieser Mensch ist mir nicht ganz geheuer."

Donna lächelte. „Das verstehe ich. Er ist dir nicht ganz geheuer? Das ist eben Macht. Und glaube mir, er hat mehr davon als alle anderen zusammen."

„Es ist mehr als nur Macht", wandte Leiah ein. „Der Mann ist gefährlich. Ich glaube, Caleb hat das erkannt."

„Vielleicht. Ich habe das Wort ‚Tempest' durch den Computer laufen lassen und nichts gefunden. Aber das hat nichts zu bedeuten, wenn man bedenkt, was der Mann gemacht hat. Aber wie auch immer, du kannst seine Macht nicht ignorieren. Er setzt sich an die Spitze der Wählerumfragen, und ich sehe nichts, was sich ihm in den Weg stellt. Es wird nicht lange dauern, dann nennen wir ihn ‚Mr. President'. Also, was sagt der Junge?"

„Über ‚Tempest'? Nichts. Er weiß nichts. Aber offensichtlich hat er Crandal aufgescheucht. ‚Tempest' ist mehr als irgendein Ereignis aus seiner Vergangenheit. Hast du die Szene mit der Kamera aufgenommen?"

Sie schüttelte den Kopf. „Wir verwenden Richtmikrofone, um den Lärm der Menge auszublenden."

Leiah erhob sich auf einmal und Jason folgte ihrem Blick. Der Junge und der Grieche waren mittlerweile eingetroffen, aber in etwa zehn Meter Entfernung plötzlich stehen geblieben. Nikolous hatte seinen Blick auf den Jungen gerichtet, Caleb dagegen starrte ein blondes Mädchen an, das in einem Rollstuhl an ihm vorbeifuhr.

Leiah ging auf Caleb zu. Jason folgte ihr, aber er merkte, dass sich die Haltung des Jungen bereits verändert hatte. Das war auch der Grund, aus dem Nikolous stehen geblieben war. Der Anblick des Mädchens im Rollstuhl hatte Calebs Aufmerksamkeit gefesselt. Er war wie erstarrt.

Leiah war nur noch etwa zwei Meter von dem Jungen entfernt – sie hatte es ebenfalls bemerkt. „Caleb?"

Der Junge sah sie an und blickte dann zu einem jungen Mann von vielleicht 20 Jahren hinüber, der an einer Gehhilfe an ihnen vorbeihumpelte. Eines seiner Beine schien unterhalb des Knies verkrümmt zu sein.

Jason trat hinter Leiah. Stille legte sich auf sie. Näher an den Jungen heranzugehen empfanden sie irgendwie als anmaßend.

Leiah hatte eine Hand nach Caleb ausgestreckt, aber er ignorierte sie und richtete seinen Blick auf eine weitere Kongressteilnehmerin, eine sehr alte Dame in einem veralteten Rollstuhl. Sie hatte die Fußstützen entfernt und bewegte sich langsam fort, indem sie sich mit den Füßen abstieß. Ihre Haut hing so lose um ihre Knochen herum, als würden sie langsam wegschmelzen. Sie wandte sich Jason zu. Ihre Unterlippe hing ihr bis zum Kinn und die Tränensäcke unter ihren Augen waren unglaublich. Sie sah aus, als würde sie jeden Augenblick anfangen zu weinen, aber Jason wusste, dass sie immer so aussah.

Er betrachtete Caleb. Schmerz stand in dem Gesicht des Jungen geschrieben. Beinahe Panik. Tränen liefen ihm die Wangen hinunter und sein Atem kam stoßweise. Jason dachte darüber nach, dass der Junge bisher sehr behütet aufgewachsen war und solche Bilder vermutlich noch nie zu Gesicht bekommen hatte. Er schluckte. Leiah neben ihm weinte leise und verhalten, aber das Geräusch tat Jason weh.

Caleb wirbelte plötzlich zu dem Mädchen im Rollstuhl herum, das sich mittlerweile von ihm entfernte. Seine kleinen Hände ballten sich zu Fäusten und er rannte hinter ihr her. Als er den Rollstuhl erreichte, packte er die Armstützen und drehte sie zu sich herum. Sie stieß einen spitzen Schrei des Erschreckens aus. Einen Augenblick lang hielten ihre Blicke aneinander. Calebs Gesicht verzog sich vor Schmerz. Mit hoher, schriller Stimme begann er zu sprechen. Jason erkannte die Sprache. Caleb betete auf Ge'ez.

Er streckte seine Hand aus, als wollte er eine Blume aus dem Haar des Mädchens pflücken, und berührte sie leicht an der Wange. Eine liebevolle Berührung, die nur kurz dauerte und dann vorbei war.

Caleb drehte sich weg, suchte den jungen Mann mit dem verkrümmten Bein und rannte ihm nach.

Aber ihre Blicke blieben weiter auf das blonde Mädchen gerichtet. Jason konnte sich einfach nicht von ihr abwenden. Die Füße des Mädchens standen auf zwei Fußstützen. Sie wandte den Kopf und blickte Caleb fassungslos nach. Dann sah sie auf ihren Schoß. Sie drehte sich noch einmal zu ihm um, als er vor dem jungen Mann mit dem verkrümmten Bein zum Stehen kam. Dann betrachtete sie wieder ihre Knie.

Sie hatte ihnen den Rücken zugewandt, darum konnte Jason nicht genau verfolgen, was mit ihren Beinen passierte, aber ganz eindeutig hatten sie ihre Aufmerksamkeit gefesselt. Sie wirkte verwirrt und sah erneut zu Caleb hinüber. Aber der Junge starrte den jungen Mann an, der zwangsläufig stehen geblieben war.

Irgendetwas an ihren Beinen ließ das kleine blonde Mädchen den Versuch wagen, sich aus dem Rollstuhl zu erheben. Sie hatte kein Wort von dem verstanden, was Caleb gesagt hatte. Nicht einmal Jason hatte auch nur ein Wort verstehen können. Auf einmal beugte sie sich vor, schob eine Fußstütze beiseite, sodass ihr Bein frei schwingen konnte, und erhob sich aus dem Rollstuhl.

Ein Schrei ertönte. Eine Frau mit hohen Absätzen kam auf sie zugerannt. In jeder Hand hielt sie eine Eistüte. Die Mutter des Mädchens war von einem Eisstand zurückgekehrt und sah gerade noch, wie ihre Tochter aus dem Rollstuhl aufstand. Sie fürchtete, sie würde zu Boden sinken.

Aber dies geschah nicht. Sie stand auf dem Asphalt und blickte auf ihre Füße. Ihre Arme hingen an der Seite herab. Die Mutter ließ die Eistüten fallen und eilte schreiend auf ihre Tochter zu. Und dann verschluckte sie den Schrei, weil ihr kleines Mädchen langsam einen Schritt machte.

Mit weit aufgerissenen Augen sah die Mutter zu.

Das blonde Mädchen blieb ein paar Augenblicke stehen, den Blick fest auf ihre Füße gerichtet, und machte dann einen weiteren Schritt. Sie trug nagelneue weiße Schuhe. Sie stellte beide Füße nebeneinander und sah auf. Ihr Körper begann zu zittern. Jason hielt die Luft an.

Das Mädchen stand einfach nur da, die Hände an die Seite gelegt, die Füße nebeneinander gestellt, und zitterte am ganzen Körper. Und dann brach es aus ihr heraus und sie begann zu schreien. Eine höhere und etwas ruhigere Version des Schreis ihrer Mutter, aber nicht weniger durchdringend. Sie hob die Arme über den Kopf und begann sich in kleinen, schlurfenden Schritten im Kreis zu drehen. Ihre Mutter kam nun mit weit ausgebreiteten Händen näher. Ihr Mund stand offen, und sie umkreiste ihre Tochter, als versuche sie, in dem Ganzen einen Sinn zu erkennen.

Jason riss seinen Blick los und suchte Caleb, der strahlend zu der alten Dame lief, die stehen geblieben war, um den Aufruhr zu beobachten. Ihr Gesicht sah noch immer aus, als hätte sie gerade einen Geist gesehen.

Aber der junge Mann hing zitternd über seiner Gehhilfe. Dieses Mal konnte Jason die Veränderung mit eigenen Augen beobachten. Es war wirklich ziemlich einfach. Das Bein des jungen Mannes war biegsam geworden und nun streckte es sich langsam. Der Mann beobachtete den Vorgang und schrie, als sei er gefangen zwischen Furcht und Sehnen.

Er zitterte noch immer, als seine Gehhilfe durch das heftige Schütteln seines Körpers außer Reichweite geschoben wurde. Jason bezweifelte, dass dies beabsichtigt war, weil der Mann stolperte und sich nur mit einem großen Schritt nach vorn auffangen konnte. Wie das Mädchen blickte er wie gebannt auf seine Füße. Aber nur kurz. Dann führte er einen Freudentanz auf, der Jason an einen alten Film mit Fred Astaire erinnerte, den er früher einmal gesehen hatte.

Das kleine Mädchen sprang nun im Kreis herum und beobachtete dabei ihre Beine. Sie jauchzte vor Freude. Ihre Mutter hüpfte in Tränen aufgelöst mit ihr herum.

Ein schwacher Freudenschrei kam aus der Richtung der alten Dame und Jason drehte sich zu ihr herum. Sie hatte ebenfalls ihren Rollstuhl verlassen und grinste breit mit ihrem zahnlosen Mund. Ihre Wangen waren unter ihren strahlend grauen Augen wieder straff geworden. Das war der letzte Tropfen, der für Jason das Fass zum Überlaufen brachte. Nun konnte er die Tränen nicht mehr zurückhalten. Nicht aus Kummer, nein. Als er die zahnlose alte Dame sah, konnte er nicht anders, als zu ihr zu gehen.

Caleb war davongelaufen, vermutlich, um noch andere Kranke zu suchen. Mittlerweile hatten sich mehrere Dutzend Neugierige eingefunden, die durch die Schreie der Mutter herangelockt worden waren. Ein Mann mittleren Alters, der sich noch immer an einen alten Stock klammerte, hüpfte durch die Menge, stumm und fassungslos. Ein weiterer Empfänger von Calebs Berührung. Die drei, die zuerst geheilt worden waren, tanzten ausgelassen im Kreis herum, und jetzt warf die Mutter des Mädchens ihre Arme in die Luft und rief: „Danke, Jesus. Danke, Jesus!“

Plötzlich ertönten Pfiffe und drei Sicherheitsbeamte in weißen Uniformen drängten sich durch die Menge.

„Gehen Sie doch bitte weiter. Wo liegt denn das Problem?“

Nikolous rührte sich nun zum ersten Mal. Er eilte Caleb hinterher, der sich gerade einer Dame in Rot mit einem Hund näherte. Der Mann packte Caleb an der Schulter, drehte ihn zu sich herum und nahm seine Hand.

Das strahlende Lächeln auf Calebs Gesicht verschwand und er stolperte hinter Nikolous her. Der Grieche führte den Jungen schnell zu seinem schwarzen Mercedes, der noch immer in der Ladezone parkte. Leiah schrie und rannte hinter ihnen her, aber es war zu spät. Nikolous schob den Jungen in den Wagen, knallte die Tür zu und kam zurück, bevor sie ihn erreichen konnte. Sie packte ihn am Arm, forderte, mit dem Jungen sprechen zu dürfen, aber er schüttelte sie einfach ab.

„Entschuldigen Sie."

Jason drehte sich zu der alten Dame um, die zu ihm gekommen war. Die Menge hinter ihr begann sich zu zerstreuen, aber eine Reihe von ihnen weinte hemmungslos, vermutlich Verwandte und Freunde des kleinen Mädchens, das noch immer mit hoch erhobenen Armen umherhüpfte.

„Haben Sie gesehen, wohin der Junge gegangen ist?", fragte die alte Dame. Sie schien noch immer doppelt so viel Haut zu haben, wie sie brauchte, aber sie zog sich wenigstens nicht mehr in entzündlichen Lagen zusammen.

„Es tut mir Leid, er ist weg", erwiderte Jason.

Sie schloss den Mund und lächelte, wobei ihr zahnloser Gaumen zu sehen war. „Ich bin seit zehn Jahren nicht mehr gelaufen, wissen Sie."

Jason wusste nicht, was er antworten sollte.

„Er hat den Odem Gottes. Dieser Junge hat den Odem Gottes." Eine Träne löste sich aus ihrem linken Auge, dann drehte sie sich um und ging auf ihren dünnen Beinen davon.

Jason und Donna standen wie unschuldige, verwirrte Zuschauer auf dem Platz. Um das Mädchen und den jungen Mann scharten sich noch immer kleine Gruppen, aber auch diese lösten sich allmählich auf, nachdem die Leute von den Sicherheitsbeamten zum Weitergehen aufgefordert worden waren.

Hinter Jason ertönten Nikolous' Schritte auf dem Asphalt und Jason wandte sich um. Aber der Grieche ging auf Donna zu, nicht auf ihn. Ein Grinsen lag auf seinem Gesicht.

„Sie sind also damit einverstanden?", fragte er.

Donna starrte ihn an und blinzelte. „Wie könnte ich nicht?"

„Dann werden Sie kommen?“

„Ich werde auf jeden Fall da sein.“

Er nickte, sah Jason an und drehte sich um. Unter dem wütenden Blick von Leiah ging er zu seinem Wagen.

„Wo sollst du hinkommen?“, fragte Jason. Der Nebel in seinem Kopf hatte sich gelichtet, und er war nicht sicher, dass er hören wollte, was Donna zu sagen hatte.

„Ich werde im Fernsehen eine Veranstaltung übertragen.“

„Was tun Sie?“, fragte Leiah, die von hinten herankam.

„Habt ihr denn nicht gesehen, was gerade hier passiert ist? Es war unglaublich! Ihr könnt das doch nicht vor der Weltöffentlichkeit verborgen halten!“

„Vielleicht nicht, aber geht das nicht alles ein wenig zu schnell?“, fragte Jason zögernd. „Fernsehen? Wann soll die Veranstaltung stattfinden?“

„In einer Woche.“

„In einer Woche?“

„Am nächsten Samstagabend im Alten Theater auf der Figueroa Street.“

Jason und Leiah starrten sie an, ohne zu antworten.

„Ach, kommt schon, bleibt locker. Ihr könnt doch nicht die Interessen eines einzigen Jungen über das Leben von vielen Menschen stellen, die er heilen könnte. Meine Güte, seht doch nur, was er gerade für dieses kleine Mädchen getan hat! Und dieser Mann. Geht und sagt ihm, dass das alles ein wenig schnell geht.“ Kopfschüttelnd sah sie auf die Uhr. „Ich muss los. Wir werden uns sicher bald sehen. Bitte, Jason, nimm das nicht persönlich. Ich arbeite für die Öffentlichkeit. Das ist mein Job. Er kommt schon damit klar, du wirst sehen.“

Damit wandte sie sich um und ging zu ihrem Wagen.

Wie betäubt verließen sie den Vorplatz des Kongresszentrums. Es dauerte eine Stunde, bis sie das gerade Erlebte verarbeitet hatten. Wie es schien, hatte der Junge Kontrolle über seine Macht. Und jetzt war klar, dass Nikolous mit ihm noch nicht fertig war.

Es dauerte eine weitere Stunde, bis sie sich darauf geeinigt hatten, Nikolous sofort zu stoppen, bevor er Caleb Schaden zufügte. Einen Jungen wie einen Hund in die Öffentlichkeit zu zerren, damit er seine Tricks vorführte, und ihn dann wieder bis zur nächsten Vorstellung in seinen Käfig zu stecken, konnte man sehr leicht als Missbrauch interpretieren. Oder zumindest als Ausbeutung.

Die Situation geriet langsam außer Kontrolle. Dem musste ein Ende gesetzt werden. Jason erklärte sich bereit, sofort am Montag bei Gericht vorzusprechen und eine vorübergehende Aussetzung des Gerichtsbeschlusses zu erwirken, bis ein Kinderpsychologe Gelegenheit hatte, Caleb zu untersuchen und fundierte Informationen über die Auswirkungen geben konnte, die Nikolous' Plan auf ihn haben würde.

Und wenn ihrem Antrag nicht stattgegeben wurde?

Dann würden sie sich an die Einwanderungsbehörde wenden.

*Was immer notwendig war,* erinnerte Leiah ihn.

Jason nickte nur. Er musste jedoch nicht daran erinnert werden.

# 14

## *Tag 9*

Stewart Long saß seiner Frau gegenüber, schaufelte das Kartoffelpüree in sich hinein und dachte, dass sein Tag trotz der Auseinandersetzung zwischen seiner Frau und dem Arzt eigentlich ganz gut verlaufen war.

„Weißt du, mir ist egal, was Dr. Franklin sagt", ereiferte sie sich. „Ich werde nicht zulassen, dass sie an Peters Beinen herumschneiden. Und das ist mein letztes Wort. Sie können mit den Beinen eines anderen herumexperimentieren." Sie hatte ihr Kinn vorgeschoben, und Stewart wusste, dass damit jede weitere Diskussion vergeblich war.

Die Behauptung, die Longs seien eine ganz normale Familie, die in einem normalen Vorort in einer normalen südkalifornischen Stadt wie Altadena lebten, wäre nicht ganz zutreffend. Nicht, dass irgendetwas davon nicht stimmen würde, nein. Aber keine noch so große Normalität konnte über die außergewöhnliche Erkrankung hinwegsehen, mit der ihr Sohn durchs Leben ging.

Im Fall des kleinen Peters bedeutete das jedoch, dass er mit Muskeldystrophie eben *nicht* durchs Leben laufen konnte.

Sie wohnten etwa 15 Minuten von der *Rose Bowl* entfernt, nur zehn Minuten nördlich der Schnellstraße 210, und nicht mehr als acht Minuten vom *Brookside Memorial Hospital*, aber in ihrem Herzen lebten die Longs 1 000 Kilometer vom Rest der Welt entfernt. Es war kaum von Bedeutung, dass Stewart seine Tage als Polizist auf den Straßen der Stadt verbrachte und die Menschheit auf jede erdenkliche Weise vor sich selbst schützte. Noch weniger zählte die Tatsache, dass Barbara das Abschlusszeugnis ihrer Schwestern-Ausbildung in ihrer Tasche mit sich herumtrug. Zehn Jahre zuvor war der kleine Peter in ihr Leben getreten und hatte diese Tatsachen der anderen untergeordnet – der Tatsache, die sie in ihre persönliche Hölle gestoßen hatte. Der Krankheit, die sich Muskeldystrophie nannte.

Zumindest war das Stewarts Sichtweise. Aber andererseits war das auch wieder unfair, weil sie in dem vergangenen Jahr den Sinn ihres Lebens gefunden hatten, oder etwa nicht?

„Er hat schon zu viel durchgemacht", fügte Barbara nach einer Weile hinzu.

Stewart sah seinen Sohn an. Abgesehen von den Schienen an beiden Beinen wirkte sein Körper zwar zart, vielleicht sogar zerbrechlich, doch ansonsten recht normal. „Empfindest du das auch so, Peter?"

Der Junge hob den Blick. „Unsere wichtigsten Gedanken sind die, die unseren Gefühlen widersprechen", erwiderte er. „Was haben meine Gefühle damit zu tun?" Dieses Zitat hatte Stewart schon einmal von seinem Sohn gehört. Peters Körper mochte zwar gebrechlich sein, aber sein Geist war alles andere als zurückgeblieben, und er verfügte über die Fähigkeit, sich durch das Umlegen eines unsichtbaren Schalters in diese Welt zurückzuziehen. Durch solche Zitate, die er auswendig lernte und an den richtigen Stellen anbrachte, zeigte er immer wieder, wie klug er war.

„Von wem stammt das?", fragte Stewart.

„Wissen kann vermittelt werden, Vater, aber nicht Weisheit", erwiderte sein Sohn.

„Bitte, Liebling ..."

„Ist schon gut, Barbara. Lass ihn."

„Ja, lass mich, Mom. Wir hatten alle einen harten Tag. Wir sollten ein wenig entspannen."

Einen Augenblick lang dachte Stewart, die Unterhaltung könnte dahin oder dorthin führen: in den Himmel oder in die Hölle. Barbara und Peter waren diejenigen, die am meisten gelitten hatten – sie, weil sie nicht nur ihren Beruf, sondern auch den größten Teil des letzten Jahrzehnts geopfert hatte, er durch seine Behinderung – und durch ihr Leiden hatten sie sich bestimmte Rechte verdient. Und dazu gehörte auch, dass sie sich füreinander einsetzten.

Doch dann wendete Barbara mit einem Lächeln ihren Abstieg in die Hölle ab.

Stewart grinste und Barbara lachte.

„Du siehst, ein kluger Mann weiß alles; ein gerissener kennt jeden. Ich kenne dich, Mutter. Du brauchst Mitleid genauso sehr wie ich."

„Werde nicht überheblich, Peter", schalt Barbara. „Du denkst, du wüsstest so viel." Sie grinste jetzt breit, und das war ein gutes Zeichen, weil sie wirklich nichts zu lachen hatten.

Peter grinste ebenfalls. „Ich bin nicht jung genug, um alles zu wissen", zitierte er. Dieses Zitat erkannte Stewart; es stammte von Oscar Wilde.

„Nein. Du bist auch noch nicht alt genug, um auch nur die Hälfte von dem zu wissen, was du weißt."

„Bis zu einem gewissen Punkt ist jeder Mensch das, wofür er sich hält", gab Peter zurück.

„Und wofür hältst du dich, Peter?"

Das Grinsen verschwand plötzlich aus dem Gesicht seines Sohnes. Verloren blickte er von einem zum anderen. Nicht verloren im Sinne von verirrt, sondern verloren, wie nur ein zehnjähriger Junge verloren sein kann.

„Was ist los, mein Junge?", fragte Barbara.

Peter senkte den Blick auf seine Hose. Stewart folgte dem Blick seines Sohnes und entdeckte den dunklen Fleck, der sich auf seiner Jeans ausbreitete. Dies war die neueste Entwicklung seiner Krankheit. Er konnte seine Blase nicht mehr kontrollieren. So wie es aussah, hatte Peter sich mal wieder geweigert, diese „idiotischen" Windeln zu tragen.

Stewart sah seine Frau an. Sie hatte das Missgeschick ebenfalls bemerkt. Mitleid lag in ihrem Blick.

Peter wurde blutrot. Einen Augenblick lang sagte keiner von ihnen ein Wort.

„Mom …"

„Ist schon gut, mein Schatz", wehrte Barbara ab und erhob sich. Sie strich ihm mit der Hand durch die Haare und gab ihm einen Kuss auf den Kopf. „Ist schon gut."

Eine Träne rollte Peters Wange hinunter. Er war vielleicht ein Genie, aber er war trotzdem ein zehnjähriger Junge, der durch die Hölle gegangen war. Und jetzt, in einem Augenblick der himmlischen Gnade, kam diese Mahnung daran, dass die Hölle noch immer um sie war.

Hilflos ließ sich Peter in seinem leuchtend blauen Rollstuhl zusammensinken und führte eine aussichtslose Schlacht um seine Würde.

Zum millionsten Mal in den vergangenen zehn Jahren schluckte Stewart, verfluchte die Götter, die ihnen diese Krankheit beschert hatten, und hob seinen Sohn aus dem Rollstuhl.

Es war Montagmittag, als Jason den Ford Bronco am Straßenrand vor Leiahs neuer Wohnung abstellte. Die Scheibenwischer wischten geräuschvoll den Nieselregen von der Windschutzscheibe. Er wechselte sein Handy an sein rechtes Ohr.

„Und das geht!? Legen Sie Widerspruch ein!"

Der Direktor von *World Relief* antwortete schnell. „Keine Chance. Meine Hände sind in diesem Punkt gebunden, Jason."

„Das ist doch lächerlich! Mir ist egal, wofür sich die INS hält. Sogar die müssen in solchen Dingen Rechenschaft ablegen!"

„Vielleicht. Aber die INS bekommt ihre Anweisungen von der ‚National Security Administration'. Und mit denen sollten Sie sich nicht anlegen."

„Das ist doch unmöglich!" Eine Bewegung rechts von ihm lenkte seine Aufmerksamkeit ab. Als er sich umwandte, entdeckte er Leiah, die mit erhobener Hand, als wolle sie den Regen abwehren, zum Wagen gerannt kam. Er sah wieder nach vorn.

„Wann also? Wann soll das passieren?"

„In 24 Stunden. Vielleicht haben wir auch noch ein wenig mehr Zeit."

Die Beifahrertür wurde geöffnet und Leiah stieg ein.

„Geben Sie mir 48."

„Kommen Sie, Jason. Sie wissen, dass ich keine –"

„Nur 48 Stunden. Ich sage Ihnen, John, da steckt mehr dahinter. Wir sprechen hier von einem unschuldigen zehnjährigen Waisenkind, nicht von irgendeinem Terroristen."

„Und wir sprechen auch von der NSA, nicht von irgendeinem Familienmitglied, das Einspruch gegen eine Vormundschaft erhebt."

„Halten Sie sie ein wenig hin. Fordern Sie einen Gefallen ein. Ganz egal, was. Sehen Sie … bitte."

„Was ist los?", fragte Leiah. Jason ignorierte sie.

„Ich werde tun, was ich kann", versprach John. „Aber glauben Sie mir, ich werde nichts ausrichten können. Sie haben 24 Stunden."

„Rufen Sie mich an, falls es eine Änderung gibt. Das tun Sie doch, oder?"

„Jason, was ist los?“, unterbrach Leiah ihn. Mit erhobener Hand bedeutete er ihr zu schweigen.

„Sicher“, erwiderte John.

„Danke.“

Jason hörte, wie die Verbindung unterbrochen wurde, und klappte sein Handy zu.

„Was ist?“

„Caleb soll aus dem Land ausgewiesen werden“, erwiderte Jason, ohne sich zu ihr umzudrehen.

Im Wagen war nur noch das Prasseln des Regens auf dem Dach zu hören. Leiah starrte ihn an. Sie verstand nicht.

„Ausweisen? Sie wollen ihn zurückschicken?“

„Genau.“

„Das ist unmöglich! Das können sie nicht tun! Er ist ein Flüchtling!“

„Offensichtlich ist die NSA der Meinung, er stelle ein nationales Sicherheitsrisiko dar. Sie haben die Einwanderungsbehörde angewiesen, ihn aus dem Land auszuweisen.“

„Einen Moment mal! Er ist doch ein Kind! Da steckt Crandal dahinter, oder? Das hat irgendetwas mit der Pressekonferenz zu tun.“

„Vermutlich. Und ich behaupte ja gar nicht, dass das eine gute Sache ist, aber wir müssen uns diesem Problem stellen.“

„Caleb ist mehr als nur irgendein Problem! Er ist ein verlorenes Kind, das sich nach Liebe sehnt. Wir können nicht zulassen, dass er ausgewiesen wird! Sie wissen genauso gut wie ich, dass er in Äthiopien nicht sicher ist. Man hat schon einmal versucht, ihn zu töten. Glauben Sie nicht auch, dass man es wieder versuchen wird?“

Jason blickte sie zornig an. „Denken Sie, ich wüsste das nicht? Ich bin hier nicht der Feind“ – er zeigte zum Fenster hinaus –, „die sind es! Ich stehe auf Calebs Seite, wissen Sie nicht mehr? Hören Sie endlich auf, Ihren Frust an mir auszulassen!“

Sie starrten sich an.

Leiahs Augen füllten sich mit Tränen und sie wandte den Blick ab.

Sofort bedauerte Jason seinen Ton. Er wollte ihr die Hand auf die Schulter legen und sie um Entschuldigung bitten. Das Tuch um ihren Hals war verrutscht und die hässlichen Narben waren über dem Kragen ihres weißen Pullovers zu sehen. Er stellte sich ihren mit Narben übersäten Bauch vor und schluckte. *Leiah, Leiah, was hast du getan, dass du eine solche Tragödie verdient hast?*

Wieder einmal musste er daran denken, dass sie und der Junge gar nicht so verschieden waren. Vielleicht war das der Grund für ihre einzigartige Verbindung zu Caleb. Sie sah sich selbst in ihm und sie war vermutlich genauso sehr wegen sich selbst enttäuscht wie wegen des Jungen.

Aber konnte er, Jason, einen solchen verletzten Geist lieben? Er liebte den Jungen. Vielleicht nicht in derselben Weise wie sie, aber er liebte Caleb. Und irgendwie empfand er auch Zuneigung für sie.

Seine Gefühle anders zu umschreiben, wäre nicht richtig gewesen. Ein unausgesprochenes Tabu. Der Himmel möge ihm helfen, aber niemals könnte er einer solchen Unmöglichkeit nachgeben. Sie war unerreichbar für ihn. Er unterdrückte seinen Impuls, ihr die Hand auf die Schulter zu legen.

„Wir werden aller Voraussicht nach heute Nachmittag den Ausweisungsbescheid bekommen."

Sie sah ihn an und riss sich zusammen. „Das hat natürlich nichts zu bedeuten, oder?"

Er zuckte die Achseln. „Nein. Vermutlich nicht."

„Und warum haben Sie John um 48 Stunden gebeten?"

„Ich weiß es nicht. Mir gefällt die Vorstellung, dass Caleb nach Afrika zurückkehrt, genauso wenig wie Ihnen. Ich mag ihn nämlich auch." Seine Worte erstaunten ihn und er wandte sich von ihr ab.

Die Berührung ihrer Hand auf seiner Schulter kam unerwartet. Hitze wallte in ihm auf und plötzlich musste er gegen seine Tränen ankämpfen. Diese ganze verrückte Situation zerrte auch an seinen Nerven, dachte er.

„Es tut mir Leid. Ich weiß, dass Sie ihn lieben", entschuldigte sie sich.

Jason nickte und sie nahm ihre Hand wieder fort.

Es gab nichts mehr zu sagen. Alles war zu Ende. Der mächtigste Arm der Regierung hatte eingegriffen und sie alle ausgetrickst. Nikolous, Donna, ein unvoreingenommenes Publikum – ihnen allen wurde das achte Weltwunder einfach vor der Nase weggeschnappt.

Er legte den Gang ein und fädelte sich in den Verkehr ein. Dieser Besuch bei Caleb war vielleicht ihr letzter, eine Vorstellung, die ihm wie ein schlechter Witz erschien. In unbehaglichem Schweigen fuhren sie zur griechisch-orthodoxen Kirche.

Die Idee kam Jason auf der Zufahrt zur Schnellstraße 210. Sie traf ihn unerwartet wie ein besonders lauter Knall bei einem Feuerwerk. Er lenkte so ruckartig, dass Leiah ihn ansah.

„Was ist?“

Er starrte auf die Straße und überdachte seine Idee.

„Was ist los?“

„Erinnern Sie sich noch an Elian Gonzalez?“

„Das kubanische Kind? Warum?“

„Was hat die INS dazu veranlasst, die Ausweisung so lange hinauszuzögern?“

Sie wandte den Blick ab. „Die Medien?“

„Ja. Die Kameras. Oder besser noch, seine Popularität.“

Er ignorierte ihren Blick und sprach aus, was er dachte. „Was würde die INS tun, wenn Caleb eine landesweit bekannte Persönlichkeit wäre und nicht nur irgendein Waisenkind?“

„Ich weiß nicht –“

„Sie würden nachgeben! Zumindest müssten sie gute Gründe angeben!“

„Ich dachte, die ‚National Security Administration‘ würde hinter dieser ganzen Angelegenheit stecken.“

„Ja, aber die versteckt sich hinter der Einwanderungsbehörde.“ Jason raste über die Schnellstraße. Die Einfachheit der Idee faszinierte ihn. „Es könnte funktionieren! Denken Sie doch mal darüber nach.“

„Das tue ich und es erschreckt mich zu Tode.“

„Und die Vorstellung, dass er zurück nach Äthiopien geschleppt wird, erschreckt Sie nicht? Wir dürfen nicht die Augen vor der Tatsache verschließen, dass er, sollte er in sein Land zurückkehren, maximal einen Tag überleben wird, wenn er Glück hat. Hier zumindest hat er uns. Er hat Sie.“

„Okay. Sie haben Recht. Aber Caleb ist keine landesweit bekannte Persönlichkeit. Und wir haben nur, wie viel, 24 Stunden? Wie soll das gehen?“ Sie tauschten einen Blick aus. „Nikolous?“, fragte sie.

„Nikolous“, bestätigte er.

Jason fuhr von der Schnellstraße herunter und raste zur griechisch-orthodoxen Kirche. Er klappte sein Handy auf, um den Geistlichen anzurufen. „Wissen Sie noch die Nummer vom Büro?“

„Nein.“

Brummend legte er das Telefon beiseite.

„Ich weiß nicht, Jason. Nikolous ist nicht gerade ein Freund.“

„Er ist ein gerissenes Schlitzohr. Garantiert. Und er ist ein gieriger Schleimer. Und genau darum wird er auf unserer Seite sein.“

Sie schwieg einen Augenblick. „Sie meinen also, wir sollten uns mit dem Teufel verbünden, um Calebs Seele zu retten?“

„Ich sage, dass wir tun, was wir tun können, um Caleb hier in den Vereinigten Staaten zu behalten. Wissen Sie nicht mehr? Was auch immer notwendig ist. Und wenn Sie keine bessere Idee haben, dann ist ein Bund mit dem Teufel das, was ich unter ‚was auch immer' verstehe."

Leiah schob ihr Kinn vor und starrte vor sich hin. Aber sie erhob keine Einwände.

Jason blieb mit kreischenden Bremsen vor der Glastür stehen, die zu den Büros der griechisch-orthodoxen Kirche führte. Er schob Leiah durch die Türen und marschierte geradewegs zu den hinteren Büros, ohne sich um die verwirrte Empfangsdame zu kümmern. Er hörte ihr: „Entschuldigen Sie, Sir", ignorierte es aber, als er um die Ecke bog, wo sich Nikolous' Büro befand. Leiah konnte kaum mit ihm Schritt halten und war drei Meter hinter ihm, als er bereits an die schwere Eichentür klopfte.

Jason öffnete die Tür, ohne auf eine Aufforderung zu warten.

Vater Nikolous saß an seinem Schreibtisch, die Haare wie üblich mit Pomade zurückgekämmt. Martha, die Frau, die sich für eine Kinderschwester hielt, saß gegenüber von ihm auf einem Stuhl. Beide warfen ihnen einen zornigen Blick zu. Er hätte Verwirrung erwartet, aber ihre Herzen aus Stein waren zu keiner menschlichen Regung mehr in der Lage, dachte er trocken.

Dieser Gedanke stärkte seine Entschlossenheit. Wenn sie sich schon mit diesem Kerl verbünden mussten, dann konnten sie das genauso gut zu ihren Bedingungen tun und ein wenig Boden zurückgewinnen.

„Na, sieh mal an, die Herren des Hauses konspirieren miteinander, um den Weltuntergang herbeizuführen, habe ich Recht?"

Keiner von ihnen zuckte auch nur mit der Wimper. Sie hatten nicht einmal Sinn für Humor.

„Sagen Sie der Dame, sie soll sich um die Prügel kümmern, die sie täglich verteilt. Wir müssen miteinander reden."

„Machen Sie sich doch nicht lächerlich", erwiderte Nikolous. „Bitte gehen Sie. Ich werde mich zu gegebener Zeit um Sie kümmern."

„Ich fürchte, zu gegebener Zeit reicht nicht aus. Wir haben ein Problem."

„Wir alle haben unsere Probleme. Im Augenblick ist mein Problem Ihre unerwünschte Anwesenheit. Wenn Sie nicht –"

„Caleb wird morgen des Landes verwiesen", erklärte Jason.

Das saß.

Marthas linkes Augenlid zitterte und schloss sich halb. Die großen dunklen Ringe unter Nikolous' Augen hoben sich, als er blinzelte. Das passierte alles innerhalb einer kurzen Sekunde, dann starrten sie Jason wieder ausdruckslos an.

„Lassen Sie uns allein, Martha", sagte Nikolous, ohne sie anzusehen.

Sie hievte sich auf und warf Jason einen finsteren Blick zu. Die Kinderschwester verließ den Raum erst, als Jason und Leiah zur Seite traten, um sie vorbeizulassen.

Jason schloss die Tür hinter ihr. „Haben Sie die bei einer Halloweenparty aufgegabelt, Nikolous?"

Der Grieche ignorierte den Kommentar. „Wer sagt, dass der Junge abgeschoben wird? Warum wurde ich nicht darüber unterrichtet?"

„Sie werden ja unterrichtet. Offen gesagt, ich glaube, die Verantwortlichen möchten gar nicht, dass Sie darüber Bescheid wissen."

„Reden Sie."

Jason blickte Leiah an und entdeckte, warum der Pater ihren Blick lieber mied. Der Zorn in ihren Gesichtszügen war nicht zu übersehen. Gemeinsam nahmen sie auf den Stühlen vor seinem Schreibtisch Platz.

Er erzählte Nikolous von seinem Gespräch mit John Gardner von *World Relief,* der ihn aus Höflichkeit angerufen hatte, nur weil er zufällig von einem Freund bei der INS von der Abschiebung erfahren hatte. „Also, bevor Sie jetzt Ihre Empörung an mir auslassen, sollten Sie bedenken, dass Sie nur durch mich von dem allem erfahren."

Dies schien den Zorn des Griechen so lange zu dämpfen, dass Jason ihm das Ausmaß der Katastrophe erklären konnte. Caleb würde innerhalb von 24 Stunden fort sein. 48, wenn sie Glück hatten.

Nikolous hörte sich Jasons Ausführungen mit seinem üblichen missbilligenden Gesichtsausdruck an, dann erhob er sich und ging zum Fenster. Er verschränkte die Arme vor der Brust und strich sich über seinen Bart.

„Es gibt eine Möglichkeit, die wir ausprobieren könnten", schlug Jason vor.

Nikolous drehte sich halb zu ihm um und betrachtete ihn.

Jason spürte beinahe, wie Leiah sich neben ihm wand. „Wenn wir Caleb ins Licht der Öffentlichkeit rücken, könnte es sein, dass die INS zögert."

Nikolous drehte sich langsam um und ließ die Arme sinken.

Jason fuhr fort. „Es müsste natürlich eine richtig große Sache sein, aber das würde sie dazu bringen, ihre Gründe zu offenbaren."

„Und wir haben nur 48 Stunden?"

„Vielleicht sogar weniger."

„Die erste Veranstaltung war für Samstag geplant", sagte Nikolous.

„Die *erste*?", hakte Leiah nach.

Nikolous ignorierte sie. „Wir sollten sie vorverlegen."

„Und Sie müssen dafür sorgen, dass sie gut besucht wird, und vor allem, dass ausführlich darüber berichtet wird. Die Fernsehsender müssen davon überzeugt werden, sie zu übertragen."

„Morgen Abend?"

Jason nickte. Die Augen des Griechen begannen zu leuchten – er hatte verstanden. Er begab sich bereits zu seinem Telefon. Jason warf Leiah ein beruhigendes Lächeln zu. Nur mit Mühe gab sie es zurück.

Nikolous wählte eine Nummer und wandte ihnen den Rücken zu. Ganz offensichtlich war er in seinem Element.

„Hallo, Donna. Ich fürchte, wir haben ein Problem. Was halten Sie von einer Show am morgigen Abend?"

Er hörte zu und erklärte kurz die Situation. In weniger als drei Minuten war alles abgemacht. Der Pater legte den Hörer auf und sah sie an.

„Unsere Veranstaltung wird morgen Abend stattfinden."

„Wo?"

„Wenn wir das Alte Theater nicht bekommen können, werde ich einen geeigneten Ort finden. Im schlimmsten Fall können wir die Veranstaltung in unseren Gottesdienstraum verlegen."

„Woher wollen Sie die Leute nehmen?", fragte Leiah.

Nikolous grinste sie an. „Keine Sorge, meine Liebe. Ich werde die Leute und die Medien stellen. Und Sie sorgen dafür, dass unser Junge mitspielt, ja?"

Jason kam Leiah mit seiner Antwort zuvor. „Wir können nur hoffen, dass die INS nicht vor morgen Abend auftaucht."

„Ja, das können wir nur hoffen", sagte Nikolous.

Damit war die Angelegenheit geregelt. Als sie das Büro verließen, griff der Grieche erneut nach seinem Telefon. Er musste die Veranstaltung planen. Es war vermutlich die größte Veranstaltung seines Lebens.

Martha ließ sie 20 Minuten warten, genau bis ein Uhr, bevor sie sie in den Westflügel rief, wie sie Calebs Gefängnis nannte.

Caleb war da. Er saß auf einem der großen grauen Sofas, als sie den Raum betraten. Leiahs Pulsschlag beschleunigte sich. Er trug immer bis zu den Knien reichende Shorts und Kniestrümpfe, wie ein Schuljunge, der sich für seinen Besuch herausputzt. Seine blauen Augen strahlten, und er grinste breit, als er sie entdeckte.

Mit verschränkten Armen stand Martha an der Wand. Sie gab sich desinteressiert, achtete jedoch genau auf das, was vorging.

Caleb sprang von der Couch und rannte ihnen entgegen. Leiah ging in die Hocke und breitete die Arme aus.

„Hallo, Caleb."

Sie drückte ihn fest an sich und wollte gar nicht wieder loslassen. Seine langen Locken streiften ihr Kinn und sie küsste ihn auf die Stirn. „Oh Junge, wie sehr ich dich liebe." Leiah streichelte seinen Rücken, dann schob sie ihn von sich weg, um ihn anzusehen. „Ich bin so stolz auf dich, weißt du das?"

Er grinste und sah zu Jason hoch, der ihm das Haar zerzauste und ihn dann hochhob, um ihn zu umarmen. Sie waren wie eine kleine Familie. Eine unmögliche, auseinander gerissene Familie, ohne den Segen der Vereinigung, aber trotzdem eine Familie.

Jason trug Caleb zu den Sofas hinüber und ließ ihn auf die Sitzfläche plumpsen. Caleb lachte, rollte sich auf seinen Platz und zog sich zwischen ihnen hoch. Er sprach nur wenig, und wenn, dann nur in kurzen Sätzen, häufig auf Amhara. Obwohl er die englische Sprache gut beherrschte, scheute er davor zurück.

„Also, wie wirst du hier behandelt, Junge?", fragte Jason und legte dem Jungen sanft die Hand auf das Knie.

Caleb lächelte, und sein Blick wanderte kurz zu Martha hinüber.

Jason wandte sich der Aufpasserin zu. „Haben Sie nicht Wäsche zu machen oder so etwas?"

Sie funkelte ihn an und wandte sich missbilligend mit der Zunge schnalzend ab. Aber den Raum verließ sie nicht. Weiter als in die Küche entfernte sie sich während ihrer Besuche nie.

Zufrieden sah Jason Caleb an. Er zwinkerte ihm zu. „Keine Sorge; sie kann uns nicht hören, wenn wir leise sprechen. Also, geht es dir gut?"

Er nickte. „Ja."

Er legte den Kopf zur Seite. „Richtig gut?"

„Ja." Er sah sie ein wenig verlegen an. Aber dann legte er seine kleinen Hände auf die ihren. Sie nahmen seine Hände und er grinste.

Leiah spürte, wie ihr Herz dahinschmolz, wie immer in der Gesellschaft des Jungen. Damals in Äthiopien hatte sie gedacht, ihre einzigartige Zuneigung zu dem Jungen sei auf ihre gemeinsame Isolation zurückzuführen. Er in einem Kloster eingesperrt, sie als Ausgestoßene mit Narben übersät. Aber in den neun Tagen seit ihrer Ankunft in Kalifornien hatte sie noch etwas anderes in dem Jungen entdeckt. Caleb war überhaupt nicht isoliert. Er lebte ganz einfach in einer anderen Welt. Einer Welt, die sich gravierend von der Welt unterschied, die sie sah. Eine Welt, in der er voller Zufriedenheit leben konnte.

Sie hatte Jason gesagt, Caleb sei zu verwundet, um den Unterschied zwischen einem Missbrauch und einer gesunden Umgebung zu erkennen. In Wirklichkeit vermutete sie, dass er zu gesund war, um den Unterschied zu empfinden. Und sie wusste, dass sie sich nach dem Glauben des Jungen sehnte, weil sie sich in vieler Hinsicht sehr ähnlich waren. Das Einzige, was sie unterschied, war das Alter. Sie fragte sich, was es sie wohl kosten würde, auf die Ebene des Jungen aufzusteigen.

Der Gedanke, diesem Kind vielleicht eine Mutter sein zu können, ließ ihr die Knie weich werden.

Leiah nahm seine Hand in ihre und rieb sie. „Bekommst du genug zu essen?"

„Ja."

„Was geben sie dir?"

Darüber dachte er nach. „Milch. Brot. Haferbrei." Er lächelte sie strahlend an.

„Das klingt gut. Milch also, ja?" Sie blickte den Flur entlang und stellte dieselbe Frage wie bei jedem Besuch. „Und du bist sicher, dass du dich in deinem Zimmer wohl fühlst?"

„Ja."

„In Ordnung. Denn wenn es ein Problem geben sollte, würdest du es uns doch sagen, oder?"

„Ja."

Warum ausschließlich Martha das Zimmer des Jungen betreten durfte, war Leiah rätselhaft. Allein der Gedanke verursachte ihr Kopfschmerzen. Aber der Grieche hatte eine Verschärfung der Vorschriften angedroht, sollten sie sich bei ihren Besuchen nicht an die Anweisungen halten. Am zweiten Tag, als Martha sich im Garten um ein schreiendes Kind kümmern musste, hatte sich Jason in Calebs Zimmer geschlichen und es sich angesehen. Als er zurückkam verkündete er, es sei einfach, aber sauber.

Trotzdem, all das kam ihr suspekt vor.

„Und was ist mit der … was ist mit Martha?“, fragte Jason.

Caleb sah ihn an, ohne zu antworten.

„Ist sie nett zu dir?“

„Nicht immer.“

Seine Antwort traf Leiah unvorbereitet. *Nicht immer?* Dies war das erste Mal, dass er eine solche Einschränkung machte.

„Was meinst du damit? Tut sie dir weh?“, fragte sie mit gedämpfter Stimme.

„Nein. Sie lässt den Kasten mit den beweglichen Bildern an.“

„Welche beweglichen Bilder?“

„Den Fernseher?“, fragte Jason.

„Die Kiste mit den Bildern, die sich bewegen.“ Caleb zog fragend die Augenbrauen in die Höhe.

„Den Fernseher!“, wiederholte Jason lächelnd.

Caleb lächelte ebenfalls. „Ja. Den Fern … seher.“

„Er hat ein Fernsehgerät in seinem Zimmer und mag es nicht“, erklärte Jason an Leiah gewandt.

„Ich denke, das habe ich verstanden“, sagte sie. Und an den Jungen gewandt, sagte sie: „Wir werden ihr sagen, dass sie den Fernseher abstellen soll, Caleb. Das verspreche ich dir.“

Er sagte etwas in Ge'ez und grinste breit.

Weitere zehn Minuten tauschten sie Informationen aus. Wenn Caleb nicht direkt angesprochen wurde, schien er zufrieden zu sein, einfach nur neben ihnen zu sitzen.

„Caleb, da ist etwas, das ich dir sagen muss“, begann Jason schließlich. „Es gibt Leute, die dich nach Äthiopien zurückschicken wollen.“

„Ja?“

„Aber dein Vater wollte nicht, dass du in Äthiopien bleibst. Er wollte, dass du hier bei uns bist.“

Der Junge nickte.

„Nun, es gibt vielleicht einen Weg, wie wir dich hier behalten können, aber dabei brauchen wir deine Hilfe. Morgen wird eine Veranstaltung stattfinden. Du solltest dahin gehen und …“ Er wusste nicht so genau, wie er das, was Caleb tat, beschreiben sollte. Der Junge starrte ihn einfach nur an, und Leiah unterdrückte den Drang, sich vorzubeugen und seine Stirn zu küssen. Sie lächelte ihn an. „… deine … deine Macht gebrauchen. Du solltest den Menschen zeigen, dass du viele seltsame, wundervolle Dinge tun kannst. Sehr gute Dinge.“ Er brach ab und ließ seine Worte einsinken.

Selbst diese einfache Beschreibung von Calebs Macht schien ihn zu bedrücken, dachte sie. Egal, woher er die Kraft dazu hatte: Niemand konnte leugnen, dass es ein Wunder war, wenn er verkümmerte Beine wieder gerade machte oder Blinden das Augenlicht schenkte.

„Sie möchten, dass du viele Wunder tust", erklärte Leiah. „Kannst du das tun?"

Caleb sah sie mit großen Augen an und erst dann schien er zu verstehen. „Vielleicht", erwiderte er mit einem zaghaften Lächeln.

Jason rutschte auf der Couch herum. „Das ist gut." Er hielt inne. „Caleb, ich weiß, wir haben noch nicht viel darüber gesprochen, du weißt schon, über deine Wunder, wie Leiah sie nennt. Aber es wäre sehr hilfreich zu wissen, wie du das machst. Man sagt, es sei eine psychische Kraft, eine Kraft deines Geistes, aber wie? Wie hast du dem blinden Jungen sein Augenlicht geschenkt?"

Sie waren übereingekommen, Caleb nicht danach zu fragen.

„Jason –"

Der Junge unterbrach sie mit einem Wortschwall auf Ge'ez. Seine Stimme klang zuversichtlich und stark, aber nicht zornig. Es war ein Monolog, den keiner von ihnen auch nur ansatzweise verstand. Als Caleb zu Ende gesprochen hatte, holte er kurz Luft und sprach englisch mit ihnen. „Warum wisst ihr nichts darüber, wie Gott ist?"

Jason errötete und er wandte sich ab. „Nun, ich weiß wenig über das Wesen und das Handeln Gottes, aber falls er sich wirklich für die Menschen interessiert, dann macht das so viel Sinn wie dein Dialekt, das Ge'ez, das du immer sprichst."

„Jason!"

Er wandte sich zu Leiah um, unfähig, seine Frustration zu verbergen. „Kommen Sie, Leiah. Er kann Menschen heilen, um Himmels willen. Und ich zumindest möchte wissen, wie er das macht."

„Ich bin sicher, das wollen wir alle. Aber wir waren uns einig, nicht darüber zu sprechen."

„Nun, aber jetzt sprechen wir darüber. Und offen gesagt, ich hätte nichts dagegen zu erfahren, warum das kleine Mädchen im Kongresszentrum ein neues Leben bekommt, während mein eigener Junge zwei Meter unter der Erde liegt."

Jasons Frustrationen schienen nichts mit den Ereignissen zu tun zu haben. Hatte er seinen Verstand verloren? „Kommen Sie doch wieder zu sich, Jason!"

Er schloss die Augen und wandte sich ab.

Ein leiser, hoher Ton drang auf einmal an ihre Ohren.

Leiah sah auf Caleb herab. Er hatte die Knie unter dem Kinn angewinkelt und wiegte sich mit geschlossenen Augen hin und her. Die Hände hatte er auf die Ohren gepresst und seine kleinen Lippen zitterten bei dem wortlosen Gesang.

Leiah begriff nicht, was als Nächstes passierte. Sie wusste nur, dass sie und Jason (obwohl eigentlich in erster Linie Jason) ihrem Frust Luft machten, der sich eine ganze Woche lang aufgestaut hatte, und im nächsten Augenblick weinten sie beide.

Die Töne von Calebs Lippen schienen wie eine Droge durch sie hindurchzufließen und machten es ihrem Willen unmöglich, das Leid, das sie mit sich herumtrug, zurückzuhalten. Und plötzlich weinte sie.

Es war ein unglaublicher Augenblick, der ihr zuerst Angst machte. Sie bemühte sich um Verständnis, und ein paar Sekunden lang versuchte sie verzweifelt, ihre Gefühle unter Kontrolle zu halten, doch dann ließ sie mit einem lauten Schluchzen ihren Tränen freien Lauf.

Der Zorn, den sie auf Jason empfunden hatte, schmolz mit den Tränen dahin. Sie weinte um den Jungen. Nein, sie weinte um sich selbst. Um ihren verletzten Geist, der sich nach Frieden sehnte.

Leiah legte die Hand auf Calebs Kopf und streichelte ihn. Durch ihre Tränen hindurch sah sie, dass Jasons Schultern bebten, und das ließ ihre letzte Zurückhaltung schwinden. Sie zog den Jungen an ihre Brust und wiegte sich mit ihm. Er hörte auf zu singen, ließ sich von ihr halten, und der Schmerz floss von ihren Augen wie eine Flut.

Leiah wusste nicht, wie lange sie den Jungen im Arm gehalten hatte. Als sie aufsah, hatte Jason sich mit roten Augen in die Kissen zurückgelehnt, und Martha war fort.

Wie betäubt blieben sie noch zehn Minuten sitzen, lächelten und sprachen nur wenig. Aber Leiah konnte sich nicht erinnern, was gesagt worden war. Als sie sich erhoben, um zu gehen, meinte sie, Martha in dem dunklen Flur gesehen zu haben, aber sie war sich nicht sicher.

Sie ließen Caleb allein auf der Couch sitzen, so wie sie ihn vorgefunden hatten. Sie hatte noch immer keine Ahnung, was passiert war. So wie es aussah, wusste Jason es auch nicht. Er errötete, als sie ihn direkt ansah, und sein Lächeln ließ sie schlucken.

Vielleicht waren sie von Gott angerührt worden, falls es einen Gott gab – sie wusste es nicht. Aber eines wusste sie genau: Solange sie atmete und die Kraft zu kämpfen hatte, würde sie niemals zulassen, dass man ihr Caleb wegnahm. Niemals.

Erst um drei Uhr fiel ihnen ein, dass sie Martha anrufen und sie bitten wollten, das Fernsehgerät aus Calebs Zimmer zu schaffen. Diese brummte nur: „In Ordnung“, und legte wieder auf.

# 15

## *Tag 10*

Das Gebäude wurde das Alte Theater genannt, weil der Bühnenbereich intakt geblieben war und man weiterhin Theaterveranstaltungen aufgeführt hatte, als das Gebäude Ende der siebziger Jahre renoviert wurde. Allerdings hatte man, anders als bei einigen anderen renovierten Theatern, auf die Bestuhlung verzichtet. Doch eigentlich war das Gebäude eher eine Arena und kein Theater und für verschiedene Sportereignisse geeignet, aber auch für andere große Veranstaltungen.

Wenn man das Hauptfeld mit Klappstühlen bestückte, konnten 10 000 Menschen in der Arena Platz finden: 3 000 auf dem Holzboden, 4 000 auf den ersten Reihen mit orangefarbenen Stühlen um die Arena herum und weitere 3 000 in den oberen Rängen, die mit roten Stühlen ausgestattet waren. Dies waren offensichtlich die billigeren Plätze. Die Sitzplätze waren in Bereiche aufgeteilt und jeder Bereich war wiederum durch Leuchtzeichen markiert, die hoch über den Durchgängen aufragten. Abgesehen von der Bühne am nördlichen Ende war dies der Grundriss einer typischen Arena.

Die Bühne erhob sich eineinhalb Meter über den Boden und wurde von einem purpurfarbenen Vorhang verdeckt, der wie bei den alten Theatern zur Seite gezogen werden konnte. Ein grauer Teppich lag auf dem Boden, aber er knirschte, wenn man darüber lief, ein Zeichen seines Alters. Ein altes Klavier stand einsam auf der linken Seite der Bühne, aber darüber hinaus war die Bühne an diesem Abend leer. Mit Ausnahme eines Mikrofonständers. Er stand in der Mitte und erinnerte an einen einsamen Zinnsoldat, der der dunklen Weite des Raumes zugewandt war. Zu beiden Seiten führten Bühnenausgänge hinter die Bühne, die mit demselben purpurfarbenen Stoff verhängt waren.

Jason stand auf der großen Bühne und ließ seinen Blick über den riesigen Zuschauerraum schweifen. Seine Rolle bei dieser unmöglichen Show glich der eines Geheimagenten, der den Veranstaltungsort überprüfte, bevor die Würdenträger eintrafen, in diesem Fall Caleb. Er war nicht sicher, wieso er diesen Ort überprüfte, vielleicht fürchtete er, ein Beamter der INS könne sich einschleichen, obwohl er diesen vermutlich nicht einmal erkennen würde. Bisher war Caleb noch nicht abgeholt worden, und darum ging Jason davon aus, dass er dies entweder den langsam mahlenden Mühlen der Bürokratie oder John Gardner zu verdanken hatte. Aber man musste damit rechnen, dass die Behörde jeden Augenblick jemanden schickte, um den Jungen abzuholen.

Der Pater wusste, wie er eine Veranstaltung zu organisieren hatte; so viel war klar. Es war kein Fehler, dass er eine der größten griechisch-orthodoxen Kirchen diesseits des Atlantiks übernommen hatte. Er war durch und durch Geschäftsmann, und Jason musste unwillkürlich denken, dass der Mann in der Kirche fehl am Platze war. Er gehörte viel eher an die Wall Street. Oder nach Hollywood. Aber auf der anderen Seite unterschieden sich die Kirchen auch nicht so sehr von der Wall Street oder Hollywood.

Auf jeden Fall hatte der Grieche innerhalb von 24 Stunden geschafft, wozu andere zwei Wochen gebraucht hätten. Natürlich war dafür die gesamte Kollekte des vergangenen Sonntags draufgegangen. Die Theatermiete allein betrug bereits 5 000 Dollar, was sehr günstig und nur Nikolous zu verdanken war, der ein paar Fäden gezogen und irgendwelche Versprechungen gemacht hatte. Im Radio wurden bei über einem Dutzend kleinerer Lokalsender kurze Werbeansagen gemacht. Darin wurde für eine kostenlose Supershow geworben, bei der einem „die Augen aus dem Kopf fallen" würden. Erwähnt wurden auch Heilungen, aber nur in einem Nebensatz. 1 000 leuchtend orangefarbene Poster waren in den umliegenden Straßen angeklebt worden, mit der Überschrift: „Erleben Sie das Unmögliche!" Darunter ein Bild von Caleb, der unschuldig und ein wenig geheimnisvoll aussah. Alles in allem mussten sich die Kosten auf über 15 000 Dollar belaufen.

Es war ja schön, dass der Grieche keine Mühe und Kosten scheute, um Caleb zu retten, aber die geldgierige Schlange hätte keinen einzigen Cent rausgerückt, wenn er nicht eine Gegenleistung erwartet hätte. Eine *große* Gegenleistung.

So wie es aussah, hatte Nikolous' Blitzkampagne ein paar tausend verlorene Seelen angelockt, die an diesem Dienstagabend auf der

Suche nach einem kostenlosen oder spektakulären Ereignis waren. Das Theater war zu etwa einem Drittel gefüllt.

Sie kamen aus allen Schichten. Alle Altersgruppen waren vertreten. Die Männer und Frauen saßen vorwiegend auf den unteren Plätzen, ein paar auch auf den Rängen. Menschen in Shorts, in Jeans, in Anzügen, in Kleidern. Auch ein paar behinderte Menschen in Rollstühlen und mit Gehhilfen waren gekommen. Und so weit Jason sehen konnte, starrten alle angestrengt auf die Bühne. Vielleicht weil er im Augenblick ganz allein auf der Bühne stand, und sie versuchten herauszufinden, ob dieser Mann in Bluejeans und einem weißen Pullover der Zauberer war, der ihnen eine tolle Show bieten würde.

In der ersten Reihe saß eine ältere Frau in einem gelben Kleid, die sich mit einem gefalteten Werbeplakat Luft zufächelte. Neben ihr saß ein jüngeres Mädchen mit Pferdeschwanz – vielleicht ihre Enkelin. Daneben ein Mann um die 40 mit dünnen Armen und Beinen, dessen Jeans zwei Zentimeter zu kurz waren. Zwei Plätze waren frei geblieben, dann zwei Teenager, deren Hosen gut 30 Zentimeter unter ihrem Schritt hingen. Dann ein weiterer Mann mittleren Alters, der sich in einen Roman vertieft hatte. Falls jemand in der Reihe von der Einwanderungsbehörde kam, dann er.

Nikolous hatte einen ganzen Bereich für die Presse reserviert. Ein halbes Dutzend Lokalreporter bevölkerten diese Plätze. Sie saßen mit ihren Recordern und Notebooks da, starrten die Konkurrenz an und fragten sich vermutlich, ob NBC etwas wusste, wovon sie keine Ahnung hatten. Donnas dreiköpfige Mannschaft hatte ihre Kamera auf einer kleinen Plattform aufgebaut. Der Kameramann hielt seine Kamera auf Donna gerichtet, die in ein an ihrer Bluse befestigtes Mikrofon sprach.

Ihre Stimme übertönte die Kakophonie der Hintergrundstimmen. „Dies war mein Interview mit Dr. Patricia Caldwell an diesem Nachmittag. Wie Sie den Ausführungen entnehmen konnten, ereignete sich der Zwischenfall an der Universität von Los Angeles vor über einer Woche, und er wurde nicht aufgezeichnet, aber ich möchte Ihnen versichern, es war höchst bemerkenswert. Heute Abend werden wir den kleinen Caleb zum ersten Mal vor der Kamera haben, und es könnte sein, dass wir erstaunliche Dinge zu sehen bekommen. Ich versichere Ihnen, dass es keine verborgenen Drähte, versteckte Kameras oder Trickkisten geben wird, wie andere Illusionisten sie verwenden. Es gibt nur Caleb. Aber Caleb wiederum ist durchaus kein gewöhnlicher Junge. Ich denke, das werden Sie sehr schnell feststellen. Glauben Sie mir, dies ist eine Show, die Sie nicht verpassen sollten. Jeff, wieder zurück zu Ihnen ins Studio."

Sie hatten beschlossen, die Veranstaltung live zu übertragen? Nikolous hatte ihnen gesagt, sie würde aufgezeichnet und in den Spätnachrichten gesendet, falls die Produzenten ihr Einverständnis dazu gaben. Jason entdeckte die schmale Scheibe, die hinter der Kamera aufgebaut worden war, und er hatte seine Antwort. Sie waren zumindest darauf vorbereitet, live zu senden, falls die Ereignisse es geboten. Donna hatte wirklich Einfluss, daran konnte kein Zweifel bestehen.

Rasch trat er nach rechts und verschwand hinter dem Vorhang. Nikolous stand neben einem großen Requisit (vermutlich ein Überbleibsel aus der letzten Theaterproduktion) und sprach mit einem der Helfer aus seiner Gemeinde.

Caleb saß auf einem Klappstuhl neben Leiah, die wie eine Henne über ihm wachte. Sie hatte eine Hand auf seine Schulter gelegt, die andere an ihrem Mund und biss nervös auf ihrem Fingernagel herum. Sie entdeckte Jason, und er sah, wie Erleichterung sich in ihr breit machte.

Sie hatten Caleb eine lange schwarze Hose und ein weißes, kurzärmeliges Hemd mit einer roten Krawatte angezogen. Dazu trug er schwarze Lederschuhe. Sein Haar fiel ihm bis auf die Schultern. Mit seinen tiefblauen Augen blickte er zu Jason auf.

Ein dünner Schweißfilm glänzte auf seiner Oberlippe; darüber hinaus gab es keine Hinweise darauf, dass der Junge nervös war.

„Bist du bereit, Caleb?"

Der Junge antwortete nicht und Jason blickte Leiah an. „Es sieht so aus, als würden sie live übertragen", erklärte er leise.

„Live? Aber wenn nun –"

„Ich bin sicher, sie senden nur, wenn ... wenn alles klappt." Er bemerkte, dass seine rechte Hand leicht zitterte, und steckte die Hände in seine Hosentaschen. „Keine Sorge, es wird schon alles gut gehen."

„Das Ganze ist verrückt", meinte sie. „Und wenn die Einwanderungsbehörde nun draußen bereits auf ihn wartet?"

„Ich denke, sie würden wiederkommen, meinen Sie nicht? Es wird schon werden", sagte er mit so viel Zuversicht, wie er aufbringen konnte. In Wahrheit war die Einwanderungsbehörde überhaupt nicht einzuschätzen. Die NSA war noch schlimmer.

„Also geht es im Grunde darum, ob er oder ob er nicht ..." Sie ließ den Satz unbeendet. Er lächelte sie beruhigend an.

„So ungefähr."

Ihrer beider Welt war am Tag zuvor erschüttert worden, als sie mit Caleb auf der Couch saßen und keiner von ihnen so recht wusste, was er von diesem Erlebnis halten sollte, dachte er. Sie hatten kurz darüber gesprochen und waren sich in einem Punkt einig gewesen: Was sie empfunden hatten, war keine Einbildung gewesen. Calebs einfaches Lied hatte etwas in ihnen angerührt. Nicht, dass sie sich nicht auch gegen das Weinen hätten wehren können. Aber es war zumindest sehr verlockend gewesen.

Falls einer von ihnen noch irgendeinen Zweifel an der Macht des Jungen gehabt hatte, dann war dieser am Vortag beseitigt worden. Die Frage war nur noch, ob Caleb diese Macht willentlich einsetzen konnte.

Aber so wie es aussah, würden sie das bald herausfinden.

„Bereiten Sie den Jungen vor", sagte Nikolous, der sich ihnen mit hinter dem Rücken verschränkten Händen näherte. Er würde das Ereignis mit großen Worten ankündigen und offensichtlich hatte er Freude an dieser Aufgabe. Er war ganz in Schwarz gekleidet. Glänzendes schwarzes Haar, schwarzer Bart, doppelreihig geknöpfte schwarze Soutane, schwarze Schuhe ... und falls man in ihn hereinblicken könnte, würde man ein dazu passendes Herz finden, dachte Jason.

„Ich muss Sie ja nicht daran erinnern, was dieser Abend bedeutet", mahnte er, dann wandte er sich seinem Assistenten zu – dem großen, knochigen Mann aus dem Bürogebäude, der nun mit einem Funkgerät in der Hand wie ein Schatten hinter Nikolous herlief. „Sagen Sie ihnen, sie sollen die Musik laufen lassen und die Lichter herunterdrehen."

Der Mann sprach in sein Walkie-Talkie und innerhalb von wenigen Sekunden wurde es im Saal dunkler. Leise Musik ertönte im Zuschauerraum. Der Geräuschpegel im Publikum sank, während sich auch die Letzten auf ihre Plätze begaben.

Nikolous zog den Seitenvorhang auf und befestigte ihn an der Wand. Von seinem Platz aus hatte Jason eine gute Sicht auf die Bühne und in den Zuschauerraum. Er konnte auch die Kamera sehen, die jetzt aufzeichnete. Die leise Musik wurde zunehmend lauter und Schweigen senkte sich auf das Publikum.

Nikolous zupfte an seinem Revers, straffte die Schultern und trat hinaus auf die Bühne. Sofort richtete sich ein weißer Lichtkegel auf ihn und folgte ihm zum Mikrofon. Der Ständer war niedrig gestellt und befand sich auf Calebs Höhe. Nikolous nahm das schnurlose Mikrofon aus der Halterung.

„Meine Damen und Herren, ich danke Ihnen, dass Sie an diesem schönen Abend zu uns gestoßen sind. Sie gehören zu den wenigen, die mutig genug sind zu glauben, und darum werden Sie an diesem Abend erleben, was bisher nur wenige je miterlebt haben. Das verspreche ich Ihnen.“ Nikolous hatte beschlossen, dass der Junge mitmachen würde, so viel stand fest.

„Sie werden heute Abend keine Zauberei erleben.“ Aus dem Publikum waren ein paar Proteste zu hören. „Nein, keine Zauberei. Sie werden ein psychisches Phänomen erleben, das es noch nie zuvor gegeben hat und das noch keine Kamera hat einfangen können. Es wird keine Show der großen Illusionen sein, es werden keine Taschenspielertricks geboten. Sie werden einen Menschen aus Fleisch und Blut sehen, der tut, was ein Mensch aus Fleisch und Blut normalerweise nicht tun kann. Es sei denn natürlich, es wäre ein kleiner Junge mit außergewöhnlichen Kräften. Es sei denn, es wäre Caleb. Oder es sei denn, Sie wären bei Caleb. Denn wenn Sie bei Caleb sind, ändern sich die Regeln.“

Spannung lag in der Luft. Caleb starrte den Griechen an. Schweiß stand ihm auf der Stirn. Jason spürte einen Hauch von Zweifel. Und wenn er nun versagte? Wenn er dort hinausging und vor Angst einfach erstarrte? Das käme einem Todesurteil gleich. Vielleicht in vielerlei Hinsicht.

„Und jetzt möchte ich Ihnen zum ersten Mal“ – Nikolous hob die Hand zum Bühneneingang und Jasons Magen krampfte sich zusammen – „einen Jungen präsentieren, der unser bisheriges Denken erschüttern wird ...“ Er hielt inne und kündigte dann mit lauter Stimme an: „Hier ist Caleb.“

Das Publikum zögerte, während der Name durch die Arena hallte. Und dann brach der Applaus los.

Leiah führte Caleb zum Seitenvorhang und kniete neben ihm nieder. Nikolous trat vom Mikrofon zurück. Caleb sollte die Bühne betreten, nachdem Nikolous sie verlassen hatte.

„Hör mir zu, Caleb“, erklärte ihm Leiah. „Sie werden dir nichts tun. Wenn ich es dir sage, dann gehst du, wie wir es besprochen habe, okay? Hab keine Angst.“ Sie fuhr ihm mit der Hand durchs Haar und gab ihm einen Kuss auf die Wange. „Jason und ich werden ganz in deiner Nähe bleiben.“

Nikolous kam hinter den Vorhang. „Geh jetzt“, flüsterte er.

Leiah richtete ihn auf das Mikrofon aus und schickte ihn los.

Der Junge rührte sich zuerst nicht, und Jason dachte schon, dass seine schlimmsten Befürchtungen wahr würden. Der Junge war wie erstarrt. Doch dann wagte Caleb einen Schritt, wenn auch sehr zögerlich. Seine Beine zitterten. Die Arme hingen an der Seite herunter und er zitterte wie eine Weide im Wind.

Leiah griff nach ihm, doch Jason hielt sie zurück.

Der Junge ging zu dem Mikrofonständer und sie hielten die Luft an. Der Scheinwerfer fing ihn ein, und er zögerte nur einen kurzen Augenblick, bevor er weiterging. Der Applaus war verstummt, nur die Orgel spielte in tiefen Basstönen.

Caleb erreichte das Mikrofon und sah es an. Er stand reglos da. Nichts passierte. Unruhig trat er von einem Fuß auf den anderen und starrte in den Zuschauerraum.

„Was macht er?“, fragte Nikolous leise.

Caleb sah zu ihnen hinüber, wieder zurück in den Zuschauerraum, dann kam er, ohne ein Wort zu sagen, zu ihnen zurück.

Es war tatsächlich passiert.

Leiah eilte ihm entgegen und begleitete den Jungen die letzten Meter. „Was ist los, Schatz?“

„Was machst du?“, flüsterte Nikolous verärgert. Einer Panik nahe stellten sie sich um ihn herum. Im Zuschauerraum war ein leises Raunen zu hören.

Jason nahm Caleb an den Schultern. „Es ist in Ordnung, Caleb. Du brauchst nur zu tun, was du kannst, okay? Was ist passiert?“

„Er ist wie gelähmt!“, schimpfte Nikolous. „Heiliger –“

„Halten Sie den Mund!“

Jason wandte sich wieder dem Jungen zu. „Caleb, du weißt doch noch, was wir –“

„Sie sind fort“, sagte Caleb.

„Sie sind fort? Wer ist fort?“

„Die Leute sind fort“, sagte er.

„Der Scheinwerfer blendet ihn!“, erklärte Leiah.

Nikolous rannte los und fuhr seinen Assistenten an. „Die Scheinwerfer! Sagen Sie den Dummköpfen, sie sollen den Scheinwerfer nicht auf ihn richten! Er kann nichts sehen. Sie sollen die Hintergrundbeleuchtung einschalten!“

Der knochige Mann gab die Anweisung über sein Walkie-Talkie weiter.

Ein lautes Knacken ertönte und die Scheinwerfer erstarben. Weiches, gelbes Licht leuchtete von oben auf und tauchte die Bühne in eine warme Helligkeit.

Nikolous tupfte sich mit einem Taschentuch die Stirn ab, fuhr sich über den Bart und trat auf die Bühne und vor das Mikrofon. „Meine Damen und Herren, verzeihen Sie die kleine Panne, aber wie es scheint, war der Junge von den Scheinwerfern geblendet. Vielen Dank für Ihre Geduld." Mit langen Schritten kam er wieder zurück.

„Alles okay, Caleb?", fragte Leiah. „Du brauchst wirklich nicht –"

„Du wirst das prima machen, Caleb", unterbrach Jason sie. Er kniete sich vor ihn hin. Was dachte sich Leiah? Das Leben des Jungen hing hiervon ab. „Na, los", sagte er ermutigend.

Caleb drehte sich um und machte sich zum zweiten Mal auf den langen Weg hinaus zum Mikrofon. Er gab sich tapfer, aber der Schweiß auf seinem kleinen Gesicht war nicht zu übersehen, genauso wenig wie das Zittern seines Körpers. Er erreichte die Bühnenmitte und betrachtete das Publikum. 3 000 Augenpaare waren auf ihn gerichtet. Die Orgel spielte lange, leise, unheimliche Töne.

Und nichts passierte. Caleb hatte 20 Sekunden reglos vor dem Mikrofon gestanden und in die Menge gestarrt, als die Musik plötzlich abbrach, als hätte jemand den Plattenspieler abgedreht. Ein lautes Rauschen kam über die Lautsprecher, dann vollkommene Stille. Jemand in der Zuschauermenge lachte. Alles lief überhaupt nicht wie geplant.

Nikolous fluchte verhalten auf Griechisch, packte seinen Assistenten am Arm und zerrte ihn weiter in die Dunkelheit hinein. Der Mann stolperte und wäre beinahe gestürzt, wenn der Grieche ihn nicht festgehalten hätte. „Holen Sie jemanden im Rollstuhl hier herauf!", fuhr Nikolous ihn an. „Sagen Sie ihnen, sie sollen sich einen der Kranken schnappen und ihn sofort auf die Bühne bringen!"

Der Assistent brüllte diese Anweisung in sein Funkgerät, so laut, dass mindestens die ersten zwölf Reihen es hörte. Zum Glück sprach er Griechisch.

Caleb sah zu ihnen hin. Ganz eindeutig wusste er nicht, was er tun sollte. Leiah lief aufgeregt herum und kaute an ihren Fingernägeln. Jason hatte den Eindruck, dass sie jeden Augenblick auf die Bühne stürmen und den Jungen holen würde. Er sah hinüber zu dem Kamerateam von NBC. Sie hatten die Arme vor der Brust verschränkt und warteten ungeduldig. Das grüne Licht der Kamera blinkte; sie zeichneten noch immer auf, obwohl er sehr bezweifelte, dass sie live übertrugen. Im Studio sprach der Moderator bestimmt über den

Smogalarm oder über andere Ereignisse dieses Tages, um das Fiasko zu vertuschen.

Jason spürte das Pochen seines Herzens und er wischte sich die Handflächen an seiner Hose ab. Dies könnte sein Sohn Stephen sein, der dort draußen vor der Menge stand. Er und Ailsa hatten den kleinen Stephen einmal gegen ihr besseres Wissen in einer Kirche nach vorne gebracht. Das war, bevor die ALS so weit fortgeschritten war, dass er nicht mehr stehen konnte; bevor die Ältesten beschlossen hatten, sie würden diesen kleinen Jungen von der Krankheit befreien, und wenn sie sie aus ihm herausprügeln müssten. Der Pastor hatte ihm Fragen gestellt und Stephen war wie gelähmt gewesen.

Wie Caleb.

Eine Welle des Bedauerns rollte über Jason hinweg und er knirschte mit den Zähnen. Wenn nicht so viel auf dem Spiel stehen würde, würde er auf die Bühne marschieren und den Zuschauern erzählen, was sie ihn konnten.

Aber andererseits starrte der größte Teil der Menge schweigend diesen kleinen Jungen an, der unschuldig vor ihnen auf der Bühne stand. Er versetzte sie nicht in Erstaunen, das war klar, aber er hatte ihre Sympathie, dachte Jason. Sonst hätte es bestimmt Protestschreie und Pfiffe gegeben.

Ein Aufruhr im hinteren Teil des Zuschauerraums lenkte Jasons Aufmerksamkeit von dem Jungen ab. Drei Bühnenhelfer hatten einen jungen Mann Mitte 20 mitsamt seines Rollstuhls hochgehoben und rannten mit ihm zur Bühne. Offensichtlich hatten sie einen bereitwilligen Kandidaten gefunden. Scheinbar war er gelähmt, denn seine Beine schwangen beim Laufen unkontrollierbar hin und her. Falls der Mann mit einem Ausflug auf die Bühne einverstanden war, dann aber bestimmt nicht mit der Art und Weise, die seine Träger gewählt hatten.

Zehn Meter vor der Bühne begann der junge Mann lautstark zu protestieren, aber mittlerweile war es bereits zu spät. Die drei Männer hievten den roten Rollstuhl über den Bühnenrand und versetzten ihm einen Stoß, sodass er über die Bühne rollte. Mit dem Rücken zu Caleb blieb er schließlich stehen, etwa sechs Meter von Jason und Leiah entfernt.

Der linke Fuß des Mannes war von der Fußstütze gerutscht und hing lose herunter. Sein Gesicht wurde vor Verlegenheit leichenblass und seine Lippen verzogen sich vor plötzlicher Wut. Er umklammerte die Räder und drehte den Rollstuhl um, sodass er den Jungen ansehen konnte. Sein lose herabhängendes Bein ignorierte er.

Schweigen legte sich auf die Arena, sodass Jason seinen eigenen Pulsschlag hören konnte und das leise Summen der Klimaanlage über sich. Die Zuschauer rutschten auf die Stuhlkante oder stellten sich auf Zehenspitzen, um besser sehen zu können. Jason spürte Leiahs Hand an seinem Ellbogen. Sie zitterte. Vielleicht war es aber auch sein Arm, der zitterte.

Einen Augenblick lang dachte er, der Gelähmte würde Caleb entgegenstürmen, aber das tat er nicht. Er sah ihn nur an, beide Hände auf die Räder seines Rollstuhls gelegt. Der Junge blickte ihn ebenfalls an, drehte sich aber nicht um. Noch immer leuchtete das grüne Licht an der Fernsehkamera, und Donna hielt ein Mikrofon an den Mund, doch ihre Lippen bewegten sich nicht. Eine Ewigkeit lang, wie es schien, rührte sich niemand.

Und dann drehte Caleb sich um und blickte den Mann im Rollstuhl an. Im hinteren Teil des Zuschauerraums mochte das wie eine Konfrontation wirken. Aber von Nahem wirkte es, als verschmolzen die beiden, dachte Jason. Sie blickten sich in die Augen, und was sie sahen, ließ sie langsam ihre Umgebung vergessen.

Wenn der Junge eben noch wie erstarrt gewesen war, dann schmolz er nun langsam dahin. Jason beobachtete ihn ein paar Sekunden lang, bevor ihm klar wurde, dass Caleb tatsächlich weinte. Das gelbe Licht wurde von den Tränenspuren auf seinen Wangen reflektiert. Seine großen Augen schienen sich zusammenzuziehen und er legte den Kopf leicht zur Seite. Caleb sah den Mann mit einer Freundlichkeit und mit so viel Mitgefühl an, wie Jason es noch nie erlebt hatte. Er schluckte und kämpfte gegen seine Rührung an.

Das Haar des jungen Mannes war kurz, stand etwa einen Zentimeter hoch und geriet plötzlich in Bewegung. Sein ganzer Körper begann zu zittern. Ein unterdrücktes Schluchzen entrang sich ihm und es hallte wie ein Schuss durch den Zuschauerraum. Ein Schauer lief Jason den Rücken herunter. Die Dame in der ersten Reihe mit dem Fächer flüsterte unter Tränen: „Herr, erbarme dich seiner."

Die Hände des Gelähmten rutschten von den Rädern und hingen schlaff herunter. Sein Körper bäumte sich unter seinem Schluchzen auf und der Junge starrte ihn einfach nur an. Er weinte leise. Plötzlich fiel der Kopf des Mannes zurück und er sackte in seinem Rollstuhl zusammen. Sein Mund stand weit offen und er weinte lautlos. Schließlich schnappte er laut nach Luft, schluchzte noch einmal.

Caleb schloss die Augen, breitete die Arme aus und legte den Kopf in den Nacken. Sein Mund öffnete sich in einem stummen Schrei.

Und dann schloss er den Mund und sprach ein einziges Wort in seiner Muttersprache. *„Hara."*

*Ja.*

Jason spürte, wie sich bei diesem Wort sein Pulsschlag beschleunigte. Als hätte der Junge eine kleine Bombe auf der Bühne zur Explosion gebracht und die Erschütterung durchlief nun seinen Körper. Er schnappte nach Luft. Dann war es verschwunden.

Erschreckte Schreie ertönten aus dem Zuschauerraum. Das Kamerateam von NBC sah sich verständnislos um. Donna sagte etwas zu dem Mann hinter der Kamera und er blickte erneut durch die Linse. Sie sendeten nun live. Leiah neben ihm stieß einen Seufzer aus.

Der Junge senkte den Kopf und ging grinsend auf den Mann zu. Auf seinem Gesicht lag dieser Ausdruck verzweifelten Eifers, den Jason bereits am Kongresszentrum gesehen hatte. Der Gelähmte fuhr Caleb entgegen. Als Caleb den Mann erreichte, rannte er bereits sehr schnell. Er rutschte gut einen Meter auf seinen glänzenden neuen Schuhen, bevor er zum Stehen kam und die Hände des Mannes ergriff.

Er reichte sie ihm und Caleb sagte etwas auf Ge'ez. Ihre Körper bebten, als ginge gerade ein elektrischer Schlag durch sie hindurch. Der Mann schnappte plötzlich nach Luft und hielt den Atem an. Sein linkes Bein, das ohne einen einzigen funktionierenden Muskel schlaff herabhing, schoss nach vorn und blieb gerade. Der Mann wandte seinen Blick von Caleb ab und starrte entgeistert darauf.

Alle beobachteten das Bein und in dieser Angelegenheit war ein Irrtum ausgeschlossen. Es veränderte sich. Wuchs. Wurde dicker. Die blaue Hose umschloss die Beine nicht mehr lose, sondern schwoll an. Der Schuh richtete sich aus und innerhalb von Sekunden sah das Bein des Gelähmten aus wie jedes andere Bein in einer blauen Hose.

Caleb begann zu lachen. Ein spielendes Kind.

Die billigen Plätze waren beinahe leer gefegt; die Leute strömten nun nach vorn. Überall ertönten erstaunte Ausrufe.

Caleb begann vor Aufregung zu hüpfen. Er zog den Mann am Arm aus dem Stuhl.

Aber der Mann blieb nicht stehen.

Entsetzt beobachtete Jason, wie beide hinfielen – Caleb nach hinten, der Mann über ihn. Wie neugeborene Füllen lagen sie auf dem Bühnenboden. Entsetzte Schreie ertönten im Zuschauerraum. Zornige Protestschreie.

Caleb und der Mann rollten sich einmal herum, dann sprang der Junge wieder auf. Er begann erneut zu hopsen, als gehörte dies alles zu einem großen Spiel. Der Mann sah zu ihm auf, stellte die Füße auf den Boden und erhob sich langsam auf wackligen Beinen.

Das brachte die Menge zum Schweigen.

Ein Strahlen erhellte das Gesicht des jungen Mannes. Er lachte. Machte einen Schritt, dann noch einen. Er umklammerte seine Beine und betastete sie durch den Stoff hindurch. Die Zuschauer beobachteten ihn in atemlosem Schweigen.

Plötzlich warf der Mann den Kopf in den Nacken und stieß einen ohrenbetäubenden Schrei aus. „Hurra!"

Sogar Jason fuhr zusammen.

Der vor Freude fassungslose Mann begann zu schreien und hüpfte mit Caleb herum. „Meine Beine, meine Beine, meine Beine!", wiederholte er immer und immer wieder. Er hob den Jungen hoch, drückte ihn an sich und drehte sich dann mit ihm im Kreis. Caleb lachte und Jason lachte mit ihnen. Es war ansteckend.

Plötzlich setzte der Mann den Jungen wieder ab und rannte zu seinem roten Rollstuhl. Er hob ihn hoch, schwang ihn einmal herum und schleuderte ihn durch die Luft. Er knallte gegen die hintere Wand und fiel klappernd zu Boden. Caleb begann wieder zu hüpfen.

Sie waren wie zwei Kinder. Sie waren zwei Kinder, die einen Tanz aufführten, während 3 000 Menschen voller Ehrfurcht zusahen. Es herrschte vollkommener Aufruhr. Stimmen des Lobes, Stimmen des Erstaunens, Stimmen des Zweifels, zornige Stimmen – alles durcheinander; die Stimme der Menschlichkeit.

„Preis sei Gott! Preis sei Gott!", rief die alte Frau in der ersten Reihe.

„Eine Schande, das ist eine Schande!", rief der knochige Mann neben der Dame, aber er starrte trotzdem fassungslos auf die Bühne. Die beiden Teenager beobachteten die Vorgänge ebenfalls mit weit aufgerissenen Augen. Alle Zuschauer waren aufgesprungen und schrien verwirrt durcheinander.

Aber der Junge war ekstatisch.

Er rannte um den geheilten Mann herum, der wie ein Ball hüpfte, und das Schreien wurde noch lauter.

Was bisher passiert war, hätte sicherlich 1 000 Menschen beim Frühstück beschäftigt, aber was als Nächstes passierte, ließ den Namen Caleb in aller Munde sein.

Jason wusste nicht, ob es an dem Lärm lag oder auf die Begeisterung des Jungen zurückzuführen war, aber in der einen Sekunde tanzte Caleb noch um den Mann herum, in der nächsten schon eilte er zum Bühnenrand. Seine blauen Augen funkelten vor Aufregung und er grinste noch immer verlegen.

Er blieb am Bühnenrand stehen, ließ seinen Blick über das Publikum schweifen, warf dann den Kopf in den Nacken und begann mit seinem Singsang.

Die Töne, die aus seiner Kehle drangen, waren rein und klar, und sie durchbohrten die Luft wie ein Pfeil, der durch den Nebel fliegt.

*Das ist Ge'ez,* dachte Jason.

Aber mehr konnte er nicht mehr denken, denn das Lied des Jungen schien seine Gedanken zum Kreisen zu bringen. Die Welt um ihn herum bewegte sich auf einmal wie in Zeitlupe. Caleb stand noch immer mit geschlossenen Augen da und sang. Das grüne Licht der Kamera blinkte, und die Zuschauer starrten mit aufgerissenem Mund zur Bühne, aber alle Bewegung hatte sich verlangsamt.

Und der Ton war verklungen.

Doch nicht das Lied. Calebs Singen erfüllte seine Seele.

Einen kurzen Moment lang erstarrte alles. Und dann wurde Jason von irgendetwas an der Brust getroffen, und er sank auf die Knie, betäubt und fassungslos. Er fiel gegen den Bühneneingang, kämpfte gegen eine starke Energie an. Aber seine Kraft war verschwunden.

Doch es ging nicht nur ihm so. Leiah lag ausgestreckt neben ihm auf dem Boden, als sei sie tot. Ein Körper berührte ihn an der Ferse, Nikolous. Der Grieche lag auf dem Rücken.

Mit aller Kraft gelang es Jason, den Kopf zu heben. Der Mann aus dem Rollstuhl lag auf dem Rücken und blickte zum zweiten Mal zur Decke. Und das Publikum …

Das Publikum sank vor seinen Augen zu Boden!

Jasons Verstand gab Alarm, aber sein Körper konnte sich nicht rühren. Er sah einfach nur zu. Es war wie eine unsichtbare Welle roher Gewalt, die links begann und über das gesamte Publikum hinwegging und umwarf, was ihr im Weg stand. Die stehenden Zuschauer sanken auf ihre Plätze oder zu Boden. Die Sitzenden sackten auf ihren Stühlen zusammen. Die Welle erreichte die Kamera von NBC. Donna taumelte und fiel dann zur Seite, als könne sie einem schweren Gewicht nicht standhalten. Der Kameramann sackte auf seinem Stuhl zusammen. Jason beobachtete, wie er von seinem Stuhl kippte und zu Boden fiel. Die Welle brauchte nicht länger als zwei Sekunden, um über das Publikum hinwegzurollen.

Und dann herrschte vollkommene Stille.

Aus den Augenwinkeln entdeckte Jason das gelbe Licht auf der

Kamera von NBC, und er wusste, dass noch gesendet wurde. Die Welt sah zu.

Caleb blickte über die Menge hinweg und sagte auf Englisch: „Ihr solltet an der Macht Gottes nicht zweifeln." Dann grinste er erneut.

Sie hatten es gehört. Bestimmt hatten sie es gehört, weil auch Jason es gehört hatte, ganz deutlich.

Jason erhob sich langsam. Er war noch immer ein wenig benebelt; eine warme Zufriedenheit hatte sich in ihm ausgebreitet. Er verspürte das Bedürfnis, sich zu setzen, darum schleppte er sich hinaus auf die Bühne und ließ sich nieder. Die Beine ließ er über den Bühnenrand hängen und betrachtete das Chaos.

Und genau das war es. Ein Chaos. Körper lagen verstreut übereinander, wo sie gerade zu Boden gefallen waren. Die Hälfte hatte sich bereits wieder auf die Beine gerappelt, aber nur wenige hatten die Entschlossenheit gefunden aufzustehen. Die alte Frau in der ersten Reihe lag flach auf dem Rücken. Ein breites Grinsen erhellte ihr Gesicht, das Jason zum Lächeln brachte. Ihre Enkelin hockte auf ihren Füßen und starrte mit aufgerissenen Augen zu Caleb hinauf. Der Mann rechts von ihnen hatte sein Gesicht flach auf den Boden gedrückt, die Arme und Beine ausgebreitet. Die beiden Teenager lagen wie Zwillinge nebeneinander. Sie bekamen offensichtlich noch nicht mit, was um sie herum vorging. Die Beine des Geschäftsmannes am anderen Ende der Reihe hingen irgendwie auf seinem Stuhl, den Rücken hatte er auf den Boden gedrückt. Er schien keine Eile zu haben, seine Position zu verändern.

Es war ein Chaos. Aber es war kein schlimmes Chaos.

Eine Frau hatte sich erhoben und kam langsam nach vorn. In ihren Armen lag ein kleiner Junge, vielleicht drei oder vier Jahre alt. Von seinem Platz aus konnte Jason die verkrüppelten Beine des Jungen erkennen. Er hatte solche Beine schon einmal gesehen. Ein Schraubstock schien sich um Jasons Brust zu legen.

Sie brachte das Kind und legte es direkt vor Caleb auf den Boden, der sie schweigend beobachtete. Der Kameramann war wieder auf seinen Hocker gestiegen und richtete die Kamera nun auf den Jungen. Donna hatte sich aufgesetzt und sprach tief erschüttert in ihr Mikrofon. Sie berichtete den Zuschauern, was passiert war. Natürlich war das absurd, weil sie genauso wenig wie Jason wusste, was tatsächlich gerade passiert war.

Aber irgendetwas war geschehen. Das war der Punkt. Es war tatsächlich passiert, vor einer Kamera, die die Vorgänge in 20 Millionen Haushalte übertrug.

Und nun geschah noch etwas. Die Mutter legte ihr Kind Caleb zu Füßen und wieder sah der Junge verzweifelt aus. Caleb fiel auf die Knie, legte seine Hände auf das Gesicht des Kindes und murmelte aufgeregt auf Ge'ez.

Dann erhob er sich, trat neben das Kind und blickte in die Menge. Das kleine Kind neben ihm bewegte sich und setzte sich verwirrt auf. Seine Mutter begann zu jammern. Falls Caleb das bemerkte, ließ er sich nichts anmerken. Er hob die Hände und sprach einige Sätze in seiner Sprache.

Der Vierjährige erhob sich plötzlich und stand zitternd auf seinen Beinen. Caleb ließ die Hände sinken und begann über die Bühne zu hüpfen. Schreie ertönten aus dem Zuschauerraum, dann plötzliche Ausrufe des Erstaunens, als Menschen, die mit einer Krankheit hergekommen waren, entdeckten, dass sie wieder gesund waren. Und andere mit einer Behinderung waren auf einmal nicht mehr behindert, genau wie der junge Mann, der seinen Rollstuhl über die Bühne geschleudert hatte, oder das kleine Kind, das seine ersten Schritte wagte, während die Mutter hemmungslos weinte.

## 16

Die gesamten Ereignisse dauerten noch eine weitere Stunde an, aber schon etwa zehn Minuten nach den Heilungen war Nikolous auf die Bühne gekommen und hatte Caleb ohne ein weiteres Wort zum Bühnenausgang geschoben. Alles weitere waren „Nachwirkungen".

Donna ging durch die Menge und sprach mit Menschen, die bereit waren, ihre Geschichte zu erzählen. Soweit sie sagen konnten, waren 98 Menschen mit einer Behinderung zu der Veranstaltung gekommen und alle 98 gingen vollkommen gesund nach Hause. Über die Ursache der Welle, die alle zu Boden geschleudert hatte, wurden ein Dutzend Theorien aufgestellt und ein Dutzend weitere zu der Quelle der Kräfte des Jungen. Und das bereits im Saal, bevor die Kommentatoren im Fernsehen das verarbeiten konnten, was sie gesehen hatten.

Diese spektakuläre Berichterstattung des Kamerateams von NBC wurde live über 200 Lokalsender ausgestrahlt und schließlich von allen größeren Sendern und Kabelkanälen übernommen und noch vor den 22-Uhr-Nachrichten erneut gebracht. Gegen Mitternacht östlicher Zeit hatten mehr als 40 Millionen Haushalte den kleinen Jungen mit Namen Caleb entweder gesehen oder seine Geschichte gehört.

Wie sich herausstellte, war es weder der Gelähmte, der seinen Rollstuhl über die Bühne geschleudert hatte, noch das plötzliche Niedersinken des gesamten Publikums (einschließlich des Kameramannes), denen das größte Interesse galt. Obwohl das nun wirklich bühnenreife Inszenierungen waren, wie gleich ein Dutzend Kommentatoren herausstellten. Es war der kleine Junge, der Caleb zu Füßen gelegt worden war. Die Kamera war auf seine nackten, verkrümmten Beine gerichtet worden, nachdem Caleb ihn berührt hatte. Alle konnten miterleben, wie sich die Knochen verdrehten, streckten und wuchsen, als sei dies ein Spezialeffekt in einem Science-Fiction-Film.

Nur, dass es sich hier nicht um einen Spezialeffekt handelte, sondern um eine Live-Reportage.

Diese Szene zusammen mit der des jungen Mannes, der seinen Rollstuhl über die Bühne geschleudert hatte, und der Welle, die alle zu Boden sinken ließ, war der Renner im ganzen Land.

Jason und Leiah verließen das Alte Theater an diesem Abend gegen zehn Uhr.

Jason fiel auf, dass Leiah nicht von ihren Narben geheilt worden war. Aber andererseits hatte sie ja auch immer behauptet, von niemandem Hilfe zu benötigen. Sie brauchte gar nicht geheilt zu werden, oder? Nein, das brauchte sie nicht.

Stewart Long hielt sich am Dienstagabend gegen zehn Uhr in der Garage auf und arbeitete an seiner Werkbank, als Barbara durch die Küchentür nach ihm rief.

„Stew! Stew, komm rein … das musst du dir ansehen."

„Einen Augenblick. Ich bin fast fertig."

„Du wirst das noch verpassen! Komm rein!"

„Okay … ist ja schon gut." Brummend warf Stewart den Schraubenschlüssel wieder in den Werkzeugkasten zurück. Er wischte sich die Hände an einem alten Lappen ab und betrat das Haus durch den Kücheneingang.

Barbara und Peter saßen vor dem großen Fernsehgerät im Wohnzimmer. „Was ist?"

Sie antworteten nicht. Er trat hinter seinen Sohn. Drei Dinge fielen ihm sofort auf – es waren nicht unbedingt wichtige Dinge, nur Dinge, auf die Polizisten besonders achten. Erstens, sie sahen die Nachrichten von NBC mit dieser Donna. Zweitens, diese Donna befand sich bei irgendeiner Veranstaltung – einem Kongress oder einer religiösen Versammlung –, und sie wirkte definitiv stark mitgenommen. Und drittens, Peter und Barbara sahen aus, als würde über eine Bombenexplosion oder die Ermordung des Präsidenten berichtet und nicht über irgendeine Veranstaltung.

Erst dann bemerkte er, dass viele der Leute auf dem Bildschirm hinter Donna auf dem Boden lagen. „Ich weiß, dies sieht ungewöhnlich aus …", kommentierte Donna gerade. „Nun, es sieht sogar unmöglich aus, und um ehrlich zu sein, ich würde das vermutlich auch nicht glauben, wenn ich nicht selbst hier wäre. Aber wir haben hier wirklich dramatische Ereignisse erlebt, meine Damen und Herren. Und nicht nur die Menschen, die Sie hinter mir sehen, sondern auch ich selbst." Ihre Augen funkelten vor Eifer. „Wir könnten gar nicht richtig erklären, was wir erlebt haben, aber wir können Ihnen versichern, dass es real war. Keine Tricks, keine Masche, keine Drähte. Nur die Macht eines kleinen Jungen. Sehen Sie sich die Berichterstattung erneut an und erleben Sie selbst, was wir erlebt haben."

Es kam ein Schnitt und das Wort „Aufzeichnung" war auf dem Bildschirm zu lesen.

„Sieh dir das an, Stew", sagte Barbara.

„Ich schaue ja zu."

Er sah, wie ein kleiner Junge auf die Bühne kam. Er war ganz offensichtlich verwirrt. Dann wurde ein junger Mann in einem roten Rollstuhl auf die Bühne gehoben und Stewarts Herz begann zu klopfen. Er blickte auf Peter hinab. Sein Sohn hatte die Lippen gekräuselt, entweder aus Frustration oder aus Zorn.

Die Szene lief weiter, und plötzlich begann Stewart zu schwitzen, weil Dinge passierten, für die es keine Erklärung gab. Als der Junge seinen ersten Schritt machte, dachte Stewart, dass Donna Unrecht hatte. Was da passierte, war nicht real.

Doch dann begann das Kind zu singen, und die Leute sanken zu Boden, und da wusste er genau, dass dies eine Täuschung war. So musste es sein. Beinahe hätte er das Fernsehgerät ausgeschaltet. Doch dann schwankte die Kamera, und Donna war zu sehen, wie sie auf dem Boden lag. Stewart knirschte mit den Zähnen. Ein Dutzend widerstreitende Gefühle prallten aufeinander.

In fassungslosem Schweigen verfolgten sie die Berichterstattung, und dann sahen sie, wie die verkrümmten Beine des kleinen Kindes vor der Kamera wieder gerade wurde. Das Kind konnte nicht älter als vier Jahre sein. Ein Blick in seine weit aufgerissenen Augen, und Stewart wusste, dass dies tatsächlich passiert war.

Nun war wieder Donna zu sehen, sie redete immer weiter, doch Stewart hörte ihr gar nicht mehr zu. Immer wieder ließ er diese letzte Szene vor seinem inneren Auge ablaufen, und er musste denken, dass sich die Welt gerade verändert hatte. Sein Herz klopfte zum Zerspringen. Er wusste, dass irgendwie nichts mehr so sein würde wie früher.

Peter wendete seinen Rollstuhl und fuhr den Flur entlang zu seinem Zimmer.

# 17

## *Tag 12*

„Mir ist es egal, ob ihn das Fernsehen als Wunderkind bezeichnet! Mir ist es egal, ob er in einem roten Umhang herumfliegt. Ich möchte, dass er aus diesem Land verschwindet!“ Crandal klang am Telefon wie eine Bulldogge.

„Ich weiß, dass er ein Problem darstellt. Und nicht nur die Fernsehsender nennen ihn ein Wunderkind. Das ganze Land spricht über ihn. Die Einwanderungsbehörde fordert eine Klärung.“

„Dann geben Sie ihnen, was sie wollen.“

„Das könnten wir natürlich tun. Aber wir dürfen auf keinen Fall riskieren, dass sich die Medien in diese Sache hineinhängen und einen Feldzug starten, um den Jungen im Land zu behalten. Wenn Sie denken, wir hätten jetzt schon Probleme …“

Am anderen Ende der Leitung wurde es still, nur das gleichmäßige Atmen des anderen Teilnehmers war zu hören.

„Wie um Himmels willen kommt es, dass ein Kind an einem Tag noch ganz unbekannt und am nächsten Tag schon eine nationale Berühmtheit ist?“

„Ich weiß es nicht. Vielleicht sollten Sie sich den Bericht ansehen. Er ist ziemlich … ungewöhnlich.“

„Da bin ich mir sicher. Was sollen wir Ihrer Meinung nach tun?“

„Ich schlage vor, wir kehren zu den herkömmlichen Methoden zurück.“

Pause. „Das wird eine Woche dauern. Mindestens.“

„In Ordnung. Sie werden keine Ahnung haben, was mit ihm passiert ist.“

„Sind Sie sicher, dass Sie das inszenieren können?“

„Ich bin sicher. Ich habe bereits einiges veranlasst.“

„In Ordnung. Aber wir brauchen einen Plan für den Fall, dass das Kind anfängt zu reden. Und außerdem muss dieses Kind unbedingt rund um die Uhr, sieben Tage die Woche, überwacht werden.“

„Das wurde bereits veranlasst, Sir.“

Jims Fischrestaurant war überfüllt. Es herrschte gerade so viel Lärm, um ihr Gespräch zu tarnen, ohne es zu behindern. Jason starrte auf seinen Teller, auf dem ein Schwertfischfilet lag, und klopfte mit den Fingern auf das Wachstuch. Donna wollte in 15 Minuten auf einen Kaffee kommen.

„Sehen Sie es doch mal positiv, Leiah. Vor vier Tagen haben wir uns noch Gedanken darüber gemacht, dass er vielleicht wieder zurück nach Äthiopien geschickt werden könnte. Immer eins nach dem anderen. Ich meine, irgendwie sind die Ereignisse über uns hereingebrochen, aber wir dürfen unser eigentliches Ziel nicht aus dem Blick verlieren.“

„Sicher. Aber ist das nicht, als käme er vom Regen in die Traufe?“

„Nicht unbedingt. Nikolous ist vielleicht kein Engel, aber glauben Sie mir, die Leute bei der NSA auch nicht. Ich garantiere Ihnen, dass er, wenn wir ihn durch irgendeine Behörde Nikolous wegnehmen lassen, wieder zurück nach Äthiopien geschickt wird. Und das wäre ein Fehler. Zumindest im Augenblick haben wir ein wenig Luft.“

„Wir vielleicht schon, aber in der Zwischenzeit wird Caleb erstickt.“

„Er ist am Leben, oder etwa nicht?“

„Wir sollten zumindest einen Antrag stellen.“

„Und an die Menschenrechte appellieren? Es dauert einen Monat, bis wir eine Antwort von denen bekommen. Nein, ein Einspruch war wirklich nur eine kurzfristige Möglichkeit, und jetzt würde ein Einspruch Caleb mehr schaden als nützen.“

Sie sah ihn an. Das Licht war gedämpft und ihre Augen trotz ihrer Besorgnis blau und strahlend. Vielleicht gerade deswegen. Heute waren ihre Narben durch ein schwarzes Tuch verdeckt, und auf jeden, der es nicht besser wusste, wirkte sie wunderschön. Nicht nur ihr Gesicht, sondern ihr ganzes … Wesen. Sie hatte ihn schon einmal dabei ertappt, dass er ihre weiße Bluse betrachtete, und er hatte schnell einen Schluck von seinem Eistee genommen, um es zu überspielen.

In der vergangenen Nacht hatte er sich über eine Stunde lang im Bett gewälzt und über diese ganze Sache nachgedacht. Über sein Interesse an ihr. Er war schließlich zu dem Schluss gekommen, dass es nicht mehr als Interesse war.

Doch im Augenblick konnte Jason die Narben nicht sehen. Er konnte sich nicht einmal vorstellen, wie sie aussahen. Er sah einfach eine atemberaubend schöne Frau vor sich.

Sie lächelte sanft und nickte. „Sie haben Recht. Ich mache mir nur Sorgen um ihn. Die Einwanderungsbehörde mag zwar aufgegeben haben, doch Nikolous hat die Schlinge noch fester um seinen Hals gezogen."

„Na ja, wenigstens im Augenblick ist Nikolous nicht der Feind", sagte Jason.

„Machen Sie sich doch nichts vor. Er ist genauso sehr der Feind wie der Teufel höchstpersönlich. Wir haben keine Ahnung, was sie Caleb hinter geschlossenen Türen antun."

„Sie tun nichts. Sie tun genau das, was Dr. Caldwell vorgeschlagen hat. Nichts. Wenn sie Recht hat und Caleb auf Grund des Einflusses seiner Umwelt seine Kräfte verliert, steht Nikolous dumm da. Das wirkt sich zu unserem Vorteil aus."

„Wenn Caleb hier bei uns wäre, wäre das für uns von Vorteil. Ich kann es kaum ertragen, dass er wie ein kostbarer Vogel eingesperrt wird."

„Natürlich nicht, aber er ist eben nicht bei uns. Wir haben schon hundertmal darüber gesprochen. In der realen Welt – in der sein Leben offensichtlich bedroht ist, in der Welt, in der Nikolous die Vormundschaft über ihn hat – wirkt sich die Tatsache, dass Nikolous keine Veränderung in ihm möchte, positiv für uns aus. Was, wenn Sie genau darüber nachdenken, bedeutet, dass Nikolous unser Verbündeter ist, nicht unser Feind. Zumindest im Augenblick."

Sie durchbohrte ihn mit ihrem Blick und wandte sich dann ab. Vielleicht hätte er weniger nachdrücklich sein sollen. Noch vor einer Woche hätte ihm ihre Reaktion nichts ausgemacht; heute war das anders.

„Aber Sie haben ja Recht", lenkte er ein. „In gewisser Weise ist Nikolous der Feind. Nur ist er ein Feind, mit dem wir es im Augenblick noch nicht aufnehmen wollen."

„Dieses Mal nimmt er Eintritt", bemerkte sie. „25 Dollar pro Karte."

„Er nimmt Eintritt? Wann haben Sie das gehört? Ist das denn legal?"

„Heute Morgen im Radio. Am nächsten Dienstag im Alten Theater – 25 Dollar pro Karte. Angeblich soll das Geld in einen Fonds für die Erziehung des Jungen fließen. Der Mann macht mich krank."

Jason pfiff leise durch die Zähne. „Wie viele Leute passen in dieses Theater? 10 000 ? Also kann er mit 250 000 Dollar rechnen. Der Mann ist wirklich kein Dummkopf."

„Aber er ist ein Teufel. Er ist nur auf Geld aus und wir beide wissen das, Jason. Für den Augenblick müssen wir uns vielleicht mit diesem Mann abfinden, aber irgendwann müssen wir ihn aufhalten. Was mich betrifft, ich denke, dass sein Verhalten illegal ist."

Jason wischte das Kondenswasser von seinem Glas. „Er ist zu klug, um etwas Illegales zu tun, es sei denn, er weiß, dass er damit davonkommt."

„Ich möchte Ihnen eine Frage stellen, Jason."

„Und die wäre?"

„Ich möchte nicht unsensibel sein, aber ich möchte meinen Standpunkt nur verdeutlichen: Wie viel hätten Sie für Stephens Leben bezahlt?"

Es war, als hätte jemand Jasons Kopf mit einem Vorschlaghammer bearbeitet.

„10 000? 100 000 ? Eine Million?", fragte sie.

Er blinzelte und starrte sie an. An dem Tag vor seinem Tod hatte er ein Foto von Stephen gemacht. Dieser lag im Bett, eine grüne Sauerstoffmaske vor dem Gesicht und lächelte. Er war auf 25 Pfund abgemagert und lächelte. Er lächelte, um Himmels willen! Wie viel hätte er bezahlt? Alles. Und er hätte auch alles dafür gestohlen. Vielleicht hätte er für das Leben seines Sohnes sogar einen anderen Menschen getötet.

„Verstehen Sie jetzt?", fragte sie leise.

„Ja." Er räusperte sich. „Aber das würde Nikolous doch nicht tun."

„Er wird es tun. Und in einem Punkt haben Sie Recht: Solange Caleb mitmacht, wird der Grieche alles tun, und ich meine wirklich alles, um sicherzustellen, dass das auch so bleibt. Und wenn er mit dem Jungen fertig ist, wird nichts mehr übrig sein."

„Vielleicht. Aber vielleicht überreagieren Sie auch nur."

„Vielleicht aber auch nicht. Denken Sie darüber nach, Jason."

Er versuchte es, aber seine Gedanken wanderten immer wieder zurück zu dem Foto von Stephens lächelndem Gesicht. Das war es, was ihm an der Sache mit Caleb nicht gefiel – der Junge rief zu viele Erinnerungen in ihm wach. Er steckte ein Stück seines mittlerweile kalten Schwertfischs in den Mund und spülte ihn mit einem Schluck Eistee hinunter.

„Darf ich Ihnen eine weitere Frage stellen?", fragte Leiah.

„Sicher."

„Was geht hier eigentlich ab, Jason?"

„Was meinen Sie?" Jason kämpfte gegen seine eigene Frustration. Was wollte sie denn noch?

„Es passiert doch nicht jeden Tag, dass man von einem Jungen, der sechs Meter von einem entfernt steht, von den Beinen geworfen wird."

„Er hat psychische Kräfte. Das geht hier ab."

„Ja, ich weiß, dass er psychische Kräfte hat. Er ist eine Laune der Natur."

„Das habe ich nicht gesagt."

„Nein, aber genau das denken doch alle. Ich weiß das, weil selbst ich es manchmal denke. Aber er ist trotzdem nur ein Junge; niemand weiß das besser als ich. Er ist ein einfacher Junge mit einem Herzen so groß wie der Himmel. Also, woher nimmt ein einfacher, liebenswerter Junge die Macht, verkrüppelte Beine wieder gesund werden zu lassen?"

„Sie haben Dr. Caldwell doch gehört. Es ist nicht unmöglich."

„Ja, ich weiß. Aber irgendwie passt die Tatsache, dass wir alle zu Boden geworfen wurden, nicht so ganz zu Dr. Caldwells Erklärung."

„Und was denken Sie?"

„Ich denke, dass jemand durch mich hindurchging. Irgendetwas, das meine Emotionen berührt hat, nicht nur meine Nerven."

Er grinste. „Sprechen wir hier über Casper, den Geist? Um ehrlich zu sein, halte ich die Erklärung der Ärztin für plausibler."

„Ich meine es ernst, Jason."

„Ich auch, Leiah. Glauben Sie mir, was wir gespürt haben, war definitiv physischer Natur. Das war keine Horde Geister, die aus der Vergangenheit herbeigerufen wurde, und ganz bestimmt war es nicht die unsichtbare Hand Gottes, die uns alle von den Füßen gehauen hat. Bitte, bleiben Sie doch sachlich."

Sie wurde rot, und er merkte, dass er einen wunden Punkt berührt hatte.

„Das meinen Sie doch nicht wirklich ernst, oder? Sie können doch nicht allen Ernstes glauben, dass dies geistlichen Ursprungs war?" Um ehrlich zu sein, hatte er erst am vergangenen Abend ähnliche Gedanken gehabt, doch nun erschienen ihm diese Gedanken weit entfernt und absurd. „Ich habe gesehen, was diese Geistesheiler tun können, und glauben Sie mir, letztendlich gar nichts. Überhaupt nichts."

Sie nickte und kräuselte trotzig die Lippen. „Nun, wir haben es hier nicht unbedingt mit den fundamentalen Grundlagen der Mathematik zu tun, falls Sie das noch nicht bemerkt haben. Vielleicht hat Ihr kleiner Besuch bei den Halleluja-Leuten in der Heiliggeistkirche nicht viel gebracht, aber eben auch alles andere im Augenblick nicht. Niemand, und dazu gehört auch Ihre Dr. Caldwell, weiß, was hier vorgeht, mit Ausnahme von Caleb. Und Caleb ist nicht gerade gesprächig und jubiliert darüber, welche Freude es ist, psychische Kräfte zu haben."

„Caleb? Wofür Caleb sich hält und was er tatsächlich ist, sind vermutlich zwei sehr unterschiedliche Dinge. Zumindest das müssen Sie zugeben."

„Ich gebe gar nichts zu."

„Genau."

Sie starrten sich an und wandten sich dann beide ihren Gläsern zu. Leiah seufzte und strich sich über die Schläfe. „Er sagt, seine Macht käme von Gott", fuhr sie fort. „Es könnte doch sein, dass niemand richtig weiß, wer Gott ist. Vielleicht irren sich die Buddhisten, vielleicht die Moslems, vielleicht auch die Hindus, und vielleicht irren sich auch die Christen und sogar die Leute, die behaupten, Gott sei in den Bäumen zu finden. Wer weiß? Aber Caleb scheint zu glauben, dass diese Macht nicht aus ihm heraus kommt, und ich fange allmählich an, das auch zu glauben. Ich hatte den Eindruck, dass dies von außen kam. Das ist alles."

„Nun, dann können Sie sich ja der örtlichen ‚Gott-ist-am-Werk-Gruppe' anschließen, weil sie, da können Sie sicher sein, hinter den Büschen hervorkommen werden. Noch während wir sprechen, geht es los. Ich kann nur sagen: Falls irgendeine höhere Macht für das alles verantwortlich ist, dann hat sie einen schlechten Sinn für Humor."

„Wie meinen Sie das?"

„Ich meine, dass jeder Gott, der tun kann, was Caleb tut, und es nicht tut, kein Gott ist. Wenn Gott jede Ihrer religiösen Gruppierungen, einschließlich der Christen, bevollmächtigen würde, dann müssten wir diese Macht doch sehen, oder? Jesus soll am See Genezaret die Kranken geheilt haben. Als er seine Jünger verließ, versprach er, sie würden noch größere Dinge tun. Aber wenn wir ein Wunder brauchen, dann ist er gerade nicht da, oder etwa nicht? Darum weiß ich, dass Calebs Macht ganz bestimmt nicht von Gott kommt."

„Und das sagt wer? Ein Mann, der Gott in eine mathematische Gleichung bringen möchte?"

„Nein. Ein Mann, der seinen Sohn verloren hat, nachdem er Gott wochenlang angefleht hat, ihn zu heilen", erklärte Jason.

Leiah starrte ihn einen Augenblick lang an. Und dann lehnte sie sich zurück. „Ich habe ja nicht behauptet, dass dies mein Gott war", sagte sie.

Er hatte Licht in die Sache gebracht, dachte er. Die nächsten Worte sprach er fast ohne nachzudenken. „Sie sollten doch wissen, wie sich das anfühlt."

Sie verspannte sich, und er hoffte, dass sie nicht glaubte, er würde auf das anspielen, auf das er tatsächlich anspielte. Leider tat sie das.

„Tatsächlich? Und warum?"

„Ich weiß nicht –"

„Weil ich weiß, was es bedeutet zu leiden, meinen Sie das?" In ihrer Stimme lag Bitterkeit. Er wusste nicht, was er antworten sollte. „Weil die arme Leiah von Kopf bis Fuß von hässlichen Narben entstellt ist? Weil jeder, der wie die Leprakranken zu den Ausgestoßenen gehört, wissen sollte, wie das ist? Meinen Sie das?"

„Nein."

Sie beugte sich vor, und er entdeckte ein Feuer in ihren Augen, das ihn erschreckte. „Nein? Sie finden meine Narben nicht hässlich, Jason? Sie sehen mich nicht an und fragen sich, wie ich es ertragen kann, abends meine Kleider auszuziehen? Bei dem Gedanken dreht sich Ihnen nicht der Magen um?"

Ihre Lippen zitterten leicht. Es war, als hätte sich ein Stachel durch Jasons Brust gebohrt und auf einmal fiel ihm das Atmen schwer. Hitze wallte in ihm auf. Wie gebannt starrte er auf sein Glas.

„Ach, jetzt können Sie mich noch nicht einmal mehr ansehen, so ist das!" Hohn lag in ihren Worten. Sie schlug mit der Hand auf den Tisch und zerrte ihren Ärmel hoch.

„Sehen Sie nur! Sehen Sie mich an! Ob es Ihnen nun gefällt oder nicht, das bin ich!"

Sie hatte gerade einen wichtigen Schritt getan und Jason war plötzlich zum Weinen zu Mute. Er betrachtete ihren Arm, denn dies nicht zu tun, wäre für sie wie ein Schlag ins Gesicht gewesen.

Sie hatte ihren Ärmel bis zum Ellbogen hochgezogen, und im ersten Augenblick erkannte er ihren Arm nicht als Arm, weil er nicht wie ein Arm aussah. Er sah eher wie die Wurzel einer Eiche aus, verkrümmt, verfärbt und grob wie die Rinde. Aber er wusste, es war ihr Arm, weil er ihre chirurgisch wiederhergestellten Hände kannte, und eine davon hing an einem Ende. Er blinzelte und schnappte nach Luft, und er wusste, dass sie es bemerkt hatte. Aber er konnte nicht anders. Nichts hätte ihn auf einen so scheußlichen Anblick dessen, was sie ihren Arm nannte, vorbereiten können.

Doch fast im gleichen Augenblick machte sich auch eine andere Empfindung in ihm breit. Mitgefühl stieg in ihm auf und auf einmal schmerzte seine Kehle. Er wollte schreien. Er wollte den Kopf auf den Tisch legen und wie ein Kind weinen. Er wollte sie um Vergebung bitten und ihr sagen, dass alles in Ordnung kommen werde.

Aber er konnte nichts tun, außer auf diesen Arm zu starren und nach Luft zu schnappen.

Als er seinen Blick davon losriss und den Kopf hob, standen Tränen in Leiahs Augen. Ihr Gesicht verzog sich vor Scham und langsam zog sie ihren Ärmel wieder herunter.

„Es tut mir Leid, Leiah. Es tut mir so Leid“, flüsterte er. Die Worte klangen dumm und in gewisser Weise wie Hohn. Sie schüttelte den Kopf. Die Situation war so peinlich, dass man Albträume davon bekommen konnte.

„Hören Sie. Hören Sie mir zu, Leiah. Mir ist es egal, wie Ihre Haut aussieht. Verstehen Sie?“ Sie reagierte nicht. „Hören Sie … bitte …“

Und was konnte er schon sagen, das für eine Frau mit so schrecklichen Narben von Bedeutung wäre? Ihre Narben reichten durch die Haut hindurch bis ins Herz. Sie hatte sich vor ihm entblößt und jetzt hasste sie sich dafür. Ihr Herz blutete. Sie schniefte und legte ihre linke Hand auf den Tisch. Sie zitterte.

Jason reagierte, ohne nachzudenken. Er griff über den Tisch und legte seine Hand auf ihren Handrücken. Sie zuckte zusammen und er schloss seine Finger um ihre.

Eine ganze Weile lang hielt er ihre Hand umfangen. Obwohl an ihrer Hand kaum Zeichen der Verbrennungen zu sehen waren, ganz sicher nicht in dem Ausmaß wie an ihrem Arm, war es das erste Mal, dass er sie berührte. Und in diesem Augenblick verspürte er den Wunsch, ihre Narben zu berühren. Sich irgendwie mit ihr zu identifizieren. Sie berührte ihre Narben den ganzen Tag lang; sie gehörten zu ihr. Und jetzt war er ihr ein kleines Stück entgegengekommen.

Sie entspannte ihre Hand und er zog sie in die Mitte des Tisches. Sein Griff wurde lockerer.

„Sieh mich an."

Sie sah langsam auf. In diesem Augenblick hatte sie kaum Ähnlichkeit mit der mutigen Kämpferin, die er kennen gelernt hatte. In diesem Augenblick war sie Leiah, das verletzte Mädchen, das anfing zu weinen, wenn man es zu lange anschaute.

„Ich werde jetzt etwas sagen, das ich auch wirklich so meine, und es liegt an dir, ob du es glaubst oder nicht. Ich sehe dich an und sehe nichts als Güte. Dein Herz ist so weit wie das Meer, und ich weiß, wo alle Liebe auf dieser Welt hinverschwunden ist. Aber da ist noch mehr. Es ist nicht nur in deinem Innern. Du bist eine der schönsten Frauen, die ich je gesehen habe."

Er hielt inne. Es war ein wenig sentimental, aber der Augenblick verlangte es. Und er wollte es gern geben.

„Verstehst du mich? Du hast wunderschöne Augen und dein Haar so glänzend wie das Meer. Das sehe ich, wenn ich dich anschaue. Und wenn dir das alles ein wenig melodramatisch erscheint, dann musst du mir verzeihen. Ich sehe dich auf der Straße und muss zweimal hinsehen, weil ich vergesse, wie atemberaubend gut diese Frau aussieht, die ich in einem finsteren Kloster im hintersten Winkel von Äthiopien kennen gelernt habe."

Sie suchte seinen Blick und hielt ihn eine Weile fest, dann erhellte ein verlegenes Lächeln ihr Gesicht.

Er hielt noch immer ihre Hand, als Jason Donna aus den Augenwinkeln entdeckte. Er lächelte Leiah ein wenig verlegen an. „Das ist die Wahrheit. Sag mir, dass du mir glaubst."

Sie hatte Donna ebenfalls entdeckt und einen Augenblick lang wirkte sie beinahe panisch. Doch sie fasste sich schnell.

„Ich werde darüber nachdenken", sagte sie.

Er ließ ihre Hand los.

Donna sah, wie sie ihre Hände losließen und kam mit einem strahlenden Grinsen auf sie zu. Er war also an ihr interessiert. Sie war von einer Frau, die mit Narben übersät war, ausgestochen worden. *Siehst du, was passiert, wenn man sich in seine Karriere verbeißt, Donna? Man lässt sich die Besten durch die Lappen gehen und bekommt sie vor der Nase weggeschnappt.*

Eigentlich gab es da etwas an Leiah, das sie bewunderte. In ihr brannte ein Feuer. Und um ehrlich zu sein, trotz der Narben war sie ausgesprochen attraktiv. Jason hatte schon immer ein Faible für schwache Frauen gehabt. Kein Wunder, dass er sich von einer hübschen Frau angezogen fühlte, die offensichtlich litt. So wie sie aussahen, hatten sie gerade einen höchst emotionalen Moment erlebt.

„Hallo. Verzeiht die Störung, ihr Turteltauben, aber ich war zu dieser Party ja immerhin eingeladen." Sie zog sich einen Stuhl heran und setzte sich. „Stimmt's?"

„Natürlich", erwiderte Jason. „Vielen Dank, dass du gekommen bist. Wir haben gerade darüber gesprochen, was für gute Arbeit du geleistet hast, Donna. Du meine Güte. Innerhalb von nur drei Tagen hast du es geschafft, unseren kleinen Jungen in ganz Amerika bekannt zu machen. Möchtest du Kaffee?"

„Danke, gerne. Und ich tue mein Bestes. Darum ging es doch, oder?" Jason winkte einer Kellnerin, die ihm zunickte und eine Kaffeekanne holte. „Eigentlich müsst ihr Caleb für seine Popularität danken. Ich habe nur die Kamera bereitgehalten. Er hat den Rest getan, obwohl ich sagen muss, ich bin froh, dass ich dort war. Habt ihr jemals ein so unschuldiges Kind gesehen?"

„Mir war gar nicht so richtig klar, welche Macht die Kamera hat", bemerkte Jason.

„Und trotzdem gibt es Zweifler."

„Das hattest du erwartet."

Donna nickte.

„Ich schätze, wir schulden Ihnen unseren Dank", sagte Leiah. Sie wirkte ein wenig bedrückt und zerstreut.

„Gern geschehen."

„Und wie sieht es aus?"

Die Kellnerin füllte ihre Tasse mit heißem, schwarzem Kaffee. Donna dankte ihr. „Na ja, zuerst mal sind da die Medien. Nikolous hat mir heute Morgen erzählt, dass mehr als 200 Medienvertreter um ein Interview gebeten haben."

„200? So viele gibt es?"

„Machst du Witze? Glaub mir, es gibt noch viel mehr. Natürlich hat er allen abgesagt. Es wird nur ein Interview geben, in der nächsten Woche, nachdem die Leute ein wenig Zeit hatten, die Erlebnisse zu verarbeiten, und das ist mein Interview." Lächelnd trank sie einen Schluck Kaffee. Leiah und Jason wirkten überhaupt nicht beeindruckt. „Auf jeden Fall werden die Medien geifern, falls die nächste

Veranstaltung so ausfällt wie die letzte. Dieses Mal werden alle größeren Sender vertreten sein und mit ein wenig Glück wird das erst der Anfang sein."

„Ich bin sicher, dass Caleb auch seine Kritiker hat", warf Leiah ein.

„Oh, natürlich gibt es Kritiker. Doch bisher kann noch niemand so richtig erklären, was überhaupt passiert ist. Aber selbstverständlich gibt es Ablehnung in den Kreisen der meisten Konservativen. Vor allem bei den Religiösen."

„Tatsächlich? Ich dachte, die Frommen würden davon begeistert sein", meinte Jason erstaunt.

„Viele von ihnen sind es auch. Aber diese Ereignisse stellen natürlich auch eine Bedrohung für eine ganze Menge Dogmen dar. Denk doch nur mal nach. Wie würdest du reagieren, wenn du davon überzeugt wärst, dass nur die Mächte der Dunkelheit solche Tricks vollbringen können? Entweder muss man den Vorfall insgesamt herunterspielen – als eine optische Täuschung oder so etwas – oder man muss das Kind mit dem Teufel in Verbindung bringen. Glaub mir, Ersteres ist viel leichter. Wie auch immer, die meisten halten sich erst mal zurück. Rabbis, Priester, Theologen ... sie genießen die Interviews mit Vorsicht und bewegen sich so vorsichtig, als sei die ganze Sache ein Minenfeld. Das Problem ist aber, dass wir ein unleugbares Dokument des Paranormalen auf Zelluloid gebannt haben. Das können sie nicht leugnen, darum sind sie gezwungen, zumindest darüber nachzudenken. Aber sie sind sehr vorsichtig." Sie schüttelte den Kopf, als sie an mehrere Interviews dachte, die sie gesehen hatte.

„Du musst ihnen Zeit geben", meinte Jason. „Innerhalb von einer Woche werden sie ihm alle möglichen Namen gegeben haben, von Mose bis hin zum Antichristen."

Im Fernsehgerät auf der anderen Seite des Raums wurden Bilder von einer Straßenschlacht im Mittleren Osten gezeigt. *Gib ihnen zehn Minuten, und die Chancen, dass Calebs Gesicht auf dem Bildschirm auftaucht, sind ziemlich gut,* dachte sie. Diese Sache war eine Sensation, die man vielleicht einmal in seinem Leben erlebte. In diesem Wahljahr, in dem das Rennen so einseitig verlief, sprangen die Medien auf alles an.

„Und was ist mit allen anderen?", fragte Jason.

Donna nickte. „Die Leute stimmen im Großen und Ganzen Dr. Caldwells Erklärung zu. Sie macht die Runde durch die Sender. Wenn eine Professorin der Universität von LA vor einer Kamera steht und ihr leeres Brillengestell hochhält, dann macht sich das ganz gut.

Natürlich gibt es auch andere Theorien – alle großen Köpfe scheinen eine zu haben –, aber dabei geht es im Grunde nur um Variationen von irgendeiner Art von Psychokinese."

Sie lächelte. „Wartet nur bis zum nächsten Treffen. Es ist eine Sache, wenn nur eine Kamera außergewöhnliche Vorgänge einfängt. Was ganz anderes ist es, wenn 50 Kameras dasselbe aufnehmen." *Das gibt einen Zirkus,* dachte sie. Was durchaus in Ordnung war; sie liebte es, wenn es hoch herging. „Das wird eine Riesensache, und verzeiht mir, wenn ich das sage, aber ich würde es um nichts in der Welt verpassen wollen."

„Ich bin sicher, es ist die Erfüllung deines Wunschtraums", meinte Jason.

Sie grinste. „So ungefähr. Wenn man ein paar Stunden Nachrichten sieht, weiß man, wie die Welt auf Caleb reagiert. Aber ihr habt mich doch sicher nicht hergebeten, um das zu hören. Was gibt's?"

Jason sah zu Leiah hinüber, aber sie starrte quer durch den Raum. Ihre Gedanken schienen weit weg zu sein. „Was ist mit Crandal?", fragte er.

„Was meinst du? Er hat bei den Umfragen 15 Punkte Vorsprung."

„Komm schon, Donna. Du weißt genauso gut wie ich, dass auf dieser Pressekonferenz in der letzten Woche irgendetwas zwischen Caleb und Crandal vorgegangen ist. Du weißt auch, dass die NSA, eine Organisation, deren Leiter Crandal früher war, kurz darauf die Ausweisung des Jungen angeordnet hat. Jetzt sag mir nicht, dass dir das nicht komisch vorkommt."

„Also gut, wir haben zwei Ereignisse, die miteinander in Verbindung stehen könnten. Aber das ist auch schon alles. Zwei getrennte Ereignisse. Auf der einen Seite haben wir einen einsamen Jungen, der zu einem Mann hinmarschiert, ein paar unverständliche Worte über ihn sagt und weiter keine Erklärung abgibt. Auf der anderen Seite haben wir die Einwanderungsbehörde, die sich aus Sicherheitsgründen an einen Jungen aus einem Kriegsgebiet erinnert. Wir brauchen sehr viel mehr als das, Jason."

„Hier geht es nicht um das Was, sondern um das Wer. Der einsame Junge ist Caleb, kein gewöhnlicher Junge. Und der Mann ist der Präsidentschaftskandidat, der, wie ich schon sagte, die NSA früher geleitet hat. Findest du das nicht beunruhigend?"

„Du hast Caleb danach gefragt, richtig?"

„Ja."

„Und?"

Jason seufzte. „Und er scheint es nicht zu wissen."

„Dann weicht deine Quelle jetzt also aus, sozusagen."

„Er ist doch nur ein Kind!"

„Nur ein Kind? Ich dachte, er sei ein besonderes Kind. Sieh mal, man kann nicht einfach einen Mann wie Crandal überprüfen, ohne zumindest eine glaubwürdige, authentische Quelle zu haben."

Jason schüttelte den Kopf. „Ich sage doch nicht, dass es eine Verbindung gibt oder dass Crandal kein wundervoller zukünftiger Präsident ist. Mir ist Politik vollkommen egal. Aber Caleb sollte auf eine Anordnung der NSA hin aus dem Land gewiesen werden. Und darum sollte man sich doch ein wenig ausführlicher mit dem Wort ‚Tempest' beschäftigen."

„Ich habe bereits nachgesehen, Jason. Schließlich bin ich Reporterin."

„Und?"

„Nichts."

„Dann such weiter. Grab irgendwo anders. Frag Crandal selbst."

„Das braucht Zeit. Im Augenblick habe ich alle Hände voll zu tun."

„Mit wem?", hakte er nach.

„Mit Caleb. Mit Crandal."

„Genau. Hier geht es um die beiden."

In diesem Punkt hatte er Recht. Vielleicht sollte sie wirklich noch weitersuchen. Zumindest noch einen Versuch unternehmen.

„In Ordnung." Sie stellte ihre Kaffeetasse ab und schob ihren Stuhl zurück. „Ich werde mich noch einmal damit beschäftigen. War das alles?"

„Ja", erwiderte Jason.

„Dann sehe ich euch zwei Turteltauben bei der nächsten Veranstaltung." Sie strahlte sie an, drehte sich um und ging davon.

# 18

*Tag 16*

Caleb saß am Tisch, ließ die Beine baumeln und versuchte, den Brei zu essen, den die Hexe vor ihn hingestellt hatte. Er hatte die Konsistenz von Haferbrei, was in Ordnung war. Aber der Geschmack würde sogar eine Ziege dazu veranlassen, die Nase zu rümpfen, was eine Menge besagte, denn jeder wusste, dass Ziegen eigentlich alles fraßen. Alles, außer Dreck.

Die Welt hier in Amerika war auf den Kopf gestellt, dachte er. Das Innerste nach außen. Wie dieses Essen. Falls Amerika das Land war, in dem Milch und Honig flossen, dann war sein Honig bitter und seine Milch sauer. Martha war der Meinung, er würde lernen, das zu mögen, wenn er es lange genug essen würde. Aber er hatte es nun schon seit vielen Tagen gegessen und es schmeckte noch immer nicht besser. Es war sogar bitterer als alles, an das er sich erinnerte. Er wünschte, er könnte wieder zwischen diesem Dreck und den käsigen Würmern wählen, aber seit drei Tagen setzte sie ihm nun den Dreck vor.

Und wer behauptete, dass man etwas irgendwann tun wollte, wenn man es nur immer wieder tat? Das war nicht das, was Dadda ihm beigebracht hatte. Es war genau umgekehrt – der Wunsch kam zuerst.

„Du kannst das Reich Gottes nicht sehen, wenn du es dir nicht wünschst, Caleb. Das geht nur, wenn du es möchtest. Verstehst du das, Caleb?"

„Ja, ich glaube schon. Möchte ich es, Dadda?"

„Ich weiß es nicht. Wünschst du es dir?"

„Ich glaube schon."

„Du glaubst es? Es zu glauben, heißt nicht, dass du es dir auch wünschst. Komm, ich erzähle dir eine Geschichte." Er zog Caleb zu sich heran und begann, ziellos im Raum herumzulaufen.

„Es gab einmal einen Mann, der eines Tages etwas in einem Feld fand. Einen glänzenden Gegenstand, der in der Sonne funkelte. Als er sich bückte, um ihn zu untersuchen, machte sein Herz einen Sprung. Er sprang auf und sah sich schnell um. Niemand hatte ihn gesehen. Seine Hände begannen zu zittern und er keuchte vor Aufregung. Er konnte den Gegenstand nicht einfach nehmen, weil er nicht ihm gehörte, doch er war sehr, sehr wertvoll. Und er wollte ihn haben. Egal, was sonst passierte, in diesem Augenblick wurde ihm klar, dass er diesen Schatz besitzen wollte."

„Gold? Oder waren es Diamanten, Dadda?"

„Vielleicht 1 000 Diamanten in einer Schatztruhe. Auf jeden Fall überlegte er fieberhaft, wie er diesen Schatz in seinen Besitz bringen könnte. Und jetzt möchte ich dir eine Frage stellen, Caleb. Möchte dieser Mann den Schatz besitzen?"

Die Antwort kam wie aus der Pistole geschossen. „Ja!"

„Aha. Wenn du ins Reich Gottes eintreten möchtest, musst du diese Art von Sehnsucht haben. Ohne eine solche Sehnsucht hätte der Mann nie getan, was er dann tat."

„Was hat er gemacht?"

„Er hat die Diamanten versteckt, damit niemand sie finden konnte, und dann rannte er nach Hause, verkaufte sein Haus und alles, was er besaß."

„Warum?"

„Weil er dieses Feld haben wollte, Caleb. Wenn er das Feld besaß, gehörte ihm auch der Schatz. Und den Schatz wollte er unter allen Umständen haben. Darum gab er alles auf und kaufte ihn. So ist es auch mit dem Reich Gottes. Du musst es dir wünschen, wie der Mann sich den Schatz gewünscht hat."

„Und dann verkauft man sein Haus."

„Und dann gibt man alles andere dafür auf", hatte Dadda gesagt.

Caleb beugte sich über seinen Brei und lächelte. Er dachte daran, wie Daddas Augen gefunkelt hatten, wenn er seine Geschichten erzählte. Wie er später erfahren hatte, hatte Dadda diese Geschichte von Jesus. Wie eigentlich die meisten seiner Geschichten.

Caleb war bereits im Reich Gottes, aber Dadda half ihm zu begreifen, wie alles funktionierte. Und an diesem Tag hatte er gelernt, dass die Sehnsucht nicht nur die Augen, sondern auch das Herz öffnete.

Er stopfte sich einen weiteren Löffel Brei in den Mund, schluckte ihn so schnell wie möglich und nahm schnell einen Schluck Wasser. Ein Schauer rann ihm den Rücken hinunter und er räusperte sich. Vielleicht noch drei Löffel voll. Aber sie mussten schon groß sein.

Der Letzte war gerade in seinem Mund verschwunden, als die Hexe hereinkam.

„Ich hoffe, dass jetzt auch der letzte Bissen verschwunden ist, Junge", sagte sie drohend. Sie knallte die Tür hinter sich zu, durchquerte den Raum und sah ihm über die Schulter. Die Schüssel war ziemlich sauber und einen Augenblick lang fand Caleb eine gewisse Befriedigung darin. Eigentlich war es gar nicht so schlimm, wenn man alles heruntergewürgt hatte. Im Leben konnte man sich nicht immer wohl fühlen. Dinge wie den Boden putzen, Töpfeschrubben und Händewaschen gehörten einfach zum Leben dazu.

Also würde er hier in Amerika diesen schrecklichen Haferbrei essen und das wäre dann wie Bödenschrubben. Irgendwie war das sowieso ähnlich.

Martha schnalzte mit der Zunge und zerrte an seinem Hemd. „Komm."

Caleb erhob sich und ging vor ihr her. Noch nie hatte er sie glücklich erlebt. Sie schien sehr aufgewühlt zu sein und das tat Caleb Leid. Aber in diesen letzten Tagen, seit jener Veranstaltung in dem großen Theater, war sie wie ein Oliventopf mit einem Leck herumgestapft, und was aus diesem Leck tropfte, war durchaus kein Öl. Es war böse.

Caleb hatte den Kasten, den man Fernseher nannte, schon beinahe vergessen, doch als sie in den Flur kamen, hörte er bereits den Lärm, und Hitze wallte in ihm auf.

Instinktiv blieb er stehen. Seit fünf Tagen ließ sie nun schon diese Angst erregende Kiste laufen, außer wenn Vater Nikolous ihn besuchte. Und fünf Tage lang hatte Caleb die Geräusche ausgeschaltet, indem er sich zusammengerollt und gesungen oder geschlafen hatte. Aber die sich bewegenden Bilder waren nicht wie Boden schrubben oder Brei essen. Sie waren wie eine Krankheit. Nicht seines Körpers, aber eine, die an seinem Verstand nagte.

Am zweiten Tag hatte er einen kleinen Knopf gefunden, durch den er das Gerät ausschalten konnte. Aber als sie hereingekommen war und gesehen hatte, was er getan hatte, hatte sie ihn angebrüllt und dafür gesorgt, dass er das Gerät nicht mehr ausschalten konnte.

„Was ist los, Junge?", fragte Martha hinter ihm. „Geh weiter."

Er machte zwei Schritte und blieb erneut stehen. Vielleicht konnte er sie überreden. Er wandte sich um und sah zu ihr hoch.

„Entschuldigung, Tante. Es wäre wirklich nett, wenn du diesen Kasten im Zimmer abstellen könntest. Dann wäre es viel schöner für mich."

„Ach, tatsächlich? Geh weiter!"

Bei ihrem Tonfall zuckte er zusammen, drehte sich um und betrat den Flur. Der Lärm wurde immer lauter. Das quietschende Gelächter der gezeichneten Figuren. Er musste ihr einfach sagen, dass das nicht gut war.

Caleb blieb stehen und drehte sich erneut um. Dieses Mal stemmte sie beide Hände in die Hüften.

„Aber das sind keine schönen Bilder. Sie sind grausam, sehr schlecht und machen mir Angst."

„Tatsächlich?" Sie wackelte mit dem Kopf, wie sie es immer tat, wenn sie sich über ihn lustig machte. „Nun, ist dir je in den Sinn gekommen, dass dir ein wenig Angst nicht schaden könnte? Nicht?

Nein, vermutlich nicht. Du bist zu sehr damit beschäftigt, dafür zu sorgen, dein Leben schön zu gestalten. Alle überschlagen sich, um dir zu Diensten zu sein. Hältst du dich wirklich für so etwas Besonderes? Dass du Trost verdient hast? Dass du nicht dieselben Schwierigkeiten haben solltest wie jeder andere Junge auf dieser Welt?"

Sie schleuderte ihm ihre Worte entgegen, und sie sprach natürlich Englisch, sodass er nicht richtig verstand, was sie meinte.

„Es gefällt mir nicht", sagte er.

Im Flur war es dunkel, und er konnte ihr Gesicht nicht richtig sehen, aber er spürte, wie ihr Zorn immer größer wurde. Sie trat vor und packte ihn am Kragen. Dann schob sie ihn gegen die Wand, sodass sich ihre Knöchel in seine Kehle bohrten und er kaum noch Luft bekam.

„Und jetzt hör mir mal zu, du kleine verwöhnte Ratte!" Sie atmete schwer. Caleb begann zu zittern. „Du machst mich krank! Wieso glaubst du, du wärst was Besseres? Weißt du, in der Türkei hat mich mein Vater jeden Tag geschlagen. Jeden Abend, nachdem er aus der Kneipe zurückkam. Auch wenn ich ein gutes kleines Mädchen war. Damit ich nicht so werde wie er, sagte er. Und weißt du was, das war gut. Weil ich wirklich nicht so geworden bin wie er!"

Sie ließ ihn los und trat zurück. Schnell wie eine Peitsche zuckte ihre Hand vor und schlug zu.

„Also wage es nicht, mir zu sagen, was du magst oder nicht magst. Du hast keine Rechte. Und jetzt rein da!" Sie deutete auf die Tür.

Caleb duckte sich unter ihrem Arm hindurch und rannte den Gang entlang. Sein Gesicht pochte vor Schmerz.

„Ich schwöre dir, wenn die anderen nicht wären, würde ich einen Riemen nehmen, Junge!", murmelte sie hinter ihm her.

Er öffnete die Tür, rannte zum Bett und sprang auf die Matratze.

Die Tür knallte hinter ihm ins Schloss und fort war sie.

Zitternd hockte er mehrere Minuten lang in der Ecke seines Bettes und wartete darauf, dass der Schmerz in seiner Wange nachließ. Er war noch nie geschlagen worden, aber sie jeden Tag. Was war das nur für ein Mensch, der so etwas tat? So etwas würde zum Teufel passen.

„Der Teufel kann nicht ins Reich des Lichtes kommen, Dadda?"

„Nie. Er sitzt im Reich der Dunkelheit fest."

Wenn er also je vor dem Teufel fliehen wollte, brauchte er nur ins Reich Gottes einzutreten? Sein Vater hatte gesagt, dass das so sei.

Das Fernsehgerät kreischte in der Ecke und warf rotes und blaues Licht an die Wand. Caleb ignorierte es und schloss die Augen.

Einen Augenblick lang konnte er an nichts anderes denken als an diese Hexe, die ihre Hand gegen ihn erhoben hatte. Er begann leise zu weinen und wusste gar nicht so genau, warum. Der Schmerz hatte doch bereits aufgehört. Er versuchte, seine Gedanken zu reinigen, sie auf gute Dinge zu richten und auf Gott, aber es gelang ihm nicht.

Wie ein Ball zusammengerollt lag er auf seinem Bett und begann zu summen. Das half.

Eine Stunde später öffnete Caleb die Augen und sah ins Fernsehgerät. Die Farben hüpften wie ein berauschender Tanz über den Bildschirm. Ein wildes blaues Tier mit spitzen Zähnen rannte breit grinsend über den Bildschirm. In seinem rechten Huf befand sich ein rotes, entzweigerissenes Hemd. Das blaue Tier lachte.

Caleb starrte auf den Bildschirm. Es war faszinierend und zugleich Angst machend. Das blaue Tier hatte, wie es schien, jemandem das Hemd vom Rücken gerissen.

Caleb kniff die Augen zu. Er versuchte, die Geräusche auszublenden, aber er musste wissen, was mit dem blauen Tier passierte. Er lauschte, hörte jedoch nur seltsame Geräusche. Es wurde nicht gesprochen, sondern man hörte nur ein Zischen und Knallen und Ploppen. Und dann ertönte auf einmal ein lauter Knall und Caleb musste einfach die Augen öffnen.

Er sah, wie ein kleiner Junge auf Zehenspitzen davonschlich. Er grinste genau wie das Tier, mit langen, scharfen Zähnen. In der Hand hielt er ein blaues Fell. Es dauerte einen Augenblick, bis Caleb verstand, was passiert war. Doch dann dämmerte es ihm und sein Verstand begann zu protestieren. Er schrie auf, rollte sich zusammen und drehte sich vom Fernsehgerät weg. Dieses Mal legte er sich das Kissen über den Kopf und flehte darum, das Licht sehen zu dürfen.

Es war Montagabend. Sie befanden sich im „Hilton“ in San Francisco, als Crandal wie erwartet die Frage gestellt wurde.

Die sechs Tage seit der die Nation bewegenden Veranstaltung im Alten Theater waren ruhig verlaufen. Zumindest äußerlich war alles ruhig geblieben. Im Innern gärte es. Aber der Junge hatte in der Öffentlichkeit nichts gesagt und schon gar nichts über *Tempest*. Nach reiflicher Überlegung hatte Roberts beschlossen, Crandal bei einer Wahlveranstaltung am Kai vormittags und einer Reihe von Interviews am Abend in San Francisco zur Seite zu stehen. Bei den Umfragen führten sie mit 15 Punkten.

Alle Ratgeber auf Crandals Lohnliste sagten dasselbe: „Verhalten

Sie sich nur ruhig, Charles. Bleiben Sie aufrecht sitzen und warten Sie ab. Vermeiden Sie dramatische Szenen."

Ihr Gegner James Murdock stand bereits mit dem Rücken zur Wand. Crandal hatte seine Wahlversprechen gemacht und das amerikanische Volk hatte ihm sein Programm abgekauft. Er brauchte keinen weiteren Angriff zu starten, um die Schlacht dann vielleicht doch noch zu verlieren. Sie hatten ihren Terminplan gekürzt und Crandal davon überzeugt, sich von allem fern zu halten, was auch nur entfernt nach einer Kontroverse aussah.

Roberts hat dabeigesessen und drei Interviews von CNN und zwei anderen großen Sendern verfolgt, aber keines davon stellte irgendein Risiko dar. Sie standen praktisch auf seiner Gehaltsliste. Crandal hatte ihnen seine Antworten mit der Leichtigkeit eines gerissenen Geschäftsmannes verkauft, ohne wie einer zu klingen. Das war sein Talent. Es war der Anschein der Macht, der dies zuwege brachte, hatte Crandal ihm einmal gesagt, und im Laufe dieser vergangenen drei Monate war Roberts dazu gekommen, ihm das voll und ganz abzunehmen. In Wirklichkeit hatte Roberts die NSA genauso sehr geleitet wie Crandal, aber er hatte nicht dieses Talent. Sein Boss hatte es.

Es war dieses Interview mit Donna Blair, auf das sie sich vorbereitet hatten. Falls die Frage gestellt würde, dann an diesem Abend, und sie würde von ihr kommen.

Donna hatte alle grundlegenden und unbequemen Fragen zu Politik und aktuellen Themen gestellt und Crandal hatte sie auf seine sanfte, ruhige Art alle abgeschmettert – auch das gehörte zu seinen Talenten. Sie hielt inne und sah auf ihr Blatt. Jetzt würde es kommen, dachte Roberts.

Und so war es auch.

„Wie Sie wissen, Sir, fand vor sechs Tagen eine große Veranstaltung im Alten Theater von Los Angeles statt. Ich bin sicher, Sie haben davon gehört. Wie es scheint, hat sie die Aufmerksamkeit der Nation gefesselt. Aber ich glaube, das amerikanische Volk würde gern wissen, was der Mann, der vielleicht sein nächster Präsident wird, von einem solchen Jungen hält."

„Nun, falls dieser Junge tatsächlich ist, wofür alle ihn halten, dann denke ich, sollte er eine Stelle in meinem Kabinett bekommen."

Sie lachte zusammen mit einigen anderen, die in der Nähe standen und den Wortwechsel gehört hatten. Crandal hatte die Frage genommen und ganz geschluckt. Roberts spürte, wie seine Bewunderung für diesen Mann wuchs. Hinter geschlossenen Türen hatte er das Kind eine Missgeburt genannt, und sie wussten, dass dies auch so war. Aber vor der Kamera sagte man so etwas eben nicht.

„Glauben Sie, dass er tun kann, was von ihm behauptet wird?“

„Sie waren dabei, Donna. Vielleicht könnten Sie diese Frage besser beantworten als ich. Ich weiß nur, dass wir, falls er das tatsächlich kann, noch sehr viel mehr über den Verstand zu lernen haben. Und genau darum plane ich, 150 Milliarden Dollar in die wissenschaftliche Forschung zu stecken, die so wichtig ist für die Zukunft unseres Landes. Ich fordere mehr Macht für das Volk, aber das Bestreben, die Quelle für unsere Macht zu verstehen, dürfen wir auf keinen Fall vernachlässigen.“

Sie lächelte. „Diese Verbindung war mir noch gar nicht gekommen. Sie haben den Jungen selbst einmal gesehen, nicht?“

Das war es. Crandal zeigte keinerlei Zurückhaltung. Er winkte ruhig einem vorbeigehenden Journalisten zu und antwortete, als sei er leicht abgelenkt.

„Ich denke, daran würde ich mich erinnern. Er scheint ein auffallender junger Bursche zu sein.“

„Doch, Sie haben ihn gesehen. Bei Ihrer Pressekonferenz im Frazier-Park in Los Angeles. Er war auch dort und befand sich in der Menge. Ich glaube, er hat etwas zu Ihnen gesagt. Erinnern Sie sich?“

„Dieser Junge? Sind Sie sicher?“

„Ich stand direkt neben ihm.“

„Und was hat er gesagt?“

Roberts hielt die Luft an. Er hielt sich buchstabengetreu an ihr Konzept.

„Er sagte, Sie würden einen Sturm bringen“, erklärte Donna.

„Nun, dann kennt sich der Junge aber gut aus“, erwiderte Crandal mit einem amüsierten Lächeln. Mann, er war wirklich gut.

„Ich denke, ich habe bereits einen Sturm über dieses Land gebracht, zumindest wird mein Gegner das glauben. Wie Sie sicher wissen, Donna, achten wir Politiker sehr darauf, die richtigen Worte zu wählen. Wir können nicht gut von den Dächern eine Revolution ausrufen und das Volk aufbringen. Aber ich denke, auf vielerlei Weise habe ich klargemacht, dass meine Präsidentschaft eine Revolution darstellen wird. Ein Unwetter, wenn Sie so wollen, das die Festungen, die das Leben aus dem amerikanischen Volk heraussaugen, zum Einsturz bringen wird. Macht dient einer Sache: der Befreiung des Volkes. Und wenn jemand dies einen Sturm nennen möchte, von mir aus gerne.“

Roberts atmete langsam aus. Es war brillant. Er hätte es wissen sollen – schließlich hatte er es geschrieben. Alles, außer dem Teil mit der Macht, die das Volk befreit; das war Crandals Beitrag gewesen. Er war besessen von seinem Slogan „Alle Macht dem Volk". In Wirklichkeit hatte er überhaupt nicht vor, dem Volk mehr Macht zu geben.

Und damit war die Angelegenheit erledigt. Donna ging zu seinen Plänen für das Militär über. Sie hätten sich keine bessere Lösung dieser Angelegenheit wünschen können.

Natürlich hatte allein die Tatsache, dass das Wort *Tempest* nun in die Öffentlichkeit gedrungen war, Konsequenzen. Diese Bemerkung hatte das Schicksal des Jungen besiegelt. Ein weiterer Nagel für seinen Sarg, sozusagen.

Nicht, dass Roberts der Meinung sei, sie brauchten noch mehr Nägel; der Plan lief reibungslos. Eigentlich sogar glatter, als er sich vorgestellt hatte. Martha war mit 50 000 Dollar einverstanden und vermutlich hätte sie sich auch mit 20 000 zufrieden gegeben. Ihre nicht zu übersehende Abneigung dem Jungen gegenüber war ein Geschenk.

Natürlich hatte er noch einen zweiten Plan in der Hinterhand. Ein unabhängiger Plan, der nichts mit dem ersten zu tun hatte. Beide liefen. Die Frage war nur, welcher den Jungen zuerst erreichen würde.

Roberts fing Crandals Blick auf. Dieser gab sich vollkommen desinteressiert und gelassen. Er war wirklich sehr talentiert, dachte Roberts. Ein Mann, der die Macht verdient hatte, die das Volk ihm geben würde.

# 19

## *Tag 17*

An einem Dienstagabend, genau eine Woche nach der ersten Veranstaltung und mehr als zwei Wochen, nachdem Caleb seinen Fuß zum ersten Mal auf amerikanischen Boden gesetzt hatte, fand die zweite Großveranstaltung statt. In dem Alten Theater gab es 10 000 Plätze, und die eifrigen Zuschauer standen bereits zehn Straßenblocks weit für die Eintrittskarten an. 25 Dollar für die Karte waren ein günstiger Preis. Sie alle hatten die Szene, in der der Junge das

Bein des kleinen Kindes gerichtet hatte, hundertmal gesehen; und dies war die Realität.

Die Polizei hatte ihre Leute an allen Kreuzungen postiert und regelte fast den ganzen Tag lang den Verkehr. Wenn man die Reihen der Wartenden entlanggeschritten wäre, ohne näher über die Veranstaltung Bescheid zu wissen, hätte man denken können, es sei ein Kongress für Menschen, die am Rande der Gesellschaft standen. Für Ausländer, Behinderte, für Aussteiger und Ähnliche.

Ein Drittel war ausländischer Herkunft, vorwiegend aus dem Mittleren Osten oder Asien. Ein paar waren in ihrer traditionellen Landestracht erschienen: mit Kopfbedeckung und in langen weißen Baumwollgewändern oder Sarongs. Einige hatten sich in Gruppen zusammengefunden, die alle identisch gekleidet waren. Andere standen reglos in ihren schwarzen Gewändern. Wieder andere trugen irgendwelche Zeichen auf ihrer Stirn oder den Armen, die sie als Angehörige einer bestimmten Sekte auswiesen.

Die religiöse Gemeinschaft war in bunter Verschiedenheit und großer Zahl erschienen, um den Jungen zu sehen. Hindus, Muslime, Buddhisten und einige Vertreter kleinerer Gruppen wie der Moon-Sekte und anderer. Was durchaus Sinn machte. Sie hatten eine Woche Zeit gehabt, über die Macht des Jungen nachzudenken, und jetzt wollten sie sich selbst überzeugen. Die früheren Spekulationen, diese Macht sei irgendwie vorgetäuscht, war von den Medien selbst richtig gestellt worden. So blieb also noch eine echte Frage offen: Woher kam die Macht des Jungen?

Natürlich von Gott. Aber stimmte das wirklich?

Die Vertreter der östlichen Religionen waren da nicht so sicher. Sie konnte genauso gut psychischen Ursprungs sein; eine einzigartige menschliche Verbindung mit dem Universum, die ihm diese Macht verlieh. Aber selbst wenn, welcher Mensch war so rein, dass er sich mit dem Universum verbinden konnte? Ein herausragend großer Lehrer vielleicht. Möglicherweise ein Gott.

Und falls die Macht des Jungen tatsächlich von Gott kam, von welchem Gott denn? Dem Gott Mohammeds? Vielleicht war er sogar Mohammed selbst, von Gott gesandt?

Die christliche Gemeinschaft war sich genauso wenig einig. Wenn die Macht des Jungen echt war, und das schien der Fall zu sein, dann kam sie entweder vom Heiligen Geist, von Jesus oder vom Satan. Der Junge war dann entweder ein Prophet Gottes oder der Antichrist. Einige hatten sich bereits für Letzteres entschieden, und diese Gruppe war an den großen Plakaten oder Schildern zu erkennen, auf denen lange Verse aus dem Buch der Offenbarung zu lesen standen.

Der größte Teil der westlichen Welt hielt sich an die Aussagen der Parapsychologen, und viele der Wartenden waren gewöhnliche Menschen, die den Jungen mit der außergewöhnlichen Macht sehen wollten. Oder die von ihm geheilt werden wollten.

Tausende der Wartenden gingen auf Krücken oder saßen in Rollstühlen, in ein paar Fällen lagen sie sogar auf Bahren. Es war unmöglich zu sagen, wie viele der anderen an Krankheiten litten, die nicht so offen zu sehen waren, sicherlich Tausende.

Um 17 Uhr wurden die Türen geöffnet, zwei Stunden vor Beginn der Veranstaltung, und so lange brauchten die Platzanweiser auch, um die ersten 10 000 Wartenden ins Auditorium zu lassen. Die übrigen 3 000 wurden abgewiesen.

Jason stand hinter den roten Vorhängen auf der Bühne; dieses Mal waren sie heruntergelassen, offensichtlich wegen der Theatralik. Dies war nicht die einzige Veränderung. Die Bühne selbst war mit einem dunkelroten Teppich ausgelegt worden. Mehr als 20 hohe Palmen standen in einem Halbkreis um das Mikrofon herum. Hohe griechische Säulen erhoben sich zu beiden Seiten. Die Bühne erinnerte Jason an ein Bild aus dem „Jesus"-Film oder aus einem Passionsspiel, das er einmal gesehen hatte.

Leise Orgelmusik spielte im Hintergrund und bunte Lichter tauchten die Bühne in ein angenehmes Licht. Zwei schwarze Kästen – Nebelmacher – standen unmittelbar hinter dem Vorhang. In der Collegezeit hatte Jason als Schlagzeuger in einer Rockband gespielt. Ihr Auftritt war genauso inszeniert gewesen. Das war das einzige Mal gewesen, dass er eine Nebelmaschine aus der Nähe gesehen hatte. Die Requisiten, die Nikolous bestellt hatte, um die richtige Atmosphäre zu schaffen, waren tatsächlich hollywoodreif.

Jason schob den Vorhang zur Seite und sah hinab auf die Menge. Der gesamte Parkettbereich war mit Rücksicht auf die Menschen geräumt worden, die mit den Stühlen vielleicht nicht zurechtkamen, und wie es schien, war nicht genügend Platz vorhanden. Die Medien warteten in abgeteilten Bereichen. Ihre Kameras waren aus allen Blickwinkeln auf die Bühne gerichtet: CBS, ABC, FOX, CNN, natürlich NBC und eine ganze Reihe anderer, die er kaum kannte. Insgesamt mindestens 30 Kameras.

Jeder Platz im Theater war besetzt, und die leisen, gedämpften

Gespräche der Zuschauer untereinander klangen so, als würde ein Zug durch den Bahnhof laufen. Die Klimaanlagen hatten Mühe, dem Menschenandrang Herr zu werden.

Jason ließ seinen Blick über die orangefarbenen Sitze gleiten. Es war unglaublich, dass Caleb noch zwei Wochen zuvor in einem Kloster im Norden Äthiopiens versteckt gelebt hatte, und nun kamen die Menschen in Scharen, um ihn zu sehen. Wie ein kostbarer Schatz, der bei einer archäologischen Grabung gehoben wurde – der heilige Gral mit der Macht, immer währende Jugend zu schenken oder so etwas. Wenn man die Sache so betrachtete, ergab sie Sinn.

Was er immer noch nicht verstand, war die Frage, warum das Leben des Jungen überhaupt in Gefahr war. Warum hatten sie aus Äthiopien fliehen müssen? Warum war das Kloster dem Erdboden gleichgemacht worden? Und sogar hier – warum war die NSA so sehr darauf bedacht, ihn des Landes zu verweisen? Im Augenblick hatten sie Caleb gerettet, aber für wie lange? Die NSA handelte nicht willkürlich. Und obwohl die Popularität des Jungen die Gefahr für den Moment vielleicht abgewendet hatte, schien diese Popularität außer Kontrolle zu geraten.

Sein Blick wurde auf einmal von einem Mann angezogen, der knapp 30 Meter vom mittleren Teil der Tribüne entfernt stand. Er trug ein schwarzes Gewand mit Kapuze. In seiner Begleitung befanden sich fünf andere Männer, die alle gleich gekleidet waren. Wie ein Mann starrten sie ihn unter ihren Kapuzen an.

Jason fuhr zusammen und zog den Vorhang zu. Was war denn das? Eine Sekte von Schnittern, die Schilder statt Sicheln trugen?

Erneut schob er den Vorhang zur Seite, dieses Mal nur wenig. Einige von ihnen hatten ihre Aufmerksamkeit der Zuschauermenge zugewandt, doch ihr Anführer und zwei andere schienen noch immer die Bühne mit ihren dunklen Blicken zu durchbohren. In ihren Händen hielten sie schwarze Schilder, auf denen in roter Schrift die Worte standen: „Vorsicht vor dem Antichrist, der wie ein Wolf im Schafspelz kommt". Er blinzelte. Verrückte wie diese konnten ein Problem sein. Wie weit würde ein Mensch gehen, um den Antichrist zu töten?

„Ist der Saal voll?"

Jason zuckte zurück. Es war Nikolous.

„Ja. Die ganze Welt hat sich hier eingefunden."

„Gut." Der Grieche zog sich seine Jacke zurecht und stellte sich auf die Zehenspitzen.

„Sie haben wirklich alle Register gezogen, oder?", fragte Jason.

„Natürlich. Weniger wäre der Sache nicht gerecht geworden."

„Ganz zu schweigen von sehr viel weniger Geld."

„Hier geht es nicht allein ums Geld. Es steht viel mehr auf dem Spiel. Ein solches Ereignis auf die Frage zu reduzieren, wer das Geld verdient, würde der Größe des Augenblicks nicht gerecht."

„Das ist gut. Das gehört also zu dem Spiel, das Sie vor den Kameras zu spielen gedenken? Sie glauben wirklich, man würde Ihnen abnehmen, dass Sie an dem Geld nicht interessiert sind? Wir sprechen hier von 250 000 Dollar, vielleicht 50 weniger für die Auslagen. Um dem Jungen Schuhe zu kaufen, richtig?"

„Denken Sie doch, was Sie wollen." Nikolous sah auf seine Uhr. „Die Show beginnt in fünf Minuten."

„Die ‚Show', ja? Und was ist mit Ihnen, Nikolous? Sie sind ein frommer Mann, der an die Gottheit Christi glaubt, oder was? Woher kommt Ihrer Meinung nach die Macht des Jungen?"

Der Pater sah ihn an. „Hier geht es nicht um irgendein bestimmtes religiöses Dogma. Hier geht es um die Kraft des Geistes, der tatsächlich von Gott geschaffen wurde, obwohl wir natürlich nicht wissen, wie. Wir haben uns weit entwickelt und nun sehen wir das krönende Beispiel der Leistung Gottes vor Augen. Und es ist nur angemessen, dass er sich unter der Obhut der Kirche Gottes befindet. Er ist Gottes Geschenk an die Kirche."

„Und vollbringt Gottes Geschenk Wunder von Gott?"

„Wunder sind Dinge, von denen wir in Büchern mit Geschichten lesen. Sie haben bestimmt keinen Platz im Glauben eines vernünftig denkenden Menschen. Und wenn Sie mich jetzt bitte entschuldigen wollen, ich muss mich vorbereiten."

Nikolous wandte sich um und ging zum Bühneneingang.

Jason war kein Theologe, aber irgendwie bezweifelte er, dass dies die Worte waren, die der Begründer des Christentums gewählt hätte. Dieser Mann war durch und durch verblendet.

Caleb und Leiah standen noch hinter der Bühne, wo er sie zurückgelassen hatte. Caleb spielte mit ein paar Murmeln auf dem Boden, während die Bühnenhelfer herumliefen und Anweisungen in ihre Walkie-Talkies brüllten und dadurch zu der allgemeinen Verwirrung beitrugen. Der Junge schien sich in dieser Umgebung besser zurechtzufinden als noch vor eine Woche.

Leiah sah auf und lächelte. Der Zwischenfall in dem Fischrestaurant belastete ihr Verhältnis zueinander, dachte Jason. Sie hatte sich zurückgezogen. Nicht, dass sie sich nicht mehr so nahe standen wie zuvor, aber zumindest fiel es ihnen jetzt schwer, ihre Gedanken auszusprechen. Während der vergangenen vier Tage wurde ihre Offenheit von einer gewissen Unsicherheit belastet. Einer Schüchternheit.

Dieses Gefühl wurde durch die Gewissheit verstärkt, dass sie Angst vor seinem Interesse an ihr hatte und sich freundlich, aber bestimmt zurückzog. Was ihn wiederum veranlasste, sich zu fragen, ob er tatsächlich Interesse an ihr hatte.

Er grinste und neigte den Kopf.

Donnas Stimme unterbrach seine Gedankengänge. „Hallo, Jason. Bist du bereit?" Mit einem strahlenden Lächeln war sie auf die Bühne gekommen. Offensichtlich war sie in ihrem Element. Er sah zur Tür, durch die sie gerade eintrat. Ein Wachposten stand daneben und kaute an seinen Fingernägeln. Er würde mit Nikolous über die Sicherheit des Jungen sprechen müssen. Wenn Donna einfach hier hereinschneien konnte, dann konnten das auch diese unheimlichen schwarz gekleideten Männer dort draußen.

„Ich weiß nicht, Donna. Das hängt davon ab, was geschieht. Es wird eine Menge enttäuschter Menschen geben, falls er beschließt, heute Abend nicht auf dem Wasser zu wandeln."

„Das wird er nicht. Ich glaube nicht, dass er den Unterschied zwischen dem Wasser und dem Land kennt. Übrigens habe ich gestern Crandal interviewt. Wenn du es nicht gesehen hast, das Interview wird heute Abend in den Spätnachrichten noch einmal wiederholt."

Sie zwinkerte ihm zu und kam näher.

„Und? Hast du ihn gefragt?"

Sie wandte sich ihm lächelnd zu. „Ich habe es getan und er ist sauber. Es kann durchaus sein, dass der Junge ihm zur Präsidentschaft verholfen hat."

„Was?"

„Die Spätnachrichten, Jason. Elf Uhr. Sieh es dir an." Sie ging zu Nikolous hinüber.

Fassungslos starrte er ihr nach. Sie irrte sich. Crandal hatte seine Hände im Spiel. Vielleicht war das nicht zu erkennen, aber es war so.

Die Orgelmusik schwoll auf einmal an und die Lichter wurden gedimmt. Nikolous' Show begann.

Die Nebelmaschinen hinter dem Vorhang wurden eingeschaltet, noch bevor Nikolous seine einstudierte und beträchtlich längere Einführungsrede zu Ende gebracht hatte. Jason konnte die Zuschauer nicht sehen, aber er hörte beinahe ihr entzücktes Schweigen. Ganz offensichtlich hatten die neuen Bühnenmanager den Verstärker verbessert. Er spürte die Vibration jedes Tones in seiner Wirbelsäule. Und die Lichtshow war auch nicht zu verachten. Zehn neue Reihen mit Scheinwerfern waren installiert worden, die die Bühne in ihr farbiges Licht tauchten.

Der Grieche kam von der Bühne und nur widerstrebend ließ Leiah Caleb gehen. Beim Bühneneingang stellte er sich auf die Zehenspitzen und gab ihr einen Kuss auf die Wange. Eine Nebelbank von etwa sechs Zentimetern Höhe hing über der Bühne, als er zum Mikrofon marschierte, und vermittelte die Illusion, er schritt auf einer Wolke.

Erst als er in der Mitte der Bühne stand, hob sich der Vorhang und zum zweiten Mal betrachtete die Welt den kleinen Jungen auf der Bühne des Alten Theaters.

Caleb stand einfach da, starrte hinaus auf die Lichter, und Jason fragte sich, ob er wohl wieder zurückkommen würde. Aber das tat er nicht. Stattdessen legte er die Hände hinter den Rücken und ging langsam nach rechts, fort von ihnen.

Die Musik war heruntergedreht worden und man konnte das kollektive Atmen der Menge hören. Caleb erreichte das Ende der Bühne, drehte sich um und kam langsam wieder zurück, wie ein Lehrer, der sich überlegt, was er mit einer Gruppe von Übeltätern machen soll.

Er blieb stehen und blickte in den Zuschauerraum – so lange, dass bereits einige zu flüstern begannen. Plötzlich wandte er sich um und Jason konnte sein Gesicht erkennen. Calebs Wangen waren nass von Tränen. Aber dies war das einzige Zeichen dafür, dass er weinte. Er reagierte auf die Menge in Rollstühlen. Jason schluckte.

Plötzlich drehte sich der Junge um und ging zurück zu Leiah, die hinter dem Seitenvorhang stand. Sie war in die Hocke gegangen und nahm den Jungen in die Arme. Aber Caleb wollte keinen Trost. Er wollte mit ihr reden. Er hielt ihr den Mund ans Ohr und begann zu flüstern.

Sie erhob sich und sah Nikolous an. „Er möchte, dass ich mit ihm hinausgehe."

Der Grieche zögerte. Dann winkte er sie rasch weiter. „Dann gehen Sie. Gehen Sie."

Schnell richtete Leiah ihren Schal und mit einem letzten flüchtigen Blick auf Jason betrat sie mit Caleb die Bühne.

Er führte sie an der Hand, er mit seiner roten Krawatte, sie mit ihrem roten Schal, und Jason fragte sich, ob das tatsächlich ein Zufall war. Sie schritten durch den Nebel und blieben vor dem Mikrofon stehen. Caleb sah sie an und sie beugte sich zu ihm hinunter. Sie hörte zu und richtete sich dann wieder auf. Leiah sah ein letztes Mal zurück zu Jason. Er versuchte, sie ermutigend anzulächeln, aber sein Herz klopfte zum Zerspringen, und er war nicht sicher, ob sein Lächeln tatsächlich ermutigend wirkte. Aber was immer es war, es schien zu funktionieren. Sie nahm das Mikrofon vom Ständer und sprach zu dem Publikum.

„Wie Sie alle wissen, kommt Caleb aus Äthiopien. Seine Muttersprache ist Ge'ez, und obwohl er ein wenig Englisch spricht, möchte er, dass ich für ihn rede, da ich sehr gut Englisch spreche."

Ein paar lachten leise, aber es war kein bösartiges Lachen, und sogar Jason stimmte mit ein.

„Dies sind natürlich seine Worte. Ich soll Sie fragen, ob Sie an Gott glauben ..." Caleb zog sie am Arm. Sie beugte sich zu ihm, hörte ihm zu und richtete sich dann wieder auf.

„Es tut mir Leid; ich soll Sie fragen, ob Sie an das Reich Gottes glauben." Es blieb still im Zuschauerraum, und sie sah ihn fragend an, doch Caleb schien zufrieden. Er betrachtete die Zuschauer und wartete auf irgendeine Reaktion.

In unbehaglichem Schweigen warteten sie etwa zehn Sekunden. Und dann sah Caleb zu Leiah hoch und flüsterte ihr etwas ins Ohr.

Als sie sich aufrichtete, beugten sich die Zuschauer auf ihren Sitzen vor, um ihre Worte mitzubekommen. Die Worte des Jungen.

„Er sagt, das hätte er sich gedacht. Weil er sehr viel Zorn, Gemeinheit und böse Dinge gesehen hat, und er versteht das nicht. Es gibt Dunkelheit, und es gibt Licht, und er begreift nicht, warum so viele Menschen lieber in der Dunkelheit bleiben. Er sagt, dass Jesus, als er auf dieser Erde gelebt hat, im Licht gewandelt ist, und Caleb denkt, es wäre sehr gut, wenn Sie alle anfangen würden, ebenfalls im Licht zu leben."

Caleb zog sie am Ärmel, bevor sie noch zu Ende gesprochen hatte. Leiah beugte sich wieder vor.

„Er möchte wissen, ob jemand wirklich im Reich Gottes leben möchte, weil jeder, der den festen Wunsch dazu verspürt, in das Reich Gottes eintreten kann. Es ist ganz einfach eine Sache des Glaubens."

Und wieder flüsterte Caleb Leiah ins Ohr.

„Wer dem Geist ins Reich Gottes folgt, wird zu einem Kind Gottes. Sein Dadda hat ihm das beigebracht. Es ist in Ihnen und überall. Der Weg führt durch die schmale Pforte. Aber es ist sehr schön dort. Er denkt, Sie alle sollten dorthin gehen und Kinder Gottes werden."

Fast eine ganze Minute lang sprach keiner ein Wort. Der Junge stand ganz still, und Leiah sah ihn an, wartete darauf, dass er weitersprach, aber er blickte einfach nur zu den Menschen hinunter. Jemand in der ersten Reihe hatte Bronchitis und hustete laut. Jason meinte, das Surren der Kameras zu hören, aber es konnte genauso gut auch das Surren der Scheinwerfer sein.

Noch immer antwortete niemand. Sie waren wie vor den Kopf gestoßen, dachte Jason. Absolut aus der Fassung gebracht. Zum ersten Mal hatte der Junge von seinem Glauben gesprochen, und niemand schien zu wissen, was er davon halten sollte. Jason ganz sicher nicht. Diese Sache mit dem Reich Gottes hatte er bestimmt aus einem Buch oder so.

Leiah beugte sich erneut über Caleb und jetzt tuschelten sie mehrmals miteinander. Neue Tränen liefen dem Jungen über das Gesicht und er hielt seinen Blick fest auf das Publikum gerichtet. Als Leiah sich aufrichtete, trat sie einen Schritt zur Seite. Ihre Stimme zitterte.

„Ihm scheint wichtig zu sein, dass Sie erkennen, dass dieses Reich keine Sache des Essens, Trinkens, Laufens oder gar Atmens ist. Sein Dadda hat ihm das ebenfalls beigebracht. Es geht um Frieden, Glück und richtiges Handeln." Sie hielt inne.

„Er wird seinen himmlischen Vater fragen, ob er jetzt etwas für Sie tun möchte."

Dies war die Art des Jungen zu sagen, dass er für sie beten würde, dachte Jason. Er verknüpfte seine Macht mit seinem Glauben, das war klar. Gott und Jesus und ihr Reich – Daddas Erklärungen dafür, wie das zusammenwirkte.

Caleb hatte die Augen geschlossen und hob das Kinn, und Jason hatte den Eindruck, dass jetzt irgendetwas passieren würde. Seltsamerweise hatte er sich nicht auf eine Wiederholung der letzten Veranstaltung vorbereitet, vielleicht weil ihm das noch immer so absurd vorkam. Irgendetwas hatte ihn umgehauen, das war klar. Aber es war so irreal gewesen, wie in einem Traum. Real, aber nur momentan real, falls das einen Sinn machte.

Und doch war er hier, sah den Jungen an, der sein Kinn vorgeschoben hatte und vermutlich zu irgendeinem Gott im Himmel betete. Er schluckte und stützte sich instinktiv mit einer Hand an der Wand ab.

Leiah starrte den Jungen an und trat noch einen Schritt zurück. Die Tränen trockneten auf seinen kleinen Wangen und die Arme hingen locker an seiner Seite herunter. Wie ein verlorenes Kind stand er in der Mitte dieser riesigen Bühne, seine Füße von Nebelschwaden eingehüllt, und das blaue Bühnenlicht erhellte die hohen Palmen und Säulen hinter ihm. Dieses Bild strahlte Frieden aus, beinahe wie ein Gemälde.

Einen Augenblick lang.

Zuerst kam das Licht, ein gezackter weißer Blitz, der über der Bühne begann und sich durch das ganze Theater zog. Jason zuckte zurück und barg das Gesicht in den Händen. Das Licht verharrte über ihnen, schien in der Luft zu hängen.

Dann kam der ohrenbetäubende Donner, als wäre eine Bombe wenige Meter über der Bühne explodiert. Mit dem Donner verschwand auch das Licht wieder. Vereinzelt waren Schreie zu hören, aber die meisten waren wie erstarrt.

Falls Jason sich nicht irrte, war gerade ein Blitz eingeschlagen – in das Gebäude.

Aus den Augenwinkeln sah Jason, dass Leiah mit ausgestreckten Beinen auf der Bühne saß.

Caleb stand reglos in dem blauen Licht. Ein Lächeln umspielte seine Lippen, aber seine Augen waren noch immer geschlossen.

Der Blitz zuckte erneut, aber nicht mit derselben Macht wie beim ersten Mal. Es knackte einmal, dann zweimal. Jason spürte einen Lufthauch an seinem Gesicht und hob den Kopf. Eine Kraft kitzelte seine Haut und fuhr durch …

Nein, das war keine Kraft. Es war ein Wind! Ein warmer Wind ging über sie hinweg!

Jason sah wieder zu dem Jungen hin. Er hatte jetzt die Arme ausgebreitet, den Kopf in den Wind gedreht und strahlte mit geöffnetem Mund, wie ein Kind, das von einer Rutsche rutscht. Und plötzlich schwoll der Wind zu einem Sturm an, der über das Publikum auf dem Weg zur Bühne hinwegfegte.

Der Wind zerrte an Calebs Hemd und seinen Haaren, warf beide zurück. Blätter und Papier wurden herumgewirbelt. Der Wind nahm noch an Stärke zu und heulte nun mit aller Kraft. Ein Kameraständer kippte krachend zu Boden. Die Kamerateams hielten verzweifelt ihre Ausrüstung fest, aber sie wagten nicht, ihre Übertragung abzubrechen; dies war alles live. Die hohen Palmen wurden zurückgepeitscht und fielen schließlich um. Leiah lag flach auf dem Rücken, mit weit ausgebreiteten Armen. Jason hatte den Eindruck, dass sie lachte.

Und dann erstarb der Wind auf einmal.

Ein großes orangefarbenes Plakat mit Calebs Konterfei darauf schwebte langsam wie eine Feder zu Boden.

Und dann begann es erneut, mit lautem Gebrüll. Nur hatte der Wind dieses Mal die Richtung gedreht und fegte von der Bühne aus über das Publikum hinweg.

Caleb lachte jetzt laut. Sein Haar wurde ihm ins Gesicht gepeitscht und seine kleinen Schultern bebten vor Lachen.

Unten im Parkett hatten 3 000 Leute Platz, die meisten saßen in Rollstühlen. Andere hielten Sauerstoffflaschen oder klammerten sich mit weiß hervortretenden Knöcheln an ihre Helfer. Der Wind ging über sie hinweg, und niemand verstand, was geschah. Irgendetwas, das war sicher. Die Körper fielen mit rudernden Armen nach hinten. Kissen, Decken, Haarklammern und alle möglichen Gegenstände flogen durch die Luft. Alle sahen es. Aber niemand sah die Heilung.

Doch plötzlich hatte sich der Wind wieder gelegt. Eine unheimliche Stille senkte sich auf das Theater, während die Menschen allmählich wieder zu sich kamen. Caleb hüpfte über die Bühne. Lachend und springend, außer sich vor Freude.

Es dauerte eine Weile, bis die Menschen begriffen, was passiert war. Sie konnten ihren ganzen Körper sehen und fühlen. Sie kamen zu der Erkenntnis, dass sie vollständig geheilt worden waren. Alle.

Im Parkett brach ein Höllenlärm los. Die Kameras schwenkten herum und richteten sich auf die Menschen, die tanzten oder sprangen, die mit erhobenen Armen vor Freude jauchzten. Die Kamerateams wurden umdrängt von Menschen, die ihre Glieder ausprobieren wollten. Drei Kameratürme fielen um, auch der von CNN.

Caleb rannte auf der Bühne herum, außer sich vor Freude, mit erhobenen Händen, lachend und vollkommen außer Rand und Band.

Jason sah mit offenem Mund zu. Das alles war innerhalb weniger als einer Minute passiert. Vielleicht auch zwei Minuten, wenn man von dem Augenblick an rechnete, in dem Caleb die Augen geschlossen hatte. Abgesehen davon, dass ihm die Haare zu Berge gestanden hatten, war ihm nichts passiert. Aber das Leben der Menschen, die die Macht des Jungen erlebt hatten, hatte sich verändert. Zumindest teilweise.

Dieses Mal ließ Nikolous den Jungen 15 Minuten lang auf der Bühne herumspringen, während die Zuschauer sich ihrer Freude hingaben. Dann holte er ihn von der Bühne herunter, schob ihn in die Limousine und brachte ihn zurück in dieses Verlies, das sie sein Heim nannten.

Das Letzte, was Jason sah, bevor er mit der strahlenden Leiah das Theater verließ, waren die schwarz gekleideten Rächer. Scheinbar hatte der Wind ihre Schilder mit fortgerissen, aber sie trugen noch immer ihre schwarzen Kapuzen. Wie es schien, wurden sie gerade von dem Reporter von CBS interviewt, doch auf ihren Gesichtern war kein Lächeln zu erkennen.

# 20

Caleb lag im Dunkeln auf seinem Bett.

Nun, eigentlich war es nicht richtig dunkel, denn blaue, rote und grüne Lichter tanzten an seiner Wand. Die Lichter aus dem Fernseher. Aber er versuchte, nicht dorthin zu sehen.

Ein Tag war seit der Veranstaltung, bei der der Wind gekommen war, vergangen. Er wusste, dass es ein Tag war, weil Jason und Leiah ihn einmal besucht hatten. Leiah fing an zu sehen, dachte er. Oder zumindest wollte sie sehen, was genauso gut war, weil alles mit dem Wunsch beginnt. Der Wunsch und dann die Auslieferung.

„Ausliefern ist wie nicht wollen", hatte Dadda gesagt.

„Man will und dann will man nicht?"

„Man möchte ins Königreich eintreten, und dann entscheidet man, dass es sich lohnt, dafür alles im Leben daranzusetzen. Du beschließt, dass du das Königreich besitzen möchtest. Wie der Mann, der seinen gesamten Besitz für das Feld verkauft hat. Verstehst du?"

Er verstand, aber er hatte nie richtig begriffen, warum Dadda dies „Auslieferung" nannte, weil es nicht aussah, als müsste man irgendetwas aufgeben. Ihm kam es eher so vor, als würde man gewinnen.

Bis jetzt. Jetzt kämpfte er. Diese sich bewegenden Bilder nicht anzusehen kam ihm vor wie Daddas Auslieferung. Und es war schwieriger, als er gedacht hatte.

Er war nicht sicher, *warum* er nicht zusehen sollte, er wusste nur, *dass* er es nicht tun sollte. Nun, zum einen waren auf den Bildern gemeine Dinge und schlechte Leute zu sehen. Zumindest kam ihm das so vor. Und das konnte nicht gut sein.

Er rollte sich auf die Seite und begann leise zu summen.

Er hatte es richtig gemacht bei der Hexe, dachte er. Er aß sein

Abendessen, weil es ihr zu gefallen schien. Den bitteren Brei bekam er jetzt jeden Abend, aber mit genügend Wasser war er gar nicht so übel. Wenigstens hatte sie ihn nicht wieder geschlagen.

Martha hatte gesagt, er würde in dieser Woche noch zu zwei weiteren Veranstaltungen gehen. Das gefiel ihnen anscheinend. Natürlich, wem würde das nicht gefallen? Der Wind war wie der Atem Gottes gewesen. Wie etwas aus dem Leben von Elia oder Elisa, seine beiden Lieblingspersonen aus der Bibel. Nicht, dass er wie sie war. Zum einen waren sie sehr viel älter. Und zum anderen sprachen sie zu Königen und Caleb hielt sich nicht wirklich für einen Propheten oder so etwas. Aber als diese Propheten Gott darum baten, fiel Feuer vom Himmel und Axtklingen schwebten, und alle möglichen erstaunlichen Dinge passierten. Dinge wie der Wind Gottes, der über die Gesichter der Kranken hinwegbläst und sie heilt. Er lachte leise.

Natürlich gab es da immer noch Mose. Vielleicht war er doch eher wie Mose und auch Mose gehörte zu seinen Lieblingspersonen. Er hatte auch Schwierigkeiten damit, zu Menschen zu sprechen, nicht wahr? Stattdessen hat er durch Aaron gesprochen. Aber wenn es darum ging, Frösche herbeizurufen und den Himmel vor Insekten schwarz zu färben und die Flüsse rot vor Blut, dann schien Mose kein Problem gehabt zu haben. Einmal schlug er auf einen Felsen und Wasser strömte heraus – genügend Wasser, um das Kloster zu überfluten, sagte Dadda. Damit alle trinken konnten. Vielleicht brauchte Äthiopien während der Trockenzeit einen Mose.

Bei diesem Gedanken rann Caleb ein Schauer über den Rücken und er lächelte. Elia war einmal von Vögeln ernährt worden. Bedeutete das, dass auch er Vögel mochte?

Caleb wandelte nun schon lange im Königreich, mindestens fünf Jahre, aber er hatte nie erlebt, wie leicht das Königreich überfließen konnte in seine Welt. Wie Licht in die Dunkelheit. Aber andererseits hatte er auch noch nie so viel Dunkelheit erlebt. Ganz bestimmt nicht im Kloster. So wie sich die Menschen im Theater verhielten, konnte man meinen, dass sie nicht mehr an Leute wie Elia und Mose glaubten. Oder an Gott. Sie glaubten nicht mehr an Gott. Zumindest nicht an den Gott.

Die Wunder waren natürlich Gottes Entscheidung. Vater Nikolous mochte denken, er hätte mit dem, was passiert war, etwas zu tun, aber in Wirklichkeit hatte Caleb getan, was er getan hatte, weil sein Vater ihm die Macht dazu gab. Und weil sein Herz so schwer wurde, als er die Menschen gesehen hatte. Er hätte von der Bühne abgehen können, aber warum sollte er dies tun? Nicht, wo so viele litten. Und er wusste, dies alles gehörte zum Plan Gottes. Den Plan kannte er natürlich nicht, aber er schritt wie ein Gewitter voran, oder etwa nicht?

Eine Stunde später dachte Caleb noch immer nach, nicht in Meditation oder im Licht. Er dachte einfach nur nach. Er dachte nicht einmal richtig, als er plötzlich beschloss, sich aufzusetzen und ins Fernsehen zu sehen.

Er beobachtete die Farben und wie die Figuren herumrannten und sein Herz begann zu klopfen. Es war Angst machend und zugleich lustig. Und eigentlich sah er ja nur zu. Mehr war es ja nicht. Er ging ja nicht in das Bild und machte mit. Er betrachtete sie, wie er ein Buch betrachten würde.

Er sah drei Minuten zu, bis er den Kopf in seinem Kissen verbarg und sich die Decke über die Ohren zog.

Er hatte das Gefühl, als würde seine Brust jeden Augenblick explodieren, und er begann leise zu weinen. Dann bebten seine Schultern. Er flehte seinen Vater um Vergebung an und weinte in sein Kissen.

# 21

## *Tag 24*

*Ab und zu einmal, alle 100 Jahre oder vielleicht sogar alle 500 Jahre geschieht etwas, das das Leben auf der Erde verändert.* Das war der Tenor in den Talk-Shows. *Ereignisse wie die industrielle Revolution, die Entdeckung der Elektrizität oder Mohammeds Niederschreiben des Koran oder der Tod Jesu Christi. Nun, vielleicht waren wir gerade Zeugen eines solchen Ereignisses.* Dieses und Ähnliches wurde gesagt.

Es war nicht mehr nur ein rein amerikanisches Phänomen. Auch in den arabischen Ländern und in Europa machten die Ereignisse Schlagzeilen. In Kopenhagen konnte man die Berichte über die Veranstaltungen genauso sehen wie in Boston. Und wenn ein Kind dann seine Mutter fragte, ob diese Wiederherstellung des Beines ein Trick sei oder so etwas, dann schüttelte sie vermutlich den Kopf und sagte: „Ich weiß es nicht. Man sagt, es sei kein Trick.“ Die *Beatles* brauchten

Jahre, um weltweite Anerkennung zu finden, der Junge nur zwei Wochen.

Trotz der relativen Autonomie der *Holy Ascension Church* fing die Erzdiözese der griechisch-orthodoxen Kirche bereits an, die Muskeln anzuspannen. In einer von Donna veröffentlichten Erklärung vermied es der Erzbischof geschickt, zu dem Jungen oder dem Umgang der Gemeinde mit ihm klar Stellung zu beziehen. Es sei noch zu früh, um die Angelegenheit zu beurteilen.

Kurz gesagt: Obwohl alle nicht gerade begeistert darüber waren, auf welche Art und Weise Vater Nikolous den Jungen ins Rampenlicht stellte und dass er für den Eintritt Geld nahm, zögerten sie auch, sich von Caleb zu distanzieren. Immerhin konnte man die Macht des Jungen nicht ignorieren.

Seit dem Abend, an dem der Wind durch das Alte Theater gefegt war, hatten zwei weitere Veranstaltungen stattgefunden, jeweils im Abstand von zwei Tagen. Nikolous hatte eine Prämie bezahlt, damit ein Hockeyspiel der Jugendliga und ein Rockkonzert an einen anderen Veranstaltungsort verlegt wurden.

Er hatte den Eintrittspreis ebenfalls auf 100 Dollar für die orangefarbenen und roten Sitze erhöht. 200 Dollar zahlte man für einen Platz im Parkett. Der Junge brachte mehr als eine Million Dollar pro Abend ein.

Inzwischen waren zwei Eingänge geöffnet, der Westeingang von der Straße her für diejenigen, die laufen konnten, und der südliche vom Parkplatz her für diejenigen, die nicht dazu in der Lage waren. 4 000 Menschen wurden an diesem ersten Abend durch den Südeingang geschoben, 6 000 am zweiten. Es dauerte vier Stunden, bis alle ihren Platz gefunden hatten.

Wie versprochen bekam Donna ein Exklusivinterview mit Nikolous. Als sie ihn fragte, warum die Veranstaltungen so kurz hintereinander veranstaltet würden, erklärte Nikolous, es gäbe keine Garantie dafür, dass Caleb seine Macht behalten würde, und er gab Dr. Caldwells Analyse als seine Ansichten aus. Aber ganz abgesehen davon könne er als Mann tiefer humanitärer Überzeugung gar nicht anders handeln. Die Welt brauchte den Jungen *jetzt*, nicht erst in einem Jahr.

Eine Verbraucherschutzgruppe wies bereits ausdrücklich darauf hin, dass Nikolous viel mehr an dem Eintrittspreis interessiert sei als an dem humanitären Aspekt. 100 Dollar pro Eintrittskarte sei Wucher. Leider gab es keine schriftlich niedergelegten Richtlinien für die Erhebung von Eintrittspreisen für die Chance, einen Jungen zu sehen, der mit einer Kopfbewegung eine ganze Arena zum Beben bringen konnte. Zumindest noch nicht.

Von Mal zu Mal war Caleb mit mehr Selbstsicherheit vor das Publikum getreten. Er schritt selbstbewusster und sah sich nicht mehr so verloren um. Er schien allmählich den Zweck dieser Veranstaltungen zu begreifen, wie ein Kommentator es ausdrückte. Beim letzten Abend hatte er sogar ein paar Worte ins Mikrofon gesprochen. Es waren einfache Worte, die seither unzählige Male gesendet worden waren. „Mit der Kraft des Heiligen Geistes können Sie ins Reich Gottes eintreten", hatte er gesagt. Mehr nicht.

Diese Worte heizten die vorherrschende Kontroverse in Bezug auf die eigentliche Quelle der Macht des Jungen neu an.

Die Debatte über die Echtheit des Phänomens ebbte bereits ab. Nur die schärfsten Skeptiker zweifelten noch an der Echtheit der Wunder. Doch angesichts der Ereignisse klangen ihre Argumente dumm und peinlich. Die Beweise zeugten für die Echtheit der Geschehnisse, unzählige Beweise.

Wie Jason vorausgesagt hatte, wuchs die Menge derer, die den Jungen für den Antichrist hielten. Die Gruppe der Männer mit den schwarzen Kapuzen besetzte mittlerweile vier ganze Reihen auf der rechten Seite. Ihr Anführer hatte in einem Dutzend Interviews darauf hingewiesen, dass die Welt ein Kind des Teufels anbeten würde. Warum Nikolous ihnen Zutritt gewährte, war unklar. Sie machten sich ausgezeichnet vor der Kamera, und auf ihre Weise steigerten sie die Faszination der Veranstaltungen, aber sie stellten ebenso eine Bedrohung für den Jungen dar. Einmal stellte Jason Nikolous deswegen zur Rede, aber der Mann schien der Meinung zu sein, die Popularität des Jungen würde darunter leiden, wenn er Beschränkungen einführen würde. Wie alle ihre übrigen Diskussionen verlief auch diese weitestgehend ergebnislos. Allerdings gelang es ihm, den Griechen zu überreden, die Sicherheit im Bühnenbereich zu verstärken, was ja schon ein kleiner Erfolg war.

Jason behielt den Anführer der Sekte im Auge, was ausgesprochen entnervend war, da der Mann seinerseits Jason im Auge zu behalten schien.

Bei der dritten Veranstaltung hüpfte Caleb von der Bühne und rannte ekstatisch durch die Menge, ähnlich wie bei dem Kongress der Behinderten. Die Augen der Menschen leuchteten auf wie Weihnachtskerzen, wenn er näher kam, und sie sprangen von ihren Tragen und aus ihren Rollstühlen und tanzten in der Halle herum, nachdem er an ihnen vorbeigekommen war.

Bei der vierten Veranstaltung sprach er ein sehr langes Gebet in Ge'ez. Er begann zu weinen, fiel auf die Knie und schien seinen Gott anzuflehen. Dann lag er ausgestreckt und vollkommen reglos auf der Bühne. An diesem Abend wurde Südkalifornien von einem Erdbeben erschüttert. Es wurden Werte von 4,3 auf der Richterskala verzeichnet. Das gesamte Becken von Los Angeles bebte, doch später wurde festgestellt, dass das Epizentrum unter dem Alten Theater in der Figueroa Street gelegen hatte. Es gab weder zersplitterte Fensterscheiben noch umgestürzte Bäume. In der Nähe des Epizentrums lagen nur zerstörte Rollstühle herum, die von ihren Besitzern zurückgelassen worden waren.

Zu behaupten, Caleb sei zu einer nationalen Sensation geworden, wäre eine Untertreibung. Und all dies innerhalb von 14 Tagen, nachdem sein Gesicht durch Donnas Kamera der Nation gezeigt worden war – 24 Tage nachdem er zusammen mit Jason und Leiah das Land betreten hatte.

Jason saß in seinem Wohnzimmer in einem Ohrensessel und hielt eine Tasse Kaffee in der Hand. Er starrte auf den Fernseher und hörte nur mit halbem Ohr zu, wie das Thema zerredet wurde. Leiah saß auf der Couch neben ihm und hatte beide Beine hochgelegt. Auch sie hielt eine Tasse in der Hand – eine Kindertasse, auf der Tigger abgebildet war und die Jason zu Stephens Geburt bekommen hatte.

Ihm fiel auf, dass sie seit ihrer Ankunft in Amerika erst zweimal den Abend mit ihm verbracht hatte. Nicht, dass das irgendetwas bedeutete, es war nur so ein Gedanke. Sie schien sich wohl zu fühlen, wie sie da auf der Couch saß, ein Kissen im Rücken, und in die Bildröhre starrte. Ihre braunen Arbeitsstiefel standen neben der Tür.

Ihre ganze Haut war von Narben übersät, von Kopf bis zu den Füßen. Um sie herum wurden Menschen geheilt, aber ihr Zustand hatte sich durch den Einfluss des Jungen nicht verändert. Jason war zu dem Schluss gekommen, dass sie vermutlich keine Heilung brauchte. Oder zumindest nicht dachte, dass sie Heilung brauche. Natürlich hatte sie den Jungen nicht darum gebeten. Vermutlich hatte sie darüber nachgedacht und diese Idee bereits abgetan. Sie war schon eine dickköpfige Frau.

Das war ein Wesenszug, der eine Ehe auch retten würde. Alles in allem gefiel er ihm.

Sie ertappte ihn dabei, wie er sie ansah. „Was ist?"

Er lächelte. „Nichts."

„Hmm." Sie zog die Augenbraue in die Höhe und wandte sich wieder dem Fernsehgerät zu. Aber das Lächeln, das ihre Lippen umspielte, war nicht zu übersehen.

Ihre Beziehung hatte sich nach den ersten Tagen nach dem Gespräch in dem Fischrestaurant langsam wieder erwärmt. Er begann zu glauben, dass sie ihn vielleicht doch nicht hasste. Und er begann nach Gründen zu suchen, sich in ihrer Gesellschaft aufzuhalten. Dumme kleine Ausreden. Zum Beispiel trafen sie sich jeden Tag zum Mittagessen, bevor sie Caleb besuchten. „Antonio's Barrio" lag immerhin auf dem Weg. Oder sie fuhren zusammen zum Büro von *World Relief*, um mit John Gardner über die Aussichten zu sprechen, den Jungen aus Nikolous' Obhut zu entfernen, obwohl er genau wusste, dass es keine Möglichkeit gab.

Oder er lud sie ein, sich mit ihm zusammen diese Diskussionsrunde auf NBC anzusehen. In seinem Haus. Nicht, dass das eine besonders wichtige Sendung wäre, Leiah hätte sie genauso gut allein in ihrer Wohnung anschauen können. Trotzdem hatte sie nicht gezögert, als er ihr vorgeschlagen hatte, sich die Sendung mit ihm zusammen anzusehen.

Jason erhob sich. „Noch Kaffee?"

„Nein, danke."

Er ging in die Küche, füllte seine Tasse und kam wieder zurück. Er setzte sich auf die Couch neben sie, stellte seine Tasse auf den Tisch und schlug ruhig die Beine übereinander. Der Umzug von dem Sessel auf die Couch war ziemlich offensichtlich und er mied ihren Blick. Aber immerhin war dies seine Couch, oder etwa nicht? Und von hier aus hatte er einen besseren Blick auf das Fernsehgerät. Zumindest ein wenig besser.

Die Diskussion war als ein Höhepunkt angekündigt worden – als eine Analyse der Macht des Jungen. Die Gäste hatten sich um einen grauen Tisch versammelt. Donna Blair saß in der Mitte des halbrunden Tisches und die sieben Experten rechts und links von ihr. Es handelte sich um die führenden Köpfe der Bereiche Religion und Wissenschaft.

Dr. Caldwell hatte rechts von ihr Platz genommen. Falls sie im vergangenen Monat noch keine führende Autorität auf dem Gebiet der psychischen Phänomene gewesen war, so war sie nun dazu aufgestiegen. Dr. Shester, ein bekannter Physikprofessor von der technischen

Hochschule Kalifornien, saß neben ihr. Die anderen fünf waren religiöse Führer: ein islamischer Imam mit einem Turban auf dem Kopf, ein hinduistischer Priester mit geschorenem Kopf und einem langen weißen Bart, der unablässig lächelte, zwei protestantische Führer aus gegnerischen Lagern und ein katholischer Bischof. Wann immer sie sich zu Wort meldeten, wurde ihr Name eingeblendet. Jason kümmerte sich nicht um ihre Namen. Er war zu sehr damit beschäftigt, der Diskussion zu folgen und über Leiah nachzudenken. Soweit er wusste, hatten alle Unrecht.

Donna sprach gerade mit dem Hinduisten. „Ja, natürlich. Aber was halten Sie von dem, was der Junge selbst zu diesem Thema gesagt hat? Bei zwei Gelegenheiten hat er entweder von Jesus oder dem Heiligen Geist gesprochen. Er sagte, nur durch die Kraft des Heiligen Geistes könne man in das, was er das ‚Reich' nennt, kommen. Wenn Sie glauben, er sei die Inkarnation einer höheren Macht, warum gibt er eine christliche Botschaft weiter?"

„Das ist ziemlich einfach", erklärte der Mann mit einem indischen Akzent. „Zunächst einmal spricht nicht nur ein Christ vom Geist Gottes. Wir alle glauben an Gottes Heiligen Geist. Und der Junge wurde schließlich in einem christlichen Kloster großgezogen, nicht wahr? Er verwendet die Sprache, die er kennt. Er spricht von Jesus, ich auch; Jesus war ein erleuchteter Lehrer mit großer Weisheit. Der Junge spricht von Gott und natürlich tue ich das auch. Und er spricht vom Reich Gottes, eine christliche Formulierung für das höhere Bewusstsein."

„Sie flüchten sich in Allgemeinplätze", warf der Imam ein.

„Einen Augenblick bitte, Sie werden später die Gelegenheit zu einer Stellungnahme bekommen", unterbrach Donna den Imam.

Sie wandte sich erneut an den hinduistischen Priester. „Ich weiß, das ist alles sehr kontrovers, aber was wäre, wenn sich der Junge speziell für eine Religion aussprechen würde, sagen wir für das Christentum, und eine andere öffentlich anprangern würde? Was würden Sie dann sagen?"

„Aber ich glaube nicht, dass er das tun würde."

„Aber *falls* er es tun würde. Nehmen wir es einfach mal an."

„Falls er es tun würde, dann würde ich dasselbe sagen wie ein Christ. Ich würde sagen, dass er ein zehnjähriger Junge ist und sich irrt."

Donna sprach einen der Vertreter des Christentums an. „Und Sie, Dr. Clark, würden Sie dasselbe sagen, wenn es umgekehrt wäre?"

Der grauhaarige Mann lächelte. „Falls Caleb die Göttlichkeit Christi öffentlich anprangern würde, wie einige meiner Freunde hier dies tun würden, würde ich davon ausgehen, dass seine Kraft nicht von Gott kommt. Aber das hat er nicht getan."

„Nicht in Worten", wandte der andere Theologe ein. „Aber zum Beispiel ist nicht jeder davon überzeugt, dass diese so genannten Wunder real sind. Und –"

„Aber ich bitte Sie", unterbrach ihn Donna. „Sie können doch nicht ernsthaft glauben, das, was wir gesehen haben, sei ein Zaubertrick. Haben Sie eine dieser Veranstaltungen besucht?"

„Das habe ich tatsächlich."

„Und Sie stellen die Authentizität dessen, was Sie gesehen haben, tatsächlich in Frage?"

„Natürlich. Wie viele andere auch." Die anderen lächelten. Offensichtlich war ihnen das peinlich. Er räusperte sich. „Aber das ist nicht der Punkt. Selbst wenn sie authentisch wären, das Wesen dieser Ereignisse, die wir miterlebt haben, spiegeln nicht den Geist wieder, wie er uns in Gottes Wort gezeigt wird. Gott ist zum Beispiel ein Gentleman. Er würde die Menschen nicht grundlos zu Boden werfen. Er handelt nur mit Menschen, die für sein Handeln bereit sind. Ganz bestimmt würde er keinen Kameramann aus einer Laune heraus zu Boden sinken lassen. Ich sehe einfach nicht, wie so etwas Christus Ehre bringen sollte. Er verursacht keine Verwirrung. Und auf diesen Veranstaltungen herrscht eine riesengroße Verwirrung! Falls, und ich sage, *falls* das real ist, dann scheint es vollkommen aus der Kontrolle des Geistes Gottes geraten zu sein."

„Aber Sie würden auch nicht sagen, dass Calebs Macht aus seinem Geist kommt, wie Dr. Caldwell es tut?"

„Falls sie real ist, nein."

„Woher kommt sie dann? Falls sie real ist."

„Ich weiß es nicht. Aber bestimmt nicht von Gott."

Einen Augenblick lang schwiegen alle. Dann meldete sich der Imam zu Wort. „Sehen Sie, dies ist eine für einen Christen so typische fanatische und enge Sichtweise Gottes. Die ganze Welt freut sich über das Wirken dieses Propheten Gottes, und doch will der Christ den Jungen in die Hölle werfen, weil er nicht zu seiner Gemeinde gehört."

Drei der Teilnehmer setzten gleichzeitig zu einer Antwort an, doch Jason konnte nicht erkennen, welche drei. Er deutete auf den Fernseher. „Siehst du, sie haben keine Ahnung. Und wenn die anderen denken, dass im Grunde Gott für die Wunder verantwortlich ist, warum sagen sie uns dann nicht, warum Gott das nicht häufiger macht? Oder überhaupt: Warum bleiben eine Million Gebete für Kranken unbeantwortet?"

„Ihre Freundin lässt die Frommen wie Dummköpfe dastehen", bemerkte Leiah leise.

„Sie ist nicht meine Freundin. Und sie stellt ihnen nur Fragen. Sie sollten doch in der Lage sein, einfache Fragen zu beantworten."

„Sie treibt einen Keil zwischen sie, während die beiden Wissenschaftler dabeisitzen, um alles richtig zu stellen."

Jason konnte ihrer Analyse nicht widersprechen.

Der grauhaarige Protestant Dr. Clark, der Verteidiger des Jungen, ergriff erneut das Wort. „Ich sage ja nicht, dass Caleb nicht auch Fehler machen kann. Solange er Mensch ist, wird er Fehler machen. Aber zu sagen, er würde Verwirrung stiften oder Gott würde Menschen nicht zu Boden fallen lassen, weil er ein Gentleman ist, würde große Teile des Wortes Gottes in einem falschen Licht erscheinen lassen. Jesus Christus selbst stürzte das Volk in einen Aufruhr, aus Verwirrung über seine Identität, wenn Sie so wollen. Dies führte dazu, dass man seinen Tod veranlasste, um seine Stimme zum Verstummen zu bringen. Mehrere Wochen später wurde seinen Jüngern vorgehalten, zu Pfingsten betrunken gewesen zu sein. In den biblischen Aufzeichnungen finden wir unzählige Begebenheiten, bei denen sich Gott genauso dramatisch und in vielen Fällen sogar noch verblüffender offenbart, wie wir es durch den Jungen erlebt haben. Warum sind wir so erstaunt, Gott in der heutigen Zeit immer noch am Werk zu sehen?"

Auf eine solche Aussage schien Donna nicht vorbereitet zu sein. „Noch dramatischere Dinge? Zum Beispiel?" Offensichtlich kannte sie sich in der Bibel nicht besonders gut aus.

„Wie wäre es damit, dass die Sonne still steht? Oder dass die Mauern einer Stadt von selbst einstürzen. Oder zum Beispiel die Teilung des Roten Meeres, eine Frau, die in eine Salzsäule verwandelt wird. Muss ich noch fortfahren? Jesus hat 5 000 Menschen mit zwei Fischen und fünf Broten satt gemacht. Mit einem Wort stillte er einen Sturm. Und die Urgemeinde war kaum weniger dramatisch in ihrer Demonstration der Macht Gottes. Der größte Unterschied zwischen damals und jetzt ist vermutlich, dass es damals noch keine Kameras gab. Sie hatten Schreiber und diese Schreiber haben uns die Evangelien überliefert."

Der skeptische Protestant meldete sich zu Wort. „Ja, sie haben uns die Evangelien überliefert, aber an keiner Stelle im Evangelium hat Christus aus reiner Willkür die Menschen zu Boden fallen lassen, oder etwa doch? Ganz bestimmt keine Heiden."

„Nein, nicht aus reiner Willkür. Aber Sie werden sich an die Männer erinnern, die Jesus verhaften wollten – und angesichts ihrer Pläne gehe ich davon aus, dass es Heiden waren. Bei den Worten Christi fielen sie zu Boden. Und das steht am Ende des Johannes-Evangeliums. Ich denke nicht, dass das etwas anderes ist."

Der dunkelhaarige Mann war aus dem Konzept gebracht. „Aber ich bitte Sie, Sie können mir doch nicht im Ernst weismachen wollen, dass ein Saal voller Leute ganz plötzlich geheilt wird, ohne damit zu rechnen. So etwas finde ich nicht in der Bibel, ganz bestimmt nicht."

„Gott ist doch nicht durch unsere Vorstellungen begrenzt, mein Freund. Wenn er einen Menschen heilen kann, warum nicht auch zehn? Und wenn zehn, warum nicht 1.000? Immer wieder hat er jeden geheilt, der zu ihm kam, nicht nur diejenigen mit außergewöhnlichem Glauben. Er hat aus der Ferne geheilt und auch im Dunkeln. Welchen Glauben muss ein Toter haben? Lazarus konnte nicht mehr denken, geschweige denn glauben, und doch wurde er von den Toten auferweckt."

„Aber zumindest waren die Wunder dazu bestimmt, Menschen zum Glauben zu führen."

„Ja. ‚Wenn ihr schon nicht an mich glaubt, dann glaubt zumindest an die Beweiskraft der Wunder', hat Christus gesagt. Wir werden sehen, wohin die Wunder des Jungen die Menschen führen."

Das Gespräch geriet ins Stocken. Donna blinzelte und wandte sich an den Physiker. „Also gut. Wie sieht es mit Ihnen aus, Dr. Shester? Sie sind bisher sehr schweigsam gewesen."

Der Physiker von der technischen Hochschule grinste leutselig. „Ehrlich, ich verstehe nicht so ganz, wohin uns das führt, Donna. Hier wird Geschichte mit den törichten Versuchen des Menschen vermischt, die großen Fragen des Lebens durch ein paar nette Anekdoten des Priesters vor Ort zu erklären. Wenn man etwas nicht erklären kann, dann war es Gott. Die Welt war flach und befand sich im Mittelpunkt des Universums, weil Gott es so geschaffen hatte. Und wenn unsere Nachbarn dem nicht zustimmen oder behaupten, ein anderer Gott hätte es geschaffen, nun, dann schlachten wir sie in einem Kreuzzug ab, um die Welt wieder geradezurücken. Verzeihen Sie mir, wenn ich dieser Logik nicht folgen kann. Wenn wir diese einzigartigen Ereignisse nur mit unserem Verstand angehen würden, bin ich sicher, wir würden etwas ganz anderes als Gott finden. Dies ist die

Zeit, neue Möglichkeiten zu erforschen, anstatt darüber zu streiten, wessen Gott dafür verantwortlich ist. Die physikalischen Gesetze sind seit Newtons Definition der Schwerkraft ein Dutzend Mal neu definiert worden. Nun, und jetzt sieht es so aus, als müssten wir uns bereit machen, sie erneut neu zu definieren, und ich zumindest freue mich auf diese Aussicht."

Caldwell strahlte. Ebenso der hinduistische Priester, aber nicht, weil er ihm zustimmte. Den anderen vieren schienen die Ausführungen nicht zu gefallen.

Der katholische Bischof meldete sich mit ruhiger Stimme zu Wort. „Ich bin der Meinung, Dr. Shester geht hier am Thema vorbei. Sie können alle Beispiele aus der Geschichte heranziehen, die Sie wollen, aber man darf die Hinweise nicht ignorieren, die zum gegenwärtigen Zeitpunkt zu finden sind. Wir leben nicht mehr in der Vergangenheit. Ganz eindeutig bezieht der Junge seine Macht aus einer höheren Quelle. Von Gott. Genauso wie Elia, genauso wie Mose und der Apostel Paulus und genauso wie alle gottesfürchtigen Christen auf der ganzen Welt das heute noch erleben. Sie wären erstaunt über das, was ein ehrlicher Blick auf die Begebenheiten aus der ganzen Welt offenbaren würde. Gott ist nicht tot, mein Freund. Tag für Tag wirkt er auf erstaunliche Weise. Wenn der Junge also behauptet, seine Quelle sei tatsächlich der Heilige Geist, warum müssen Sie das sofort verneinen? Vielleicht ist es an der Zeit, dass Sie *Ihre* Überzeugungen noch einmal neu überdenken, angefangen bei der Überzeugung, dass es keinen Gott gibt."

„Unsinn", widersprach Dr. Caldwell. „Darwin hat dieses Thema schon vor über 100 Jahren geklärt. Wir erleben hier gerade einen neuen Schritt in der Evolution. Wir sollten nicht ins Mittelalter zurückkehren, wo man alles, was man nicht versteht, in eine Schublade mit der Aufschrift ‚Gott' steckt."

„Darwin hat nichts anderes als eine Theorie entwickelt", gab der Bischof mit einem Lächeln zurück. „Eine Theorie, die seit dem Tag, an dem sie so blind akzeptiert wurde, in buchstäblich jedem wissenschaftlichen Zirkel widerlegt worden ist. Und das war vor dem Jungen. Falls die Evolution noch einen weiteren Monat überlebt, dann nur in der Vorstellung von Fanatikern, die ihre Ohren verschließen."

Auf diesen Vorwurf sprang der Physiker sofort an, doch Jason ließ seine Gedanken erneut wandern. Die Diskussion ähnelte einer politischen Debatte. Wenn man eine Zeit lang auf einer Seite stand, dann wechselte man in der nächsten Minute zur anderen Seite über, weil diese gute Argumente vorbrachte. In Wirklichkeit waren die Antworten in dem kleinen Caleb verschlossen, und selbst wenn der Junge seinen Geist aufschließen könnte, wäre er nicht so entgegenkommend, wie die Welt es sich wünschen würde.

Was letztendlich eine gute Sache wäre. Auch Jesus Christus hatte manchmal ein wenig ausweichend reagiert, wenn Jason sich richtig erinnerte.

„Kommt dir das nicht irgendwie verrückt vor?", fragte Jason. „Hör dir nur diese Typen an. Das hört sich für mich an, als würden sie darüber diskutieren, ob auf dem Mars tatsächlich kleine grüne Männchen herumlaufen."

Leiah legte den Kopf zur Seite und lächelte ihn an. „Er ist ein kleiner Junge, er lebt auf der Erde, und als ich das letzte Mal nachgesehen habe, war er braun, nicht grün."

„Ja, natürlich. Und ich liebe ihn auch, Leiah. Er gehört praktisch zur Familie. Aber das bedeutet nicht, dass irgendeiner von uns eine Ahnung hat, was tatsächlich hier abgeht."

„Keiner von uns? Dann stimmst du also nicht mehr Dr. Caldwell zu?"

„Das habe ich nicht gemeint. Das, was sie sagt, ergibt mehr Sinn als die Erklärungen aller anderen." Jason räusperte sich. „Es steckt mehr dahinter als all dieser Unsinn, ob Caleb nun ein Geist aus einer Flasche oder ein Prophet Gottes ist. Dabei wird einiges übersehen."

„Zum Beispiel?"

Er sah sie an und zog die Augenbrauen in die Höhe. „Zum Beispiel die Tatsache, dass das abgelegene Kloster, in dem Caleb die ersten zehn Jahre seines Lebens verbracht hat, während einer Invasion, die so weit im Süden nichts zu suchen hatte, dem Erdboden gleichgemacht wurde. Zum Beispiel die Tatsache, dass du und ich zusammen mit dem Jungen acht Stunden lang noch weiter in den Süden gejagt wurde. Pater Matthew war fest davon überzeugt, dass Calebs Leben in Gefahr war, und wir hatten denselben Eindruck, als wir Äthiopien verließen. Jemand wollte den Jungen tot sehen."

„Nun, dieses Problem haben wir doch hoffentlich mit Äthiopien hinter uns gelassen. Nicht, dass das, was wir jetzt haben, besser ist."

„Sie haben versucht, ihn zu töten, Leiah."

„Sie töten ihn auch jetzt", erwiderte sie mit vorgeschobenem Kinn. „Er verändert sich."

Sie hatte Recht. Keiner von ihnen konnte den Finger darauf legen, aber Caleb schien sich ein wenig zu verändern. Er passte sich an.

Jason schüttelte den Kopf. „Ich weiß nicht. Ich glaube einfach nicht, dass er auf Grund seiner plötzlichen Popularität auf einmal weniger in Gefahr ist."

Sie blickte ihn fassungslos an. „Du denkst also, dass er jetzt in größerer Gefahr schwebt, weil er im Licht der Öffentlichkeit steht? Ich dachte, seine Popularität sollte ihn schützen."

„So war es auch gedacht. Immerhin wollte man ihn abschieben. Aber warum wollte man ihn abschieben? Warum wurde überhaupt versucht, ihn zu töten? Warum machte sich Pater Matthew solche Sorgen um sein Leben. Und warum hat Charles Crandal so heftig reagiert, als Caleb ‚Tempest' erwähnte? Und jetzt wissen wir, dass Caleb nicht nur ein Waisenkind aus einem von Unruhen geschüttelten Land ist. Er ist ein Kind mit unglaublicher Macht. Er ist ein Mensch, der den Lauf der Geschichte verändern könnte. Vielleicht sind diese Fragen doch viel wichtiger, als wir gedacht haben. Macht das Sinn?"

„Donna schien davon überzeugt zu sein, dass ‚Tempest' –"

„Ich weiß, der Junge unterstütze seine Politik. Aber das glaube ich einfach nicht. Man zuckt nicht zusammen, wenn jemand einem seine Unterstützung anbietet. Donna ist fasziniert von Crandal. Und ich behaupte ja nicht, dass Crandal da mit drinsteckt. Ich sage nur, dass diese Fragen mich immer mehr beschäftigen, jetzt, wo Caleb kein einfaches Waisenkind mehr ist."

Sie blickte zum Fenster und dachte über seine Worte nach. „Es geht doch nichts über einen Optimisten", bemerkte sie. Ihr Ton hatte wieder die Schärfe, die er bei ihr gewohnt war. Vielleicht hatten sie die Streitphase doch noch nicht überwunden.

„Und du bist optimistisch?", fragte er.

„Nein. Ich wusste von dem Moment an, als Nikolous die Vormundschaft für Caleb übernommen hat, dass er den Junge zerstören würde. Dass sie ihm seine Unschuld rauben und seinen Geist zerstören würden. Und jetzt willst du mir weismachen, dass jemand ihm auch noch nach dem Leben trachtet?"

„Ich stelle nur Fragen, Leiah." Er schlug die Beine übereinander und sah sie an. „Mal ehrlich, wenn nun Caleb nur aus diesem einzigen Grund noch am Leben ist?" Er deutete auf das Fernsehgerät.

„Ich weiß es nicht, Jason. Und wenn? Wenn du wüsstest, dass dies der Fall ist, was würdest du tun? Wie weit wärst du bereit zu gehen, um dein Wort zu halten, das du dem Priester gegeben hast?"

„Ich werde so weit gehen, wie ich kann, das weißt du. Und ich bin so weit gegangen, wie es möglich war."

„Tatsächlich? Ich sehe dich nicht mit einem Maschinengewehr vor dem Gebäude stehen und darauf warten, dass die großen schlimmen Kerle kommen und es versuchen. Ich sehe nicht, dass du mit einem Knüppel in Nikolous' Büro marschierst und ihm ein wenig Verstand in seinen Schädel prügelst."

„Ach, komm schon! Ich sage doch nur, dass ich mir Sorgen mache. Soll ich mir etwa einen Sprengsatz umbinden und drohen, mich in die Luft zu sprengen, wenn sie ihn nicht herausgeben?"

Sie nahm einen Schluck Kaffee und starrte zerstreut in den Fernseher. „Es tut mir Leid."

„Nein. Manchmal kannst du wirklich sehr dickköpfig sein. Hat dir das schon mal jemand gesagt?" Sie antwortete nicht. „Du läufst mit einem Brocken in der Größe des Empire State Buildings herum und weigerst dich nicht nur, dir von irgendjemandem helfen zu lassen. Du möchtest auch dafür sorgen, dass alle in deiner Nähe einen genauso großen Brocken schleppen müssen, ist es das?" Leiahs Kiefermuskeln spannten sich. „Nun, ich habe eine Neuigkeit für dich, Leiah. Ich liebe Caleb, vielleicht genauso sehr wie du. Und ich mag auch dich. Und nicht nur, weil du auch ein Opfer bist."

Er wandte den Blick ab. *Und warum magst du sie, Jason?*

„Es tut mir Leid", sagte sie. „Wirklich."

Er schüttelte langsam den Kopf. „Nein, mir tut es Leid. Ich habe nicht das Recht, so zu reden. Es ist nur …" Er sah sie wieder an und jetzt erwiderte sie seinen Blick. „Ich mag dich wirklich."

„Ich weiß, Jason." Sie senkte den Blick. „Und das macht mir Angst."

Schweigend blieben sie auf der Couch sitzen. Die Debatte über den Jungen ging weiter. Auf einmal verspürte Jason den Wunsch, sie zu berühren. Seine Hand auf ihre Füße zu legen oder so etwas. Ihre Füße lagen auf der Couch, nur Zentimeter von seiner linken Hand entfernt. Aber in Wahrheit erschreckte ihn der Gedanke auch. Er war nicht einmal sicher, warum er ihn erschreckte, es war einfach so.

Und darum tat er es nicht.

Zumindest gut fünf Minuten lang.

Und dann tat er es doch, aus einem Impuls heraus. Er bewegte seine Hand ein wenig mehr nach rechts und legte sie auf ihre Füße. Sie sah ihn nicht an. Aber sie zog auch ihre Füße nicht fort.

„Vielleicht hast du Recht", sagte er mit möglichst normaler Stimme. „Vielleicht kann ich wirklich mehr für ihn tun."

Sie sah ihn an. „Was denn zum Beispiel?"

„Ich weiß es nicht. Die orthodoxe Kirche in Brand stecken."

Sie lachte.

„Okay, das ist vielleicht keine so gute Idee. Vermutlich ist der Dolch das bessere Mittel."

Wieder lachte sie, und es tat gut, sie lachen zu hören. Es tat sehr gut. Noch immer zog sie ihre Füße nicht fort.

# 22

Während er darauf wartete, dass Crandals Flugzeug landete, zerbrach sich Blane Roberts den Kopf und ging alle Optionen durch. Crandal hatte darauf bestanden, dass Roberts in Los Angeles blieb, während er einen dreitägigen Tripp durch den Nordosten der Vereinigten Staaten machte. Ein Dutzend Städte im Südwesten waren bereits abgehakt worden, aber in New York lag er in den Umfragen zurück. In Kalifornien hatten sie zugelegt, ein willkommenes Ergebnis nach ihrer zweiwöchigen Reise durch den gesamten Westen. Und es gab Hinweise darauf, dass ihre Position gestärkt wurde. Wenn Crandal sowohl Kalifornien als auch New York für sich gewann, würden sie die Wahl vielleicht mit dem besten Ergebnis in der Geschichte gewinnen.

Die DC-9, die sie in den vergangenen sechs Monaten ihr Zuhause genannt hatten, befand sich nun im Landeanflug.

Crandal verlor zunehmend die Geduld. Das aufgesetzte Lächeln, das ihm während seiner Wahlkampagne aufgezwungen wurde, forderte allmählich seinen Tribut. Nur so konnte es sich Roberts erklären, dass sich die Laune des Mannes in den vergangenen beiden Wochen immer mehr verschlechtert hatte.

In einer Demokratie gehen Politik und Macht immer Hand in Hand, obwohl natürlich nicht von Natur aus. Große Politiker bekamen immer die Macht, aber diejenigen, die für die große Macht geschaffen waren, waren nicht immer auch große Politiker. Crandal war eine Ausnahme, ein großer Politiker, bestimmt für große Macht. Aber in letzter Zeit nahm der Politiker in ihm immer mehr ab.

Roberts stand neben der schwarzen Limousine und beobachtete, wie der Jet über die Landebahn glitt. Am Rumpf der Maschine standen oberhalb der Fenster die Worte „Alle Macht dem Volk". Der Slogan hatte seine Schuldigkeit getan. Roberts sprach in sein Funkgerät. „Landung. Räumen Sie den Ausgang, Barney. Und denken Sie daran, keine Übertragungswagen im Umkreis von einer Meile. Nach dem Abendessen können Fragen gestellt werden."

Barneys Stimme knackte in seinem Kopfhörer. „Verstanden."

Es gab natürlich ein kleines Problem mit Caleb. Die einfache Tatsache, dass der Junge noch nicht tot war. Das trug bestimmt nicht dazu bei, Crandals Nerven zu beruhigen.

Jeder ausgewachsene Mann, der so viel Gift geschluckt hatte, wie die Frau schwor, dass sie dem Jungen gegeben hatte, wäre mittlerweile tot. Falls tatsächlich eine Autopsie vorgenommen würde, würden die Spuren von Clostridium, mit dem sie das in Rattengift vorkommende Arsen vermischt hatten, sie zu dem Ergebnis führen, dass der Junge an einer gewöhnlichen Lebensmittelvergiftung gestorben war. Dieser alte Trick wurde nur selten eingesetzt.

Aber der Junge zeigte nicht einmal Anzeichen von Schwäche. Die einzige Erklärung dafür war, dass die Frau dem Jungen das Gift nicht so verabreichte, wie er es ihr aufgetragen hatte. Vor einer Stunde hatte er sich mit ihr getroffen, und sie hatte ihm beinahe den Kopf abgerissen, so empört war sie über seine Anschuldigungen. Sie habe dem Kind genau die vorgeschriebene Dosis gegeben, beharrte sie. Jeden Abend, ohne Ausnahme. Und er nahm sich besser in Acht, sonst würde sie darüber nachdenken, Nikolous davon zu unterrichten.

Er brauchte genau 30 Sekunden, um sie davon zu überzeugen, dass sie den Tag nicht überleben würde, an dem sie dem Griechen auch nur ein Wort davon erzählte.

Sie würde nicht reden. Aber das half ihm auch nicht weiter.

Der Jet kam zum Stehen und Crandal folgte seiner kleinen Gruppe von Bodyguards zur bereitstehenden Limousine. Erst als er den Wagen schon fast erreicht hatte, sah er Roberts an. Dieser öffnete die Tür.

„Willkommen zurück, Sir."

Der Mann stieg in den Wagen, ohne ihn zur Kenntnis zu nehmen. Roberts schloss die Tür, ging um den Wagen herum und nahm neben Crandal auf dem Rücksitz Platz.

Schweigend saßen sie vielleicht drei Sekunden nebeneinander. Dann ergriff der Präsidentschaftskandidat das Wort. „Warum ist er noch nicht tot?"

„Ich weiß es auch nicht. Eigentlich müsste er es sein."

„Sie gibt es ihm?"
„Ich denke schon."
„Sie *denken*?"
„Wenn wir es ihm nicht selbst verabreichen, können wir es doch nicht mit Sicherheit wissen, oder? Aber ich habe erst heute Nachmittag mit ihr gesprochen, und ich habe keinen Grund, ihr nicht zu glauben."
„Sie sollten auf Ihren Ton aufpassen." Crandal hielt inne. „Und wenn sie es ihm gibt, warum atmet er dann noch?"
Roberts hatte keine gute Antwort parat, darum schwieg er lieber. Crandal hatte sein Recht, unangenehme Fragen zu stellen, immer respektiert. Das hielte sie wachsam, hatte er einmal gesagt. Und jetzt forderte er einen respektvollen Tonfall?
„Ich schwöre, Roberts, wenn dieses Kind redet ...." Er beendete den Satz nicht.
„Er hat noch nichts gesagt. Und es gibt keine Hinweise darauf, dass er überhaupt weiß, was Sie getan haben. Das Ganze liegt zehn Jahre zurück. Aber ich möchte Sie nicht mit Wahrscheinlichkeiten langweilen. Ich beschäftige mich genauso sehr wie Sie mit Sicherheiten. Ich weiß, dass Sie ihn tot sehen möchten, aber wir haben es hier mit einem anderen Kind zu tun, als wir zuerst gedacht haben. Es ist ein Nationalheld, um Himmels willen!"
„Genau! Und darum muss es sterben!"
Roberts sah zum Fenster hinaus und sprach aus, was ihn nun schon seit drei Tagen beschäftigte. „Ist Ihnen schon einmal in den Sinn gekommen, dass das Gift dem Kind vielleicht nichts anhaben kann ... auf Grund seiner Macht?"
„Wir leben hier nicht in einem Comic, in dem es überall Superhelden gibt. Glauben Sie mir, dieses Kind wird genauso bluten wie jedes andere auch."
„Vielleicht. Aber noch blutet es nicht."
„Dann vergessen Sie das Gift und setzen Sie Banks auf ihn an. Mittlerweile müsste die Tarnung perfekt sein."
Roberts schüttelte den Kopf. „Ich habe erst heute Morgen mit ihm gesprochen und er hält es noch für zu früh. Wenn Sie möchten, dass das über die Bühne geht, ohne dass die Medien verrückt spielen, müssen wir es richtig einfädeln. Noch eine Woche. Wenn es früher passiert, könnte alles ans Licht kommen."
Crandal atmete schwer und schloss die Augen. „Das gefällt mir nicht."

„Es ist ein schmaler Grat, aber wir haben es schon öfter geschafft."
Schweigend fuhren sie weiter. Crandal fuhr sich mit der Hand über seinen kahlen Kopf. „Eine Woche?"
„Eine Woche", bestätigte Roberts.
„Dann verdoppeln Sie die Dosis. Geben Sie ihm so viel, dass es einen Elefanten töten würde, wenn es sein muss. Ich bin nicht sicher, dass wir noch eine Woche haben."
„Das habe ich bereits veranlasst."

„Mir ist es egal, wie sehr du Religion hasst oder wie viel Angst du hast, Peter zu enttäuschen!", ereiferte sich Barbara Long. „Denkst du, er sei nicht bereits vom Leben enttäuscht?"
„Er lernt, das nicht zu sein", gab Stewart zurück.
„Sie wurden alle geheilt, Stew! Jeder von ihnen! Sie werden in Rollstühlen und auf Bahren in diese Veranstaltungen geschoben und kommen auf ihren eigenen zwei Beinen heraus. Ich weiß, dass so etwas deiner Meinung nach unmöglich ist. Vor ein paar Wochen war ich auch noch dieser Meinung. Aber jetzt gibt es ein paar tausend Menschen, die es besser wissen, und jeder von ihnen hat in einem Rollstuhl gesessen!"
Stewart nickte zerstreut. Natürlich hatte sie Recht. Die Lahmen strömten nur so zum Alten Theater und sie kamen verändert heraus. Aber das war ihre Sache. Hier ging es um Peter, und aus irgendeinem unerklärlichen Grund versetzte die Vorstellung, mit seinem Sohn zu einer solchen Veranstaltung zu gehen, ihn in Angst und Schrecken.
„Wie viel kostet denn im Augenblick der Eintritt?", fragte er, und er wusste, dass das eine dumme Frage war.
„Wen kümmert denn schon, wie viel der Eintritt kostet? Wenn du 50 000 Dollar für eine Operation bezahlen müsstest, die Peter wieder gesund machen würde, würdest du es nicht tun?"
„Natürlich."
„Genau. Komm schon, Stew. Ich weiß, das macht keinen Sinn. Aber wenn Caleb nun tatsächlich die Macht hat zu heilen? Hör mir zu … er tut es. Wir wissen, dass er es tut. Wir wissen nur nicht, warum oder wie er es macht. Sollen sich die Wissenschaftler doch darüber den Kopf zerbrechen. Ich möchte nur Peter die Chance geben, ein normales Leben zu führen."
„Und du denkst, ich wollte das nicht?"
Stewart nahm aus den Augenwinkeln heraus eine Bewegung wahr, und als er sich umdrehte, sah er, wie sein Sohn in seinem blauen

Rollstuhl im Flur verschwand. Er schloss die Augen und kämpfte gegen seine Frustration an. Was Barbara sagte, stimmte. Er hatte nicht das Recht, durch seinen Hass auf die Religion Peter die Chance zu nehmen, wieder ein normales Kind zu werden. Sein Sohn hatte sich geweigert, über Caleb zu sprechen, aber er hatte sich bei jeder Gelegenheit die Übertragungen im Fernsehen angesehen, und das genügte Barbara. Peter sprach noch immer in Rätseln, aber nicht mehr so oft, und wenn überhaupt, dann redete er nur sehr wenig. Er zappte häufig durch die Kanäle auf der Suche nach Nachrichten über Caleb.

Und auf einmal wusste Stewart, dass sie gehen würden. Natürlich, sie mussten gehen, oder etwa nicht? Egal, was es kostete, egal, was er tun musste, um Eintrittskarten zu bekommen – sie würden mit Peter hingehen.

„In Ordnung", sagte er. „In Ordnung." Und dann wandte er sich um und ging zu seinem Wagen.

Der Junge veränderte sich. Jason und Leiah bemerkten es am nächsten Tag und das ließ sie an der Tür innehalten. Sein Haar war schmutzig, sein Gesicht wirkte ausgezehrt und tiefe Ringe lagen unter seinen Augen. Er lächelte, aber es wirkte entschuldigend. Er begann, an seinen Fingernägeln zu kauen. Das hatten sie bisher noch nie bei ihm gesehen. Martha funkelte sie von ihrem Platz in der Ecke aus an und sogar sie wirkte auf Jason irgendwie verändert.

Sie verbrachten zehn Minuten mit ihm. Caleb wirkte ein wenig zerstreut. Vor allem beunruhigte Jason die Art, wie sein Blick im Raum herumwanderte.

Jason erhob sich schließlich und verkündete, er würde mit Nikolous sprechen. Leiah blieb allein bei dem Jungen.

Der Grieche empfing ihn in seinem Büro, brummig und unfreundlich, aber nicht streitlustig. Kommentarlos blickte er Jason an.

„Haben Sie den Jungen heute schon gesehen?", fragte Jason.

„Nein. Er arbeitet heute Abend nicht. Ein ausgefülltes Wochenende steht ihm bevor."

„Ausgefüllt? Soll er sich etwa zu Tode schuften?"

„Nein. Sie werden erfreut sein zu erfahren, dass ich die Form der Veranstaltungen verändere. Für die Veranstaltung am Freitagabend werden nur noch 3 000 Zuschauer eingelassen."

„3 000? Im Theater?"

Der Grieche lächelte. „Erstaunt Sie das? Ich bin schließlich ein vernünftiger Mann. Wir werden die Zahl der Gäste bald sogar noch weiter reduzieren. Es werden kleine, exklusivere Einzelveranstaltungen sein. Am Samstag wird die Erste davon stattfinden."

Jason wusste sofort, was der Grieche vorhatte. „Sie sind hinter den Reichen her. Um wen geht es?"

„Einige Leute haben größere Möglichkeiten als andere. Dieser Mann ist sehr bekannt. Ein gewisser Paul Thompson. Haben Sie schon von ihm gehört?"

„Vielleicht. Klingt irgendwie bekannt. Was berechnen Sie ihm?"

Nikolous lachte. „Nichts. Es geht nicht immer ums Geld, mein Freund. Dr. Thompson ist praktisch eine Ikone in der evangelischen Kirche und besitzt ein enormes Maß an gutem Willen. Es gibt nur wenige Namen, die in religiösen Kreisen so bekannt sind wie seiner. Er ist todkrank. Ein paar seiner Freunde haben diese Anfrage an mich herangetragen. Falls das gut geht, werden sicherlich andere folgen."

„Und natürlich werden diese Hausbesuche nicht billig sein. Ich vermute, Sie haben den Eintrittspreis für Freitag wieder erhöht."

„Das Ganze ist eine Sache von Angebot und Nachfrage."

„Wie viel?"

„1 000 Dollar. Verschwindend gering für ein neues Leben, denken Sie nicht?"

Jason schüttelte den Kopf. „Das ist Wucher. Aber dabei wird es nicht bleiben, oder? Vielleicht sollten Sie ein paar Verkäufer anheuern, die die Sitzungen an den Höchstbietenden versteigern. Oder warum berechnen Sie nicht gleich 100 000 Dollar pro Kopf?"

„Keine schlechte Idee. Eine Strahlenbehandlung ist fast genauso teuer und nicht halb so effektiv." Der Grieche grinste, und Jason verspürte den Drang, ihm ins Gesicht zu schlagen.

„Sie werden eines Tages noch aufwachen und feststellen, dass Ihnen die ganze Schweinerei um die Ohren geflogen ist", sagte er. „Hat denn die orthodoxe Kirche dazu nichts zu sagen?"

Nikolous runzelte die Stirn. „Um ehrlich zu sein, meine Strategieänderung ist eine Folge der Reaktion des Bischofs. Offensichtlich ist die Diözese von San Francisco mit meinem progressiven Handeln nicht einverstanden. Ich glaube, sogar der Erzbischof ist Ihrer Meinung. Im Laufe der Zeit werden sie noch mehr Druck ausüben, aber im Augenblick leite ich den Pfarrbezirk. Umso mehr ein Grund, den Wert des Jungen jetzt zu maximieren."

„Sie spielen hier mit dem Leben eines Kindes!" Jason zwang sich, sich zu beruhigen. „Was lässt Sie glauben, Caleb würde auch weiterhin tun, was Sie wollen?"

„Er hat sich bisher noch nicht beklagt."

„Weil er zu unschuldig ist, um zu erkennen, dass Sie ihn missbrauchen. Er ist zu vertrauensselig, um zu erkennen, dass Sie sein schlimmster Feind sind."

„Was? Sie haben ihm noch nicht gesagt, dass Onkel Nikolous ein Ungeheuer ist?"

„Natürlich haben wir ihm das gesagt. Und er erzählt uns, dass Sie einfach nur ein trauriger alter Sack sind, der Mitleid braucht. Stellen Sie sich das vor! Sie brauchen Mitleid."

„Er nennt mich also einen ‚traurigen alten Sack', ja?" Nikolous schien amüsiert zu sein.

„So ungefähr." Jason lehnte sich zurück und atmete tief durch. „Er verändert sich, Nikolous. Er verliert seine Unschuld."

Ein Funkeln trat in die Augen des Griechen. „Unsinn! Er wird aus gutem Grund isoliert!"

„Sicher. Aber Sie können ihn nicht von den Menschen isolieren, die zu den Veranstaltungen kommen, oder? Sehen Sie ihn sich doch an. Er ist müde."

„Sie haben Recht, aber ich kann die Menschenmenge reduzieren, mit der er konfrontiert wird, und ich tue das, indem ich die Armen eliminiere."

„Hören Sie sich doch nur reden! Sie sind ein Priester und schließen die Armen aus, damit Sie Ihre Taschen füllen können! Sie sind ein Betrüger!"

Die gute Miene, die Nikolous bisher zur Schau gestellt hatte, fiel nun von ihm ab. Er schlug mit der Faust auf seinen Schreibtisch und sprang auf. Jason fuhr zusammen.

„Ich manage ihn!", brüllte der Grieche. „Ich bin der Verwalter der Gabe Gottes, und ich werde diese Gabe verwalten, wie ich es für angemessen halte! Und jetzt verschwinden Sie, bevor ich Sie rauswerfen lasse."

Jason erhob sich. „Hinauswerfen? Von wem? Dem Butler?" Er marschierte aufgebracht zur Tür. „Caleb ist keine Gabe", sagte er und wandte sich um. „Er ist ein Kind. Sie managen ihn nicht wie eine Investition. Und wenn Sie an Gott glauben, sollten Sie ihn an Gott zurückgeben und ihn von Gott gebrauchen lassen, wie er es für angemessen hält. Aber entschuldigen Sie, ich hatte es vergessen: Sie gehören ja zu den Priestern, die nicht richtig an Gott glauben, nicht wahr?"

„Und Sie tun das?"

Jason blinzelte und starrte den Mann an. Aber ihm fiel keine intelligente Antwort ein. Er verließ das Zimmer, knallte die Tür hinter sich zu und stürmte den Flur entlang.

# 23

## *Tag 27*

Es war Nacht, als Caleb mit Bauchschmerzen aufwachte. Es musste Nacht sein oder zumindest sehr früh am Freitagmorgen, weil er erst vor wenigen Stunden gegessen hatte und zu Bett gegangen war, wie ihm schien. Der bittere Geschmack dieses scheußlichen Breis, den die böse Hexe ihn zu essen zwang, lag ihm noch auf der Zunge.

Er rollte sich zur Seite und rieb sich die Augen. Er fand, dass sein Geist in diesen Tagen kreativer war. Er entdeckte dieses neue Leben und es öffnete einige Türen in seinem Geist.

Aber es machte auch sein Herz krank.

Er setzte sich auf und legte eine Hand auf seinen Bauch. Der Schmerz pochte. Die Bilder aus dem Fernsehen bewegten sich lautlos. Er hatte herausgefunden, wie er den Ton laut und leise drehen konnte, aber der Kasten blieb die ganze Zeit eingeschaltet. Und er sah mehr hin, als er sollte. Vielleicht nur ein wenig mehr.

Er ließ sich in sein Kissen sinken und seufzte. Ein Schmerz durchzuckte sein Herz, aber er kam nicht aus dem Magen. Er drehte sich vom Fernsehgerät fort und rollte sich zusammen.

„Dadda, was passiert mit mir?"

Die Nacht antwortete ihm mit Stille.

Zum ersten Mal seit sehr langer Zeit war Caleb verwirrt. Das Königreich wurde immer undeutlicher. Und das wurde es, weil das Licht nicht mehr so hell war. Und das Licht war nicht mehr so hell, weil er dieses andere Licht in sich aufnahm. Was eigentlich Dunkelheit war und nicht Licht.

Dadda hatte immer gesagt, dass das Herz des Menschen nur eine begrenzte Kapazität hatte. Einmal hatte er eine große Glasvase auf den Ofen gestellt, bevor er ein Feuer entzündete. Er hatte Caleb eine Flasche mit Olivenöl gereicht.

„Gieße das in die Vase, Caleb. Mach sie ganz voll." Als er das tat, fragte Dadda ihn, was er sah.

„Durch das Öl hindurch sehe ich das Feuer. Es ist wie Gold", hatte Caleb geantwortet.

Sein Vater gab ihm ein Glas mit schwarzem Wasser, und Caleb hatte nicht gewusst, was das war. Es roch sauer, vielleicht Sole. „Wenn ich ein wenig davon in die Vase gießen will, was muss ich tun?", hatte Dadda gefragt.

„Die Vase ist voll."

„Ja, das ist sie. Also, was muss ich tun?"

„Du musst ein wenig von dem Olivenöl ausgießen."

„Dann tu das für mich."

Caleb hatte ein wenig Öl wieder zurück in die Flasche geschüttet und dabei etwas auf seine Hand verschüttet. Sie hatten darüber gelacht. Dann hatte Dadda ihm das schwarze Wasser gereicht und ihm gesagt, er solle die Vase wieder füllen. Das hatte er getan.

„Was siehst du?"

Gemeinsam hatten sie sich hingekniet und das Glas betrachtet. Caleb würde das Bild nie vergessen. Das Feuer schimmerte noch immer im Olivenöl, aber jetzt reckten sich Finger von schwarzem Solwasser in die Vase. Die beiden vermischten sich nicht, sie wirbelten nur umeinander.

„Dein Herz ist wie diese Vase, Caleb", hatte sein Vater gesagt. „Es hat nur eine begrenzte Aufnahmekapazität. Du wirst entscheiden müssen, was hineinkommt – das Öl des Geistes oder das Dunkle des Bösen. Aber lass dich nicht täuschen, das eine wird das andere ersetzen. Sie vermischen sich nicht."

Das war vor drei Jahren gewesen. Eine Träne trat in Calebs Auge, während er auf seinem Bett lag. Er schluckte und betete. „Oh Gott, ich falle in eine Dunkelheit und das macht mir Angst. Vater, hörst du mich? Ich fühle mich krank in meinem Herzen. Was soll ich tun?"

Normalerweise hörte er die leise Stimme, die ihm antwortete, aber im Augenblick hörte er sie nicht. Er kannte die Antwort bereits.

Er blinzelte. Dadda hatte ihm einmal gesagt, dass die Menschen, die in Gottes Nähe leben, seine leise Stimme hören können, wie ein Sohn, der das Flüstern des Vaters hören kann und versteht. Gott antwortet immer und er antwortet niemals mit Schweigen. Er möchte, dass wir hören. Aber viele Menschen können nicht hören, weil ihre Herzen zu weit entfernt sind. Und dann ruft Gott manchmal oder schickt einen Propheten, für die Schwachen.

Aber Caleb brauchte keinen Propheten, weil er die Antwort auf seine Frage bereits kannte. Sie war natürlich sehr einfach. Er sollte der Dunkelheit den Weg in sein Herz verwehren. In seine Augen.

Eigentlich hatte er es schon vorher gewusst. Nikolous hatte ihn jetzt zu vier Großveranstaltungen gebracht und bei der letzten war etwas ein wenig anders gewesen. Das Licht war nicht da und das hatte ihn verwirrt und erschreckt. Er war auf die Knie gefallen und hatte gefleht, doch sehen zu können, und dann hatte er sich lang hingelegt und auf der Bühne geweint. Erst dann war die Helligkeit gekommen. Ein Erdbeben kam ebenfalls, aber in seinem Geist war es die Stimme Gottes gewesen, die ihn beruhigte, ihm Worte der Liebe zuflüsterte, die seinen Körper erbeben ließen. An diesem Abend, als er da auf der Bühne gelegen hatte, hatte er geschworen, nie wieder in den Kasten zu sehen, weil er wusste, dass das nicht gut für ihn war.

Doch am nächsten Tag hatte er wieder hingeschaut. Nur ein Blick, vielleicht zehn Sekunden lang. Und dann hatte es sich über eine Stunde hingezogen und er fand es faszinierend.

Caleb fiel in einen tiefen Schlaf. Er versuchte, den Schmerz zu ignorieren. Er träumte von einem blauen Tiger, der einen kleinen Jungen jagte. Sie rannten lange Zeit, und als der Tiger den Jungen einholte, fraß er ihn.

Caleb fuhr keuchend im Bett hoch. Er starrte auf den Fernsehschirm. Bunte Streifen waren zu sehen. Keine Bilder.

Er hatte den Kasten noch nie ohne Bild gesehen. Panik erfasste ihn. Vielleicht würde es sich verändern. Aber er sah nun schon 30 Sekunden lang hin und es hatte sich nicht verändert.

Caleb kletterte aus dem Bett, lief zum Fernsehgerät und sank davor nieder. Er begann, die kleinen Knöpfe zu drückten. Nichts passierte. Die Hexe hatte einen der Knöpfe entfernt und Caleb wurde sehr zornig auf sie.

Plötzlich war wieder etwas zu sehen. Ein Bild, aber keine Zeichnung. Caleb sprang zurück ins Bett. Das Bild war ein richtiger Mann, der aus dem Fernsehgerät sprach. Und es war nicht nur irgendein Mann.

Caleb schnappte nach Luft. Der Mann war sehr groß und hatte eine Glatze. Das war der Mann aus dem Park. Crandal. *Tempest!*

Ein Licht erhellte Calebs Geist. Er sah den Mann lächeln und reden, aber er sah nicht das Lächeln und hörte nicht das Reden. Er sah viele beängstigende Bilder, die keinen Sinn ergaben. Frauen weinten und Kinder starben. Felder brannten und der Himmel war grau. Das Bild eines Kloster. Rauch stieg von seinem Eingang auf. Eine Frau verließ langsam das Kloster. Er kannte sie!

Er kannte die Frau!

Aber dann auch wieder nicht. Er wusste nur, wer sie war.

Caleb schloss die Augen und blieb auf dem Bett sitzen, aber das Bild verschwand nicht. Sein Herz klopfte zum Zerspringen. Die Frau sah ihn mit weit aufgerissenen Augen an. Plötzlich schwebte ein großer Vogel vom Himmel auf die Frau herab. Feuer kam aus seinem Schnabel und dem weit aufgerissenen Maul. Er wollte die Frau auffressen!

Unvermittelt wurde es dunkel im Zimmer und Caleb war wie betäubt. Er öffnete die Augen. Crandal war vom Bildschirm verschwunden. Eine Flagge wehte, und er beobachtete sie eine Minute lang, bis auch sie verschwand und die bunten Streifen kamen.

Er erhob sich mit wackeligen Beinen und kroch unter die Decke. Was die Bilder bedeuteten, konnte er nicht so genau sagen. Er wusste nur, dass der Mann ein sehr schlechter Mann war. Er hatte viele Kinder und Frauen getötet, viele Felder abgebrannt und den Himmel grau gemacht. Daran gab es keinen Zweifel. Aber das Bild des Vogels und der Frau verstand er nicht.

Schmerz durchzuckte ihn erneut und er rülpste. Der bittere Geschmack des scheußlichen Essens, das die Hexe ihm gab, lag ihm wieder auf der Zunge, und einen Augenblick lang hatte er das Gefühl, sich erbrechen zu müssen. Aber es ging wieder vorbei.

Er hatte eine Idee. Martha hatte ihm gesagt, Nikolous wolle am kommenden Abend wieder eine Veranstaltung abhalten. Freitagabend. Er würde den Leuten erzählen, dass dieser Crandal ein schlechter Mann war.

Ja, das würde er tun.

Der Anruf kam um elf Uhr am Freitagabend. Roberts saß allein in der Calypso-Bar und versuchte, seinen Magen mit einem großen *New York Strip* zu beruhigen, als sein Handy klingelte. Es war Banks.

Es gab Probleme.

Er hörte zu, ohne ein Wort zu sagen. Als er dann sprach, klang seine Stimme unnatürlich. „Ich melde mich wieder."

Er klappte das Telefon zu und sah sich um. Niemand beachtete ihn. Sein halb aufgegessenes Steak ließ er stehen und stand auf. In Windeseile verließ er das Restaurant und verschwand in einer kleinen

Gasse hinter dem Lokal. Das leise Schrillen in seinem Schädel überhörte er. Zehn Jahre lang war er nun schon in diesem Geschäft. Es war ein Balanceakt auf einem Drahtseil und nun lief er ganz eindeutig Gefahr zu fallen.

Er tippte Crandals Privatnummer ein. Nach dreimaligem Klingeln meldete dieser sich und er lachte. Jemand im Hintergrund hatte einen Witz gemacht.

„Ja."

„Wir haben ein Problem."

Das Lachen ebbte ab. Stille. „Einen Augenblick." Er entschuldigte sich.

Roberts rauchte nie. Außer wenn er fiel. Er fischte sich ein Päckchen Zigaretten aus seiner Manteltasche, suchte nach Streichhölzern und zündete sich eine Zigarette an.

„Ich hoffe, Sie haben einen guten Grund, jetzt anzurufen, Roberts. Ich bin mitten in einer –"

„Der Junge hat geredet."

Das brachte Crandal zum Schweigen. Roberts nahm einen langen Zug von seiner Zigarette und schnippte sie dann auf die Straße.

„Der Junge hat also geredet", wiederholte Crandal. „Und was hat er gesagt?"

„Nicht sehr viel, aber genug. Er sagte, Sie wären ein schlechter Mann, und er glaubte, Sie hätten vielen Menschen in seinem Land wehgetan."

Eine ganze Weile war es am anderen Ende der Leitung still.

„Wo hat er das gesagt?", fragte Crandal ruhig.

„Bei einer Veranstaltung im Alten Theater. Mehr als 30 Kameras haben es aufgenommen."

„Was hat er noch gesagt?"

„Ich habe den Bericht nicht gesehen, aber nach Banks' Aussage war das alles."

„Banks war da?"

„Banks ist immer da."

Crandal schwieg und dachte über die Information nach. „Also gut, Roberts. Ich möchte, dass das Kind verschwindet, verstanden? Banks soll das Kind so schnell wie möglich töten."

„Wir werden das Problem lösen", wandte Roberts ein. „Wenn er nicht mehr gesagt hat, dann sind wir noch in Sicherheit." Crandal widersprach nicht, also redete er weiter.

„Wir haben 1991 die Äthiopische Befreiungsarmee in ihrem Kampf gegen den Kommunismus unterstützt. Das weiß die ganze Welt. Viele Menschen kamen bei diesem Konflikt ums Leben. Bedauerlicherweise. Für die Sache der Freiheit natürlich. Also hat der Junge sogar in gewisser Weise Recht, und es ist verständlich, dass er sagt, was er gesagt hat, nachdem er gehört hat, wie seine Landsleute über den Konflikt geredet haben. Was seine Abneigung gegen Sie betrifft –"

„Ist gut. Drehen Sie das so. Aber nur Gott allein weiß, was er beim nächsten Mal ausplaudern wird. Die Sache gerät langsam außer Kontrolle, Roberts!" Crandals Unterkiefer zitterte vor Anspannung – Roberts konnte den Mann deutlich vor sich sehen. „Töten Sie ihn einfach. Mir ist egal, ob Banks noch eine Woche braucht, um seine Tarnung aufzubauen, es muss *jetzt* passieren. Unsere Zukunft steht auf dem Spiel."

„Die nächste Veranstaltung findet am Dienstag statt."

„Dann möchte ich ihn am Dienstagabend tot sehen."

„Sie sagte, er hätte heute über Bauchschmerzen geklagt. Vielleicht fängt das Gift ja endlich an zu wirken."

Keine Antwort, stattdessen wurde die Verbindung unterbrochen.

Roberts brummte, klappte sein Handy zu und wandte sich der Straße zu. Crandal wusste genauso gut wie er, dass Gift viel sicherer war. Und sie beide wussten, dass ein Mangel an Geduld häufig der Grund für das Scheitern einer verdeckten Operation war. Zukünftiger Präsident oder nicht, Crandal musste lockerer werden. So etwas hatten sie auch früher schon erlebt.

Allerdings hatte noch nie so viel auf dem Spiel gestanden. Er wählte Banks' Nummer und hielt das Handy ans Ohr. Vielleicht hatte Crandal Recht. Vielleicht hätten sie das schon vor zwei Wochen machen sollen.

# 24

*Tag 28*

Dr. Paul Thompson lebte 50 Meilen nördlich von Santa Monica an der Küste. Er wohnte in einem zweistöckigen Haus, das im spanischen Stil erbaut worden war, und hatte einen wunderbaren Blick aufs Meer. Es war eine heitere Umgebung, in der er sein Leben beenden würde.

Jason und Leiah waren dem schwarzen Mercedes die Küste hinauf gefolgt und zusammen mit Caleb und Nikolous ins Haus eingelassen worden. Eine stämmige schwedische Krankenschwester namens Heidi hatte sie gebeten, ein paar Minuten im Wohnzimmer zu warten, während Dr. Thompson sich allein mit dem Jungen unterhielt.

Das war vor über einer Stunde gewesen.

Nikolous saß mit übereinander geschlagenen Beinen 30 Minuten lang schweigend im Zimmer, bevor er sich erhob und die Krankenschwester fragte, was mit Caleb sei. Sie hatte ihn einfach nur angelächelt, weitere Getränke gebracht und ihm gesagt, er solle ein wenig Geduld haben. Dr. Thompson würde nur so viel Zeit mit dem Jungen allein verbringen, wie er für angemessen hielt. Er sei durchaus ein rücksichtsvoller Mensch.

Leiah hatte gelächelt und der Krankenschwester ihre Hilfe angeboten. Sie verschwanden in der Küche und unterhielten sich leise. 15 Minuten später war Leiah herausgekommen und hatte Jason gefragt, ob er mit ihr auf der Veranda warten wolle.

Sie saßen an einem kleinen Glastisch mit Blick auf die Bucht. Ein sanfter Wind kühlte ihr Gesicht.

„Ich hatte keine Ahnung, dass unser Gastgeber ein so hohes Tier ist“, sagte Leiah. „Wusstest du, wer er ist?“

„Ich weiß nur das, was Nikolous mir gesagt hat. Ein großer Mann in der evangelischen Kirche.“

„Wenn die Protestanten einen Papst hätten, dann wäre das Dr. Paul Thompson. Seine Meinung gilt bei vielen Leuten sehr viel.“

Dieser Ausflug hatte Jason von Anfang an nicht gefallen, und er beschloss, offen seine Meinung auszusprechen. „Also, offen gesagt, ich sehe nicht, dass das etwas bewirken könnte. Er könnte der Dalai Lama, der Papst oder Mohammed selbst sein. Meiner Meinung nach ist er durch seine Religion geprägt und wird sehen, was er sehen will.“

„Nur keine Sorge. Er ist auch todkrank. Leukämie.“

„Und darum sind wir hier. Nicht, um seine weisen Sprüche über Caleb zu hören.“

Sie blickte hinaus auf das Meer. „Caleb ist auch von seiner Religion geprägt. Hältst du ihm das vor?“

„Caleb ist anders. Zum einen ist er ein Kind, das es nicht besser weiß. Zum anderen tut er tatsächlich etwas; er täuscht nicht nur etwas vor. Falls seine Macht von irgendeinem hinduistischen Gott käme, sollten wir ein paar andere Leute aufsuchen, die zu demselben Gott beten und ebenfalls diese Dinge tun. Dasselbe gilt für den Gott jeder anderen Religion. Dr. Thompson mag vielleicht der Oberbonze unter seinen Kameraden sein, aber er ist auch nur irgendein religiöser Zelot unter Tausenden, und soweit es mich betrifft, übersehen sie alle das Wesentliche."

„Und was ist das Wesentliche?"

„Der Punkt ist, der Junge hat heute Morgen über Bauchschmerzen geklagt; der Punkt ist, Calebs Leben ist in Gefahr. Der Punkt ist, dieser ganze Zirkus macht ihn fertig."

„Natürlich ist das der Punkt. Das sage ich schon seit Wochen. Aber du kannst nicht ignorieren, was er tut. Wie viele deiner Bekannten haben seine Fähigkeiten?"

Jason blickte sie erstaunt an. „So schnell hast du also die Seiten gewechselt?"

„Nein. Ich würde alles dafür geben, ihn in Sicherheit zu bringen. Aber ich habe auch erkannt, dass das, was Caleb tut, Teil seiner Persönlichkeit ist. Wir können diese beiden Dinge nicht einfach voneinander trennen. Warum beunruhigt dich seine Macht so sehr?"

Das war eine gute Frage und er konnte sie nicht beantworten. An diesem Punkt musste er an den Tod seines Sohnes denken, aber allein der Gedanke daran verursachte ihm Kopfschmerzen.

„Ich weiß nicht. Das tut es ja gar nicht", erwiderte er.

Eine Zeit lang starrten sie hinaus auf das Meer. Er hatte den rechten Arm auf den Glastisch gelegt, sie den linken. Die Wellen brachen sich weit unter ihnen am Strand.

Sie blickte ihn wortlos an. Er spürte ihren Blick auf sich. Aber irgendwie hatte sich eine schwere Last auf seine Seele gelegt und so starrte er auch weiter vor sich hin.

Schließlich war es sein Sohn gewesen, nicht? Calebs Macht verärgerte ihn, weil das, was für ihn so leicht erschien, seinem Sohn vorenthalten worden war. Sie hatten alles getan, was sie konnten. Sie hatten Gott angefleht und sich selbst zum Narren gemacht und schließlich sogar noch Stephen. Und dann war er gestorben.

Jason schluckte.

Ihre Hand legte sich auf seine. Eine leichte, kühle Berührung seiner Fingerspitzen. Aber sofort durchströmte ihn eine angenehme Wärme.

„Es ist schon in Ordnung, Jason. Ich weiß, wie man sich dabei fühlt, glaub mir. Es scheint nicht fair zu sein."

Jason blickte sie an. Sie sprach von ihren Verbrennungen. Calebs Macht war auch ihr vorenthalten worden. Er hatte angenommen, sie würde es einfach ignorieren, aber jetzt wusste er es besser.

Sie hielt seine Hand. In dem Restaurant hatte er ihre Hände genommen; er hatte seine Hände auf ihre Füße gelegt. Aber dies war das erste Mal, dass sie ihn von sich aus berührte. Er senkte den Blick und betrachtete ihre Finger, die anmutig auf seinen lagen. Das vernarbte Fleisch begann an ihren Handgelenken und verschwand unter einer leichten Windjacke.

Jason hob den Kopf und sah ihr in die Augen. Sie waren blau wie das Meer, sie waren sanft wie ihre Hand. Aber dort war auch Furcht zu lesen.

Er versuchte zu lächeln, aber er war nicht sicher, ob ihm dies gelang. „Ich weiß."

Sie wandte den Blick ab. Ihre Finger bewegten sich, und er nahm ihre Hand, um sie festzuhalten. Jetzt war sie diejenige, die schluckte.

„Ich weiß, das ist schwer", sagte er. „Vielleicht solltest du ihn fragen."

Ihre Kiefermuskeln zuckten.

*Arme, liebe Leiah, du bist so verletzt. Und habe ich dir schon gesagt, dass ich glaube, dass ich dabei bin, mich in dich zu verlieben?*

Du meine Güte! Was dachte er da?

Sie blickte ihn mit feuchten Augen wieder an. „Ich habe Angst", sagte sie.

*Angst wovor? Mich zu lieben oder den Jungen zu fragen?*

Die Tür wurde geöffnet und Heidi steckte den Kopf heraus. „Er wird Sie jetzt empfangen."

Jason ließ ihre Hand los und räusperte sich. Seine Gedanken verirrten sich in eine Richtung, in der sie nichts zu suchen hatten.

Dr. Paul Thompson saß in seinem Rollstuhl neben einem großen Panoramafenster, durch das man auf das Meer blicken konnte. Die Krankenschwester führte Nikolous und seine Begleiter in den Raum. Ein Tank mit Flüssigsauerstoff war neben dem Bett zu ihrer Rechten aufgebaut und ein Infusionsständer mit einer Infusionslösung stand neben dem Bett. In dem Zimmer roch es leicht nach Alkohol. Diese große Suite war das Zimmer eines Sterbenden.

Aber wenn man den kleinen Mann betrachtete, der zusammengesunken in seinem Rollstuhl saß, dachte man nicht an den Tod.

Thompsons Haar war weiß und sein Gesicht blass, aber seine hellblauen Augen strahlten, und ein Lächeln umspielte seine Lippen. Er war sehr abgemagert. Ein Sauerstoffschlauch lag auf seinem Schoß, der mit einem tragbaren Tank hinten am Rollstuhl verbunden war.

Caleb stand neben dem Mann mit dem Rücken zu ihnen. Er malte unsichtbare Linien auf das Fenster.

„Guten Morgen“, strahlte Thompson. Er hustete einmal, aber sein Lächeln verschwand nicht. „Jason und Leiah, nehme ich an. Und Sie müssen Vater Nikolous sein.“

„Ja.“ Jeder antwortete mit einem Nicken.

Jason fiel auf, dass Dr. Thompson sich nicht erhoben hatte. Er war nicht geheilt. Was hatten sie denn dann in der vergangenen Stunde gemacht?

„Sie sind also die Leute, in deren Obhut sich Caleb befindet?“

„Ja“, erwiderte Nikolous. Er runzelte die Stirn. „Sind wir … erfolgreich gewesen?“, fragte er.

Typisch Nikolous. Er kam ohne Umschweife zur Sache.

Thompson faltete die Hände und sah den Griechen an. „Erfolgreich?“

„Hat der Junge … irgendetwas versucht?“

„Nein, das würde ich nicht so sagen. Wir haben uns unterhalten, nicht wahr, Caleb?“

Der Junge löste seinen Blick von der Zeichnung und nickte lächelnd.

„*Geredet?*“, wiederholte Nikolous. „Gibt es ein Problem?“

„Nein. Kein Problem.“ Thompson blickte den Griechen an und forderte ihn auf fortzufahren. Aber Nikolous war wie vor den Kopf gestoßen. Spannung lag in der Luft und Thompson schien sich darüber zu amüsieren.

„Er kann es nicht?“, fragte Nikolous.

„Was?“

„Ich bitte Sie, Doktor. Ich habe den Jungen hergebracht, damit er Sie heilt, wie es von Ihren Freunden gewünscht wurde. Sie wissen doch bestimmt von der Macht des Jungen. Und ich möchte darauf hinweisen, dass Privatsitzungen nicht billig sind.“

Eine Weile blickte Thompson den Griechen einfach nur lächelnd an. Dann wandte er sich dem Jungen zu. „Caleb, möchtest du einen Schokoshake?“

Caleb drehte sich ohne zu antworten um.

„Hast du schon jemals einen Schokoshake getrunken?“

„Nein.“

„Na, dann musst du das unbedingt probieren. Heidi –“

„Es tut mir Leid, aber das kann ich nicht erlauben“, wandte Nikolous ein.

„Nicht? Warum nicht?“

„Wir überwachen jede –“

„Jetzt bleiben Sie doch locker, Nikolous“, unterbrach Jason ihn. „Ein Shake wird Ihre kostbare Geldmaschinerie schon nicht ruinieren. Er ist ein Junge, um Himmels willen. Lassen Sie ihn doch!“

Nikolous blickte die drei an. Offensichtlich war er überstimmt. Schließlich nickte er.

„Prima!“, sagte Thompson. „Geh nur, Caleb. Du musst den Schokoshake unbedingt probieren. Heidi wird dir einen machen. Und wenn du sie lieb bittest, lässt sie sich von dir vielleicht auch noch zu einem Bananensplit überreden.“

Nikolous sah aus, als würde er wieder Einwände erheben, aber er überlegte es sich anders. Heidi führte Caleb aus dem Zimmer und schloss die Tür.

Die Besucher standen im Halbkreis um Thompson herum. Er deutete auf ein paar Stühle, die neben ihm standen. „Bitte setzen Sie sich doch. Ich möchte nicht allein bequem sitzen.“

Jeder nahm sich einen Stuhl, und Thompson drehte sich um, sodass er sie ansehen konnte. Er hustete erneut. Jason mochte diesen Mann. Er strahlte eine sanfte Autorität aus, die man von einem Führer erwartet.

Thompson blickte sie einen Augenblick lang an und wandte sich dann dem blauen Himmel zu.

„Es hat mich immer erstaunt, wie so viele meiner Mitmenschen leben können, ohne jemals das Meer zu sehen.“ Er blickte sie wieder an. „So hat C. S. Lewis es ausgedrückt und ich kann es kaum besser tun. Er hat uns mit Kindern verglichen, die Schlammkuchen in den Slums backen und nicht sehen, dass hinten am Horizont das Meer wartet. Aber die Kinder betreten dieses Paradies am Meer niemals, weil sie entweder nichts davon wissen oder es nicht für möglich halten.“

Nikolous rutschte unruhig auf seinem Platz herum. „Ich bin nicht sicher, ob Sie dies wissen, aber ich habe noch eine Verabredung –“

„Wissen Sie, wofür die Schlammkuchen stehen, Pater?“ Der Grieche antwortete nicht. „Die Schlammkuchen sind diese Welt. Der Urlaub am Meer ist das Reich Gottes. Ich habe 70 Jahre unter den Schlammkuchen gelebt und nur hier und da einmal einen Blick auf das Reich Gottes geworfen. Und jetzt frage ich Sie, warum sollte ich meinen Urlaub am Meer verschieben?“

Die Kühnheit seiner Perspektive traf Jason wie ein Schlag. Aber Thompson lächelte und seine Augen funkelten.

„Warum sollte ich auch nur einen Tag aufschieben, worauf ich mein ganzes Leben lang schon so ungeduldig warte?“ Er sah wieder zum Fenster und ein Schleier legte sich über seine Augen. „Die ganze Schöpfung wartet seufzend auf den Tag, den ich bald erleben werde. Der Arzt sagt mir, dass ich vielleicht noch ein paar Monate habe, und ich kann es wirklich kaum erwarten.“ Er lachte. „Zwei Monate erscheinen ziemlich lang, finden Sie nicht? Obwohl ich sicher bin, dass mein himmlischer Vater weiß, was er tut. Ich habe das Gefühl, dass meine Arbeit zu Ende gebracht ist, aber vielleicht irre ich mich ja auch.“

Nikolous starrte Thompson mit großen Augen an. Leiah lächelte bewundernd. Und Jason dachte, dass der alte Mann seinen Verstand verloren hatte.

Thompson blickte sie an. „Ich wusste in dem Augenblick, als ich Caleb erblickte, dass er den Vater um meine Gesundheit bitten könnte und dass seine Bitte erhört werden würde – Gott hat ihm diese einzigartige Gabe geschenkt. Und ich bin sicher, meine Freunde haben es gut gemeint. Ich werfe ihnen das nicht vor. Es kommt nicht jeden Tag vor, dass ein Caleb durch unsere Straßen wandert. Aber ich kann einfach nicht. Sie verstehen sicher.“

„Dann hat Caleb nicht für Sie gebetet?“, fragte Leiah.

„Ich habe ihn gebeten, es nicht zu tun. Und er war einverstanden.“

„Und worüber haben Sie dann eine Stunde lang geredet?“

„In erster Linie darüber, wie glücklich ich mich schätzen kann.“

„Das war alles?“, fragte Jason. „Sie haben sich eine Stunde lang darüber unterhalten, wie glücklich Sie sich schätzen können, dass Sie sterben werden?“

„Nein, nicht sterben. Leben.“

Leiah schaltete sich ein. „Dann denken Sie also, dass Calebs Macht tatsächlich von Gott kommt?“

Thompson hustete heftig. „Entschuldigung. Im Gegensatz zu dem, was einige meiner Kollegen in höheren Positionen vielleicht denken, habe ich keinen Zweifel daran.“

Jason überprüfte seine vorherige Sympathie für den Mann. Was er sagte, klang nicht vernünftig. „Ohne die Argumente zu hören, können Sie das doch nicht einfach sagen“, wandte er ein. „Jeder sieht, was er sehen möchte, durch seine eigene Brille. Und Sie sind anders?“

„Ich bin vielleicht an diesen Stuhl hier gefesselt, aber noch haben mich weder meine Augen noch meine Ohren im Stich gelassen. Wie

Sie sich sicher denken können, ist mein Terminkalender in der letzten Zeit nicht besonders voll. Ich habe die Diskussionen über Caleb aufmerksam verfolgt und jedes Argument gehört. Wichtiger noch, ich habe gerade eine Stunde mit dem Jungen verbracht, und ich kann wirklich nicht sagen, dass ihn ein Geheimnis umgibt."

„Und Sie behaupten, dass seine Macht von Gott kommt?", wiederholte Leiah ihre Frage.

„Es ist nicht seine Macht. Das wird er Ihnen immer wieder sagen. Es ist die Macht des Heiligen Geistes."

„Die von Gott kommt?"

„Ja. Und die Gott selbst ist."

Leiah ließ sich von ihm vielleicht einwickeln, aber Jason war nicht bereit, ihn vom Haken zu lassen.

„Die Wissenschaftler behaupten, seine Macht käme aus seinem Geist, und sie haben andere dokumentierte Fälle von Psychokinese."

„Und haben sie Beispiele dafür, dass jemand schon einmal das Rote Meer geteilt hat? Oder einen Laib Brot vermehrt, um damit 5 000 Menschen satt zu machen? Oder hat schon jemand einmal 5 000 Männer und Frauen mit einem Lied von den Füßen gehauen? Das übersteigt unsere Vorstellungskraft, oder?"

„Nicht mehr als die Behauptung, die Teilung des Roten Meeres und die Speisung von 5 000 Menschen und das Niederwerfen der Menschen käme von irgendeinem Geist. Beide Erklärungsansätze sind doch überhaupt nicht zu vergleichen. Was lässt Sie glauben, eine Erklärung sei besser als die andere?"

„Die eine habe ich erfahren", erwiderte Thompson mit hochgezogener Augenbraue. „Die andere ist nur Hörensagen."

„Auch Sie haben Menschen zu Boden geworfen?"

„Nein. Das habe ich nicht. Aber ich habe die Macht des Geistes Gottes auf andere Weise genauso real erlebt."

Nikolous sah auf die Uhr. Leiah starrte Jason an, aber er ignorierte sie. Er wollte diese Sache ausdiskutieren.

„Also gut, wenn Sie nichts dagegen haben, Dr. Thompson. Ich will nicht streiten, aber selbst in christlichen Kreisen herrscht keine Einigkeit darüber, dass Calebs Macht von Gott kommt. Der eine sagt, Gott sei ein Gentleman und würde niemals eine solche Verwirrung stiften, und der nächste behauptet, die Anhänger Gottes würden die Welt durch Gewalt nehmen. Einer verkündet, Gott wirke nur Wunder, die Menschen zu Christus führen – was zufällig nicht passiert ist –, und der nächste hält dagegen, Gott sei souverän; er tue, was er wolle. Das sind Theologen, um Himmels willen, und sie sind sich vollkommen uneinig!"

„Vielleicht sind noch keine Menschen zum Glauben an Christus gekommen, aber der Dienst des Jungen ist noch nicht vorbei. Ich denke, es wird noch sehr viel mehr kommen. Das alles passiert nicht zufällig, mein Freund, und am Ende wird die Versöhnung des Menschen mit Gott den Rest wie ein Kinderspiel aussehen lassen. Sie können doch nicht im Ernst glauben, Caleb sei nur eine Schachfigur, die nach der Laune des Menschen eingesetzt wird! Er wird nicht mehr von seinen Lebensumständen manipuliert wie Christus von Pilatus bei seiner Gerichtsverhandlung. Es steckt ein größerer Plan dahinter. Das werden Sie eines Tages erkennen, wenn Sie darauf achten."

Thompson schloss die Augen und seufzte. „Und um ehrlich zu sein, ich verstehe die Uneinigkeit unter den Denominationen selbst nicht. Ich vermute, alle würden gut daran tun, einmal innezuhalten und tief durchzuatmen." Er öffnete die Augen und sah Jason an.

„Menschen machen Fehler, Jason. Aber wenn meine Brüder ein paar Stunden mit Caleb zusammen wären, würden sie ihre Haltungen neu überdenken. Wer kennt denn schon die Gedanken Gottes? Wissen Sie, er hat uns immer in Verwirrung gestürzt. Jona wurde von einem Fisch verschluckt – denken Sie nicht, Gott hätte die Aufmerksamkeit des Mannes auch auf andere, konventionellere Weise bekommen können? Er sprach durch einen Esel und er schrieb an eine Wand. Das alles ist sehr ungewöhnlich, aber ich nehme an, er hat das Recht dazu. Er verwandelte Wasser in Wein und verfluchte einen Feigenbaum. Sagen Sie mir, ist das etwas anderes, als Menschen zu Boden sinken zu lassen? Nur weil Gott das Rote Meer nicht jedes Jahr teilt, bedeutet das doch noch lange nicht, dass er es nie wieder tut oder es nicht mehr kann."

„Nein, das ist nichts anderes. Aber ich bin nicht sicher, dass Gott überhaupt so etwas getan hat."

Stille legte sich auf den Raum.

„Das ist alles schön und gut", meldete sich Nikolous zu Wort, „aber wir müssen jetzt aufbrechen."

Leiah ignorierte ihn. „Um ehrlich zu sein, ich denke, die Frage, die uns mehr als alle anderen bewegt, ist die Frage nach dem Warum. Wenn Gott wirklich all diese Dinge tut, warum erleben wir dann nicht häufiger Wunder? Haben nicht alle Christen Zugang zu diesem Heiligen Geist?"

„Bitte. Wunder gibt es viel häufiger, als Sie vielleicht denken. Reisen Sie einmal durch die Gemeinden in Südamerika und dem Fernen Osten, wie ich es getan habe, und Sie werden feststellen, dass so etwas dort durchaus keine Seltenheit ist."

„Und warum nicht hier in Amerika?"

„Auch hier in Amerika. Aber der Geist Gottes kommt nur an Orte, an denen er eifrig gesucht wird. Wie die kostbare Perle, von der Jesus gesprochen hat – wenn Sie sie haben wollen, suchen Sie sie. Und Sie müssen wissen, dass die größte Macht des Heiligen Geistes nicht unbedingt so wundersam ist, wie Sie denken."

Leiah hatte die Augenbraue hochgezogen, und Jason hatte den Eindruck, dass sie ihm diese vereinfachende Antwort nicht abkaufte.

„Wundersam oder nicht, ‚im Geist zu wandeln' bedeutet, in das Reich Gottes einzutreten, und die meisten Christen sind nicht bereit, sich dort aufzuhalten. Sie treten bei ihrer Wiedergeburt in das Reich ein, aber sie machen nur wenige Schritte." Dr. Thompson sah sie grinsend an. „Zumindest drückt Caleb das so aus. Diejenigen, die im Reich wandeln, haben weit mehr Macht, als Sie denken. Vielleicht nicht gerade die Heilung von verkrüppelten Gliedern. Vielleicht sehen Sie es hier zwischen den Schlammkuchen nicht einmal, aber glauben Sie mir, die Macht eines vom Geist erfüllten Menschen ist wirklich erstaunlich. Und wer behauptet, dass die Heilung einer Hand dramatischer ist als die Heilung eines Herzens? Caleb ist vielleicht ein Gefäß von Gottes spektakulärer Macht, aber er ist nicht so einzigartig, wie Sie denken. Ganz und gar nicht. Das andere sehen Sie mit Ihren Augen nur nicht – die Früchte des Geistes, die Macht der Liebe, die Farbe des Friedens. Sie brauchen geöffnete Augen."

„Das ist doch völliger Unsinn", wandte Jason ein. „Wenn Sie es nicht erklären können, dann schreiben Sie es einfach dem Unsichtbaren zu. Aber in der Zwischenzeit sterben hier in der realen Welt Menschen, und ich kann einfach nicht verstehen, wie ein rational denkender Mensch das sehen und glauben kann, dass irgendein Gott einfach nur dabeisteht und es sich tatenlos ansieht."

„Einige würden sagen, dass ich leide, Jason."

Jason blinzelte. Und was sollte das bedeuten?

„Vielleicht müssen wir das alles anders sehen. Vielleicht verblasst das Leiden dieser Welt neben der Herrlichkeit der nächsten. Vielleicht definiert es sie in gewisser Weise sogar. Ich kann nicht für die anderen sprechen, und ganz bestimmt kenne ich die Gedanken Gottes nicht, aber für mich ist dieses Leiden nur eine vorübergehende Angelegenheit. Gern würde ich mein Leben für ein paar Augenblicke mit ihm geben."

„Na, toll. Das freut mich für Sie. Aber mein Sohn war nicht bereit, ein paar Augenblicke mit Ihrem Gott zu verbringen." Zorn wallte in Jason auf. Er war endlich da angekommen, worauf er hinauswollte.

Thompson sah ihn einfach nur an. Jason wandte sich zu Leiah um, die auf das Meer hinausblickte.

Schließlich unterbrach Thompson die Stille durch einen Hustenanfall.

„Entschuldigen Sie. Ich sollte jetzt wirklich wieder Sauerstoff nehmen." Er nahm den durchsichtigen Schlauch zur Hand. „Heidi sagt mir, damit sähe ich aus wie ein Alien", meinte er grinsend. „Was in Ordnung ist, weil ich ja sowieso bald dort hinausgehen werde."

Er drehte um und rollte zu seinem Bett.

„Wissen Sie, Jason, Ihr Problem ist, dass Sie noch nie ins Reich Gottes hineingesehen haben." Er drehte seinen Stuhl herum. „Ich habe in meinem Leben viele Menschen kennen gelernt. Pastoren, Evangelisten, hingebungsvolle Christen. Aber ich glaube nicht, dass irgendeiner von ihnen so rein war wie Caleb. Er ist so unschuldig, wie man in diese Welt hineinkommt. Und er kennt die Realität des Reiches Gottes ebenso gut, wie er weiß, dass seine Hände fünf Finger haben. Jesus hat gesagt, wenn man Glauben hat, und wenn er nur so klein wie ein Senfkorn ist, kann man zu einem Berg sagen, er solle sich hinwegheben, und er wird sich hinwegheben. Caleb ist einfach genug, daran zu glauben. Und er ist rein genug, das zu tun. Seine Theologie passt vielleicht nicht in die hübschen Schubladen, die wir in der Kirche so lieben, aber andererseits ist er erst zehn Jahre alt. Bestimmt können Sie sein Herz nicht verfälschen. Ich glaube nicht einmal, dass Sie seinen Geist verfälschen können."

Er drehte sich wieder um und rollte zu seinem Nachttisch.

„Vielleicht kann er Ihnen die Augen öffnen", sagte er und nahm eine Flasche mit Tabletten herunter.

Es war Leiah, die fragte: „Wie?"

Ein verlegenes Grinsen trat auf Thompsons Gesicht. „Indem Sie ins Reich Gottes eintreten. Indem Sie die Vergebung Gottes annehmen. Sie wissen, dass Sie Vergebung brauchen, nicht wahr, Leiah?"

Jason spürte, wie sich seine Brust zusammenzog. In diesem Augenblick wollte er den alten Mann anbrüllen, und er wusste nicht so genau, warum.

Thompson sprach nach einer Weile weiter. „Morgen ist Sonntag. Gehen Sie mit Caleb in die Coastview-Gemeinde in Huntington Beach. Ich glaube, der dortige Gottesdienst beginnt um zehn. Oder gehen Sie mit ihm in irgendeine andere Gemeinde, in der die Menschen die Berührung Gottes suchen. Ich denke, Sie werden einiges zu sehen bekommen."

„Wir haben bereits viel gesehen", warf Jason ein.

„Sie haben ein paar Beweise für die Macht Gottes gesehen. Aber Sie haben noch nicht auch nur annähernd die Macht des geheilten Herzens erlebt. Zumindest nicht mit den Augen des Glaubens. Wer behauptet, dass die Heilung einer Hand dramatischer ist als die Heilung eines Herzens?"

Schon zum zweiten Mal hatte er diese Frage gestellt.

Thompson sah zum Fenster hinaus. „Wenn Gott unsere Augen so auftun würde wie die des Dieners von Elia, dann wären wir verblüfft. Haben Sie sich schon mal gefragt, wie ein Feuerwagen tatsächlich aussieht? Ja? Oder was ist mit Feuerzungen über dem Kopf eines Menschen? Beides ist passiert." Er sah sie an. „Aber das ist eine andere Sache."

„Wir werden mit ihm hingehen", sagte Leiah.

„Das werden Sie nicht tun", widersprach Nikolous und erhob sich.

„Es ist eine Kirche, Pater", wandte Thompson ein. „Sie wollen dem Jungen doch sicher nicht verbieten, eine Kirche zu besuchen?"

„Er wohnt in einer Kirche! *Meiner* Kirche."

„Darum kann er auch nicht Ihren Gottesdienst besuchen. Ihre eigene Gemeinde ignoriert Sie wegen des Jungen. Er würde Ihnen in Ihrer eigenen Gemeinde die Schau stehlen. Aber ein liebender Hirte würde doch sicher einem Kind Gottes nicht das Recht verweigern, einen Gottesdienst zu besuchen."

Thompson war kein Dummkopf.

„Ich werde darüber nachdenken", erwiderte Nikolous. „Doch wir müssen jetzt gehen. Vielen Dank für Ihre Zeit, Dr. Thompson. Es tut mir Leid, dass der Junge nichts für Sie tun konnte." Der Grieche neigte den Kopf, ging zur Tür und verließ das Zimmer.

„Ich werde beten, dass er Ihnen die Augen öffnet, Jason", sagte Thompson. „Von meinem Standpunkt aus könnte das Leben nicht besser sein. Es wäre mir ein Vergnügen, Sie auf der anderen Seite wieder zu sehen." Er lächelte sie verlegen an und steckte zwei Tabletten in den Mund.

Jason dankte ihm und verließ das Haus. Seine Kopfschmerzen versuchte er nach Kräften zu ignorieren.

# 25

## *Tag 29*

Die *Coastview Fellowship* war in einem Gewerbegebiet fünf Meilen von Huntington Harbor untergebracht, einer Kleinstadt etwa eine Stunde von Pasadena entfernt. Es waren auf den Tag genau vier Wochen vergangen, seit Jason und Leiah mit Caleb die orthodoxe Kirche besucht hatten. An diesem Tag hatten sie den Jungen an Nikolous und seine Maschinerie verloren. Aber der heutige Tag stellte eine Art Wiedervereinigung dar. Denn heute waren kein Nikolous, keine Martha und nicht einmal der Mercedes dabei. Es war keine leichte Aufgabe gewesen, aber sie hatten Nikolous schließlich überzeugen können, ihnen zu gestatten, den Jungen mitzunehmen, unter der einen Bedingung, dass sie die Wagenfenster verhängten, um ihn zu schützen. Sie hatten zugestimmt.

Jason fuhr auf die Schnellstraße auf und lächelte Leiah an. Sie blinzelte und spähte über das Laken, das sie zwischen die Vordersitze gehängt hatten, damit der kleine Caleb nicht hinausschauen konnte.

„Na, Caleb", sagte Jason und betrachtete den Jungen im Rückspiegel, „was meinst du, ist das ein schöner Morgen?"

„Ich sage, dass ich höllische Bauchschmerzen habe, und das ist großer Mist!", antwortete er.

Zuerst war Jason nicht sicher, ob er richtig verstanden hatte. *Das ist großer Mist?* Er fing Leiahs erstaunten Blick auf.

„Das ist großer Mist?", fragte sie. „Wo hast du denn das aufgeschnappt, Caleb?"

Er zuckte die Achseln und spielte an dem Laken herum. „Im Fernsehen."

Im Fernsehen? Sie hatten Martha gebeten, das Gerät zu entfernen, nachdem der Junge sich darüber beklagt hatte, und sie hatte das zur Kenntnis genommen. Seither hatte Caleb es nicht mehr erwähnt. Aber jetzt war die Sache klar.

„Und was siehst du im Fernsehen, Caleb?", fragte Jason.

Der Junge grinste. „Die Zeichnungen, die sich bewegen und reden. Sie sind sehr lustig."

Zeichentrickfilme.

„Ich sehe auch andere Dinge, aber die Zeichnungen mag ich besonders."

Der Junge hatte unter ihrer Nase einen Zugang zur Außenwelt gefunden. Er verbrachte seine Tage eingesperrt in seinem Zimmer mit einem Fernseher, und Jason bezweifelte, dass Nikolous davon wusste. Und so wie es sich anhörte, sah er Dinge, die er lieber nicht sehen sollte.

Jason grinste bei dem Gedanken. „Du lernst durch das Fernsehen einige Dinge, nicht wahr?"

„Ja. Sehr viel."

„Denkst du wirklich, dass das gut für ihn ist?", fragte Leiah.

„Warum nicht? Sie können ihn doch nicht für immer vor der Welt abschirmen. Seit vier Wochen wird er entweder in seinem Zimmer festgehalten oder fährt in dem Mercedes. Und sonst hat er nur das Alte Theater. Und doch hat er ein Fenster in die Welt genau in seinem Zimmer stehen. Nikolous würde einen Anfall bekommen!"

Caleb hinter ihm lachte. „Vater Nikolous würde tot umfallen."

Jason sah zu Leiah hinüber. Er konnte sein Lächeln nicht verbergen. „Ja, das würde er. Nikolous würde tot umfallen." Der Junge lernte wirklich schnell. Die Zeichentrickfilme hatten seinen Wortschatz erweitert.

„Was siehst du denn noch im Fernsehen?"

„Ich habe den Mann gesehen, der in dem Park gesprochen hat, und ich hatte eine Vision."

Crandal? Calebs Bemerkungen zwei Tage zuvor darüber, dass Crandal ein schlechter Mensch sei, hatte einige interessante Diskussionen ausgelöst, aber die Medien verbreiteten, dies sei eine Reaktion des rechten Flügels auf seine Arbeit bei der NSA. Jason hatte ihn an diesem Abend danach gefragt, doch Caleb hatte nur wiederholt, was er bereits gesagt hatte.

„Vermutlich hat er eine Werbesendung für die Wahl gesehen", meinte Leiah.

„Was hast du denn in der Vision gesehen?", fragte Jason.

„Ein großer Vogel kam aus dem Himmel und hat eine Frau angegriffen. Der Vogel konnte Feuer speien. Und ich sah Kinder und Menschen sterben."

„Und darum denkst du, Crandal sei ein schlechter Mensch?"

„Ja."

„Was bedeutet diese Vision?"

„Ich weiß es nicht."

„Aber Crandall ist schlecht?"

„Ja."

Seit der vergangenen Woche fürchtete Jason keine Gefahr mehr von Seiten Crandals: Die INS saß Caleb nicht mehr im Nacken; von der NSA war nichts zu hören. Aber wenn die Bedrohung tatsächlich noch da war? Und wenn Calebs Vision nun wirklich mit Crandal zu tun hatte?

Er sah in den Rückspiegel. „Was hältst du davon, wenn wir das Laken vom Fenster nehmen, Caleb?"

„Ja?"

Leiah sah von einem zum anderen und nickte dann. „Warum nicht? Warum nicht?" Sie sprang nach hinten und riss die Laken von den Scheiben. Licht flutete in den Innenraum.

Caleb drückte sofort das Gesicht gegen die Scheibe und betrachtete zum ersten Mal seit fast einem Monat die Welt.

Es war schon fast Viertel nach zehn, als sie in den Parkplatz des Gemeindehauses einbogen. Ohne genaue Wegbeschreibung hätten sie das umgebaute Lagerhaus wohl kaum gefunden. Über den weißen Eingangstüren stand in großen Buchstaben *Coastview Fellowship*.

„Da sind wir", sagte Jason und ging zur Tür. „Ich hasse Kirchen." Er zog die Tür auf und folgte ihnen hinein.

In den vergangenen sieben Jahren hatte Jason zwei Kirchen betreten: Die *Greater Life Community*, in der sein Sohn praktisch zu Tode gebetet worden war, und die griechisch-orthodoxe Kirche, die ihnen Caleb gestohlen hatte. Die *Coastview Fellowship* unterschied sich eindeutig von den anderen.

Der Gottesdienst hatte bereits begonnen. Eine Band stand auf der Bühne und machte mit nach oben gerichteten Gesichtern und geschlossenen Augen Musik. Ungefähr 1 000 Männer, Frauen und Kinder sangen mit.

*„Du bist mächtig,*
*du bist heilig,*
*unbezwingbar in deiner Kraft."*

Sie setzten sich in eine Reihe mit Klappstühlen. Mit Ausnahme der von der hohen Decke herunterhängenden Lampen erinnerte nichts mehr an ein Lagerhaus. Hunderte von Flaggen waren an den Dachbalken befestigt; vermutlich jede Fahne der Welt. Der Text des Liedes war auf zwei großen Leinwänden links und rechts der Bühne zu lesen. Hinter dem Sänger stand ein 20-köpfiger Chor.

*„Du bist mächtig,*
*du bist heilig,*
*unbezwingbar in deiner Kraft.“*

So viele Menschen, ganz normale Menschen, die ihren Gott anbeteten. Die Luft war zum Schneiden und ein Schauer rann Jason den Rücken herunter.

Die Frau neben ihm hatte ihr Kinn erhoben. Mit strahlendem Gesicht stimmte sie in den Gesang ein. Direkt vor ihnen stand eine Familie mit gesenktem Kopf und gefalteten Händen. Überall um sie herum sahen die Leute aus, als seien sie tatsächlich in den Hof eines Königs eingetreten. Jason hatte so etwas noch nie erlebt. Eine seltsame Mischung aus Ehrfurcht und offenem Ausdruck. *Zumindest gibt es keine charismatischen Elemente wie Hüpfen oder Schreien oder solche komischen Dinge,* dachte Jason. Alles verlief recht geordnet.

Der Anbetungsleiter sank auf die Knie und sang mit erhobener Hand weiter. Jason sah zu Caleb hinüber. Der Junge starrte nach vorn. Zweifellos hatte er so etwas auch noch nie erlebt. Jason las den Text des Liedes auf den Leinwänden.

*„Auferstanden,*
*du bist Sieger,*
*hast bekämpft den Tod mit Macht.“*

Plötzlich war seine Kehle wie zugeschnürt. Und wenn das alles tatsächlich stimmte? Und wenn der Junge nicht nur von seiner Vergangenheit redete, sondern die Wahrheit sagte? Und wenn Dr. Paul Thompson tatsächlich zu einem besseren Ort unterwegs war? Thompson hatte nicht so getan, als würde er alles verstehen. Vielmehr ging er davon aus, dass etwas so Einfaches wie das Öffnen der Augen die Angelegenheit in Ordnung bringen würde.

Und wie war das wohl, wenn einem die Augen geöffnet wurden? Hatten diese einfachen Menschen das erlebt?

Der Druck verstärkte sich. Irgendetwas war hier, das ihn zu berühren schien. So viele Menschen, die in einem Geist vereint waren. Ach, was, vielleicht war es einfach nur Gruppenzwang.

Jason verspürte den Drang zu weinen. Dieser Impuls erschreckte ihn. Er sollte verschwinden, vielleicht zur Toilette gehen. Leiah neben ihm begann zu schnüffeln. Er sah zu ihr hinüber. Du lieber Gott, ihr kamen tatsächlich die Tränen!

Panik ergriff Jason. Er gehörte nicht hierher. Er sollte wirklich …

Eine Bewegung links von ihm lenkte ihn ab.

Calebs Platz war leer. Der Junge lief den Gang entlang. Dieses Mal rannte er.

Jason erstarrte. Leiah hatte die Augen noch immer geschlossen; mühsam rang sie um Fassung. Und der Junge rannte zur Bühne, als sei er bei einem 50-Meter-Lauf und nicht in einem Gottesdienst. Die Musik war so laut, dass es keinen Zweck hatte, nach ihm zu rufen.

Er stieß Leiah an, und als sie die Augen öffnete, deutete er mit dem Kopf nach vorn. Sie sah hin.

Caleb erreichte die erste Reihe und warf sich vor dem Altar aus Holz nieder. Er landete flach auf dem Gesicht. Niemand schien etwas dagegen zu haben. Anscheinend war es nicht ungewöhnlich, dass sich ein kleines Kind vorn vor dem Altar niederwarf. Der Gesang wurde noch lauter.

Jason schluckte. Er bekam kaum noch Luft.

Ein paar Sekunden lang lag Caleb ganz still da. Und dann rollte er sich auf den Rücken und bedeckte sein Gesicht mit beiden Händen. Sein Weinen wurde mit dem Lied lauter. Es war das weinerliche Jammern, das man in afrikanischen Ländern häufig hörte.

Der kniende Anbetungsleiter, ein junger Mann mit kurz geschnittenen blonden Haaren, ließ das Mikrofon sinken. Seine Schultern begannen zu beben. Der Chor hinter ihm wurde leiser, sang aber weiter. Calebs Stimme übertönte nun alle anderen. Er rief etwas in Ge'ez. Jason hatte keine Ahnung, was da vor sich ging – nichts Spektakuläres, kein Wind, kein Erdbeben –, aber sein Herz hämmerte und sein Kopf dröhnte. Leiah neben ihm weinte.

Langsam, ganz langsam verebbte die Musik. Das Schlagzeug hörte auf, das Singen brach ab, und nur noch das Keyboard spielte weiter, ganz leise im Orgelklang. Überall war Schnüffeln und leises Schluchzen zu hören. Der Anbetungsleiter legte das Mikrofon aus der Hand, hob beide Hände hoch, ging auf die Knie und begann offen zu weinen. Mehrere Mitglieder des Chores saßen ebenso da. Die anderen blieben stehen und schwankten leicht. Auf einmal war alles sehr still, nur das Schluchzen war noch zu hören.

Und über all dem Calebs Jammern.

Er wand sich auf dem Boden, drehte sich von einer Seite auf die andere, zog die Knie an. Der Keyboardspieler nahm die Hände von den Tasten, bedeckte sein Gesicht und begann zu weinen.

Geflüstertes „Danke, Herr“ und „Berühre ihn, Herr“ ertönte aus der Menge. Niemand schien zu wissen, was er tun sollte. Dass ein Junge weinend zum Altar rannte, war vielleicht nicht ungewöhnlich, aber so etwas hatten sie einfach noch nicht erlebt. Jason bezweifelte, dass irgendeiner von ihnen wusste, wer der Junge war, der da vor dem Altar lag. Ein paar in der ersten Reihe hatten ihn vielleicht erkannt, aber falls das der Fall war, ließen sie sich nichts anmerken.

Ein blonder Mann mittlerer Größe in einem blauen Anzug kam aus einer Seitenreihe nach vorne. Bei Caleb blieb er kurz stehen, dann trat er vor das Rednerpult. Er steckte eine Hand in die Tasche, stützte sich mit der anderen am Rednerpult ab und ließ seinen Blick über die Gemeinde schweifen.

Caleb hörte auf zu weinen und blieb mit dem Gesicht nach unten liegen.

„Gott ist hier", sagte der Mann. Er sah aus, als wollte er noch fortfahren, doch dann senkte er den Kopf und blieb reglos stehen. Seine Schultern begannen zu beben. Die Luft im Gottesdienstraum war zum Schneiden dick. Der Mann, den Jason für den Pastor hielt, blieb einfach dort stehen, eine Hand in der Hosentasche, die andere am Rednerpult abgestützt, und bebte vor unterdrücktem Schluchzen. Dann ließ er das Rednerpult los und sank auf die Knie.

Jason wurde heiß, Tränen liefen ihm die Wangen hinunter und schnell fuhr er sich mit dem Handrücken über die Augen.

Der Anbetungsleiter hinter dem Pastor begann auf einmal laut zu stöhnen und in Worten zu sprechen, die keiner verstehen konnte. Dann wurde die Stimme lauter und Jason hörte seinen Schrei.

„Vergib mir. Oh Gott, vergib mir … Vergib mir!"

Auch die anderen auf der Bühne wurden von ihren Gefühlen überwältigt. Jetzt stöhnte auch der Pastor. „Vergib mir, Vater, vergib mir …"

Die Hälfte der Chormitglieder und vier der Bandmitglieder, darunter auch der Schlagzeuger, fielen zu Boden und baten um Vergebung.

Aber es ging noch weiter. Die Bitte um Vergebung breitete sich auch über die Gottesdienstbesucher aus wie eine Welle von der ersten Reihe ausgehend bis nach hinten in die letzte. Mit tränenfeuchten Augen beobachtete Jason, wie die Menschen auf die Knie fielen und um Vergebung flehten. Sie taten Buße.

Es gab keine rationalen Argumente und ganz bestimmt war es verstandesmäßig nicht zu begreifen. Aber es war offensichtlich und der Beweis seiner Echtheit fuhr Jason wie ein brennendes Eisen durchs Herz. Er hatte Gott zurückgewiesen, und zum ersten Mal in seinem Leben erkannte er, was für eine schreckliche Sünde das war.

*Wer behauptet, dass die Heilung einer Hand dramatischer ist als die Heilung eines Herzens?*, hatte Dr. Thompson gefragt. *Ihre Augen müssen aufgetan werden, Jason.*

Vielleicht fühlte es sich so an, wenn einem die Augen aufgetan wurden. Die Augen des Herzens.

Eine ältere Frau mit einem gelben Hut, die drei Reihen vor ihm stand, rief auf einmal: „Oh Gott, vergib mir." Sie ließ sich schwer auf ihren Stuhl sinken. Die Leute um sie herum fielen auf die Knie.

Als es Jason traf, hatte er den Eindruck, er würde explodieren. Ein Feuerball bitteren Schmerzes breitete sich in seiner Brust aus. Und in diesem Augenblick wusste er, dass er ein abscheuliches Verbrechen begangen hatte. Er hatte es vor der ganzen Welt begangen und konnte die Scham darüber kaum ertragen. Er hatte einen Leprakranken ins geschwollene Gesicht geschlagen; er hatte einen sterbenden Menschen mit Füßen getreten und war davongegangen; er hatte Christus ins Angesicht gespuckt.

Er hatte Christus ins Angesicht gespuckt.

„Oh Gott", murmelte er. Seine Knie wurden weich und er ließ sich auf seinen Stuhl sinken. „Oh Gott. Oh, lieber Gott, vergib mir ..." Jason ließ sich in dem auf einmal überwältigenden Bedürfnis, sich vor Gott zu beugen, von seinem Stuhl gleiten. Es war diese Art von Schmerz. Noch bevor er wusste, wie ihm geschah, lag er im Gang auf dem Boden.

Was er erlebte, war das schmerzlichste Gefühl, das er je empfunden hatte. Aber es war auch wunderschön. Er lag sterbend auf dem Boden in der *Coastview Fellowship* in Huntington Beach. Und er erwachte zu neuem Leben.

Es dauerte gut fünf Minuten, bis die Bitten um Vergebung aus dem Gottesdienstraum leiser wurden. Jason lag mit dem Gesicht auf dem blauen Teppich. Als er die Augen öffnete, sah er Leiah neben sich, die ebenfalls schluchzte. Überall lagen Menschen auf dem Boden und taten Buße. Ein paar saßen ruhig auf ihren Plätzen, aber die meisten knieten entweder an ihren Stühlen oder dazwischen. Die Musiker lagen auf der Bühne, der Pastor am Bühnenrand. Im gesamten Gebäude stand nicht ein einziger Mensch auf seinen Beinen.

Und dann erhob sich einer.

Der Junge.

Caleb stand auf und sah sich um, als hätte er sich verirrt. Jason hob den Kopf. Wellen des Schmerzes gingen noch immer über ihn hinweg, doch nun mischte sich noch ein anderes Gefühl hinein. Der

Impuls, nach vorn zu laufen und den Jungen zu umarmen. Ihn um Vergebung zu bitten.

Jason zog sich auf seinen Platz und weinte schon wieder.

Der Junge sprang plötzlich auf die Bühne. Jason starrte ihn fassungslos an. Caleb drehte sich zu den Menschen herum. Auf seinem Gesicht lag dieser Ausdruck, den Jason bereits kannte, dieses etwas verlegene Funkeln der überströmenden Freude.

Der Junge wirbelte herum, sprang über den Körper des Anbetungsleiters hinweg und zog den Schlagzeuger am Arm. Der junge Mann blickte ein wenig verwirrt auf. Caleb nahm ihm die Schlagzeugstöcke aus der Hand und schlug mit beiden Händen auf die Basstrommel.

*Bumm.*

Der Ton prallte an den Wänden ab. Der Schlagzeuger rappelte sich auf die Knie. Caleb grinste breit und schlug erneut auf die Trommel, nun zweimal. *Bumm, bumm.*

Und dann begann er zu trommeln, ganz ohne Rhythmus, mit einem strahlenden Lächeln. Die Leute erhoben sich langsam vom Boden.

Der Schlagzeuger stand auf und Caleb reichte ihm einen der Stöcke. Er nahm ihn, sah sich ein wenig verlegen lächelnd um und schlug zusammen mit dem Jungen auf die Trommel. Dann zweimal und dreimal.

Caleb reichte dem Schlagzeuger auch den anderen Stock, jauchzte auf und räumte seinen Platz. Der Musiker setzte sich auf seinen Hocker und schlug einen gleichmäßigen Rhythmus. *Bumm-rapatat, badda bumm-rapatat.*

Caleb sprang außer sich vor Freude über die Bühne, und Jason verspürte den Drang, sich ihm anzuschließen. Das war alles total verrückt, aber irgendwie erschien es ihm richtig. Wieder ein Kind zu sein.

*Bumm-rapatat, badda bumm-rapatat.*

Der Junge sprang über den Gitarrenspieler hinweg und zog ihn hoch. Der Mann brauchte keine Aufforderung. Er hängte sich das Instrument um und begann zu spielen. Er hob den Kopf, fing an zu hüpfen und spielte in perfektem Rhythmus. Die Leute begannen zu klatschen.

*Bumm-rapatat, badda bumm-rapatat.*

Caleb warf die Hände in die Luft und rief etwas auf Ge'ez. Seine Stimme hallte durch den Raum und er rief dasselbe noch einmal. Er hatte es sieben- oder achtmal wiederholt, bis Jason die Worte endlich verstand.

„Das Lamm, das geschlachtet ward, ist würdig! Das Lamm, das geschlachtet ward, ist würdig!“

Jason verspürte den Drang, mit dem Jungen zu hüpfen und zu springen. Er wollte schreien und springen und dasselbe rufen. Er begann im Gang zu tanzen, und es sah vermutlich furchtbar ungeschickt aus, weil er so etwas noch nie getan hatte. Leiah rappelte sich hoch.

Caleb tanzte über die Bühne, forderte die Leute zum Aufstehen auf. Er war außer sich vor Freude. Der Anbetungsleiter brauchte keine Ermutigung. Er war bereits auf den Beinen und sprang ebenfalls herum. Die anderen Musiker griffen zu ihren Instrumenten und die Musik schwoll zu einem Donnern an.

Der Anbetungsleiter nahm das Mikrofon und begann mit einer nach oben zum Himmel ausgestreckten Hand zu singen.

*Du bist mächtig!*

Und noch einmal, dieses Mal zusammen mit dem Chor.

*Du bist mächtig!*

Und noch einmal mit der Antwort der Gemeinde.

*Du bist mächtig!*

Jason konnte es nicht mehr länger aushalten. Ohne Rücksicht auf seine Umgebung rannte er zur Bühne. Er sprang über einen Mann hinweg, der noch immer im Gang lag, und hechtete auf die Bühne, noch bevor er Gelegenheit hatte, über seine Handlungsweise nachzudenken.

Der Junge hüpfte und sang aus voller Kehle. In drei großen Schritten war Jason bei ihm. Er riss ihn in seine Arme und wirbelte ihn herum.

Die Band spielte nun in voller Lautstärke und auf einmal setzten eintausend vernünftige Bürger Südkaliforniens zu einem Freudentanz an.

Jason ließ den Jungen wieder herunter und betrachtete die Menge. Leiah kam auf sie zugerannt. Hinter ihr tanzte ein Meer von Menschen mit hoch erhobenen Armen und sang wie mit einer Stimme:

*„Auferstanden,*
*du bist Sieger,*
*hast bekämpft den Tod mit Macht.“*

Jetzt war auch Leiah auf der Bühne. Mit tränennassem Gesicht tanzte sie mit Caleb herum. Der Pastor lag noch immer auf den Knien, aber seine Hände waren zum Himmel ausgestreckt, und auch er sang das Lied mit.

Das Ganze war irgendwie surreal. Niemand hatte sie gezwungen, dies zu tun. Der Pastor selbst wirkte eher konservativ, doch auch er war ebenso tief angerührt wie sie. Die wortlose Buße und jetzt dieser überschäumende Freudentanz waren nicht im Geringsten inszeniert, sondern kamen spontan von den Menschen.

Ein Gedanke schlich sich bei Jason ein. Die Vorstellung, dass das alles absurd war. Aber er wurde sehr schnell von dem seltsamen Wunsch verdrängt, diesen Gott anzubeten, den die anderen mit solcher Freude lobten. Diesem Gott zu Füßen zu fallen. Diesem Christus.

Seinem Gott.

Er fiel auf die Knie, senkte den Kopf und schluchzte atemlos.

Sie sangen noch 15 Minuten weiter, während Caleb, Leiah, der Anbetungsleiter und jetzt auch der Pastor ausgelassen über die Bühne sprangen. Jason schloss sich ihnen an und der ganze Gottesdienstsaal wurde zu einem Irrenhaus übersprudelnder Freude. Keine hochtrabenden Worte wurden gesprochen – keine Predigt, die ihre Ohren erreichen sollte –, nur dieser ungewöhnliche Ausdruck der Buße und Leidenschaft. Zweimal ging der Pastor zum Rednerpult, um etwas zu sagen. Zweimal trat er wieder beiseite, ohne etwas gesagt zu haben.

Und dann wurde es langsam ruhig im Gottesdienstraum. Die Menschen knieten nieder und beteten Gott lange an, bevor der Schlagzeuger erneut zu spielen begann und der Anbetungsleiter ein neues Lied anstimmte. Und wieder begannen die Gottesdienstbesucher zu tanzen. So ging das zwei Stunden weiter, und Jason hatte das Gefühl, als sei er in den Himmel eingetreten.

Mittlerweile wussten die Leute, wer der Junge war, weil einige seinen Namen gerufen und die anderen zustimmend gejubelt hatten. Caleb verließ die Bühne und rannte durch die Menge, unermüdlich in seiner Freude. Er berührte eine taube Frau und sie begann vor Freude zu schreien. Er zog einen Gelähmten aus seinem Rollstuhl und tanzte mit ihm durch den Raum. Zwei Stunden lang ging die Party weiter.

Noch nie hatte Jason den Jungen in einer so ausgelassenen Freude erlebt, und er dachte, dass Dr. Paul Thompson das vermutlich vorausgesehen hatte.

Zahlreiche Gemeindemitglieder kamen nach vorn und umarmten Caleb. Er war klein und süß und mit dem Heiligen Geist erfüllt und sie konnten ihm kaum widerstehen. Wie durch einen Nebel erlebte Jason diese Stunden, fassungslos über die Emotionen, die er zu empfinden fähig war.

Das alles war unbegreiflich, aber das war ihm mittlerweile gleichgültig. Seine Augen waren geöffnet worden. Zum ersten Mal seit er den kleinen Caleb kennen gelernt hatte, hatte er den Schatz des Jungen gesehen. Er hatte das Reich des Himmels gesehen. Zumindest einen kleinen Teil davon. Und er wusste ohne Zweifel, dass er in diesem Reich Gottes leben wollte.

Sie wären noch länger geblieben, wenn sie nicht versprochen hätten, den Jungen gegen drei Uhr zurückzubringen. Nur widerstrebend stiegen sie um zwei Uhr in den Wagen und verließen die Gemeinde.

Zehn Minuten lang schwiegen sie. Caleb hatte sich auf dem Rücksitz zusammengerollt, um zu schlafen.

„Also", sagte Jason schließlich tief durchatmend.

„Also", wiederholte Leiah grinsend.

„Ich schätze, Dr. Thompson war doch kein so großer Dummkopf."

„Scheint so."

Sie fuhren weiter. Eigentlich gab es nicht viel zu sagen. Weitere zehn Minuten schwiegen sie sich an.

„Ich denke, ich bin jetzt ein Christ", sagte Leiah schließlich.

„Ja." Jason lachte. „Und was bedeutet das?"

„Ich weiß nicht so genau. Aber ich bin ihm begegnet. Er hat mir vergeben. Macht das Sinn?"

„Ja." Es machte Sinn, weil er dasselbe erlebt hatte.

„Es war, als würde ich seinen Atem auf mir spüren, und ich konnte es kaum ertragen", sagte sie. „Ich wusste, dass ich seine Vergebung verzweifelt brauchte, und er hat sie mir geschenkt. Er hat mich damit überschüttet." Sie wandte sich um und sah aus dem Fenster. „Eine solche Liebe hätte ich mir niemals vorstellen können."

„Ich weiß."

„Ich glaube, das war, was Dr. Thompson gemeint hat", fuhr Leiah fort. „Ich glaube, ich kenne nun die Macht eines geheilten Herzens."

„Ja, wow."

Dann schwiegen sie wieder und machten nur hier und da eine Bemerkung. Viele Gedanken gingen Jason auf dem Weg nach Pasadena durch den Sinn.

Erst nachdem sie Caleb abgesetzt hatten, schlichen sich die Fragen über den Tod seines Sohnes wieder in Jasons Gedanken ein. Sie hatten doch für Stephen gebetet. Warum war sein Sohn tot? Wenn Calebs Macht tatsächlich von Gott kam, warum hatte Gott dann Stephen zu sich gerufen?

Warum konnten andere Christen nicht so sein wie Caleb?

War der ganze Himmel irgendwie in diesem einen Jungen gefangen, und der Rest der Welt dazu verurteilt, sich durch eine machtlose Existenz zu quälen? Er hatte also das Reich Gottes gesehen, aber was bedeutete es, in diesem Reich zu wandeln mit der Art von Macht, die diesem zehnjährigen Jungen einfach so zuzufallen schien?

Das war eine gute Frage. Und sie nagte bereits an ihm.

# 26

## *Tag 30*

„Liebling!" Stewart Long kam grinsend zur Haustür herein. „Peter!"

Es hatte eine Woche gedauert, aber er hatte getan, was getan werden musste. Die vergangenen sieben Tage waren für sie alle wie in einem Nebel vergangen. Das Gefühl, „Alle Türen schließen, der Zug fährt jeden Augenblick los", hing jeden Tag über dem Abendbrottisch. Das wurde auch immer wieder in den Talk-Shows gesagt. Man debattierte über diese Theorie vom „edlen Rohling" und war der Meinung, dass alles sehr schnell vorüber sein könnte, wenn die Kultur ihn erst einmal in ihrem Griff hätte. Die Longs mussten sich also schnellstens Eintrittskarten besorgen.

Aber das war schwieriger, als sie gedacht hatten. Nicht, weil der Preis auf 1 000 Dollar pro Person angestiegen war, sondern weil der Grieche Nikolous die Teilnehmerzahl auf 3 000 Zuschauer begrenzt hatte. Und soweit Stewart in Erfahrung gebracht hatte, wurden 2 000 der 3 000 Eintrittskarten nicht einmal frei verkauft, sondern an Menschen abgegeben, die zu einer anderen sozialen Schicht gehörten. So blieben nur noch 1 000 Karten übrig, und mindestens die Hälfte davon wurde von Leuten aufgekauft, die sie dann innerhalb von wenigen Stunden für Wucherpreise weiterverkauften. Es war nicht das Geld. Stewart hätte mittlerweile jeden Preis bezahlt. Aber die Eintrittskarten waren inzwischen so rar wie Fossilien vom Mars.

An diesem Morgen hatte er Glück gehabt. Er hatte einen gewissen Jack Burns wegen zu schnellen Fahrens an die Seite gewunken und festgestellt, dass er wegen 20 unbezahlter Strafzettel gesucht wurde. Und auf einmal hatte Jack fünf Eintrittskarten für die Show in der Stadt hervorgeholt und Stewart gezeigt.

Er hatte Jack für drei der Eintrittskarten sogar Geld gegeben, 2 000 pro Stück. Insgesamt 6 000 hatte er Jack bezahlt, einem Gesetzesbrecher, den er eigentlich aufs Polizeirevier schleppen sollte, anstatt ihn reich zu machen. Doch stattdessen hatte Stewart ihm einen Scheck ausgestellt, ihm gesagt, er solle langsamer fahren, und dann auf dem Heimweg selbst jede Geschwindigkeitsbegrenzung missachtet, weil er es kaum erwarten konnte, seine Beute zu präsentieren.

Doch er war immerhin ein Cop. Er konnte es sich leisten. Und Jack würde seine Strafe schon noch bekommen.

„Peter!"

Sein Sohn kam aus der Küche, gefolgt von Barbara.

„Was ist?", fragte seine Frau.

Stewart winkte mit den großen grünen Karten. „Ratet mal, was das ist."

„Eintrittskarten?", fragte Peter, der sich so weit vorbeugte, dass Stewart Angst hatte, er könnte aus seinem Rollstuhl fallen.

Er schwieg, um die Spannung zu steigern. „Dienstagabend. Im Alten Theater. Drei –"

„Du machst Witze!" Seine Frau stürzte auf ihn zu und riss ihm die Eintrittskarten aus der Hand, bevor er den Satz zu Ende sprechen konnte. Mit offenem Mund starrte sie sie an.

„Wir … wir gehen hin?", fragte Peter. Er war blass geworden.

„Was hältst du davon?", fragte Stewart mit einem breiten Grinsen.

Peter sah von seinem Vater zu seiner Mutter und dann wieder zu seinem Vater. „Was zählt schon, was man denkt, solange …" Er ließ das Zitat verklingen und schwieg eine Weile. Dann wirbelte er herum und rollte zur Küche.

„Ich glaube, es ist gut", sagte er. „Ich vertraue Caleb."

Irgendetwas stimmte nicht mit Caleb. Ein Blick, und Leiah wusste, dass irgendetwas überhaupt nicht stimmte.

Er lag zusammengekauert auf der Couch, bleich wie der Tod und die Hände auf den Bauch gedrückt. In den vergangenen Tagen hatte er immer ein wenig blass gewirkt, aber sie hatte das der Tatsache zugeschrieben, dass er nicht mehr an die frische Luft kam. Das arme Kind hatte seit einem Monat kaum einmal die Sonne gesehen. Er hatte über Bauchschmerzen geklagt, aber nie besonders heftig. Seine ganze Ernährung war umgestellt worden, deshalb war das zu erwarten gewesen.

Aber als sie jetzt die dunklen Ringe unter seinen Augen sah, wusste sie, dass er ernsthaft krank war.

Jason hatte sie gegen Mittag abgeholt. Er sprudelte über vor Fragen und konnte es kaum erwarten, Caleb nach etwas zu fragen, das ihn die halbe Nacht beschäftigt hatte. Er hatte sich irgendwie verändert, und sein Verhalten brachte Leiah zum Lachen. Aber Caleb hatte sich auch verändert und das machte ihr wirklich Sorgen.

Sie hatten versucht, ihn zum Reden zu bringen, aber an diesem Morgen war der Junge sehr schweigsam. Er sah so aus, als hätte er gerade eine Tracht Prügel bezogen, und Leiah fragte sich, ob Martha tatsächlich so weit gegangen war. Jason hatte zehn Minuten gewartet, dann war er losgerannt, um Nikolous zu holen. Martha ging ihren Pflichten nach. Leiah saß allein bei Caleb, der blicklos auf die Wand starrte.

„Caleb, Liebling." Sie strich ihm eine Haarsträhne aus der Stirn. Sein Kopf war heiß. „Du machst mir Angst." Er rührte sich nicht. „Wir bringen dich zu einem Doktor, okay? Ich weiß nicht, was das ist, aber wir werden dich sofort zu einem Arzt bringen, okay?"

Caleb schloss die Augen.

Auf einmal wurde die Tür aufgerissen, und Nikolous stürmte herein, gefolgt von Jason. Der Grieche eilte zur Couch und schnaubte wie ein Stier.

„Was meinen Sie, er ist krank? Er kann nicht krank sein!"

Leiah nahm Calebs Hand. Sie fühlte sich feucht an. Sie sah zu Nikolous auf. „Wir müssen ihn sofort zu einem Arzt bringen. Er hat Fieber, und ob es Ihnen nun gefällt oder nicht, er ist krank."

Nikolous blickte den Jungen finster an. Er trat näher, sah in Calebs Augen und richtete sich wieder auf.

„Er ist nicht krank. Er ist müde, und was erwarten Sie auch, nachdem Sie gestern so lange mit ihm unterwegs waren!"

Jason antwortete mit ruhiger Stimme. „Er ist krank und das hat nichts mit unserem gestrigen Ausflug in die Gemeinde zu tun. Wir müssen ihn zu einem Arzt bringen."

„Er kann nicht zu einem Arzt gehen, Sie Dummkopf!"

„Warum nicht?", fragte Leiah.

„Wie würde das denn aussehen? Immerhin ist er ein Wunderheiler!“

„Mir ist es egal, wie das aussieht“, sagte Jason entschlossen.

„Und morgen hat er eine Veranstaltung. 3 000 Menschen haben 1 000 Dollar gezahlt, und sie haben nicht bezahlt, um den Jungen in einem Krankenhaus zu sehen!“

Leiah erhob sich wütend. „Auf keinen Fall kann er in diesem Zustand auf die Bühne gehen. Er ist krank, Sie Esel!“

„Auf mich wirkt er nicht krank, und zufällig befindet er sich nun mal in meiner Obhut, nicht in Ihrer. Wenn Sie ihn für krank halten, dann sagen Sie ihm, er solle sich selbst heilen. Wenn er Glieder richten kann, dann kann er doch bestimmt auch ein wenig Farbe auf sein Gesicht zaubern!“

„Bitte, Nikolous“, sagte Jason mit ruhiger Stimme. „Er sieht wirklich nicht gut aus. Könnten Sie nicht wenigstens einen Arzt herholen, der ihn sich einmal ansieht?“

Der Grieche hob die Hand. „Sie denken wohl, ich würde Ihren dummen Plan, ihn mir zu entziehen, nicht durchschauen. Sie tun so, als sei er krank, um seinen Ruf zu zerstören. Halten Sie mich etwa für einen Dummkopf?“ Er wandte sich zur Seitentür um.

„Martha!“

Die Tür öffnete sich und Martha kam herein.

„Bringen Sie den Jungen in sein Zimmer und sorgen Sie dafür, dass er für die morgige Abendveranstaltung bereit ist. Geben Sie ihm ein wenig Wasser.“

Der Grieche wandte sich ihnen wieder zu und deutete zur Tür. „Und jetzt gehen Sie, bitte. Sie helfen dem Jungen nicht.“

„Unsere Stunde ist noch nicht vorbei. Sie können uns nicht einfach hinauswerfen“, beschwerte sich Leiah.

„Genau das tue ich. Und jetzt gehen Sie.“

„Aber das können Sie nicht!“

Jason beugte sich über den Jungen und gab ihm einen Kuss auf die Stirn. „Wir kommen morgen wieder“, sagte er. „Keine Sorge, wir passen schon auf dich auf.“

Er richtete sich auf und sah den Griechen an. „Sie hoffen besser, dass Sie in dieser Angelegenheit Recht haben, Nikolous. Denn wenn ihm etwas passiert ...“ Er knirschte mit den Zähnen und ließ seinen Satz unbeendet. „Komm, Leiah.“

Sie beugte sich zu Caleb hinab und küsste ihn auf die Wange. „Ich liebe dich, Caleb“, flüsterte sie. „Lass nicht zu, dass sie dir etwas tun.“

Er sah ihr in die Augen und zum ersten Mal an diesem Tag zeigte sich ein Anflug von einem Lächeln auf seinem Gesicht. „Das werde ich nicht“, erwiderte er.

Sie nickte und lächelte zurück. Es gab noch Hoffnung.

Leiah sah Martha an. „Geben Sie ihm wenigstens ein Aspirin und ein paar Tropften Pepto-Bismol. Sein Bauch tut ihm nun schon seit drei Tagen weh. Ich denke, Sie als seine Kinderschwester hätten das bemerkt haben müssen.“

Martha blinzelte und Leiah fand ihren Blick ein wenig seltsam. Erstaunen lag auf ihrem Gesicht, nicht Zorn, wie Leiah erwartet hätte. Aber die Kinderschwester tat die Aufforderung wie üblich mit einem missbilligenden Schnalzen der Zunge ab.

Caleb blieb auf der Couch sitzen, neben ihm der Grieche, der beobachtete, wie sie den Raum verließen.

Weder Jason noch Leiah konnten Calebs Krankheit begreifen. Das ergab einfach keinen Sinn. Nikolous hatte Recht. Der Junge hatte die Macht, 1 000 Menschen auf einmal zu heilen. Wie konnte er selbst krank sein?

Es sei denn, er war nicht wirklich krank. Oder es sei denn, er konnte seinen eigenen Körper nicht heilen oder Gott bitten, seinen Körper zu heilen oder wie immer das funktionierte.

Oder er verlor seine Macht.

Aber wie konnte das möglich sein? Erst am Vortag hatten sie in der Gemeinde doch beide erlebt, wie sich die Macht Gottes gezeigt hatte. Sie hatten es mit eigenen Augen gesehen. Sie hatten beide Gott kennen gelernt und sie waren verändert worden. Jetzt wussten sie, dass der Ursprung von Calebs Macht tatsächlich Christus war. Darin waren sie sich einig, als sie die Schnellstraße verließen und zu Jasons Haus fuhren.

Wie konnte Caleb also nur einen Tag danach entweder krank sein oder seine Macht verlieren? Das ergab keinen Sinn.

Jason fuhr geradewegs zu seinem Haus und stellte den Wagen ab, ohne sie vorher bei ihrer Wohnung abzusetzen. Sie fragte sich, ob das wohl beabsichtigt gewesen war.

Plötzlich wandte er sich ihr zu. „Huch. Tut mir Leid, wir sind ja bei mir zu Hause.“

*Offensichtlich*. Sie lächelte. „Ich habe mich schon gewundert.“

„Möchtest du eine Cola?“

„Gern.“

Er hatte vielleicht nicht vorgehabt, sie mit hierher zu nehmen, aber er hatte sie rasch hereingebeten. Und sie hatte genauso schnell zugestimmt.

Im Laufe des vergangenen Monats hatten sie viel Zeit miteinander verbracht, aber fast ausschließlich im Wagen oder im Restaurant. Als sie das letzte Mal allein in seinem Haus gewesen waren, hatte er ihr die Hand auf den Fuß gelegt.

Und es hatte sie zu Tode erschreckt.

Er führte sie in die Küche, warf die Schlüssel auf den Tisch und öffnete den Kühlschrank.

„Mal sehen, wir haben Cola, Bier und Wasser."

„Wasser ist prima", sagte sie.

Er goss die Getränke ein und hob sein Glas mit Cola. „Auf Caleb", sagte er.

Sie stieß mit ihm an. „Auf Caleb."

Sie setzte sich im Wohnzimmer auf die Couch. Jason ging an ihr vorbei zum Sessel. Der Sessel stand gut drei Meter von ihr entfernt, und sie wusste nicht so genau, wie sie das fand. Aber es war auch gut.

„Also, wie lautet die Frage?", sagte sie.

„Welche Frage?"

„Die Frage, die dich die halbe Nacht wach gehalten hat. Die du Caleb stellen wolltest."

„Ja." Er betrachtete zerstreut den Teppich. Dann wieder sie.

„Ich verstehe seine Macht noch immer nicht, Leiah. Ich meine, ich weiß, dass sie von Gott kommen muss …"

„Dass sie von Gott *kommt*. Du hast gesagt, du hättest ihn gestern kennen gelernt."

„Ja, ich weiß. Das war auch so. Ich habe Gott kennen gelernt. Aber wer genau ist Gott?"

Sie war nicht sicher, worauf seine Frage abzielte. „Gott ist Gott. Der allmächtige Schöpfer. Ich weiß nicht. Sieh doch im Wörterbuch nach."

„Das meine ich nicht. Ich weiß, dass Gott Gott ist. Ich zweifle auch nicht daran, dass Christus Gott war. Ich habe gestern zu ihm gebetet, als ich dort auf der Bühne gekniet habe, und irgendwie war das alles so selbstverständlich. Jesus war – ist – Gott. Aber meine Frage ist, wie Gott ist."

„Das musst du vermutlich einen Prediger fragen oder du solltest einen Blick in die Bibel werfen", erwiderte sie.

„Das habe ich. Gestern Abend habe ich in der Bibel gelesen. Das ganze Johannes-Evangelium.“ Er sprang auf, schnappte sich eine alte Bibel vom Fernseher und schlug sie auf.

„Hier, hör zu“, sagte er, als er sich wieder in seinen Sessel setzte. „Johannes, Kapitel 14. Er, Jesus, sagt: ‚Glaubst du nicht, dass ich im Vater bin und dass der Vater in mir ist‘; das ist ja alles schön und gut, aber dann spricht er weiter. ‚Glaubt wenigstens auf Grund der Werke. Amen, amen, ich sage euch: Wer an mich glaubt, wird die Werke, die ich vollbringe, auch vollbringen, und er wird noch größere vollbringen.‘“

Jason klappte die Bibel zu. „Also, wo sind all die Wunder? Wo sind all die Gläubigen, die tun, was Christus getan hat? Oder sogar noch größere Dinge? Ich finde sie nicht in der Kirche. Du denkst, ich sollte einen Prediger fragen, wie Gott ist? Woher weiß ich, dass er eine Ahnung hat, wovon er spricht? Vor allem, wenn er nicht tut, was Christus getan hat.“ Er zuckte die Achseln. „Nur so eine Frage.“

Er hatte nicht ganz Unrecht. „Frag Caleb. Er tut, was Christus getan hat.“

„Genau.“

„Oder frag Dr. Paul Thompson. Ich denke, er weiß auch, wie Gott ist“, schlug Leiah vor.

Er nickte.

„Oder die Leute aus der Gemeinde gestern. Sie werden Gott kennen.“

„Sie denken vielleicht, dass sie ihn kennen. Sie kennen ihn teilweise. Aber tun sie, was er getan hat? Haben die Leute, die für Stephen gebetet haben, getan, was Christus getan hätte? Wo war ihre Macht?“

Er war wieder bei seinem Sohn.

„Ich bin gestern zu einem herumspringenden und schreienden Christen geworden, und das macht mir Sorgen. Ich habe keine Ahnung, was das bedeutet.“

„Es bedeutet, dass du Christus folgen wirst.“

„Und wie sieht diese Nachfolge Christi aus? Das ist der Punkt: Die meisten Christen, die ich kennen gelernt habe, ziehen vielleicht ihr Ding in der Kirche durch, aber sie leben ihren Glauben nicht im Alltag. Oder?“ Er schwenkte die Bibel. „Sie tun nicht, was er getan hat.“

Sie dachte darüber nach. Er hatte Recht, aber seine Argumentation beunruhigte sie. Am gestrigen Tag hatte sie alle Stimmen, die Gott in Frage gestellt hatten, zum Schweigen gebracht, und er holte sie zurück.

„Also folgen nicht alle Menschen, die sich Christen nennen, der Lehre Christi. Aber jede Bewegung hat ihre Mitläufer. Das weiß man doch. Willst du etwa sagen, dass ein Mensch, nur weil er nicht wie Caleb jeden heilt, den er berührt, kein richtiger Christ ist?"

„Natürlich nicht. Dr. Thompson läuft nicht so wie Caleb herum, und ich zweifle nicht daran, dass er Christus folgt. Aber wie viele Christen aus deinem Bekanntenkreis haben überhaupt irgendwelche Macht?"

„Das hängt davon ab, was du mit ‚Macht' meinst. Dr. Thompson schien zu denken, dass das, was wir mit unseren Augen sehen, noch nicht die Hälfte davon ist. Wer behauptet, dass die Heilung einer Hand –"

„– dramatischer ist als die Heilung eines Herzens", beendete er den Satz für sie. „Ich weiß."

„Und gestern haben wir einiges davon erlebt, oder?"

„Gestern war wirklich recht einzigartig." Er legte herausfordernd den Kopf zur Seite.

„Ich habe auch andere gute Menschen kennen gelernt, die sich Christen nennen."

„Einige. In einer Nation, in der es eigentlich unzählige geben sollte. Und wie viele davon zeigen irgendwelche Macht, die nicht auch von einem Drittklässler erklärt werden könnte?" Darauf hatte sie keine Antwort. „Ich sage ja nur, dass das die ganze Menge in Frage stellt. Gott ist real und ich habe ihn kennen gelernt. Er ist Christus. Aber wer ist er? Und wo sind seine ganzen Jünger? Außer Caleb, Dr. Thompson und ein paar Dutzend anderen?"

„Alles läuft auf deinen Sohn hinaus, nicht wahr?"

Er lehnte sich seufzend zurück. „Vielleicht."

In diesem Augenblick wirkte sein Gesicht ausgezehrt, als läge ihm noch immer eine schwere Last auf der Seele. Er wandte den Blick ab und trank noch einen Schluck Cola. Ihr fiel auf, dass sie sich im Laufe des vergangenen Monats an seine Gesellschaft gewöhnt hatte. Sie freute sich beinahe über ein gutes Wortgefecht mit ihm. Er war ihr ebenbürtig und sie ergänzten sich sehr gut. Und in den vergangenen beiden Wochen hatten seine strahlend blauen Augen eine Sprache gesprochen, die ihr vollkommen unbekannt war.

Na ja, nicht völlig. Einmal hätte sie beinahe geheiratet, vor dem Unfall. Aber das war schon so lange her, dass sie sich kaum noch daran erinnerte. Und der Gedanke, mit einem Mann intim zu sein, ließ ihr einen Schauer über den Rücken laufen.

Falls es überhaupt jemanden geben würde, dann müsste es jemand sein wie Jason.

„Ich bin erstaunt, dass du nicht genauso denkst", sagte er.

Zuerst wusste sie überhaupt nicht, was er meinte. Und dann begriff sie. *Er spricht von deinen Verbrennungen, Leiah.* Sie versteifte sich.

„Natürlich nicht nur du, aber jeder, der Schmerz oder Leid erlebt hat." Er hatte gesehen, dass sie erstarrt war, und versuchte, die peinliche Situation zu überspielen. Leiah nahm ihr Glas und schlug die Beine übereinander. Hitze wallte in ihr auf, und sie wusste nicht so genau, warum. Was er gesagt hatte, war nicht falsch.

„Ich meine, vor allem Menschen wie du und ich, die Schmerz erlebt haben." Er folgte ihrem Beispiel und nahm ebenfalls sein Glas zur Hand.

Leiah spürte, wie sie an einen Ort hinabglitt, an dem sie nicht sein wollte. Ein Kokon, der keinen Sinn machte. Ein Ort des Zorns, der Furcht und des fremden Trostes.

„Denkst du nicht auch so?"

Sie wollte sich ihm zuwenden und antworten, aber sie wurde plötzlich von Selbstmitleid überwältigt. Weil er ihr sagte, dass sie nicht anders war als Stephen, nicht? Auch sie war gestorben.

„Leiah, bitte. Ich wollte dich nicht beleidigen."

„Ich habe nicht gesagt, dass ich beleidigt bin."

„Nein, aber das bist du. Entweder beleidigt, verängstigt oder beides."

„Ich wusste gar nicht, dass du mich so gut kennst."

„Das tue ich ja gar nicht. Du lässt mich ja nicht so dicht an dich herankommen."

*Oh Jason, lieber Jason, was sagst du da?* „Lass uns nicht weiter darüber sprechen", wehrte sie ab.

Er stellte die Beine nebeneinander und beugte sich vor. „Warum nicht? Ich empfinde anders, weißt du. Seit gestern. Ich kann nicht mehr so tun als ob. Ich muss sagen, was mich bewegt."

Leiah verspürte den Drang zu fliehen. Noch nie hatte sie ihn so offen erlebt und das machte ihr Angst.

„Weißt du, was mich tatsächlich bewegt?", fragte er. „Nun, da wäre zuerst einmal die Tatsache, dass ich überhaupt nicht weiß, wie das passiert ist, aber ich glaube, dass ich vielleicht, nur vielleicht, dabei bin, mich in dich zu verlieben. Und ich habe es satt, so zu tun, als sei das nicht der Fall. Weil ich nun, da ich es ausgesprochen habe, weiß, dass das eine Tatsache ist. Ich habe mich in dich verliebt. Und das erschreckt mich zu Tode."

Leiah lief es kalt den Rücken herunter. Jahrelang hatte sie insgeheim gehofft, diese Worte zu hören. Sie hatte gehofft, ein Mann würde sie so lieben, wie sie war, trotz ihrer Verbrennungen. Sie hatte sich tausendmal sein Gesicht vorgestellt, wie er sie zärtlich anlächelte und sagte: *Ich liebe dich, Leiah.*

Und in den vergangenen drei Wochen hatte dieses Gesicht blaue Augen und blonde Haare und sprach wie Jason. Nicht in einhundert Jahren hätte sie sich vorzustellen gewagt, dass ihr Traummann so gut aussehend und freundlich wäre.

Doch als sie nun diese Worte von ihm hörte, wäre sie am liebsten im Boden versunken. Aber sie war nicht die Frau, die nur einsteckte, sie schlug zurück. Es kam ohne Vorwarnung.

„Wie kannst du es wagen, mit mir zu spielen?", fuhr sie ihn an.

„Spielen? Ich spiele nicht –"

„Hast du überhaupt eine Ahnung, wie grausam du sein kannst?" Sie war jetzt außer sich, und seine aufgerissenen Augen ließen erkennen, dass er das erkannt hatte. „Du spielst mit dem Herzen einer Frau, als wäre es ein Ball!" Sie schleuderte ihm die Worte entgegen. „Wie kannst du es wagen?"

Jason stand auf und hob die Hände wie ein Polizist. „Hör auf. Hör einfach auf. Ich liebe dich! Hast du mich verstanden? Ich liebe dich, Leiah!"

Er keuchte. Beide keuchten. Und Leiah hatte keine Ahnung, wie sie in diese Situation hineingeraten war. Sie bekam eine Gänsehaut, und der Gedanke, dass ihre Haut vernarbt und verschrumpelt war, tat ihr weh.

Eine Träne tropfte ihm aus dem Auge. Er weinte.

Sie schloss die Augen und versuchte, vernünftig zu werden. *Was um alles in der Welt tust du da, Leiah? Er schüttet dir sein Herz aus und du schreist ihn an! Du bist ein Idiot!*

Eine Hand legte sich auf ihren Arm und sie fuhr zusammen. Er saß jetzt neben ihr.

„Hör mir zu, Leiah. Ich weiß, das ist noch ungewohnt. Das ist es für uns beide. Aber ich bin verrückt nach dir." Sein Blick suchte ihren und sie starrte auf den schwarzen Fernsehbildschirm. Seine Hand blieb auf ihrem Arm liegen.

„Ich liebe dich! Nicht deine Arme oder deine Beine oder deinen Körper. *Dich.*"

Er konnte es nicht so gemeint haben, wie es geklungen hatte?! Er konnte doch nicht so dumm sein. Aber es war eine Tatsache, oder nicht? Er konnte sie unmöglich wegen ihres Körpers lieben. Wer konnte schon eine so verschrumpelte Fleischmasse lieben?

Leiah senkte den Kopf und begann zu weinen. All der Kummer und das Selbstmitleid, die sich so lange in ihr aufgestaut hatten, drängten nun an die Oberfläche, und sie konnte sie nicht mehr länger unterdrücken. Ein zufälliger Blick auf ihren völlig vernarbten Bauch und er würde zur Tür rennen.

Der Kummer folterte ihren Körper und es tat gut. In gewisser Weise war er ihr einziger Freund. Das und jetzt auch Gott.

Aber sogar Gott hatte sie übersehen.

„Leiah, bitte." Er weinte.

Sie hatte eine Veranstaltung nach der anderen besucht, in der Tausende um sie herum geheilt worden waren. Aber sie? *Nein, nicht Leiah. Leiah ist stark genug. Sie braucht kein normales Fleisch. Sie braucht keine weiche, zarte Haut, damit ein Mann in ihren Händen dahinschmilzt, weil sie nämlich niemals einen Mann haben wird. Ha! Sie kann ruhig ihre Haut behalten.* Gott verspottete sie. Sogar Caleb mit seiner Macht, zu heilen oder nicht zu heilen, verspottete sie. Sie war zur Zielscheibe ihres grausamen Scherzes geworden.

Leiah sprang auf. Plötzlich war sie sehr zornig. Sie machte zwei oder drei Schritte und wirbelte dann zu ihm herum. „Du hast keine Ahnung, wie es ist, in meiner Haut zu stecken! Ich will es dir sagen. Es ist die Hölle! Jede Minute, jeden Tag! Ich wache auf und fühle mich wie ein Monster, und ich muss all meine Kraft zusammennehmen, um vor die Tür zu gehen und mich der Welt stellen."

Sie riss sich den Schal ab. Sie knöpfte die ersten beiden Knöpfe ihrer Bluse auf und zeigte ihm ihren Ausschnitt. Sie tat es im Zorn, ohne nachzudenken, und in dem Augenblick, da ihr klar wurde, was sie gerade getan hatte, schämte sie sich.

„Niemand kann so etwas lieben." Ihre Stimme versagte und ihr Gesicht verzog sich vor Kummer. „Niemand!"

Jason erhob sich langsam. Sie schluchzte, starrte ihn an, und er trat zu ihr. Tränen liefen ihm über das Gesicht, aber es war nicht Schmerz, der sich auf seinem Gesicht zeigte. Es war Mitgefühl. Und Liebe. Zärtliche Liebe.

Langsam ging er zu ihr hin. Er blieb vor ihr stehen und richtete seinen Blick auf ihre Brust. Leiah kam es so vor, als hätte gerade jemand einen Eimer mit kochendem Wasser über sie gegossen. Sein Blick war genauso heiß. Sie schluckte. Er sah sie einfach nur an, und sie ließ ihn gewähren, war machtlos, sich zu rühren.

*Oh, lieber Jason, es tut mir so Leid. Es tut mir so Leid. Das hast du nicht gewollt. Ich wollte dich nicht verletzen. Du kannst tun, was du möchtest, und ich werde nicht böse sein. Ich werde dir keine Vorwürfe machen.*

Jason hob den Blick, seine Augen standen nun nicht mehr voller Tränen. Er sah sie einfach an, weder mit Mitgefühl noch mit Trauer.

„Ich liebe dich", sagte er. „Und ich liebe dich so, wie du bist. Ich finde dich schön, so wie du bist."

Leiah konnte kaum atmen. Wie konnte er so etwas sagen? Sie schloss die Augen. *Ich liebe dich auch, Jason. Ich liebe dich so sehr.*

„Ich habe Angst", flüsterte sie. Sie wagte nicht, ihre Augen zu öffnen. „Ich bin so –"

Warme Lippen legten sich auf die ihren.

Sie erstarrte, verzweifelt und gleichzeitig voller Angst. Seine Lippen pressten sich leicht auf ihre und ließen sie nicht los. Seine rechte Hand legte sich auf ihre Hüfte und zog sie näher an sich heran. Die andere Hand lag auf ihrem Rücken.

Erst in diesem Augenblick, als seine Finger durch ihre dünne Bluse hindurch ihre vernarbte Haut spürten, begann sie, an ihn zu glauben. Und dann überließ sie sich diesem Glauben in einer Art verrückter Verzweiflung.

Sie stöhnte und erwiderte seinen Kuss. Sie warf ihm die Arme um den Hals und drängte sich an ihn. Er küsste sie mit gleicher Leidenschaft. Es war, als seien sie am Verdursten gewesen und tauchten nun in einen See kristallklaren Wassers ein. Sie trank in tiefen Zügen, und einen Augenblick lang dachte sie, sie könnte den Rest ihres Lebens hier verbringen, in dieser Umarmung.

Doch dann erinnerte sie sich, wo sie war, und zog sich schwer atmend zurück. Fassungslos starrten sie sich an.

Ein Grinsen umspielte seine Lippen. „Wow."

Langsam erhellte ein Lächeln auch ihr Gesicht, und sie spürte, wie sie errötete. Sie legte die Hände zusammen und spielte mit den Fingern, weil sie nicht wusste, was sie tun sollte.

„Wow", wiederholte er.

Wow. Er hatte sie geküsst und „Wow" gesagt.

„Wow", wiederholte sie.

Jason lachte wie ein Kind und griff nach ihrer Hand. „Komm her." Er zog sie an sich heran und legte beide Arme um sie. Sie ließ den Kopf an seine Schulter sinken.

Leiah war nicht ganz sicher, was gerade passiert war, aber ein paar Dinge wusste sie schon.

Sie wusste, dass sie in den Armen eines Mannes lag.

Sie wusste, dass dieser Mann Jason war, ein Mann, wie sie ihn sich nicht einmal in ihren kühnsten Träumen gewünscht hatte.

Und sie wusste, dass ihr Herz zum Zerspringen klopfte.

Das war genug Wissen für den Augenblick.

# 27

## *Tag 31*

Das Gewehr war eine schallgedämpfte Ruger Mini-14. Keine gewöhnliche Wahl für einen Attentäter, aber die Waffe war leicht, verlässlich und auf geringe Entfernung mit tödlicher Präzision. In einer bestimmten Umgebung war dieses Gewehr das perfekte Tötungsinstrument. In einer Umgebung wie dem Alten Theater in Los Angeles.

Der Plan, den Banks Roberts vorgelegt hatte, war brillant, nicht in seiner Ausführung, sondern in seiner Vorbereitung. Bei manchen Aktionen musste man den perfekten Treffer erzielen, bei anderen die perfekte Inszenierung liefern. Und bei einem Zehnjährigen, der getötet werden sollte, lag das Schwergewicht eindeutig auf der Inszenierung.

Der Plan stimmte beinahe mit dem überein, den er vier Jahre zuvor in Rom durchgeführt hatte. Damals hatte sich ein Bischof in die falschen Angelegenheiten eingemischt, heute Abend war es ein Wunderkind, aber beide wurden aus demselben Spiel genommen. Der Trick war, das Motiv in eine Ecke zu stellen und dann aus einer anderen zu schießen. Ganz einfach. Allein die Inszenierung zählte.

Banks stand hinter der letzten Reihe im Schatten und starrte unter seiner Kapuze hinweg in den Zuschauerraum unter sich. Mehrere tausend Menschen warteten ungeduldig im Hauptfeld, die oberen Reihen waren beinahe leer. Starks und seine Gang standen genau da, wo sie immer standen – auf der gegenüberliegenden Seite des Zuschauerraumes –, und waren wie er in schwarze Gewänder gekleidet. Sie starrten finster wie religiöse Fanatiker auf die Menge.

Es hatte ein paar Wochen gedauert, aber Starks hatte wie versprochen geliefert. Sein Gesicht war genauso oft im Fernsehen zu sehen wie das des Jungen. Er sprach über diesen Quatsch mit dem Antichristen. Seine Gruppe war auf mehr als 100 ahnungslose Seelen angewachsen, aber an diesem Abend waren sie nur mit dem ursprünglichen Dutzend aufgetaucht. Bei 1 000 Dollar pro Karte war Banks nicht bereit, für die ganze Truppe zu zahlen.

Von den zwölf Leuten, die mit ihren Antichrist-Schildern am Geländer standen, wusste nur Starks über den eigentlichen Zweck ihrer Anwesenheit Bescheid, und für seine Rolle hatte er ordentlich abkassiert. Zehn andere waren Unruhestifter, die jederzeit alles tun würden, um einmal ins Fernsehen zu kommen. Nur einer, der im Augenblick am nächstgelegenen Ausgang stand, war ein wahrer „Gläubiger". Irgendein junger Mann, der sich der Gruppe der schwarz gewandeten Rächer angeschlossen hatte, weil er diesen Mist mit dem Antichrist tatsächlich glaubte.

Nun, heute Abend würde er seine Genugtuung erhalten. Auf ein Stichwort hin würde er nach hinten geschickt werden zu der Stelle, an der Banks in seinem schwarzen Gewand stand. Der Zweck? Er sollte eine Nachricht überbringen. Wenn er dorthin kam, würde Banks bereits fort sein, das Kind tot, und Junior wäre der Verdächtige. Sie hatten dank der Neugier des Jungen bei einer Party in der Woche zuvor sogar seine Fingerabdrücke auf dem Gewehr. Und der Zettel in seinen Händen würde sein Schicksal besiegeln.

Das war gut.

Banks fuhr mit der Hand über das Gewehr unter seinem Gewand und betastete den Sicherungshebel. Sobald das hier über die Bühne war, würde er verschwinden. Er würde das Geld nehmen und einige Zeit im Fernen Osten verbringen. In Bangkok. Dort waren solche rothaarigen Männer wie er begehrt. Dort liebte man rote Haare. Und mit 200 000 Dollar würde man in Bangkok schon eine Zeit lang leben können. Nicht so lange wie mit drei Millionen, der Summe, die dieser griechische Vater an diesem Abend einsacken würde. Aber auf den Griechen wartete an diesem Abend eine kleine Überraschung. Es würden seine letzten drei Millionen sein. Und vielleicht sollte er den Griechen auch gleich mit umpusten …

Die Lichter wurden gedimmt. Orgelmusik begann zu spielen.

Wenn das Kind herauskam, war es so weit. Banks zog sich noch weiter in den Schatten zurück und sah sich schnell um. In seinem Bereich befand sich keine Menschenseele. Und der Ausgang zur

Haupthalle war drei Meter links von ihm. Ein letztes Mal ging er seine Flucht gedanklich durch, richtete das Gewehr aus und blickte zu Starks und seiner Gruppe hinüber. Sobald Junior losging, um seine Nachricht zu überbringen …

Plötzlich vibrierte sein Handy. Er riss es vom Gürtel, sah, dass es Roberts war, und klappte es auf. Wieso rief der Narr ihn jetzt noch an?

„Ja?"

„Ist es erledigt?"

„Nein."

„Der Plan hat sich geändert. Wir haben Grund zu der Annahme, dass er stirbt. Wir sollten ihn lieber sterben lassen, als ihn zu erschießen", sagte Roberts.

„Das Gift? Es sind jetzt zwei Wochen her –"

„Und jetzt wirkt es. Sie töten ihn nur, wenn er anfängt, über irgendetwas zu reden, das auch nur entfernt gefährlich klingt. Alles klar?"

Banks sah hinunter auf die Gruppe. Junior war noch nicht losgegangen. „Das wird kompliziert", meinte er.

„Es wird auch schwierig, einen Mord zu decken. Wenn wir es vermeiden können, überlassen wir es dem Gift, den Jungen zu töten, verstanden?"

Er würde es riskieren müssen, dass Junior zu ihm kam. Banks beendete das Gespräch, ohne zu antworten. Sein Handy war abhörsicher, aber er redete sowieso nicht gern.

Unten auf der Bühne teilte sich der Vorhang und ein Raunen ging durch die Menge. 3 000 Menschen, die das Glück gehabt hatten, eine Eintrittskarte zu ergattern, warteten in atemloser Vorfreude darauf, an diesem Abend für immer verändert nach Hause gehen zu können. Viele von ihnen waren in Rollstühlen oder auf Bahren hergebracht worden. Und Banks verbarg unter seinem Gewand das Werkzeug, das ihre Hoffnungen zerschlagen würde.

Man konnte beinahe Mitleid mit den Leuten haben. Beinahe. Aber wenn man wie er 15 Jahre Berufserfahrung und mehrere Dutzend Kehlen durchgeschnitten hatte, tat man sich schwer mit Mitleid. Er wusste das und es war ihm egal.

Junior hatte seinen Posten bei Starks noch immer nicht verlassen.

Der Wunderknabe kam von der Seite auf die Bühne. Banks' Pulsschlag beschleunigte sich. Er war an dem ersten Abend hier gewesen, als alle Zuschauer zu Boden gegangen waren, und er hatte einen Tag gebraucht, um dieses Gefühl zu überwinden. Das zeigte nur, wie mächtig der menschliche Geist sein konnte. Er hatte immer gedacht, dass sein Geist stärker war als der der meisten anderen. Er ermöglichte es ihm, Leben zu nehmen, ohne Gewissensbisse zu bekommen. Aber durch die reine Kraft des Geistes jemanden von den Füßen zu holen …

Der Junge kam auf die Bühne. Berichtigung: Der Junge *schleppte* sich auf die Bühne. Irgendetwas stimmte nicht. Vielleicht hatte Roberts Recht.

Die Schultern des Jungen hingen herunter, er hielt den Kopf gesenkt. Er machte vier langsame Schritte und blieb dann stehen. Dann begab er sich auf einen Todesmarsch, wie es Banks erschien, zum Mikrofon. Die Palmen um ihn herum standen hoch aufgerichtet und stolz, doch das Kind wankte auf seinen Füßen, war dünn und schwach. Die Zuschauer schienen zu spüren, dass mit dem Wunderkind irgendetwas nicht stimmte.

Caleb blieb eine ganze Minute lang reglos stehen. Ein Mann rechts von der Bühne schob plötzlich einen blauen Rollstuhl heran, hob einen Jungen von Calebs Größe heraus und setzte das Kind auf den Bühnenrand. Die Beine des Jungen waren geschient.

„Das ist Peter", erklärte der Mann. „Er sieht dich im Fernsehen, wann immer er kann." Der Mann wich zurück. „Bitte, ich flehe dich an, ihn zu heilen."

Das Kind hatte Mühe zu sitzen – vielleicht hatte es keinen Gleichgewichtssinn mehr. Auf einmal kippte es zur Seite weg und blieb liegen. Der Junge hustete. Das Geräusch hallte durch den Zuschauerraum.

„Es ist in Ordnung, Peter." Das war eine Frau, die jetzt nach vorne kam. Die Mutter des Jungen. „Peter, es ist in Ordnung, Liebling. Denk daran, er wird dir helfen." Sie bemühte sich, beruhigend zu klingen, aber ihre Stimme brach.

Caleb sah auf den kleinen Jungen, die Arme hingen ihm schlaff an der Seite herunter. Er war unentschlossen, dachte Banks. Irgendetwas stimmte überhaupt nicht. Er blickte zur anderen Seite des Raums. Junior war noch immer nicht losmarschiert. Diese Szene hatte alle in ihren Bann gezogen.

Caleb ging zu dem Jungen. Er reichte ihm die Hand. Das war es dann. Der Junge würde aufstehen und alle im Saal würden verrückt spielen.

Aber der Junge stand nicht auf. Er versuchte erneut, sich aufzusetzen, aber anscheinend waren seine Arme nicht kräftig genug. Hilflos lag er auf dem Rücken auf der Bühne.

Caleb griff sich mit der Hand an die Stirn.

An diesem Abend war nichts wie sonst. In den vorhergehenden Wochen hatte er viel spektakulärere Dinge getan. Allerdings war es nicht so ungewöhnlich, dass er zu weinen begann.

Doch die Worte, die Caleb als Nächstes sagte, waren sehr ungewöhnlich, und sie durchschnitten den Zuschauerraum wie die Sichel des Todes.

„Ich ... ich ... kann nicht."

Er schwankte eine Weile, dann drehte er sich um, machte einen Schritt von dem verängstigten Kind fort und brach schließlich zusammen.

Zwei Sekunden lang schien niemand bereit zu sein zu akzeptieren, was gerade geschehen war. Sie ließen die beiden Jungen auf der Bühne liegen, als gehörte das zu einer inszenierten Show. Gleich würde ein Wind zu blasen beginnen oder ein Erdbeben das Theater erschüttern. Aber nichts passierte.

Stattdessen begann das Kind mit den Beinschienen zu stöhnen. Und dann rannten auf einmal alle durcheinander. Die Mutter des Kindes eilte zur Bühne und schrie außer sich: „Peter? Peter?" Der Vater stieß gegen eine Kamera von CBS und warf sie mit großem Gepolter um.

Jason, der blonde Beschützer des Wunderkindes, eilte auf die Bühne, nahm ihn auf die Arme und rannte mit ihm davon.

Die Lichter wurden noch weiter gedimmt und im Zuschauerraum wurden Prostestschreie laut.

Banks schnalzte mit der Zunge und verschwand durch den nächsten Ausgang. *Es ist vorbei,* dachte er. Roberts hatte Recht. Das Kind starb. Vielleicht war es sogar schon tot.

Jason und Leiah hatten gefordert, sofort mit Caleb ins Krankenhaus zu fahren, aber Nikolous hatte darauf bestanden, einen Arzt zu Rate zu ziehen. Das Gesicht des Jungen war in kaltem Schweiß gebadet, und er hatte keinen anderen Wunsch, als sich zusammenzurollen und seinen schmerzenden Bauch zu halten.

Der Arzt, der Nikolous' Bruder hätte sein können, wartete auf sie, als sie in den Schlaftrakt kamen. Er untersuchte Caleb, erklärte, es sei nichts weiter als eine Magen-Darm-Grippe, gab ihm ein starkes Beruhigungsmittel und ließ ihn schlafend auf der Couch zurück.

„Sie bringen ihn um", sagte Leiah und streichelte Calebs Wange.

„Wie kann ich jemanden töten, der Tote zum Leben erweckt?", fragte Nikolous.

„Ich weiß es nicht. Aber er ist doch offensichtlich krank, oder?“

„Und ich frage mich, warum er krank ist. Ich habe Ihnen doch gesagt, dass es keine gute Idee war, ihn in die Welt hinauszubringen.“

Jason saß ihnen gegenüber. „Kommen Sie, Sie denken doch nicht ernsthaft, unser Ausflug in die Kirche hätte etwas damit zu tun?“

„Nicht? Und warum kann er sich nicht selbst heilen? Weil er zu sehr der Welt ausgesetzt wurde, darum! Dr. Caldwell hat uns davor gewarnt. Sein Geist wird durch diese ganze Hektik verwirrt“, – er machte eine ausgreifende Handbewegung –, „und verdirbt seine Macht.“ Der Grieche war hochrot im Gesicht.

„Wenn irgendetwas mit seinem Kopf nicht stimmt, dann liegt das daran, dass Sie ihn wie ein Tier im Käfig halten“, gab Leiah zurück. „Und jetzt machen Sie sich so große Sorgen um Ihre Bühnenshow, dass Sie ihm die medizinische Hilfe verweigern, die er braucht.“

„Die Hoffnungen der Welt liegen auf dieser Bühnenshow! Und Sie haben doch gehört, was der Arzt gesagt hat – er hat eine Magen-Darm-Grippe. Falls es ein Problem gibt, dann, dass er zu viel von der Welt gesehen hat.“

„Wachen Sie doch auf, Nikolous“, wandte Jason ein. „Er ist ein Kind. Sie können ihn nicht für immer im Käfig halten. Und nur nebenbei bemerkt, seine Macht kommt nicht von seinem Geist. Sie kommt vom Geist Gottes.“

Nikolous blickte ihn mit hochgezogenen Augenbrauen an. „Zu dem Schluss sind Sie also gekommen, ja? Dann hat die pathetische Rede unseres Dr. Thompson Sie also überzeugt? Prima. Aber ich kenne Gott genauso gut, und ich kann Ihnen versichern, dass die psychischen Fähigkeiten dieses Jungen nichts zu tun haben mit einem Geist, der die Erde durchstreift. Sie haben zu tun mit der Tatsache, dass er Zugang zu den Kräften seines Geistes hat, und durch seine Isolation hat er diese Kräfte ausbauen können. Er ist nichts weiter als ein edler Rohling, und sobald Sie ihn in den Kreislauf entlassen, verliert er diese Reinheit!“

„Aber das ist doch seine eigene Entscheidung“, gab Jason erregt zurück.

„Nicht solange er sich unter meiner Obhut befindet. In zwei Tagen haben wir unser erstes Exklusiv-Engagement. 100 Bürger der oberen Gesellschaftsschicht werden die Macht des Jungen in Anspruch nehmen wollen. Wir verlangen Schenkungen in Höhe von 50 000 Dollar pro Veranstaltung. Und ich sage Ihnen was.“ Er deutete mit dem Finger auf Caleb. „Er sieht besser zu, dass er seine Arbeit macht.“

„Oder was? Soll das etwa eine Drohung sein?"

Nikolous ignorierte ihn. Er wandte den Kopf und schrie in Richtung Küche: „Martha!" Die Gerufene kam herbeigeeilt. „Bringen Sie den Jungen in den Heizungsraum unter der Kirche. Niemand darf ihn stören. Auch Sie nicht. Er muss unter allen Umständen isoliert werden. Verstanden?"

„Ja, Vater. Natürlich. Ich werde ihm sein Essen dorthin bringen."

„Nein. Der Arzt wird ihm eine spezielle Diät zusammenstellen und ihn im Auge behalten. Und jetzt bringen Sie ihn fort."

Entsetzen stand auf ihrem Gesicht geschrieben. Sie stieß Caleb an und er rührte sich. Sie stieß ihn erneut an. Er rappelte sich hoch.

„Auf, Junge!", sagte sie. „Komm mit."

Leiah griff nach ihm, aber Nikolous streckte seine Hand aus und hielt sie fest „Nein. Sie beide dürfen ihn erst bei der Sitzung wieder sehen."

„Was meinen Sie damit? Wir haben eine Vereinbarung!"

„Er wird niemanden sehen! Niemanden!" Der Geistliche sagte das mit solchem Nachdruck, dass sogar Jason zusammenfuhr.

Der Junge folgte Martha durch eine Seitentür. Er konnte sich kaum auf den Beinen halten.

Nikolous schnaubte wie ein Stier, wandte sich von ihnen ab und marschierte zum Seiteneingang. Bei der Tür blieb er stehen. „Und Sie sollten meine Geduld nicht allzu sehr strapazieren", sagte er, als er die Tür hinter ihnen ins Schloss zog.

Stille umgab Jason und Leiah.

„Jason …"

„Das ist nicht das Ende, Leiah. Es könnte sogar der Anfang sein. Nikolous fängt an, sein wahres Gesicht zu zeigen."

Sie hob den Kopf. Ihre blauen Augen blickten ihn besorgt an. „Aber alles auf Kosten des Jungen."

Sie hatte Recht. Sie hatten vielleicht mit Nikolous gestritten, aber sie konnten die Tatsache nicht wegdiskutieren, dass Caleb das Kind auf der Bühne nicht hatte heilen können. Seine Macht entglitt ihm. Oder war ihm bereits entglitten.

„Ich werde nicht zulassen, dass er Caleb noch einmal wehtut, Leiah. Das verspreche ich. Mir ist egal, was die Einwanderungsbehörde dazu sagt. Ich werde ihn höchstpersönlich aus diesem Mist herausholen." Er war kurz davor, Martha hinterherzulaufen und den Jungen zu holen.

„Was immer dazu nötig ist?“, fragte Leiah.

Er erhob sich und nahm sie an der Hand. Er strich mit dem Daumen darüber. An dieser Stelle waren die Narben kaum zu sehen.

„Was immer dazu nötig ist.“

# 28

Die Hexe hatte Caleb durch die Kirche eine dunkle Treppe hinunter in einen großen Raum voller Rohre und einer großen Metallkiste geführt. Sie öffnete eine hellblaue Tür und deutete in den Raum hinein. Er schleppte sich an ihr vorbei in einen kleinen Raum mit einer Pritsche und einer gefalteten grauen Wolldecke. Sie funkelte ihn an, und er dachte, sie würde ihn anschreien, aber sie knallte nur die Tür zu und ging davon.

In dem Raum war es stockdunkel. Caleb tastete nach dem Bett und ließ sich auf eine dünne Matratze sinken. Sein Magen schmerzte, aber die Tabletten, die der Arzt ihm gegeben hatte, halfen ein wenig. Seine Augenlider wurden schwer. Der vergangene Abend war schlimm gewesen. Das Licht war aus seiner Welt verschwunden, und er fühlte sich, als würde er sterben. Er rollte sich zusammen und schlief ein.

Es war noch immer dunkel, als Caleb wieder erwachte. Er lag auf dem Rücken, war nass geschwitzt und starrte an die Decke. Aber er sah nur Dunkelheit. Wo war er?

Ach ja. Der kleine Raum.

Die schreckliche Veranstaltung.

Die Verzweiflung traf ihn wie ein Hammer. Was passierte mit ihm? Bilder dieses kleinen Kindes mit den Metallschienen an den Beinen standen ihm vor Augen. Der Vater hatte flehend seine Hände ausgestreckt und das Kind weinte.

Er hatte den Jungen nicht geheilt, weil er ihn nicht heilen konnte. Es war kein Licht da. Nicht einmal ein kleiner Schimmer.

„Dadda“, flüsterte er. „Ich falle, Dadda.“

Die vertraute Stimme schwieg. Seltsam, als er vor zwei Tagen von dem Gottesdienst nach Hause gekommen war, war er voller Licht gewesen, nachdem er um Vergebung gefleht hatte, aber schon war das Licht wieder fort.

Am Sonntag hatte er ganz deutlich erkannt, dass das Fernsehen seinem Geist schlimme Sachen antat. Vielleicht hätte er da den Glaskasten kaputtmachen sollen. Es gab keinen anderen Weg, ihn zum Schweigen zu bringen, da die Hexe den Knopf gestohlen hatte.

Aber er hatte es nicht getan. Und dann am Abend hatte er sich gelangweilt und das Kissen von den Ohren genommen, um einfach nur zuzuhören. Eine Stunde später hatte er im Bett gesessen und über das Verhalten eines verrückten Fuchses gelacht, der ein Huhn jagte. Und eine Stunde später hatte er andere Sender gesucht. Er wollte andere Bilder sehen, nicht nur die gezeichneten. Und zum ersten Mal in seinem Leben hatte er in fassungslosem Unglauben gesehen, wie eine junge Frau einen jungen Mann auf den Mund geküsst hatte. Sie waren nicht verheiratet. Er dachte an Adam und Eva, die nackt im Paradies gelebt hatten, aber das war irgendwie anders. Aufregend.

Caleb lag reglos in seinem Bett und blinzelte in die Dunkelheit. „Dadda, bitte, was passiert mit mir?"

Aber er wusste genau, was mit ihm passierte. Zumindest ein wenig. Er schloss die Augen und weinte sich wieder in den Schlaf.

„Wach auf, Junge."

Von weit her hörte Caleb eine Stimme und öffnete die Augen.

Das Licht war eingeschaltet und ein Mann saß auf seinem Bettrand. Es war der Arzt.

Er lächelte. „Du warst müde, wie ich sehe."

Caleb blinzelte den Schlaf aus den Augen und stützte sich auf seinem Ellbogen ab.

„Bleib liegen."

Caleb legte sich wieder hin. Der Arzt war groß und trug genau wie der griechische Vater einen Bart. Auch er hatte Tränensäcke unter den Augen. Er legte Caleb die Hand an die Wange und holte ein Instrument aus seiner Tasche. Mit dem glänzenden kalten Ende horchte er seine Brust und seinen Magen ab.

„In deinem Magen herrscht noch immer Aufruhr. Wie geht es dir?"

„Mein ganzer Körper tut weh." Das war die Wahrheit. Ein dumpfer Schmerz zog sich durch alle Glieder, und er hatte den Eindruck, dass es noch schlimmer war als am Vortag.

Der Arzt lächelte. „Nun, das kommt von der Grippe." Er holte ein Tablett vom Boden und stellte es auf das Bett. „Ich habe dir Hühnersuppe und Kekse gebracht. Wenn du fertig bist, nimm diese Tabletten mit Wasser ein", sagte er und deutete auf zwei weiße Tabletten.

Dann erhob er sich und ging zur Tür. „Ich werde das Licht anlassen. Bis heute Abend." Damit ging er.

Die Suppe schmeckte sehr gut und sie schien den Schmerz in seinem Magen zu lindern. Er trank den letzten Tropfen, aß die letzten Kekse auf und nahm die Tabletten mit Wasser. Aber eine halbe Stunde später flammte der Schmerz in seinem Körper so schlimm auf, dass er fast nicht mehr gehen konnte.

Kalter Schweiß brach ihm aus. Und wenn er ernstlich krank war? Wenn er sterben würde? *Oh lieber Gott, lass mich nicht sterben!*

Falls Gott redete, so konnte Caleb ihn nicht hören.

Er dachte darüber nach, den Doktor zu suchen, aber allein der Gedanke, die Hexe könne ihm begegnen, brachte ihn dazu, die Idee zu verwerfen. Stattdessen rollte er sich ganz zusammen und begann sich zu wiegen. Er sang ein altes Lied in Ge'ez über die Güte Gottes.

Als Caleb erneut aufwachte, war es dunkel im Zimmer. Jemand hatte das Licht ausgeschaltet. War es schon wieder Nacht?

Er versuchte sich aufzusetzen. Ein stechender Schmerz durchzuckte seinen Kopf und er sank stöhnend wieder ins Kissen zurück. Sein Magen pochte vor Schmerz und seine Knochen und seine Glieder brannten wie Feuer.

*Du stirbst, Caleb.*

Diese Erkenntnis kam ihm seltsam vor. Es stimmte jedoch. Irgendwie starb er und er starb ganz allein. Dr. Thompson drüben am Meer starb auch, aber er war nicht allein.

Caleb begann zu weinen. Das alles passierte, weil er das schwarze Solwasser in sein Olivenöl gelassen hatte. Er hatte ein wenig des reinen Öls ausgegossen und das schwarze Wasser hineingetan. Oder vielleicht sogar ganz viel schwarzes Wasser.

*Ich bitte dich um Gnade, Vater. Ich habe gesündigt. Vergib mir.*

Er schluchzte und wiederholte das Gebet immer und immer wieder. Nicht, weil er daran zweifelte, dass Gott ihn gehört hatte, sondern weil er es wollte. Dieses Gebet wurde sein Mantra. Er hatte es in der Kirche gesprochen und auch schon mehrmals zuvor.

Er musste zur Toilette, aber sein Magen tat so weh, dass er nicht aufstehen konnte. Er starb.

*Tritt ins Reich ein, Caleb*, hörte er Daddas Stimme.

*Wie?*

*Möchtest du es denn?*

*Ja.*

*Hast du gebeichtet?*

*Ja. Ich beichte. Ich beichte!*

*Dann vertrau dich Gott ganz neu an. Bist du bereit, deinem Vater wieder gehorsam sein?*

*Ja. Ja, das tue ich. Ich werde alles tun, Vater.*

*Dann glaube.*

*Glauben?*

Natürlich wusste er, was Glaube war. Es war der Glaube, der jede Stunde seines Lebens in seinem Geist lebendig war. Das einfache Wissen, dass das Reich Gottes da war, um entdeckt zu werden, unmittelbar unter der Oberfläche dieser Welt. Dass die Regeln im Reich Gottes anders waren. Das wusste er und daran zweifelte er auch nicht. Mit Ausnahme dieser letzten Tage. Jetzt war ihm diese Wahrheit oft in weite Ferne gerückt.

Ein kleiner Lichtschimmer erhellte seinen Geist und verblasste wieder.

Er blinzelte. Verblasste, aber verschwand nicht. Er lächelte und sein Herz war getröstet.

„Ich glaube", sagte er laut. „Natürlich glaube ich. Ich habe immer geglaubt."

Das Licht vor seinem inneren Auge flackerte erneut auf. Und dann wieder.

Mit weit aufgerissenen Augen rollte er sich auf den Rücken. „Ja! Ich glaube! Ich glaube wirklich!"

Und plötzlich wurde die Welt weiß und sein Herz begann zu schweben. Zumindest fühlte es sich so an, als würde er plötzlich über seinem Bett schweben, wo er doch genau wusste, dass er auf der Matratze lag.

Er rollte sich auf den Bauch und begann zu schluchzen, dieses Mal jedoch vor Freude. *Mein Vater, vergib mir. Du bist so freundlich und gut. Ich habe deine Liebe nicht verdient.*

Das Licht erhellte seinen Geist und Wärme breitete sich in seinen Gliedern aus. Lange Zeit lag er ganz still und freute sich an dem Licht. Er war wieder zu Hause, und wenn er so darüber nachdachte, war es ihm egal, ob er starb. Eigentlich wäre es schön, Dadda wieder zu sehen.

Erst ein paar Stunden später kam er zu dem Schluss, dass Sterben vielleicht doch nicht so gut war. Sein Bauch tat noch immer schrecklich weh. Aber das war doch kein Problem, oder?

Nein, das war es nicht.

Er berührte seinen Bauch und bat Gott, den Schmerz wegzunehmen. Wie ein Dunst, der sich in die Luft erhob, verschwand der Schmerz.

Caleb lächelte. Ja, das war wirklich kein Problem.

*Danke, Vater. Danke.*

Eine Vision stand ihm vor Augen und er schnappte nach Luft.

Er sah die Frau wieder. Die ihm so bekannt vorkam. Die Frau blickte ihn mit weit aufgerissenen Augen an. Entsetzt musste Caleb wieder mit ansehen, wie sich ein großer Vogel auf die Frau stürzte. Feuer schoss aus seinem weit aufgerissenen Schnabel. Er würde die Frau auffressen! Er tat es, er tat es!

Doch dann verschwand die Vision.

# 29

## *Tag 34*

Es waren nur noch zwei Wochen bis zur Wahl und in den landesweiten Umfragen führten sie mit 20 Punkten. Die Begeisterung der Menschen war eine nicht zu stoppende Flut und Crandal schwamm darauf.

Die umgebaute DC-9 befand sich über St. Louis und war auf dem Weg nach Washington, als Roberts den Telefonanruf entgegennahm, der die gute Stimmung im Flugzeug umschlagen ließ.

Es war Banks. Ob sie wüssten, dass das Kind am vergangenen Abend eine weitere Veranstaltung gehabt hätte? Roberts fuhr in seinem Sitz hoch und entschuldigte sich höflich bei den anderen, die liebenswürdig mit Crandal plauderten. Er setzte sich in die letzte Reihe.

„Was meinen Sie damit? Was für eine Veranstaltung? Er war doch praktisch tot!"

„Wenn Sie eine private Sitzung mit einigen Bonzen, die er mit seinen Tricks beeindruckt hat, tot nennen, dann ja", erwiderte Banks. „Wie ich hörte, hat er auch einen ganzen Batzen verdient."

„Caleb? Gestern Abend? Sie sagte, er sei praktisch tot. Warum hat sie nicht angerufen?"

„Weil sie eine Amateurin ist, Roberts. Für weitere 50 000 erledige ich sie gleich mit." Banks lachte. „Eigentlich sagte sie, ein Arzt hätte ihr das Kind aus den Händen genommen. Sie meint, dass es sich selbst geheilt hat. Können Sie das begreifen?"

Das war unmöglich! Roberts sah zu Crandal hinüber, der gerade laut lachte.

„Er hat ein paar Dinge gesagt", erklärte Banks.

Roberts drehte sich zum Fenster. „Was?!"

„Keine Sorge. Es waren nur eine Hand voll Leute da und keine Medien. Aber sie sagte, er hätte von einem Vogel erzählt, der eine Frau auffrisst, und seiner Meinung nach hätte das etwas mit Crandal zu tun. Die Leute dort haben nicht gelacht."

„In Ordnung, hören Sie zu. Ich möchte, dass Sie ins Waisenhaus gehen und ihn beseitigen. Das muss jetzt ein Ende haben. Gehen Sie einfach hin und töten Sie ihn!"

„Nein", gab Banks zurück. „Das ist zu riskant. Im Alten Theater bin ich gedeckt. Es ist groß, öffentlich, und ich habe meine Tarnung aufgebaut. Sie sollten jetzt nicht überreagieren."

„Überreagieren? Sie erzählen mir schon seit zwei Wochen, Sie hätten Ihre Tarnung aufgebaut! Und jetzt redet er, und Sie sagen mir, ich solle nicht überreagieren? Schließlich geht es um meinen Kopf."

„Und um meinen etwa nicht? Ich habe Ihnen gesagt, es waren keine Kameras da."

„Wo befindet sich das Kind jetzt?"

„Wieder in ihrer Obhut."

„Und sie gibt ihm wieder Gift."

„Ich habe ihr gesagt, sie soll die Dosis noch einmal verdoppeln. Er bekommt so viel, dass er morgen Abend tot ist."

„Die nächste Veranstaltung?"

„Ja. Und seine letzte. Dieses Mal keine Anrufe, Roberts. Ich werde das nicht noch einmal aufschieben. Sobald er die Bühne betritt, schieße ich."

„Und es gibt keine Möglichkeit, ihn vorher zu erledigen?"

„Es gibt einen guten Grund, warum ich es bis hierher geschafft habe, und ich werde von meinen Prinzipien nicht abrücken. Im Alten Theater ist alles vorbereitet."

Roberts atmete tief durch und überlegte, ob er es Crandal vielleicht verschweigen sollte.

„Keine Sorge, ich habe meinen Teil getan, und ich denke, alles wird gut gehen. Morgen Abend ist alles vorbei. Beruhigen Sie sich."

„Ich hoffe, Sie haben Recht, Banks."

Die Leitung wurde unterbrochen.

Um vier Uhr am Freitagnachmittag saß Jason mit Leiah in der Coffee-Bar und verfolgte nur mit halbem Ohr das Interview, das Donna mit Nikolous führte. Der Grieche sagte nichts Neues, und Donna stellte dieselben alten Fragen. Die wirklich wichtigen Tatsachen streiften sie nur, und diese waren folgende.

Ungefähr 23 Millionen Menschen hatten Calebs fehlgeschlagenen Versuch miterlebt, das kleine Kind mit den Beinschienen am Dienstagabend zu heilen. Es war wirklich eine Mitleid erregende Szene. Calebs Zusammenbruch bot Gesprächsstoff bis tief in die Nacht. Die Frommen nahmen es besonders schwer. Zu verstehen, warum ein Mensch mit psychischen Kräften scheiterte, war leicht. Eine ganze Reihe von Faktoren konnte die Ursache dafür sein. Müdigkeit, Stress, sogar ein schlechter Tag. Aber der Versuch zu erklären, warum Gott so dramatisch scheitern konnte, brachte mehr als ein Paar zum Stottern.

Diese Veranstaltung war die sechste dieser Art gewesen, die landesweit übertragen wurde, keine große Sache. Aber bei den ersten fünf Veranstaltungen hatte er eine beeindruckende Macht entfaltet, die die Hälfte der Welt bereits zu Gläubigen gemacht hatte. Sie konnten sich nicht genau auf das einigen, was sie glaubten – jede Religion hatte ihre eigene Ansicht zu dem Jungen, und innerhalb jeder Religion gab es ein halbes Dutzend Meinungen zu dem Phänomen. Aber die meisten waren sich darin einig, dass Calebs Macht unbestreitbar war. Er war sofort zur Ikone ihres jeweiligen Glaubenssystems geworden.

Während der fünf Veranstaltungen hatte der Junge nicht viel gesagt, nur das eine Mal durch Leiah, und sie weigerte sich, vor der Kamera einen Kommentar abzugeben. Durch das, was sie gesagt hatte, war klar geworden, dass Caleb ein überzeugte Jünger Christi war, aber das hielt die Hindus, die Anhänger der New-Age-Bewegung oder die Moslems nicht von ihrer Meinung ab. Er war erst zehn Jahre alt und im christlichen Glauben erzogen worden; natürlich redete er wie ein Christ. Das bedeutete jedoch nicht, dass Jesus Christus allein Gott war, wie die meisten Christen behaupteten. Das bedeutete nur, dass Caleb von Gott mit einer außergewöhnlichen Gabe ausgestattet worden war, wer immer dieser Gott auch war.

Auf eine seltsame Weise hatte der Junge den gläubigen Menschen der Welt Einheit gebracht, nicht Uneinigkeit. Einheit und Hoffnung.

Gott, wer immer er war, sorgte sich und erbarmte sich über die Menschen.

Natürlich gab es auch immer die Querulanten, in diesem Fall die Leute, die nicht glaubten, die sich trotzdem an ihre atheistischen Ansichten klammerten. Sie hielten an der absurden Vorstellung fest, das Ganze sei eine Verschwörung, ein riesengroßer Betrug, ein Marketing-Schachzug, um Gott wieder populär zu machen. Und wenn man genau hinsah, würde man Drähte, Gummibeine und alle möglichen Geräte finden, die man im Fernsehen nicht sehen konnte.

Auf jeden Fall hatte Calebs Versagen bei der sechsten Veranstaltung am Dienstagabend die Gemüter auf der ganzen Welt bewegt. Die Reaktionen waren entweder „Das habe ich doch gleich gesagt“, finsteres Schweigen oder Ungläubigkeit.

Aus diesem Grund spielten die Medien vollkommen verrückt, als am Freitagmorgen Mary Sue Elsworth vor die Kameras trat und der Welt verkündete, sie sei durch den kleinen Caleb bei einem privaten Abendessen am vergegangenen Abend geheilt worden. Mary Sue war eine bekannte Hollywood-Schauspielerin, die sich bei einem Skiunfall am vorangegangenen Sonntag ein Bein gebrochen hatte. Doch nun stand sie ohne Gips und Krücken auf ihren beiden Beinen vor der Öffentlichkeit. Sie führte sogar einen kleinen Tanz für die Kameras auf. Und sie war nicht die Einzige; es waren über 100 Menschen bei dieser Veranstaltung gewesen und ihres Wissens seien alle geheilt worden.

Es war also kein Wunder, dass die 3 000 Eintrittskarten für eine Veranstaltung am Samstagabend, die an diesem Nachmittag angeboten wurden, innerhalb von einer Stunde ausverkauft waren.

Caleb war wieder da. Aber keiner von ihnen wusste, was Jason und Leiah wussten, während sie die Berichterstattungen im Fernsehen verfolgten: Calebs Bauchschmerzen waren auch wieder da.

Leiah wandte sich kopfschüttelnd an Jason. „Sie können es einfach nicht lassen, oder?“

„Wenn er wieder versagt, dann werden sie ihr Interesse langsam verlieren. Obwohl ich nicht sicher bin, ob das gut für uns wäre.“

„Wir können nicht ewig so weitermachen.“

„Du hast Recht, aber ich habe keine Ahnung, wie wir das zum Ende bringen können. Das sieht mir eher nach einer aussichtslosen Sache aus.“

„Was meinst du damit? Wir müssen Caleb irgendwann aus diesem Schlamassel herausholen. Darum geht es uns doch eigentlich.“

Jason sah wieder zum Fernsehbildschirm, wo Donna gerade das Interview beendete, dann wandte er sich Leiah wieder zu. „Vielleicht. Aber nicht, wenn jemand tatsächlich versucht, ihm zu schaden. Zum Beispiel, wenn die NSA die Finger im Spiel hat. Sagen wir, das alles geht vorüber und Caleb wird zu einem ganz normalen Kind. Dann besteht noch immer die Möglichkeit, dass sie ihn nach Äthiopien zurückbringen, und soweit wir wissen, ist sein Leben dort in Gefahr."

„Nein, wir werden kämpfen, um ihn hier zu behalten", widersprach Leiah.

„Und selbst hier ist er vielleicht in Gefahr."

„Von der NSA? Warum?"

„Crandal", erwiderte Jason. „Caleb hat jetzt dreimal im Zusammenhang mit seinen Visionen über Crandal gesprochen. Und die Leute fangen allmählich an zuzuhören. Gestern Abend hätte man in dem Raum eine Stecknadel fallen hören können, als er über diese Vision sprach. Ich garantiere dir, Crandal macht sich allmählich in die Hose. Caleb könnte seine ganze Wahlkampagne über den Haufen werfen."

„Er würde doch Caleb nicht wegen einer Wahl irgendetwas tun."

„Vermutlich nicht. Aber diese Sache scheint eben nicht im Zusammenhang mit der Wahl zu stehen. Das hat irgendetwas zu tun mit Äthiopien und dem Angriff der äthiopischen Befreiungsfront auf das Kloster."

„Du meinst, Crandal steckt hinter dieser Aktion?", fragte sie mit hochgezogenen Augenbrauen. „Das scheint mir doch ein bisschen weit hergeholt zu sein."

„Vielleicht. Aber wir dürfen Calebs Vision nicht einfach ignorieren. Er mag Crandal nicht, und wenn es jemand anderes wäre, dann würde ich das nicht so wichtig nehmen. Aber Caleb ist nicht irgendjemand."

Sie antwortete nicht.

„Selbst wenn Crandal keine Bedrohung ist, Caleb hat diese Bauchschmerzen …"

Er brach mitten im Satz ab. Zum ersten Mal dachte er daran, diese beiden Dinge miteinander in Verbindung zu bringen – Crandal und Calebs Bauchschmerzen. Nicht dass da wirklich ein Zusammenhang bestand, aber ….

„Was ist los?", fragte Leiah.

„Ich weiß nicht. Ich habe gerade gedacht …"

„Was gedacht?"

Er sah sich in der Coffee-Bar um. „Es ist wahrscheinlich verrückt, aber wenn nun Crandal irgendwie für Calebs Krankheit verantwortlich ist?"

„Er hat die Grippe – das hat der Arzt selbst gesagt."

Plötzlich fiel der Groschen. Er setzte sich auf. „Das würde seine Genesung erklären."

„Von der Grippe?"

„Nein. Also pass auf. Caleb kann alle Menschen heilen, richtig? Jesus hat gesagt, dass wir, wenn wir Glauben wie ein Senfkorn haben, Berge versetzen können, und Caleb glaubt das. Er ist nie mit einer gegenteiligen Meinung konfrontiert worden. In dieser Hinsicht hat Dr. Caldwell von der Universität Recht. In gewisser Weise ist er ein edler Rohling. Doch dann wird er in einem Zimmer mit einem Fernsehgerät isoliert. Ich weiß, dass klingt vielleicht seltsam, aber hör einfach mal zu." Er hob die Hand.

„Angenommen, Tag und Nacht stürmen diese verrückten Bilder auf dieses zarte Gemüt ein. Seine Gedanken drehen sich um Mord und Totschlag und was noch alles."

„Was hat das mit seiner Krankheit zu tun?"

„Zuerst einmal nichts. Doch dann heißt es, er verliert langsam seine heilende Macht. Erinnere dich doch: Bei der vierten Veranstaltung hat er sich erst einmal flach auf den Boden gelegt, als würde er Buße tun, bevor irgendetwas passierte. Und dann am Sonntag wieder, sogar noch mehr. Und schließlich kommt er auf die Bühne heraus und bricht einfach nur zusammen."

„Das stimmt. Aber ich verstehe trotzdem nicht, wie seine Krankheit ..."

„Und wenn es gar keine Krankheit ist? Wenn es etwas ist, das sich in seinem Körper ausbreitet? Solange sein Glaube stark ist, tut es ihm nichts. Er heilt sich sozusagen selbst. Aber wenn sein Glaube versagt, zeigen sich die Auswirkungen."

„Von was zum Beispiel?"

„Von etwas wie Gift."

„Ach komm schon! Das kann doch nicht dein Ernst sein!"

„Ich sage ja nicht, dass es so ist, aber denk doch einmal darüber nach. Das wäre doch der ideale Weg, ihn zu beseitigen. Und wer hat sonst noch die Grippe? Niemand."

Leiah nahm ihm diese Erklärung nicht so richtig ab, aber ihr Gesicht verzog sich trotzdem vor Sorge. „Es fällt mir schwer, das zu glauben."

„Das mag ja sein, aber denk doch mal darüber nach, was Crandal zu verlieren hat."

Sie nahm ihre Tasche und erhob sich. „Dann müssen wir etwas unternehmen! Wir müssen ihn da herausholen!"

Jason griff nach ihrem Arm. „Warte doch. Wir müssen das erst durchdenken. Wir wissen doch gar nicht, ob ich Recht habe."

„Nein, aber wenn es so ist, dann haben wir keine Zeit, das zu durchdenken. Wir müssen mit Nikolous reden."

„Und Nikolous wird uns auslachen, wenn wir nicht mehr Beweise liefern können. Am Dienstag hat er eine Menge Geld zurückzahlen müssen. Ich glaube nicht, dass er vor der heutigen Veranstaltung in der Stimmung ist, irgendetwas zu unternehmen. Sein Ruf steht auf dem Spiel."

Sie setzte sich wieder.

„Es sind nur noch zwei Stunden, bis wir ihn abholen. Falls er heute Abend versagt, bringen wir ihn ins Krankenhaus."

„Wenn deine Theorie stimmt, wird das nichts bringen", meinte sie.

„Aber dort kann man feststellen, ob er vergiftet wird."

„Aber wenn er voller Gift steckt und seine Macht aus Mangel an Glauben verliert, was kann ihn retten?"

„Was hat ihn denn das letzte Mal gerettet?"

„Eine Erneuerung des Glaubens?"

„Und dann hat er ihn wieder verloren, nachdem sie ihn wieder in sein Zimmer gebracht haben."

Jason zuckte die Achseln. Diese ganze Sache mit dem Glauben war ziemlich verwirrend. Jason war nicht sicher, wo sein eigener Glaube verankert war. In Christus und in Gott, ja. Aber diese Sache mit der machtlosen Kirche ließ ihn einfach nicht los.

Er trank einen Schluck kalten Kaffee.

„Wir sollten vorbereitet sein, alles zu tun, was getan werden muss. Heute Mittag sah er ziemlich grau aus. Und wenn wir ihn ohne Nikolous' Einwilligung ins Krankenhaus bringen müssen, dann werden wir das eben tun."

„Er wird dir den Kopf abreißen", antwortete Leiah.

„Soll er ruhig. Donna hat bereits mit Crandal über diese neuste Anschuldigung von Caleb gesprochen, und ich glaube, sie bleibt jetzt dran. Seine Antworten waren zu flach, und ich könnte mich natürlich irren, aber mir schien sie nicht richtig zufrieden gestellt. Vielleicht kann sie etwas Druck auf ihn ausüben."

Er trank seine Tasse leer.

Leiah hielt ihm ihre Hand hin. Er legte seine hinein und sie umschloss sie mit ihren Fingern. Ihr Ärmel rutschte hoch, sodass ihre Narben zu sehen waren. Gelassen zog sie ihren Ärmel wieder hinunter.

„Ich liebe dich, Jason."

Er sah ihr in die blauen Augen. „Und ich liebe dich, Leiah."

„Du wirst nicht zulassen, dass Caleb etwas passiert, nicht wahr?"

„Nein, das werde ich nicht. Ich verspreche es."

„Kommt nicht in Frage!" Stewart Long wandte sich zähneknirschend von Barbara ab. „Du bist verrückt. Ich kann kaum glauben, dass du so etwas vorschlägst, nach allem, was wir ihm zugemutet haben."

„Ihm zugemutet? Was haben wir ihm denn zugemutet, Stew? Natürlich ist die Sache schief gegangen, aber wenn Peter endlich geheilt wird, bin ich bereit, das Risiko noch mal einzugehen!"

Stewart wirbelte herum. „Ich war derjenige, der die Eintrittskarten gekauft hat, weißt du noch? Ich habe 6 000 dafür bezahlt – 6 000, die wir eigentlich gar nicht haben. Ich bin derjenige, der uns Plätze in der ersten Reihe besorgt hat, indem ich die Plätze zehn Stunden vor Beginn der Veranstaltung reserviert habe. Ich habe Peter dorthin gefahren und ihn vor den Augen der ganzen Welt auf die Bühne gesetzt!" Seine Nasenflügel bebten. „Aber es geht gar nicht um mich. Ich will nicht, dass Peter noch mehr verletzt wird!"

„Du hast ja Recht, Stew." Sie sprach leise, aber entschlossen. „Aber wir sprechen hier auch über sein Leben. *Er* muss mit den Windeln und dem Rollstuhl leben. Und wir auch. Wenn es eine Möglichkeit gibt, sein Leben zu verändern, dann lohnt es sich doch, dafür ein wenig Würde zu opfern, oder nicht?"

„*Falls*. Und wenn diese Möglichkeit nicht besteht?"

„Man sagt, Caleb habe seine Macht wieder zurückbekommen. Bei einer Privatsitzung hat er 100 Menschen geheilt."

„Wie schön für ihn."

„Morgen findet eine Veranstaltung statt."

„Und wir werden nicht hingehen", bestimmte er. Und dann fügte er noch hinzu: „Selbst wenn wir Eintrittskarten auftreiben könnten, würde ich nicht hingehen."

„Versetz dich doch mal in Peters Lage, Stew. Versuch doch mal, dir vorzustellen, wie es ist, wenn man Beinschienen tragen muss und völlig hilflos ist. Würdest du dann Caleb sehen wollen? Trotz der ‚Wenns'?" Sie ging in die Küche und drehte sich noch einmal um. „Und noch eins: Peter möchte übrigens gehen. Wusstest du das?"

# 30

*Tag 35*

Jason stand hinter dem Vorhang. Sein Magen krampfte sich zusammen. Im Seitenflügel wartete Caleb mit Leiah. Er versuchte, so tapfer wie möglich zu sein, aber er konnte den dünnen Schweißfilm nicht verbergen, der auf seiner Stirn glänzte. Sie hatten ihn gefragt, wie er sich fühle, und er hatte geantwortet, es ginge ihm gut, aber sie glaubten ihm nicht.

Die meisten der 3 000 Zuschauer saßen im Parkett, ein paar hundert auch auf den orangefarbenen Plätzen. Ein Dutzend der schwarz gekleideten Vertreter der Antichrist-Gruppierung stand wie üblich am Geländer. Reglos hielt der Anführer wie immer den Blick auf den Vorhang gerichtet. Hinter ihm schwenkten seine Gesinnungsgenossen ihre Schilder mit der Aufschrift: „Vorsicht vor dem Antichrist, der als Wolf im Schafspelz kommt" hoch. Nur einer, der am Rand der Gruppe stand, starrte nicht nach vorn.

Warum sollte eine Gruppe von Protestanten, die keine Heilung brauchte, 1 000 Dollar pro Kopf ausgeben, um an den Veranstaltungen teilzunehmen? Sie mussten es schon sehr ernst meinen, aber warum waren sie hier? Jason hatte das Thema bereits nach der letzten Veranstaltung Nikolous gegenüber angeschnitten, aber der Grieche hatte nur die Schultern gezuckt und gesagt, sie hätten Eintrittskarten.

Jason erschauerte. Er wollte sich gerade abwenden, als der Junge am Ende der Reihe seine Aufmerksamkeit erneut auf sich zog. Der junge Mann mit der schwarzen Kapuze sah nach hinten und Jason folgte seinem Blick. Die roten Plätze waren leer, und die Lichter an der hinteren Wand waren abgeschaltet, vermutlich damit sich niemand dorthin setzte. Aber der Mann schien irgendetwas bei der Tribüne zu betrachten.

Jason ließ den Vorhang los und kehrte zu Leiah und Caleb zurück. Der Junge saß mit schlaff herunterhängenden Beinen und zusammengesackten Schultern auf einem Stuhl. Jason fuhr ihm durchs Haar.

„Bist du bereit, Caleb?"

Der Junge starrte mit glasigen Augen vor sich hin. Jason warf Leiah einen besorgten Blick zu und kniete vor ihm nieder. Der Junge sah so traurig aus, wie Jason ihn noch nie gesehen hatte. Er legte ihm eine Hand auf die Schulter.

„Bist du sicher, dass du das durchziehen willst, Caleb? Wir können gehen, weißt du. Wir können das absagen und nach Hause gehen."

„Nein", erwiderte Caleb flüsternd.

Jason biss sich auf die Lippe und nickte. Er erhob sich und ging zum Seiteneingang der Bühne. Er war beunruhigt, ohne den Grund für seine Besorgnis in Worte fassen zu können. Es stimmte, wieder einmal war Caleb offensichtlich nicht er selbst, aber er machte sich nicht nur Gedanken um die Gesundheit des Jungen. Irgendetwas lief grundsätzlich schief. Vielleicht war es dieses Gerede über Crandal.

„Gott, hilf mir", murmelte er, als er die Tür öffnete. In letzter Zeit stellte er fest, dass die Gebete ihm leicht über die Lippen gingen, so als wäre Gott direkt an seiner Seite. So hatte er sich am vergangenen Sonntag in der Kirche gefühlt und dieses Gefühl der Nähe war geblieben. „Gib mir Weisheit. Beschütze uns."

Vom Seiteneingang aus ließ er seinen Blick über die Menge gleiten. Gefühlvolle Musik, die er als die Filmmusik von „Platoon" erkannte, schwoll an und füllte den Zuschauerraum. „Gott, hilf uns." Seine Gebete waren nicht wortgewandt, aber das war ihm egal.

Dieser kleine Mann mit der schwarzen Kapuze sah noch immer zur Tribüne hinüber. Jason folgte seinem Blick und bemerkte, dass sein Blick zwischen der Bühne und der Tribüne mit den roten Plätzen hin und her wanderte.

Erneut suchte Jason die Tribüne ab. Aber er konnte nur Dunkelheit erkennen.

„Meine Damen und Herren", dröhnte Nikolous' tiefe Stimme über die Lautsprecher. „Willkommen …" Das Wort hallte wider und die bereits schweigenden Menschen rührten sich nicht mehr. Zwei Dutzend Kameras wurden auf den Vorhang gerichtet.

Jason zog die Tür hinter sich zu und gesellte sich zu Leiah. Nikolous hatte darauf bestanden, dass der Junge an diesem Abend bereits auf der Bühne stand, wenn der Vorhang sich hob, und Leiah hatte die Absicht, ihn hinauszubegleiten. Sie erhob sich und half ihm hoch.

„Alles in Ordnung, Caleb?", flüsterte sie.

Nikolous sprach weiter. „Wir sind hier, um ein geschichtsträchtiges Ereignis mitzuerleben."

Caleb nickte.

„Nach diesem Abend wird Ihr Leben nicht mehr dasselbe sein", sagte der Grieche.

Leiah führte den schwachen Caleb hinaus auf die Bühne, stellte ihn vor das Mikrofon und strich ihm das Haar glatt. Sie kniete sich vor ihn hin und flüsterte ihm etwas ins Ohr. Dann gab sie ihm einen Kuss auf die Wange und kam zu Jason zurück.

Nikolous sprach noch eine Weile weiter, aber Jasons Blick hing an dem Kind. Es schwankte, die Arme hingen schlaff herab. Caleb war so tapfer. Er war krank, das konnte man selbst aus dieser Entfernung erkennen. Warum gestatteten sie Nikolous, ihn selbst in einem solchen Zustand auszubeuten? Vielleicht hatten sie sich so an dieses seltsame Arrangement gewöhnt, dass sie es nicht mehr ungewöhnlich fanden.

Irgendetwas stimmt nicht.

Dieser Gedanke durchzuckte ihn erneut.

Gerade als Leiah zurückkam, trat er zum Bühneneingang.

Irgendetwas stimmte hier einfach nicht. Sein Pulsschlag dröhnte ihm in den Ohren. Nikolous hatte seine letzten Worte gesprochen und die Musik spielte in einer unheimlichen Lautstärke. Sie sollten den Jungen jetzt mitnehmen. Ihn einfach holen und mit ihm davonlaufen.

„Was ist los?“, fragte Leiah.

„Ich weiß es nicht.“

Jason setzte sich in Bewegung. Sein Körper sagte ihm, er solle zu Caleb rennen. Noch nie in seinem Leben hatte er einen so starken Impuls verspürt.

Auf einmal begann sich der Vorhang zu heben und Jason zog sich wieder zurück. Zu spät. Jetzt konnte er ihn nicht mehr holen. Die Show hatte begonnen.

Leiah stand neben ihm. „Jason, was ist los? Du machst mir Angst.“

Er schüttelte den Kopf, hob den Finger und bedeutete ihr zu schweigen.

Langsam hob sich der Vorhang und gab Caleb der Menge preis. Donnernder Applaus aus dem Zuschauerraum. Die schwarz gekleideten Demonstranten kamen in Sicht. Ihr Anführer funkelte ihn direkt an. Ihn! Nicht Caleb, sondern ihn, wie ein Teufel aus der Hölle durch diese Kapuze. *Wir haben dich immer im Blick …*

Ein Schauer lief Jason über den Rücken. Er sah zu dem Kleinen am Ende. Der, der immer …

Er war fort!

Als die Lichter gedimmt wurden holte Banks das Gewehr heraus.

Er sah, dass Junior seinen Platz verließ, und nickte zufrieden. *Das ist gut, Junior. Wir werden dich berühmt machen.* Sobald Starks dem Jungen seine Mission erklärt hatte, hatte Junior angefangen, wie blöd in seine Richtung zu starren. Das war der Preis dafür, dass man einen Amateur einsetzte.

Das Gewehr in seinen Händen fühlte sich gut an. Genau richtig, um ein Kind zu töten.

Der Vorhang begann sich zu heben und Banks kniete sich neben die letzte Sitzreihe. Junior würde vier Minuten brauchen, um hierher zu kommen, wenn er nicht zuerst noch auf die Toilette ging. Aber er war angewiesen worden, dies nicht zu tun. Er sollte nicht laufen, nicht anhalten, auch nicht, um zu pinkeln. Er sollte ganz ruhig zu Bereich 63 gehen und den Zettel an einen Bruder in einem schwarzen Gewand übergeben. Banks hatte bei seinen drei Versuchen dazu zwischen 3 Minuten, 40 Sekunden und 4 Minuten, 2 Sekunden gebraucht.

In 3 Minuten 30 Sekunden würde Banks das Kind erledigen.

Applaus ertönte im Zuschauerraum und er lächelte. Das Kind stand angestrahlt von einem hellen Scheinwerfer bereits auf der Bühne. Banks legte das Gewehr auf eine Stuhllehne. Er schmiegte seine Wange an den Kolben und sah durch das Zielfernrohr. Das Gesicht des Jungen erschien in der Linse und bewegte sich wieder fort. Banks richtete das Gewehr aus, aber das Kind hatte sich erneut bewegt. Es schwankte hin und her.

Durch das Zielfernrohr betrachtete er sein Gesicht. Schweißtropfen standen dem Jungen auf der Stirn. Seine Augen waren rund und blau-grün wie das Meer.

Abgesehen von der unheimlichen Musik wurde es ganz still im Zuschauerraum. Der Schalldämpfer würde den Knall dämpfen und der Rest würde in der Musik untergehen. Das einzige Risiko war der Blitz aus der Mündung. Aber andererseits blickten alle wie gebannt auf das Kind, oder etwa nicht? Wenn ihnen klar wurde, was passiert war, wäre Banks schon lange fort.

Er sah auf seine Uhr. 3 Minuten, 15 Sekunden. Das Kind hatte noch keinen Ton gesagt. Banks richtete die Mündung auf seine Stirn. Genau zwischen die Augen. Dass es sich bewegte, war ärgerlich, und er überlegte, ob er ihm lieber ins Herz schießen sollte.

Der Junge hatte noch nichts getan. Er stand einfach da und sah so aus, als würde er wieder zusammenbrechen.

Und dann brach er tatsächlich zusammen.

Fassungslos beobachtete Banks durch das Zielfernrohr, wie sich die Augen des Jungen verdrehten und er in sich zusammensank.

Er riss den Kopf zurück und sah das Kind auf dem Boden liegen. Er würde diese Sache zu Ende bringen. Durch das Zielfernrohr suchte er erneut sein Ziel, suchte nach einer guten Schussposition und entschied, er würde auf den Körper schießen.

Er drückte ab.

Das Gewehr zuckte in seinen Armen. *Wumm!*

Seine Atmung beschleunigte sich jetzt. Er behielt den Körper noch eine Weile im Blick. Dieser rührte sich nicht. Ja, er hatte ihn getroffen.

Banks versteckte das Gewehr unter einem Stuhl und rannte zum Ausgang. Junior kam gerade um die Ecke. Dann war er verschwunden.

Noch bevor der Körper des Jungen auf dem Boden aufschlug, war Jason bereits losgerannt.

Er hatte die Bühne gerade halb überquert, als er aus den Augenwinkeln heraus einen kleinen Blitz wahrnahm. *Jemand macht ein Foto von mir,* dachte er.

Wütende Protestschreie kamen aus der Menge, aber er ignorierte sie. Er rannte zu Caleb, nahm ihn in die Arme und hob seinen schmalen Körper hoch. Erst als er ihn an sich gedrückt hatte, entdeckte er das Blut.

Er erstarrte. Um ihn herum ertönten Schreie, aber seine Ohren hatten sie ausgeblendet. Ein kleines Loch war in das Hemd des Jungen gerissen worden.

Jemand hatte ihn angeschossen!

Jason schnappte nach Luft und drehte sich angsterfüllt um. *Jemand hatte auf Caleb geschossen!*

Er taumelte über die Bühne zu Leiah, doch während er lief, sah er hinüber zu den roten Sitzen. Von dort war der Blitz gekommen. Er war jetzt ganz sicher.

Jason rannte an der fassungslosen Leiah vorbei.

„Komm mit!"

„Ist er in Ordnung? Was –"

„Komm einfach mit zum Wagen. Schnell!"

Er rannte zum hinteren Bühneneingang.

„Stopp. Bleiben Sie stehen!" Nikolous war um die Ecke gekommen und schrie ihnen nach. Jason rannte weiter.

„Wo bringen Sie ihn hin?" Auf einmal schien der Grieche zu spüren, was Jason vorhatte.

„Haltet sie auf! Haltet sie sofort auf! Sie wollen ihn entführen!"

Zwei Bühnenarbeiter, die in der Nähe der Hintertür standen, starrten Jason mit weit aufgerissenen Augen an. Er rannte weiter auf sie zu, bis sie aus ihrer Fassungslosigkeit erwachten und ihn packen wollten. Dem einen trat er mit dem Stiefel in den Bauch. Calebs Körper rutschte ihm beinahe aus den Armen. „Nimm die Tür! Halt die Tür auf, Leiah!"

Der zweite Mann hatte den Fuß des Jungen gepackt und zerrte an ihm. Leiah wirbelte herum, schlug den Mann mit der offenen Hand fest ins Gesicht und stieß ihn beiseite. Er ließ den Fuß los und taumelte gegen die Wand.

Sie schob die Tür auf und Jason rannte an ihr vorbei in die Nacht. Sie holte ihn ein und gemeinsam liefen sie so schnell sie konnten zum Parkplatz.

Die Tür hinter ihnen wurde aufgerissen und Schreie hallten durch die Nacht. „Stehen bleiben! Sie missachten eine Anordnung des Gerichts. Das ist Kindesentführung!"

Die Stimme gehörte Nikolous und er hatte Recht. Füße donnerten über das Pflaster. Sie waren hinter ihnen her. Sie mussten sich beeilen. Der Bronco tauchte vor ihnen auf und Jason drehte sich zu Leiah um.

„Hier, nimm ihn. Schnell!"

Sie nahm Jason den Jungen ab und Jason suchte in seiner Tasche nach dem Schlüssel. Er riss ihn heraus und steckte ihn ins Türschloss.

„Er blutet!", rief Leiah.

Jason öffnete die Zentralverriegelung und griff nach der Tür. „Geh mit ihm nach hinten!"

Sie setzte sich mit dem Jungen auf die Rückbank und knallte die Tür zu. Jason war auf den Fahrersitz gesprungen und verriegelte seine Tür, als der erste Bühnenarbeiter den Wagen erreichte.

Er ließ den Motor an, legte den Gang ein und brauste davon. Ein wütender Schrei ertönte, und er fragte sich, ob er dem Mann wohl den Arm abgerissen hatte. Doch dann war er schon durch das Tor verschwunden.

Ein Gedanke ließ ihn nicht los.

*Jemand hat auf Caleb geschossen.*

Teil III

# Die Enthüllung

*„Als der Diener des Gottesmannes*
*am nächsten Morgen aufstand und hinaustrat,*
*hatte die Truppe die Stadt mit Pferden und Wagen umstellt.*
*Da sagte der Diener zu seinem Herrn:*
*Wehe, mein Herr, was sollen wir tun?*
*Dann betete Elischa: Herr, öffne ihm die Augen, damit er sieht.*
*Und der Herr öffnete dem Diener die Augen:*
*Er sah den Berg rings um Elischa*
*voll von feurigen Pferden und Wagen.“*

2. Könige 6,15.17

# 31

So schnell sie konnten, rasten sie über die Schnellstraße. Ihnen blieben nicht viele Möglichkeiten.

Leiah hatte darauf bestanden, Caleb sofort in ein Krankenhaus zu bringen.

„Wo blutet er?“, fragte Jason. Er sah in den Rückspiegel. „Ist es schlimm?“

„Es ist doch egal, ob es schlimm ist – wir müssen ihn sofort in ein Krankenhaus bringen!“

„Das können wir nicht. Dort werden sie zuerst suchen.“

„Wen kümmert das? Er stirbt!“

„Und wenn sie ihn finden, werden sie ihn töten! Also zieh ihm das Hemd aus und sag mir, was du siehst.“

Sie hatte als Krankenschwester in einem Kriegsgebiet gearbeitet, sie würde doch erkennen können, wie schlimm es um ihn stand. Leiah zerriss sein Hemd und untersuchte die Wunde.

„Es ist seine Seite. Ich kann es nicht genau sagen.“ Verängstigt blickte sie auf. „Jason, die Wunde muss wirklich versorgt werden.“

„Schalt das Licht ein. Wir haben keine Wahl. Wenn derjenige, der auf ihn geschossen hat, merkt, dass er noch am Leben ist, dann sind wir dran. Hast du verstanden? Dann sind wir dran. Ein Krankenhaus kommt nicht in Frage.“

Das Licht ging an und sie untersuchte ihn näher. „Ich denke, wenn ich diese Blutung stoppen kann, wird es schon gehen. Sieht so aus, als wäre die Kugel durch den Muskel gedrungen und dann wieder ausgetreten. Wenn sie sich nicht entzündet … Hast du einen Erste-Hilfe-Kasten?“

„Hinten im Kofferraum. Was ist mit seiner Krankheit? Ich bin nicht sicher, dass er wegen der Kugel in Ohnmacht gefallen ist.“

„Wieso nicht?“

„Während ich zu ihm hinrannte, sah ich einen Lichtblitz von den roten Plätzen. Da dachte ich noch, es sei ein Blitzlicht, aber jetzt bin ich mir da nicht mehr so sicher. Es hätte auch das Gewehr sein können. Und wenn er nun wirklich vergiftet worden ist?“

„Wenn es Gift ist, dann kann ich nichts tun. Ich habe Angst!“

„Okay, wenn sich sein Zustand bis morgen früh nicht gebessert hat, werden wir ihn zu einem Arzt bringen. Aber wir müssen das genau durchdenken.“

„Wo fahren wir hin?“

„In die Berge.“

Sie schwieg eine Weile. „Wir sollten für ihn beten.“

„Ja, das sollten wir.“

Jason fuhr in Richtung Norden, hinaus aus Los Angeles über den San-Fernando-Pass nach Gorman. Fast die ganze Zeit betete er leise. Das war ungewöhnlich für ihn, aber die einfachen Gebete flossen ihm jetzt ganz natürlich von den Lippen. Sie erreichten die kleine Straße, die links von der Schnellstraße abging. Nach einer Meile kamen sie an einer Texaco-Tankstelle vorbei, dann bogen sie nach Süden auf einen Feldweg ab. Mit dem Fahrrad war er schon ein Dutzend Mal hier gefahren, aber das war schon eine Weile her. Einige Male waren Scheinwerfer im Rückspiegel aufgetaucht, aber er hatte sie jedes Mal abhängen können. Die Einheimischen sollten sich nicht fragen, wer mit einem weißen Ford so spät am Abend über die Feldwege jagte. Vor allem nicht, wenn die Medien erfuhren, dass Caleb in einem weißen Ford Bronco gekidnappt worden war.

Leiah hatte den Jungen verbunden. Der Erste-Hilfe-Kasten enthielt mehr, als die meisten Ärzte in der Dritten Welt zur Verfügung hatten. Caleb war kurz aufgewacht, sodass Leiah ihm ein paar Aspirin geben konnte, und dann wieder in einen tiefen Schlaf gefallen.

Nach zehn Minuten auf dem Feldweg bog Jason in einen anderen Feldweg ein, der sich in noch schlimmerem Zustand befand. Der Bronco holperte so schnell über Schlaglöcher und Steine hinweg, dass Leiah sich beschwerte. Jason wurde langsamer. Er fuhr immer tiefer in das Tal hinein.

„Es ist stockdunkel und wir befinden uns mitten im Nichts“, bemerkte Leiah. „Ich hoffe, du weißt, wohin du fährst?“

„Nein. Das letzte Mal war ich vor fünf Jahren hier. Hast du eine bessere Idee?“

Sie antwortete nicht.

Er fuhr über eine Erhebung und die Bäume öffneten sich und gaben den Blick auf eine große Lichtung frei. Er bog hinein. Im Scheinwerferlicht war die Hütte zu sehen, grau geworden von der Zeit, aber sie stand noch. Er atmete erleichtert auf und fuhr darauf zu.

„Da sind wir. Gott sei Dank.“

Jason parkte den Wagen und stellte den Motor ab. Bei der plötzlichen Stille klingelten seine Ohren. „Wartet hier.“ Er stieg aus, ging um den Wagen herum und holte die Taschenlampe aus dem Kofferraum. Damit ging er zu der Hütte.

Sterne blinkten am dunklen Himmel. Es war seltsam, wieder auf dem Land zu sein. Je nachdem, wie eifrig die Behörden reagierten, konnte es schon morgen am Himmel von Hubschraubern wimmeln.

Die verrottete Tür der Hütte quietschte in den Angeln, als er sie aufstieß. Er ließ den Schein der Taschenlampe durch den Raum gleiten, sah, dass er leer war, und kehrte zu seinem Wagen zurück.

„Es ist zwar kein Hotel, aber es wird genügen. Hinten sind ein paar Decken."

Sie half ihm, Caleb vom Rücksitz zu nehmen, und folgte ihm mit zwei großen Decken. Die Hütte bestand nur aus einem einzigen Raum. An der einen Wand stand ein Holzbett, an der anderen ein alter, verrosteter Herd. Leiah warf die Decke über das Bett und Jason legte Caleb vorsichtig darauf. Der Junge stöhnte, rollte sich zur Seite und blieb still liegen.

Sie setzten sich auf das Bett und betrachteten seine kleine Gestalt. Die Taschenlampe zeichnete große Kreise an die Wand. Zum ersten Mal kam Jason der Gedanke, dass das, was sie taten, verrückt war. Aus einem Impuls heraus war er hierher gerast, getrieben von dem Drang zu fliehen, den Jungen zu befreien, ihren Kopf freizumachen und Nikolous aus ihrem Leben zu entfernen. Den Jungen vor den Menschen zu beschützen, die versucht hatten, ihn zu töten.

Aber die Nacht war still, der Junge war krank und eine stumme Verzweiflung machte sich in ihm breit. Caleb und Leiah verließen sich jetzt auf ihn und im Grunde hatte er keine weitere Pläne mehr. Er wusste nicht einmal, wo er und Leiah schlafen sollten. Vermutlich auf dem harten Holzfußboden. Vielleicht draußen.

Jason erhob sich und ging zur Tür.

„Wo willst du hin?"

„Ich werde den Wagen unter den Bäumen verstecken. Ist vielleicht sicherer."

„Brauchst du die Taschenlampe nicht?", fragte sie leise.

„Nein. Ich sehe genug."

Er verließ sie und er fühlte sich auf einmal sehr einsam. *Lieber Vater, bitte hilf mir. Bitte, ich flehe dich an.*

„Nein, ich sage nicht, dass wir seinen Tod bestätigen. Ich sage nur, dass Banks auf das Kind geschossen hat. Es ist gestürzt. Aber dieser Jason ist mit ihm abgehauen, bevor irgendjemand reagieren konnte." Roberts räusperte sich. Er wich Crandals Blick aus. „Wir haben keine Hinweise darauf, dass er in ein Krankenhaus gebracht wurde."

„Sie sagen, er wurde angeschossen, ist auf der Bühne zusammengebrochen und wurde dann was? Entführt?“

„So ungefähr. Ja, Sir.“

„Und vielleicht ist er noch am Leben und hält eine Pressekonferenz ab, während wir uns hier unterhalten.“

„Das wäre höchst unwahrscheinlich. Das Gift hat bereits wieder gewirkt. Und er wurde angeschossen. Aller Wahrscheinlichkeit nach ist er tot. Wir können es nur noch nicht bestätigen.“

Sie waren schon häufiger hier gewesen, drei Stockwerke unter der Erde in Crandals Büro, und hatten über den Tod gesprochen. Aber zum ersten Mal, seit sich Roberts erinnern konnte, hatte er den Eindruck, als ginge es um seinen eigenen Tod und nicht um den irgendeines Zielobjekts. Crandal erhob sich von seinem Schreibtisch und ging zu einer großen Karte der Vereinigten Staaten. Er studierte die Karte eine ganze Weile, schweigend in Gedanken versunken.

„Vermutlich ist er tot“, wiederholte Roberts. „Banks macht normalerweise keine halben Sachen.“

Der Mann drehte sich nicht um. „Roberts, wissen Sie, wie viel Macht der Präsident der Vereinigten Staaten hat? Wir sind die mächtigste Nation der Erde und er hält die Zügel in der Hand. Er ist also die mächtigste Person auf der Welt. Ich habe mich schon so gefühlt, als ich noch die NSA leitete, aber in Wirklichkeit bin ich immer auf Zehenspitzen um die exekutiven und legislativen Organe herumgeschlichen. Und jetzt trennen mich weniger als zwei Wochen davon, über diese Organe zu herrschen.“

Er drehte sich um und schob sein Kinn vor. Und dann begann er zu brüllen. „Das Einzige, was mir im Weg steht, ist dieses ‚vermutlich‘. Und in diesem Geschäft können Wahrscheinlichkeiten genauso gut Grabsteine sein.“

„Wir arbeiten daran, diese Unsicherheit zu beseitigen“, versicherte Roberts. „Banks ist ihnen auf der Spur. Ich habe ihm eine Verdoppelung seiner Prämie angeboten, wenn er den Tod des Kindes innerhalb von drei Tagen bestätigen kann. Er bekommt dreimal so viel, wenn er alle drei beseitigt.“

Crandal runzelte die Stirn. „Er weiß, wohin sie gefahren sind?“

„Er ist ihnen vom Theater aus gefolgt, hat sie aber in den Bergen verloren.“

„Wie kann jemand wie Banks ein paar Zivilisten verlieren?“

„Sie fahren einen Ford Bronco mit Allradantrieb und sind über Feldwege gefahren. Er musste ihnen in einem Sedan folgen.“

„Und trotzdem scheinen Sie zuversichtlich zu sein."

„Das bin ich auch. Wie Sie schon sagten, Banks ist kein Dummkopf. Die meisten Männer hätten nicht die Geistesgegenwart besessen, ihnen zu folgen. Außerdem haben sie sich aus dem geschützten Bereich entfernt. Sie sind vor dem einzigen System davongelaufen, das ihnen den Rücken freigehalten hat. Wenn er sie findet, werden sie leichte Beute sein."

„*Wenn* er sie findet", wandte Crandal ein.

„Er wird sie finden."

„Das möchte ich für Sie hoffen." Crandal ließ sich in einen großen Ohrensessel sinken und schlug die Beine übereinander. „Es gibt etwas, das wir uns klar machen sollten, falls das hier nicht gut ausgeht."

Ein kleine Alarmglocke schlug in Roberts' Gehirn. Ein ähnliches Gespräch hatten sie schon einmal geführt, damals, als das Fiasko in Kolumbien ihnen beinahe das Genick gebrochen hatte.

„Wir betreten neues Territorium, Roberts. Das wissen Sie, nicht wahr?" Er ballte die Hand zur Faust und schlug auf die Holzlehne des Sessels. „Wir stehen dicht davor, die Macht zu übernehmen – richtige Macht – zum ersten Mal. Nichts darf uns daran hindern." Er hielt inne. Roberts blieb reglos sitzen. „Und zu diesem Nichts gehören auch Gerüchte über das, was vor Jahren in Äthiopien geschehen sein könnte. Wir haben in der Vergangenheit vielleicht ein paar Fehler gemacht, aber das darf uns nicht daran hindern, jetzt die Regierungsmacht zu übernehmen. Verstanden?"

„Verstanden."

„Aber falls irgendwo etwas aufgedeckt wird, wird jemand die Verantwortung dafür übernehmen müssen."

„Ich denke, das wird nicht geschehen", beruhigte Roberts ihn.

„Vielleicht. Aber für den Fall, dass das nicht so ist. Falls diese ganze Sache irgendetwas Hässliches nach sich zieht, irgendetwas, das den Sieg im letzten Augenblick in Frage stellt, dann erwarte ich, dass Sie die Verantwortung dafür übernehmen."

Da war es. Roberts blinzelte. Er war nicht sicher, wie er diese Anweisung auffassen sollte. „Wenn ich offen sein darf, Sir, ich hatte mit dem Plan sehr wenig zu tun."

„Mit welchem Plan, Roberts? Diesem bestimmten? Kolumbien? Wie wäre es mit Indonesien 1987?"

Roberts wusste, worauf Crandal hinauswollte, aber er wollte sagen, was er zu sagen hatte. „Mit dem Plan, Colonel Ambozias Armee zu bezahlen, damit sie Grenzstreitigkeiten mit Äthiopien vom Zaun bricht nach dessen Befreiung von dem Mengistu-Regime im Jahr 1991. Diesem Plan. Mit dem Plan, Waffen im Wert von mehr als einer Milliarde Dollar an die EPLF zu geben, als Belohnung für ihre Invasion, und das alles im Namen einer sehr fragwürdigen Schatzsuche."

Crandal lief rot an. „Und inwiefern unterscheidet sich dieser Plan von den anderen, bei denen Sie mitgemacht haben? Wenn Sie *ein* Gesetz brechen, können Sie genauso gut alle brechen. Und nur zur Auffrischung Ihres Gedächtnisses: Diese zweite Invasion war Ihre Idee."

„Und die Erste war Ihre. Die EPLF hat auf ihrem Kreuzzug mehr als 3 000 Männer, Frauen und Kinder umgebracht. Und Sie wollen, dass ich dafür die Verantwortung übernehme?"

„Seien Sie doch kein Narr, Mann! Jetzt ist nicht der passende Zeitpunkt, moralisch zu werden. Es ist doch nicht nötig, dass wir beide abstürzen. Für diesen Augenblick haben wir zu lange gekämpft."

Roberts atmete tief durch und schlug die Beine übereinander. Nichts davon änderte die auf der Hand liegenden Tatsachen. Es stand fest, dass er dran wäre, falls irgendetwas Hässliches ans Licht kommen sollte. Crandal zu beschuldigen war vielleicht möglich, aber alle würden schwören, dass dieser nichts damit zu tun hatte. Trotzdem, Roberts war nicht der Mann, der seinen Hals für den großen Mann in die Schlinge legen würde, ohne sich zumindest richtig mit ihm auseinander gesetzt zu haben.

Aber wie man es auch drehte, es stand schlecht.

„Diese Überlegung kommt verfrüht", wandte Roberts ein. „Das Kind ist so gut wie tot. Wir reden hier über Dinge, die noch gar nicht feststehen."

„Ich hoffe, Sie haben Recht. Wie ich schon sagte, um Ihretwillen."

„Ich habe Recht."

Noch nie hatte Donna Vater Nikolous so wütend erlebt wie nach Jasons Flucht. Nicht, dass dies nicht ein wichtiges Ereignis gewesen wäre. Selbst die Medien waren wie die Hornissen herumgeschwirrt. Der Grieche war jedoch angeblich ein religiöser Mann, aber sein Verhalten konnte man wohl kaum als päpstlich bezeichnen. Sie lehnte sich zurück und beobachtete ihn hinter seinem Schreibtisch. Es war schon nach Mitternacht, und sie fragte sich, ob Jason vielleicht etwas wusste, vom dem sie keine Kenntnisse hatte.

Caleb hatte zweimal vor einem nationalen Fernsehpublikum versagt, obwohl dieses zweite Versagen, wie einige Talkmaster schnell herausstellten, eigentlich nicht als Versagen gewertet werden konnte, weil er gar nichts versucht hatte. Er war in Ohnmacht gefallen, bevor er die Gelegenheit gehabt hatte, etwas zu tun.

Die Theorien über diesen letzten Zwischenfall wurden natürlich von der allgemeinen Empörung über die Entführung überschattet. Sicher, Jason und Leiah sahen nicht wie Verbrecher aus, und Donna hatte sich die größte Mühe gegeben, den Verdacht von ihnen abzulenken. Aber ihre Rolle in dieser Geschichte war die einer unparteiischen Reporterin und Nikolous übertönte ihre Stimme der Vernunft mit seinem Toben und Schimpfen.

Mit vorgeschobenem Kinn sah er ihr in die Augen. „Sie haben kein Recht, den Jungen zu nehmen, und ich verspreche Ihnen, ich werde dafür sorgen, dass sie deswegen hinter Gittern landen."

„Ich bin sicher, dass eine Entführung durch das Gesetz sehr streng verurteilt wird, aber ich denke nicht, dass wir es hier mit einem typischen Fall zu tun haben", gab Donna zurück.

„Natürlich nicht. Wir haben es mit etwas viel Schlimmeren zu tun. Die Welt hat ein berechtigtes Interesse an diesem Jungen. Und er ist krank. Vielleicht blutet er sogar. Er gehört in ein Krankenhaus, nicht in irgendein heruntergekommenes Motel oder wo auch immer –"

„Er blutet?" Donna fuhr zu ihm herum. „Das steht in keinem Bericht."

„Wir haben einige Tropfen Blut an der Stelle gefunden, an der er zusammengebrochen ist. Vielleicht hat er sich beim Fallen auf die Zunge gebissen, aber diese Information ist nicht für die Medien bestimmt."

Diese Nachricht faszinierte sie. Sie konnte sich des Gefühls nicht erwehren, dass mehr an dieser Story dran war, als auf den ersten Blick zu sehen war.

„Sie und ich wissen, dass Jason und Leiah Caleb kein Haar krümmen könnten, selbst wenn sie es wollten. Bitte, Vater Nikolous, das müssen Sie doch einsehen. Falls dem Jungen wirklich Gefahr drohte, würden sie ihn zu einem Arzt bringen. Vielleicht liegt er bereits irgendwo in einer Klinik und seine Zunge wird genäht."

Nikolous runzelte die Stirn. „Ich teile Ihren Optimismus nicht", erwiderte er. „Sie haben bewusst und wissentlich gegen das Gesetz verstoßen. Wenn sie das tun können, wer weiß, wozu sie sonst noch in der Lage sind!"

„Oder sie haben den Jungen aus einer Situation gerettet, die sie für gefährlich hielten, und sind bereit, die Konsequenzen zu tragen."

Der Vater blickte sie lange Zeit durchdringend an. Ihre Andeutung schien ihn zu erstaunen. Aber sie hatte ihn ja nicht direkt beschuldigt.

„Ich bin nicht sicher, dass eine solch übereilte Erklärung gut ankommen würde", sagte er.

„Das mag sein. Aber Sie denken doch nicht, dass die Welt einfach schweigend zusieht, wenn Sie den Jungen in Isolation aufwachsen lassen. Irgendwann werden die Menschen seine Freiheit fordern. Vielleicht sind Jason und Leiah nur schneller zu dieser Erkenntnis gekommen als wir anderen."

„Sie mögen diese Abgeschiedenheit nicht billigen, Donna, aber durch diese Isolation wird seine Unschuld bewahrt. Und glauben Sie mir, ob seine Macht nun von Gott kommt oder nicht: Nur diese Unschuld verhindert, dass er wie jeder andere Junge wird. Falls das passiert, würde die Welt nach dem Caleb schreien, den ich ihr jetzt gebe."

Donna lächelte und nickte. Sie wollte ihn nicht zu sehr verärgern, aber sie war trotzdem neugierig. „Ich bin neugierig, Nikolous: Lieben Sie den Jungen?"

Er zog die Augenbrauen in die Höhe. „*Lieben*?"

„Ja. Ich meine, mögen Sie ihn?"

„Meine Liebe, wenn Sie jetzt in diesem Augenblick das Fernsehgerät anstellen würden, würden Sie feststellen, dass ein Dutzend Fernsehsender über die Entführung des Jungen berichten. Wegen eines Jungen ist die Welt heute Abend in Aufruhr. Warum? Weil ich ihn zu einem Jungen gemacht habe, den zu lieben sich lohnt. Erkennen Sie das denn nicht? Ich habe Caleb zu dem gemacht, was er ist. Morgen früh werden sich 300 Polizisten auf die Suche nach dem Jungen begeben und gegen Abend haben wir ihn sicher gefunden. Und Sie fragen, ob ich ihn mag?"

„In Ordnung. Aber wissen Sie, ich habe mir diese Frage selbst in den vergangenen Tagen oft gestellt, weil ich nicht mehr weiß, ob ich mehr an Caleb oder an der Story interessiert bin."

„Nun, er hat uns allen etwas gebracht. Was ein weiterer Grund ist, warum wir ihn finden müssen. Ihn zu verstecken, wie Jason es tun würde, ist sehr selbstsüchtig."

Es war der Gebrauch des Wortes „selbstsüchtig", der Donna zu ihrer nächsten Frage bewegte. „Etwas gebracht? Wie viel Geld haben Sie mit ihm verdient, Vater Nikolous?"

Er starrte sie an. „Hier geht es doch nicht um Geld. Hier geht es darum, dass Caleb mehr Gutes getan hat, als wir in Dollar messen können. Und wenn wir ihn nicht finden, geht seine Gabe vielleicht verloren. Selbst wenn wir ihn finden, kann es schon zu spät sein."

Sie nickte. Zu dieser späten Stunde hatte es keinen Sinn, weiter in ihn zu dringen. In gewisser Weise war seine Argumentation sogar logisch. Und doch wusste sie durch einfaches Zusammenrechnen, dass er etwa zehn Millionen Dollar durch den Jungen verdient hatte. Wenn Caleb seine Macht verlor, würde das niemanden so schwer treffen wie Nikolous.

Donna erhob sich. „Bei so viel Aufwand wird es sicher nicht lange dauern, bis sie gefunden werden. Jeder auf dieser Seite von Los Angeles hält Ausschau nach dem Bronco." Sie lachte. „Ich wusste schon immer, dass Jason Charakter hat. Aber ich hätte nie gedacht, dass er so weit gehen würde. Sie sollten nicht so hart mit ihm ins Gericht gehen, Vater. Er hat ein gutes Herz, und wenn alles vorbei ist, werden die Leute das auch erkennen. Wenn Sie zu viel sagen, könnte das später auf Sie zurückfallen, falls Sie verstehen, was ich meine."

Er starrte sie wortlos an, die Stirn in Falten gelegt.

„Bis morgen. Wir haben ein Interview um zehn. Und keine Sorge, ich verspreche, ich werde brav sein. Nur Tatsachen. Wir können unsere Fans ja schließlich nicht enttäuschen, nicht wahr?"

Sie lächelte und ließ ihn stirnrunzelnd zurück.

# 32

## *Tag 36*

Jason und Leiah saßen mit dem Rücken zur Hütte und starrten in den frühen Morgenstunden in die Dunkelheit. Leiah hatte Calebs Schusswunde mit einer Salbe eingerieben und ihn neu verbunden. Sein Blutung war zum Stillstand gekommen. Bei Licht hatte sie feststellen können, dass die Kugel zwar in seinen Bauch eingetreten, aber an der Seite wieder ausgetreten war. Es war eine hässliche Wunde, aber nur die Haut und der äußere Muskel waren beschädigt worden. Sie hatte ihn vorsichtig verbunden und mit der Decke zugedeckt.

„Ich denke, wir können davon ausgehen, dass es dieselben Leute waren, die das Kloster zerstört haben", meinte Jason.

Leiah sah ihn an, dann lehnte sie ihren Kopf, ohne zu antworten, wieder gegen das Holz.

„Bist du okay?“, fragte er.

„Sollte ich okay sein?“

„Nein, ich glaube nicht.“

Sie hob den Kopf. „Ich meine, wir verstecken uns mitten im tiefsten Wald mit einem Kind, das eigentlich in ein Krankenhaus gehört, und du denkst, wir hätten das alles der Höflichkeit desselben Verrückten zu verdanken, der uns über das Meer gejagt hat. Was denkst du denn, wie ich mich fühle?“

„Hast du Angst?“

„Ja.“

Sie seufzte und lehnte sich wieder an die Wand. „Es kann auch diese Antichrist-Demonstrationsgruppe gewesen sein. Caleb ist ihnen ein Dorn im Auge.“

„Die Antichrist-Gruppe hat uns in Äthiopien nicht unter Beschuss genommen“, erwiderte er.

„Aber die NSA auch nicht.“

„Nein, aber wir wissen, dass die NSA hinter dem Versuch steckt, Caleb auszuweisen. Ich behaupte ja nicht, dass es die NSA war, aber ich sage, wir können davon ausgehen, bis wir etwas anderes herausfinden. Und ich sage das, weil ich wirklich davon überzeugt bin, dass Crandal irgendwie hinter dieser Geschichte steckt. Caleb hat ihn gewissermaßen damit in Verbindung gebracht, um Himmels willen. Kannst du dir jemand anderen vorstellen, der Caleb töten möchte?“

„Niemand, außer dieser Antichrist-Demonstrationsgruppe.“

„Falls es Crandal und seine Verbindungsmänner bei der NSA sind, dann werden sie jetzt nicht aufgeben.“

„Und warum sind wir dann weggelaufen? Wenn sie sowieso hinter uns her sind?“

„Weil wir dort nicht die geringste Chance gehabt hätten. Zumindest besteht so die Möglichkeit, in Ruhe über alles nachzudenken. Wenn es sein muss, können wir uns morgen noch stellen.“

Sie schüttelte den Kopf. „Hör doch nur, wie das klingt. Wir reden, als seien wir Bonnie und Clyde. Als ich sagte, ‚was immer notwendig ist‘, hatte ich nicht unbedingt so etwas im Sinn.“

„Nein, du hast vorgeschlagen, ich solle Nikolous eine Pistole an den Kopf halten.“

Leiah lachte, wie er annahm, mehr aus der Anspannung heraus als deswegen, weil sie es lustig fand. Sie lehnte den Kopf an seine Schulter. Er nahm sie in den Arm. „Lieber Vater, hilf uns“, betete sie laut.

Ein paar Minuten lang blieben sie noch in der kühlen Nachtluft sitzen, und Jason musste unwillkürlich denken, wie verrückt die Situation war. Fünf Wochen zuvor hatte er eine zornige Frau und einen Jungen aus einem belagerten Kloster geholt und war mit ihnen vor der EPLF geflohen. Mit knapper Not waren sie entkommen und hatten den Jungen, wie versprochen, in Sicherheit gebracht. Wer hätte gedacht, dass er noch immer mit diesem Jungen, der jetzt todkrank war, auf der Flucht war und dieselbe Frau in den Armen hielt?

„Jason?"

„Hmm?"

„Was wird aus uns werden, wenn das alles vorbei ist?"

Ihre Frage traf ihn unvorbereitet. Er hatte sie sich schon ein Dutzend Mal gestellt. „Ich weiß nicht", erwiderte er. „Was denkst du?"

Sie zuckte die Achseln. „Im Augenblick hast du einen einzigartigen Grund, mich zu lieben, nicht? Aber wenn das alles vorbei ist und ich nur noch ein gewöhnliches Mädchen bin, das dir nicht mehr Vorschriften über Caleb macht – wenn du nur noch mich siehst, woher willst du wissen, was du empfinden wirst?"

Hitze wallte in ihm auf. Dasselbe hatte er sich auch schon gefragt. „Ich liebe dich, so wie du bist." Er setzte sich auf und drehte sie mit beiden Händen zu sich herum. „Sieh mich an. Ich habe mich in eine wunderschöne Frau aus Kanada mit dem Rückgrat eines Tigers und dem Verstand eines Gelehrten verliebt. Sie hat blaue Augen und schwarze Haare und ihr Körper ist vom Kopf bis zu den Zehen mit Narben übersät. Das ist die Frau, in die ich mich verliebt habe. Willst du mir sagen, dass du dich plötzlich verändern wirst?"

Leiah lächelte im Mondlicht. Es stimmte, wie ihm auf einmal klar wurde. Genau das empfand er.

Sie fuhr ihm mit dem Finger über die Lippen. „Und ich habe mich in einen Mann verliebt, dessen Herz so groß ist wie Afrika. Wirst du dich verändern?"

„Nie", erwiderte er.

Sie beugte sich langsam vor und küsste ihn. „Lass mich niemals los, Jason", flüsterte sie ihm ins Ohr. „Versprich es mir."

„Ich verspreche es", erwiderte er mit zugeschnürter Kehle. „Ich schwöre es bei meinem Leben."

Es war noch dämmrig, als Caleb erwachte.

Er starrte gegen eine Holzwand und blinzelte. Bilder eines Propheten mit einem langen weißen Bart, der seine Arme über ein Tal ausgestreckt hielt, standen ihm vor Augen. Das war Mose. Er hatte von Mose geträumt.

Caleb wandte den Kopf. Ein stechender Schmerz durchzuckte seine Schläfen. Er stöhnte.

Langsam konnte er den Raum erkennen. Das war nicht sein Zimmer. Er war noch nie hier gewesen. Und warum tat sein Bauch so weh?

Da fiel es ihm ein: Er war krank. Er war im Theater zusammengebrochen. Er hatte schon wieder versagt. Ein Schmerz fuhr durch seine Brust.

„Oh Vater, was habe ich getan?"

Caleb zog sich hoch und zuckte vor Schmerz zusammen. Er setzte die Füße auf den Boden und blieb eine ganze Weile so sitzen, während er versuchte, sich in dem sich drehenden Raum zu orientieren. Sein Bauch schmerzte, und er war erstaunt, dass er sein Hemd nicht finden konnte. Ein Verband war um seinen Bauch geschlungen. Rote Flecken zeigten sich auf dem weißen Mull. Er war verletzt worden! Vermutlich gestürzt oder so etwas. Vielleicht hatte ihn auch jemand aufgeschnitten.

Das Zimmer kam langsam zur Ruhe, und Caleb entdeckte zwei Menschen, die rechts von ihm auf dem Boden schliefen. Jason und Leiah. Vermutlich hatten sie ihn hierher gebracht. Er versuchte aufzustehen, aber er hatte Angst zu fallen, darum setzte er sich wieder hin. Er sank auf die Knie und kroch zur Tür. Sein Traum ließ ihn nicht los. Mose.

Es gelang Caleb, die Hütte zu verlassen, und er kroch zu der Stelle, an der der Boden langsam nach Osten abfiel. Am Himmel zeigte sich ein heller Streifen. Sterne blinkten über ihm, winzige Lichtpunkte waren über die ganze Weite verteilt. Keuchend vor Anstrengung ließ er sich auf das Gesicht fallen.

Jetzt erschien ihm alles so einfach. Dieser Sturz. Er hatte ihn ganz klar in seinem Traum gesehen. Vor vielen Jahren hatte Mose über den Kindern Israel gestanden, während sie gegen die Amalekiter kämpften. Solange er stark war und seine Hände hochhielt, siegten sie. Aber wenn seine Arme müde wurden und er sie sinken ließ, wurden sie geschlagen. So ließ Mose seine Arme von zwei Männern stützen, bis die Amalekiter geschlagen waren.

Er war wie Mose. Wenn er seinen Schild – seinen Glauben – sinken ließ, hatte diese Krankheit wieder Gewalt über ihn. Und wenn er seinen Glauben zurückgewann, verschwand die Krankheit. Noch nie hatte er so hart kämpfen müssen, weil er sich noch nie dieser Welt hatte stellen müssen.

Wieso hatte er das nicht erkannt? Diese Welt hatte ihn in ihre Falle gelockt. Ja, das war ihm in den vergangenen Wochen passiert. Er war in dieses Land gekommen und hatte seinen Schild sinken lassen. Nicht, dass die ganze Welt schlecht war, aber ein großer Teil davon schon. Und er hatte sein Herz den bösen Dingen genauso geöffnet wie den guten Dingen. Doch die bösen Dinge waren wie das Solwasser, das er in sein Gefäß goss und das sich in dem reinen Öl ausbreitete.

Und schuld daran war auch dieser dumme Kasten in der Ecke seines Zimmers. Er hatte die bösen Dinge in seinen Geist aufgesogen. Nicht, dass der Kasten selbst schlecht war, aber er war sein Fenster in diese Welt gewesen, eine Welt, die ihn im Sturm erobert hatte.

Na ja, jetzt wusste er darüber Bescheid und es machte ihn krank. Er rollte sich hustend auf die Seite. Er hatte es diese drei Tage im Keller gewusst und er hatte Buße getan. Und jetzt war er schon wieder da, lag hier sterbend auf dem Boden wie ein Tier, weil er dieser Welt nur ein klein wenig sein Herz geöffnet hatte.

„Jesus, vergib mir", sagte er leise. „Mein lieber himmlischer Vater, der mir das Leben gegeben hat, bitte schlag mich, wenn du möchtest! Ich habe viel Schlimmeres verdient!"

*Aber das möchte ich doch gar nicht, Caleb.*

Caleb schnappte nach Luft und hob den Kopf. Beinahe erwartete er, Mose in einem langen weißen Gewand über sich gebeugt zu sehen. Aber da war niemand. Alles war still.

Er begann zu weinen. „Ich bin so schlecht gewesen. Und ich kann keine zwei Schritte gehen, ohne zu fallen. Was passiert mit mir?"

*Du trägst den Kampf aus, den alle meine Kinder auszutragen haben. Hör zu, Caleb. Du bist mein Licht. Wenn ich dich ansehe, bin ich glücklich. Weißt du, warum, Caleb?*

Caleb wusste es und begann zu weinen wie ein Baby.

*Weil ich dich mehr liebe, als ich sagen kann.*

Er konnte den Grund nicht genau benennen, aber diese leise Stimme in seinem Herzen weckte in Caleb den Wunsch zu weinen. Weinend bat er um Vergebung. Er liebte seinen Vater von ganzem Herzen.

Der Himmel im Osten wurde immer heller. Caleb lag auf dem Rücken und auf einmal war ihm ganz warm. Er verspürte den Drang, seine Arme um die Wolken zu legen und seine Liebe zu Gott in den Himmel hinauszuschreien. Er veränderte sich, das merkte er. Der einfache Glaube, der früher so selbstverständlich Teil seiner selbst gewesen war, kam nicht mehr so natürlich. Er war gefallen und wusste, wie es war, ohne Gott zu leben. Die Erinnerung daran blieb. Aber er wusste noch immer, wie er in das Licht Gottes kommen konnte. Jedes Kind konnte in das Reich seines Vaters kommen.

Er lächelte. „Vater, willst du mich heilen?“

Sofort breitete sich die Wärme in seinen Gliedern aus und Caleb begann zu lachen. Es war fast so, als würde der Vater ihn kitzeln. Lachend rollte er sich auf den Bauch. Die Übelkeit und der Schmerz der Krankheit waren verschwunden, allerdings blieb der scharfe Schmerz der Wunde.

„Caleb?“

Er drehte sich um. Jason stand hinter ihm. Caleb setzte sich grinsend auf.

Leiah kam mit weit aufgerissenen Augen aus der Hütte. „Caleb? Geht es dir gut, mein Liebling?“ Sie kam angerannt und kniete sich vor ihm hin.

„Ja, mir geht es gut.“

Anscheinend fanden sie seine Reaktion seltsam, denn sie sahen sich vielsagend an. „Sitzt dein Verband noch richtig?“

„Alles in Ordnung.“

„Ich sollte ihn wechseln. Tut das weh?“

„Ja. Aber mir geht es besser. Gott hat meine Krankheit fortgenommen.“

Jason setzte sich auf den Boden und Leiah tat es ihm nach. Gemeinsam saßen sie auf dem Hügel und sahen dem Sonnenaufgang zu.

„Dann hast du deine Macht also noch?“, fragte Jason.

„Es war nie meine Macht. Aber ja, Gott hat mich geheilt.“ Caleb rappelte sich auf die Knie. Den Schmerz in seiner Seite ignorierte er. „Ich habe viel gelernt, Jason. Ich kämpfe denselben Kampf wie ihr, wie Mose, der seine Arme hochhalten musste, damit die Israeliten die Amalekiter besiegen. Kennst du diese Geschichte?“

„Nein. Wer sind die Amalekiter? Deine Schusswunde hat Gott nicht geheilt?“

Caleb blinzelte. „Schusswunde? Ich … auf mich wurde geschossen?“

„Ja, aber es ist nur eine Fleischwunde“, erklärte Leiah. „Wir müssen sie sauber halten und verbinden. Zum Glück ist sie nicht tief.“

Caleb blickte zur Hütte hinüber und ließ seinen Blick zum ersten

Mal richtig über die Wiese gleiten. Unter den Bäumen entdeckte er Jasons weißen Wagen. „Wo sind wir?"

„Wir sind in den Bergen nördlich von LA", klärte Jason ihn auf. „Gestern Abend bist du zusammengebrochen und jemand hat auf dich geschossen. Wir dachten, du seist in Gefahr, und wollten dich nicht zusammen mit Nikolous in die orthodoxe Kirche zurückfahren lassen, darum haben wir dich hierher gebracht, bis wir entschieden haben, was wir tun sollen."

Caleb grinste. „Mir gefällt es hier. Danke, Jason."

Ein amüsiertes Lächeln erhellte Jasons Gesicht und wieder sah er Leiah an. „Gern geschehen, Caleb."

„Und um ehrlich zu sein, ich mag das Essen der Hexe sowieso nicht."

Jason lachte, als er hörte, wie Caleb Martha nannte. „Was war mit dem Essen los?"

„Es war bitter."

Jason fuhr hoch. „Bitter?"

Caleb nickte. „Und es wurde mit jedem Tag bitterer."

Jason sprang auf. „Dann wurde er also tatsächlich vergiftet! Ich wusste es! Und diese Hexe hängt mit drin!"

„Ich wurde von der Hexe vergiftet?"

Leiah legte ihm die Hand auf die Schulter. „Nicht unbedingt. Wenn du vergiftet worden wärest, dann hätte es sich in deinem Körper ausgebreitet –"

„Denk doch mal darüber nach", unterbrach Jason sie. „Zwei Mal wurde er krank, und als er während dieser Zeit ihr Essen nicht mehr bekam, wurde er beide Male wieder gesund."

„Nein", widersprach Caleb kopfschüttelnd. „Nicht deswegen bin ich gesund geworden."

Leiah sah Jason an. „Siehst du? Außerdem hätte sich das Gift in seinem Körper ausgebreitet. Es würde nicht einfach verschwinden, wenn er es nicht mehr zu sich nimmt."

„Ich wurde von Gott geheilt", sagte Caleb. Sie wandten sich ihm zu. „Beide Male. Und das Gift war vermutlich schon lange in meinem Körper, weil das Essen schon ziemlich lange bitter schmeckte. Solange mein Glaube stark war, konnte das Gift mir nichts antun. Aber als ich anfing zu versagen, machte es mich krank. Genau wie bei Mose."

Mit hochgezogenen Augenbrauen blickten sie ihn an. „Deine Macht kommt aus deinem Glauben?", fragte Jason. „Wenn du den Glauben verlierst, verlierst du deine Macht und wirst krank?"

Caleb lachte. „Ich habe dir doch gesagt, dass mir heute einiges klar geworden ist. Ich bin nur ein Kind und kenne nicht alle Wege Gottes. Eigentlich weiß ich nur sehr wenig, zum Beispiel, wie ich ins Reich Gottes eintreten kann. Aber ich weiß ganz genau, dass es Gottes Macht ist und nicht meine. Aber ja, es ist Glaube. Wie kann man sich im Reich Gottes aufhalten, wenn man nicht glaubt?"

Diese Antwort schien Jason nicht zufrieden zu stellen, aber Caleb wusste nicht, wie er es ihm begreiflich machen sollte. Im Geist zu wandeln war eine ganz einfache Sache, die die Menschen in diesem Land unnötig kompliziert machen wollten. Aber nicht einmal er wusste, wie er das in ihren Begriffen erklären sollte. Um ehrlich zu sein, er war nicht mal sicher, dass er selbst das richtig verstanden hatte. Nicht einmal Dadda kannte alle Antworten. Er sagte immer, dass all die klugen Leute, die genau wussten, wie alles funktionierte, normalerweise alles falsch verstanden hatten.

„Warum hat Gott deine Schusswunde nicht geheilt?", fragte Leiah.

Caleb zuckte die Achseln. „Vielleicht brauche ich die als Erinnerung. Das ist schon in Ordnung."

Damit schien alles gesagt zu sein.

„So, ich denke, wir sollten jetzt wirklich den Verband wechseln. Aber vermutlich brauchen wir ihn jetzt nicht mehr unbedingt in ein Krankenhaus bringen. Damit wäre diese Frage schon einmal beantwortet." Sie wandte sich an Jason. „Und was tun wir jetzt?"

„Wir bleiben, wo wir sind", erwiderte Jason.

„Wie lange? Wir haben nichts zu essen. Wir haben gar nichts."

„Ich werde uns etwas zu essen besorgen. Aber wenn wir zurückfahren, wird Caleb wieder zu Nikolous gebracht und wir kommen ins Gefängnis. Und beides gefällt mir nicht besonders."

„Ja", sagte Caleb. „Ich möchte nicht zu Vater Nikolous zurück."

Leiah erhob sich. „Könnten wir denn nicht einfach die Medien über die Vorgänge informieren? Oder die Polizei?"

„Und was sollen wir ihnen sagen? Dass wir glauben, es gäbe eine Verschwörung, um Caleb zu töten? Eine Verschwörung, die vermutlich von Charles Crandal, dem Präsidentschaftskandidaten, angezettelt wurde? Dass wir zwar keine Beweise hätten, aber wüssten, dass der Junge vergiftet worden sei? Ohne stichhaltige Beweise klingt das nicht gerade glaubwürdig."

„Wir haben Beweise. Seine Wunde."

„Sie könnten behaupten, wir hätten ihm die Verwundung zugefügt", widersprach er. „Und selbst wenn es Beweise im Alten Theater gäbe, glaube ich nicht, dass sie uns zu Crandal führen würden. Und außerdem besteht die Gefahr, dass derjenige, der auf Caleb geschossen hat, noch immer nicht mit uns fertig ist. Es könnte ein schlimmer Fehler sein, wenn wir uns an die Öffentlichkeit wenden. Ich denke, wir sollten ein wenig abwarten, bis die Sache nicht mehr ganz so heiß ist."

Sie legte ihre Hand auf Calebs Kopf und strich ihm die Haare glatt. Es gefiel ihm, wenn sie das tat. Er hatte ihr Gespräch über die Medien und die Polizei nicht richtig verstanden, weil er sich in dem Land noch nicht so gut auskannte, aber ganz eindeutig wussten sie nicht, was sie tun sollten.

„Wir sollten Gott um seine Hilfe bitten", schlug er vor.

„Das denke ich auch", stimmte Leiah zu. „Er weiß, dass wir sie brauchen."

Jason nickte. „Du hast Recht." Noch immer verfinsterte ein Schatten des Zweifels sein Gesicht, fand Caleb. Vielleicht konnte er ihm helfen zu sehen.

# 33

Banks war dem Bronco über den Feldweg gefolgt, bis er ihn in einer Staubwolke verloren hatte. Nun war es stockfinster und Jason und seine Begleiter waren in den bewaldeten Bergen verschwunden.

Mit Hilfe der Karte war Banks zu der Texaco-Tankstelle zurückgefahren, denn der Weg, den Jason genommen hatte, hatte sich nach drei Meilen gegabelt, und beide Wege waren Sackgassen gewesen – die eine nach fünf Meilen, die andere nach sieben. Aus diesem Grund parkte Banks den Wagen mitten auf dem Feldweg bei der Gabelung, seine Pistole griffbereit auf dem Schoß. Wenn sie vorhatten, sich noch in dieser Nacht zurückzuschleichen, würden sie sich schon mit Gewalt den Weg freimachen müssen.

Aber sie waren nicht gekommen. Es war ganz ruhig geblieben. So ruhig, dass er schlafen konnte. Und jetzt war es Morgen.

Banks ließ den Motor an, fuhr den Wagen an den Straßenrand und stieg aus. Er ging zu der Stelle, an der sich der Weg gabelte, und schlug die Karte auf. Der rechte Weg trug den Namen Canyon Crossing und endete nach fünf Meilen in den Bergen. Der andere folgte ein paar Meilen einem ausgetrockneten Flussbett, bevor er unter dem Namen Canyon End in dasselbe Waldgebiet führte.

Er steckte sich die Karte in den Gürtel, riss einen Grashalm aus und betrachtete die Erde auf beiden Wegen. Hier kam nicht oft jemand vorbei, trotzdem konnte man nicht sagen, über welchen in der vergangenen Nacht ein Wagen gefahren war. Auf beiden gab es ausgetrocknete Schlaglöcher. Eingedrückter Schlamm oder verspritztes Wasser wäre ein deutlicher Hinweis gewesen, aber die Straßen waren trocken wie Puder.

Banks steckte den Grashalm in den Mund und sah nach Süden. Das Kind war vermutlich schon tot. Er hätte noch einen Schuss abgeben sollen, am besten in den Kopf. Dann hätte ihn vermutlich Junior dabei ertappt, aber wenigstens würde er jetzt nicht so in der Tinte sitzen.

Auf der anderen Seite würde sich dieser Schlamassel für ihn auszahlen. Und im Grunde konnte er sich keine bessere Umgebung wünschen. Jason war vielleicht findiger als der normale Durchschnittsbürger, aber irgendwo hier im näheren Umkreis steckte er mit einem verwundeten Kind und einer Frau fest. Früher oder später würden sie herauskommen müssen. Entweder das oder in den Bergen verhungern. Jason kam ihm nicht wie jemand vor, der das Verhungern vorziehen würde.

Banks ging zum Wagen zurück und versteckte ihn im Gebüsch neben dem Weg. Wenn er wüsste, welche Gabelung sie genommen hatten, würde er ihnen nachfahren und sie erschießen. Aber so konnte er es nicht riskieren, den einen Weg entlangzufahren, während sie über den anderen zurückkamen. Nein, er würde einfach warten müssen.

Auch gut.

Er holte sein Gewehr und sein Zielfernrohr heraus, schloss den Wagen ab und stieg auf einen sechs Meter hohen Felsen, der sich nördlich der Gabelung erhob. Er versteckte sich hinter einem großen Felsblock und behielt den Weg unter sich im Auge. In jede Gabelung konnte er etwa eine halbe Meile weit sehen.

Er stützte das Gewehr auf dem Felsen ab und spähte durch das Zielfernrohr auf die Straße. Plopp! Mit diesem Ding konnte er den Fahrer eines Wagens aus einer Entfernung von 300 Metern erschießen.

Und damit wäre die Sache erledigt.

Donna beobachtete die Menschenmenge, die mit ihren Protestbannern über die Figueroa Street zog. Die Menge war auf mehr als 1 000 Menschen angewachsen und ständig kamen neue Menschen hinzu. Die Protestierenden schwenkten Schilder, auf denen Slogans wie „Sein Blut wird an euren Händen kleben" sowie Charles Crandals Wahlslogan „Alle Macht dem Volk" standen. Aber alle schienen sich in einem Punkt einig zu sein: Die Entführung des Jungen gehörte zu einer Verschwörung, an der die Behörden beteiligt waren, und sie wollten ihn zurückhaben.

Donna schlug gegen den Übertragungswagen. „Lasst uns fahren. In einer Stunde haben wir ein Exklusiv-Interview mit Nikolous."

Ihr Kameramann Bill sprang in den Wagen und ließ den Motor an. Ein großer Mann mit einem roten Bart und hellblauen Augen ging mit einem Mädchen vorbei, das etwa sieben oder acht Jahre alt war. Auf ihren Schildern stand „Wir lieben Caleb, nicht Onkel Sam". Donna lächelte. Sie hatte bereits so viele Live-Reportagen ins Studio gesendet, dass damit ein Dutzend Nachrichtensendungen gefüllt werden konnten. Das hier war nicht mehr ihre Sache.

Sie stieg auf den Beifahrersitz und Bill lenkte den Wagen hupend auf die Straße. „Das ist verrückt", sagte er und deutete auf einen am Straßenrand abgestellten Van. „Einfach verrückt."

„Sie sind nicht so verrückt, wie sie aussehen", sagte Donna. „Wenn du eine Tochter hättest, die am Down-Syndrom leidet, dann würdest du vermutlich auch hier demonstrieren."

„Ich würde kein Schild tragen, auf dem ich Onkel Sam die Schuld zuschiebe. Ich kann kaum glauben, dass sie das so schnell organisiert haben."

„Es ist schon fast zehn. Gib Gas, ja?"

„Bin ich schon jemals zu spät gekommen?"

Sie lächelte. Bill war vielleicht erstaunt, wie die Leute auf Calebs Verschwinden reagierten, aber sie war es nicht. In einem vorwiegend von Moslems und Hindus bevölkerten Land wäre die Menge vermutlich zehnmal so groß. Ihre Telefonleitungen waren überlastet, weil sie so viele Anrufe mit der Bitte um Informationen erhielten. Mehr als 500 Sender aus Übersee hatten allein bei NBC angerufen. Die Hälfte der Anrufer hatten sie namentlich zu sprechen verlangt. Sie hatte die Story gebracht, und vermutlich dachten sie, sie wüsste mehr als die anderen, was in gewisser Weise auch stimmte. Sie wusste, dass Jason kein Verbrecher war.

Teheran hatte in einer öffentlichen Erklärung die Vereinigten Staaten verurteilt, weil sie zugelassen hatten, dass einem, wie sie es nannten, „auserwählten Instrument der Gnade Gottes" so etwas zustoßen konnte. Offensichtlich waren sie der Meinung, wenn Gott es für angebracht gehalten hätte, den Jungen in den Iran zu bringen, dann wären sie niemals so nachlässig gewesen, eine so absurde Sache wie eine Entführung zuzulassen.

Pakistan hatte eine ähnliche Erklärung abgegeben. Die dortige Regierung warf dem Präsidenten der Vereinigten Staaten vor, den Jungen nicht beschützt zu haben. Donna war davon überzeugt, dass der Zorn der anderen Länder die Regierung unvorbereitet traf. Die Trennung von Staat und Kirche mochte eine gute Sache sein, aber in der gegenwärtigen Situation funktionierte sie nicht. Das Weiße Haus hatte in Bezug auf Caleb in den vergangenen vier Wochen geschwiegen. Ganz offensichtlich befürchtete die Regierung politische Rückschläge, egal, wie ihre Erklärung ausfiel. Doch nun war diese Angelegenheit bei ihnen gelandet, ob es ihnen nun gefiel oder nicht, eine Entführung war ein Verbrechen.

Einige behaupteten, die größte Menschenjagd von Los Angeles der vergangenen 100 Jahre sei bereits im Gange. Wenn man die Agenten des FBI mit dazuzählte, dann konnte das schon hinkommen. Die ganze Stadt wurde durchkämmt. Zuerst die Krankenhäuser, dann die Hotels und Motels und so weiter. Die Wagen der Stadtpolizei und der Highway Patrol waren natürlich auf den Straßen und suchten nach einem weißen Ford Bronco.

Der Junge würde wieder auftauchen, und wenn das der Fall war, hatte sie vor, dabei zu sein. Jason konnte ihn nicht für immer versteckt halten. Sie verstand, warum er Caleb fortgebracht hatte – wenn ihr eigenes Kind von dem Griechen manipuliert würde, dann würde sie vermutlich auch so reagieren. Und Jason betrachtete Caleb als seinen Sohn.

Aber es hätte bestimmt auch einen besseren Weg gegeben, diese Angelegenheit zu regeln. Warum versteckten sie sich? Er sollte mit seinem Protest an die Öffentlichkeit gehen. Sie wäre bestimmt sofort bereit, ihn ins Fernsehen zu bringen. Vermutlich würde sie die Menschen weltweit vor das Fernsehgerät locken können, wenn er es wollte.

Es bestand natürlich auch die Möglichkeit, dass Caleb so krank war, wie Nikolous behauptete. Aber wenn das der Fall war, warum hatte der Grieche den Jungen überhaupt auf die Bühne gelassen? Um seinen Ruf wiederherzustellen. Wie auch immer, es sah so aus, als würde der Grieche die öffentliche Meinung gegen Jason aufbringen, für den Fall, dass eine dieser Fragen gestellt würde, sollte der Junge wieder auftauchen. Der Geistliche war kein Dummkopf und bereit, sogar diese Situation zu seinen Gunsten zu nutzen. Wenn festgestellt würde, dass der Junge krank war, würde Nikolous Jason die Schuld dafür zuschieben. Aber wie auch immer der Gesundheitszustand des Jungen war, Nikolous hatte Jason im Visier.

„Jason, Jason", murmelte sie. „Du hast keine Ahnung, was du angestellt hast."

„Wie bitte?", fragte Bill.

„Nichts. Wann haben wir das letzte Mal einen solchen Tag erlebt?", fragte sie.

„Schon lange nicht mehr. Vielleicht der Bombenanschlag von Oklahoma City?"

„Vielleicht damals, als Kennedy ermordet wurde", meinte sie.

„Das kann ich nicht sagen. Damals war ich noch nicht auf der Welt", sagte Bill lächelnd. Er lenkte den Van in Richtung Norden auf die 405.

„Und du meinst, ich sähe so aus, als sei ich damals schon geboren gewesen?"

„Das habe ich nicht gesagt."

„Na, klar."

Ihr Telefon klingelte. Sie holte es hervor. „Hier ist Donna."

„Donna, Gott sei Dank." Es war Beck aus dem Studio. „Ich habe gerade mit Sergeant Macky vom Polizeirevier gesprochen. Du wirst nicht erraten, was gefunden wurde."

„Was denn?"

„Ein Gewehr."

„Sie haben ein Gewehr gefunden. Wo? Bei einem Demonstranten?"

„Nein. Im Alten Theater wurde ein Gewehr gefunden. Obere Sitzreihe, linke Seite. Mit Zielfernrohr. Und sie glauben, dass jemand vielleicht auf den Jungen geschossen hat."

Donna fuhr hoch. „Was?! Hat er das tatsächlich gesagt?"

„Nicht mit so vielen Worten. Aber sie haben ein Gewehr mit Schalldämpfer gefunden, aus dem seiner Meinung nach geschossen wurde –"

„Woher weiß er das?"

„Sie haben eine Patronenhülse auf dem Boden und Blut an der Stelle gefunden, an der der Junge hingefallen ist."

„Ich weiß. Irgendwelche Hinweise auf eine Kugel?"

„Das würden sie mir nicht sagen. Das FBI ist gerade da. Wenn du willst, gehört die Story dir. Wir haben genug von Nikolous."

Donna wandte sich an Bill. „Änderung des Plans. Bring uns zum Theater zurück."

An der nächsten Ausfahrt wendete er.

„Hat die Polizei irgendeine Idee, wer dafür verantwortlich sein könnte?", fragte Donna ins Telefon.

„Ganz unter uns, sie haben ein paar Ideen, aber sie sagen nichts Genaues." Beck hielt inne. „Du kannst darauf wetten, dass die Antichrist-Gruppe ganz oben auf ihrer Liste steht."

„Ist Macky jetzt auch da?"

„Ja."

„Ich melde mich, sobald ich etwas habe."

Donna klappte das Telefon zu. Auf den Jungen war also geschossen worden! Das erklärte natürlich alles. Zum Beispiel warf es ein ganz neues Licht auf Jasons Flucht.

„Fahr schneller", forderte sie Bill auf.

„Ich fahre ja schon, so schnell es geht."

# 34

Jason lehnte am Türpfosten der alten Hütte und beobachtete Leiah und Caleb. Der Junge saß im Schneidersitz auf dem Boden und unterhielt sich mit ihr. Seit sie ihn kennen gelernt hatten, hatte der Junge noch nie so viel gesprochen. Er schien seine distanzierte Haltung überwunden und sich an sie gewöhnt zu haben. Oder zumindest an Leiah. Sie saß ihm gegenüber und hörte aufmerksam zu.

An diesem Morgen war es vollkommen ruhig geblieben. Es war erstaunlich, wie viele Flugzeuge und Helikopter über dem Gebiet von Los Angeles in der Luft waren. Es gab kaum eine Minute, in der keine entsprechenden Geräusche zu hören waren. Aber kein Helikopter flog suchend über die Baumwipfel hinweg, niemand rief ihnen über Megafon etwas zu. Falls die Suche im Gange war, dann beschränkte sie sich in erster Linie auf die Stadt, was auch Sinn machte, wenn sie davon ausgingen, dass Caleb krank war und medizinische Hilfe benötigte.

Caleb hatte den größten Teil des Vormittags damit verbracht, auf der Wiese zu sitzen und über den Wald hinwegzusehen, der sich unter ihnen erstreckte. Er freute sich an der Einsamkeit. Leiah hatte seinen Verband zweimal gewechselt. Soweit sie sehen konnte, war die Kugel an seiner Gürtelschnalle abgeprallt. Die sich daraus ergebende oberflächliche Schramme verlief von seinem Bauchnabel bis zu seiner rechten Seite.

Obwohl sie immer hungriger wurden, war Leiah damit einverstanden gewesen, dass sie wenigstens einen Tag warten sollten, bevor sie irgendetwas unternahmen. Jason würde zur Tankstelle fahren, um Informationen und Essen zu besorgen, falls vor fünf Uhr nichts passierte. Wie er, ohne erkannt zu werden, dort hin- und wieder zurückgelangen sollte, mussten sie sich noch überlegen. Sie gingen davon aus, dass Bilder von ihnen in den Zeitungen abgedruckt waren und ständig im Fernsehen gezeigt werden würden. Jason konnte wohl kaum einfach in die Tankstelle hineinspazieren und sich mit dem Verkäufer unterhalten.

Jason setzte sich neben Caleb ins Gras. Dieser wandte sich zu ihm um, lächelte ihn an und setzte sein Gespräch mit Leiah fort.

„Es ist nicht so, als würde man wirklich mit den Füßen in ein Königreich eintreten, sondern mit dem Herzen. Darum geschieht es auch durch den Glauben. Der Glaube ist wie die Füße deines Herzens. Das hat Dadda immer gesagt."

„Und mit Königreich meinst du das Reich Gottes? Als wäre es eine andere Dimension?", fragte Leiah.

„Dimension?" Caleb stolperte über das Wort. „Es ist ein Ort, aber ein Ort, an den dein Herz geht. Wo Gott regiert. Ein Königreich."

„Aber ist es real? Ich meine, real wie diese Welt."

„Ja."

„Und du betrittst es durch den Glauben, so als würde man eine Tür öffnen und eintreten?"

Caleb lachte. „Ich glaube, du bist bereits dort, Leiah. Du bist am Sonntag eingetreten. Dadda nannte das immer, ins Reich geboren werden. Aber im Reich zu wandeln …" Er bewegte seine Finger so, als würde er gehen. „Im Geist zu wandeln – das ist etwas anderes. Dadda nannte es, an der Haut dieser Welt vorbeitreten. Du findest eine neue Welt."

Jason stützte sich hinter dem Rücken auf den Händen ab und hörte zu. In der Ferne hing der graue Mittagssmog über der Stadt Los Angeles, aber hier raschelte eine reine, klare Brise durch die Blätter. Es waren zwei Welten: die ferne, in der Nikolous auf der Suche nach ihnen zweifellos die Wände hochging, und diese hier, in der die Wiese friedlich von der Sonne beschienen wurde. Wie Calebs zwei Königreiche.

„Und was ist mit mir, Caleb?", fragte Jason. Er bezweifelte, dass sich Calebs Theologie leicht in ein Buch fassen ließe, aber seine einfache, kindliche Auslegung hatte etwas Wahres. Dr. Thompson hatte ein schärferes Verständnis der Theologie als die meisten anderen und was hatte er über Caleb gesagt? „Er kennt die Realität des Königreiches Gottes, so wie er weiß, dass seine beiden Hände jeweils fünf Finger haben." Wichtiger noch, Caleb konnte ganz eindeutig Orte erreichen, die nur wenige Christen, die Jason kennen gelernt hatte, je erreichten. Orte, an denen Christus zu finden war.

„Vor langer Zeit war ich Christ, denke ich. Zumindest habe ich mich zum Glauben bekannt – als Stephen krank war. Denkst du, dass ich damals in diesem Reich war, von dem du sprichst?"

Caleb sah ihn mit seinen runden blauen Augen an. „Ich weiß es nicht. Hast du Gott geliebt? Bist du seinem Sohn gefolgt? Dann warst du sein Kind, aber das weißt nur du wirklich."

„Dann meinst du also, ich sei vielleicht in dieses Reich hineingeboren worden, hätte aber nicht genügend Glauben gehabt, mich dort aufzuhalten, wo die richtige Macht ist? Wenn ich mich dort aufgehalten hätte, wäre mein Sohn vielleicht geheilt worden?"

„Die richtige Macht? Denkst du, dass in den Wundern richtige Macht zu finden ist? Gott tut sie natürlich, aber andere Dinge, wie zum Beispiel das Lieben, sind sehr viel mächtiger als das Heilen. Das hat Dadda mir beigebracht und ich habe es auch erlebt. Gott kann durch ein Flüstern eine Welt erschaffen und eine verkrüppelte Hand gerade machen, aber ein schwarzes Herz zu sich zu ziehen – das ist das Erstaunliche. Habe ich euch schon mal von dem Solwasser und dem Öl erzählt?"

„Nein. Jetzt klingst du wie Dr. Thompson. Wie auch immer, Tatsache ist, dass mein Sohn hier unter dem Einfluss deines Glaubens geheilt worden wäre. Aber mein Glaube, oder wie du es auch nennen willst, konnte ihn nicht heilen. Das ist eine Tatsache."

Der Junge zuckte die Achseln. „Ich weiß nicht genau, wie das funktioniert. Ich weiß nicht, warum er den Körper deines Sohnes nicht geheilt hat. Aber das ist eine Kleinigkeit; die kleinen Dinge, die in diesem Leben passieren, sind nicht so wichtig." Caleb strahlte sie an. „Wir alle müssen sterben, hat Dadda immer gesagt. Manche früher und manche später. Der Augenblick dauert bis zu 50 Jahre hier auf der Erde, aber das ist wirklich nur ein Wimpernschlag, und dieser Augenblick kommt für alle." Caleb blickte ins Tal hinunter. „Ich denke, dass einer von uns bald sterben wird."

Jason blinzelte. Sterben? Leiah starrte den Jungen an. „Was meinst du damit? Das kannst du doch nicht ernst meinen! Warum sagst du so etwas?"

Der Junge zuckte die Achseln. „Ich weiß es nicht genau. Das ist nur so ein Gefühl."

Lange Zeit blieben sie schweigend sitzen und betrachteten den Horizont über Los Angeles.

Jason ergriff als Erster wieder das Wort. „Mein Sohn hat mir sehr viel bedeutet."

„Ich glaube, du verstehst nicht richtig, was er meint", wandte Leiah ein. Sie beugte sich vor und sah ihn eindringlich an. „Er sagt, dass die Dinge, die wir auf dieser Welt für so wichtig halten, gar nicht so wichtig sind! Allein das Herz zählt. Die Heilung des Herzens, nicht die des Körpers."

Caleb stimmte weder zu noch widersprach er. Er sah einfach ins Tal hinab.

Leiah sprach diese Worte zwar aus, aber er sah, wie sie schluckte, und wusste, dass sie mit sich kämpfte. „Und ich denke, das macht Sinn", sagte sie. „Was mit unserem Körper passiert, ist nicht so wichtig. Ein Mensch kann in diesem Leben schön sein, mit seidigem Haar und zarter Haut, aber das alles bedeutet sehr wenig. Von einem Augenblick auf den anderen ist es verschwunden. Wie Dr. Thompson sagte: ‚Wer behauptet, dass die Heilung einer Hand dramatischer ist als die Heilung eines Herzens?'"

Sie sprach über ihre Narben. Gott schien der Meinung zu sein, sie müsse sie behalten. Ihre Bemerkung brachte alle zum Verstummen. Jason hatte das Bedürfnis, sich neben sie zu setzen, aber er blieb reglos sitzen.

Eine Strähne ihres dunklen Haares wurde ihr vom Wind ins Gesicht geweht. Er sah, wie sie schluckte. Und unterhalb dieses blauen Kragens begann die verschrumpelte Haut, die sie mit durchs Leben schleppen musste – die Haut dieser Welt. Eine Haut, aus der sie nicht herauskonnte, selbst wenn sie es versuchte.

Sie hielt inne. „Da gibt es etwas, das ich euch erzählen wollte. Ich hatte heute Nacht einen seltsamen Traum. Ich sah einen kleinen, gerade flügge gewordenen Vogel in einem Nest. Zuerst schien er ganz in Ordnung zu sein, ein unschuldiger kleiner Vogel. Doch dann begann er zu wachsen. Er wurde sehr groß und auch schwarz.

Dann schrie er und flog in den Himmel. Er wurde noch größer. Kreischend kreiste er am Himmel." Ernst wandte sie sich ihnen zu.

„Plötzlich stürzte der Vogel auf die Erde hinab, er spie Feuer und sah sehr böse aus. Er stürzte sich auf eine Frau."

„Das ist dasselbe, was ich auch in meiner Vision gesehen habe!", rief Caleb.

„Ich weiß auch, was es bedeutet", erklärte Leiah.

Erwartungsvoll blickten sie sie an. Sie starrten sie mit weit aufgerissenen Augen an.

„Und? Erzähle es uns", forderte Jason.

„Die Frau war ich. Aber sie war auch du, Jason. Und du, Caleb. Es war die ganze Kirche. Der Vogel wollte die Kirche zerstören."

„Wirklich?", fragte Jason.

„Wirklich. Und der Vogel ist Crandal. Er ist der eben flügge gewordene Vogel. Aber wenn er Macht bekommt, wird er wachsen." Aufgeregt packte sie Jason am Arm. „Verstehst du es? Vielleicht weiß er es noch gar nicht, aber wenn er an die Macht kommt, wird er eines Tages versuchen, die Kirche zu zerstören."

Jason sah zu Caleb hinüber, der nicht allzu besorgt zu sein schien. „Wie?", fragte Jason.

„Das weiß ich nicht. Das ist auch egal. Er ist ein böser Mann, der, wenn er die Macht hat, noch schlimmer wird. Sehr viel schlimmer."

Jason sah sich um. Seltsamerweise bereitete ihm Leiahs Offenbarung überhaupt keine Sorge.

„Und was sollen wir tun?"

„Ich weiß es nicht", erwiderte Leiah. Sie wandte sich dem Jungen zu. „Weißt du es, Caleb?"

„Nein." Er beobachtete einige Wolkenfetzen. Die Vorstellung von einem gerade flügge gewordenen Crandal, der zu einem Ungeheuer wurde, verblasste.

Ein verlegenes Grinsen trat auf Leiahs Gesicht. „Ich weiß, was ich jetzt tun möchte."

„Was denn?"

Sie sah zuerst Jason, dann Caleb an, schließlich wieder Jason. Sie forderte ihn heraus. Und dann tippte sie Caleb auf die Schulter. „Du bist dran!" Sie rannte lachend davon und sah über die Schulter zurück.

Caleb blickte Jason verständnislos an.

„Fangen! Sie will fangen spielen. Du musst hinter ihr herlaufen und sie berühren!“, erklärte Jason.

„Und wenn du mich gefangen hast, musst du mich umarmen!“, rief Leiah.

„Yippieee!“ Der Junge sprang in die Luft und rannte Leiah nach, wiederum gefolgt von Jason.

Während ihres Spieles rutschte Leiahs linker Ärmel nach oben. Jason sah zum ersten Mal ihren vernarbten Arm. Aber die Zeit schien stehen geblieben zu sein und die Erkenntnis kam und ging wieder. Sie war bedeutungslos. Leiah schien das Gefühl der Luft auf ihrer Haut zu mögen, weil sie auch den anderen Ärmel hochzog und beide Arme über dem Kopf schwenkte.

Jason sah ihr in die Augen, dann auf ihre Hände. Sie hob die Hand, legte sie auf seine, und beide sahen auf ihren Arm.

„Das ist mein Arm“, sagte sie.

„Ja.“

„Sieht gar nicht so übel aus, oder?“

Er war verzerrt und vernarbt und sah aus wie die Rinde einer Kiefer. Aber im Augenblick machte das Jason gar nichts aus.

„Nein“, erwiderte er.

„Mir erscheint es dumm, dass mir das früher so viel ausgemacht hat.“

„Ja.“

„Deswegen bin ich aus Kanada weggegangen. Ich meine, er sieht ziemlich hässlich aus, aber wen kümmert das schon? “

Jason hob seine freie Hand. „Darf ich ihn berühren?“

„Ja.“

Er legte seinen Zeigefinger darauf und fuhr über ihre Haut. Sie fühlte sich an wie Gummi. Er ließ seine Hand auf ihrem Arm liegen und fuhr hinauf bis zu ihrem Ellbogen. Die vernarbte Haut bedeckte ihren ganzen Körper. Er war sich dessen bewusst, und er stellte sich sogar vor, wie das aussehen musste: ihr Rücken, ihre Brust und ihre Oberschenkel, rau und vernarbt.

„Fühlt es sich seltsam an?“, fragte sie.

„Ja. Aber das macht mir nichts aus.“ Er drehte sie zu sich herum und hielt sie an den Ellbogen fest.

„Ich liebe dich, Leiah.“ Ihr Gesicht erhellte sich. „Ich liebe dich mehr als ich sagen kann.“ Er beugte sich vor und küsste sie auf die Lippen.

Sie zog sich ein Stück zurück. „Und ich liebe dich, Jason." Er hielt sie an sich gedrückt, überwältigt von dem Impuls, sie so festzuhalten, wie er nur konnte.

„Entschuldigt."

Als sie sich voneinander lösten, stand Caleb neben ihnen, ein strahlendes Lächeln auf dem Gesicht.

„Würdest du eigentlich gern eine glatte Haut haben, Leiah?"

Jasons Herz tat einen Sprung. Was fragte er da? Leiah sah zu Jason auf und öffnete den Mund, aber sie schien zu perplex zu sein, um antworten zu können.

„Ich möchte nur wissen, ob du möchtest, dass diese Narben verschwinden", erklärte Caleb.

„Nun, ja, ich … ich denke schon. Ich meine, es muss nicht sein. Ich bin zufrieden, wie ich damit aussehe. Ich brauche nicht unbedingt eine glatte Haut oder so, und ich …"

Caleb schnaubte leise und berührte ihre Hand.

Eine riesige Macht zuckte durch den Himmel und einen kurzen Augenblick lang verschwand Leiah hinter einem hellen Lichtblitz. Und dann stand sie wieder da, als sei nichts passiert.

Jason fiel auf, dass er noch immer ihre Hand hielt. Zerstreut fragte er sich, ob wohl auch er im Lichtblitz verschwunden war. Er sah hinab. Der Anblick ihrer Arme verwirrte ihn zuerst, weil es nicht ihre Arme waren. Sie konnten es nicht sein, denn sie waren weiß und glatt.

Leiah schnappte nach Luft und entriss ihm ihre Hand. Ihr Mund stand weit offen und mit aufgerissenen Augen starrte sie sich an.

„Äähh …"

Jason blinzelte. Dann noch einmal.

Leiah legte ihre zitternden Finger auf ihren Unterarm und berührte ihre Haut. Ihr Mund stand noch immer offen, als sie mit den Fingern darüber fuhr, langsam, als habe sie Angst, sie könnte zerbrechen. Plötzlich zog sie mit beiden Händen ihre Bluse aus der Jeans. Ihr Bauchnabel war umgeben von perfekter, glatter Haut.

Leiah starrte ihn ganze drei Sekunden lang an. Sie war wie erstarrt. Schließlich sah sie auf. „Ich … ich habe … Haut." Ein strahlendes Grinsen erhellte ihr Gesicht. „Juchhu!" Sie ließ ihre Bluse los und warf die Arme um Jasons Nacken, jauchzend wie ein Kind. „Ich habe eine normale Haut!"

Jason drückte sie an sich, wirbelte sie lachend und jubelnd herum. Sie hatte normale Haut. Was für ein Geschenk! *Danke, Vater!*

Leiah löste sich von ihm und tanzte wie eine Ballerina davon. Sie zog ihre Bluse ganz aus der Jeans und band sie unterhalb der Brust zusammen. Um ihre glatte Haut zu zeigen. Immer wieder blieb sie stehen, betrachtete sie und kniff hinein.

Sie rannte zu Caleb und hob ihn hoch. „Danke!“

„Danke, Vater!“, sagte er, aber er quietschte vor Freude.

„Danke, Vater!“, rief sie in den Himmel. „Danke, Jesus!“

Jason hatte das Gefühl, als würde sein Herz explodieren.

# 35

Die Sonne berührte bereits den Horizont im Westen, als sie etwas ruhiger wurden und ihre überschäumende Freude nachließ. Jetzt saßen sie auf der Bergkuppe, hielten ihre Knie umklammert, ausgelaugt von der Erfahrung, die Gott ihnen geschenkt hatte. Während Leiahs Heilung hatten sie fast vergessen, dass die Welt dort draußen ihnen auf den Fersen war. Dass ein gerade flügge gewordener Vogel dabei war, sich in ein Ungeheuer zu verwandeln. Doch am Ende dieses Tages fiel es Jason wieder ein.

„Könnte Gott uns nicht zeigen, was wir tun sollen, Caleb?“

„Er kann uns zeigen, was er uns zeigen möchte.“

„Aber wir sollten ihn darum bitten, meinst du nicht?“

„Ja, das sollten wir.“

Sie blieben still sitzen. Jason faltete die Hände, stützte die Ellbogen auf seinen Knien ab und legte sein Kinn auf seine Hände. „Lieber Gott, zeig uns, was wir jetzt tun sollen.“

Der Himmel wurde erleuchtet, und ein einziger Blitz zuckte darüber, durchdrang Jasons Kopf und verschwand.

Jason setzte sich ruckartig auf und wirbelte zu ihnen herum. „Das ist es! Was ist weich und rund und sagt mehr aus, als es sollte?“ Verständnislos sahen sie ihn an. „Vater Matthews Rätsel. Der Saum einer Tunika. Calebs Tunika!“

„Das Rätsel, das er dir vor unserer Flucht aufgegeben hat. Caleb trägt aber keine Tunika mehr.“

„Aber damals tat er es. Wir müssen diese Tunika finden!“

Caleb erhob sich. „Hat Gott dir das gesagt?“

„Nein. Ja! Ich weiß es nicht. Ich habe mich nur an die Worte deines Vaters erinnert. Und ich denke, ich weiß jetzt, was wir tun sollten."

„Was denn?"

Im Laufe des Tages war Banks dreimal zum Wagen gegangen, einmal, um etwas zu essen zu holen, zweimal, um sich die Beine zu vertreten. Er hatte Roberts, der sich noch immer zusammen mit diesem hohen Tier in Washington aufhielt, Bericht erstattet. Offensichtlich war die Welt wegen des Kindes aus den Fugen geraten, obwohl Banks den Grund dafür nicht verstand. Sicher, der Junge konnte seltsame Dinge tun, aber er war doch nur ein Kind, das bald tot sein würde.

Um ehrlich zu sein, vermutlich würde er Roberts für den Auftrag sogar eine ganze Million entlocken können. Vor allem jetzt, da das Gewehr gefunden worden war. Panik hing in der Luft, und solange der Junge noch lebte, war er eine Bedrohung für Crandal. Der einzig gangbare Weg, die Bedrohung abzuwenden, war, den Jungen zu töten. Und während die ganze Welt verrückt spielte und Spekulationen darüber anstellte, was denn wohl mit dem Kind passiert sei, hatte er die Flüchtigen auf einer einsamen Landstraße festgenagelt. Sie konnten nicht entkommen.

Banks lächelte und hob seinen Feldstecher an die Augen. Es wurde schnell dunkel, aber er war nicht in Eile. Sobald die Dunkelheit hereinbrach, würde er den Wagen wieder auf den Feldweg stellen, damit die Fliehenden sich nicht mitten in der Nacht an ihm vorbeischlichen. Tagsüber war die Straße nicht benutzt worden, was eigentlich seltsam war. Man sollte doch meinen, dass ein Sportler oder ein Jäger …

Banks erstarrte. Der Wind trug ein leises Brummen heran.

Er richtete sein Fernglas auf die rechte Gabelung. Aber sie war dunkel und verlassen wie schon den ganzen Tag. Doch von irgendwo kam ein Wagen heran. Er konnte das Geräusch der Reifen auf den Steinen hören. Er richtete das Fernglas auf die zweite Gabelung. Sekunden später tauchte dort ein weißer Bronco auf.

Banks' Herzschlag begann sich zu beschleunigen. Er schnappte sich das Gewehr, sprang in Deckung und richtete die Waffe auf den herannahenden Wagen. Der Bronco raste Staub aufwirbelnd über den Feldweg. Offensichtlich hatten sie es eilig.

Aber ihre Eile würde mit einer Kugel beendet werden.

Der Wagen war noch gut 400 Meter entfernt, und Banks kletterte den Abhang hinauf, um eine bessere Schussposition zu haben. Jetzt konnte er den Fahrer sehen. Er hatte beide Hände an das Lenkrad gelegt und trug noch dasselbe rote Hemd wie am Abend zuvor. *Was ist los, Junge? Gibt's keine Dusche im Wald?*

Der Platz neben Jason war leer. Und hinter ihm …

Die untergehenden Sonne fiel auf die leere Rückbank. Wo steckten nur die beiden anderen? Das Kind. Panik machte sich in Banks breit. Er musste das Kind zuerst töten. Es war sein wichtigstes Ziel. Einmal in Nicaragua hatte er die zweitwichtigste Zielperson vor der wichtigsten erledigt und beinahe diese wichtige Zielperson verloren. Sobald es einen Mord gab, war alles anders. So wie die Sachlage in der Stadt jetzt vollkommen anders lag, nachdem sie das Gewehr gefunden hatten, wie er über das Autoradio erfahren hatte.

Der Bronco war jetzt auf 100 Meter herangekommen und Banks nahm das Gewehr herunter. Jason kam allein heraus. Wahrscheinlich wollte er Vorräte holen. Er konnte jetzt nicht schießen.

Der weiße Wagen näherte sich der Gabelung und fuhr vorbei. Banks erhaschte einen Blick auf den Boden. Keine versteckten Körper. Er legte das Gewehr wieder an und beobachtete, wie der Wagen in einer Staubwolke verschwand.

Sein Pulsschlag dröhnte ihm in den Ohren. „Hab ich dich doch erwischt", murmelte er.

Er erhob sich, nahm sein Fernglas und kehrte zum Wagen zurück. Seine Wartezeit auf dem Felsen war vorbei. Gerade wurden die Spielregeln geändert. Natürlich würde er auf die Rückkehr des Bronco warten müssen. Und der Bronco würde zurückkehren, weil dort oben in den Bergen das Kind und die Frau warteten. Auf keinen Fall würde Jason ohne sie von hier verschwinden, es sei denn, er hatte vor, wieder zurückzukommen.

Aber durch seinen Ausflug hatte er ihm unbeabsichtigt in die Hände gespielt. Er hatte ihm Klarheit verschafft. Er hatte eine der beiden Gabelungen ausgeklammert. Das Kind befand sich irgendwo längs der linken Gabelung.

Was bedeutete, dass Banks, sobald der Bronco zurückkehrte, auf eine kleine Jagd gehen würde.

Er lachte und biss in ein altes Sandwich.

Eine nächtliche Jagd.

Es war schön, am Leben zu sein.

Jason näherte sich der Tankstelle und ließ den Bronco ausrollen.

Es stand noch ein weiterer Wagen an den Zapfsäulen: ein gelber Käfer. Das Problem würde sein, die Einkäufe zu erledigen, ohne erkannt zu werden. Je weniger Leute ihn sahen, desto besser.

Er stellte den Bronco an der Seite neben einem großen weißen Kühlwagen ab, auf dem „Eiscreme“ stand. Seine Gedanken drehten sich noch immer um das unglaubliche Erlebnis vom heutigen Tag. Es war schwer zu glauben, dass er noch vor weniger als einer Stunde durch das Gras getanzt war, Leiah im Arm, die noch immer über die Tatsache staunte, dass ihre Haut wieder glatt war.

*Ja, es ist tatsächlich passiert, Junior. Und siehst du Mommys Haut? Das zeigt, dass es passiert ist.*

Ein Gedanke schoss ihm durch den Kopf.

Jason sah in den Rückspiegel und zog sich die Haare in die Stirn. Seine blonden Locken waren kurz, aber sie ließen sich schon ein wenig anders legen. Seine Bartstoppeln wären besser schwarz gewesen, und er überlegte, ob er sich ein wenig mit Schmutz beschmieren sollte. Aber andererseits könnte ein schmutziges Gesicht mehr Aufmerksamkeit erregen, als ihm lieb war.

Sein Plan war einfach. Er würde mit von der Kasse abgewandtem Gesicht in die Tankstelle hineingehen, sich eine Kappe holen und sie aufsetzen. Dann würde er ein paar Lebensmittel zusammensuchen und seine Einkäufe an der Kasse bezahlen, ohne die Kappe abzunehmen. Den Gedanken, eine Sonnenbrille aufzusetzen, hatte er wieder verworfen. Es war schon zu dunkel für eine Sonnenbrille.

„Vater, hilf mir“, betete er leise, als er aus dem Wagen stieg. Die Telefonzelle stand am Rand des Parkplatzes. Dort würde sein Ausflug enden.

Jason war bereits auf halbem Weg zum Eingang, als er abrupt stehen blieb. Er hatte den Zeitungsständer mit der *Los Angeles Times* entdeckt. Ein rotes Hemd hatte seine Aufmerksamkeit erregt. *Sein* rotes Hemd. Das Hemd, das er im Augenblick trug!

Das Bild zeigte ihn, wie er mit Caleb im Arm von der Bühne rannte. Die Schlagzeile erzählte die ganze Geschichte. *Wunderkind entführt!*

Jason sah zum Schaufenster hinüber. Ein großes Werbeplakat für Marlboro versperrte den Blick in den Laden. Gott sei Dank. Er rannte zum Wagen zurück. Der gelbe VW ließ gerade seinen Motor an und fuhr davon.

Jason setzte sich auf den Rücksitz des Bronco und knallte die Tür zu. Er musste diese Sache durchziehen, bevor der Verkäufer herauskam, um zu sehen, wer da Türen knallte und um den weißen Bronco herumschlich. Das wäre das Ende.

Er zog das rote Hemd aus und suchte hinten nach dem weißen T-Shirt, das er gelegentlich anzog, wenn er Probleme mit dem Wagen hatte. Er fand es zusammengerollt in der Ecke und streifte es über. In schwarzen Buchstaben stand „Knac Rocks“ quer über seine Brust geschrieben. Es roch muffig und war verknittert. Aber das zählte nicht. Es sei denn, er wollte mit bloßem Oberkörper in den Laden marschieren.

Er stieg wieder aus und strich das T-Shirt glatt. Im letzten Augenblick fuhr er mit dem Finger über den Reifen und schmierte sich den Schmutz ins Gesicht. Er musste so aussehen wie sein T-Shirt. Wie ein ganz gewöhnlicher Mensch, der gerade einen Reifen gewechselt hatte.

Jason atmete tief durch und betrat den Laden.

Die Verkäuferin war nicht zu sehen. Er eilte den Gang entlang, schnappte sich einen Laib Brot und ein Glas Erdnussbutter. Da stand der Ständer mit den Kappen. Er nahm eine grüne John-Deere-Kappe und setzte sie sich auf den Kopf. So weit, so gut.

Bargeld! Hatte er Bargeld? Auf keinen Fall durfte er seine Kreditkarte benutzen! Seine Hände begannen zu zittern. *Lieber Vater, bitte hilf mir.* Erstaunlich, wie verletzlich er sich fühlte.

Er ging zur Kasse, stellte seine Waren auf die Theke, nahm noch eine zwei Liter Flasche Wasser aus einem Kühlschrank und suchte nach seiner Brieftasche. Ein 20-Dollar-Schein steckte darin. Gott sei Dank.

Die Verkäuferin kam von hinten herein und wischte sich die Hände ab. „Tut mir Leid. Wir machen gerade Inventur. Ist das alles?“

„Ja.“

Sie sah ihn an. „Auch die Kappe?“

„Oh ja, tut mir Leid.“

„Kein Problem.“ Sie tippte die Lebensmittel ein, nahm die 20 Dollar und gab ihm acht Dollarscheine und das Kleingeld zurück.

„Danke“, murmelte er.

„Gute Fahrt.“ Sie drehte sich um und ging nach hinten zurück.

Sobald er den Laden verlassen hatte, rannte Jason zum Wagen. Zwischenzeitlich waren keine anderen Wagen vorgefahren. Er ließ den Motor an, fuhr von der Tankstelle zum Parkplatz und eilte zur Telefonzelle. Der schwierigste Teil dieser Mission lag hinter ihm. Er zog Donnas Visitenkarte aus seiner Brieftasche. Leiah hatte die Augenbrauen in die Höhe gezogen, als sie merkte, dass er sie noch immer besaß, aber sie hatte nichts gesagt. Er wählte die Nummer ihres Handys und wartete.

„Hallo."

Jason legte den Hörer ans Ohr. „Donna? Bist du das?"

„Ja. Und wer spricht?"

„Ich bin es, Jason."

„Jason! Was machst du?"

„Ich rufe eine alte Freundin an und bitte sie um Hilfe."

„Einen Augenblick."

Es wurde einen kurzen Augenblick still am anderen Ende. „Tut mir Leid. Ich war gerade in einer Bar. Wo steckst du?"

„Das ist doch egal. Hör zu, ich brauche deine Hilfe. Ich weiß nicht, was du über die Sache denkst, aber es ist nicht so, wie es aussieht."

„Sie haben ein Gewehr gefunden, Jason."

Er blinzelte. „Tatsächlich? Das dachte ich mir schon. Wer war es?"

„Geht es Caleb gut?"

„Das muss alles unter uns bleiben, Donna. Du wirst es verstehen, wenn ich es dir erkläre. In Ordnung?"

„Sicher."

„Ihm geht es gut. Die Kugel hat ihn nur gestreift. Wer war es?"

„Vielleicht einer von dieser Antichrist-Gruppe. Ein Mann mit einer schwarzen Kapuze wurde gesehen, wie er ein paar Minuten, bevor der Junge stürzte, zu den oberen Sitzplätzen gegangen ist. Sie glauben, dass diese Leute ein Motiv haben. Alle behaupten, es sei auf ihn geschossen worden, und du hättest die Situation ausgenutzt, um ihn zu entführen. Nikolous geht die Wände hoch. Du musst dich stellen, Jason. Es sieht nicht gut aus."

„Crandal steckt dahinter." Er hielt inne und sie erhob keine Einwände. „Ich weiß, das klingt verrückt, aber ich denke, wir haben einige stichhaltige Beweise in den Händen, die uns vielleicht verraten, wer Crandal tatsächlich ist."

„Ich bitte dich, Crandal hat vielleicht ein Problem mit einem Jungen, weil er der ganzen Welt erzählt, Crandal sei ein schlechter Mensch, aber das macht ihn noch lange nicht zu einem Mörder."

„Er ist mehr als das. Er ist ..." Wie sollte er jemandem wie Donna erklären, dass der Mann, der Präsident der Vereinigten Staaten werden wollte, tatsächlich ein Ungeheuer werden würde? „Er ist nicht, was er zu sein vorgibt. Irgendetwas ist drüben in Äthiopien passiert, irgendetwas, das ihn vernichten würde, und ihm liegt sehr viel daran, das aus den Nachrichten herauszuhalten. Auch wenn das bedeutet, dass Caleb getötet werden muss."

„Was hat er denn in Äthiopien getan? Du kannst doch nicht einfach irgendwelche Anschuldigungen aussprechen. Im Augenblick bist du es, der ein paar Erklärungen zu liefern hat, nicht Crandal."

„Du weißt, dass er dazu fähig ist. Sag mir, dass du ihm so etwas nicht zutrauen würdest."

Sie dachte nach. „Vielleicht."

„Also, wenn ich Beweise vorlegen könnte, die zeigen, dass er Grund hat, Caleb zu töten, würdest du dann mitspielen?"

„Das hängt davon ab, welche Rolle du mir dabei zugedacht hast."

„Ich möchte an die Öffentlichkeit gehen. Ich möchte ein weltweit ausgestrahltes Interview mit so vielen Sendern, wie du dazu überreden kannst. Ich meine, ich möchte, dass jeder, der sich in Reichweite eines Fernsehgeräts aufhält, sich das ansieht. Ich werde Caleb und Leiah mitbringen. Und du sollst mir zehn Minuten vor den Kameras einräumen, ohne dass mich jemand behindert. Danach kann die Polizei mich festnehmen, aber erst nachdem ich gesagt habe, was ich zu sagen habe."

„Das kann ich vermutlich arrangieren." Ihr Tonfall war um eine Spur schärfer geworden.

„Und ich möchte, dass Crandal dabei ist."

„Was!? Komm schon. Jetzt gehst du aber zu weit."

„Tatsächlich?"

„Selbst wenn ich zustimmen würde, wie soll ich ihn dazu kriegen? Er hält sich im Augenblick in Washington auf. Wann soll das Ganze stattfinden?"

„Morgen. Morgen Abend. Wenn ich Recht habe, wird er kommen. Hast du schon mal jemanden erpresst, Donna?"

„Willst du mich beleidigen?"

„Hast du nie zu jemandem gesagt, wenn er nicht etwas Bestimmtes tun würde, dann würdest du mit einer Story an die Öffentlichkeit gehen? Das hast du bestimmt. Du bist doch Reporterin."

„Das ist keine richtige Erpressung", widersprach sie.

„Nenn es, wie du möchtest. Bist du interessiert?"

„Ich bin ganz Ohr."

Jason atmete hörbar aus und streckte sich. „Geh bitte in mein Haus. 2445 Hollister Avenue. Unter dem Topf an der Hintertür findest du den Schlüssel. Geh hinein. Rechts von der Tür ist der Wäschekeller. In der Ecke steht ein Korb und darin wirst du eine Tunika finden."

„Eine Tunika?“

„Die Tunika, die Caleb getragen hat, als ich ihn aus dem Kloster geholt habe. Nimm sie mit und suche in den Säumen. Wenn ich Recht habe, wirst du in einem der Säume etwas finden.“

„Wonach suche ich denn? Ich will ehrlich sein, Jason. Das erscheint mir ein wenig –“

„Ich weiß es nicht. Irgendetwas, das eigentlich nicht da hingehört. Vielleicht einen Zettel.“

„Verstehe ich das richtig, dass du diesen Zettel oder was immer das ist, noch nie gesehen hast?“

„Ja. Aber er ist da. Du würdest mir nicht glauben, wenn ich dir sagte, woher ich das weiß. Aber es ist ein weltweites Exklusiv-Interview für dich drin. Jetzt sag mir nicht, das würde dich nicht motivieren?“

„Und falls etwas dran ist, wie kann ich mich mit dir in Verbindung setzen?“

„Ich werde dich morgen früh anrufen. Vor Sonnenaufgang. Das ist sicherer für mich. Dann werden wir entscheiden, was zu tun ist.“

„Eine Tunika, ja?“

„Eine Tunika.“

„In Ordnung, Jason. Ich mache mit. Und falls sich deine geheimnisvolle Tunika als Niete erweist, dann stellst du dich mir trotzdem?“

„Wir werden sehen, Donna. Haben wir eine Abmachung?“

„Wir haben eine Abmachung.“

Jason legte auf und verließ die Tankstelle. Aufgabe erledigt. Etwa eine halbe Meile von der Tankstelle entfernt stieß er einen Siegesschrei aus. „Jaaa! Danke, Vater!“ Er trommelte mit der Faust auf das Lenkrad.

# 36

## *Tag 37*

Roberts starrte Crandal über den weiß gedeckten Tisch in dem privaten Esszimmer hinweg an. Ein Korb mit englischen Muffins stand zusammen mit den anderen Frühstückszutaten unberührt auf dem Tisch. Eine Stunde zuvor war er noch auf dem Höhepunkt seiner

Macht gewesen, ein gut gekleideter Mann, der das Strahlen seines Gesichts kaum unterdrücken konnte. Jetzt funkelte er sein Gegenüber an. Sein Kopf war hochrot.

Er schlug mit der Faust auf den Tisch und Roberts fuhr zusammen. „Ich werde nicht zulassen, dass ein kleines Miststück aus Afrika solchen Einfluss ausübt. Haben Sie verstanden? Mir ist egal, was er zu besitzen vorgibt. Sorgen Sie dafür, dass diese Leute verschwinden!"

„Seit vier Wochen versuchen wir nun schon, das zu tun", wandte Roberts leise ein. Hitze wallte in ihm auf. „Aber man kann nicht einfach so drei Menschen verschwinden lassen – vor allem, wenn einer von ihnen im Licht der Öffentlichkeit steht. Wir müssen vorsichtig vorgehen. Auf jeden Fall war diese Entwicklung nicht abzusehen. Es betrifft uns direkt."

„Und Sie glauben wirklich, ich würde nach Kalifornien fliegen, weil irgendeine idiotische Reporterin behauptet, etwas in den Händen zu haben, das ich vielleicht gern sehen würde?"

Die Hitze breitete sich über Roberts' Kopf aus. „Sir, verzeihen Sie meine Offenheit, aber ich glaube, Sie denken nicht klar." Er lehnte sich zurück. „Ich möchte das in die richtige Perspektive rücken. Stellen Sie sich vor, morgen früh steht in der ‚New York Times' die Schlagzeile: ‚Crandal ein Kindermörder'! Und stellen Sie sich vor, dass die Story ungefähr folgendermaßen lautet: ‚Vor zehn Jahren fiel Charles Crandal, dem damaligen Direktor der NSA und eifrigem Sammler seltener Artefakte, eine Information in die Hände, wonach sich die Bundeslade in einem orthodoxen Kloster Äthiopiens befindet. Und was tut nun der Mann, der vielleicht unser nächster Präsident werden wird? Macht er eine Privatreise nach Afrika, um mit den Priestern zu sprechen, um den genauen Aufenthaltsort dieses Artefakts zu ermitteln wie jeder vernünftige Mensch es tun würde? Nein, er marschiert mit Gewehren ein, schlachtet Priester ab und plündert die Kloster auf der Suche nach einem Artefakt, das er besitzen muss.'"

Crandal erbleichte. „Was soll das denn? Die Bundeslade ist doch nicht irgendein Artefakt! Sie ist ein Relikt, das die Machtverhältnisse in der Welt verändern könnte! Und ich bin da nicht einfach hinmarschiert. Die Sache brauchte mehr als ein Jahr Vorbereitungszeit. Diese Mission war beinahe perfekt!"

„Ich sage Ihnen nur, was in den Zeitungen stehen wird. Sie sehen sich vielleicht nicht als Revolverheld, aber in den Zeitungen werden Sie so dargestellt werden. Neben Ihnen wird Charles Manson wie ein Kindermädchen aussehen."

„Dazu werden sie nie die Gelegenheit bekommen!“ Spucke blieb an Crandals Lippe hängen, und er machte keinerlei Anstalten, sie wegzuwischen. Er verlor allmählich die Kontrolle.

Roberts zog die Augenbraue in die Höhe. „Aber es kommt noch schlimmer: Um Ihr kleines Relikt zu finden, haben Sie im Austausch für diese Invasion Waffen zu General Ambozia umgeleitet. Das werden die Medien als Verrat bezeichnen.“

„Sie wissen genauso gut wie ich, dass sich das Land bereits im Krieg befand. Ein Krieg, den wir öffentlich unterstützt haben.“

„Nein, es hatte gerade einen Krieg *beendet*. Aber Ihr Plan hat diesen Krieg durch die Invasion in die Länge gezogen. Und nachdem Sie gehört hatten, dass Ambozias Armee Ihre Bundeslade nicht finden konnte, nachdem sie acht Kirchen geplündert und mehr als 1 000 Zivilisten getötet hatten, haben Sie gefordert, er solle weiter nach Süden vordringen, wenn er seine Waffen haben wolle. Nun, sie sind weiter nach Süden vorgedrungen. Sie haben keine Bundeslade gefunden, allerdings ist es ihnen gelungen, weitere 2 000 Zivilisten zu töten.“

Crandal atmete tief durch und lehnte sich zurück. „Sie sagen mir etwas, das ich bereits weiß.“

„Aber was Sie nicht wissen, ist das, was ich gerade erzähle. Unter den getöteten Zivilisten befand sich auch eine Krankenschwester. Eine amerikanische Krankenschwester. Eine amerikanische Krankenschwester, die zufälligerweise die Mutter eines Kindes war, das sie mit einem Einheimischen bekommen hat.“

Crandal blinzelte. „Caleb?“

Roberts nickte. „Caleb. Und es kommt noch schlimmer. Es war ein Hauptmann der EPLF, der Calebs Mutter mit einem Schwert den Kopf abgeschlagen hat, während sie ihren kleinen Sohn mit ihrem Körper schützte. Der Hauptmann stand da und sah das Baby schreien, und anstatt es zu töten, hob er es auf und floh, denn er war auf einmal entsetzt über das Blutbad, das seine Soldaten angerichtet hatten. Sie werden nie erraten, wohin er das Kind gebracht hat.“

„Seien Sie nicht überheblich, Roberts. Worauf wollen Sie hinaus?“

„Ich bereite Sie auf die morgige Schlagzeile vor, wissen Sie noch?“

„Das ist alles Unsinn!“

„Leider nicht. Der Hauptmann brachte den Jungen zu einem einsamen Kloster namens Debra Damarro und ließ ihn vor dem Tor zurück.“

„Das ist idiotisch! Woher soll denn jemand davon wissen?“

„Nun, genau das ist das Problem.“ Roberts empfand auf einmal eine gewisse Macht über den Mann, und das ließ ihm einen Schauer über den Rücken laufen. „Unser Hauptmann der äthiopischen Befreiungsfront war zufälligerweise ein guter orthodoxer Christ. Und seine Religion holte ihn ein. Und darum schrieb er ein Geständnis und bat um Absolution. Diesen Zettel ließ er als eine Art Buße bei dem Kind. Donna behauptet, dass sie im Besitz des Zettels ist."

Crandal blieb eine Weile ganz still sitzen. Als er das Wort ergriff, zitterte seine Stimme leicht. „Ein Zettel? Jeder hätte so einen Zettel schreiben können."

„Das habe ich ihr auch gesagt. Aber dieser Zettel war in der Tunika des Jungen versteckt. Sein Vater hatte ihn in seinen Saum eingenäht. Das Geständnis ist auf Amharisch und auf Pergament geschrieben. Sie hat es heute Morgen übersetzen lassen und sagt, der Experte, der es untersucht hat, sei von seiner Echtheit überzeugt."

„Welcher Experte?"

„Keine Sorge. Er wird noch heute Abend tot sein. Aber der Zettel stellt ein Problem dar, Charles." Charles? Er war wirklich ungewöhnlich mutig.

Schweiß trat auf die Stirn des Präsidentschaftskandidaten. Er sah so aus, als habe er eine Lebensmittelvergiftung.

„Wir können nicht zulassen, dass der Zettel an die Öffentlichkeit gelangt", sagte Roberts. „Selbst wenn Sie denken, Sie könnten Ihre Führung behalten, wenn die Medien erst einmal ‚Kindermörder' schreien, dann bleibt da immer noch der Tatbestand des Verrats."

Crandal sprang auf und schlug mit beiden Fäusten auf den Tisch. Ein Glas fiel herunter und zersprang. „Das ist Blödsinn! Es ist eine alte Geschichte!"

Roberts erhob sich ebenfalls. Sein Zorn übermannte ihn. „Es ist die Wahrheit! Und ob es Ihnen nun gefällt oder nicht, es wird herauskommen. Uns bleibt nichts anderes übrig, als uns mit ihr zu treffen."

„Töten Sie sie! Töten Sie sie alle!"

„Bis fünf Uhr heute Nachmittag? Banks wird das Kind und die anderen beiden erledigen, aber man kann nicht einfach Donna Blair von NBC eine Kugel in den Kopf jagen. Wenn wir nicht um fünf Uhr dort sind, wird sie an die Öffentlichkeit gehen. Wenn wir da sind, haben wir wenigstens die Möglichkeit, uns mit ihr auseinander zu setzen. Geben Sie uns einen Abend, und ich denke, unsere Chancen, alle zu erledigen, werden steigen. Aber es wäre ein Fehler, wenn wir uns weigern würden, mit der Presse zu kooperieren. Wir müssen zeigen, dass wir nichts zu verbergen haben."

Crandal ballte die Fäuste und wandte sich vom Tisch ab. Er fauchte wie ein Stier. Seine Kiefermuskeln spannten sich und er knirschte mit den Zähnen. „Ich schwöre, Roberts, wenn das schief geht, werde ich Sie kreuzigen."

„Um ehrlich zu sein, ich denke, dass die anderen es sind, die versuchen, *Sie* zu kreuzigen. Ich bin vielleicht Ihr einziger Ausweg. Das sollten Sie nicht vergessen. Wir haben sechs Stunden Zeit, um nach Los Angeles zu fliegen. Wir sollten uns auf den Weg machen."

Crandal verließ den Tisch. Er konnte das Zittern seiner Hände nicht verbergen. Er ging zur Wand und schlug mit beiden Händen gegen die grüne Tapete. Der gesamte Raum erbebte. Es war das erste Mal, dass Roberts miterlebte, wie dieser Mann die Beherrschung verlor.

Die nächtliche Jagd war nicht gut verlaufen.

Zum Beispiel hatte Banks seinen Wagen kaum zwei Meilen über den Feldweg gelenkt, bis er zu dem Schluss kam, dass Jason mit seinem Allradwagen bereits an einem Dutzend unterschiedlicher Stellen den Weg hätte verlassen können. Und dafür hätte dieser genügend Gründe gehabt.

Nur mit Mühe hatte er die ersten drei Meilen des sieben Meilen langen Weges zurückgelegt, als er beschloss, die Nacht abzuwarten und die Jagd bei Tagesanbruch fortzusetzen. Er versteckte den Wagen und fiel in einen leichten Schlaf.

Das Problem war, der „Morgen" brach um halb fünf an, und das Licht kam nicht von der Sonne, die durch seine Windschutzscheibe schien. Es stammte von zwei Scheinwerfern.

Ein einsamer Fahrer rauschte in dem Bronco an ihm vorbei. Schon wieder? Jason saß allein in dem Wagen. Beinahe wäre Banks dem Mann gefolgt, doch dann kam er zu dem Schluss, dass dies eigentlich zu seinem Vorteil war. Der Mann würde zurückkommen. Und nun hatte ihm Jason unbeabsichtigt verraten, in welcher Richtung sich ihre Zuflucht befand.

40 Minuten später kehrte der Wagen tatsächlich zurück und dieses Mal folgte Banks ihm mit ausgeschalteten Scheinwerfern. Nach drei Meilen legte sich die Staubwolke, und er wusste wieder nicht, wo der Bronco geblieben war. Doch das Gebiet, in dem er suchen musste, war nun erneut um einiges kleiner geworden.

Er hatte die Suche um sechs Uhr, bei vollem Tageslicht, wieder aufgenommen, und um acht Uhr war er auf den ersten Holzfällerpfad gestoßen. Er war sicher, dass der Bronco irgendwo auf den letzten zwei Meilen der Straße zu finden war. Schlecht war, dass er die Holzfällerpfade nur absuchen konnte, wenn er den Hauptweg verließ und so riskierte, den Bronco zu übersehen, sollte er vorbeifahren.

Aber dieses Risiko würde er eingehen müssen. Meter für Meter suchte er die Holzfällerpfade ab, wobei er gleichzeitig aufmerksam auf Motorengeräusche achtete. Der erste Pfad endete nach 100 Metern und er kehrte ohne Zwischenfall zurück. Der zweite Pfad war länger. Er kam zu einem großen schlammigen Stück Land, das dicht bewachsen und ganz eindeutig vollkommen unberührt war. Hier war kein Fahrzeug vorbeigekommen.

Die Suche dauerte länger, als er gedacht hatte. Aber nach und nach arbeitete er sich vor. Gegen drei Uhr blieb nur noch eine halbe Meile und sein Pulsschlag beschleunigte sich. Vermutlich kampierten sie an der Stelle, an der der Weg endete.

Er holte sein Handy aus der Tasche und setzte sich bei geöffneter Tür in den Wagen. Roberts hatte viermal angerufen. Natürlich hatte er den Ton abgestellt. Ein lautes Klingeln würde aller Welt ankündigen, dass er kam. *Nur ruhig, Roberts. Ich mache meinen Job, falls Sie das nicht wissen.* Er gab die zehnstellige Nummer ein.

„Banks?"

„Ja."

„Wo in aller Welt haben Sie gesteckt?"

„Ich tue meinen Job."

„Wir sind eine Stunde von Los Angeles entfernt", erklärte Roberts. „Es hat Probleme gegeben. Was ist mit dem Kind?" Er klang so, als sei er einer Panik nahe.

„Keine Sorge. Sie stecken hier irgendwo auf der letzten halben Meile der Straße."

„Besteht die Möglichkeit, dass sie entkommen?"

„Nein."

„Also gut, hören Sie zu. Sie erledigen alle drei. Der Preis steigt auf eine Million Dollar, wenn sie bis Sonnenuntergang tot sind."

Banks pfiff leise durch die Zähne. „Dann haben sie Sie also aufgescheucht, ja?" Was eigentlich nicht weiter erstaunlich war. Mehr als die Hälfte seiner Aufträge brachte auf Grund von Komplikationen mehr als ursprünglich vereinbart. Aber noch nie hatte er eine Million Dollar bekommen. Nicht bei einem einzigen Auftrag.

Er sah die Straße entlang. Alles war vollkommen still.

„Was hat sich geändert?", fragte er.

„Das Kind weiß mehr, als wir gedacht haben. Die anderen auch."

„Eins Komma zwei", verlangte er und wischte sich einen Schweißtropfen von der Nase. Es entstand eine Pause.

„In Ordnung, eins Komma zwei. Nur sehen Sie zu, dass es erledigt wird."

Banks klappte das Telefon zu und warf es auf den Beifahrersitz. So weit, so gut. Sie verdoppelten die 600 000 Dollar, auf die sie sich am Vortag geeinigt hatten. Was immer das Kind wusste, es war viel Geld wert. Aus reiner Gewohnheit überprüfte er seine 9-mm-Browning, ließ den Wagen halb versteckt im Gebüsch stehen und marschierte zu einem Pfad, der 20 Meter vor ihm abzweigte.

1,2 Millionen! Sein Pulsschlag beschleunigte sich. *Du meine Güte, ich würde sie aus reiner Freude an der Aufgabe erledigen. Immerhin sind sie mir entkommen. Und das darf nicht sein.*

Die Tatsache, dass die Bäume dichten Schatten auf die Waldwege warfen, war seine Rettung, dachte er. Vor drei Tagen hatte es geregnet, das fiel ihm jetzt ein, und an manchen Stellen war es immer noch feucht. Er brauchte jetzt nur an diesen Stellen nach Reifenspuren zu suchen. Bei manchen Aufträgen hatte er schon weniger Hinweise gehabt.

Banks fuhr hoch und blinzelte. Der Beginn des Holzfällerpfades lag im Schatten. Vor ihm lag eine weiche Schicht dunklen Schlammes. Und darin war eine breite Reifenspur zu sehen.

Der Bronco!

Banks riss den Kopf hoch. Sofort war er hellwach. Das war es! Sie waren diesen Pfad entlanggefahren. Sein Herzschlag dröhnte ihm in den Ohren. *Ja, Baby, ich krieg dich!*

Er rannte zurück zum Wagen, holte sein Gewehr und lief quer durch den Wald wieder zu dem Pfad. Hier standen vorwiegend Kiefern, die nicht besonders dicht gewachsen waren. Er folgte dem ansteigenden Gelände, geduckt und stetig voranschreitend. Irgendwo rechts von ihm lag der Pfad. Der Bronco würde entweder auf dem Waldweg stehen oder auf einer Lichtung.

Banks erreichte die Hügelkuppe und betrachtete die Bäume. Der Wald endete 30 Meter vor ihm. Da war also eine Lichtung! Schweiß lief ihm über das Gesicht. Er wischte sich mit der Hand über die Stirn.

Geduckt lief er weiter und hielt Ausschau nach dem weißen Bronco. Sie würden wie Enten auf einem Teich sitzen. *Plopp! Plopp! Plopp!* Mitten im Nichts. Eins Komma zwei.

Banks blieb hinter einem Baum drei Meter vom Rand der Lichtung entfernt stehen und entdeckte zwei Dinge gleichzeitig. Das erste war eine Hütte, die weniger als 30 Meter vor ihm am Rand der großen Lichtung stand. Das zweite war der weiße Bronco, der sich zu dem Waldpfad entfernte, der 50 Meter rechts von ihm begann. Das Motorengeräusch entfernte sich langsam von der friedlichen Wiese.

Ungläubig starrte Banks ihm nach.

Doch dann kniete er sich hin und legte das Gewehr an. Der weiße Lack blitzte in seinem Zielfernrohr auf. Mit seinem geübten Auge folgte er dem Wagen. Wären die beiden Bäume nicht gewesen, die ihm die Sicht versperrten, hätte er auf den rechten Reifen zielen können. Ein Schuss in die Reifen, *Plopp!*, und sie hätten festgesessen.

Der Bronco holperte über die Kuppe und entschwand seinen Blicken. Banks fluchte und raste durch die Bäume hindurch den Abhang hinunter. Er hatte noch eine letzte Chance, bevor das Ganze wieder zu einer Jagd wurde. Und er hätte es beinahe auch geschafft.

Der weiße Wagen donnerte über den Feldweg auf seinen versteckten Monte Carlo zu. Sechs Meter von dem geparkten Auto entfernt ließ er sich auf ein Knie sinken und legte an.

Wieder waren die Bäume im Weg. Der Bronco fuhr sehr schnell, und beinahe hätte Banks abdrücken können, aber er gelang ihm einfach nicht, eine ideale Schussposition zu finden.

Er fluchte, sprang auf und rannte zu seinem Wagen. Als er sein Gewehr auf dem Rücksitz verstaut hatte, waren die drei gut 300 Meter vor ihm. Er ließ den Motor an und wendete den Wagen, um dem Bronco zu folgen.

*Nur ruhig, Junge. Das ist noch nicht vorbei, noch lange nicht.* Es war jetzt zu einer persönlichen Angelegenheit geworden. Ein unbändiger Zorn hatte sich seiner bemächtigt.

Der Bronco gewann immer mehr Vorsprung. Er wandte den Blick von den Schlaglöchern ab und sah nach vorn. Ihm war jetzt alles egal. Wenn sie ihm nun entwischten, dann war es aus. Er durfte sie unter keinen Umständen aus den Augen verlieren. Sie würden anhalten. Sie *mussten* irgendwo anhalten. Und wenn sie anhielten, dann würde er alle Höflichkeiten beiseite lassen und ohne Rücksicht auf Verluste seinen Auftrag erledigen. Und wenn es direkt vor dem Polizeirevier wäre. Sie waren schon so gut wie tot.

Auf einmal riss Banks das Lenkrad herum und brüllte.

Dann atmete er tief durch und räusperte sich. Er verspürte nur noch den mörderischen Drang zu töten.

# 37

Am Montagnachmittag stand Donna neben dem Eingang zur *Rose Bowl*. Ihr Magen hatte sich zusammengekrampft. Sie konnte sich des Gedankens nicht erwehren, dass sie mit dieser Geschichte auf die Nase fallen würde.

Sie war Journalistin, rief sie sich immer wieder ins Gedächtnis. Sie lebte für Storys wie diese. Aber das entscheidende Wort war „leben“. Sie war nicht sicher, ob sie bereit war, für eine Story wie diese zu sterben – oder für irgendeine Story.

Die *Rose Bowl* hatte sie aus zwei Gründen ausgewählt. Eigentlich aus drei. Zum einen kannte sie den Manager des Stadions. Bob Sardoni hatte sich bereit erklärt, ihr das riesige Stadion für ihren Test zur Verfügung zu stellen, nachdem er festgestellt hatte, dass es für den Abend nicht gebucht war. Was zum zweiten Grund führte: der „Test“, bestenfalls ein sehr weit gefasster Begriff. Bill stand mit dem besten Teleobjektiv des Studios in der Moderatorenkabine 100 Meter entfernt. Auf drei Seiten hatte er hoch sensible Mikrofone installiert, die auf sie ausgerichtet waren. Auf diese Weise konnte Bill die ganze Welt an dem Gespräch teilhaben lassen. Sie seien bestens vorbereitet, hatte Bill ihr versichert. Und der dritte Grund? Der dritte Grund war eher ein Gefühl. Nur für den Fall, dass sich das Ganze zu einer großen Sache entwickeln würde.

Die Proteste in der Stadt hatten sich ausgeweitet. Mehr als 3 000 Demonstranten waren da und wollten nicht weggehen. Die Aktionen hatten sich verselbstständigt. Die Jagd nach Caleb war eskaliert und hatte sich auf Nevada, Oregon und Mexiko ausgeweitet. Mehr als 1 000 Polizeibeamte durchkämmten das riesige Gebiet. Die Annahme, Jason habe sicherlich den weißen Bronco gegen einen anderen Wagen getauscht, verringerten ihre Chancen weiter. Auf allen Sendern wurde jetzt ununterbrochen berichtet, und sie hatte jeden professionellen Trick anwenden müssen, um ihr Wissen für sich zu behalten. Wenn alles gesagt und getan wäre, würde sie sich vielleicht dafür zu verantworten haben, dass sie den Aufenthaltsort des Jungen bewusst verschwiegen hatte. Aber damit würde sie leben müssen. Zum Wohle des Landes wie auch zu ihrem Besten, falls Jason Recht hatte.

Sie sah auf die Uhr. Halb fünf. Crandal würde in zehn Minuten eintreffen und Jason war noch immer nicht da. „Test. Verstehst du mich, Bill? Wenn du mich verstehst, gib mir ein Zeichen.“

Ein weißer Blitz zuckte hinter der getönten Scheibe der Kabine des Sportmoderators am hinteren Ende des Spielfelds auf.

„In Ordnung, pass auf. Fang an zu drehen, sobald Crandal auftaucht. Du nimmst auf und schickst die Bilder ins Studio. Mitchell wird entscheiden, ob gesendet wird oder nicht, aber achte auf eine gute Bild- und Tonqualität. Wenn das gut ist, werden alle großen Sender die Bilder haben wollen."

Wieder leuchtete der Blitz auf, dieses Mal zweimal.

102.000 unbesetzte Plätze starrten hinunter auf das grüne Feld. Die Football-Tore standen an den beiden Enden des Spielfelds. Die Flutlichtanlage war bereits eingeschaltet. Der Nordeingang hinter ihr lag in tiefem Schatten. Sie fühlte sich sehr allein und der Gedanke daran machte ihr zu schaffen.

Eine Tür fiel ins Schloss und sie wirbelte herum. *Jason?!*

„Jason! Gott sei Dank! Du bist da!"

Von einem Ohr zum anderen grinsend trat er ins Licht, Leiah an der einen Seite und Caleb an der anderen.

„Ich sagte doch, ich würde da sein. Gott sei Dank bist *du* da." Er schob Leiah und Caleb an der Schulter vor sich her und sah sich im Stadion um. „Du hast es tatsächlich geschafft."

„Glaub mir, das war ein ganzes Stück Arbeit." Sie sah erneut auf ihre Uhr. „Wir haben noch ungefähr fünf Minuten, bis Crandal auftaucht, vorausgesetzt, er kommt."

„Er hat doch zugesagt."

„Ich bin nicht sicher, dass er eine andere Wahl hatte." Sie holte das gerollte Pergament aus ihrer Tasche. „Hier ist es." Sie reichte es Jason und deutete auf eine Tür unter der Tribüne. „Ihr wartet dort drüben hinter der Tür, außer Sichtweite. Und der Junge soll mit dem Geständnis herauskommen, wenn ich es sage. Ihr werdet uns durch die Ritze beobachten können."

Er betrachtete den amharischen Text und reichte ihn Caleb, der ihn schnell durchlas.

„Ein wenig theatralisch, meinst du nicht?" Das Grinsen lag noch immer auf seinem Gesicht und Donna fand das ein wenig seltsam. Irgendetwas hatte sich verändert. Er kam ihr nicht wie jemand vor, der gerade einen Tag lang gejagt worden war. Seine blauen Augen huschten hin und her, doch ansonsten wirkte er ungewöhnlich ruhig.

„Ich setze meine Karriere für diese Show aufs Spiel. Ich leite die Show, so lautete die Abmachung. Ohne Caleb gibt es keine Show, das weißt du."

„Wir wurden hierher verfolgt“, erklärte Jason.

„Im Ernst? Von wem?“ Sie ließ ihren Blick über die Sitzplätze gleiten.

„Keine Ahnung. Vielleicht nur ein Wanderer, der den Bronco erkannt hat. Ich glaube, wir haben ihn auf der Schnellstraße abgehängt. Die Kamera steht bereit?“

„Du wirst gerade aufgenommen. Wenn wir das durchziehen, werden unsere Gesichter gleichzeitig von allen größeren Sendern übertragen. Sie haben uns offene Kanäle zugesagt. Fünf Minuten Live-Übertragung von Caleb, und ich verspreche dir, die Welt wird einschalten. So etwas hat es noch nicht gegeben, aber die Welt hat sich auch noch nie für einen Menschen so interessiert, zumindest nicht in der heutigen Zeit. Es könnten bis zu 200 Millionen Zuschauer sein, also setz dein schönstes Lächeln auf.“ Sie sah zu dem Jungen hinunter. „Hat Caleb noch seine Macht?“

Jason grinste breit. „Ich denke schon. Mehr oder weniger.“

Donna sah Leiah an, die still und erstaunlich gelassen daneben stand. Auch sie wirkte irgendwie verändert. Ihre Wangen waren rosig. Irgendetwas, das Donna nicht benennen konnte. Vielleicht ein neues Make-up oder eine neue Frisur.

„Ihr könnt gehen. Falls es eine Show gibt, dann beginnt sie in drei Minuten.“

„Danke, Donna“, sagte Jason. Er legte ihr die Hand auf die Schulter. „Danke, dass du mir geglaubt hast.“

„Sorg du nur dafür, dass die Leute was zu sehen bekommen.“

„Das werden sie“, erwiderte er.

Sie drehten sich um und gingen zu einem Seiteneingang unter den Tribünen. Sie hatten die Tür bereits erreicht, als ihr einfiel, was sich an Leiah verändert hatte. Es war ihre Haut.

Ihre Narben waren verschwunden!

Der Flug war eine Qual gewesen. Sie hatten Erfahrung im Krisen-Management, aber diesmal gab es wenig zu managen. Crandal hatte wieder sein professionelles Verhalten an den Tag gelegt und war methodisch alle Alternativen durchgegangen, fast so, als sprächen sie über eine dritte Partei und nicht über ihn. Ein paar Minuten lang hatte Roberts sogar seinen Spaß, während sie Tausende von Kilometern über allem dahinflogen. Es war beinahe so wie in alten Zeiten, als sie jeden Tag mit der Überzeugung angegangen waren, dass ihr Verstand unbesiegbar war. Nur Dummheit könnte sie zu Fall bringen.

Aber heute bot ihnen ihr Verstand keine Lösungen an, und je länger sich der Flug hinzog, desto mehr versiegte ihr Gespräch. Solange ein Stück Papier aus Äthiopien mit dem Geständnis eines Hauptmannes existierte, auf dem Crandal als der Drahtzieher hinter einem Plan genannt wurde, der zu dem Massaker an Tausenden von Zivilisten geführt hatte, gab es keinen Ausweg. Sie konnten ein paar Arme verrenken; sie konnten Gefälligkeiten einfordern; sie konnten leugnen, bis sie schwarz wurden. Und falls das Geständnis bekannt würde, wäre das das Ende, zumindest das politische Ende. Wie ein Hauptmann unter Colonel Ambozia überhaupt von den Einzelheiten der Operation erfahren hatte, war eine ganz andere Sache. Ambozia musste zum Schweigen gebracht werden, das war jetzt klar. Das hätten sie schon vor langer Zeit erledigen sollen.

Und sie hätten das Kind gleich am ersten Tag töten müssen.

Sie hätten es tun müssen, aber sie hatten es nicht getan, und jetzt mussten sie alle in den kommenden zwölf Stunden zum Schweigen bringen. Mit zitternden Kiefermuskeln bestand Crandal darauf.

Sie hatten Washington unter dem Vorwand verlassen, sie würden wegen einer privaten Besprechung nach Los Angeles fliegen, seien aber am kommenden Tag wieder zurück. Roberts hatte eine Limousine gemietet und steuerte sie zum Hintereingang des Stadions.

„Ich übernehme das Reden“, mahnte Crandal, während er sich das Gesicht mit dem Taschentuch abtupfte. „Hier geht es nur darum, das Dokument zu bekommen. Das alles ist streng politisch. Sie schuldet uns einen Gefallen; wir fordern diesen Gefallen ein und versprechen ihr, was sie will, das ist alles. Auf jeden Fall müssen wir sicherstellen, dass wir allein sind.“

„Sie hat versprochen, dass sie alleine kommt“, erwiderte Roberts. „Ich werde alles zuerst überprüfen. Falls es im Umkreis von sechs Metern irgendwelche elektronischen Vorrichtungen gibt, dann ziehen Sie sich zurück.“

„Wir können nicht ohne das Geständnis gehen.“

„Das werden wir nicht.“

Sie tauschten einen Blick und Crandal nickte. Sie stiegen aus dem Wagen, strichen ihre Jacketts glatt und gingen zum Hintereingang.

Banks hatte sie an der Stelle verloren, an der die Schnellstraßen 5 und 210 aufeinander trafen, dank irgendeiner lahmen alten Dame im Cadillac, die mit gesetztem Blinker auf der Auffahrspur darauf wartete, dass der Verkehr nachließ und sie sich einfädeln konnte –

eine absurde Erwartung in der Rush-Hour. Er hatte noch so fluchen und hupen können, sie rührte sich nicht. Schließlich hatte er sie an die Seite geschoben und war vorbeigerauscht, aber mittlerweile hatte er den Bronco aus den Augen verloren.

Sie fuhren in Richtung Osten. Vermutlich Pasadena – Jasons Heimatstadt.

Banks war zum Hollister Drive gefahren, hatte den Wagen auf der Straße abgestellt und beim Haus nachgesehen. Aber der Bronco war nicht da. Mit aufs Äußerste angespannten Nerven kehrte er zu seinem Wagen zurück. Er konnte sich nicht erinnern, jemals so aufgebracht gewesen zu sein.

Warten konnte er aushalten. Aber die Vorstellung, dass der weiße Bronco nach Tijuana unterwegs war, während er hier saß und auf ihn wartete, war mehr, als er ertragen konnte.

Aber andererseits hatte er keine Wahl. Er konnte nicht einfach in Richtung Mexiko fahren, ohne sicher zu wissen, dass dies ihr Ziel war. Er stellte den Polizeifunk ein und schloss die Augen. Falls jemand den Bronco finden würde, so war es die Polizei. Und falls sie es taten, dann würde er da sein – Polizei hin oder her.

# 38

Drei Minuten nach der vereinbarten Zeit kamen sie durch einen Seiteneingang, und Donna spürte, wie ihr ein Schauer über den Rücken lief. Roberts, in einfaches Schwarz gekleidet, ging vor. Crandal trug einen doppelreihig geknöpften dunklen Anzug. Er lächelte. Roberts lächelte nicht. So weit sie sich erinnern konnte, hatte sie Roberts auch noch nie lächeln sehen.

Donna sah sie herankommen und fuhr sich mit den Handflächen über den Rock. Sie setzte ein Lächeln auf und streckte ihre Hand aus. Diese Geste erschien ihr angemessen. Roberts ignorierte sie und ging weiter zu ihrer Linken. Dann um sie herum zu ihrer Rechten.

„Was ist los, Roberts? Denken Sie, ich hätte eine Pistole unter meinem Rock?“ Sie lachte gezwungen auf und Crandal stimmte mit ein.

„Sie kennen ja diese Leute“, sagte er und winkte ab. „Sie vermuten hinter jedem Baum einen Heckenschützen.“ Er sprach leise, voller Autorität. Sie hatte vergessen, wie beeindruckend dieser Mann sein konnte. Er streckte ihr die Hand hin. „Wie schön, Sie wieder zu sehen, Donna."

Er sah sich im Stadion um. Roberts stand hinter ihm, die Hände hinter dem Rücken zusammengelegt. Der Sicherheitsmann überprüfte die Sitzplätze, doch für den Augenblick schien er zufrieden zu sein.

„Vielen Dank, dass Sie gekommen sind, Mr. Crandal. Oder sollte ich Sie Mr. President nennen?"

Er lächelte offen. „Nun, es sieht so aus, als hätte ich mir das Vertrauen des amerikanischen Volkes verdient. Die Menschen wollen eine Veränderung und ich werde ihnen diesen Wunsch erfüllen. Der Wille des Volkes hat in diesem Land den Vorrang, meinen Sie nicht?"

„Ja, das meine ich auch."

„Zum Nachteil von einigen, leider. Ich bin sicher, mein Gegner ist im Augenblick nicht besonders am Willen des Volkes interessiert." Er war wirklich aalglatt.

„Nein, vermutlich nicht."

„Und was ist mit Ihnen, Donna? Was empfinden Sie, wenn Sie gegen den Willen des Volkes arbeiten?"

„Ich habe nur ein paar Fragen, das ist alles."

„Bitte."

Sie atmete tief durch und ließ die Luft langsam entweichen. „Ich habe Ihnen am Telefon gesagt, ich hätte das Geständnis eines Mannes, der behauptet, Sie hätten die Invasion in Äthiopien inszeniert. Stimmt das?"

„Natürlich nicht. Ich kann Ihnen sagen, dass ich in meiner Position als Leiter der ‚National Security Adminstration' im nationalen Interesse des Landes in viele verdeckte Operationen involviert war, aber eine Invasion Äthiopiens gehörte nicht dazu."

„Wie kommt dann ein solches Dokument zu Stande?"

„Donna, lassen Sie uns doch vernünftig sein. Sie sind zu intelligent für so etwas. Wir werden die Welt verändern, meine Liebe. Dieses Land braucht einen starken Führer, der bereit ist, um des Fortschritts willen ideologische Grenzen zu überschreiten. Das amerikanische Volk möchte, dass ich dieser Mann bin. Sie wollen doch bestimmt nicht, dass dem irgendein Gerücht aus einer gottverlassenen Ecke dieser Welt im Wege steht."

„Was ich möchte, tut nichts zur Sache. Allerdings kommt es mir schon seltsam vor, dass Sie bereit sind, sich auf Grund eines Gerüchts hier mit mir in einem verlassenen Stadion zu treffen."

„Das erstaunt Sie? Nun, das sollte es nicht. Ich kenne die Macht solcher Gerüchte. Fehlinformationen können einen Menschen ruinieren. So haben wir Milosevic in die Knie gezwungen. Ich bin sicher, meine Feinde würden mich nur zu gern durch ein Stück Papier vernichten. Aber das werden wir nicht zulassen, nicht wahr, Donna?"

Sie räusperte sich. *Ich hoffe, du schneidest das mit, Bill.* Der Sender würde niemals Anschuldigungen senden, für die es keine Beweise gab. Aber sie würden Caleb senden. Diese ganze Show hing von Caleb ab und sie hatte den Jungen in der Hinterhand.

„Was schlagen Sie vor?", fragte sie.

„Ich schlage vor, Sie geben mir das Dokument, und wir vergessen das Ganze. Das ist das einzig Vernünftige. Unser Land wartet."

„Wir?"

Er grinste und blinzelte ihr zu. „Ich bin sicher, unser aller Leben wird sich unter meiner Regierung verbessern."

„Sie wollen das Dokument sofort haben?"

„Ja."

Donnas Pulsschlag beschleunigte sich. Sie drehte sich zur Seite und nickte. Dabei fiel ihr ein, dass sie mit Jason kein Zeichen verabredet hatte. Bill wusste es – ihr Nicken, aber würde Jason darauf reagieren? Sie nickte erneut. *Komm schon, Caleb.*

Die Tür unter der Tribüne öffnete sich und Caleb trat heraus. Er stieg zwei Stufen hinauf und betrat das Spielfeld.

„Ich hielt es für angemessen, dass Caleb es Ihnen übergibt", sagte Donna und deutete auf den Jungen.

Crandal erbleichte. Roberts ließ beide Arme sinken, machte einen Schritt nach vorn und fluchte.

Caleb überquerte das Spielfeld. In seinen Händen hielt er das gefaltete Dokument. Sein Haar war zerzaust und er lächelte Donna an. Wenn die im Studio nicht begriffsstutzig waren, sendete Mitchell bereits live und diese Bilder gingen über alle großen Sender.

„Ich dachte, Banks …" Roberts' Stimme verklang. Sein Gesicht war gerötet.

Der Junge blieb neben Donna stehen. „Hallo." Er faltete den Zettel auf, überflog das Blatt und sah dann zu Crandal hoch. „Dies ist das Papier meines Vaters. Ich erkenne es, weil er mich auf solchem Papier das Schreiben gelehrt hat, als ich noch kleiner war. Dort steht, dass Sie viele Frauen und Kinder in meinem Land getötet haben. Und ich denke, das ist richtig, weil ich einen Traum hatte, in dem Sie eine Frau gefressen haben. Sie müssen also ein sehr schlechter Mann sein."

Fassungslos starrten sie ihn an.

*Wir schreiben Geschichte,* dachte Donna. *Die Welt sieht zu und wir schreiben Geschichte.*

Crandal schloss seine Augen und öffnete sie dann wieder. Er sah Roberts an und sein Sicherheitschef trat nach rechts. In Windeseile überprüfte er die Sitzplätze. Seine Hand glitt unter seine Jacke. Donna beobachtete das alles und wollte die Schlussfolgerung, die sie daraus zog, nicht akzeptieren.

Er holte seine Pistole hervor. Er wollte tatsächlich seine Pistole ziehen!

Und schon hatte er sie in der Hand. Donna hatte das Gefühl, als habe ihr jemand einen Eimer Wasser über den Kopf gegossen. Sie versteifte sich und trat einen Schritt zurück.

„Wir haben keine Wahl", sagte Roberts. „Das Kind ist am Leben."

Jason beobachtete die Szene durch den Türspalt. Sobald Roberts die Pistole zog, rannte er los. Er überquerte das Spielfeld. „Das sollten Sie sich überlegen, Roberts. Sie sind live im Fernsehen."

Roberts wirbelte mit ausgestreckter Pistole zu ihm herum.

Jason trat vor. Sein Herz klopfte zum Zerspringen. „Wenn Sie schießen, sehen Ihnen eine Million Menschen dabei zu", sagte er.

Roberts blinzelte ein paarmal hintereinander. Leiah rannte an ihm vorbei und stellte sich vor den Jungen. Sowohl Roberts als auch Crandal suchten das Stadion ab.

„Sie lügen!", brüllte Roberts. „Ich habe –"

„Er lügt nicht", schaltete sich Donna ein. Sie deutete über das Spielfeld hinweg. „Wir haben eine Kamera in der Kabine des Moderators installiert. Wir senden live."

„Sie lügen", knurrte Crandal. „Wir hatten uns darauf geeinigt, dass die Kameras draußen bleiben!" Er war einer Panik nahe.

Roberts ließ langsam seine Pistole sinken. Irgendwo in der Ferne war eine Hupe zu hören. Dann noch eine. Und dann ein ganzer Chor von Hupen, als würde jemand in einer nahe gelegenen Kirche heiraten.

„Bill, kannst du den Verstärker anstellen?", fragte Donna.

Stille. Roberts hob die Pistole wieder hoch. „Sie bluffen."

Eine laute Rückkoppelung. Über die Lautsprecheranlage des Stadions ertönte die Stimme eines Mannes. „Bin ich zu hören?"

„Begrüßen Sie Bill", sagte Donna lächelnd.

Die Hupgeräusche kamen immer näher. Die Stimme des Kameramannes hallte durch das leere Stadion. „Wir sind auf Sendung,

Donna. Mitchell hat es auf den Weg gegeben. Wir werden live über die meisten Sender des Landes übertragen. Und Jason irrt sich, wenn er denkt, dass nur eine Million Menschen zusehen. Das sollten Sie besser glauben." Wieder ein lautes Pfeifen von der Rückkoppelung.

Donna bekam vor Aufregung eine Gänsehaut. „Haben Sie die Party angekündigt?", fragte sie.

„Jawohl."

„Danke, Bill."

Donna wandte sich an Crandal. „Sehen Sie? Ich bluffe nicht. Ich nehme an, diese Hupen gehören zu Leuten, die unsere Einladung gehört haben und nun kommen, um den Jungen zu sehen. Ich würde sagen, wir haben noch drei Minuten, bis sie hier eintreffen."

Crandal wich einen Schritt zurück. „Das ist Unsinn! Absoluter Unsinn, hören Sie? Damit werden Sie niemals durchkommen!"

Roberts' Pistole war verschwunden. Weiß wie ein Laken trat er näher. „Lassen Sie uns gehen, Sir."

„Ich denke schon, dass ich damit durchkomme", erwiderte Donna.

Die Hupen wurden immer lauter. Jason hatte den Eindruck, dass sie diesen ganzen Dialog über ihre Radios mitbekamen. Jedes Wort, das hier gesprochen wurde, war in Millionen von Autos zu hören!

Crandal blickte mit gerunzelter Stirn zu der Moderatorenkabine hinüber.

„Wir sollten gehen, Sir! Sofort!", forderte Roberts.

Plötzlich kam ein Mann durch den Seiteneingang gestürmt. Mit weit aufgerissenen Augen rannte er über das Spielfeld. Zwei weitere kamen hinter ihm her. Da waren sie schon.

„Sir …!"

Crandal drehte sich herum und marschierte zum Hintereingang, durch den sie auch hereingekommen waren. Roberts wandte sich noch einmal um und gemeinsam verließen sie das Stadion.

Donna trat sofort in Aktion. „Okay, Bill, wir bauen die andere Kamera hier unten auf. Die Übertragung geht weiter." Auf einmal strömten die Menschen nur so ins Stadion. Jason beobachtete ungläubig das Treiben. Was für Fäden Donna auch gezogen hatte, um das hier auf die Beine zu stellen, es waren die richtigen gewesen.

Sie hatte sich der Kamera zugewandt und sprach nun direkt zu dem Fernsehpublikum. „Was Sie hier miterleben, meine Damen und Herren, werden Sie vermutlich nur einmal in Ihrem Leben sehen. Vor Ihren Augen wird Geschichte geschrieben. Wir werden die Aufklärung von Charles Crandals Machenschaften den dafür zuständigen Behörden überlassen. Aber ich denke, wir alle haben heute Abend erlebt, dass nicht alles so ist, wie es zu sein scheint." Sie trat zu Caleb und legte ihm die Hand um die Schultern. „Wie Sie deutlich sehen können, ist Caleb am Leben und gesund. Und ich bin sicher, wir können ihn überreden, uns zu erzählen, was passiert ist."

Sie redete weiter, aber Jason blendete sie aus und betrachtete das Spielfeld. Einige Leute standen mitten auf dem Feld und schrien so laut sie konnten, um die hereinströmenden Menschenmengen auf die Sitzplätze zu verteilen. Ein zweites Kamerateam von NBC war eingetroffen und kam mit Koffern beladen nach vorn gerannt. Vier Männer in T-Shirts rollten eine Plattform auf Rädern heran. Sie schienen unter der Tribüne gewartet zu haben.

Jason trat hinter Leiah und schluckte.

Wenn Donna sagte, sie würde eine Show veranstalten, dann meinte sie auch eine Show.

Es war Peter, der die Berichterstattung aus der *Rose Bowl* zuerst sah.

Er saß in seinem blauen Rollstuhl und zappte durch die Kanäle, aber einer neuen Gewohnheit folgend schaltete er immer wieder auf NBC um. Sie schienen Calebs Geschichte hautnah mitzuerleben. Bei einer Werbepause schaltete er wieder auf NBC zurück.

Das Bild sah zuerst aus, als würde es von einem Amateurkameramann gedreht – ein Fußballfeld ohne Fußballspieler, ohne Zuschauer auf den Tribünen. Doch dann zoomte die Kamera auf Donna und zwei andere Männer.

Mit gemäßigtem Interesse sah Peter zu, wie sie sich unterhielten. Das war eine Sache, über die sich seine Mom und sein Dad vermutlich aufregen würden, aber für ihn war das nur eine politische Angelegenheit, und so weit er das sah, gehörte das zu den Dingen, für die er sich vermutlich eines Tages interessieren würde, aber im Augenblick …

Moment mal! Wer war das? Die Kamera wurde auf einen kleinen Jungen gerichtet, der aus einer Seitentür kam. Das war Caleb! Wirklich? Ja! Ja, das war Caleb!

„Mom!"

Seine Mutter steckte den Kopf zur Tür herein. Peter sah sie an und wandte sich wieder dem Bildschirm zu. Auf einmal hielt der eine Mann eine Pistole in der Hand und richtete sie auf Caleb!

„Stew! Komm sofort her!" Seine Mutter schien außer sich zu sein und sein Vater kam aus der Garage ins Haus gerannt.

„Was? Was ist los?“

„Es ist Caleb“, erklärte Peter. „Dieser Junge hat –“

„Ist das echt?“, fragte Stew.

„Ja! Ja, das ist echt“, erwiderte seine Mom.

Sein Dad rannte zum Radio auf dem Küchentisch und stellte es an. Die Stimme eines Mannes beschrieb, was sie gerade im Fernsehen verfolgen konnten. Die Polizei wusste Bescheid.

Fassungslos sahen die Longs noch drei Minuten lang zu. Sie beobachteten, wie Jason herausgerannt kam, gefolgt von Leiah. Sie sahen, wie Crandal und Roberts gingen, und dann erschien auf einmal eine Einladung am unteren Bildschirmrand. Jeder, der wollte, sollte zur *Rose Bowl* kommen. Caleb war wieder da.

Ganze 30 Sekunden lang rollte die Einblendung über den Bildschirm. Peters Herz klopfte zum Zerspringen, so als wolle es sich losreißen. Und dann ergriff seine Mutter das Wort.

„Die ‚Rose Bowl‘ ist nur 15 Minuten von hier entfernt.“

Niemand antwortete ihr. Die Leute trafen bereits im Stadion ein. Aufnahmen aus einem Helikopter zeigten die langen Reihen Scheinwerfer auf den Schnellstraßen um das Stadion herum – Autos auf dem Weg zur *Rose Bowl*.

„Bald werden die Straßen verstopft sein“, sagte seine Mutter.

Peter sah seinen Vater an. „Bitte, Dad.“

Dieser zögerte noch einen Augenblick, doch dann griff er nach seiner Polizeiuniform. „Also gut, alle Mann in den Polizeiwagen. Wenn wir schon fahren, dann können wir das wenigstens stilvoll tun. Barbara, nimm Peters Mantel. Ich werde ihn in den Wagen bringen.“

Fünf Minuten später waren sie mit eingeschalteter Sirene unterwegs. Das Radio lief, die Straßen wurden immer voller, und Peter musste unwillkürlich denken, dass irgendetwas passieren würde.

Etwas sehr Großes.

Banks hatte die Nachricht über den Polizeifunk gehört. Ein Cop mit einer hohen Stimme hatte durchgegeben, der Junge sei gefunden worden. Er sei sogar gerade im Fernsehen zu sehen, mit dieser Reporterin von NBC, seinen Entführern und ausgerechnet Charles Crandal. Wo? In der *Rose Bowl*. Und über eine Einblendung am unteren Rand des Bildschirms wurden alle Leute eingeladen, dorthin zu kommen.

Crandal war mit dem Kind zusammen? Banks war beinahe in Panik ausgebrochen. Einen kurzen Augenblick lang überlegte er, alles sausen zu lassen. Aber dann wiederum wurde ihm die Komik der

Situation bewusst. Er ließ den Motor an und machte sich mit durchdrehenden Reifen auf den Weg zur *Rose Bowl.*

Das Kind war dort, die Entführer waren dort, und wichtiger noch, dort würde ein großes Durcheinander herrschen. Man konnte sie alle auf einen Schlag erledigen und bekam 1,2 Millionen dafür.

Er gehörte zu den Ersten, die beim Stadion ankamen. Den Wagen stellte er auf der Nordseite ab und wartete, bis weitere Neugierige eingetroffen waren. Wenn er sich das Durcheinander zu Nutze machen wollte, dann musste er abwarten, bis Durcheinander entstand.

Die Wagen kamen nun in langen Schlangen hupend herangefahren, wie Teenager, die etwas zu feiern hatten. In geordneten Reihen stellten sie ihre Wagen ab, erstaunlich eigentlich, wenn man bedachte, dass dies eine spontane Veranstaltung war. Es gab keine Parkwächter in orangefarbenen Westen und Taschenlampen, die sie einwiesen. Da waren nur Horden von Menschen, die offensichtlich die Ankündigungen im Radio oder im Fernsehen gehört hatten und nun kamen, um den Grund für diese Aufregung zu erfahren. Sie stellten ihre Autos ab und eilten zum hell erleuchteten Eingang.

Nach Polizeiangaben war es auf der Schnellstraße 210 zu einem Stau gekommen. Die Polizisten bemühten sich, den Verkehr umzuleiten. Und alle Schnellstraßen, die an Pasadena vorbeiführten, waren hoffnungslos überlastet. Offensichtlich hatte ganz Los Angeles die Nachricht gehört und sich auf den Weg zur *Rose Bowl* gemacht. Den Leuten wurde geraten, die nächste Ausfahrt zu nehmen und auf Nebenstraßen zum Stadion zu fahren. Nach dem Bericht eines Polizeihubschraubers, der über der Gegend kreiste, waren jedoch die Straßen im gesamten Bereich bereits überlastet.

Banks spürte einen Stich über seinem linken Auge. Die Dummköpfe hatten keine Ahnung, was für eine Show sie miterleben würden. Vermutlich würde er Jason und die Frau aufgeben müssen, das wusste er. Das hing von der Position ab, die er sich sichern konnte. Aber andererseits würde er vielleicht auch einfach losballern.

Und wenn sich das Spiel nun geändert hatte? Wenn diese Bloßstellung Roberts' und Crandals Bereitschaft zu zahlen gedämpft hatte?

Er fluchte laut und verdrängte diesen Gedanken. Er konnte jetzt nicht daran denken. Nicht, wenn er seinem Ziel so nah war. Nicht, wenn er jetzt endlich zu Ende bringen würde, was er begonnen hatte.

Er wartete sieben Minuten. Ein Meer von Autos stand nun um seines herum. Er stieg aus und ging zum Kofferraum. Sein Fluchtweg war frei. Das war gut. Er öffnete den Kofferraum.

Das Gewehr mit einem gasbetriebenen Rückschlag war sein übliches Arbeitswerkzeug. Er konnte das Kind sogar von hier aus umpusten, wenn er es ins Visier nehmen könnte. Und es hatte einen Schalldämpfer.

Ein Vater und sein Kind rannten aufgeregt an ihm vorbei. Falls sie ihn gesehen hatten, so hatten sie sich nichts anmerken lassen.

Banks holte einen braunen Trenchcoat hervor und zog ihn an. Er sah sich um. Er war allein zwischen den Wagen und so steckte er das Gewehr unter den Mantel. Schnell band er es sich mit einem Band um die Taille. Der Kolben stieß ihn schmerzhaft in die Achselhöhle. Das war ihm jedoch gleichgültig.

Banks schloss den Kofferraumdeckel und ging zur Seite des Stadions. Er mischte sich unter die Leute, die zu den Eingängen eilten. Noch immer ertönten die Hupen von Tausenden von Autos, die auf den umliegenden Straßen feststeckten und darauf warteten, pünktlich zur Show da zu sein.

Das war gut so. Er würde ihnen die Show stehlen.

# 39

Das Stadion mit seinen 102 000 Sitzplätzen war innerhalb von 15 Minuten bereits zur Hälfte gefüllt, bis die verstopften Straßen den Strom der Ankommenden ein wenig verlangsamten. Ein Dutzend neue Kamerateams hatten nun vor der provisorischen Bühne ihre Kameras aufgestellt. Die Bühne war mit einem künstlichen grünen Rasen ausgelegt worden und darauf stand ein Ständer mit 20 aneinander gebundenen Mikrofonen.

Sie standen neben der Bühne und wussten nicht, was sie sagen sollten. Alles war so schnell gegangen, die Flucht in die Berge und jetzt diese von Donna inszenierte Show. Jason hatte Mühe, alles zu verarbeiten.

„Ich habe das Gefühl, auf einer Wolke zu schweben“, sagte er.

„Fühlst du es?“, fragte Caleb.

„Ich fühle etwas.“

„Ich fühle es auch“, sagte Leiah. „Es ist, als hinge etwas in der Luft. Nicht nur die Aufregung.“

Caleb sah mit seinen unglaublich blauen Augen zu Jason hinauf und lächelte. Sein Haar war von den beiden Nächten in der Hütte noch zerzaust. Leiah hatte darauf bestanden, auf dem Weg nach Los Angeles bei einem Andenkenladen anzuhalten. Sie konnten wohl kaum in blutverschmierter Kleidung herumlaufen und sich so der Öffentlichkeit präsentieren. Eigentlich war es zu kühl für die T-Shirts, die sie ihnen gekauft hatte, aber zumindest waren sie sauber. Zum ersten Mal seit sieben Jahren trug sie kurze Ärmel, und es schien ihr Freude zu machen, ihre Arme zu zeigen. Calebs Shirt war mindestens eine Nummer zu groß für ihn.

„Der Geist Gottes", erklärte der Junge. „Vielleicht wird etwas geschehen."

Um ehrlich zu sein, Jason kam sich ein wenig fehl am Platze vor. Die Menschen waren gekommen, um Caleb zu sehen, und das konnte er ihnen kaum vorwerfen. Aber auch er hatte seinen Part. Es sah so aus, als habe sich der Junge geirrt, als er sagte, einer von ihnen werde bald sterben.

Die Szenerie, die sich vor ihm ausbreitete, erschien ihm klein und unbedeutend, als wäre das nur ein Spiel, das er spielte, dieses Mal in diesem riesigen Stadion. Als er darüber nachdachte, was in den vergangenen Tagen geschehen war, überlief ihn ein kalter Schauer. *Lieber Gott, ich liebe dich von ganzem Herzen. Du bist mein König.*

Er erzitterte.

„Bist du in Ordnung?", fragte Leiah mit funkelnden Augen. „In den vergangen zehn Minuten hast du nur gelächelt, und ich denke, die Kameraleute werden sich fragen, ob du vielleicht den Verstand verloren hast." Sie grinste.

„Mir geht es gut." Er küsste sie auf die Stirn. „Ich denke, ich bin verliebt."

„Ich weiß, was du meinst. Ich auch."

Er wusste nicht so genau, ob sie ihn meinte oder Gott. Vielleicht beide, so wie er. Das war auch egal.

Donna trat zu ihnen. „Also gut, ich denke, wir sollten anfangen. Kannst du zu den Leuten sprechen, Caleb?"

„Es ist noch nicht voll", wandte Jason ein.

„In ein paar Minuten ist es so weit. Das Publikum sieht uns über diese Kameras dort vorn zu. Wir senden live in 52 Länder. Nach Einschätzung des Studios haben wir das größte Publikum, das es je bei einem einzigen Ereignis live gegeben hat. Mehr als 300 Millionen Leute sehen uns im Augenblick zu." Sie lächelte in die Kamera. „Wie ich schon sagte, jetzt wäre ein guter Zeitpunkt, etwas zu tun. Außerdem wird, wie ich gehört habe, Nikolous jeden Augenblick hier eintreffen. Wir wollen doch nicht, dass er dem Ganzen Einhalt gebietet."

Die Zahlen bedeuteten Jason nichts. Der Gedanke, dass Nikolous hereingestürmt kommen könnte, erschien ihm bedeutungslos, trivial. Das allein war schon seltsam. Vielleicht hatte Caleb Recht, vielleicht würde etwas passieren.

„Also gut, Caleb", sagte er. „Die Welt wartet. Geh dort hinauf und erzähle ihnen, wie es ist."

Der Junge zögerte, blickte von Jason zu Leiah und wieder zu Jason zurück. Er hob beide Arme zu einer Umarmung. Jason sah Leiah an, dann bückten sich beide und umarmten den Jungen.

„Ich bin sehr glücklich", sagte er.

„Wir auch", erwiderte Leiah und drückte ihn fest an sich. „Danke."

Er ließ sie los und blickte sie durchdringend an. „Ich danke euch."

Erst als Caleb bereits auf dem Podium stand, wurde Jason klar, was Caleb da gesagt hatte. Es hörte sich wie ein Abschiedsgruß an.

Donna rannte zu Bill. „Wir fangen an!"

Der Junge ging zum Mikrofon, und ein paar Leute auf dem Spielfeld forderten die anderen auf, ruhig zu sein. Die Nachricht verbreitete sich wie ein Lauffeuer. Der Junge stand auf der Bühne.

Als Caleb vor den Mikrofonen stehen blieb, hatte sich eine unglaubliche Stille über das Stadion gelegt. Im Hintergrund waren nur die Symphonie der Hupen zu hören und das gleichmäßige Dröhnen der Hubschrauberrotoren.

Caleb beugte sich zu den Mikrofonen vor. „Hallo."

Das Wort wurde laut übertragen. Zu laut. Er fuhr zurück und grinste amüsiert. Er sah zu Jason und Leiah hinüber und versuchte es erneut.

„Hallo." Dieses Mal hatten sie die Lautstärke heruntergedreht. „Mein Name ist Caleb."

Eine junge Frau auf einem der vordersten Plätze sprang auf, warf die Arme in die Luft und schrie: „Jaaaa, Caleb! Jaaa, Caleb!"

Hunderte erhoben sich und stimmten in ihren Schrei mit ein. Innerhalb weniger Sekunden waren alle auf den Beinen und bekundeten durch Rufen und Pfeifen ihre Zustimmung. Caleb sagte etwas ins Mikrofon, aber es ging in dem Lärm unter. Das Stadion erbebte unter der Lautstärke von 80 000 Stimmen, die, so laut sie konnten, Caleb ihre Zuneigung bekundeten.

Caleb blinzelte und trat vom Mikrofon zurück. Es war schwer vorzustellen, dass der kleine Junge noch fünf Wochen zuvor in seiner Tunika auf dem Rücksitz von Jasons Jeep gesessen hatte. Schwer vorzustellen, dass so viele Menschen alles stehen und liegen gelassen hatten, um hierher zu eilen, nachdem sie gehört hatten, dass Caleb am Leben war. Doch dann war der Junge in ihrem Leben aufgetaucht und hatte alles verändert, oder? Sie würden ihm vermutlich über eine Klippe folgen.

Ein Dutzend Menschen, die sich offensichtlich für die geborenen Führer hielten, rannten aufs Spielfeld hinaus und forderten Ruhe. Es dauerte gut 30 Sekunden, aber schließlich verstummte der Lärm. Ein junger Mann mit nacktem Oberkörper und langen Haaren forderte die Menge besonders engagiert auf, endlich den Mund zu halten.

Der Junge sah zu Jason hinüber. Sein Lächeln war verschwunden. Jason nickte ihm ermutigend zu und Caleb trat erneut vor das Mikrofon.

„Ich bin nur ein Kind", sagte er. „Es macht mir Angst, all diesen Lärm zu hören. Ihr solltet Gott loben, nicht mich." Er hielt inne. Es war ungewöhnlich still im Stadion. „Weil alles, was ihr gesehen habt, von Gott kommt, wisst ihr? Alle guten Dinge. Dadda hat mir gesagt, wir sollten nicht das Lob der Menschen suchen."

Caleb sah zur Seite und Jasons Herz schwoll vor Stolz an. Der Junge sprach wie ein gebildeter junger Mann, der er ja auch war. *Sag es ihnen, Caleb.*

Der Junge wandte sich wieder dem Mikrofon zu. „Ich bin kein Zauberer. Ich weiß, dass einige mich dafür halten, aber ich bin es nicht. Und die Macht, die ihr gesehen habt, kommt nicht aus meinem Geist, wie einige von euch denken. Sie kommt nicht von mir, sondern von Gott."

Für einen Jungen, der in den vergangenen fünf Wochen kaum gesprochen hatte, machte er gute Fortschritte. Er wurde zusehends selbstsicherer. „Und als ich euch sagte, dass Jesus Christus die einzige Macht hinter dem ist, was ihr miterlebt habt, dann nicht, weil ich es nicht besser weiß. Ich kenne Christus, weil er mich erlöst hat. Ich denke, ich verstehe den Begriff Sünde jetzt sehr gut, und sie ist keine schöne Sache. Ich trete ein in Jesu Reich, das Reich Gottes. Er ist der einzige Gott."

Man konnte eine Stecknadel fallen hören. Die Worte des Jungen straften die Überzeugungen der Hälfte der Leute, die zusahen, Lügen. Aber er war noch nicht fertig.

„Einige von euch glauben an Götter aus Stein. Einige von euch beten Propheten an. Ich verstehe nicht alle eure Worte, aber ich kenne Gott, und ich kann euch sagen, dass er der einzige Gott ist. Er ist nicht Buddha, er ist nicht Mohammed und er ist nicht der Mensch. Er ist Jesus Christus und er hat uns den Weg zu Gott freigemacht. Zum Reich Gottes."

Donnernder Applaus brach plötzlich los. Die Christen konnten sich nicht mehr zurückhalten. Jason auch nicht. Das Stadion bebte, und Jason wurde klar, dass seine Stimme zu denen gehörte, die es erbeben ließen. Es war egal, dass die Hälfte der Zuschauer den Jungen nur mit aufgerissenen Augen anstarrten und schockiert waren über seine Worte. Die Wahrheit triumphierte und schon bald schlossen sich einige an. Von seinem Platz aus konnte Jason sehen, wie die Mikrofone zu wackeln begannen.

„Und einige von euch, die sich Christen nennen ..."

Jason sah, dass das Stadion nun brechend voll war. Nikolous war ebenfalls eingetroffen. Er stand mit weit aufgerissenen Augen am Seiteneingang. Der Mann mit dem nackten Oberkörper rannte wieder auf das Spielfeld, um die Zuschauer zum Schweigen zu bringen. Die Jubelrufe verstummten.

„Und einige von euch, die sich Christen nennen, müssen lernen, wie sie sich im Reich Gottes fortbewegen können, nicht nur schlafen", fuhr Caleb fort. „Dadda hat mir gesagt, die Tatsache, dass man in einem Palast geboren ist, bedeute nicht gleichzeitig, dass man auch regieren kann. Ihr seid Kinder, blind gegenüber der Macht von Gottes Heiligem Geist. Ich denke, ihr seid vielleicht noch immer Babys im Palast. Vielleicht spielt ihr noch im Sand."

Jason lachte so laut, dass einige der Kameras auf ihn schwenkten. Leiah stieß ihn an und er riss sich zusammen und unterdrückte sein Lachen. Aber sie lachte ebenfalls verhalten. Dr. Thompsons Worte waren bei dem Jungen hängen geblieben.

Caleb sah zu ihnen hinüber und grinste. „Ich bewege mich im Reich Gottes. Und wenn ich das kann, kann es jeder."

Was für eine seltsame, wundervolle Art, das auszudrücken, dachte Jason. Er neigte den Kopf und lächelte. Jason rechnete damit, dass Caleb fortfahren würde.

Aber das tat er nicht.

Er starrte sie nur an. „Das ist alles, was ich zu sagen habe", erklärte er. Das Lächeln verschwand von seinem Gesicht. Die Menge erhob sich schweigend.

Hitze wallte in Jason auf und rann ihm über den Rücken. Die Luft war geladen. Er und Caleb erstarrten, starrten sich an, irgendwie gefangen in der Zeit, seltsam erwartungsvoll.

Caleb bewegte den Kopf, aber es hatte den Anschein, als bewege er ihn in Zeitlupe. Sein Kopf fiel nach hinten. Die Arme des Jungen hingen lose herunter, aber sein Kopf war nun in einem seltsamen Winkel gebeugt. Roter Nebel sprühte durch die Luft hinter ihm. Seine Augen schlossen sich, und Jason fragte sich, warum. Stille hing über dem Stadion.

Einen endlosen Augenblick blieb Caleb so stehen, den Kopf nach hinten geneigt, mit geschlossenen Augen. Und dann gaben seine Beine plötzlich unter ihm nach. Sein Körper sackte in sich zusammen und landete mit einem dumpfen Aufschlag auf dem Holz.

Ein großer Hitzeball explodierte in Jasons Kopf. Eine Kugel hatte den kleinen Kopf durchschlagen. Caleb war erschossen worden!

Und dann dachte er: *Ich bin auch erschossen worden.*

Banks hätte auch noch ein zweites Mal abgedrückt, wenn nicht die seltsame Vorstellung des Kindes gewesen wäre. Der Junge hatte einfach dagestanden, und Banks hatte den Eindruck gehabt, er wolle, dass er schoss.

Er hatte oberhalb der Presseboxen am Geländer gelehnt und fünf Sekunden lang auf die Schläfe des Jungen gezielt, bevor er abgedrückt hatte. Es war perfekt gewesen. Kein Knall, kein Blitz, nur ein Spucken, und das Kind war tot. Banks beobachtete das Kind noch ganze drei Sekunden durch das Zielfernrohr, bevor es zu Boden sank. Der Körper rührte sich nicht mehr. Dieses Mal war er ganz sicher tot.

Und wenn sie nun nicht zahlen?

Er zögerte noch länger, obwohl er wusste, dass er die anderen beiden mittlerweile schon erledigt haben sollte. Jason stand fassungslos auf der Bühne.

Und auf einmal lief Banks die Zeit davon. Das Dröhnen von Hubschrauberrotoren war hoch über ihnen zu hören. Das würde die Polizei sein und sie würde mittlerweile Bescheid wissen. Banks richtete das Gewehr auf die Frau, doch sie hatte sich bereits in Bewegung gesetzt. Die Zeit lief ihm definitiv davon und das Stadion war in Aufruhr.

Banks richtete sich auf, schob das Gewehr unter seinen Mantel und rannte zum Hinterausgang. Falls Crandal nicht bezahlte, würde er ihn ebenfalls erschießen, das war sicher. Er hatte 20 Minuten gebraucht, um hier heraufzuklettern. Für den Abstieg würde er nicht mehr als zwei brauchen.

Er war nicht zu stoppen. Wenn er sagte, er würde jemanden töten, dann war er so gut wie tot. Zumindest der Junge war es. Eigentlich hatte er sich nie so richtig bereit erklärt, auch die Erwachsenen umzulegen. Eins Komma zwei war nichts. Und wenn das wirklich nichts war – wenn sie die Regeln geändert hatten, dann hatte er einen neuen Auftrag.

*Plopp. Plopp.* Auch gut.

Es dauerte ganze drei Sekunden, bis Jason klar wurde, dass er nicht tot war. Sein Kopf fühlte sich so an, als sei er implodiert, vermutlich von dem Schock, aber ihn hatte keine Kugel getroffen. Caleb – das war etwas anderes.

Schockierte und ungläubige Schreie steigerten die Verwirrung im Stadion zu einem Chaos. Leiah war bereits zu dem Jungen gerannt und hatte sich neben ihn gekniet. Sie schrie vermutlich vor Entsetzen, aber das konnte er nicht genau hören, weil das ganze Stadion in Aufruhr war.

Als Jason das Ausmaß des Geschehenen erkannte, blieb ihm die Luft weg.

Ein Stöhnen entrang sich ihm. „Ohhh …"

Adrenalin strömte durch seinen Körper und er taumelte vor. Seine Füße fühlten sich an wie Blei. „Oh Gott! Oh Gott!"

Leiah saß über Caleb gebeugt und weinte. Sie strich ihm das Haar aus der Stirn. Darunter war ein klaffendes Loch zu erkennen.

Jason schaffte es, die Hälfte des Weges zu ihnen zurückzulegen, doch dann stolperte er und fiel hin. Er rappelte sich auf. Plötzlich konnte er gar nicht schnell genug zu dem Jungen gelangen. Das war natürlich alles nicht passiert. Es konnte nicht sein, dass Caleb in den Kopf geschossen worden war. Nicht jetzt, gar nicht, nicht solange Jason am Leben war.

Sein Blickfeld verschwamm, und er ging erneut zu Boden, aber dieses Mal sank er neben dem Jungen auf die Knie. Erst dort dämmerte Jason die Wahrheit, erst als er den heiteren Ausdruck auf Calebs blutverschmiertem Gesicht wahrnahm.

Caleb war tot.

Mit einer solchen Wunde konnte niemand überleben.

Sein Magen krampfte sich zusammen. Seine Kehle schmerzte, und seine Brust schrie auf vor Schmerz, einem Schmerz, der so heftig war, dass er sich fragte, ob irgendetwas in seiner Brust auseinander gerissen wurde. Dieser kleine Junge war sein Leben gewesen und jetzt war ihm dieses Leben entrissen worden. Zuerst Stephen, jetzt Caleb.

Ein Gedanke schlich sich bei ihm ein. Der Gedanke, dass er diesen Schmerz nicht ertragen konnte. Er war vermutlich größer, als er es würde ertragen können. Panik machte sich in ihm breit.

„Oh Gott!"

Das Schreien der Menge hinter ihm und Leiahs Weinen neben ihm entfernten sich immer weiter in eine ferne Welt. Ein dumpfer Schmerz füllte ihn aus. Sein Herz.

Jason kniff die Augen zusammen, warf den Kopf in den Nacken und schrie auf.

„Neeeeeiiiin!"

Seine Stimme übertönte den Lärm. In diesem Schrei lag sein ganzer Schmerz. Er war erschreckend in seiner Lautstärke. Und trotzdem explodierte sein Herz. Jeder Nerv seines Körpers schien in dem Schmerz zu schwimmen. Die Panik kämpfte sich zornig an die Oberfläche, und Jason wusste zweifelsfrei, dass er starb. Er kniete auf der Bühne, das Gesicht zum Himmel gewandt und starb vor Kummer.

Er brauchte dringend Sauerstoff und atmete tief ein. Sein Einatmen klang hohl, als würde er sich in einer großen Trommel befinden, und seine Augen waren auf einen schwarzen Himmel gerichtet.

Aber er war nicht schwarz.

Er war blau. Es war dieselbe blaue Luft, in der sie in den Bergen getanzt hatten. Jetzt umgab ihn ein Vakuum der Stille.

Seine Augen waren erneut geöffnet worden! Der Schmerz verblasste. Oder vielleicht war er ja auch tot und im Himmel.

Jason drehte den Kopf und blickte zur Tribüne. Was er sah, ließ ihn erstarrten.

Da saßen 102 000 Menschen, aber nur ein paar von ihnen standen, starrten schockiert zur Bühne, weinten, obwohl er sie nicht hören konnte. Der Rest …

Der Rest war tot.

Langsam rappelte sich Jason auf und machte ein paar Schritte nach vorn. Natürlich waren sie nicht richtig physisch tot, aber geistlich gesehen waren sie es. Sie saßen zusammengesunken auf ihren Plätzen oder lagen auf dem Boden, grau und leblos, genau wie der Junge hinter ihm.

Der Schmerz setzte sofort ein – es war derselbe Schmerz, den er gerade eben an Calebs Seite empfunden hatte. Jason schnappte nach

Luft und fiel zitternd auf die Knie. Und in diesem Augenblick wurde ihm die Ursache für diesen Schmerz klar.

Er empfand den Schmerz Gottes. Nicht über Caleb, sondern über diese toten Seelen im Stadion. Weil in Wirklichkeit sie tot waren, nicht Caleb.

Jason presste beide Hände auf die Schläfen und ein Schrei entrang sich ihm. Er wollte sich zusammenrollen und um Erleichterung flehen.

So wie Jasons Herz durch Calebs Tod gebrochen worden war, wurde Gottes Herz durch den Schmerz über den Tod der Menschen in diesem Stadion zerrissen.

Auf einmal war ihm alles so klar, so unglaublich schrecklich. Ein Gefühl, dem Zorn nicht unähnlich, machte sich in Jason breit, und er begann verzweifelt zu schluchzen. Wie konnten diese Narren ihrem Schöpfer so etwas antun? Ihrem Vater? Christus?

Aber das Gefühl wurde sofort durch eine tiefe Trauer ersetzt. Und durch tiefe Liebe.

Tränen strömten ihm über das Gesicht. Jason hatte das Gefühl, mit den Fußbodenbrettern zu verschmelzen. Er betete für sie, streckte seine schwachen Hände nach der Menge aus.

Der Himmel wurde durch einen blendenden Blitz erhellt und dann wieder schwarz.

Auf einmal war alles wieder normal. Donna und mehrere Kameramänner hatten ihren Schock überwunden und rannten zur Bühne. Entsetzensschreie hallten durch das Stadion und die Menschen verließen ihre Plätze und rannten auf das Spielfeld. Sie würden die Bühne stürmen.

Jason ließ die Arme sinken. Wie betäubt kniete er keuchend auf der Bühne, und ihm wurde klar, dass seine Vision nur Sekunden gedauert haben konnte. Aber er wusste jetzt, was er zu tun hatte.

Er erhob sich und ging zum Mikrofonständer. Er schnappte sich eines der Mikrofone und hob die Hand. „Stopp!"

Seine Stimme hallte durch das Stadion.

Doch die Menschen blieben nicht stehen. Donna hatte die Bühne schon fast erreicht.

Er rief ein zweites Mal. „Stehen bleiben. Bleiben Sie, wo Sie sind!"

Dieses Mal hörten sie auf ihn. Aber er wiederholte es trotzdem noch einmal. „Stopp!"

Jede Bewegung schien auf einmal zu erstarren. Vereinzelt ertönten noch ein paar Schreie, aber darüber hinaus konnte er nur noch seinen schweren Atem vernehmen, der über die Verstärkeranlage zu hören war.

Und plötzlich machte sich eine überschäumende Freude in ihm breit. Er wusste nicht, ob er dieses Wort jemals zuvor gebraucht hatte, aber dies war so ein Augenblick, in dem man dieses Wort verwenden musste. Überschäumende Freude. Gott tat etwas. Etwas, das bedeutender war als alles, was jeder der Anwesenden je erlebt hatte. Nicht unbedingt für ihn, Leiah oder Caleb, aber für die toten Menschen dort draußen, die nicht einmal wussten, dass sie tot waren. Er lächelte.

Ihm kam der Gedanke, dass die Menschen im Stadion ihn anstarrten, als sei er gerade aus dem Himmel gefallen, während er vor dem Mikrofon stand und über Worte wie „überschäumend“ nachdachte. Und nicht nur die Menschen, sondern 100 Millionen andere vor ihren Bildschirmen.

Jason sah zu Caleb und Leiah hinüber. Der Junge war definitiv tot. Leiah weinte. Er blickte in die Kameras.

„Mein Name ist Jason.“ Seine Stimme hallte in dem großen Stadion wider, aber für ihn klang sie weit entfernt. „Mein Name ist Jason und Gott hat mir die Augen geöffnet. Ich habe Sie gebeten, stehen zu bleiben, weil etwas passiert, und ich denke, Sie sollten sich jetzt nicht bewegen.“

Er drehte sich wieder zu Leiah um, die ihn jetzt ebenfalls anstarrte. Alle starrten ihn an. Calebs Blut sammelte sich in einer Pfütze um seinen Kopf.

*Die Menge wartet, Jason.*

Er hielt das Mikrofon an die Lippen. „Das ist nicht so, wie es aussieht.“ Er hatte das Gefühl, in einer Welt zu stehen und in eine andere hineinzurufen – in die Welt des Fußballstadions. Vielleicht war er tatsächlich tot.

„Ich meine, ich weiß, dass Caleb erschossen wurde. Er ist ...“ Er schluckte und dachte darüber nach. „Aber er lebt. Und er hatte Recht. Ich war tot, aber ich lebe jetzt auch. Lebe in seinem Geist. Aber Sie“ – er deutete auf die Menge – „die meisten von Ihnen sind tot.“

Er ließ das Mikrofon sinken. Ihm wurde klar, dass er nicht die richtigen Worte fand.

Donna stand drei Meter von der Bühne entfernt. Sie war totenblass. Der Mann mit dem nackten Oberkörper, der sich gewissermaßen zum Ordnungshüter erklärt hatte, stand vier Meter hinter ihr, stumm und mit weit aufgerissenen Augen. Die Kameras surrten neben ihm. Der Himmel über ihnen knisterte vor Spannung. Das war neu.

Er versuchte erneut zu sprechen. „Was ich sagen möchte, ist, dass Gott das Herz bricht, und zwar nicht nur wegen Calebs Tod, sondern wegen euch. Ihr müsst euch ihm zuwenden. Jesus, meine ich. Bitte, nehmt seine Einladung an, er liebt euch mehr als alles."

Jason trat nach rechts. „Ich meine, vielleicht tut Gott dann und wann dramatische Dinge. Er heilt einen Jungen; er macht vernarbte Haut wieder glatt; er öffnet die Augen eines Blinden. Aber glauben Sie mir, es sind die Augen des Herzens, die aufgetan werden müssen. Das ist das echte Wunder – dass wir seine Liebe zu uns verstehen. Ihn wieder lieben."

Der Himmel begann nun lauter zu knistern – Blitze zuckten plötzlich über die blaue Weite. Ja, es würde tatsächlich etwas geschehen.

„Gott könnte Calebs toten Körper heilen, wenn er es wollte", sagte Jason. „Manchmal, wenn die Menschen blind sind, tut er solche Dinge, nur um ihre Aufmerksamkeit auf sich zu ziehen. Er verwandelt Flüsse in Blut, Wasser in Wein, und er reißt Mauern aus Stein nieder. Aber er möchte eure Herzen heilen. Wer behauptet, dass die Heilung einer Hand dramatischer ist als die Heilung des Herzens?"

Jason blickte zu Caleb hinüber und Hitze machte sich in ihm breit. Leiah war von Calebs Körper zurückgewichen. Der Junge lag auf dem Rücken, ein Bein unter seinem Körper abgeknickt, und ein großes Loch klaffte in seiner Schläfe. Die Kameras fingen dieses Bild ein und übertrugen es in alle Welt. Alle konnten sehen, dass er tot war. Allerdings konnten sie nicht sehen, dass er auch am Leben war. Sie konnten das blaue Licht nicht wahrnehmen, das um seinen Körper wirbelte. Sie konnten die rote Farbe über seiner Brust nicht sehen. Sie merkten nichts von dem Knistern und Knacken hoch über ihnen.

Jason sah zum Himmel. Die Blitze hatten sich zu langen Strömen gesammelt und kreisten über ihnen. Instinktiv trat Jason zurück. Er würde etwas tun! Gott würde etwas für die Menschen tun!

Ein warmer Wind wehte durch Jasons Haar. Er ließ seinen Blick über das Stadion schweifen. Der Wind wirbelte Papier durch die Luft, und die Menschen fingen an, sich umzusehen. Die plötzliche Veränderung erstaunte sie. Es war ein richtiger Wind, aber Jason empfand ihn als den Atem Gottes.

Er ließ das Mikrofon fallen. Ein lauter Knall, gefolgt von einem gedämpften Rollen wurde über die Lautstärker übertragen. Er sah zum Himmel und hob beide Hände. „Ich liebe dich, Vater", sagte er leise. Ein heißer Wind traf seinen Körper und er schnappte nach Luft. Auf wackligen Beinen wich er einen Schritt zurück. „Oh Gott! Oh lieber Gott!" Irgendetwas hing in der Luft. Er hatte das Gefühl, von der Spannung verschluckt zu werden.

Plötzlich ein lauter Donnerschlag. Weißes Licht zuckte über den Himmel und hüllte die ganze Bühne ein.

Jasons Körper wurde aufgewirbelt und gut drei Meter weit fortgeschleudert. Er sah alles in dem Bruchteil einer Sekunde, die er sich in der Luft befand: den Lichtstrahl so rund wie eine Säule, die Caleb zu verschlucken schien; das Aufbäumen von Calebs kleinem Körper, der Aufprall des Körpers auf dem künstlichen Rasenstück.

Die Menge starrte fassungslos zur Bühne.

Dann landete Jason auf seinem Hinterteil.

Langsam erhob er sich. Der Körper des Jungen lag reglos da. Jason betrachtete die Menschenmenge. Donna stand mit aufgerissenem Mund daneben.

Jason ging zu dem Körper hinüber.

Er war noch drei Schritte von der schlafenden Gestalt entfernt, als Caleb sich plötzlich aufsetzte. Jason blieb stehen. 102 000 Menschen schnappten gleichzeitig nach Luft.

Caleb blinzelte einmal, wischte sich das Blut aus den Augen und erhob sich.

Leiah schrie als Erste auf. Sie eilte zu Caleb, schlang die Arme um ihn und begann mit ihm zu hüpfen. Jason hatte seine Arme bereits um beide gelegt, als die Zuschauer begriffen, was hier gerade geschehen war. Ein ohrenbetäubender Lärm brach los. Es war die Explosion der Stimmen, Herzen und des Geistes, alles in einem.

Caleb riss sich los und begann zu springen. Er warf die Arme in die Luft und tanzte über die Bühne. Er hob sein Gesicht zum Himmel und rief: „Jeeesuuusss!"

Wie eine anschwellende Welle rollte dieser Schrei durch das Stadion. „Jeeesuuusss!"

Caleb blieb stehen, sah sie an, als würde er sie erst jetzt zur Kenntnis nehmen. Er rannte zu den Mikrofonen. „Gott will euch ebenfalls neues Leben schenken. Das ist das größte Zeichen seiner Macht", rief er.

Beinahe unmittelbar darauf begannen alle zu weinen – alle gleichzeitig, wie eine Flut. Sie hatten es gesehen. Sie hatten es gehört. Und jetzt verstanden sie es auch, dachte Jason.

Gott holte sie ins Leben zurück.

Unvermittelt sprang Caleb von der Bühne und rannte zu der ersten Reihe, wo ein Mann mit dem Gesicht im Gras lag. Neben dem

Mann lag eine Frau ebenfalls in tiefer Reue auf dem Boden. Ein kleiner Junge saß in einem blauen Rollstuhl zwischen ihnen. Seine Beine steckten in Metallschienen.

Caleb stellte sich vor den Jungen. Jason erkannte ihn. Es war der kleine Junge, bei dem Caleb das erste Mal versagt hatte. Ein blonder Junge, der von seinem verzweifelten Vater auf die Bühne gesetzt worden war. Und soweit Jason sehen konnte, saß er als Einziger im Rollstuhl.

Caleb packte die Hand des Jungen und zog ihn hoch. Der blonde Junge riss die Augen auf, als sich sein Körper aus dem Rollstuhl erhob. Und dann stand er. So einfach war das.

Caleb zog ihn mit sich zur Bühne. Er rannte und Jason begann zu lachen.

Das Kind starrte fassungslos auf seine Füße, als sie die Bühne erreichten – eine natürliche Reaktion angesichts dessen, was gerade geschehen war. Er taumelte auf die Bühne und sprang mit einem Schrei des Erstaunens auf seine Füße. Er drehte sich zu seinen Eltern herum und schrie erneut auf – ein hoher Freudenschrei.

Der Vater hob den Kopf und merkte, dass sein Sohn nicht mehr da war. Die Mutter erhob sich. Entsetzt starrten sie auf die Bühne. Und dann verzogen sich ihre Gesichter. Sie fielen sich in die Arme und begannen laut zu weinen.

Caleb ergriff die Hand des Kindes, und zusammen fingen sie an zu hüpfen, außer sich vor Freude und lachend.

Jason seufzte und sank auf die Knie. Gottes Kraft war nicht mehr sichtbar, aber sein Herz war dort in diesem Reich, und das war es, was wirklich zählte. Darum ging es.

Caleb und sein neuer Freund sprangen auf der Bühne herum. Überall auf dem Spielfeld lagen die Menschen flach auf dem Bauch, flehten Gott um Vergebung an. Sie knieten zwischen den Sitzen und in den Gängen. Sie sprangen und hüpften und ihre Schreie erschütterten die Bühne. Es war dasselbe Erlebnis wie in der *Coastview Fellowship Church* – nur dieses Mal mit 102 000 Menschen, die bis zu diesem Augenblick nicht gewusst hatten, dass Gott so real ist. So sehr, sehr, sehr real.

Jason konnte nicht mehr an sich halten und begann zu schluchzen. Er kniete auf der bebenden Plattform und begann zu weinen.

Er war im Himmel.

# 40

*Drei Monate später*

Jason saß auf dem Hügel über dem kleinen Dorf und sah zu, wie Caleb die Trümmer durchsuchte, die von dem Kloster, in dem er aufgewachsen war, übrig geblieben waren. Leiah saß neben Jason und hatte ihre Hand in die seine gelegt. Eine leichte, kühle Brise wehte von den Simien-Bergen im Süden heran und strich durch ihr Haar. Das kleine Steinhaus, das 50 Meter hinter der Baustelle stand, würde zumindest für die kommenden Jahre ihr Heim sein. Eine poetische Schlussfolgerung, fand er. Sie hatten sich während der Zerstörung des Klosters kennen gelernt, jetzt würden sie gemeinsam den Wiederaufbau erleben.

Nur eine Straße führte nach Debra Damarro – die Straße, über die sie vier Monate zuvor von dort geflohen waren. Die Behörden hatten einer beschränkten Befahrbarkeit der Straße zugestimmt, zumindest während der Phase des Wiederaufbaus, was mindestens zwei Jahre dauern würde. Man hatte ein bewachtes Tor an der Stelle errichtet, an der der Feldweg auf die Hauptstraße nach Axum traf. Eines Tages würde man das Kloster der Öffentlichkeit zugänglich machen, aber die Wiederaufbauphase würde sozusagen eine Pufferzone bilden: ein paar Jahre, in denen alle wieder zu Atem kommen konnten. Tausende von Menschen würden sich, wenn sie die Gelegenheit hatten, wieder auf den Jungen stürzen. Aber die Zeit für große Massenveranstaltungen war vorbei. Caleb war ein Kind, und es war an der Zeit, dass er wie ein Kind lebte. Vielleicht würde er eines Tages wieder ins Licht der Öffentlichkeit treten.

Jasons Gedanken wanderten zurück zu den Wochen nach dem großen Ereignis in der *Rose Bowl*. Es hatte einen Monat gedauert, bis sie alles verarbeitet hatten, aber eines war klar: Gott hatte ihnen auf einzigartige Weise sein Erbarmen gezeigt, einer Weise, die selbst den größten Skeptiker überzeugte.

Die Veranstaltung in der *Rose Bowl* hatte bis zum Morgen gedauert. Von der Bühne aus wurde kein Wort mehr gesprochen. Es gab keine spektakulären Heilungen und keine Erdbeben mehr. Nur das wundervolle, herzerweichende und überwältigende Lachen und Jauchzen, die Anbetung Gottes, die ein Eigenleben entwickelte.

Jason war wie im Nebel umhergelaufen, schwankte zwischen Tränen und Lachen. Als er Leiah fragte, ob er das Richtige gesagt habe, umarmte sie ihn nur und flüsterte ihm ins Ohr: „Ich weiß gar nicht, ob du überhaupt etwas gesagt hast. Gott hat geredet."

Das wusste er natürlich, aber als er sie das sagen hörte, musste er lachen, und er drückte sie so fest an sich, dass sie nach Luft schnappte.

Caleb war definitiv am Leben. In seinem Haar und an seiner Wange klebte getrocknetes Blut, aber ein Arzt untersuchte ihn und verkündete vor laufenden Kameras, er könne keinen Kratzer an ihm entdecken. Und ja, das Blut auf der Plattform sei tatsächlich Blut. Calebs Blut. Auf der Kugel, die in den Planken am hinteren Ende der Bühne steckte, befand sich ebenfalls das Blut des Jungen. Und praktisch die ganze Welt hatte den Einschlag der Kugel mit eigenen Augen beobachtet. Die Szene wurde Hunderte von Malen in Zeitlupe wiederholt. Die forensischen Untersuchungen beseitigten den letzten Zweifel. Die Kugel war echt; die Berichterstattung war echt; Caleb war ermordet worden.

Und nein, der Junge, der jetzt herumlief, war kein Betrüger, konnte kein Betrüger sein. Caleb war definitiv am Leben. Ende der Geschichte.

Die Tatsachen konnten nicht so einfach ignoriert werden. Sogar Dr. Caldwell, die zwar bei ihrer ursprünglichen Erklärung blieb, in der sie Calebs Macht der Psychokinese zuschrieb, stotterte und stammelte in den Talkshows, wenn sie dazu befragt wurde. Über ihre Erklärung, wie ein toter Geist so viel Macht aufbringen könnte, sich selbst wieder ins Leben zurückzubringen, mussten die Leute lächeln. Die anderen Wissenschaftler hielten sich in ihren Erklärungsversuchen eher zurück. Das galt für fast alle.

Die Theologen dagegen hatten viel zu sagen. Auf einzigartige Weise hatte dieses Ereignis sogar diejenigen vereint, die traditionellerweise in verschiedenen Lagern standen. Angesichts eines solchen Erlebnisses erschien es ihnen trivial, auf irgendeiner Doktrin zu beharren. Niemand konnte argumentieren, Gott habe nicht seine Macht gezeigt. Caleb war ganz eindeutig nicht der Antichrist oder etwas Ähnliches. Ein paar verwiesen auf die Offenbarung und vertraten weiterhin diese Meinung. Vielleicht war er irgendwo im Buch der Offenbarung zu finden.

Wie auch immer, Christen aus allen Lagern schlossen Waffenstillstand und verkündigten die einfache Wahrheit. Und die Wahrheit war ganz klar: Gott war real; Gott war souverän. Die Erweckung, die das Land erfasste, hatte Auswirkungen auf die wenigen spektakulären Veranstaltungen mit Caleb. Herzen wurden geheilt, und niemand schien sich darüber aufzuregen, dass keine Glieder mehr geheilt wurden, zumindest nicht 1 000 auf einmal.

Einige Forschungsgruppen vertraten die Ansicht, mehr als 500 Millionen Menschen weltweit hätten durch diese Ereignisse in der *Rose Bowl* ihre Ansichten über Gott geändert. Sie sprachen es nicht deutlich aus, aber die meisten Menschen begriffen, dass der Ausdruck „Ansichten über Gott“ dieses Phänomen nicht zutreffend umschrieb. Sie hatten Jesus Christus in ihr Leben aufgenommen, diese Aussage würde eher zutreffen.

Caleb hatte keine Wunder mehr vollbracht. Der kleine Junge mit den Beinschienen war seine letzte Heilung gewesen. Zumindest wusste Jason von keiner weiteren mehr. Als Donna ihn vier Tage nach dem Ereignis schließlich vor die Kamera bekam, sagte er ihr einfach, dass weder er noch Caleb sich so sehr von den anderen Jüngern Jesu unterschieden. Sie hatten alle dieselbe Macht und hierbei ginge es sehr viel mehr um die Heilung von Herzen als um die Heilung von Gliedern oder Krankheiten. Gott hatte seine Macht gezeigt, und dem gab es nichts hinzuzufügen.

Die Tatsache, dass Caleb noch immer die Narbe der Schusswunde an seinem Bauch trug, blieb ihnen nicht verborgen.

Charles Crandal war aus dem Geschäft. Und zwar für immer. Die Bilder, in denen zu sehen war, dass Roberts die Waffe zog und Crandal Caleb finster anblickte, ließen die Ergebnisse bei den Umfragen in den folgenden Tagen um ganze 30 Punkte fallen. Am 5. November, zwei Tage vor der Wahl, zog er seine Kandidatur zurück. Eine Woche später wurde sein Leichnam neben dem von Roberts in einem Motel außerhalb von Washington gefunden. Beide hatten ein Loch im Kopf.

Der Mörder, der auf Caleb geschossen hatte, war noch immer auf freiem Fuß. Ob er nun zu der Antichrist-Demonstrationsgruppe gehörte oder nicht, wusste niemand. Aber Jason war davon überzeugt, dass Crandal dahinter gesteckt hatte, und schließlich hatte er seine Strafe dafür auch bekommen.

Jason wandte sich zu Leiah um. Sie sah ihn an. „Wir sind wieder da, wo alles angefangen hat“, sagte er. „Und wie ist es, wieder in der Anonymität zu verschwinden?“

„Wundervoll.“

„Aber heute sind wir ganz andere Menschen als damals.“

Sie sah an sich herab und er folgte ihr mit den Augen. Ihr Blick blieb an ihrem Unterarm hängen. Ihre Haut war leicht gebräunt und vollkommen glatt. „Nicht nur in einer Hinsicht", bemerkte sie.

Er legte ihr die linke Hand an die Wange und hob ihr Gesicht. „Du bist wunderschön", sagte er.

Ihre strahlend blauen Augen funkelten. Sie lehnte sich an ihn und er küsste sie zärtlich. Lächelnd zog er sich zurück. „Mrs. Jason Marker. Das klingt noch immer ungewohnt, oder?"

„Vor allem wenn man bedenkt, dass du, wenn ich nicht vorbeigekommen wäre, jetzt als verweste Leiche in einem Jeep liegen würdest."

„Du hast mich gerettet. Ich bin froh, dass wir das geklärt haben."

Sie lachten und beobachteten Caleb, der von den Trümmern herabkletterte und zu ihnen kam.

„Weißt du, ich frage mich noch immer, wozu das alles gut war", fuhr Jason nach einer Weile fort. „Aus Gottes Perspektive, meine ich. War das Ganze so inszeniert, damit Crandal gestürzt wurde, oder war es für all die Leute gedacht, die geheilt wurden?"

„Oder war es für die Welt, eine Erweckung der Gemeinde?", fügte Leiah hinzu.

„Und war es nun um Calebs willen oder um unsretwillen?"

„Warum nicht alles zusammen?", fragte Leiah.

„Aber warum hat Gott das getan? Er muss doch einen Grund dafür gehabt haben."

„Vielleicht sind wir alle der Grund." Sie grinste ihn an. „Wir sind es ganz bestimmt."

„Da hast du Recht." Jason beobachtete, wie der Junge auf sie zukam. „Und er war der Grund. Es ist schwer vorzustellen, dass er in drei Monaten unser Junge sein wird."

„Er ist bereits unser Junge", sagte sie. „Der Rest ist nur noch Papierkram."

„Ich habe das Gefühl, Johannes den Täufer oder so zu adoptieren", meinte Jason.

Sie lachte. „Er ist doch nur ein Kind. Und so wie es aussieht, ein dreckiges Kind", fügte sie hinzu, als sie sein verschmiertes Gesicht sah. Er hatte eine Hand voll Steine mitgebracht und lächelte sie an. „Das Kloster ist jetzt sein Leben."

Der Staat hatte Nikolous angewiesen, alle „Profite" aus den Veranstaltungen in einen Fonds zu Calebs Gunsten einzuzahlen. Der Grieche hatte es geschafft, an die 500 000 Dollar Auslagen geltend zu machen, aber trotzdem blieben fast neun Millionen Dollar übrig. Der Mann hatte sich jedoch nicht überwinden können, die Wahrheit anzuerkennen. Er hatte seinen Ruf auf einer Position aufgebaut, von der er scheinbar nicht abrücken konnte: dass Calebs Macht psychisch bedingt sei.

Auf jeden Fall war das Geld bezahlt worden und nach dem äthiopischen Gesetz hatte Caleb die volle Verfügungsgewalt über dieses Geld. Er hatte beschlossen, das Kloster wieder aufzubauen. Der Wiederaufbau sollte in drei Tagen beginnen.

„*Selam*", sagte Caleb in seiner Muttersprache.

„*Selam*", erwiderten sie.

Der Junge ließ sich neben Jason nieder und öffnete die Hand. Die Steine fielen zu Boden. Sein dunkles Haar hing ihm wirr über die Schultern.

„Caleb, ich habe eine Frage an dich", sagte Jason. „Was meinst du, warum wurden all diese Ereignisse in den vergangenen vier Monaten zugelassen?"

Caleb sah ihn aus seinen blauen Augen an. „Du meinst, es gibt nur einen Grund?"

„Nein. Aber wenn es in erster Linie einen geben würde, welcher wäre das?"

„Nun, falls es nur einen Grund dafür gibt, dann war es der, der Welt die Macht Christi zu zeigen. Die Macht des Heiligen Geistes. Wie viele glauben an Gott, die das vorher nicht getan haben?" Der Junge dachte eine Weile nach, dann breitete sich ein Grinsen auf seinem Gesicht aus. Er lächelte sie an. „Aber dann ist es auch für euch passiert."

„Für uns? Warum?"

„Weil ich das vorausgesehen habe." Er deutete auf sie. „Eure Ehe."

„Tatsächlich?", fragte Leiah erstaunt. „Was? Wann hast du das vorausgesehen?"

„Im Jeep", sagte er. „Als wir das Kloster verlassen haben."

Jason blinzelte. Also war es tatsächlich von Anfang an vorgezeichnet gewesen. Seine Kehle war wie zugeschnürt und Tränen traten ihm in die Augen.

Leiah küsste ihn auf die Wange. „Ich liebe dich", flüsterte sie.

Er legte einen Arm um sie und den anderen um Caleb. „Nun, es wäre schön von dir gewesen, wenn du uns das gleich gesagt hättest, Caleb", sagte er. Lächelnd blickte er den Hügel hinab. „Wir hätten uns die ganze Reise in die Staaten ersparen und gleich in Addis Abeba heiraten können."

„Aber dann wären die anderen Dinge nicht passiert", wandte Caleb ein. „Und ohne das hättet ihr vermutlich auch nicht zueinander gefunden. Glaube ich jedenfalls."

Sie blieben still in der kühlen äthiopischen Brise sitzen.

„Das denke ich auch", sagte Leiah.

„Ich auch", stimmte Jason zu.

Und das war es.

Jason legte sich auf das Gras und sah in den Himmel. Er war so zufrieden wie selten zuvor in seinem Leben.

Leiah legte sich lächelnd neben ihn.

Und dann ließ sich Caleb ebenfalls nach hinten sinken. Er kicherte. Jason war nicht sicher, was wärmer war, die Sonne auf ihren Gesichtern oder die Liebe in ihren Herzen.

# Nachwort von Bill Bright

Es gibt ein altes Sprichwort, nach dem unsere Geschichten die Gesellschaft nicht nur reflektieren, sondern sie prägen.

Obwohl ich im Laufe der Jahre mehr als 60 Bücher geschrieben habe, bin ich zu der Erkenntnis gelangt, dass ein guter Roman mit biblischem Thema mehr Menschen erreichen kann als die meisten theologischen Werke. Gott selbst hat, als er in der Gestalt von Jesus von Nazareth auf dieser Erde lebte, durch Geschichten gesprochen. Er hat Fiktion verwendet. Wir nennen diese Geschichten Gleichnisse, aber sie sind trotzdem Geschichten – die Geschichte vom verlorenen Sohn, die Geschichte vom Sämann, die Geschichte vom ungerechten Richter und viele andere.

Fiktion wirkt natürlich auf einzigartige Weise. Eher wie ein Megafon, das die Wahrheit verkündet, um Inspiration zu bringen, nicht wie eine Auslegung. Die Fiktion spricht durch die wichtigen Themen in einer Geschichte, und ich bin davon überzeugt, dass die Christen die Aussage, die sich durch diesen Roman zieht, dringend brauchen.

Und zwar die Aussage, dass Gott am Leben ist und auch heute noch auf übernatürliche Weise wirkt, wann immer er das möchte und um durch das Leben der Menschen, die ihn lieben, ihm vertrauen und ihm gehorchen, seinen Plan zum Ziel zu bringen. Die Aussage, dass die Quelle der Macht Gottes in seinem Sohn Jesus Christus zu finden ist und im Heiligen Geist, und nicht in den Instrumenten des Menschen. Die Aussage, dass das, was wir täglich mit unseren Augen sehen, nur die Hälfte davon ist. Uns umgibt tatsächlich eine übernatürliche Realität, die genauso real ist wie die Welt, die wir sehen.

Und vor allem ist es die Aussage, dass durch die Augen des Geistes gesehen ein geheiltes Herz und ein umgestaltetes Leben viel spektakulärer sind als eine geheilte Hand oder das wiederhergestellte Sehvermögen. Dies waren die Themen der neutestamentlichen Gemeinde, und dies sollten die Themen sein, die unser Leben heute bestimmen. Als überzeugte Christen befinden wir uns auf einem großen Abenteuer.

Immer wieder macht mich der Mangel an Begeisterung und Eifer bei den vielen Menschen traurig, die behaupten, Jünger Jesu zu sein. Viele von ihnen haben diese erste Liebe zu Jesus Christus verloren.

In der Bibel wird gesagt, dass die Menschen in den letzten Tagen an einer Form des gottesfürchtigen Lebens festhalten, seine Macht jedoch leugnen werden (vgl. 2. Timotheus 3,5). Leider kennen viele Gläubige die Realität eines übernatürlichen Lebens durch die befähigende Macht des Heiligen Geistes nicht.

Die Geschichte, die Sie gelesen haben, ist in Teilen spektakulär, aber in Wirklichkeit sind die Ereignisse in dieser Geschichte nicht spektakulärer als die Ereignisse, von denen wir immer wieder im Alten und im Neuen Testament lesen. Wenn sie dramatischer erscheinen, dann nur, weil wir sie durch eine Geschichte aus unserer Zeit in Ihre Welt bringen. Denken Sie einmal über die hier beschriebenen Wunder nach. Sie sind nicht anders als die, von denen wir in der Bibel lesen. Die neutestamentliche Gemeinde ist von der Macht des Heiligen Geistes genauso bestimmt wie das Leben der Propheten des Alten Testaments. Gott hat ihnen die Macht verliehen, Zeichen und Wunder zu vollbringen (Apostelgeschichte 14,3), viele wurden geheilt (Apostelgeschichte 5,16), andere wurden von den Toten auferweckt (Apostelgeschichte 9,41), aber vor allem begann sich die gute Nachricht von Christus über die ganze Welt auszubreiten.

Jesus hat gesagt, wenn man nicht wird wie ein Kind, kann man nicht in das Reich Gottes eintreten. Kinder sind in der Regel vertrauensvoll und abhängig. Sie glauben, was ihnen gesagt wird. Bei den Evangelisationsveranstaltungen von „Campus für Christus“ haben wir festgestellt, dass die Reaktion auf den „Jesus“-Film in vielen Teilen der Welt überwältigend ist. Menschen, die den Film sehen, sagen, wenn Jesus Blinde heilen kann, könne er auch sie heilen. Und das tut er auch. Uns wurde von Begebenheiten berichtet, bei denen Menschen tatsächlich von den Toten auferweckt wurden. Bewohner ganzer Dörfer wurden dadurch völlig verändert.

Aber in der westlichen Welt neigen wir eher zum Rationalisieren und Analysieren, bis die wahre Bedeutung des Evangeliums zerredet und häufig aller Macht beraubt worden ist. Wir werden wie die Gemeinden in Ephesus und Laodicea, wir haben unsere erste Liebe verlassen und sind weder heiß noch kalt. Uns fällt es schwer zu glauben, dass Jesus heute tun möchte, was er vor Jahrhunderten getan hat, während viele unserer Mitchristen auf der Welt dies glauben und sich an den Früchten ihres Glaubens erfreuen.

Unsere eigenen Bemühungen sind wertlos, wenn wir sie nicht durch die Kraft Gottes und seines Heiligen Geistes vollbringen. In der Bibel heißt es: „Nicht durch Macht, nicht durch Kraft, allein durch meinen Geist! – spricht der Herr der Heere" (Sacharja 4,6). Die letzte Anweisung, die Jesus seinen Jüngern auf dem Ölberg gab, war die, in Jerusalem zu warten, bis sie durch die Macht von oben erneuert würden. „Aber ihr werdet die Kraft des Heiligen Geistes empfangen, der auf euch herabkommen wird; und ihr werdet meine Zeugen sein in Jerusalem und in ganz Judäa und Samarien und bis an die Grenzen der Erde" (Apostelgeschichte 1,8).

Der Heilige Geist spielt im Leben eines Christen eine wichtige Rolle. Er wurde gesandt, um Christus zu verherrlichen, um uns in alle Wahrheit zu leiten, uns unsere Sünde vor Augen zu führen und uns zum Erlöser zu ziehen (Johannes 16). Wir müssen aus dem Geist geboren sein (Johannes 3). Nur der Geist kann einen Menschen dazu bringen, das Wort Gottes zu verstehen und unter seiner Macht zu leben. „Die Frucht des Geistes aber ist Liebe, Freude, Friede, Langmut, Freundlichkeit, Güte, Treue, Sanftmut und Selbstbeherrschung" (Galater 5,22–23).

Kein von Menschen geschriebenes Buch kann auch nur annähernd jeden Aspekt der bemerkenswerten Aussagen über den Heiligen Geist erfassen, aber dieser Roman sollte Sie dazu herausfordern, Ihr Verständnis von der Macht Gottes neu zu überdenken. Ich bete, dass die durch dieses Buch angeregte Diskussion in Einheit, Harmonie und Liebe geführt werden kann. Mögen wir als Braut Christi zusammenkommen und gemeinsam zu seinen Füßen anbeten. Egal, wie Gott Ihrer Meinung nach in den Menschen und Nationen wirkt, sicher stimmen wir darin überein, dass er Ehrfurcht gebietend und würdig ist, dass seine Macht verkündigt wird.

Aber vor allem bete ich, dass jeder Mensch, der diese Geschichte liest, so gepackt wird von der Realität der Gegenwart des Heiligen Geistes, dass er persönlich Gottes übernatürliche Liebe und Macht erfahren kann.

Herr, lass dein Licht hell auf diese Welt der Dunkelheit scheinen.

Besuchen Sie doch unsere Website unter www.blessedchild.org. Dort finden Sie weitere Materialien und Informationen darüber, wie Sie vom Heiligen Geist auf übernatürliche Weise befähigt leben können.